Stephen Lawhead
In geheimer Mission für den Kaiser

## Zu diesem Buch

Nach einer wahren Odyssee ist der junge irische Mönch Aidan endlich nach Byzanz gelangt, wo er dem Kaiser Basileios das kostbare Book of Kells als Geschenk überreichen soll. Der mächtige Kaiser erwählt den sprachkundigen und mutigen Aidan zu seinem persönlichen Vertrauten und läßt ihn als Spitzel an einer wichtigen diplomatischen Geheimmission teilnehmen. Sie soll den Frieden zwischen Byzanz und Bagdad, zwischen dem Kaiser und dem Kalifen sichern. Aber die Zeiten sind gefährlich: Aidan wird verhaftet und landet als Sklave in den Silberminen des Kalifen. Sein Glaube an Gott wird mehrmals auf die Probe gestellt, und dann trifft er Kasimene, die wunderschöne und selbstbewußte Nichte des Emirs. Auch im zweiten Roman über das Leben seines Helden Aidan vereint Stephen Lawhead historische Details aus der bewegten Zeit des 9. Jahrhunderts mit Mythen und phantastischen Elementen zu einem mitreißenden Abenteuerroman.

*Stephen Lawhead*, geboren 1951, ist als Autor von Fantasy- und Science-fiction-Romanen international bekannt. In Deutschland erzielte er seinen Durchbruch mit seinem »Pendragon«-Zyklus sowie der dreibändigen »Saga des Drachenkönigs«. Der erste Band über Aidans abenteuerliches Leben liegt unter dem Titel »Die Reise nach Byzanz« vor. Stephen Lawhead lebt bei Oxford.
Weiteres zum Autor: www.stephenlawhead.com

# Stephen Lawhead
# In geheimer Mission
# für den Kaiser

Roman

Aus dem Englischen von
Marcel Bieger und Barbara Röhl

Piper München Zürich

Von Stephen Lawhead liegen in der Serie Piper vor:
Taliesin (2611)
Artus (2613)
In der Halle des Drachenkönigs (2721)
Das Schwert und die Flamme (2723)
Die Reise nach Byzanz (3977)
In geheimer Mission für den Kaiser (4137)

*Für Sven und Margareta*

Ungekürzte Taschenbuchausgabe
August 2001 (SP 3357)
April 2004
© 1996 Stephen Lawhead
Titel der englischen Originalausgabe:
»Byzantium«, Voyager / HarperCollins Publishers,
London 1996
© der deutschsprachigen Ausgabe:
1999 Piper Verlag GmbH, München
erschienen im Verlagsprogramm Kabel
unter dem Titel: »Aidan in der Hand des Kalifen«
Umschlag / Bildredaktion: Büro Hamburg
Isabel Bünermann, Friederike Franz,
Charlotte Wippermann, Katharina Oesten
Umschlagabbildung: Hans Memling (»Die sieben
Freuden Mariae«; Bayerische Staatsgemäldesammlung, Alte
Pinakothek / Wittelsbacher Ausgleichsfonds, München; Artothek)
Foto Umschlagrückseite: Jerry Bauer
Satz: KCS GmbH, Buchholz / Hamburg
Druck und Bindung: Clausen & Bosse, Leck
Printed in Germany   ISBN 3-492-24137-9

www.piper.de

*Irland in der zweiten Hälfte des 9. Jahrhunderts: Der unerfahrene junge Mönch Aidan ist überglücklich und stolz, als er zu den Auserwählten einer außergewöhnlichen Mission gehört: Unter den Tapfersten des ganzen Landes hat der Bischof elf Brüder ausgesucht, die den gefährlichen Transport des Book of Kells, der reich verzierten, in Silber gebundenen Handschrift von unschätzbarem Wert, begleiten. Ziel der Reise ist das exotische Byzanz, wo dem mächtigen Kaiser Basileios diese Perle der mittelalterlichen Literatur als Geschenk übergeben werden soll. Aber schon vor Antritt der Pilgerfahrt erfährt Aidan im Traum, daß Byzanz ihm Schrecken und Tod bringen wird. Und dennoch nimmt er die Herausforderung begierig an ...*

*Auf der Überfahrt von Irland wird Aidan gewaltsam von seinen Mitbrüdern getrennt. In die Gefangenschaft feindseliger Wikinger und ins rauhe Dänemark, übers Schwarze Meer bis in das gleichermaßen verderbte wie faszinierende Sündenbabel Byzanz führt die Odyssee des jugendlichen Helden. Und wie durch ein Wunder findet Aidan in der goldenen Stadt Byzanz nicht den Tod, sondern steigt gar zu Basileios' persönlichem Vertrauten und Spitzel auf: Als sprachkundiger Beobachter darf er an einer wichtigen diplomatischen Geheimgesandtschaft teilnehmen, die den Frieden zwischen dem Kaiser und dem Kalifen, zwischen Byzanz und Bagdad sichern und Aidan bis nach Trapezunt führen soll ...*

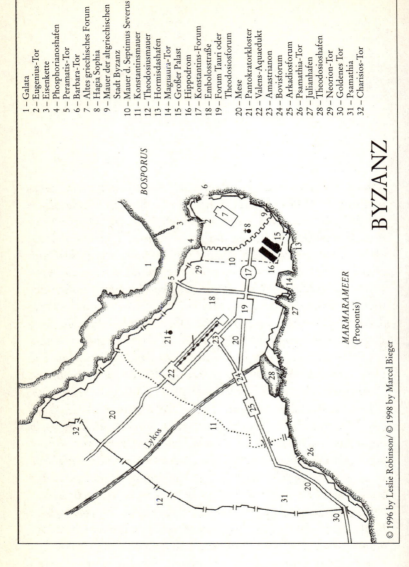

I

So gelangten wir nach Trapezunt. Ich will mich nicht lange mit einer Reisebeschreibung aufhalten, und es soll genügen zu erwähnen, daß die Fahrt ebenso ereignislos wie wenig bemerkenswert verlief. Selbst das Wetter bildete keine Ausnahme: stumpfgraue Tage, an denen nur selten die Sonne schien, dafür aber auch keine Sturmwinde aufkamen. Uns wurde nicht zu heiß und nicht zu kalt, es regnete wenig, aber richtig trocken war es auch nie.

Die vier Langboote begleiteten sieben andere Schiffe, fünf große Kauffahrer und zwei kleinere Einheiten aus der kaiserlichen Flotte. Gerüchten zufolge sollten auf der einen der Gesandte des Reiches und auf der anderen märchenhafte Schätze Platz gefunden haben.

Haralds Drachenschiffe boten diesem Zug ausreichend Schutz. Ich glaube, es gibt nicht viele Piraten, die tollkühn genug sind, um ein Rudel Seewölfe anzugreifen.

Kaum daß wir Byzanz verlassen hatten, bemächtigte sich eine tiefe Traurigkeit meines Herzens und erfüllte mich mit Trübsinn. Da ich auf hoher See nicht viel zu erledigen hatte, verbrachte ich ganze Tage damit, mich in eine Ecke zu hocken und über all das zu brüten, was mir seit der Abreise aus dem Kloster widerfahren war.

Zuerst dachte ich, daß meine Unlust davon herrühren mußte, daß ich in irgendeiner Angelegenheit gefehlt hatte oder gescheitert war. Doch so sehr ich mein Gedächtnis auch zermarterte, mir wollte keine gescheite Antwort einfallen.

Dann kam es mir in den Sinn, daß die Schuld nicht bei mir lag, sondern daß Gott mich im Stich gelassen hatte. Ich hatte alles, was in meinen Kräften stand, getan, um mich als getreuer Diener des Herrn zu erweisen. Mit allem Mut und aller Ehrfurcht, die mir gegeben waren, hatte ich Mühsal und Plage ertragen. Und ich hatte mich sogar bemüht, die Frohe Botschaft des Herrn noch weiter in die Welt hinauszutragen.

Andere mochten mehr als ich gewagt und gegeben haben, das will ich gar nicht in Abrede stellen, aber ein Mensch vermag nur das zu bewirken, was in seinen Kräften steht. Und das hatte ich getan, war dabei sogar so weit gegangen, alle Sorge um mein eigenes Leben dem höheren Ziel unterzuordnen.

Ja, ich glaube, genau diese Frage warf den Schatten auf meine Seele. Der Tod hatte mich in Konstantinopel erwartet, und ich war bereit gewesen, ihm ohne Furcht oder Bedauern entgegenzugehen. Aber ich war nicht gestorben.

So eigenartig sich das jetzt anhören mag, aber ich verspürte weder Erleichterung noch Freude darüber. Vielmehr erschien mir das Ganze als grausame Täuschung; denn wenn mein Leben gar nicht geopfert werden sollte, warum ließ Gott mich dann davon träumen? Und wenn Er sich entschlossen hatte, mein Leben zu schonen, warum hatte Er mir dann die andauernde Folter aufgebürdet, die ich während der letzten Wochen und Monate erlitten hatte, als ich annehmen mußte, mein Tod stünde in Kürze bevor? Warum hatte Er mir nicht den Trost gewährt, den ich aus dem Wissen erlangt hätte, daß mein Ende doch noch nicht beschlossene Sache sei?

All das wollte für mich einfach keinen Sinn ergeben. Ich konnte die Sache drehen und wenden, wie ich wollte, am Ende stand der Herr immer als Schurke oder launisches Wesen da, das meine Verehrung und Frömmigkeit nicht im mindesten verdient hatte. All die Jahre war ich gewillt gewesen – und war dabei bis an die Grenzen meiner Fähigkeiten gestoßen – Ihm Herz, Geist und Seele zu weihen. Mein ganzes Leben hatte ich Gott geweiht, und Er hatte nicht einmal einen Blick auf dieses Geschenk geworfen. Schlimmer noch, der Herr hatte mich selbst keiner Beachtung für würdig befunden.

Nach diesen Gedanken fühlte ich mich verlassener und einsamer als je zuvor in meinem Dasein. Ich war ein Verlorener, und das um so mehr, als ich vorher Trost in der scheinbaren Wahrheit gefunden hatte, ich sei in einer Sache des Herrn unterwegs und genieße Seinen besonderen Segen. Es heißt, die Wahrheit sei ein kalter und bitterer Trunk, und nur wenige nähmen ihn unverdünnt zu sich. Doch ich hatte diesen Kelch wohl auf einen Zug geleert.

Früher einmal hatte ich mich als Gefäß gesehen, das irgendwann zerschlagen werden würde. Doch nun besaß ich die Gewißheit, daß die Vernichtung, die ich so sehr gefürchtet hatte, schon eingetreten war und mich ganz und gar zerstört hatte. Ich war völlig am Ende. Selbst die schwache Hoffnung auf einen Märtyrertod war mir versagt worden.

Für den Tod war ich bereit gewesen und hätte sogar die Ermordung durch Heiden hingenommen, wenn damit der Sache des Herrn gedient worden wäre. Aber damit war nun Schluß. Alle Heiligkeit, aller Trost im Glauben und alle göttliche Gnade waren mir genommen. In meiner Verzweiflung raufte ich mir die Haare, die inzwischen sehr lang geworden waren. Auch die Tonsur war zugewachsen. Ich sah hinab auf meine Kleidung, und von der war wenig mehr als zerrissene Lumpen übriggeblieben. Meine Wandlung schien abgeschlossen zu sein, sah ich doch jetzt so aus wie Scop!

In der Bitternis dieser niederschmetternden Erkenntnis hörte ich wieder die Worte des Wahrheitssängers. Jene abstoßende, höhnende und doch so wahre Behauptung: *Gott hat mich verstoßen, mein Freund. Und jetzt, unschuldiger Aidan, hat Er auch dich von sich gewiesen!*

Und dies, so erkannte ich endlich, war die Wurzel meines Ungemachs: Gott hatte mich inmitten von Fremden und Barbaren zurückgelassen und sich dann von mir abgewendet. Als ich Ihm nicht mehr von Nutzen sein konnte, hatte Er mich wie Staub von Seinen Sandalen abgeschüttelt. Trotz der glorreichen Versprechungen in der Heiligen Schrift – wie Er niemals sein Volk verlassen würde; wie diejenigen, welche Ihn verehrten, von Ihm gerettet werden würden; wie Er sich um die Seinen und ihre Gebete kümmern und ihre Gebete erhören würde; wie Er diejenigen, die ein gottgefälliges Leben geführt hatten, erlösen würde und diejenigen, welche Böses getan hätten ... und all das andere, von dem es mir widerstrebt, es auch nur zu denken – hatte Gott sich von mir abgewandt.

Die großen Verheißungen der Heiligen Schrift kamen mir nur noch wie leere Worthülsen vor, wie bloße Geräusche im Wind. Nein, schlimmer noch, sie waren Lügen. Überall konnten sich die Bösen ihrer schändlichen Taten erfreuen, während die Gebete der Gerechten nicht erhört und die Gottesfürchtigen in aller Welt verhöhnt wurden. Niemandem wurde auch nur die kleinste Folter erspart, und die Guten erwarteten Ungerechtigkeit, Krankheit, Gewalt und Tod. Keine Himmelsmacht schritt ein, um die Not auch nur ein wenig zu lindern. Die Gläubigen riefen in ihrer Verzweiflung nach Gott, sie zu erlösen, doch der Himmel stellte sich so taub wie ein Grabgewölbe.

O ja, das alles sah ich jetzt klar und deutlich vor mir. So weit und so leer wie das Meer breitete sich die Trostlosigkeit vor mir aus, die Scop ebenfalls geschaut haben mußte. Bitternis und Verwirrung wanden sich wie eine Schlange um mich, und Freude und Hoffnung verbrannten in meinem Herzen zu Asche. Hatte ich meine ganze Verehrung einem Herrn geschenkt, der ihrer ganz und gar unwürdig war? Wenn das der Wahrheit entsprach, wußte ich nicht mehr, warum ich noch weiterleben sollte. Aus welchem Grund sollte ich in einer Welt atmen wollen, die von einem solchen Gott beherrscht wurde?

Wenn doch nur in Byzanz der Tod über mich gekommen wäre! Das hätte mir die Pein und die Schmerzen erspart, die mich nun quälten. Vermutlich hätte ich dann nie etwas von diesen furchtbaren Wahrheiten gewußt, aber ich wäre wenigstens als glücklicher Mann gestorben.

Die Dänen konnten meine Seelenqualen nicht verstehen. Sobald die Bordpflichten es zuließen, gesellte sich Gunnar zu mir, und manchmal kamen auch Tolar und Thorkel hinzu, um mit mir unter dem Vordersteven zu sitzen. Wir redeten dann, und sie versuchten, mich aufzumuntern, aber die schwarze Fäulnis hatte bereits zu sehr Besitz von meiner Seele ergriffen, und kein Scherzwort von den dreien vermochte mich zu erheitern.

Der Rest der Wikinger nahm hingegen keinerlei Notiz von meiner Trübsal. Harald und seine Hauskerle waren viel zu begeistert von ihrer neuen Aufgabe als Verteidiger des Reiches, die ihnen Ruhm und Reichtum einbringen würde. Ganz von ihrer Pflicht erfüllt suchten die Seewölfe des Tags und auch zur Nacht den Horizont nach Segeln ab. Denn sie planten, jedes Schiff, das uns zu nahe käme, zu entern und ihren nicht eben geringen Sold durch Plünderung aufzubessern. Doch bis auf ein rasch entschwindendes Segel in weiter Ferne bekamen wir niemanden zu sehen, den es juckte, uns zu überfallen.

Sechzehn Tage nach dem Aufbruch erreichten so alle elf Schiffe sicher den Hafen im Südosten des Schwarzen Meers.

Als die felsigen Hügel über Trapezunt in Sicht kamen, riß ich mich aus meiner inneren Erstarrung und beschloß, wenn auch zögernd und widerwillig, mich der Aufgabe zu widmen, die mir nun gestellt war. Wenn der Kaiser eines Spions bedurfte, dann sollte er ihn in mir finden. Da ich ja kein Priester mehr war, wollte ich doch wenigstens versuchen, die Freiheit zurückzuerlangen, die mir versprochen worden war.

Nachdem ich alles gründlich bedacht hatte, erschien mir dies als sinnvollste Lösung ... auch wenn ich keine Ahnung hatte, wo und wie ich dieses Werk beginnen – noch wie ich es zuwege bringen sollte.

In meinem momentanen Gemütszustand – allein und verloren in einer gottlosen Welt – beschloß ich, dem Schicksal seinen Lauf zu lassen. Komme, was da wolle, mir war alles gleich willkommen.

Als die Laufstege auf die lange, steinerne Kaimauer fielen, ließ der Gesandte des Kaisers auch schon König Harald Stierbrüller benachrichtigen, daß seine Anwesenheit erforderlich sei. Er sollte zwanzig seiner grimmigsten und treuesten Krieger mitbringen. Der kaiserliche Botschafter verlangte also nach einer Leibgarde – ohne Zweifel, um seinem Auftritt die nötige Wichtigkeit zu verleihen. Der Rest der Wikinger würde im Hafen bleiben, um die Kauffahrerschiffe zu schützen. Allem Anschein nach griffen die allerfrechsten arabischen Seeräuber schon an der Kaimauer an und plünderten Handelsschiffe aus, noch ehe diese den Hafen verlassen hatten.

Die Dänen wurden von ihren Hauptmännern rasch eingeteilt und postierten sich in Gruppen zu dreien oder mehr entlang der Hafenmauern. Währenddessen kamen wir auch dem Wunsch des Gesandten nach und bauten uns vor dessen Schiff auf: zwanzig Krieger, König Harald und ich. Dort empfingen wir vom Botschafter – einem großen und dürren Mann mit riesigen Ohren und einem Gesicht wie das einer Ziege, in dem auch der lange weiße Spitzbart nicht fehlte – unsere weiteren Befehle. Der Mann hieß Nicephorus und trug den Titel eines Eparchen. Wie man uns sehr von oben herab mitteilte, handele es sich dabei um einen hohen und verdienten Höfling. Nicephorus schien in der Tat ein äußerst wichtiger Mann zu sein, stand er in der Rangfolge doch an achtzehnter Stelle hinter dem Kaiser!

Während wir also in ordentlicher Reihe auf der Kaimauer

darauf warteten, den Eparchen und sein Gefolge zum Treffen mit den Vertretern der Stadt zu führen, mußte ich zu meinem Entsetzen feststellen, daß auch Komes Nikos von Bord ging. Dieser schritt direkt auf den Wikingerfürsten zu, erkannte mich im Vorbeigehen und nickte mir unmerklich zu, ehe er sich direkt vor Harald aufbaute.

»Der Eparch sendet seine Grüße«, begann er voller Kälte. »Von dir wird erwartet, daß du dich mit den Deinen während unseres Aufenthalts an diesem Ort seinem Befehl unterstellst. Die Wünsche des Eparchen werden dir in der Regel von mir übermittelt. Bist du damit einverstanden?« Die Frage war eigentlich überflüssig, denn seine Miene verriet, daß es so gemacht werden würde, egal wie der Däne dazu stehen mochte.

Ich übersetzte meinem Herrn diese Worte. Der Jarl nickte nur und stimmte mit einem gegrunzten »Heja« zu.

»Dann folgt ihr mir jetzt«, befahl Nikos, als sei er selbst zum Eparchen aufgestiegen. »Wir werden Nicephorus zu seiner Residenz geleiten.«

Wir verließen den Hafen und schritten langsam genug voran, daß die Kaufleute und Würdenträger hinter uns folgen konnten. So gelangten wir in die Stadt und bewegten uns wie eine festliche Prozession über die schmale Hauptstraße.

Vom Meer aus hatte Trapezunt wie ein zu groß gewordenes Fischerdorf gewirkt, und tatsächlich ist die Stadt aus einem solchen Ursprung entstanden. Obwohl man hier einige der wichtigsten und vielfältigsten Märkte des ganzen Reiches fand, hatte der Ort doch noch nicht alles von seiner Herkunft verloren, wie man an den kleinen, ordentlichen und ruhigen Straßen erkennen konnte, die von einfachen, weißgekalkten Häusern gesäumt wurden. Die Bauten waren im viereckigen griechischen Stil gehalten, wie wir sie seit dem Erreichen des Schwarzen Meers fast ausschließlich zu sehen bekommen hatten.

Für mein unerfahrenes Auge machte die Stadt einen kompakten Eindruck, stand sie doch auf den niedrigen Hügeln zwischen den Felsenklippen im Rücken und dem offenen Meer vorn. Wir machten ein hübsches, säulenumrahmtes Forum aus, eine Basilika, zwei öffentliche Bäder, ein kleines Kolosseum, ein Theater, mehrere Brunnen, eine Taverne und drei schöne Kirchen – eine davon soll früher ein Aphrodite-Tempel gewesen sein. Und die Hauptstraße, auf der wir uns bewegten, weitete sich bald und zeigte links und rechts schmucke weiße Villen. Der ganze Ort schließlich wurde nach Römerart von einer niedrigen Stadtmauer und einem Graben umgeben.

Als ich mich später etwas mehr mit Trapezunt vertraut machen konnte, entdeckte ich dort eine Besonderheit, die mir besser als alles andere gefiel: Dabei handelte es sich um kleine Becken, die Wasser hoch in die Luft schleuderten, und das einzig zu dem Zweck, die Menschen zu erfreuen. Springbrunnen hießen diese Anlagen, wie ich erfahren sollte, und die Stadt besaß eine Vielzahl davon. Manchmal erhob sich in der Mitte eine marmorne Statue, mal hatte man nur unbehauene Steine aufgeschichtet, an denen das Wasser hinabfließen konnte, doch stets befand sich solch ein Wunder in der Mitte eines kleineren und sorgfältig gepflegten öffentlichen Gartens. Die Menschen konnten sich auf den davor aufgestellten Steinbänken niederlassen und sich miteinander unterhalten oder einfach nur einen Moment der Ruhe oder der inneren Einkehr genießen, ehe der Alltag sie mit seiner Hast wieder einholte.

Am Tag unserer Ankunft wurde der Eparch auf dem Forum vom Magister und Spatharius der Stadt empfangen, die dort mit einer Gruppe ihnen unterstehender Beamter erschienen waren. Man streckte uns zur Begrüßung und zum Zeichen der Freundschaft die Hände entgegen.

»Im Namen des Exarchen Honorius und der Bürger von Trapezunt heiße ich euch willkommen«, begann der Magister, ein kurzer, stämmiger Mann mit einem runden Gesicht und einem schwarzen Bart. »Seine Hochwürden, der Statthalter, schickt euch seine Grüße und wünscht euch einen angenehmen und fruchtbringenden Aufenthalt in dieser Stadt. Er bedauert, zur Zeit durch dringende Angelegenheiten in Sebastea aufgehalten zu werden, hat mir aber versichert, daß er ganz begierig darauf sei, euch hier noch anzutreffen, bevor alles geregelt ist. Wir haben hier ein Haus für den Gesandten herrichten lassen und werden euch zu gegebener Zeit dorthin führen. Doch da ihr eine lange Reise hinter euch habt, wünscht ihr sicher zuerst eine Erfrischung.

Mein Name ist Sergius, und ich stehe euch während eures Aufenthalts in Trapezunt persönlich zur Verfügung.« Der Magister fand die rechten höflichen Worte und sprach auch ein wunderbar geschliffenes Griechisch, doch für mein Dafürhalten ging von ihm nicht die geringste Wärme aus. Keine Freundlichkeit glänzte in seinem Auge, und in seiner Stimme schwang nicht die geringste Begeisterung mit. Er klang wie ein müde gewordener Musikant, der zum soundsovielten Mal ein bestimmtes Lied zum Vortrag bringen muß, und das vor einem Publikum, für das er keine Liebe empfindet.

Der Spatharius hingegen bildete das genaue Gegenteil und machte den Mangel seines Vorgesetzten an Enthusiasmus durch ein Übermaß an gutem Willen wett. Der junge Mann, der gleichwohl schon viele graue Haare in seinem schwarzen Schopf und Bart zählte und außerdem ein Bäuchlein unter dem Umhang verbarg, brodelte vor Begierde, dem hohen Besuch zu Gefallen zu sein. Wir erfuhren, daß er Marcian gerufen wurde, und er scharwenzelte derart liebedienerisch um den Eparchen herum, daß ich an ein Schoßhündchen denken mußte, das unbedingt die Aufmerksamkeit seines Herrchens gewinnen will.

Die beiden – der müde Stadtbeamte und sein Welpe – führten uns nach der Begrüßungsansprache über eine breite Straße mit schönen weißen Häusern, deren Fensterläden, die in Richtung Sonne wiesen, sämtlich geschlossen waren. Endlich blieb der Magister vor einem großen, viereckigen Gebäude stehen, das etwas versetzt von der Straße stand. Zuerst glaubte ich, wir hätten unsere Unterkunft erreicht, und freute mich schon darauf, hier einzuziehen, denn dieses Haus war mit Abstand das schönste, das ich jemals hatte betreten dürfen.

Nikos befahl, daß zwölf Dänen davor Wache halten sollten, obwohl sich hier weit und breit niemand auf der Straße aufhielt. Dann führte Sergius uns die Treppe hinauf, und durch eine breite Tür gelangten wir in ein großes Vestibül. Man hatte die Wände hellgrün gestrichen und auf der Gesamtfläche des Bodens ein Mosaik gelegt, das einen griechischen Gott zeigte – Poseidon vermutlich, denn er trug einen Dreizack in der Hand –, der von den vier Jahreszeiten umtanzt wurde.

Nachdem wir die Eingangshalle hinter uns gelassen hatten, erreichten wir eine leere Marmorhalle. Durch diese schritten wir hinaus in ein mit Steinplatten belegtes Geviert, das nach oben hin offen war. Obwohl der Tag nicht gerade heiß zu nennen war, sorgten die vielen weißen Flächen doch für angenehme Wärme. In der Mitte dieses Innenhofs stand ein Springbrunnen, dessen Wasser ein sanftes, beruhigendes Geräusch verursachte. Die Würdenträger ließen sich hier auf Bänken und Stühlen nieder, und sofort eilten Sklaven in grünen Tuniken mit Platten voller Speisen und Krügen herbei.

Als Hauptmann der Ehrengarde des Eparchen hatte Harald an diesem Empfang für den hohen Besuch teilzunehmen, doch hatte er keinen wirklichen Anteil daran, und niemand richtete auch nur einmal das Wort an ihn. Man wies ihm einen Stuhl zu, und ich stellte mich wie stets hinter ihn, aber die einzigen, die so etwas wie Interesse an ihm bezeugten, waren die Bediensteten, die ihn mit Speis und Trank versorgten. Ich weiß nicht, ob dem Jarl diese Mißachtung zu Bewußtsein gekommen ist, denn er war viel zu sehr damit beschäftigt, zu trinken und sich über das Naschwerk herzumachen.

Nikos übernahm das Reden, berichtete das Neueste aus der Hauptstadt und unterhielt die Gastgeber genau mit dem, was sie hören wollten – dem Klatsch und intimen Tratsch aus der besseren Gesellschaft. Ich muß ihm zugute halten, daß er seine Sache sehr gut machte, auch wenn er einige Personen zu sehr mit Dreck bewarf. Auf jeden Fall löste er mehrfach mit seinen Beschreibungen lautes Gelächter aus.

»Was finden die denn so lustig?« wollte Harald von mir erfahren, als sich wieder einmal alle auf die Schenkel schlugen. Ich antwortete ihm, daß der Komes gerade eine ziemlich witzige Bemerkung über einen der Palastbeamten gemacht habe. Der König betrachtete Nikos für einem Moment mit zusammengekniffenen Augen und meinte dann: »Dieser Mann ist ein Fuchs.« Damit wandte er sich wieder seinem Weinbecher zu.

Irgendwann fiel mir auf, daß der Eparch nur selten etwas von sich gab. Wenn er sich zu Wort meldete, dann nur, um einiges zu regeln, das mit dem Sinn und Zweck seines Besuchs in Zusammenhang stand. Neben dem wortgewandten und manchmal sogar künstlerisch unterhaltenden Nikos wirkte er so steif und hölzern. Und das wohl nicht von ungefähr, schien Nicephorus diesen Empfang doch eher zu erdulden, statt sich an ihm zu erfreuen. Als seine Unlust dann zu groß geworden war, erhob der Eparch sich ohne Vorwarnung und erklärte: »Entschuldigt mich jetzt bitte, aber die Reise hat mich doch ermüdet.«

Der Spatharius sprang sofort auf und überschlug sich fast in dem Bemühen, dem hohen Besucher zu Diensten zu sein. Der Magister hingegen erhob sich gemächlich und mit einer Miene des Überdrusses. »Selbstverständlich. Wie töricht von uns, dich mit unserem Geschwätz zu langweilen. Ich hoffe, wir haben dich nicht zu sehr erschöpft. Besorg dich nicht, der Weg zu deiner Unterkunft ist nicht weit. Ich lasse sofort eine Sänfte kommen.«

»Nein, nicht für mich, bitte«, entgegnete Nicephorus. »So

viele Tage habe ich in der Beengtheit eines Schiffes zubringen müssen, daß ich es jetzt vorziehen würde, zu Fuß zu gehen.«

»Ganz, wie du wünschst«, sagte Sergius, und man konnte ihm anmerken, daß ihm damit schon wieder etwas angetragen wurde, was er zu erfüllen hatte, auch wenn das bald über seine Kräfte ging.

Das Anwesen, das man dem Gesandten zuwies, war das des Statthalters, und ich muß gestehen, selten solche Pracht gesehen zu haben. Ich kam mir vor wie in einem Palast und bestaunte die erlesenen Möbel, die auf das geschmackvollste zusammengestellt waren. Dies alles stand nun dem Eparchen und seinem Gefolge zur Verfügung. Die Wände des Vestibüls bestanden aus weißem Marmor, und den gleichen Stein trafen wir im großen Saal an, dessen Bodenmosaik Dyonisos, Eros und Aphrodite in einem bewaldeten Tal zeigten. Das Haus war im Stil einer römischen Villa erbaut worden, also um einen zentralen Innenhof herum, und wies genügend Räumlichkeiten für uns alle auf.

»Wir hoffen, daß diese Behausung dein Wohlgefallen findet, Eparch«, erklärte der Magister mit einer Miene, als sei ihm das von Herzen egal, »haben wir doch keine Mühe gescheut, deine Wünsche vorauszuahnen. Wenn es an irgend etwas mangeln sollte, dann ...« Er schwieg, als sei es ihm zu beschwerlich, den Satz zu Ende zu führen.

Nikos nahm es in seine Hand, den Haushalt zu ordnen. Er teilte mir alles Notwendige mit, auf daß ich es an Harald weitergeben würde. »Die Ehrengarde zieht in den Nordflügel. Unter allen Umständen müssen zu jeder Tages- und Nachtzeit zehn Krieger Wache stehen. Hast du das verstanden?«

Ich übermittelte das dem Jarl, der sich damit einverstanden erklärte. »Gut«, sagte der Komes dann, »der Eparch und ich bewohnen den Südflügel, und du«, er zeigte auf mich, »wirst auch dorthin gehen. Die Krieger dürfen nicht zu den Schiffen zurückkehren. Sollte der Gesandte jemanden benötigen, um der Wache neue Befehle zu übermitteln, wirst du bereitstehen.«

Der König zeigte sich davon nicht begeistert, gab aber schließlich nach, als Nikos ihm klarmachte, daß er in dieser Frage keine Wahl habe. Ich persönlich hielt einen derart enormen Schutz für übertrieben; denn die Stadt wirkte friedlich, und nirgendwo war mir etwas aufgefallen, das solche Vorsichtsmaßnahmen erforderlich machte. Doch kaum traf die Ladung von den kaiserlichen Schiffen ein, wurde mir der Grund dafür klar, weshalb der Komes einen solchen Aufwand trieb. Der Kaiser hatte seinen Gesandten nämlich mit einer ganzen Schiffsladung von Kisten, Körben und Kästen ausgestattet. Diese wurden nun ins Haus getragen und in einem dafür vorbereiteten Raum gestapelt – man hatte alles Mobiliar daraus entfernt –, und zu jeder Zeit mußte eine Doppelwache vor dem einzigen Zugang zu dieser Kammer stehen.

Ich sagte mir, daß die Kisten und Körbe Geschenke von einigem Wert enthalten mußten, und mit dieser Ansicht stand ich nicht allein. Auch Harald ahnte, woher hier in Trapezunt der Wind wehte. Wie dem auch sei, die Wikinger legten einen erstaunlichen Diensteifer an den Tag, obwohl es sie insgeheim mit großem Grimm erfüllen mußte, die Beute bewachen zu müssen, die sie vorher noch hatten rauben wollen. Jedenfalls konnte der Eparch vom ersten Tag in diesem Palast an keinen Schritt mehr tun, ohne daß er nicht gleich von mehreren schwerbewaffneten Barbaren in die Mitte genommen wurde. Pflichterfülltere Wachen hat man wohl nie gesehen.

Meine eigene Position in diesem Haushalt blieb hingegen etwas undeutlich. Der Komes hatte mir aufgetragen, immer in der Nähe zu sein für den Fall, daß der Gesandte den Dänen etwas zu befehlen habe. Darüber hinaus hatte ich jedoch nichts zu tun. Nun gut, hin und wieder mußte ich zwischen Harald und Nicephorus übermitteln, doch ansonsten erwarteten mich keine Pflichten. Langsam kam mir der Verdacht, daß Nikos mich nur im Auge behalten wollte. Doch zu welchem Zweck, entzog sich meiner Kenntnis.

Abgesehen von der Langeweile ging es mir hier jedoch nicht schlecht. Zwar hatte ich Justinians Warnung nicht vergessen, mich von Nikos fernzuhalten; doch auf der anderen Seite war er vermutlich der einzige, der darüber Bescheid wußte, wie es meinen Mitbrüdern während ihres Aufenthalts in Konstantinopel ergangen war – und wichtiger noch, warum sie die Stadt wieder verlassen hatten, ohne ihren Pilgerzug zum Abschluß zu bringen, also vor den Kaiser zu treten. Das Ganze stellte für mich ein undurchdringliches Rätsel dar, und ich sagte mir, meine einzige Möglichkeit, Licht in dieses Dunkel zu bringen, bestehe darin, in der Nähe des Komes zu bleiben. Um dies sicherzustellen, hielt ich nach Möglichkeiten Ausschau, überall dabeisein zu können.

Doch es war gar nicht so schwierig, wie ich zu Anfang befürchtet hatte. Als Haralds Dolmetscher wurde ich zu allen möglichen Besprechungen hinzugerufen und war oft dabei, wenn Anweisungen erlassen wurden. Infolge dessen bekam ich auch den Eparchen das eine oder andere Mal zu sehen, und ich versäumte nie eine Gelegenheit, mich ihm ins Gedächtnis zu bringen. Natürlich nicht in der aufdringlichen Weise eines Marcian, sondern mit Witz und Verstand, so daß Nikos keinen Grund finden konnte, Argwohn gegen mich zu entwickeln.

Ein Wort hier und da, und sei es nur ein Gruß, so sahen meine Mittel aus. Auch sagte ich mir, der Nicephorus müsse ein frommer Mann sein. Deswegen fing ich an, in seiner Gegenwart eine oder zwei Strophen aus einem Psalm zu singen; vor allem dann, wenn es den Anschein hatte, daß ich noch nichts von seiner Nähe bemerkt hätte. Oder ich betete im Innenhof auf latein, wenn er gerade vorbeikam. Obwohl er kein Wort zu mir sprach, blieb er doch für einen Moment stehen, um zu lauschen, ehe er seinen Weg fortsetzte.

Auf diese Weise prägte sich ihm mein Gesicht immer mehr

ein. Ich wußte, daß meine Saat aufgegangen war, als ich einmal einen Raum betrat, in dem der Gesandte sich bereits aufhielt, und er den Kopf hob und kurz in meine Richtung schaute. Keine weltbewegende Geste, zugegeben, aber ich vergaß nie, jedem seiner Blicke mit einem freundlichen Lächeln oder einer leichten Verbeugung zu begegnen, wie man sie einem geliebten und respektierten Höherstehenden schenkt. Doch auch wenn ich mein Licht damit nicht besonders hell erstrahlen lasse, zwingt mich die Wahrheit doch dazu zu bekennen, daß ich mein Ziel erreichte, ohne viel dafür getan zu haben. Und tatsächlich gelang mir mehr, als ich zu träumen gewagt hätte.

Eines Tages, als ich gerade den langen Flur zu meiner Kammer hinunterschritt, kam ich an der Tür vorbei, die zum Innenhof führte, und sie stand offen. Der Gesandte saß draußen, bemerkte mich und lud mich mit den Worten zu sich: »Komm doch her, Bruder.«

Pflichtschuldigst begab ich mich zu Nicephorus, weil man einem hohen Herrn keinen Wunsch versagen sollte.

»Ich habe dich Bruder genannt«, begann er, »weil ich annehme, du warst einmal oder bist noch Priester. Nun, habe ich mich geirrt?«

»Ganz und gar nicht, Eparch«, antwortete ich demütig.

Er lächelte befriedigt. »Dachte ich es mir doch. Ich irre mich selten in der Beurteilung von Menschen. Du mußt wissen, daß ich dich beten gehört habe, und auch singen. Du besitzt eine angenehme Stimme, und ich höre dir gern zu.«

»Du schmeichelst mir, Eparch.«

»Wie wirst du gerufen?« fragte er.

»Aidan«, antwortete ich gehorsamst.

»Und wo hast du das Licht der Welt erblickt, wenn ich das fragen darf?«

Sein väterlicher Tonfall gefiel mir, und ich gab ihm gern Auskunft, daß ich in Éire geboren sei, das die Römer Hibernia nannten, und dort von den Mönchen in der Abtei von

Kells großgezogen worden sei. »Kennst du vielleicht mein Heimatland?«

»Leider nein«, entgegnete er. »Mir war es nie vergönnt, so weit zu reisen.«

So redeten wir eine Weile über dieses und jenes, und schließlich entließ er mich, damit ich an meine Pflichten zurückkehren könne. Doch von diesem Tag an bezog Nicephorus mich auf unterschiedliche Weise in seine Angelegenheiten mit ein. Zuerst behutsam, um festzustellen, wie ich darauf reagierte, doch als er erkannte, daß ich mich geschickt anstellte und Freude an dem Beisammensein empfand, fand ich mich immer häufiger in seiner Gesellschaft wieder und durfte mich schließlich als sein persönlicher Diener ansehen.

Nicephorus hatte schließlich sogar Mitleid mit meinem schäbigen Aussehen und ließ mir neue Kleider besorgen: eine grüne Kutte, eine Hose, einen langen hellgrünen Umhang und auch noch ein Hemd. Keine hochvornehme Garderobe, aber dennoch von einiger Qualität und für mich wie geschaffen. »Der Eparch möchte nicht, daß man dich mit einem Bettler verwechselt«, erklärte der Diener, der mir die Sachen brachte.

Harald, dem schon unsere erzwungene Trennung nicht behagte, gefiel diese neue Entwicklung überhaupt nicht. Da er mit seiner Meinung selten hinter dem Berg hielt, sagte er mir das auch gleich: »Das ist nicht recht. Ich werde sofort mit dem Jarl Eparch reden und ihm erklären, daß er sich einen eigenen Sklaven besorgen oder mich dafür bezahlen soll, daß er deine Dienste in Anspruch nimmt.«

»Du mußt deine Rechte natürlich unbedingt wahrnehmen, Jarl«, entgegnete ich, »indes mag es vielleicht auch für dich von Nutzen sein, wenn ich dem Gesandten so nahe sein kann.«

Er bedachte mich mit einem mißtrauischen Blick. »Wie meinst du das?«

»Der Eparch ist ein Mann von großem Einfluß. Er besitzt

Macht, und der Kaiser schenkt ihm Gehör. Ein Sklave am rechten Ort mag seinem Herrn viele interessante Dinge zu berichten wissen, die er bei einer so hohen Persönlichkeit erfahren hat.«

Das brachte Stierbrüller zum Nachdenken und gefiel ihm schließlich, bekam er dadurch endlich doch wieder etwas davon mit, was hier eigentlich gespielt wurde.

Der Wachdienst wurde ihm lang, um nicht zu sagen langweilig, und er hatte in den letzten Tagen viel darüber nachgedacht, wie er seine Position verbessern könnte. Indem ich nun das Wohlwollen des Gesandten genoß, war ich in die Lage versetzt, Harald in Dinge einzuweihen, die ihm andernfalls verborgen geblieben wären. Deswegen stimmte der Jarl am Ende seiner Überlegungen schließlich erfreut zu und forderte mich auf, unbedingt weiterhin den Gesandten zu bedienen.

Nikos hingegen war von dieser Entwicklung überhaupt nicht erfreut. Mit jedem Wort, Blick und geflissentlichem Übersehen meiner Person – im Grunde auf hundertfach verschiedene Weise – gab der Komes mir zu verstehen, daß er meine häufige Anwesenheit als unschicklich und ungehörig empfand. Aber da er dem Gesandten schließlich keine Vorschriften machen konnte, durfte ich bleiben und Mitwisser vieler wichtiger Entscheidungen werden.

In dieser Zeit lernte ich Nicephorus immer besser kennen, und ich empfand den allergrößten Respekt vor seinem großen Wissen und seiner tiefen Weisheit. Nun gut, ich habe viele gebildete Männer kennengelernt, aber nie jemanden, der so belesen war und sich auf den vielfältigsten Gebieten auskannte; kurzum, Nicephorus' Wißbegier kannte keine Grenzen. Außerdem erkannte ich, daß er sehr viel Menschenkenntnis besaß und den Charakter seines Gegenübers ganz genau zu durchschauen vermochte. Ein Talent, das mir gefiel, ansonsten aber von niemandem besonders geschätzt wurde.

Immer öfter stand ich hinter seinem Stuhl, wenn er eine offizielle Botschaft oder eine Gesandtschaft von Kaufleuten empfing. Harald duldete, wie bereits erwähnt, meine Anwesenheit bei diesen Gelegenheiten – allerdings nur, wenn ich ihm danach etwas Interessantes zu berichten hatte, das er irgendwann einmal zu verwerten hoffte. Wenn wir beide allein waren, stellte er mir des öfteren erstaunlich verständige Fragen zu verschiedenen politischen Angelegenheiten. Darüber hinaus zeigte er großes Interesse an Reisewegen, Grenzen, der militärischen Stärke bestimmter Stämme und ähnlichem mehr.

Aber ich greife vor.

Der Gesandte des Kalifen traf erst zwanzig Tage später in Trapezunt ein, und danach mußten noch einmal sieben Tage vergehen, bis wir ihm gegenüberstehen konnten. Soviel Zeit gab mir natürlich ausreichend Gelegenheit, meinen besonderen Freund Nikos aufmerksam zu beobachten. Und was ich zu sehen bekam, bestätigte das, was Justinian über diesen ach so getreuen und ergebenen Beamten gesagt hatte. Ich konnte nicht anders: Ich mußte ihn als außerordentlich rücksichtslosen und gefährlichen Mann einschätzen.

## 2

Wie ich bereits erwähnt habe, traf der Emir Jamal Sadik zwanzig Tage nach unserer Ankunft vor Trapezunt ein. Er näherte sich der Stadt auf einem Pferd und führte ein Gefolge von Adligen, Sklaven und sonstigen Bediensteten mit sich, ein Zug von mehreren hundert Personen, und dazu noch Herden von Schafen, Rindern und Rössern. Als die Wächter meldeten, daß die Araber bereits in Sichtweite seien, schickte Nikos die kaiserliche Ehrengarde sofort vor das Stadttor, um die Gesandtschaft hineinzugeleiten.

Der Emir ritt an der Spitze seines Gefolges bis in den Schatten des Tores und hielt dann an. Dies war der erste Araber, den ich je leibhaftig vor mir sah, und nach meinem Dafürhalten besaß er das Gesicht eines Raubvogels: scharfgeschnittene Züge, eine stolze Miene und die Ausstrahlung eines wahren Fürsten. Er hatte eine dunkelbraune Haut, und seine Augen, sein Haar und sein Bart waren von tiefstem Schwarz. Im Gegensatz dazu trug er von Kopf bis Fuß Weiß, angefangen von einem langen Tuch, das er sich ums Haupt gewickelt hatte – in seiner Heimat nennt man so etwas *Turban* –, bis hinab zu den fein gearbeiteten Stiefeln aus weichem Leder. Ich muß gestehen, das Weiß und das Schwarz boten einen Anblick, den man so leicht nicht wieder vergißt.

Der Gesandte des Kalifen betrat die Stadt an diesem Tag noch nicht. Statt dessen sandte er einen Boten zum Magister und erbat die Erlaubnis, sich am flachen Ufer des Flusses im Osten Trapezunts niederlassen zu dürfen. Die Araber wollten nicht im Ort untergebracht werden, sondern lieber ein Stück von den Stadtmauern entfernt ihre Zelte aufschlagen. Wenn ich hier von Zelten spreche, meine ich damit beileibe nicht die primitiven Häute, die man mit einem Pfahl hochschiebt und mit Seilen festzurrt. Nein, davon unterschieden sich die Behausungen der Araber wie Lehmhütten von einem Palast. Die Zelte des Emirs waren aus feinsten Stoffen gewebt und leuchteten in den vielfältigsten Farben. Viele von ihnen wiesen in ihrem Innern sogar mehrere Räume auf!

Wie gesagt, sie schlugen also ihr Lager an dem Fluß auf, welcher an Trapezunt vorbeifließt, und dort blieben sie drei Tage, ohne ihre Zeltstadt zu verlassen. Doch am Morgen des vierten Tages erschien ein arabischer Bote vor der Tür des Palasts, in welchen der Eparch eingezogen war, und überreichte ihm ein kleines, blau emailliertes Kästchen.

Wie es sich ergab, hielt sich der Komes gerade irgendwo in der Stadt auf, und Nicephorus nahm im Innenhof das Frühstück ein. So begegnete der Bote als ersten den zehn Wikingern, die auf Nikos' Geheiß Tag und Nacht vor dem Gebäude Wache zu halten hatten. Da sie nicht wußten, was sie mit dem Fremden anfangen sollten, schickten sie nach mir. Seit Konstantinopel schätzten die Seewölfe mich als Mittler zwischen ihnen und den Griechen, die für ihre Ohren nur Kauderwelsch von sich gaben. So ähnlich erging es ihnen auch mit dem Araber, und einer von ihnen kam zu meiner Tür. »Da ist ein Mann vor dem Palast erschienen, Aedan«, erklärte mir der Däne, der auf den Namen Sig hörte.

Ich folgte ihm nach draußen und traf einen Araber auf einem hellen, sandfarbenen Pferd an. Da er sofort meinen Sklavenkragen entdeckte, verzichtete er auf eine formelle Begrüßung und beließ es bei einem: »Möge der Friede Allahs mit dir sein. Ich bringe Grüße von meinem Herrn, dem Emir.« Der Bote sprach ein ausgezeichnetes Griechisch und fragte im folgenden, ob die Zeit günstig sei, zum Eparchen vorgelassen zu werden.

»Folge mir bitte«, entgegnete ich, »dann führe ich dich vor ihn.«

Der Araber glitt behende aus dem Sattel und lief einen Schritt hinter und rechts von mir her. Ich brachte ihn zum Innenhof, wo er Nicephorus lang und breit begrüßte, sich dann dafür entschuldigte, ihn bei seiner Mahlzeit zu stören, und ihm schließlich besagtes blaues Kästchen mit den Worten überreichte: »Eine Aufmerksamkeit von meinem Herrn, dem Fürsten Sadik, dem es eine große Ehre sein würde, den Eparchen morgen zur glücklichsten Stunde empfangen zu dürfen.«

»Bitte richte deinem Herrn aus, daß ich mit Freuden zusage. Ich werde zur Mittagsstunde bei ihm sein.«

»Die Freude ist ganz auf der Seite des Emirs.« Damit hob der Bote die Hände mit den Handflächen nach außen bis in Schulterhöhe, verbeugte sich einmal und zog sich dann ohne ein weiteres Wort zurück.

Nicephorus hatte es sich zur Angewohnheit gemacht, die erste Mahlzeit des Tages allein an einem kleinen Tisch im Innenhof zu sich zu nehmen. Manchmal stellte man eine Kohlenpfanne neben ihn, um die Kühle des Morgens zu vertreiben. Mochte die Sonne zu dieser Tages- und Jahreszeit auch noch sehr matt scheinen, zog er die frische Luft des Innenhofs der Wärme im Haus eindeutig vor, ob mit oder ohne Kohlenpfanne.

Als der Bote verschwand, wollte ich mich auch zurückziehen, doch der Eparch legte mir eine Hand auf den Arm und sagte: »Bleib, Aidan. Wir wollen einmal nachsehen, was der Emir da geschickt hat.«

So stellte ich mich neben seinen Stuhl und fragte: »Was hat es mit dieser *glücklichen* Stunde auf sich, von welcher der Bote gesprochen hat?«

Nicephorus drehte sich zu mir herum und sprach wie ein

Lehrer zu seinem Lieblingsschüler: »Wohlan!« Er streckte den Zeigefinger aus. »Die Araber teilen den Tag in zwölf Abschnitte ein – du kannst dir das wie ein Rad mit einem Dutzend Speichen vorstellen –, und jeder dieser Teile wird einem der Tierkreise des Zodiaks zugerechnet. Nach ihrem Glauben durchwandert die Sonne im Lauf eines Tages die zwölf Häuser.

Jede dieser Stunden verfügt demnach über einen Aspekt, der sie für bestimmte Tätigkeiten geeignet macht. Die Araber beginnen nichts, ohne vorher in den Himmel geschaut zu haben, um zu erfahren, wann sie am besten mit diesem Tun anfangen sollten.«

Der Emir erwies dem Eparchen also die gleiche Höflichkeit, mit der er selbst behandelt werden wollte. Nicephorus verstand die besondere Bedeutung hinter diesem Geschenk sofort, und er wußte die Vornehmheit einer solchen Geste durchaus zu würdigen. Der Gesandte schob seinen Teller beiseite und stellte das Kästchen vor sich, um es zu öffnen. Im Innern befand sich ein Nest aus roter Seide, und darin lag ein Diamant von der Größe eines Zaunkönigeis. Er hob den Edelstein heraus, hielt ihn hoch und drehte ihn in der Morgensonne. Das Stück glitzerte im matten Licht, als brenne in ihm ein Feuer.

In diesem Moment erschien Nikos, sah, daß wir beide uns unterhielten, und erstarrte augenblicklich. Doch als er den Tisch des Gesandten erreichte, hatte er Fassung und Lächeln wiedergewonnen.

»Aha, die Begrüßungsgabe ist also endlich eingetroffen«, bemerkte er und deutete auf das emaillierte Kästchen samt seinem kostbaren Inhalt.

»Der Emir richtet morgen einen Empfang für uns aus«, entgegnete der Eparch. »Wir werden uns zur Mittagsstunde zu ihm begeben. Sie halten das für die günstigste Zeit.«

»Mit Verlaub gesagt, Gesandter«, widersprach der Komes steif, »aber wäre es nicht besser, sie hierher zu bitten, und zwar zu einer Zeit, die du aussuchst? Es wäre wenig vorteilhaft für unsere Position, wenn wir ihrem Ruf einfach gehorchten.«

»Ein kluger Einwand, den du da vorbringst«, erwiderte Nicephorus, »der aber in diesem besonderen Fall gänzlich unnötig ist.«

»Im Gegenteil«, erklärte Nikos, »wann könnte er angebrachter sein? Bei allem Respekt, Eparch, aber man wird unsere Nachsicht als Schwäche oder Wankelmütigkeit mißverstehen. Deswegen sollten wir sie zu uns bestellen, und nicht umgekehrt.«

»Es ist niemals Schwäche, wenn man denen gegenüber guten Willen beweist, die man zu überreden hofft«, entgegnete der Gesandte milde. »Der Emir wird unser Einverständnis als Großzügigkeit ansehen und sich darauf einstellen.« Wieder hob er den Zeigefinger. »Die Araber sind nämlich ein stolzes Volk, und es ist ihnen schwer erträglich, eine Schuld oder eine Verpflichtung jemandem gegenüber nicht so rasch wie möglich zu vergelten. Wenn man mit diesen Menschen verhandelt, sollte man solche Umstände bedenken.«

»Selbstverständlich, Eparch.« Der Komes verbeugte sich steif und zog sich zurück. Ich bekam ihn erst am folgenden Tag wieder zu sehen, als unser Zug zum Zeltlager des Emirs zusammengestellt wurde. Und dort erkannte ich dann auch, was ihn so lange vom Palast ferngehalten hatte. Der Komes hatte nämlich die nicht geringe Mühe auf sich genommen, pferdegezogene Wagen zu besorgen und herzurichten, auf denen wir zu den Arabern fahren sollten.

Als Nicephorus aus der Villa kam, warf er nur einen Blick auf die Wagenreihe, die mitten auf der Straße aufgestellt war, und erklärte: »Schick sie wieder weg, Nikos. Fort damit. Wir laufen ins Lager des Emirs.«

Der Komes blinzelte mehrmals und wollte seinen Ohren nicht trauen. »Laufen? Mit Verlaub, Eparch, aber wir sollten uns den Arabern nicht zu Fuß zeigen.«

»Warum nicht?« fragte der Gesandte gutgelaunt. »Überall auf der Erde laufen die Menschen hierhin und dorthin, um ihren Geschäften nachzugehen. So etwas kann man tagtäglich sehen, und ich für meinen Teil empfinde keine Schande darin, mich jemandem zu Fuß zu nähern.«

»Aber der Magister und die anderen Würdenträger der Stadt ... ihnen könnte es als würdelos erscheinen, sich nicht wenigstens auf einem Pferd fortzubewegen.«

»Ich war mir bis zu diesem Moment noch gar nicht bewußt, daß du mit diesen Vorbereitungen hier vor allem den Magister und seine Untergebenen zu beeindrucken trachtetest.«

»Eparch, bitte, ich hätte nicht gedacht, daß du mir gegenüber jemals einen solchen Ton anschlagen würdest. Glaub mir, wenn ich sage, daß ich mich genausowenig um die Meinung des Magisters schere wie du. Dennoch gilt es für uns den Eindruck zu bedenken, den wir beim Emir hervorrufen wollen.«

»Dann laß dir von mir versichert sein«, entgegnete Nicephorus, »daß ebendiesem Punkt meine ganze Aufmerksamkeit gilt.«

»Gerade ebenso verhält es sich mit mir, Eparch, nur ...«

»Tatsächlich?« Die Stimme des Gesandten wurde hart und sein Blick fest. »Das erstaunt mich jetzt aber doch etwas.« Damit ließ er dieses Thema auf sich beruhen und meinte: »Mach dir keine Gedanken mehr, Nikos. Der Emir wartet, also sollten wir aufbrechen. Vergiß nicht, die Geschenke mitzunehmen.«

Der Gesandte setzte sich allein in Bewegung. Nikos starrte ihm eine Weile nach, und ich sah ihm an, wie es in ihm kochte. Es hätte nicht viel gefehlt, und er hätte vor Wut gebebt. Doch genauso schnell, wie der Zorn gekommen war, vollbrachte der Komes es, ihn hinunterzuschlucken. Rasch fuhr er herum und befahl Harald, die Ehrenwache in Marsch zu setzen.

Der Magister, der mit den Würdenträgern der Stadt ein wenig abseits gewartet hatte, näherte sich jetzt Nikos. »Es hat den Anschein, als habe der Eparch seine Meinung geändert«, bemerkte er und sah dem hageren alten Mann hinterher, der ganz allein die Straße hinunterlief.

»Ja, leider«, bestätigte ihm der Komes zögernd. »Ich fürchte, wir werden uns daran gewöhnen müssen, seinen Grillen zu Willen zu sein.«

Mehr sagte Nikos nicht; aber das brauchte er auch gar nicht, denn der Zweifel, den er mit diesen wenigen Worten gesät hatte, fiel auf fruchtbaren Boden und trug reiche Ernte.

Als wir das Osttor der Stadt erreichten, hatte der Komes es bereits vollbracht, unsere Schar in einen wohlgeordneten Zug zu verwandeln, der wenigstens etwas von der Würde und dem Pomp ausstrahlte, den Nikos sich so sehr gewünscht hatte. Hinter dem Tor schritten wir über eine Holzbrücke, die den Graben überspannte und bewegten uns wie eine Prozession auf das Zeltlager zu. Als der Emir uns entdeckte, stellte er sofort eine Empfangsgruppe auf und ritt uns mit dieser entgegen.

Auch diesmal würde ich den Anblick niemals vergessen, den der arabische Fürst bot. Er war wieder ganz in Weiß gekleidet, das im Licht der Wintersonne funkelte, und preschte auf einem Apfelschimmel heran. Einige Meter vor unserem Zug hielt er an, glitt elegant aus dem Sattel und kam uns zu Fuß und mit ausgestreckten Händen entgegen. Der Gesandte des Kalifen war von durchschnittlicher Größe, aber er strahlte soviel Würde und Macht aus, daß er alle anderen zu überragen schien. Da die Natur ihm keine Muskelpakete mitgegeben hatte, hatte er gelernt, sich mit der Grazie und Biegsamkeit einer Katze zu bewegen.

Obwohl die beiden Männer sich nie zuvor begegnet waren, schritt Sadik ohne Zögern auf Nicephorus zu und verbeugte sich vor ihm. Er sagte etwas auf arabisch, das sich für mein ungeübtes Ohr wie »Allah-il-Allah« anhörte, und erklärte dann: »Ich grüße dich im Namen des großen al-Mutamid, dank des Allweisen Allah Kalif der Abbasiden. Ich bin Jamal

Sadik, Emir unter den Abbasiden, und heiße dich in meinem Lager willkommen.«

Der Eparch nickte in Anerkennung dieses Empfangs. »Auch du sei gegrüßt, Emir Sadik. Im Namen des alleredelsten Basileios, Kaiser durch die Gnade Gottes, Auserwählter des Himmels, Mitherrscher Christi auf Erden und Kaiser der Römer, heiße ich dich willkommen. Ich bin dein Diener Nicephorus.«

»Vergebung, Eparch Nicephorus«, sagte der Araber, »aber ich habe meinen viel zu geringen Vorrat an Griechisch erschöpft. Von nun an werde ich die Hilfe meines Ratgebers in Anspruch nehmen müssen.« Er klatschte zweimal in die Hände. »Faisal!«

Ein junger Mann, ungefähr in meinem Alter, trat wie aus dem Nichts neben seinen Herrn. Ich brauchte nur einen Moment, um in ihm den Boten wiederzuerkennen, der uns gestern die Einladung überbracht hatte. Faisal verbeugte sich tief vor ihm und vor uns, um dann die Worte des Emirs in uns verständliches Griechisch zu übertragen. Die beiden Gesandten standen sich gegenüber und tauschten eine ganze Weile lang Grüße und Komplimente aus. Auch die Würdenträger, die abwechselnd auf beiden Seiten vortraten, sandten ihre Grüße. Danach kam es zum Austausch der Gastgeschenke. Der Emir erhielt goldene Armreife, der Eparch eine Schüssel aus Gold.

»Zu unseren Gebräuchen gehört es«, übermittelte uns Sadik nun durch seinen Übersetzer, »zu dieser Tageszeit eine Erfrischung zu uns zu nehmen. Es wäre mir die größte Ehre, wenn du dich bereit finden würdest, mich zu diesem Behufe in mein Zelt zu begleiten.«

»Die Ehre liegt ganz auf meiner Seite, Emir«, entgegnete Nicephorus. »Aber es käme für uns überhaupt nicht in Betracht, den Fuß in dein Zelt zu setzen, ohne vorher von dir das Versprechen zu erhalten, an einem anderen Tag zum Mahl zu uns zu kommen.«

»Sehr gern«, erklärte der Araber. »Ich erwarte diesen Tag jetzt schon mit großer Vorfreude.«

Nun zogen beide Gruppen ins Lager und zum Zelt des Gesandten, das sich genau in der Mitte befand. Harald und seinen barbarischen Kriegern wurde befohlen, sich davor aufzubauen. Ich stellte mich wie gewohnt hinter ihn und sagte mir, daß ich wohl nicht näher an das Fest herankommen würde.

Doch als der Eparch das Zelt betrat, hielt er inne, drehte sich um, gewahrte den Magister, den Spatharius, Nikos und die anderen Würdenträger und entdeckte dann mich hinter dem Wikingerkönig. »Du da, Priester!« rief er mich recht streng an, was er nur tat, wenn andere in der Nähe waren, »komm her, du sollst doch an meiner Seite bleiben.«

»Wir brauchen ihn aber nicht«, beeilte sich Nikos zu erwidern. »Laß den Sklaven doch hier draußen bei den Barbaren, wo er hingehört.«

Der Alte drehte sich sofort zu dem Komes um und fragte ihn hart: »Sprichst du etwa Arabisch?«

»Du weißt sehr gut, daß ich mich nicht auf diese Kunst verstehe«, entgegnete Nikos und runzelte die Stirn. »Aber ...«

»Dann brauchst du dir auch nicht weiter über meine Entscheidung den Kopf zu zerbrechen«, erklärte der Gesandte gereizt. Damit wandte er sich wieder an mich. »Nun komm, worauf wartest du denn noch?«

Als ich an dem Komes vorbeiging, bemerkte ich, wie er die Augen zusammenkniff. Sobald wir uns im Zelt befanden, gestand ich Nicephorus im Flüsterton, damit uns niemand hören konnte: »Eparch, ich spreche aber gar kein Arabisch.«

»Nein?« verwunderte er sich in einem Tonfall, bei dem ich nicht entscheiden konnte, ob ihm dieser Umstand längst bekannt gewesen war oder nicht. »Macht nichts. Das spielt jetzt auch keine Rolle mehr.«

Beide Gruppen gemeinsam setzten sich aus etwa dreißig Personen zusammen. Dazu kamen dann noch etwa fünfzehn arabische Bedienstete. Wir alle fanden im Zelt des Emirs reichlich Platz und litten keinen Moment unter Beengtheit.

Man wies uns an, auf dem Boden Platz zu nehmen, was aber nicht heißen soll, daß wir auf nackter Erde sitzen mußten. Die Araber hatten den Grund nämlich in ein Mosaik der schönsten Farben verwandelt, gemäß ihrer Sitte, den Boden eines Zelts mit dicken, gewebten Teppichen in den schönsten Mustern und Tönungen auszulegen. Wenn ich mich so umsah, konnte ich jede Farbe entdecken, die einem Weber an Tuch und Faden zur Verfügung steht. Erfreuten die vielfältigen Töne das Auge, so regten die komplexen Muster den Geist an. Auf diesen Teppichen hatte man Kissen verteilt, um drauf zu sitzen oder sich daran zu lehnen. Auf dieser Unterlage saß man so bequem und kommod, daß ich nicht den geringsten Grund zur Klage hatte.

Als alle ihren Platz gefunden hatten, befahl der Emir, daß die Erfrischungen aufgetragen wurden. Dies bewerkstelligte er, ohne ein einziges Wort zu verlieren. Er klatschte nur einmal in die Hände, und schon eilte ein Dutzend Sklaven mit silbernen Platten heran, von denen die jeweils nächste immer größer war als die vorangegangene. Auf jeder fanden sich Speisen und Köstlichkeiten, wie ich sie noch nie erblickt hatte, und auf der letzten, die von zwei Bediensteten gehalten werden mußte, lag ein ganzes gebratenes Lamm.

Man stellte alles in Reichweite der Gäste auf niedrigen Holztischen ab, und dann zogen sich die Aufträger gleich wieder zurück. Dafür traten andere mit silbernen Krügen und Bechern heran. Man füllte letztere mit einem heißen Getränk und reichte jedem einen davon, sogar mir.

Der Emir hob seinen Becher, brachte auf arabisch einen Trinkspruch aus und trank dann. Wir anderen folgten seinem Beispiel und setzten den Becher an unsere Lippen. Die dampfende Flüssigkeit schmeckte nach Blumen und Honig, war also heiß und süß, aber gleichwohl erfrischend.

Nun zeigte uns der Fürst, wie man sich von den Platten

bediene. Mit der Linken hielt er die Falten seines Ärmels und pickte sich mit zwei Fingern der Rechten Köstlichkeiten heraus. Einige aus der byzantinischen Gesandtschaft grummelten über diese Form der Nahrungsaufnahme und ärgerten sich darüber, daß keine Messer gereicht wurden. Sie bedienten sich wie verwöhnte Ziervögel von den Platten, gaben unfreundliche Bemerkungen von sich und schienen, so kam es mir jedenfalls vor, nicht die geringsten Gewissensbisse zu haben, den Gastgeber damit beleidigen zu können.

Nicephorus hingegen benahm sich, wie es von einem Mann in seiner Stellung erwartet werden durfte. Er leckte sich die Finger ab und schmatzte mit den Lippen, um zum Ausdruck zu bringen, wie sehr ihm die aufgetragenen Speisen mundeten; denn daß es sich bei diesen um ausgesuchte Köstlichkeiten handelte, daran konnte nach meinem Dafürhalten keinerlei Zweifel bestehen.

Emir Sadik zeigte sich äußerst erfreut darüber, daß der byzantinische Gesandte sich so offensichtlich wohl zu fühlen schien. Einige Male suchte er persönlich ein schmackhaftes Stück aus und reichte es seinem hohen Gast. Wie ich erfahren sollte, handelte es sich bei einer solchen Geste um ein Zeichen von Freundschaft. Von der Hand eines vornehmen Fürsten gefüttert zu werden, zeugte auch von außerordentlicher Wertschätzung.

So speisten die hohen Herren, und als sich alle ausreichend gesättigt hatten, durften die Diener, darunter auch ich, sich über die Platten hermachen. Die Speisen kamen mir fremd vor, schmeckten in der Regel aber nicht schlecht. Die eine oder andere Köstlichkeit enthielt ein starkes Gewürz, das in meinem Mund ein Höllenfeuer entzündete und mir den Schweiß auf die Stirn trieb. Ich glaubte sogar, mir würde schwarz vor Augen, aber dieser Schrecken verging rechtzeitig wieder.

Der Emir und der Eparch unterhielten sich beim Essen. Leider war ich zu weit entfernt, um viel von ihrem Gespräch mitzubekommen, doch allem Anschein nach hatten sie rasch herausgefunden, was sie vom anderen zu halten hatten, und schienen beide mit dem Ergebnis sehr zufrieden zu sein. Mahlzeit und Gespräch zogen sich lange dahin, bis wir von draußen ein gedehntes Heulen hörten. Die Stimme fuhr mit einem Singsang fort, wie ich ihn mein Lebtag noch nicht vernommen hatte, und wir alle verstummten, um ihr zu lauschen. Nur der Fürst erhob sich, verbeugte sich vor Nicephorus, erklärte ihm kurz etwas und verschwand dann aus dem Zelt. Sein Gefolge eilte ihm nach, und nur die Diener und der Übersetzer blieben zurück.

»Bitte«, sagte Faisal, »mein Herr, der Emir läßt sich entschuldigen, da nun die Stunde des Gebets begonnen hat. Doch da ihr seine hochgeschätzten Gäste seid, lädt er euch herzlich ein, so lange zu bleiben, wie es euch beliebt, und euch weiterhin an Speise und Trank zu laben.«

Nicephorus erhob sich nun und erklärte: »Übermittle deinem Herrn unseren tiefempfundenen Dank und richte ihm aus, daß wir uns in seiner Gesellschaft sehr wohl gefühlt haben. So ziehen wir uns mit dem allergrößten Bedauern von dieser gastlichen Stätte zurück.«

Wir verließen die Zeltstadt, gelangten wieder nach Trapezunt und begaben uns ohne Umwege ins Haus des Statthalters, wo Nicephorus sofort damit begann, die Vorbereitungen für den Gegenbesuch des Emirs in die Wege zu leiten.

Dies war also meine erste Begegnung mit richtigen Mohammedanern. Wie ich während unseres Aufenthalts in der Zeltstadt erfahren hatte, handelte es sich bei diesen Menschen keinesfalls um Heiden, wie ich zunächst vermutet hatte. Im Gegenteil, sie beten denselben Gott an wie die Juden und wir Christen und ehren auch das heilige Wort. Jesus ist ihnen kein Unbekannter, doch wie die Juden halten sie ihn nicht für Christus, den Erlöser. Doch auch unter den Mohammedanern findet man viel Frömmigkeit, und sie richten sich streng nach religiösen Geboten, die in ihrem heiligen Buch, dem

Koran, niedergelegt sind. Ein gewisser Mohammed hat es verfaßt, ein großer Prophet, nach dem sie sich auch selbst benennen – so wie wir uns nach Christus. Der Hauptgrundsatz ihrer Glaubenslehre fordert – so habe ich es zumindest verstanden – die vollkommene und gänzliche Unterwerfung unter den Willen Gottes, und diesen Zustand heißen sie *Islam*.

In dieser Nacht, in der ich in meinem Bett im Palast in Trapezunt lag, träumte ich wieder.

## 3

In der Zeit, kurz bevor sich Schlafen und Erwachen begegnen, fand ich mich in völliger Finsternis wieder. Ich stand in einem Raum, dessen Wände und Einrichtung ich im Dunkeln nicht ausmachen konnte. Aber hier war es kalt und feucht, und ich vernahm das Echo von menschlichen Schreien. Sie drangen von weiter Ferne an mein Ohr und so, als müßte ihr Widerhall an steinernen Mauern entlang.

Mir war nicht bewußt, wie ich hierher gelangt war, noch um was für eine Anlage es sich handeln mochte. Auch war mir nicht erinnerlich, wie lange ich mich hier schon aufhielt. Aber ich hörte immerzu die Schreie, und bald erschien es mir so, als warte ich hier auf etwas. Vermutlich hielt ich mich schon eine ganze Weile in diesem Raum auf, wenn es sich denn überhaupt um einen Raum handelte, und wartete auf das Erscheinen von jemandem ... doch zu welchem Sinn und Zweck, entzog sich vollkommen meiner Kenntnis.

Irgendwann spürte ich, daß sich noch jemand hier aufhielt. Als ich den Kopf hob, entdeckte ich vor mir einen Mann. Er besaß die braune Hautfarbe der Araber, starrte mich ungnädig an und hatte die Arme vor der Brust verschränkt, so als wolle er mir damit anzeigen, wie gering er mich achtete.

»Verzeihung, bitte«, begann ich vorsichtig, »aber warum bin ich hier? Was habe ich verbrochen?« Denn noch während ich diese Worte sprach, wurde mir schon bewußt, daß ich in einem Gefängnis steckte.

»Schweig«, sagte der Mann mit einer Stimme, die es gewohnt war, Befehle zu geben. Er löste die Arme, und ich entdeckte, daß er eine Schriftrolle in der Hand hielt. Die streckte er mir nun entgegen und wies mich an: »Lies mir vor.«

Ich nahm den Text, rollte ihn auf und fing an vorzutragen, obwohl die Worte mir fremd waren und sich in meinen Ohren eigenartig anhörten. Ich las die unverständlichen Sätze laut in die Dunkelheit, bis der Dunkelhäutige mich anherrschte: »Genug!«

Er riß mir die Schriftrolle aus den Händen und fragte: »Hast du verstanden, was du da vorgetragen hast?«

»Nein, Herr«, antwortete ich.

»Und weißt du, wo du dich hier aufhältst?«

»Dessen bin ich mir nicht sicher«, erklärte ich, »aber es will mir so vorkommen, als säße ich in einem Gefängnis. Sag mir, bin ich ein Gefangener?«

Der Mann lachte laut. »Ein Gefängnis?« fragte er dann grinsend. »Kommt dir dieser Ort wirklich wie ein Kerker vor?«

Damit klatschte er in die Hände, und ich stand nicht länger in einem dunklen, feuchten und stinkenden Raum – sondern saß auf einem Goldbrokatkissen inmitten einer riesigen Halle. Vor mir standen Platten mit den erlesensten Speisen, und ich war in feinste Seide gekleidet.

»Iß«, forderte der Mann mich auf. Ein Befehl, keine freundliche Einladung. »Nimm dir, was du möchtest.«

Ich beugte mich vor und begutachtete den ersten Teller, denn mit einemmal überkam mich tatsächlich großer Hunger. Als ich eine Hand ausstreckte, fiel mein Blick auf das Handgelenk, das gerade den Ärmel verlassen hatte. Mein Fleisch war stark gerötet und voller Narben. Ich zog die Rechte erschrocken zurück und betrachtete sie. Und danach die Linke – auch hier das gleiche Bild. Dabei hatte ich nicht die geringste Ahnung, wann und wie ich mir solche Verletzungen zugezogen hatte.

Da hörte ich das Wiehern eines Pferdes. Ich drehte mich erschrocken um und sah einen weiteren Araber, der auf einem Schimmel saß. Er trug einen Turban und ein Gewand von himmelblauer Farbe und schwang einen Speer. Als der Reiter mich erblickte, hob er die Waffe, richtete die Spitze auf mich, gab dem Roß die Sporen und drängte es vorwärts.

Das Pferd preschte sofort los, und bevor ich mich fassen konnte, waren Roß und Reiter schon über mir. Ich blickte direkt in die Nüstern des Schimmels, hörte das dumpfe Klappern seiner Hufe auf dem polierten Marmorboden und vernahm das Rauschen des scharfgeschliffenen Speers in der Luft.

Ich wollte mich umwenden und davonrennen, aber etwas hielt mich fest. Jetzt bemerkte ich zwei ebenholzschwarze Männer, die meine Arme gepackt hatten. Sie zogen und zerrten an mir, bis ich auf die Knie fiel.

Der Reiter tauchte jetzt vor mir auf, ohne Pferd und ohne Speer. Dafür hielt er ein Schwert über eine Kohlenpfanne, um es zu erhitzen. Er stieß die Klinge in die Kohlen, drehte und wendete sie und zog sie der Länge nach durch die Glut. Der Stahl wurde stumpf, rötete sich und fing schließlich zu glühen an. Nun nahm der Araber das Schwert und trat damit auf mich zu, der ich halb am Boden lag und mich vergeblich zu befreien versuchte.

Der Fremde gab den Schwarzen einen kurzen Befehl, den ich nicht verstehen konnte, und der eine riß an meinem Haar, so daß mein Kopf hochflog, während der andere gegen meinen Unterkiefer preßte, bis mein Mund offenstand.

Unvermittelt war es wieder dunkel, und ich konnte nur noch die glühende Klinge sehen, die langsam auf mich zukam.

Schon spürte ich die Hitze in meinem Gesicht und hörte das leise Seufzen des heißen Metalls in der kühlen Luft.

Die Dunkelhäutigen zogen mir die Zunge aus dem Mund.

Das Schwert erhob sich, schwebte kurz über mir und sauste dann herab. In diesem Moment erkannte ich im trüben Schein der Kohlenpfanne das Gesicht des Kriegers.

Emir Jamal Sadik.

Er warf mir einen leidenschaftslosen Blick zu – weder Zorn noch Haß, nur tiefe Ruhe war darin zu sehen –, ehe die Schneide herabfuhr und mir die Zunge abschnitt. Ich kreischte und hörte auch nicht damit auf, als sich mein Mund mit Blut füllte.

Ich erwachte vom Widerhall eines Schreis, der durch den Flur vor meiner Kammer fuhr, und hatte den Geschmack von Blut im Mund.

Die nächsten Tage waren angefüllt mit den Vorbereitungen für das Fest, das der Eparch für den Emir und sein Gefolge geben wollte. Lange und ausführlich beriet man darüber, welche Speisen Mohammedaner zu sich nehmen durften und welche nicht. So wie ich es mitbekam, war den Arabern der Genuß von Schweinefleisch in jedweder Form verboten. Das gleiche galt für Schalentiere – obwohl diese auf den Märkten von Trapezunt in großen Mengen angeboten wurden – und bestimmte Gemüsearten. Außerdem tranken sie weder Wein noch Bier.

Diese Einschränkungen riefen oft endlose Debatten bei denjenigen hervor, deren Arbeit darin bestand, das Festmahl zuzubereiten. Ich weiß das deswegen, weil Nicephorus mich häufiger in die Küche schickte, um ihm danach zu melden, wie weit die Vorbereitungen gediehen seien.

Der Küchenmeister war ein griesgrämiger Mann mit Namen Flautus, den jeder neue Wunsch des Eparchen zusätzlich zu verdrießen schien. An allem hatte er etwas auszusetzen, und er schien geradezu nach Möglichkeiten zu suchen, sich zu beschweren. Bald wetterte und schimpfte er bei jeder sich bietenden Gelegenheit wortreich. Auf diese Weise gelang es ihm, bei allen Küchenhelfern und sonstigen Bediensteten, die mit ihm zu tun hatten, einen tiefen Widerwillen gegen die Araber zu erzeugen, lange bevor diese bei uns eingetroffen waren.

Warum Flautus so vieles gegen den Strich ging, habe ich nie herausgefunden. Nikos aber erkannte in ihm gleich einen Mann nach seinem Geschmack und verschwendete keine Zeit, die Feindseligkeit des Küchenmeisters noch weiter zu schüren. Dies habe ich selbst einmal mitbekommen. Ich betrat gerade die Küche, weil ich dort etwas zu erledigen hatte, und sah den Komes, wie er auf Flautus einredete. Der hieb gerade mit einem Hackebeil auf ein Stück Fleisch ein. Seine Schläge wurden immer härter und wilder, bis man glauben konnte, er habe die verhaßten Araber unterm Messer.

Als Nikos mich bemerkte, schwieg er sofort und kam auf mich zu.

»Bruder Aidan«, begrüßte er mich mit einem Lächeln, aber in leicht bedrohlichem Tonfall, »wie angenehm zu wissen, daß du dem Eparchen so gut dienst. Ich hoffe doch, er mutet dir nicht zu viel zu.«

»Nein, Komes«, entgegnete ich. »Ich arbeite gern für den Gesandten.«

»Und König Harald ärgert sich nicht darüber, daß jemand anderer die Dienste seines Sklaven in Anspruch nimmt?«

»Der Jarl freut sich, wenn ich überall aushelfe. Verhielte es sich anders, hätte er mich sicher längst zur Rede gestellt.«

»Fein.« Nikos studierte mich für einen Moment, als wolle er meine Gedanken erraten. »Weißt du, Aidan«, fuhr er dann in einem Ton fort, als vertraue er mir etwas sehr Persönliches an, »ich habe deine Hilfe nicht vergessen, durch die es uns gelang, den verräterischen Hafenmeister zu überführen und der Gerechtigkeit zu übergeben. Nein wirklich, diesen Tag werde ich stets im Gedächtnis behalten.«

»Ich auch.«

»Doch ich frage mich immer noch, was dich eigentlich

damals dazu bewogen hat. Eigentlich ging die Sache dich doch gar nichts an.«

»Doch, das tat sie, Komes«, entgegnete ich. »Mein Herr, der König Harald, war geschädigt worden, und ich diene ihm treu.«

»Und indem du ihm so getreulich gedient hast, hast du dir damit auch das Wohlwollen meines Herrn errungen. Gewiß hast du durch diese Tat die Freiheit gewonnen, oder?«

»Nein, Komes, ich bin immer noch Sklave.«

»Aber ich darf doch wohl vermuten, daß du dir gewisse Hoffnungen auf die baldige Freiheit machst, nicht wahr?«

»Ja, Komes, so verhält es sich«, antwortete ich und fügte hinzu: »Doch dies ist die Hoffnung, die wohl jeder Sklave in seinem Busen nährt, oder?«

»Dafür bist du auch zu loben, Freund Aidan. Wie schlimm wäre es, wenn du alle Hoffnung bereits fahrengelassen hättest.« Auch wenn er seine Stimme nicht erhoben hatte und mir auch nicht zu nahe kam, wurde der Mann mir doch immer unheimlicher. »Wenn ich mir die Freiheit nehmen darf, Priester, ich kann dir von großem Nutzen sein, besitze ich bei Hof und beim Kaiser doch einen gewissen Einfluß.«

»Das werde ich mir ins Gedächtnis einprägen, Herr.«

»Ja, das rate ich dir auch.«

Damit verließ Nikos die Küche, und Flautus schaute ihm hinterher. Als ich mich zu dem Koch umdrehte, senkte er rasch den Blick und tat so, als habe er nichts von unserer kleinen Unterhaltung mitbekommen. Wieder hieb er auf das Fleisch ein und ließ erneut die Schneide durch Knochen und Knorpel fahren, als habe er seinen schlimmsten Feind vor sich. Ich erledigte rasch das, wozu ich hierhergekommen war, und hoffte, zukünftigen Unterredungen mit dem Komes entgehen zu können.

Als alles bestens hergerichtet war, schickte man eine Einladung an den Emir und bat ihn, am nächsten Tag nach seinen Abendgebeten in die Stadt zu kommen. Unser Bote kehrte mit der Meldung zurück, daß der arabische Gesandte zugestimmt und außerdem angekündigt habe, mit fünfzig seiner Gefolgsmänner und zweien seiner Ehefrauen zu erscheinen.

»Zwei Ehefrauen?« wunderte sich Nicephorus. »Davon weiß ich nichts. Hat er noch etwas gesagt?«

»Nein, nur daß sie ihn in die Stadt begleiten werden«, antwortete der Bote.

Am nächsten Tag, kurz nach Sonnenuntergang, zog Sadik dann mit seinem Gefolge heran. Der Jarl hatte sich mit vierzig seiner beeindruckendsten Krieger an der Straße aufgestellt, die zum Palast führte. Als der Emir vorbeiritt, grüßten sie ihn mit ausgestrecktem Arm. Wer sie wohl darauf gebracht hatte? Vermutlich war das Nikos' Idee gewesen. Ich fragte mich, wie lange er ohne die Hilfe eines Übersetzers wohl gebraucht hatte, ihnen das beizubringen. Harald selbst öffnete dem arabischen Würdenträger die Tür, als dieser die Unterkunft des Eparchen erreichte.

Fürst Sadik betrat den Festsaal in Begleitung von fünfzehn großgewachsenen Sarazenenkriegern, die mit kleinen Rundschilden aus Silber und langen Speeren aus demselben Edelmetall ausgestattet waren. Zwischen ihren Reihen bewegten sich zwei Frauen; wenn es sich bei ihnen denn überhaupt um Wesen des anderen Geschlechts handelte, denn sie waren von Kopf bis Fuß in fließende Gewänder von gelber Seide gekleidet, trugen einen Schleier vor dem Gesicht und hatten auch sonst alles verhüllt, so daß man nur noch ihre großen, dunklen Augen erkennen konnte.

Ich war hingerissen. Nie zuvor hatte ich zwei so atemberaubende und gleichzeitig so behütete Frauen gesehen. Sie bewegten sich sanft und anmutig wie Weidenruten, ihre golddurchwirkten Gewänder glitzerten, und sie schritten in schweigender Grazie dahin, während die kleinen Glöckchen an ihren Kleidern die Luft sanft zum Beben brachten. Als sie an mir vorüberkamen, nahm ich ihren Duft wahr – süß, exotisch, trocken, reich und voll wie der einer Wüstenblume. Der wunderbare Geruch schien mich anzulocken, und mein Herz schlug wie rasend.

Mochten sie auch nur einen Schritt von mir schreiten, sie waren mir fern wie Göttinnen. Ich brauchte nur eine Hand auszustrecken, um sie zu berühren, und doch waren sie unerreichbar für mich. Verwundbar wie Lämmer wandelten sie, doch umringt von Wächtern, die bereit waren, sofort von ihren Waffen Gebrauch zu machen. Es bedurfte all meiner Willenskraft, den Blick von den beiden Schönen zu wenden, wollte ich doch den Emir nicht beleidigen. Doch wann immer sich eine Gelegenheit dazu bot, sah ich heimlich in ihre Richtung. Da ich ihre Gesichter nicht erkennen konnte, stellte ich mir vor, daß zu solch anmutiger und vollendeter Gestalt nur die betörend schönen und lieblichen Züge von Engeln gehören konnten. Und ich wußte, daß meine Vorstellungskraft nicht ausreiche, sie mir auch nur annähernd auszumalen.

Die Araber wurden vom Eparchen in aller Herzlichkeit empfangen. Zum Zeichen seines Respekts reichte er ihnen sogar die Hand. Der Emir nahm die Rechte des Byzantiners, hielt sie fest und tauschte Grüße mit ihm aus. Nicephorus überreichte Sadik eine goldene Halskette und gab ihm dann je drei Goldringe für seine Ehefrauen. Die Edlen im Gefolge des Fürsten erhielten jeder einen silbernen Becher.

Natürlich hatte auch Sadik Gastgeschenke mitgebracht. Er winkte einigen Dienern zu, die mehrere Holztruhen heranschleppten. Diese enthielten feinste Seidengewänder, Alabasterfläschchen mit kostbarem Öl gefüllt und wunderbare emaillierte Kästchen, in denen sich je ein Rubin befanden. Während die Geschenke an die anwesenden Griechen verteilt wurden, überreichte der Emir dem Eparchen eine purpurfarbene Seidenrobe, wie sie selbst in Byzanz nicht ihresgleichen fand. Das Stück war mit Goldfaden gesäumt, und man hatte den Stoff über und über mit goldenen Kreuzen bestickt. Des weiteren bedachte Sadik Nicephorus mit einem Schwert aus Silber, das eine schlanke, gebogene Klinge besaß – ganz so, wie es auch seine Leibwächter trugen.

Ich konnte nur über die Pracht der Geschenke staunen, welche die Araber mitgebracht hatten, und fragte mich leise, was für ein Grund dahinterstecken mochte. Die Gaben des Eparchen waren großzügig und dem Zweck durchaus angemessen gewesen – die des Emirs hingegen von ausgesuchter Erlesenheit. Doch wenn Nicephorus ein Unwohlsein befallen sollte, weil seine Geschenke es mit denen der Araber kaum aufnehmen konnten, so ließ er sich nichts davon anmerken.

Nachdem mit dem Austausch der Gaben der formelle Teil abgeschlossen war, ließen sich alle zum Mahl nieder. Die Byzantiner auf niedrigen Couchen, die Gäste auf Kissen. Beide Seiten saßen einander gegenüber und warfen sich immer wieder vorsichtige Blicke zu, während die Bediensteten zwischen ihnen Tablette und Platten hin und her trugen.

Dieses Fest zu beschreiben, hieße, es herabzuwürdigen, denn Worte allein reichen nicht aus und können nur einen schwachen Abglanz der Herrlichkeiten an diesem Abend wiedergeben. Da niemand es mir verbot, ließ auch ich mich auf einem freien Platz nieder und labte mich an den Köstlichkeiten.

Ich kann die Speisen nicht genug preisen. Jeder Bissen ein Gedicht, angefangen von den kleinen, in Salzlake eingelegten Oliven bis hin zu den in Honig gebratenen Wachteln. Und erst der Wein! Blumig wie Balsam und leicht wie eine Wolke erfüllte er den Mund mit fruchtiger Frische und der Sanftheit einer Sommernacht.

Die Araber nahmen natürlich keinen Wein zu sich, dafür aber einen süßen Trank aus Honig, Gewürzen und Wasser, den Nikos eigens für sie hatte zubereiten lassen.

Die hohen Würdenträger Trapezunts hielten es für geboten, sich von all den Herrlichkeiten unbeeindruckt zu zeigen. Sie ruhten auf ihren Liegen und knabberten stoisch an dem, was sie mit ihren Messern aufgespießt hatten, so als nähmen sie hier nicht an einem Festmahl teil, sondern müßten eine lästige Pflicht über sich ergehen lassen. Um die Wahrheit zu sagen, ihr Verhalten angesichts der großzügig und freigebig aufgetragenen Wohltaten konnte nur als Sünde bezeichnet werden. Ich für meinen Teil gab mein Bestes, ihr Fehlverhalten wieder wettzumachen, und ließ jeden dieser herrlichen Bissen mit soviel Dankbarkeit auf der Zunge zergehen, wie sie ein Mann nur aufbringen kann.

Nicephorus und der Emir saßen nebeneinander auf Kissen. Der Eparch verzichtete zu Ehren seines Gastes auf die gewohnte Liege. Beide hockten auf einem niedrigen Podium, von dem aus sie das ganze Fest überblicken konnten. Diejenigen, die unter den anderen den höchsten Rang einnahmen, durften ihnen am nächsten sitzen. Nikos befand sich dem Gesandten am nächsten, gefolgt vom Magister und dem Spatharius. Letztere machten die ganze Zeit über ein Gesicht, als befänden sie sich auf einer Beerdigung.

Mitten während des Mahls erhob sich der Komes und verschwand, nur um wenig später in der Begleitung von vier Männern zurückzukehren, die auf einem reich verzierten Holzbrett einen riesigen goldenen Krug hereintrugen. Alle, ob Araber oder Griechen, taten lautstark ihre Verwunderung über einen so unfaßbar wertvollen Gegenstand kund, und der ganze Saal hallte von ihren Begeisterungsausrufen wider.

Nikos trat durch den Mittelgang zwischen den beiden Gruppen und blieb vor dem Podium stehen. »Kaiser Basileios übersendet dem Emir seine Grüße«, verkündete er laut genug, daß alle Anwesenden ihn verstehen konnten. »Der Basileus hat mich gebeten, dir in seinem Namen diese Kanne zu überreichen, auf daß du sie dem Kalifen übergeben mögest zum Zeichen der hohen Wertschätzung, die mein Herr für seinen zukünftigen Freund empfindet.«

Diese Ankündigung löste im Saal Tuscheln und Murmeln aus. Manche starrten in unverhohlener Verwunderung auf dieses wirklich großzügige, um nicht zu sagen, verschwenderische Geschenk, das mehr als ein Vermögen wert sein mußte.

Auf ein Zeichen des Komes hin füllten die Bediensteten nun silberne Krüge mit dem Trunk, der sich in der Kanne befand. Andere eilten herbei, nahmen die Krüge und schenkten daraus den Gästen ein. Als alle davon erhalten hatten, hob Nikos seinen Becher und rief: »Ich trinke auf die Gesundheit und das lange Leben des Kaisers und des Kalifen. Und auf die Freundschaft und den Frieden zwischen unseren Völkern.«

Jeder hob nun seinen Becher und setzte ihn an die Lippen. Doch in ebendiesem Moment, in dem wir alle gerade beschäftigt waren, erhoben sich in der Vorhalle Geschrei und Getöse, und schon stürmten acht oder zehn Mann in den Festsaal. Sie trugen schwarze Sarazenengewänder und hatten die untere Gesichtshälfte verschleiert. Ohne zu zögern, rannten sie durch den Mittelgang, schrien und lärmten um die Wette und schwangen Schwerter und Speere. Dann ergriffen sie gleich die goldene Kanne und trugen sie ebenso rasch vor aller Augen davon. Alle Gäste sprangen auf, na ja, nicht ganz so hastig, hatten sie sich doch bereits die Bäuche vollgeschlagen, und versuchten, die Diebe aufzuhalten. Doch die waren schneller. Bevor wir wußten, wie uns geschah, hatten die Verbrecher mitsamt ihrer Beute längst das Weite gesucht.

Nicephorus saß wie erstarrt da. Der Magister und der Spatharius glotzten blöde und schienen es nicht fassen zu können. Des Emirs Gesicht verfärbte sich vor Scham und Wut darüber, daß Männer seines Volkes eine so freche Schandtat in dem Haus begangen hatten, in dem er gerade zu Gast weilte. Er erhob sich und befahl seinen Leibwächtern, die Schurken zu verfolgen, zu erschlagen und die goldene Kanne zurückzubringen. Die Sarazenen richteten sich wie ein Mann auf und griffen zu ihren Waffen.

Doch der Eparch hielt sie zurück. Er hob beide Hände und rief: »Bitte, laßt euch wieder nieder. Ich bitte euch sehr darum. Die Diebe sind längst fort, und niemand wurde verletzt. Es besteht also kein Anlaß mehr, die Waffen sprechen zu lassen. Das wahre Verbrechen würde darin bestehen, daß wir den Schuften die Genugtuung verschafften, unser freudiges Fest zerstört zu haben. Deswegen bitte ich euch, verschwendet keinen Gedanken mehr an das, was sich hier eben ereignet hat. Es war eine bloße Nichtigkeit. Laßt euch davon nicht die Stimmung verderben.«

Er wandte sich an die Diener, die mit den silbernen Krügen dastanden, und rief einen von ihnen zu sich, um ihm etwas ins Ohr zu flüstern. Dieser rief daraufhin seine Brüder zu sich, und gemeinsam verließen sie die Halle.

»Meine Freunde«, rief Nikos, »wendet euch wieder den Lustbarkeiten zu. Tut einfach so, als sei nichts geschehen.« Er streckte den Arm aus und wies zum Eingang des Saals, wo die Bediensteten gerade wieder erschienen und eine noch größere Kanne als die gestohlene hereinbrachten. »Seht ihr!« lachte der Komes. »Niemandem ist heute abend ein Schaden entstanden. Der Reichtum des Kaisers ist für alle Fälle gewappnet. Und nun genießt, Freunde, genießt!«

Hatte die erste Kanne schon die Gäste entzückt, so versetzte der Anblick der zweiten sie in ergriffenes Schweigen. Ich glaube, die Gedanken einiger erraten zu können, die überdeutlich auf ihrer Miene geschrieben standen: Wie ist es möglich, daß gleich zwei solcher unvorstellbar wertvoller Gegenstände existieren? Kann der Kaiser wirklich dem Kalifen solche Gaben schicken? Wieviel ihn das gekostet haben muß! Nur ein Gott vermag solchen Reichtum zu verschenken!

Auch die zweite Kanne enthielt den köstlichen Trank, der nun, wie vorher, in silberne Krüge umgefüllt und dann zu den Gästen getragen wurde. Nikos brachte erneut seinen Trinkspruch aus, und langsam kam das Fest wieder in Gang. Doch jetzt hatten auch die Byzantiner ihren Anteil daran.

Am nächsten Tag gab es in ganz Trapezunt kein anderes Gesprächsthema als den dreisten Diebstahl, und wie der kluge Komes mit seiner raschen Tat die Ehre des Emirs gerettet habe. Man pries Nikos als Helden und wahren Edlen. Und die Bürger staunten natürlich über den unvorstellbaren Reichtum des Kaisers. Der Magister und sein Spatharius waren von morgens bis abends damit beschäftigt, überall Erkundigungen über die Diebe einzuholen. Bald wurde eine hohe Belohnung für die Ergreifung der Übeltäter und die Wiederbeschaffung der goldenen Kanne ausgelobt.

Nur der Eparch wirkte nicht sehr glücklich darüber, wie der Komes die Angelegenheit am Vorabend geregelt hatte. Ich traf Nicephorus nach der Mittagsstunde im dem Raum an, in dem er für gewöhnlich seine Ratssitzungen abhielt. »Herr!« rief ich gleich, als ich ihn auf seinem Sessel sitzen sah. Die Hände auf den Lehnen waren zu Fäusten geballt. »Du hast mich gebeten, dir sofort Bescheid zu geben, wenn Nikos zurück ist. Nun, er ist eben eingetroffen.«

»Sag ihm, daß ich ihn auf der Stelle zu sprechen wünsche!«

Ich wandte mich um und wollte gerade wieder hinaus, als der Komes auch schon voller Entschlossenheit und Tatendrang zur Tür hereinkam. »Wir werden die Kanne wiederfinden, keine Sorge! Meine Männer suchen bereits die ganze Stadt ab. Ich hege keinerlei Zweifel daran, daß wir das Stück über kurz oder lang zurückerlangen werden.«

»Und wie steht es mit der Ehre unserer Gäste?« entgegnete Nicephorus. »Werden sie die auch wiedererlangen?«

»Du bist natürlich betrübt, Eparch«, sagte Nikos, »aber ich versichere dir, daß ich alles in meiner Macht Stehende veranlaßt habe, um diesen unerfreulichen Vorfall aufzuklären.«

»Ja, ich bin betrübt«, erwiderte der kaiserliche Gesandte spitz. »Und noch mehr bin ich erzürnt. Die Beleidigung, die meinen Gästen zuteil wurde, ist unverzeihlich. Der Emir war großzügig genug, sich meine Versicherung anzuhören, daß wir diese Angelegenheit mit aller Entschiedenheit verfolgen würden.«

»So geschieht es gerade«, bestätigte ihm der Komes. »Du

darfst dir meiner vollen Unterstützung sicher sein. Die Schurken sollen ergriffen und ihrer gerechten Strafe zugeführt werden. Wenn du meinen Rat hören willst, nun, ich glaube, du setzt zuviel Vertrauen in die Wikinger. Sie sollte man nämlich für den ungeheuerlichen Vorfall zur Rechenschaft ziehen. Wenn sie nicht so nachlässig gewesen wären, hätten die Diebe nie zu uns vordringen können!«

»Tatsächlich?« gab Nicephorus kurz angebunden zurück. »Nun, sie haben auf ihren Posten gestanden. Dort, wo du sie hingestellt hast. Selbst die Sklaven haben ausgesagt, daß niemand das Haus verlassen oder betreten habe, seit die Dänen davor wachen. Ich fürchte, wir müssen anderswo nach den Übeltätern suchen.«

Der Komes wollte aufbrausen, aber der Eparch entließ ihn mit einer Handbewegung. »Du darfst dich zurückziehen, Komes. Geh zum Magister und seinem Äffchen. Die beiden werden deine Versicherungen begieriger vernehmen als ich. Laß mich jetzt allein. Ich wünsche nachzudenken.«

Nikos wirkte gekränkt von diesen harschen Worten, die fast einem Rauswurf gleichkamen. »Wenn ich in irgendeiner Weise dein Mißfallen erregt haben sollte, Eparch, dann bedaure ich das zutiefst. Doch möchte ich dich daran erinnern, daß wir es hier mir einer höchst ungewöhnlichen Situation zu tun haben, die äußerstes Fingerspitzengefühl erfordert. Wir müssen Vorsicht und Umsicht walten lassen.«

»Ja, gewiß doch, natürlich«, erwiderte Nicephorus gereizt. »Nun geh endlich, wenn nötig auch mit Vorsicht und Umsicht, aber laß mich endlich allein!«

Der Komes stampfte aus dem Raum. Der Eparch wartete, bis der Mann nicht mehr zu sehen und zu hören war, und sagte dann: »Hast du seine Worte gehört, Aidan?«

»Ja, Herr.«

»Er meinte, die Kanne würde bald wieder auftauchen. Ich frage mich, wo man sie finden wird, in der Küche oder im Stall?«

»Wie bitte, Eparch?«

»Der Komes hat seine Hände im Spiel, dessen bin ich mir ganz sicher.« Er hob den Kopf und sah mich an. »Danke, Aidan, du kannst jetzt gehen. Ich bin müde und möchte mich etwas hinlegen.«

Nicephorus erhob sich erschöpft aus seinem Sessel und schritt langsam zur Tür, blieb dann aber stehen. »Kann ich dir vertrauen, Aidan?«

»Das hoffe ich, Herr.«

»Dann will ich dir etwas sagen.« Er winkte mich zu sich heran. Als ich vor ihm stand, legte der Gesandte mir väterlich eine Hand auf die Schulter; eine Geste, die mich sehr an Abt Fraoch erinnerte. Dann neigte er den Kopf vor und flüsterte mir ins Ohr: »Nimm dich vor dem Komes in acht, Aidan. Er sieht in dir seinen Feind.«

Das überraschte mich nicht im mindesten. Dennoch fragte ich: »Ich habe keinen Anlaß, dir nicht zu glauben, Eparch, aber warum sollte Nikos mich für seinen Feind halten?«

Nicephorus lächelte dünn und bitter. »Weil du seine Doppelzüngigkeit durchschaut hast. Und er fürchtet nichts mehr auf der Welt, als entdeckt zu werden. Entdeckung ist das einzige, was Verrat nicht ertragen kann!«

# 4

Die goldene Kanne kam zwei Tage später wieder ans Tageslicht. Es hieß, man habe sie in einem der Gräben außerhalb der Stadtmauern gefunden. Das Stück war größtenteils unbeschädigt, wenn man von einer Delle an der Seite und einem verbogenen Henkel absah, der den Eindruck erweckte, als habe jemand versucht, ihn abzubrechen. König Harald knurrte, als ich ihm von der Entdeckung des Schatzes berichtete. »Die Kanne wurde an einem bestimmten Ort zurückgelassen, damit andere wußten, wo sie nach ihr suchen sollten.«

Der Jarl hatte den ganzen Vorfall von Anfang an mit gemischten Gefühlen betrachtet. Der Diebstahl ging ihm und seinen Kriegern natürlich an die Ehre, und Harald vertrat die Überzeugung, daß die Freveltat allein zu dem Zweck begangen worden sei, ihn in Mißkredit zu bringen. »Es gab überhaupt keine Sarazenenbande, die hier eingedrungen ist. Sobald der Emir hier erschien, hat niemand die Eingangshalle betreten oder verlassen.«

»Möglicherweise haben die Schurken sich ja bereits im Haus aufgehalten«, meinte ich, »und sich hier bis zum Fest versteckt.«

»Heja«, knurrte Stierbrüller. »Das Gesindel muß schon im Palast gewesen sein. Ja, nur so war es. Beim Barte Thors, die Kanne ist niemals gestohlen worden.«

»Aber ich habe es doch mit eigenen Augen gesehen. Die Kanne stand vor uns, und die Diebe sind hereingestürmt und haben sie mitgenommen.«

»Nein«, grollte er. »Hast du jemals von einem Dieb gehört, der einen solchen Schatz zurückläßt, sobald er ihn erst einmal in Händen hält? Ich jedenfalls nicht.«

»Vielleicht fürchteten sie die Verfolger«, entgegnete ich, »und haben die Beute deswegen im Graben versteckt, um sie später zu bergen, wenn gerade niemand hinsehen würde.«

Der Wikingerkönig schüttelte entschieden den Kopf. »Sie haben die Kanne dort in den Graben geworfen, damit jemand anderer sie finden konnte.« Dagegen konnte ich nichts sagen, und überhaupt mußte ich Harald zugute halten, daß er sich in allem, was mit Diebstahl und Beuteverstecken zusammenhing, wesentlich besser auskannte als ich.

Gunnar und Tolar hegten ebenfalls einen Verdacht. »Wem hat diese Schurkerei genutzt?« fragte Gunnar. »Wenn du den findest, hast du auch deinen Dieb.«

Wie dem auch sei, die Schufte, die den Überfall durchführten, wurden nie entdeckt. Da die Kanne wiedergefunden war, stellte man die Suche nach den Übeltätern auch bald ein, und damit fanden die Spekulationen rasch ihr Ende. Das allgemeine Interesse wandte sich wieder den Friedensverhandlungen zwischen dem Eparchen und dem Emir zu, die wenige Tage später aufgenommen wurden. Die beiden hohen Herren trafen sich abwechselnd in der Stadt oder im arabischen Zeltlager. Manchmal durften der Magister und andere Würdenträger daran teilnehmen, gelegentlich auch die Kaufleute aus Konstantinopel, und einige Male kamen nur Nicephorus und Sadik nebst ihren Dolmetschern und persönlichen Ratgebern zusammen. Ich hatte auch hin und wieder die Ehre, den Sitzungen beiwohnen zu dürfen, empfand sie aber als außerordentlich langweilig.

Mittlerweile befanden wir uns bereits im Winter, doch auch wenn es etwas kühler wurde und häufiger regnete, war es nie richtig kalt. Auch Schnee gab es hier keinen zu sehen, höchstens auf den Gipfeln der hohen Berge im Norden und Osten. Manchmal kam ein kräftiger Südwind auf, der die blattlosen Äste durchschüttelte und Wärme in die Stadt trug.

Mit dem Näherrücken des Weihnachtsfestes schüttelte Trapezunt etwas von seiner angeborenen Trägheit ab. Mir fiel auf, daß täglich mehr Menschen in die Stadt strömten. Ich befragte einen der Kaufleute danach, der seit zwanzig Jahren in Trapezunt mit Perlen und Marmor handelte und gelegentlich in die Delegation des byzantinischen Gesandten aufgenommen wurde. Dieser antwortete mir, daß das noch gar nichts sei und aus diesem Hereintröpfeln von Fremden bald ein reißender Strom würde.

»Wart's nur ab«, erklärte er, »an St. Euthemius findest du hier in Trapezunt kein freies Zimmer mehr, und jede Tür wird dann ausgehangen sein, um jemandem als Bett zu dienen. Glaub mir, ich spreche die Wahrheit.«

Wir in der Abtei haben natürlich, wie jede andere christliche Gemeinschaft, auch bestimmte Heilige an ihren Namenstagen geehrt. Und für uns Mönche in Kells war natürlich der Tag von St. Colum Cille ein hoher Feiertag, galt er doch als unser Schutzpatron. Doch auch wenn es im Osten viele Heilige gab, die im Westen unbekannt geblieben waren – denn dieser Euthemius sagte mir rein gar nichts –, so kam es mir doch merkwürdig vor, daß man hier in Trapezunt den Tag eines Heiligen mehr begehen sollte als den Geburtstag von Gottes Sohn. »Ich hatte ja keine Ahnung, daß dieser Euthemius hier so besonders verehrt wird, daß Menschen von nah und fern herbeiströmen«, bemerkte ich.

»Na ja, einige kommen sicher, um ihre Gebete zu dem Heiligen zu sprechen«, entgegnete er mit einem Achselzucken, »aber die meisten nehmen den weiten Weg wohl wegen des Jahrmarkts auf sich.«

Ich hatte dieses Wort schon gehört, konnte mir aber nicht so recht vorstellen, was der Händler damit meinte. Also befragte ich ihn danach und bekam zur Antwort, daß ein Jahrmarkt mehr sei als ein bloßer Markt, auf dem Waren feilgeboten und gekauft wurden; denn eine solche Veranstaltung ziehe sich über mehrere Tage hin, und die Menschen fänden zahlreiche Zerstreuungen und Lustbarkeiten. »Der Jahrmarkt von Trapezunt ist weithin bekannt«, versicherte der Mann mir. »Die Menschen strömen aus allen Ecken des Reichs hierher, seien sie nun Christen oder Heiden. Kurzum, niemand will sich das entgehen lassen.«

Wie ich später feststellen sollte, hatte der Kaufmann nicht übertrieben. Das Christfest kam und ging, und die Bürger besuchten auch die Messen und sprachen die erforderlichen Gebete; doch sie entledigten sich dessen wie einer Pflicht und ohne innere Wärme und Begeisterung. Ich ging ebenfalls zur Messe, doch eher aus Neugier, als daß es mir eine Herzensangelegenheit gewesen wäre; und in dem Zustand, in dem sich meine Seele befand, brachte ich es auch nicht über mich, ein Gebet zu sprechen.

Der Gottesdienst kam mir wie ein leeres Ritual vor, und selbst der Gesang wirkte hohl. Insgesamt erschien die Messe mir als recht traurige Veranstaltung, doch mag dieser Eindruck auch von meiner persönlichen Leere gefärbt gewesen sein. Ich war immer noch zutiefst von Gott enttäuscht und fühlte mich nicht in der Lage, Freude über die Geburt Seines Sohns zu empfinden; schließlich redete ich ja auch nicht mehr zu Ihm.

Im tiefsten Innern meiner Seele hegte ich wohl die Hoffnung, während dieses besonders heiligen und freudigen Festes der Christenheit würde ein Wunder geschehen und zwischen Gott und mir käme es zu einer Art Aussöhnung. Vielleicht, daß sich unser Herr Jesus meiner erbarmen und Gnade über mich bringen würde; daß Er mich wieder in Seine Gemeinschaft aufnähme, mich umarmen und mich wieder an meinen Platz im großen Königreich einsetzen würde.

Aber nein, Gott wandte sich weiterhin von mir ab, war mir

fern und verbarg sich in Seinem Himmel, kümmerte sich nicht mehr um mich und schwieg. Und wenn Er doch die Menschheit mit dem Licht Seiner Gegenwart segnete, dann sicher in einem anderen Winkel des Erdenrunds. Die Freude über die Geburt Seines Sohns mußte wohl gerade über andere kommen.

Das einzige Anzeichen von Freude und fröhlicher Gesinnung, auch wenn es mit dem göttlichen Fest wenig zu tun hatte, erwartete mich bei den Dänen. Die Seewölfe hatten ihren eigenen Anlaß, eine feuchtfröhliche Feier zu begehen. Für sie war *Jultide*, das Julfest oder der Tag der Wintersonnenwende, und den begingen sie mit einem siebentägigen Gelage, wohl eher eine Orgie, bei der gefressen, gesoffen und gerauft wurde. Sie hatten ihr eigenes Bier gebraut und sich sechs Schafe und vier Kälber beschafft, die über Spießen gebraten werden sollten; allerdings wären ihnen ein Ochse und ein paar Schweine sicher lieber gewesen. Niemand hielt mich zurück, und so gesellte ich mich zu den Wikingern, die einen großen Teil der Hafenanlage übernommen und auf der Kaimauer aus den Segeln ihrer Schiffe Zelte errichtet hatten.

»Ach, wie ich Karins Räucherschinken vermisse«, beklagte sich Gunnar am dritten oder vierten Tag des Festes. »Und ihren Stockfisch. Und erst das selbstgebackene Brot! Ja, die wären jetzt genau das richtige! Meine Karin macht den besten Fisch, nicht wahr, Tolar?«

Sein Freund nickte weise und starrte in seinen leeren Becher. »Aber der Glögg ist guuuhht.«

»Das stimmt«, stimmte Gunnar versonnen zu und gestand dann: »So etwas habe ich noch nie getrunken, Aedan. In Skane können sich nur die sehr Reichen so etwas leisten, wird das Getränk doch aus Wein gemacht. Aber wer weiß, vielleicht gehören wir ja auch bald zu den Reichen, heja?«

»Heja«, stimmte Tolar zu, glaubte, damit mehr als genug gesagt zu haben, und erhob sich rasch, um die Becher wieder aufzufüllen.

Thorkel und zwei andere Dänen schwankten heran und ließen sich an unserem Tisch nieder.

»Aedan, alter Seewolf!« rief der Steuermann. »Dich habe ich ja schon eine halbe Ewigkeit nicht mehr gesehen!«

»Wir haben erst gestern miteinander geredet«, widersprach ich.

»Ach ja, richtig.« Er strahlte über das ganze Gesicht. »Dies ist das beste Julfest aller Zeiten. Nur der Schnee fehlt.« Thorkel hielt inne, das Lachen verging ihm von einem Moment auf den anderen, und er blickte betrübt drein. »Zu schade, das mit dem Schnee.« Er schüttelte langsam den Kopf. »Ja, mit Schnee wäre es wirklich schöner.«

»Nur auf die Kälte kann ich gut verzichten«, pflichtete Gunnar ihm bei.

Tolar, der gerade zurückkehrte, bekam die letzte Bemerkung mit. Er schüttelte ernst den Kopf zum Zeichen, daß auch er die Kälte nicht vermißte.

»Die kann uns gestohlen bleiben«, bemerkte Thorkel sehnsüchtig, »die wollen wir hier nicht haben.« Er starrte mich aus umnebelten Augen an, trank einen großen Schluck und fragte dann: »Was treibt denn das Volk in Irlandia zur Jultide?«

Obwohl ich bestimmt keine Lust hatte, mich mit einer Bande besoffener Barbaren über das Weihnachtsfest zu unterhalten, befand ich mich plötzlich mittendrin in der schönsten Debatte. »Wir begehen nicht die Wintersonnenwende wie ihr, sondern feiern die Geburt Christi«, erklärte ich und berichtete ihnen einiges darüber.

»Ist das derselbe Gott«, fragte der Steuermann, »der am Galgen hängt und mit dem Gunnar uns ständig in den Ohren liegt?«

»Kein Galgen, sondern ein Kreuz«, verbesserte ihn mein früherer Herr. »Ansonsten ist es derselbe Gott, nicht wahr, Aedan?«

»Ja, stimmt«, bestätigte ich. »Er heißt Jesus und wird Christus genannt, der Erlöser.«

»Woher weißt du so viel über ihn?« wollte einer der Dänen wissen, die mit Thorkel gekommen waren.

»Aedan war ein Priester seines Gottes, und bevor Jarl Harald ihn bekommen hat, war er mein Sklave«, antwortete Gunnar an meiner Statt. »Der Mann weiß alles, was es über solche Fragen zu sagen gibt.«

»Paß bloß auf, Gunnar«, lachte ein anderer Wikinger, »sonst wirst du selbst noch zum Priester.«

»Ha!« schnaubte mein ehemaliger Herr. »Aber eins will ich euch doch sagen: Aedans Christus hat mir geholfen, die Brotwette gegen Hnefi zu gewinnen. Zehn Silberstücke sind dabei für mich herausgesprungen!«

Das beeindruckte die anderen sehr, und sofort wollten einige wissen, ob dieser Gott auch ihnen bei Wetten beistehen würde.

»Nein, wird Er nicht«, entgegnete ich voll giftiger Bitterkeit. »Er hilft niemandem. Dieser Gott tut lieber, was Ihm gerade gefällt, und kümmert sich nicht um die Gebete der Menschen. Der Himmelsvater ist ein selbstsüchtiger und boshafter Gott, der alles verlangt und nichts gibt. Außerdem ist Er launisch und unzuverlässig. Da könnt ihr gleich eure Runensteine anbeten, die hören euch eher zu.«

Meine Gefährten starrten mich erschrocken über den unerwarteten und hitzigen Ausbruch an. Doch dann setzte Gunnar langsam ein listiges, breites Grinsen auf und vermutete: »Das sagst du jetzt nur, weil du diesen Gott ganz allein für dich haben willst. Wir sollen nichts von Ihm und seiner Macht erfahren. Dann mußt du Ihn auch nicht teilen.«

Alle sahen das sofort ein und stimmten lautstark zu, daß ich mich nur aus diesem Grund gerade so heftig gegen meinen Christus gewandt hätte. Bald kamen sie zu dem Schluß, daß ich über den Gott sagen könnte, was ich wollte, sie würden das Gegenteil für wahr nehmen.

»Uns kannst du nicht so leicht hereinlegen«, grinste Thorkel. »Wir sehen doch, daß an der Sache mehr ist, als du uns weismachen willst.« Er streckte einen Arm aus und zeigte auf die vielen Kreuze, die auf den Dächern der Kirchen in der Stadt angebracht waren. »Die Menschen bauen einem Gott kein großes Bethaus, der nichts für sie getan hat. Ich glaube, du willst uns bloß auf die falsche Fährte locken. Aber dafür sind wir viel zu schlau.«

Die Debatte fand ihr vorzeitiges Ende, als zwei Dänen zum Ringkampf gegeneinander antraten. Die beiden großen Männer zogen sich aus, rieben sich mit Olivenöl ein und fingen dann an, auf der Kaimauer miteinander zu kämpfen. Sofort scharte sich eine große Menge um sie, und überall wurden Wetten abgeschlossen. Der Ringkampf entwickelte sich jedoch bald zu einem lustlosen und enttäuschenden Gerangel. Die ersten Zuschauer verloren schon das Interesse und wollten sich zurückziehen, als einer der Kämpfer über den Rand trat und ins Hafenbecken fiel. Sein Gegner sprang ihm sofort hinterher, packte ihn und drückte ihn so lange unter Wasser, bis der Unglückliche vor Luftmangel ohnmächtig wurde. Der andere hob ihn dann aber sofort hoch, damit er nicht ertrank.

Das zog unübersehbare Folgen nach sich; denn kaum war der bewußtlose Wikinger aus dem Hafenbecken gezogen, riß sich schon ein anderer Däne die Kleider vom Leib und hüpfte ins Wasser. Doch er wurde besiegt und ebenfalls ohnmächtig wieder herausgezogen. Der nächste, der sich an dem Wasserringen beteiligte, hatte mehr Glück. Er drückte den ersten unter Wasser und auch die drei, die ihm folgten. Dem vierten unterlag er schließlich, und der behielt gegen alle nachfolgenden die Oberhand.

Diese neue Form des Wettkampfs erfreute sich unter den Seewölfen rasch der größten Beliebtheit. Selbst König Harald versuchte sein Glück, bezwang drei Gegner und mußte sich dem nächsten geschlagen geben. Auf jeden Neuen, der ins Wasser sprang, wurden gleich Wetten abgeschlossen, und viel Geld wechselte am Hafen den Besitzer.

Die Ausscheidungskämpfe im Wasserringen währten zwei

Tage, dann hatten alle genug davon. Aber die Wikinger versicherten einander noch lange, daß dies seit ewigen Zeiten die besten Julfest-Wettkämpfe gewesen seien.

Und so verbrachten wir den Winter in Trapezunt. Mählich wurden die Tage wieder länger und das Wetter besser. Als endlich die Schiffswege wieder befahrbar wurden, trafen Kauffahrer aus allen Ecken des Reiches ein. Der Eparch und der Emir sahen dem Ende ihrer Verhandlungen entgegen, und die mitgereisten Händler packten ihre Sachen, um in die Heimat zurückzukehren und sich wieder ihren Geschäften zu widmen.

Und von Tag zu Tag strömten mehr Menschen in die Stadt. Aus dem Tröpfeln entwickelte sich tatsächlich ein großer Strom, und sie kamen aus allen Landen und Völkerschaften.

Trapezunt verwandelte sich in einen einzigen riesigen Marktplatz. Seitenstraßen wurden zu Ställen, und die Bürger boten in ihren Häusern Schlafplätze an, für die sie sich fürstlich entlohnen ließen. Auch Dirnen trafen in großer Zahl ein, weil sich bei solchen Gelegenheiten für sie immer ein gutes Geschäft machen ließ. Infolge dessen bekam man häufig Männer und Frauen zu sehen, die es in Hauseingängen oder hinter Marktständen miteinander trieben – und an anderen Orten, die für die Ausübung dieses Gewerbes als günstig angesehen wurden.

Auf dem Forum wimmelte es von Schaulustigen, die sich in dichten Gruppen um die verschiedenen Darbietungen drängten, gleich ob da nun ein weiser Mann, ein Wahrsager oder ein Sterndeuter saß. Gelehrte Männer aus dem Osten, sogenannte *Magi*, waren dort zu finden, deren Wissen um die Sterne und ihre Bahnen größer war als der Himmel selbst. Diese Vielerfahrenen duldeten jedoch keine Konkurrenz, und oft genug konnte man miterleben, wie sie sich wütend untereinander stritten, weil jeder seine Beobachtungen der Himmelsabläufe für die einzig richtigen und maßgeblichen hielt. Auch solche Spektakel zogen viel Volk an.

Doch vor allem die abergläubischen Byzantiner suchten bei ihnen Rat, weil sie glaubten, der Lauf der Gestirne und andere Himmelszeichen könnten etwas über ihr Schicksal aussagen. Zu meiner großen Verblüffung reichte den Astrologen meist schon eine einzige Sitzung, um dem Gutgläubigen alles zu sagen, was er wissen, besser gesagt, was er hören wollte.

Ich muß allerdings gestehen, daß dieser Betrieb mich auch etwas neugierig machte; denn meine Träume hatten doch bewiesen, daß es Möglichkeiten gab, Dinge zu sehen und zu erfahren, die den Menschen mit normalen Fähigkeiten versperrt blieben. Außerdem wollte ich zu gern erfahren, wie ein angeblicher Fachmann das bewertete, was mir widerfahren und was mir verheißen worden war. Zum Tode in Konstantinopel bestimmt, war ich dort gerade nicht gestorben, dafür aber Sklave eines Barbarenkönigs und Spion für den Kaiser geworden. Wurde mein Leben also wirklich vom Himmel bestimmt, und stand sein Verlauf tatsächlich in den Sternen geschrieben?

Eines Tages dann überwand die Neugier den Verstand. Ich nahm all meinen Mut zusammen und betrat das Zelt eines in Ehren ergrauten Arabers mit Namen Achmed, dessen Gesicht so dunkel und faltig war, daß es wie eine vertrocknete Feige aussah. Er stellte sich als Magus der Omaijaden vor, der sein Handwerk nach langer Lehre in Bagdad und Athen erlernt habe.

»Lobpreist Allah und auch Seinen ruhmreichen Propheten«, erklärte er mir in fröhlichem Griechisch. »Ich habe immer treu zwei Emiren und einem Kalifen gedient. Setz dich zu mir, mein Freund; denn ich werde dir die Wahrheit offenbaren. Ich allein habe den Weg gefunden, auf dem die Zukunft in vollkommener Klarheit aufgedeckt werden kann. Verlaß dich ruhig auf meine Beobachtungen, und du wirst sie ebenfalls sehen.

Ich bediene mich nicht des Begriffs Weissagung, wie das so

viele meiner sogenannten Kollegen tun; denn zu beschreiben, was im Buch des Schicksals für jeden Menschen niedergeschrieben steht, hat nichts mit Weissagung oder Wahrsagerei zu tun, sondern ist simples Lesen. Deswegen darfst du dich ganz und gar auf das verlassen, was ich dir aufzeigen werde. Und jetzt sag mir bitte alles, was du zu erfahren wünschst.«

Wir hockten einander in einem Zelt auf Kissen gegenüber, das er neben einer Säule am Ostrand des Marktplatzes aufgeschlagen hatte. Ich erklärte ihm, ich hätte Gründe, gewisse Dinge aus meiner Zukunft zu erfahren. Doch strebte ich nicht aus persönlicher Gewinnsucht oder um das Glück zu erlangen nach diesem Wissen, sondern um eine Pflicht zu erfüllen.

»Was für eine Pflicht?« wollte Achmed wissen und neigte den Kopf. »Sprichst du von einer Pflicht, die von dir Gehorsam verlangt? Oder warum sonst bringst du dieses Wort vor?«

Auf diese Frage war ich nicht gefaßt gewesen. »Das weiß ich nicht«, antwortete ich und fügte nach einem Moment Nachdenken hinzu: »Vermutlich hat es damit zu tun, daß ich immer danach gestrebt habe, ein gehorsamer Diener zu sein.«

»Ein Diener braucht einen Herrn. Wer ist deiner?«

»Ich bin Sklave bei einem König der Dänen.«

Der alte Araber wischte diese Antwort mit einer geduldigen Handbewegung fort. »Ich glaube nicht, daß er dein wahrer Herr ist. Du gebrauchst ihn nur als Ausrede.«

»Ausrede?« entgegnete ich etwas entrüstet, weil ich der Ansicht war, daß er da einer ganz falschen Vorstellung aufgesessen sei. »Ich glaube, ich verstehe nicht recht.«

Achmed lächelte geheimnisvoll. »Siehst du? Ich weiß bereits eine Menge über dich, dabei haben wir gerade erst angefangen, uns zu unterhalten. Vielleicht solltest du mir jetzt den Tag deiner Geburt mitteilen.«

Den nannte ich ihm, aber er wollte noch mehr wissen: »Und zu welcher Tageszeit? Sei bitte so genau wie möglich.

Die Stunde deiner Geburt könnte von größter Wichtigkeit sein.«

»Aber ich kenne die genaue Tageszeit nicht«, entgegnete ich.

Angesichts meines Unwissens über ein so bedeutungsvolles Detail schnalzte er mit der Zunge und schüttelte den Kopf. »Gib mir deine Hand«, verlangte er, und ich gehorchte. Der Magus betrachtete kurz die Linien auf meiner Handfläche. Dann warf er auch einen Blick auf den Handrücken und ließ sie los. »Am Morgen bist du geboren«, verkündete er. »Kurz vor dem Morgengrauen. Jedenfalls war die Sonne noch nicht aufgegangen.«

»In der Zeit zwischen den Zeiten!« rief ich, als mir eine sehr alte Erinnerung ins Bewußtsein zurückkehrte. »Meine Mutter hat immer gesagt, ich sei in der Zeit zwischen den Zeiten geboren worden, also zu der Stunde, in der die Nacht abgetreten ist, der Tag aber noch nicht begonnen hat.«

»Ja, richtig, wie ich es gesagt habe«, meinte Achmed. »Damit hätten wir also Tag und Stunde festgelegt.« Er streckte einen knochigen Finger zum Dach seines Zelts aus. »Und jetzt wollen wir in den Himmel schauen.«

Obwohl wir sein Zelt nicht verließen, ja uns nicht einmal von den Kissen erhoben, regte und rührte der Araber sich jetzt doch auf mannigfaltige Weise. Er zog einen mit Perlen bestickten Beutel, den er an einer Schnur um den Hals trug, aus seinem Gewand und entnahm diesem eine Scheibe aus glänzendem Messing. Dann ließ er ehrfürchtig die Rechte darüberfahren, drückte hier und dort und richtete schließlich zwei Ecken des Gebildes auf. Nun hob er die Scheibe mit Hilfe einer dünnen Schlinge hoch und spähte durch ein Loch, das sich in einem der Aufsätze befand. Daraufhin ließ er den Gegenstand kreisen, murmelte vor sich hin und streckte schließlich sein Gesicht zum Zelteingang hinaus und dem Himmel entgegen.

»So etwas nennt man *Astrolabium*«, erklärte mir Achmed

danach, klappte die Ecken wieder zurück und verstaute die Scheibe in dem Beutel. »Für den, der seine Geheimnisse zu deuten versteht, hält dieses wissenschaftliche Gerät erstaunliche Weisheit bereit. Nun möchte ich deinen Namen wissen.«

»Ich heiße Aidan«, teilte ich ihm mit. »Hat dein Astrolabium dir denn schon Weisheit über mich offenbart?«

Der Magus legte einen Finger auf die Lippen und drehte sich zu einem klobigen irdenen Behälter um, der etliche Schriftrollen enthielt. Nach kurzem Nachdenken zog er eine heraus, entrollte sie und hielt sie wie zum Lesen hoch. Doch nach einem Moment blickte er mich stirnrunzelnd an, ließ die Rolle fallen und bediente sich einer anderen. »Aedan«, wiederholte er und sprach meinen Namen griechisch aus.

Die zweite Schriftrolle schien die richtige zu sein, denn er lächelte und meinte: »Du hast mir nichts davon gesagt, daß du Seher bist.«

»Aber das bin ich doch auch gar nicht«, widersprach ich, nur um im selben Moment entsetzt zu erkennen, wie recht der Araber hatte.

»Die Sterne lügen nie«, tadelte er mich. »Vielleicht bist du ja ein Seher, der seine Gabe noch nicht entdeckt hat.« Damit nahm der Magus wieder die erste Rolle zur Hand, studierte sie gründlicher und ließ sie dann erneut fallen, um eine dritte aus dem Topf zu ziehen. »Eigenartig«, murmelte er. »Vor mir sitzt ein Fürst, der gleichzeitig Sklave ist. Die Weisheit lehrt mich, daß so etwas nicht sein kann, aber die Erfahrung hat mich gelehrt, daß die Wahrheit oftmals im Gegensatz zur Weisheit stehen kann.«

»Ich war in meinem Volk ein Fürst«, berichtete ich ihm, »doch ich habe schon vor Jahren allen Adel abgelegt, um Diener Gottes zu werden. Und seitdem bin ich Priester.«

»Aha! Jetzt verstehe ich. Du bist Diener des Allerhöchsten, gepriesen sei Allahs Name! Diener und Sklave, jawohl. Ein höchst wichtiger Punkt.« Er legte die Schriftrolle beiseite und die Hände in den Schoß. »Nun will ich über diese Fragen meditieren. Lebwohl, mein Freund.«

»Wie, ist das alles?«

»Ja, laß mich jetzt allein, aber kehre morgen zurück, dann reden wir über alles, so Gott will.«

»Einverstanden«, sagte ich und stand auf. »Ich wünsche dir einen angenehmen Tag, Achmed.«

»Möge Gott dich auf deinen Wegen begleiten, Aedan, mein Freund.« Er berührte mit den Fingerspitzen seine Stirn, schloß dann die Augen, verschränkte die Beine ineinander und legte die Hände auf die Knie, um innere Einkehr zu halten.

So ließ ich ihn zurück, als kleine Insel der Ruhe inmitten des Gewoges auf dem Forum. Auf dem Rückweg zum Palast des Eparchen fragte ich mich jedoch wiederholt, ob ich überhaupt noch einmal zu dem Araber gehen sollte; denn immer mehr Zweifel bemächtigten sich meiner, ob es überhaupt wünschenswert sei, das zu erfahren, was Achmed mir zu berichten haben würde. Als ich dann vor der Tür unserer Unterkunft stand, war mein Entschluß gefaßt. Die Träume über meine Zukunft waren schon verwirrend genug, da wäre es sicher günstiger für mich, nicht noch mehr über mein Schicksal zu erfahren.

Dies sagte ich mir wohl an die hundert Male, und ich war festen Willens, den Magus nicht noch einmal aufzusuchen. Aber das Herz richtet sich nur selten nach der Vernunft, und so neigen die Menschen oftmals dazu, das zu unterlassen, was besser für sie wäre. Bis zum Anbruch des nächsten Tages war mein eherner Entschluß so weich und brüchig geworden, daß ich schon zu früher Stunde aus Nicephorus' Palast schlich und hastigen Schrittes zur Ostseite des Marktplatzes eilte.

## 5

Dem Bischof von Trapezunt behagte der Jahrmarkt überhaupt nicht. Mehr noch, er war ihm vollkommen zuwider, führte er Gottes verletzliche Kinder doch in Zweifel und Versuchung. Ganz besonders ärgerten ihn die Händler, die den Menschen Wundertränke aufschwatzten und wohl wußten, daß die Kinderlosen, die Verkrüppelten und die Leichtgläubigen am ehesten auf sie hereinfielen. »Diese Mittel sind schlimmer als Gift!« wütete er über die verschiedenen Gebräue, die diese vorgeblichen Heiler für jedes Leiden bereithielten. »Hundepisse und Essig helfen dem Leib viel mehr«, schloß der heilige Mann, »und die bekommt man überall und fast umsonst. Aber diese Betrüger verkaufen ihr Gift gerade denen zu unverschämten Preisen, die sich das am wenigsten leisten können. Und dann geben sie ihnen auch noch schlechte Ratschläge, wie sie den schädlichen Sud am besten einnehmen sollen. Wunderheiler! Wahrsager! Magier! Ich verdamme sie alle miteinander!«

Trotz der Verbote des Bischofs strömten die Menschen wie eh und je auf den Jahrmarkt und hatten ihre Freude daran. Besonders die Bauern und Bewohner aus den umliegenden Dörfern, die mit ihrem Vieh in die Stadt kamen, um es hier zu verkaufen und vom Erlös dringend Benötigtes oder Tand zu erstehen. So erklärte ich dem Bischof, daß man diesen Menschen keinen Vorwurf machen dürfe, hätten sie bei sich zuhause doch keinen Priester, der sie eines Besseren belehren oder ihnen mit leuchtendem Beispiel vorangehen könnte.

»Ich kann keine Duldsamkeit oder Sympathie für *Pagani*, für Heiden, aufbringen!« entgegnete Bischof Arius säuerlich. Er war in die Residenz des Eparchen gekommen, um dem kaiserlichen Gesandten seine Aufwartung zu machen. Er entdeckte mich, hielt mich für einen Mönch und ließ nach mir rufen, um sich die Zeit zu vertreiben, während er darauf warten mußte, daß Nicephorus ihn empfing.

Wir redeten über die Enge und Fülle in der Stadt. Eins führte zum anderen, bis wir schließlich bei den Wahrsagern und Wundermittelhändlern angelangt waren. »Mit den Ungläubigen habe ich nichts zu schaffen, die können tun und lassen, was ihnen beliebt. Aber Christenmenschen sollten sich nicht zu solchen Schwätzern begeben und ihnen damit auch noch Auftrieb geben. Die Schlechtigkeit und Verderbtheit, die mit solchen Jahrmärkten einhergehen, können nicht deutlich genug herausgestellt werden!«

»Da muß ich dir zustimmen«, entgegnete ich, »aber auch unter den Astrologen und Wahrsagern findet man Christen. Dabei hat man mich gelehrt, daß solches Tun Sünde sei.«

»Da hat man dich richtig gelehrt!« rief Arius, »denn dieses Teufelswerk beleidigt das Auge Gottes. Männer und Frauen, die sich auf solchen Trug einlassen, können nicht wahre Christenmenschen genannt werden!«

»Das sind keine Christen?«

»Laß dich nicht täuschen, mein Sohn, das sind *Paulikianer*!« Er sprach den Namen wie den einer besonders heimtückischen Krankheit aus.

Ich hatte noch nie von dieser Sekte gehört und sagte das dem Bischof auch.

»Gebe es Gott, daß niemals jemand von ihnen gehört hätte«, stöhnte der Kirchenfürst. »Vorgewarnt ist halb gewappnet, deswegen vernimm dies: Die Paulikianer sind die Mitglieder einer Sekte von Häretikern, die eine fehlgeleitete

Lehre verbreiten, welche sich auf den Apostel bezieht, nach dem sie sich benennen. Doch was sie in seinem Namen von sich geben, tut diesem heiligen Mann mehr als nur Unrecht.«

Arius sprach mit solcher Vehemenz, daß ich mich fragte, was diese Gotteslästerer denn lehrten, wenn der Bischof darüber derart in Rage geriet. »Glauben diese Paulikianer denn an eine falsche Lehre?« fragte ich. »Oder führen sie andere mit ihren Worten bewußt in die Irre? Gleich wie, man bräuchte sie doch nur zu exkommunizieren und ihren Glauben als Irrlehre zu brandmarken.«

»Das hat man getan«, erklärte der Kirchenmann, »und die Paulikianer auch mit gerechtem Zorn verfolgt. Doch leider geschieht es manchmal, daß eine Gruppe, die aus dem Schoß von Mutter Kirche verbannt wurde, danach nur noch stärker wird. Inzwischen handelt es sich nicht länger um eine reine Glaubensfrage, mittlerweile stellen diese Verleumder eine offene Beleidigung für alle Christen und den Himmel selbst dar.

Schlimmer noch, in bestimmten Regionen und Schichten haben sie eine Macht ansammeln können, die es ihnen ermöglicht, der wahren Glauben zu ersticken. Ihre Lehre, wenn man das überhaupt so nennen kann, stellt eine pervertierte Ansammlung von Irrtümern, Lügen und Halbwahrheiten dar.« Der Bischof verzog das Gesicht, als habe er gerade etwas Gallenbitteres geschluckt. »Diese Paulikianer erdreisten sich zu behaupten, Gott habe nur den Himmel und die Lichter an demselben geschaffen, die Erde aber und alles, was auf ihr kreucht und fleucht, entstamme der Hand des Unaussprechlichen, des Höllenfürsten. Und alles andere, was sie verbreiten, basiert auf dieser Gottesverleugnung!«

Bei mir dachte ich, daß viele Menschen einen solchen Glauben teilten; auch wenn es sich bei ihnen nicht unbedingt um Paulikianer handelte, so nahmen sie doch vor allem die Welt in ähnlicher Weise wahr. »Viele, die sich Christen nennen«, entgegnete ich daher vorsichtig, »legen ein Verhalten an den Tag, das das, was diese Sekte predigt, zu bestätigen scheint.«

Arius verdrehte die Augen. »Wie wohl mir das bekannt ist, mein Sohn, schließlich diene ich bereits achtundzwanzig Jahre der Kirche. Ach, es ist ja nicht nur ihre Behauptung allein, der Gottseibeiuns sei der Schöpfer der Erde ... wenn diese Unglückseligen es doch nur dabei belassen hätten! Wieviel Unglück uns dann erspart geblieben wäre, mag allein der Herr ermessen. Aber nein, die Paulikianer mußten ja noch mehr Sünden auf ihr Haupt laden und Lüge auf Lüge türmen ...

Zum Beispiel erklären sie, unser Herr Jesus sei lediglich ein Engel gewesen, den der Himmel auf die Erde geschickt habe, um gegen den Leibhaftigen zu Felde zu ziehen«, fuhr der Bischof mit bebenden Lippen fort. »Sie erdreisten sich auch zu behaupten, die Jungfrau Maria sei ein ganz gewöhnliches Weib gewesen und damit keiner Verehrung oder Anbetung würdig. Ja, es sei sogar unsinnig, ihr überhaupt eine besondere Rolle zuzugestehen. Das Buch der Bücher halten sie nicht für heilig und predigen, alle Menschen seien frei, ihr eigenes Leben zu bestimmen, da die göttlichen Gebote in der Bibel nur für die alten Hebräer bestimmt gewesen seien und daher für die heutigen Menschen keine Gültigkeit mehr besäßen. Angesichts dieser Ungeheuerlichkeiten kann es kaum noch verwundern, wenn sie den Bund der Ehe ebenso ablehnen wie alle anderen Sakramente. Und den Primat der Kirche erkennen sie auch nicht an, genausowenig wie die Taufe.«

»Das ist wahrlich erschütternd!« gestand ich ihm zu und fand langsam Gefallen an diesem Disput. Wie lange war es her, seit ich zum letzten Mal mit einem gebildeten Mann solche Gespräche über die Lehre der Kirche geführt hatte? »Dennoch könnte ich mir Schlimmeres vorstellen«, fügte ich aber hinzu, denn hier im Osten hatte sich, wie jedermann wußte, immer schon ein besonders fruchtbarer Nährboden für Häresien aller Art gefunden. Und viele dieser Sekten trieben es deutlich ärger als die umnachteten Paulikianer.

»Und damit liegst du grundfalsch«, widersprach Arius. »Denn diese Gotteslästerer geben sich nicht damit zufrieden, ihre Irrlehre zu verbreiten und zu predigen. Nein, andauernd zetteln sie in den Provinzen Unruhen und Aufstände an.«

»Wegen des Sakraments der Taufe?« fragte ich naiv.

»Nein, wegen der Steuern«, klärte mich der Bischof auf. »Viertausend Bauern kamen beim letzten Aufruhr um. Wegen dieses Vergehens und mehrerer anderer Untaten wurden die Paulikianer aus Konstantinopel vertrieben. Zu unserem Leidwesen sind sie hierher in den Osten geflohen, wo sie ja auf die Unterstützung ihrer Glaubensbrüder hoffen konnten. Und nun haben sie sich in den Grenzgebieten so breitgemacht, daß ihnen niemand mehr Einhalt gebieten kann. Leider liegen mir Informationen vor, daß sich etliche von ihnen immer noch in Byzanz aufhalten und wie die Ratten heimlich an den Wurzeln der heiligen Kirche knabbern. Es sind mir sogar Gerüchte zu Ohren gekommen, einige dieser Gotteslästerer hätten sich bis in höchste Stellen am Hof eingeschmeichelt.«

»Und was wollen diese Leute in Trapezunt?« fragte ich.

»Sie sind, wie alle anderen auch, wegen des Jahrmarkts gekommen«, antwortete Arius. »Die Paulikianer sind von Tarsus, Marasch und Melitene hergezogen, allesamt Städte, um die sich unser Reich und das der Araber streiten. Man erzählt sich, daß die Paulikianer dort mit den Mohammedanern ein Bündnis eingegangen sind. Danach erlaube ihnen der Kalif die freie Ausübung ihrer verabscheuungswürdigen Religion. Diese Leute ziehen hierher, weil sie ständig bestrebt sind, Unzufriedene zum Übertritt zu ihrem Glauben zu bewegen.«

Ich wollte ihn gerade fragen, wie denn Paulikianer und Mohammedaner miteinander auskommen könnten, als Nicephorus erschien, um den Bischof persönlich zu empfangen.

Ich war daraufhin entlassen und nahm gleich die Gelegenheit wahr, das Haus zu verlassen und Achmed aufzusuchen.

Während ich durch die überfüllten Straßen zum Forum lief, mußte ich daran denken, daß die frommen Kirchgänger der Stadt trotz der Ermahnungen ihres Bischofs gern den Jahrmarkt von Trapezunt aufsuchten. An manchen Ständen konnten man goldene Kruzifixe kaufen, die direkt neben Glaskugeln lagen, welche als Schutz gegen den bösen Blick dienten; und das entbehrte nicht einer gewissen Logik, denn wenn Engel bereitstanden, die Gottesfürchtigen zu schützen, dann waren die Dämonen nicht weit, um sie in Versuchung zu führen. Und wenn die Christenmenschen schon Engel herbeirufen können, dann fiel es den Verderbten sicher nicht schwer, sich der Hilfe der Teufel zu bedienen.

Nicht nur dieser Anblick, sondern auch einige andere Beobachtungen ließen mich zu dem Schluß gelangen, daß Arius' Herde den von ihm so sehr geschmähten Paulikianern weit näher stand als dem rechten Glauben. Doch beschäftigten mich solche Überlegungen nicht länger; denn ich sagte mir, daß ich solch lästige religiöse Fragen weit hinter mir gelassen hatte. Nichts konnte mich weniger interessieren als der Aufstieg und der Fall irgendeiner obskuren Sekte.

Solcherart in Gedanken versunken spazierte ich an den Reihen der Magier entlang, die Stand an Stand ihre geheimen Künste anboten. Hier fand man Wahrsager, die in eine Kristallkugel spähten, Hersteller von Wundertränken, Magier, welche die Zukunft durch Beschau der Leber eines frisch geschlachteten Tiers vorhersagten, Amulett- und Weihrauchverkäufer, Weise, die Knöchel betasteten und daraus die Zukunft lasen, und Wünschelrutengänger.

In der Straße der Astrologen fand ich Achmed in der gleichen Sitzhaltung an, wie ich ihn gestern verlassen hatte. Als ich eintrat, öffnete er die Augen, hieß mich willkommen, klopfte auf ein Kissen neben ihm und bat mich, darauf Platz zu nehmen. Dann nahm er einen Kupferkessel, der über einem kleinen Feuer dampfte, und goß eine braune Flüssigkeit in zwei kleine Gläser, die auf einem Messingtablett standen. Eines davon bot er mir mit den Worten an: »Erfrische und stärke dich, mein Freund.«

Ich nahm mir das Glas und hielt es an die Lippen. Das Gebräu war aber noch sehr heiß, und so zögerte ich. »Trink nur, trink«, forderte er mich auf. »Das wird dir ganz bestimmt guttun.« Achmed nahm das andere Glas und trank geräuschvoll einen Schluck. »Ahh, das tut wohl. Trink nur, dann wirst du es rasch merken.«

Die Flüssigkeit schmeckte nach Kräutern und war durchaus nicht unangenehm – so ähnlich wie Rosenblätter mit Baumrinde und etwas unbestimmbar Fruchtigem. »Das ist wirklich sehr gut, Achmed«, lobte ich, und noch während ich trank, klopfte mein Herz schneller, weil ich unbedingt erfahren wollte, was der Sternengucker mir mitzuteilen hatte.

»Du fragst dich sicher«, begann der Magus, »ob ich etwas herausgefunden habe, was dich interessieren könnte.«

»Das trifft zu«, bestätigte ich ihm, »doch ich sollte dir wohl erklären, daß ich mich, nach allem, was man mich bisher gelehrt hatte, besser nicht mit den Kräften der Finsternis einlassen sollte.«

»Die Kräfte der Finsternis?« Achmed zog eine Braue hoch. »Holla, hör sich einer den jungen Mann an! Wenn du das glaubst, dann solltest du dich rasch von mir entfernen. Huschhusch! Hinaus mit dir!«

»Ach weißt du«, entgegnete ich und schüttelte langsam den Kopf, »ich weiß überhaupt nicht mehr, was ich noch glauben soll.«

»Dann laß mich dir versichern, mein junger, zweifelnder Freund, daß ich mein Leben nicht damit vergeudet habe, irgendwelchen Lappalien hinterherzujagen. Derselbe Gott, welcher die Sterne bewegt, führt auch mich bei meiner Sicht auf die Dinge, welche die Zukunft bringen wird. Daran glaube ich felsenfest.«

Wir tranken schweigend unser Gebräu. Nach einer Weile stellte der Magus sein Glas ab, schlug sich mit beiden Händen auf die Knie und erklärte: »Ich habe eine ganze Menge über dich herausgefunden, mein Freund. Ob es für dich von Wichtigkeit ist, steht auf einem ganz anderen Blatt. So etwas kannst nur du allein entscheiden. Soll ich es dir erzählen?«

»Ja, bitte, ich fürchte mich nicht.«

Der Alte betrachtete mich mit zusammengekniffenen Augen. »Die Furcht dringt sehr rasch in den Geist eines Mannes. Als ich dir sagte, du seist ein Seher, hast du sofort widersprochen und es abgestritten. Dennoch bleibst du Seher, und ich glaube, du hast bei einem Blick in die Zukunft etwas gesehen, das dir zustoßen wird; denn andernfalls fände die Furcht keinen Platz in dir.«

»Könnte sein«, entgegnete ich vage, weil ich ihm nicht mehr über den Inhalt meiner Träume verraten wollte. Wenn seine Fähigkeiten echt waren, und das hoffte ich von ganzem Herzen, dann sollte er mir unvoreingenommen berichten können.

»Da es sich nun einmal so verhält, daß du selbst *sehen* kannst«, fuhr der Astrologe fort, »was kann ich dir da noch berichten, was du nicht längst selbst weißt?«

Das roch für mich sehr nach einer List, nach einem Trick, um den Einfältigen oder Leichtgläubigen zu verlocken, mehr von sich preiszugeben, welches der Wahrsager dann in seine eigenen Worte einfließen lassen konnte, um seinem Gegenüber vorzuführen, wie viel die Sterne ihm verraten hätten. »Tu einfach so, Achmed, als wüßte ich nichts von dem, was du da sprichst, denn mit Verlaub, du hast mir noch gar nichts über mich mitgeteilt.«

Die unzähligen Falten auf seinem Gesicht verzogen sich zu einem Ausdruck tiefsten Mitleids. »Also gut«, meinte er und zog eine Schriftrolle aus dem Krug. Diese öffnete er, studierte sie für einen Moment und fing dann an, aus ihr vorzulesen: »Gepriesen sei Allah, der Weise und Großartige, Beherrscher aller Reiche, Ahnherr der Völker und Stämme. Gesegnet seien alle, die Seinen Namen ehren.« Nun senkte er dreimal ehrerbietend das Haupt und sah mich dann an. »Du, mein Freund, bist zu Großem ausersehen.« Aber dann hob er warnend einen Finger. »Doch dies wirst du nicht ohne große Opfer gewinnen. So hat Gott es bestimmt: Tugend erlangt man auf dem Markt der Qualen, und der wird unter den anderen Menschen hervorragen, der zuvor ganz unten gewesen ist. Amen – so sei es.«

Die Ankündigung des Magus kam unerwartet, war aber gleichwohl enttäuschend. Mehr noch, ich erfuhr von ihm noch weniger, als ich befürchtet hatte. Das Herz sank mir, als ich eine so dürftige Allerweltsweissagung gehört hatte. Achmed gab mir nicht mehr als ein paar vieldeutige Floskeln und garnierte die mit abgedroschenen Metaphern. Sollte das die ganze Weisheit sein, welche der Beherrscher des Universums anzubieten hatte?

»Ich danke dir, Achmed«, sagte ich nur und bemühte mich, meine Säuernis zu verbergen. Ich stellte das Glas auf das Tablett zurück und erhob mich. »Hab Dank, und ich werde deine Worte beherzigen.«

»Du bist enttäuscht«, erkannte der Magus. »Das kann ich in deinen Augen lesen. Und du hältst mich für einen alten Trottel.«

»Nein«, entgegnete ich rasch. »Ich dachte nur ... nun, ich hatte gehofft, du würdest mir etwas sagen können, was ich noch nicht wußte.«

»Und ich habe dir bereits erklärt, daß ich dir nichts mitzuteilen vermag, was du selbst nicht längst weißt.« Er runzelte die Stirn. »Sprich ganz offen, Priester: Warum bist du zu mir gekommen?«

»Ich hatte gehofft, du könntest mir etwas über meinen Tod sagen.«

Achmed studierte mein Gesicht, als habe er eine seiner Schriftrollen vor sich. »Endlich gelangen wir zum Kern.«

»Hast du ihn gesehen?«

»Für jeden stellt es eine Versuchung dar, etwas über sein Ende zu erfahren. Doch wenn du darauf bestehst, werden wir darüber sprechen.«

Achmed schloß die Augen, legte die Hände vors Gesicht und schaukelte langsam vor und zurück. Das betrieb er für eine Weile, bis er endlich »Amen« flüsterte.

Als er die Augen wieder öffnete, sah er mich eigenartig an: »Du bist vor kurzem dem Tod entronnen, und das wird dir wieder gelingen. Deine Feinde sind nie das, was sie darstellen, und deswegen sei gewarnt: Dein wahrer Feind ist gar nicht fern. Er hat vielleicht die verborgene Hand erhoben, um zuzuschlagen.«

Obwohl diese Worte ebenso blumig und vage waren wie die zuvor, erfüllte mich Erregung, denn ich glaubte zu wissen, wen er meinte.

»Du bist ein Gefangener, doch du wirst die eine Gefangenschaft gegen die andere vertauschen, bevor deine wahre Natur aufgedeckt wird. Stell dir nicht zu viele Fragen darüber, und du brauchst dich vor der Entdeckung nicht zu fürchten. Mag deine Errettung auch feststehen, so darfst du dich doch keinen Moment sicher fühlen.« Er hob die Hände, hielt die Handflächen nach außen, verbeugte sich wieder dreimal und erklärte: »Dies habe ich gesehen. Gepriesen sei Allah, der Gnadenreiche.«

Als wir uns verabschiedeten, bot ich Achmed die Silbermünze an, die Gunnar mir gegeben hatte. »Das ist alles, was ich besitze«, sagte ich, »doch du sollst sie haben.«

Der Magus weigerte sich jedoch und entgegnete, er könne von einem anderen Seher kein Geld nehmen, und erst recht nicht von einem Sklaven. »Gib das Silber lieber für dich aus, Aedan«, meinte er noch, als ich ging. »Die kleine Freude, die du dir damit erwerben kannst, wird auf sehr lange Zeit deine letzte sein.«

Da ich nichts Besseres vorhatte, nahm ich mir vor, seinen

Rat zu befolgen, und je länger ich darüber nachdachte, desto besser gefiel mir die Vorstellung. Nur selten in meinem Leben hatte ich Geld im Beutel gehabt und das nie für mich ausgegeben. So schlenderte ich umher, sah mich um und fragte mich, was mir am besten gefallen würde. Auf dem Jahrmarkt konnte man wahrhaft alles kaufen, von Warzentinktur über persisches Pergament bis hin zu roten Papageien.

Wonach stand mir der Sinn? Die Frage erwies sich immer mehr als echtes Dilemma. Die Erfahrung, Geld für mich auszugeben, war mir so fremd und neu, daß ich wie gelähmt vor dem unüberschaubar reichen Angebot stand, das dieser Markt bereithielt.

So wanderte ich auf dem Forum herum und war ganz in mein unerwartet aufgetretenes Problem vertieft. Kurz erwog ich weiche Ledersandalen, dann einen kleinen Seidenteppich. Endlich den Kauf eines Messers und einen Moment später den Erwerb einer kleinen Lederbörse, bis mir aufging, das ich, sobald ich sie erstanden hätte, nichts besäße, um sie zu füllen.

Achmed hatte gemeint, ich solle mir etwas Schönes gönnen. Aber was würde mir am besten gefallen?

Während ich noch grübelte, fiel mir eine junge Frau ins Auge, die an einer Säule der Kolonnade lehnte. Sie trug feinste Seide in Rot und Gelb, und ihre Füße steckten in weißen Sandalen mit Riemchen aus geflochtenen Goldfäden. Das dunkle Haar fiel ihr in vollen Locken bis auf die Schultern ...

Ich starrte sie wohl etwas zu offen an, denn sie lächelte mir plötzlich zu und winkte mich auf eine Weise heran, wie ich das schon oft auf dem Jahrmarkt gesehen hatte.

Und offen gesagt, erst die Art, wie sie den Zeigefinger bog, um mich anzulocken, verriet mir, welchen Handel die Schöne mir vorschlagen wollte. Auch wenn ich damit keine Ehre einlege, gebe ich doch zu, daß ich nicht nur auf sie zuging, sondern mir auch noch vornahm, mich ihrer Dienste zu bedienen. Da ich solches jedoch noch nie zuvor getan hatte – mehr noch, ich hatte niemals einer Frau beigelegen –, wußte ich nicht, wie ein solcher Handel vonstatten ging. Doch hielt mich dies nicht zurück, im Gegenteil, die allerköstlichste Unsicherheit und Erregung befiel mich. Mein Herz schlug schneller, und meine Hände wurden feucht. Als ich den Mund öffnete, um die Frau anzusprechen, kamen mir meine eigenen Worte fremd vor.

Die Schöne mochte jung sein, besaß aber dennoch genügend Erfahrung, um sofort zu erkennen, wen sie vor sich hatte. So lächelte sie mir aufmunternd zu, drehte sich leicht und legte damit eine glatte und wohlgeformte weiße Schulter frei. Mein Blick wanderte wie aus eigenem Antrieb auf die Anschwellung ihrer Brust und erhaschte kurz die Aussicht auf die Brustwarze, ehe sie ihre Blöße wieder bedeckte.

»Möchtest du gern mit mir kommen?« fragte die Schöne. Ihre Stimme klang bei weitem nicht so lieblich und süß, wie ich es mir auf dem Weg zu ihr ausgemalt hatte, doch das spielte jetzt eigentlich keine Rolle mehr.

Da ich befürchtete, lediglich ein Krächzen hervorzubringen, nickte ich nur. Sie lächelte wieder und trat hinter die Säule. Ich folgte ihr und bebte vor Erregung. Mir fiel auf, daß noch mehr solche Frauen weiter hinten im Schatten standen, die uns aber keines Blickes zu würdigen schienen.

»Hast du denn Geld?« Sie streichelte meinen Arm.

Ich nickte strahlend. »Ja.«

Diesmal streichelte sie meine Wange. Meine ganze Haut prickelte. Da ich annahm, nun ginge die Sache vonstatten, streckte ich ebenfalls eine Hand aus und berührte ihre Wange. Die Frau entblößte wieder ihre Schulter und ließ mich noch einmal ihren Busen sehen.

»Zeig mir erst dein Geld.«

Hastig griff ich in meinen Beutel und zog den Silberling hervor. Ihr Lächeln verging. »Mehr«, verlangte sie. »Zeig mir mehr.«

Verblüfft entgegnete ich: »Aber das ist alles, was ich habe.«

Mit einer einzigen Bewegung zog sie den Stoff über ihr Fleisch zurück und stieß mich von sich fort. »Zehn Denarii«, höhnte die Schöne. »Du könntest mir fünfzig geben, und ich würde mich nicht einmal bücken.«

Vollkommen fassungslos über ihr plötzlich verwandeltes Betragen wiederholte ich kleinlaut: »Aber mehr besitze ich nicht.«

Die Dirne betrachtete mich kühl und unnachgiebig wie ein Richter und kam dabei wohl zu dem Schluß, daß ich die Wahrheit sprach. »Komm mit«, forderte sie mich auf und verschwand in den Schatten zwischen den Säulengängen. Ich folgte ihr, und mit jedem Schritt wuchs meine Erregung. Wir kamen an drei oder vier anderen solcher Frauen vorbei – von denen es jedoch an Schönheit keine mit meiner Führerin aufnehmen konnte – und erreichten schließlich einen versteckten Platz abseits des Markttreibens. Ich malte mir schon aus, daß sie Mitleid mit mir hätte und sich ausnahmsweise mit zehn Denarii zufriedengeben würde. Doch weit gefehlt.

Die Schöne blieb stehen und drehte sich zu mir um. »Da«, sagte sie und deutete in eine dunkle Toreinfahrt, »geh zu Delilah.«

Ich starrte in den Schatten und entdeckte schließlich ein menschliches Wesen, das dort an der Wand lehnte. »Delilah!« rief die Dirne. »Ich habe dir einen hübschen jungen Mann gebracht.« Damit ließ sie mich stehen, lachte hell und sagte: »Lebt wohl, du und deine zehn Denarii.«

Die Gestalt in der Einfahrt löste sich von der Wand und schlurfte auf mich zu. Zuerst tauchte das Gesicht aus der Dunkelheit auf, ein einziges Gewirr von strähnigem Haar und Falten. Die alte Hure lächelte mich an. »Zehn Denarii«, verlangte sie, und als ihr Mund aufging, entdeckte ich, daß sie keinen einzigen Zahn mehr besaß. Delilah strahlte. »Wie jung du noch bist. Nur zehn Denarii.«

Sie humpelte auf mich zu, und mir drang ein übelkeiterregender, unsauberer Gestank in die Nase. Ob nun der Geruch oder der Ekel vor dieser Vettel mich zurücktrieb, wußte ich später nicht mehr zu sagen. Auf jeden Fall folgte Delilah mir und versuchte, mich an meinen Kleidern festzuhalten.

Ich riß mich los und floh sie. Dabei gelangte ich zurück in die Kolonnade, wo die Dirnen an den Säulen standen. Alle lachten mich aus und riefen mir Schmähworte hinterher. Ich hingegen rannte blindlings weiter und schaute weder nach links noch nach rechts.

Mein Gesicht brannte vor Scham, als ich den Marktplatz wieder erreichte. Das Lachen der liederlichen Frauen klingelte mir noch in den Ohren, auch wenn ich sie gar nicht mehr sehen konnte; und noch eine ganze Weile glaubte ich, Hohn und Spott zu vernehmen, aber das entsprang gewiß nur meiner Einbildung. Ich wollte nur in der Menge untertauchen und nicht mehr gesehen werden. So wanderte ich ziellos umher, bis ich mich wieder gefaßt hatte und ruhiger atmen konnte.

Bei allem, was recht ist, ich fühlte mich zutiefst gedemütigt und ekelte mich vor mir selbst, weil ich mich auf ein so schamloses Unterfangen hatte einlassen wollen. Allein schon der Gedanke daran erfüllte mich mit Übelkeit. Entsetzt über mich ergab ich mich in endlosen Beschimpfungen und schalt mich ob meiner Unwissenheit und Blödheit, wie auch der Narretei meines Vorhabens.

Doch wunderbarerweise verging diese Abscheu rasch wieder, und ich sagte mir, daß alles in allem doch eigentlich nichts geschehen und niemandem Schaden zugefügt worden sei. Nun gut, mein Stolz war angekratzt, und ich hatte einige sehr schamerfüllte Momente hinter mir. So erwachte mein Selbstrespekt von neuem, und ich konnte mich zusätzlich mit dem Gedanken trösten, die Silbermünze weiterhin in meinem Besitz zu wissen.

Also schaute ich mich, wenn auch etwas zerknirscht, so doch kauflustig wieder auf dem Forum um. Doch am Ende war es hoffnungslos mit mir. Ganz gleich, was ich ins Auge faßte, nichts erschien mir wert genug zu sein, um mich dafür von meiner geringen Barschaft zu trennen. Schließlich überlegte ich mir, ich könnte doch in einem Gasthaus eine köstliche Mahlzeit genießen. So wie damals mit Justinian. Doch um dieses Mahl zu einem wirklichen Genuß werden zu lassen, bedurfte es eines Tischgenossen. Aber gerade daran mangelte es mir. Vielleicht könnte ich ja für die zehn Denarii Wein kaufen, zum Hafen zurückkehren und den mit Gunnar, Tolar und Thorkel trinken.

*Wenn Gunnar nur hier wäre*, dachte ich, *der wüßte genau, was mit dem Geld zu tun sei.*

Schon nahm ich mir vor, mich auf die Suche nach dem Dänen zu machen, doch je länger ich mit diesem Gedanken schwanger ging, desto mehr Widerwillen entwickelte ich gegen ihn. War ich meines eigenen Willens so wenig Herr, daß ich für die vergleichsweise geringe Tat, eine kleine Münze unters Volk zu bringen, schon den Rat und die Zustimmung eines anderen brauchte? War ich auch innerlich schon so sehr Sklave geworden, daß ich keine eigene Entscheidung mehr fällen konnte?

Das rief mich zur Besinnung, und ich beschloß, für die Münze eine Mahlzeit zu erstehen. Schließlich war der Besuch in der Taverne mit Justinian das letzte gewesen, was ich auf dieser Welt wirklich genossen hatte. Das Forum schien für solches Begehr nicht der geeignete Ort zu sein, und so machte ich mich auf die Suche nach dem Gasthaus, das mir aufgefallen war, als wir Trapezunt betreten hatten. Ich fand die Hauptstraße und marschierte sie in Richtung Hafen hinunter. Die Mittagsstunde stand an, es herrschte ein arges Gedränge, und die Straßenhändler machten die besten Geschäfte des Tages. Ich hatte große Mühe, mich zu der Taverne durchzukämpfen. Als ich endlich vor der Tür stand, fand ich sie verschlossen vor. Ich klopfte an, doch das schien niemanden zu stören. So schlug ich härter und länger auf das Holz, bis schließlich ein Knabe seinen Kopf aus dem Windloch über der Straße schob. Er rief mir zu, am Abend wiederzukommen, dann würde sein Herr sich auch glücklich schätzen, mich zu bedienen.

Entmutigt trottete ich weiter die Straße entlang, bis ich auf einen Mann stieß, der von einem Karren Brot verkaufte. Daneben stand einer, der bot gebratenes Geflügel feil, ein anderer gegrilltes Schweinefleisch und anderes mehr. Am Ende erstand ich zwei Laib Brot und ein Brathähnchen. Ein Stück weiter gelangte ich vor eine Frau mit einem Weinstand. Bei ihr kaufte ich einen Krug süßen anatolischen Roten, und für den letzten Rest meiner Barschaft ließ ich mir Oliven geben. Inzwischen war ich nicht mehr weit vom Hafen entfernt, und so schlenderte ich langsam in Richtung Meer, hoffte ich doch, dort ein schattiges Plätzchen zu finden, wo ich mein Mahl in aller Ruhe zu mir nehmen könnte.

Schließlich kam ich zum Hafen, hockte mich auf ein zusammengerolltes Tau und lehnte mich gegen einen Berg von Fischernetzen. Vorsichtig stellte ich den Krug vor mich hin, um nur ja keinen Tropfen des köstlichen Nasses zu verschütten. Dann packte ich das Hähnchen aus und fing an zu essen. Irgendwie kam es mir merkwürdig vor, allein zu speisen, aber während ich so dasaß, mir den Bauch füllte und dabei den Schiffen zusah, wie sie in den Hafen einliefen oder ihn verließen, gratulierte ich mir immer wieder dazu, wie klug und erfreulich ich mein Geld ausgegeben hatte. Die Sonne lachte vom Himmel, jeder Bissen mundete, und ich hatte den ganzen Hafen im Blick, bis hin zu der Stelle, wo die Drachenschiffe der Dänen angelegt hatten. Wenn ich genau hinsah, glaubte ich sogar, einzelne Dänen wiederzuerkennen.

Bald taten die Sonne, der Wein und die Speisen ihre Wirkung, und ihre vereinte Kraft machte mich schläfrig. Die Lider wurden mir schwer und schwerer, bis ich sie nicht mehr aufhalten konnte. So lehnte ich mich zurück in mein Nest aus Seil und Netzen und leistete keinen Widerstand mehr.

Als ich erwachte, war die Sonne schon fast untergegangen.

Sie setzte den Horizont in Flammen und färbte den Himmel orangerot. Kaum hatte ich die Augen geöffnet, überfielen mich Kopfschmerzen. Ich rappelte mich auf und kehrte durch die halbdunklen Straßen zum Palast des Statthalters zurück. Leise schlüpfte ich hinein und hoffte, daß niemand auf meine späte Rückkehr aufmerksam werden würde. Trotz eines flüchtigen schlechten Gewissens angesichts all meiner Sünden sagte ich mir zufrieden, daß ich mich heute doch wirklich ganz schön amüsiert hatte.

Aber dann fragte ich mich, was Achmed wohl gesehen haben mochte. Irgend etwas hatte ihn veranlaßt, mir dringend zu raten, mich mit ein paar Genüssen zu verwöhnen. War das heute wirklich der letzte Tag der Ruhe und der Freude, der mir auf lange Zeit vergönnt war?

# 6

Die Verhandlungen zwischen dem Eparchen und dem Emir kamen zu ihrem Abschluß, und in ihrer letzten Gesprächsrunde vereinbarten sie, die Sicherheit aller Reisenden und vor allem der Kaufleute zu garantieren, die durch die strittigen Grenzgebiete zögen. Die Grenzen sollten weiterhin bewacht werden, aber beide Seiten kamen überein, daß es das Beste wäre, wenn der Handel ungehindert fortgesetzt werden könnte. Und mehr noch, sowohl der Kaiser wie auch der Kalif schworen in Person ihrer Gesandten, alle notwendigen Schritte zu ergreifen, der Seeräuberei und dem Bandenunwesen auf beiden Seiten Einhalt zu gebieten.

Weiter kamen Nicephorus und Sadik überein, daß diese ersten Schritte, wenn sie denn durchgeführt und aufrechterhalten werden könnten, eine solide Grundlage für eine wachsende Zusammenarbeit zwischen beiden Reichen bildeten und daraus vielleicht sogar ein Ausgleich und ein Friedensschluß zwischen den Mächten erwüchse. Zu diesem Behufe nahmen sie sich fest vor, sich im folgenden Jahr wieder zu treffen, um einen Rat einzusetzen, vor dem sich schließlich der Kaiser und der Kalif von Angesicht zu Angesicht begegnen könnten, um sich gegenseitig ihres guten Willens zu versichern und Verträge abzuschließen.

Der Frühling kam, welcher in diesem Teil der Welt früh einsetzt, und mit ihm begann das Handelsjahr. Nicephorus wollte so rasch wie möglich zurück zum Kaiser, um ihm vom Erfolg seiner Gesandtschaft zu berichten, denn je früher die Nachricht vom Friedensabschluß Konstantinopel erreichte, desto eher konnten die Kaufleute ohne Furcht ihren Geschäften nachgehen – und desto eher würde die kaiserliche Schatzschatulle sich sprudelnder Einnahmen aus Steuern und anderen Einkünften erfreuen.

»Auf ein Wort bitte, Eparch«, sagte Nikos, als er einen Tag nach der Abreise des Emirs Sadik zu Nicephorus trat. Man hatte ein großes Abschiedsfest gegeben, auf dem man den erfolgreichen Abschluß der Verhandlungen feierte. Und dem arabischen Gesandten waren viele Geschenke und Segenswünsche mit auf den Weg gegeben worden – darunter vor allem der Schatz, den die Wikinger die ganze Zeit über bewacht hatten. Der Eparch hatte den Befehl erteilt, alle Vorbereitungen für die morgige Abreise zu treffen.

»Ja, was gibt es denn, Komes?« wollte Nicephorus ungeduldig wissen. Er saß wieder an seinem Tisch im Innenhof und studierte einige Dokumente, die zum Abschluß der Verhandlungen unterzeichnet worden waren.

»Ich sehe, daß du gerade beschäftigt bist, deswegen will ich mich kurz fassen.«

»Das wäre mir auch lieb so.«

»Nun, ich halte es für einen Fehler, so rasch nach Byzanz zurückzukehren.« Nikos schien es so dringend damit zu sein, dieses Anliegen vorzutragen, daß er mich, der ich hinter der Tür stand, gar nicht bemerkte. Ich hatte dem Gesandten den Umhang geholt, denn der Himmel zog sich zu, und den Eparchen hatte gefröstelt.

»Und warum?« fragte Nicephorus und legte das Schriftstück beiseite.

»Wir hatten schon vorher Waffenstillstands- und Friedensabkommen. An Willensbezeugungen hat es nie gemangelt, doch ist dadurch auch nur ein Überfall verhindert worden?«

»Willst du etwa andeuten, der Emir habe uns belogen oder wissentlich hintergangen?«

»Nein, bewahre«, antwortete der Komes rasch. »Ich bin so sehr wie du der Überzeugung, daß es sich bei Sadik um einen gerechten und ehrenwerten Mann handelt.«

»Ja, was willst du denn eigentlich?« Der Gesandte sah Nikos grimmig an. »Komm endlich zur Sache, und mach es kurz. Du hast eben gesagt, du wolltest mich nicht lange aufhalten. Jetzt handle auch so.«

»Ich möchte nur zu bedenken geben«, erklärte der Komes mit erzwungener Geduld, »daß die Nachricht vom glücklichen Verhandlungsabschluß nicht immer und überall so erfreut aufgenommen werden wird, wie wir es uns wünschen.«

»Und was bringt dich zu dieser Einsicht?« Der Eparch nahm den Text wieder in die Hand, um ihn zu studieren. Er schien Nikos aus seinen Gedanken verbannen zu wollen und ihn aus dem Innenhof zu wünschen.

»Ganz einfach, niemand wird einen Frieden für möglich halten.«

Der Gesandte blickte noch einmal von dem Vertrag auf, warf dem Komes einen verblüfften Blick zu und meinte nur: »Unsinn.«

»Tatsächlich?« Nikos ließ nicht locker. »Wer wird denn als erster feststellen dürfen, ob der Vertrag etwas taugt oder nicht? Wenn ich Kaufmann wäre, würde es mich nicht gerade drängen, Leben und Besitz auf das Wort eines ...« Er hielt inne.

»Warum sprichst du nicht weiter, Komes?« fuhr Nicephorus ihn an. »Auf das Wort eines vertrottelten alten Mannes, wolltest du doch sagen, oder?«

»Nein, Leben und Besitz zu riskieren auf die Versicherungen irgendeines dahergelaufenen arabischen Gesandten«, widersprach Nikos gewandt. »Mir will es so erscheinen, als bräuchten wir eine zusätzliche Sicherheit, weil sonst der Vertrag, den wir mit nach Hause bringen, von einigen lediglich als weiteres leeres Versprechen angesehen werden könnte, das die doppelzüngigen Mohammedaner uns gegeben haben. Als ein Frieden, den sie bei der erstbesten Gelegenheit gleich wieder zu brechen gedenken; dann nämlich, wenn unser erstes Schiff den Bosporus in Richtung Schwarzes Meer verläßt.«

Das brachte den Eparchen denn doch zum Nachdenken. Er legte das Schriftstück noch einmal nieder und sah den jungen Mann an. »Ich höre. Was schlägst du also vor?«

»Einen Beweis dafür, daß dieser Vertrag eingehalten wird.«

»Einen Beweis also ...« wiederholte Nicephorus langsam und ohne zu erkennen zu geben, was er davon hielt. »Was schwebt dir denn da vor, Komes?«

»Nicht viel, nur eine Reise.«

Der Gesandte ließ die Mundwinkel hängen. »Jetzt enttäuschst du mich aber. Von dir hätte ich etwas Pfiffigeres, Intelligenteres erwartet.« Er winkte ab. »Eine Reise kommt überhaupt nicht in Frage. Mit deinen Sorgen und Befürchtungen kommst du etwas zu spät. Wir segeln ab, sobald die Schiffe beladen und reisefertig sind. Die Kaufleute wollen dringend nach Konstantinopel zurück, und mir ergeht es nicht anders. Der Kaiser wartet auf mich.«

»Es muß ja keine umfangreiche Reise sein, und sie braucht auch nicht weit zu führen«, fuhr Nikos fort, als habe er den Gesandten nicht gehört. »Wie könnte man besser den Erfolg von Friedensverhandlungen darlegen, als vor dem Kaiser und den versammelten Würdenträgern und Händlern zu erklären, daß du persönlich die Gültigkeit der Vereinbarungen mit einer Reise über eine der unruhigsten Karawanenstraßen überprüft und festgestellt hättest, daß die Araber ihr Wort halten?«

Der Eparch sah den jungen Mann lange an. Mir kam Nicephorus dabei wie jemand vor, der ein Pferd, das er zu kaufen gedenkt, auf seinen Gesundheitszustand hin begutachtet. »Ich nehme an, dir schwebt da schon etwas Bestimmtes vor.«

»Die kurze Reise nach Theodosiopolis dürfte für diesen Zweck vollauf genügen. Sie dauert nur ein paar Tage und reicht als Beweis für den Wert des Vertragswerks.«

Nicephorus dachte darüber nach und legte die Fingerspitzen zusammen. Schließlich meinte er: »Ich muß zugeben, daß dein Vorschlag einiges für sich hat, und glaube, daß du diese Reise antreten solltest.«

»Danke«, entgegnete der Komes gleich. »Ich lasse sofort alle Vorbereitungen treffen.«

»Du reist natürlich ohne mich«, betonte der Gesandte. »Auf diese Weise bleiben mir noch einige Tage, um das Nötigste für die Fortsetzung der Gespräche im nächsten Jahr in die Wege zu leiten. Außerdem wird der Statthalter in Kürze erwartet. Ich könnte ihn begrüßen und über die Einzelheiten unserer Abmachung in Kenntnis setzen. Somit wäre die Zeit nicht unnütz vertan. Also unternimm die Reise.«

»Aber ich bin nicht der Eparch«, widersprach Nikos, »und könnte im Notfall nicht ...«

»Das spielt keine Rolle«, unterbrach Nicephorus ihn. »Die Reise besitzt doch vornehmlich symbolische Bedeutung. Ob ich nun dabei bin oder nicht, sie wird so oder so ihren Zweck erfüllen.«

Der Komes schien einen weiteren Einwand vorbringen zu wollen. Ich konnte ihm ansehen, wie sich die Worte in seinem Mund sammelten, aber dann riß er sich zusammen und entgegnete nur: »Gut, wenn das deine Entscheidung ist.«

»Genau, das ist sie«, bestätigte ihm der Gesandte mit Nachdruck.

»Dann breche ich morgen früh auf. Gehab dich wohl, Eparch.« Nikos drehte sich um und nahm jetzt zum erstenmal mich wahr, der ich zwischen Tür und Wand stand. Seine Miene verzog sich für einen winzigen Augenblick, dann verließ er mit raschen, großen Schritten den Innenhof und raunte mir im Vorbeigehen zu: »Hüte dich davor, Priester, dich in alles einzumischen. Bei Gott, hüte dich!«

»Ach, Aidan, da bist du ja«, meinte Nicephorus und winkte mich zu sich. »Der Tag ist doch recht frisch geworden. Ich bin schon richtig durchgefroren.«

Mit ausgebreiteten Armen näherte ich mich ihm und legte ihm den Umhang um. »Vielleicht sollte ich die Kohlenpfanne anzünden«, erbot ich mich.

»Nein, laß nur, zuviel des Aufwands«, wehrte der Eparch ab. »Ich bleibe nicht mehr lange hier draußen. Das Licht wird schon schwächer ...« Er blickte in Richtung Tür, so als erwarte er, dort Nikos stehen zu sehen. »Hast du mitangehört, was er gesagt hat?«

»Ja, Herr.«

»Was hältst du davon?«

»In solchen Angelegenheiten kenne ich mich nicht aus.«

»Aber du kennst Nikos«, erwiderte der Gesandte grimmig. »Du weißt ihn einzuschätzen und mißtraust ihm ... genau wie ich ...« Nicephorus schwieg für einen Moment, so als müsse er seine Gedanken ordnen. »Ich kann nicht sagen, daß ich einen Verdacht gegen ihn hege, aber ich beargwöhne ihn, weil ich nicht weiß, wem seine Treue gilt. Sicher, unser Freund ist sehr ehrgeizig. Das teilt er mit vielen jungen Männern, und ich habe schon viele mit aller Kraft nach oben streben sehen. Doch bei Nikos verhält es sich etwas anders. Sein Ehrgeiz treibt nicht allein sein persönliches Vorankommen an, sondern dient auch noch einem bestimmten Zweck. Und den möchte ich gern erfahren ...« Der Gesandte drehte sich langsam zu mir um. »Was meinst du, hat er gelogen?«

»Das kannst du besser beurteilen als ich, Eparch«, antwortete ich und erinnerte mich der Worte Justinians. *Mißtrauen ist der Dolch in deinem Ärmel und der Schild an deinem Rücken.*

»Ich fürchte, wir müssen davon ausgehen. Doch ich verstehe nicht, was der Komes mit dieser Reise erreichen will, weder für sich noch für sonst jemanden. Fällt dir vielleicht etwas dazu ein?«

»Nein, Herr.« Während ich diese Worte aussprach, spürte ich wieder die feuchte Kälte in der Gefängniszelle, welche ich im Traum gesehen hatte. Ich schüttelte mich und sah mich um. Die Schatten der Dämmerung zogen über den Innenhof. »Die Nacht bricht herein«, sagte ich. »Soll ich dir nicht doch die Kohlenpfanne anzünden?«

»Nein, laß nur.« Der Eparch erhob sich. »Ich kehre auf meine Kammer zurück.« Er rollte das Schriftstück zusammen und schob es sich unter den Arm. Nach ein paar Schritten blieb er stehen und meinte: »Geh doch ein Stück mit mir, Aidan.«

Ich lief neben ihm her, und gemeinsam gelangten wir in den Flur. »Weißt du, ich habe zwar keine Ahnung, wie du Sklave bei den Wikingern geworden bist, aber du sollst erfahren, daß ich beabsichtige, nach unserer Rückkehr mit dem Kaiser zu sprechen.«

»Worüber, Eparch?«

»Über deine Freiheit, mein Sohn«, antwortete er in väterlichem Tonfall. »Ich hielte es für eine höchst bedauerliche Verschwendung deines Talents, wenn du den Rest deines Lebens damit zubringen müßtest, den Barbaren Griechisch zu übersetzen. Höchste Zeit, daß etwas in dieser Hinsicht unternommen wird.«

»Vielen Dank, Eparch«, entgegnete ich nur, weil mir nichts Gescheiteres einfallen wollte.

»Aber das wollen wir erst einmal für uns behalten«, warnte mich der Gesandte. »Wenn der rechte Zeitpunkt gekommen ist, lösen wir weniger Verwirrung und Verärgerung aus.«

»Selbstverständlich.«

»Teil Flautus mit, daß ich das Abendbrot auf meinem Zimmer einnehmen werde«, trug Nicephorus mir auf. »Für die nächste Zeit habe ich von Festmählern mehr als genug.«

Wir erreichten seine Tür. Er öffnete sie und entließ mich. »Ach, Aidan«, rief der Eparch mich im nächsten Augenblick zurück, »bitte doch den Jarl darum, heute nacht eine Wache vor meine Kammer zu stellen, ja? Ich glaube, dann kann ich ruhiger schlafen.«

»Ja, Herr, das sage ich ihm.«

Er dankte mir, und ich entfernte mich, um mich gleich auf die Suche nach Stierbrüller zu machen und ihn vom Wunsch des Gesandten in Kenntnis zu setzen. Ich nahm mir die Sorge des Nicephorus zu Herzen und ließ mich die ganze Nacht hindurch so wenig wie möglich blicken. Statt dessen war ich wieder ganz der gehorsame Sklave und blieb bei Harald. Aber in dieser Nacht ereignete sich nichts, und schließlich schlief ich mit dem Gedanken ein: Morgen reist der Komes ab, und dann haben wir ein paar Tage Ruhe vor ihm.

In aller Frühe stellte Nikos eine Gruppe von dreißig Dänenkriegern zusammen, und denen schlossen sich ein Dutzend Kaufleute an, die die Gelegenheit gern wahrnahmen, unter dem Schutz von Soldaten nach Theodosiopolis zu gelangen. Der Komes verabschiedete sich kurz von dem Eparchen und verließ dann den Palast. Nicephorus fand nun die Muße, im Innenhof sein Frühstück einzunehmen. Wie gewöhnlich bediente ich ihn bei Tisch, um so Gelegenheit zu erhalten, von ihm Neuigkeiten zu erfahren.

Aber der Gesandte hatte sich gerade niedergelassen, als Nikos zurückkehrte. »Eine dringliche Angelegenheit hat sich ergeben«, meldete er, kaum daß er in den Garten gelangt war, »welche dem Eparchen unbedingt zur Kenntnis gebracht werden muß.«

Der erste Ärger des Eparchen wich der Verblüffung, als hinter dem Komes der Magister und ein weiterer Mann erschienen. Nicephorus erhob sich und bat die Besucher, Platz zu nehmen.

»Vergib uns die Störung, Eparch«, sagte der Magister. »Ich bin froh, noch rechtzeitig eingetroffen zu sein, ehe womöglich alles zu spät wäre.«

»Zu spät wofür?« wollte Nicephorus wissen.

»Nun, Herr«, antwortete der Beamte mit Seitenblick auf

Nikos, »um den Komes daran zu hindern, seine Reise anzutreten.«

Der Gesandte runzelte die Stirn. »Warum sollte sein Aufbruch dich in solche Aufregung versetzen?«

»Das will ich dir gern erklären«, entgegnete der Mann.

»Ich bitte höflichst darum«, forderte Nicephorus ihn auf.

»Konsul Psellon hier ist gerade eingetroffen«, er deutete auf den Besucher, der mit ihm gekommen war. »Er bringt eine Botschaft vom Statthalter an dich.«

»Verstehe. Darf ich sie sehen?« Der Gesandte streckte die Hand aus.

Sergius stieß den Konsul an, der daraufhin die Rechte in eine Falte seines Umhangs schob und ein zusammengefaltetes Pergament herauszog, das mit einem Samtband zusammengebunden und mit rotem Wachse versiegelt war. »Siehst du, das Schreiben trägt das Siegel des Statthalters«, beeilte der Magister sich zu erklären.

»Vielen Dank für deine scharfe Beobachtungsgabe«, erwiderte Nicephorus. »Ohne deine Hilfe wäre mir das bestimmt entgangen. Ich stehe auf ewig in deiner Schuld.«

Sergius lief rot an und hielt sich mit weiteren Hinweisen zurück. Dafür ergriff Nikos das Wort. »Vielen Dank, Magister. Ich glaube, wir sind durchaus in der Lage, auch ohne deinen Beistand die Bedeutung dieses Schriftstücks zu erkennen.«

»Natürlich.« Sergius verbeugte sich.

Der Blick des Eparchen wanderte vom Magister zum Konsul, ehe er die Botschaft aufband und das Siegel erbrach. Dann faltete er das Pergament auseinander und wandte sich den Zeilen zu. Seine Lippen bewegten sich, während er leise las. »Höchst interessant«, meinte Nicephorus schließlich. »Ja, wirklich, sehr interessant.«

Ohne vom Eparchen dazu aufgefordert zu sein, nahm der Komes die Botschaft und las sie seinerseits. »Das stammt vom Statthalter«, bemerkte er mittendrin.

»Soviel hatten wir vorher schon festgestellt.« Nicephorus bedachte den Magister und den Konsul mit einem skeptischen Blick.

»Er bittet uns, zu ihm nach Sebastea zu kommen«, fuhr Nikos fort, »und meint, er habe gehört ...« Der Komes hielt abrupt inne, weil er sich wohl sagte, daß das die Umstehenden nichts anginge. »Es geht um eine Sache von allerhöchster Dringlichkeit«, endete Nikos schließlich.

»Ja, so hat es den Anschein«, entgegnete der Gesandte und ließ die beiden Männer immer noch nicht aus dem Auge. »Wann ist diese Botschaft eingetroffen?«

»Heute morgen«, antwortete der Magister. »Ich bin gleich zu dir gekommen, nachdem Psellon sich bei mir gemeldet hatte.«

»Aha.« Nicephorus kniff die Augen zusammen. »Dann wußtest du also bereits, was in dem Schreiben steht.«

»Aber woher denn?« wehrte der Beamte mit schriller Stimme ab. »Mir war nur klar, daß die Botschaft wichtig sein müsse. Das hat mir der Konsul gesagt.«

Psellon nickte eifrig. »Das Schreiben kommt direkt aus der Hand des Statthalters«, bestätigte er.

»Ja, gewiß doch, natürlich«, meinte der Eparch säuerlich. »Und obwohl du den Inhalt nichts kanntest, bist du bei Tag und bei Nacht geritten und hast weder dich noch dein Pferd geschont, um mir das Pergament so rasch wie möglich zu übergeben.«

»Ja, Eparch«, erklärte der Konsul.

»Und wie viele sind mit dir geritten?«

Psellon zögerte und warf dem Magister einen scheelen Seitenblick zu, der es aber vorzog, stur geradeaus zu blicken.

»Worauf wartest du, Mann!« schimpfte der Gesandte. »Die Frage ist doch nun wirklich nicht zu schwer. Also, wieviel Mann Bedeckung hattest du dabei?«

»Vier«, antwortete der Konsul unsicher.

»Aha. Ihr beiden dürft euch zurückziehen.« Der Eparch

entließ Sergius und den Konsul mit einer wenig huldvollen Handbewegung. »Was hältst du davon?« fragte er Nikos, als die zwei verschwunden waren.

»Ich halte es für einen großen Glücksfall, daß das Schreiben gerade noch rechtzeitig eingetroffen ist«, erklärte der Komes. »Da ich bereits alles für die Reise nach Theodosiopolis vorbereitet habe, brauchen wir nicht lange zu säumen. Gegen Mittag können wir Trapezunt verlassen. Ich veranlasse alles Nötige.«

»Deiner Antwort entnehme ich, daß du diesem Schreiben Echtheit zubilligst.«

»Selbstverständlich«, entgegnete der Komes. »Ich glaube, man darf auch guten Gewissens behaupten, daß Exarch Honorius nur das Beste des Reiches im Sinn hat.«

»Die Ansicht teile ich unbedingt«, stimmte Nicephorus zu, »ich bin mir nur nicht so ganz sicher, ob er den Brief überhaupt geschrieben hat.«

»Ich habe keinen Anlaß, an der Echtheit des Schreibens zu zweifeln«, entgegnete Nikos unbewegt. »Das ist die Handschrift des Statthalters, und der Brief trägt sein Siegel.«

»Ja, das sehe ich auch.« Der Gesandte ließ sich langsam wieder nieder und setzte eine Miene tiefster Verwirrung auf.

»Gut, wenn du mich jetzt bitte entschuldigen würdest, dann kann ich mich um alles für den Aufbruch kümmern. Ich vermute, du wünschst, daß die Barbaren uns begleiten.«

»Ja, natürlich«, murmelte Nicephorus mit leerem Blick. Offensichtlich war sein Geist mit ganz anderen Dingen beschäftigt. »Unternimm alles, was du für notwendig hältst.«

Mit wenigen großen Schritten hatte der Komes den Innenhof verlassen. Die ganze Zeit über hatte er nicht einen Blick in meine Richtung geworfen, obwohl ihm meine Anwesenheit diesmal nicht verborgen geblieben sein konnte.

Nicephorus starrte auf das Pergament, als hätte er so etwas noch nie gesehen. Als wir beiden allein waren, näherte ich mich ihm vorsichtig.

»Eparch, kann ich irgend etwas für dich tun?«

»Honorius schreibt hier von einem anstehenden Verrat«, teilte der Gesandte geistesabwesend mit. »Er möchte, daß ich so rasch wie möglich zu ihm komme.«

Als mir klar wurde, daß mit ihm kaum ein vernünftiges Wort zu reden war, nahm ich all meinen Mut zusammen und fragte: »Darf ich einen Blick auf die Botschaft werfen?«

»Ja, wenn du möchtest.« Er reichte mir das Pergament nicht, und so nahm ich es mir. Nicephorus beobachtete mich jedoch sehr genau, während ich es studierte.

Der Text war recht formell und gestelzt gehalten und gab der Befürchtung Ausdruck, der Kalif könne den Abschluß der Friedensverhandlungen dazu nutzen wollen, um die Feindseligkeiten zwischen den Arabern und Byzanz wiederaufleben zu lassen. Die Einzelheiten dieses geplanten Verrats seien jedoch so delikat, daß Honorius sie nicht hatte dem Boten anvertrauen wollen. Daher forderte er den Eparchen auf, sich auf schnellstem Wege nach Sebastea zu begeben und unbedingt mit einer starken Leibwache zu reisen.

»Du bist doch ein Mann, der sich mit dem geschriebenen Wort auskennt«, meinte Nicephorus, als ich fertig gelesen hatte. »Was kannst du mir über den Mann sagen, der diese Zeilen niedergeschrieben hat?«

Der Text war natürlich in griechisch gehalten und in einer geraden, festen Handschrift verfaßt. Jeder Buchstabe war ordentlich geschrieben, und es fehlte kein Bogen, Akzent oder Häkchen. Allerdings fiel mir auf, daß die Lettern recht klein ausgefallen waren. »Nun, ich würde sagen, bei dem Mann handelt es sich um einen Schreiber, vielleicht um einen Mönch. Er schreibt geübt und kennt die Worte, die er zu Pergament bringt ... weist im Schriftbild keine Unsicherheiten auf. Bist du davon überzeugt, daß der Statthalter das verfaßt hat?«

»Ja, ich habe die Handschrift eindeutig wiedererkannt«, antwortete der Gesandte. »Und genau das bereitet mir ja solche Sorge.«

»Ich fürchte, ich verstehe nicht, Herr.«

»Du mußt wissen, daß Honorius und ich uns kennen. Wir haben zusammen in Rom gedient, als die Stadt noch zum Reich gehörte. Und danach noch einmal in Ephesus ... Ich glaube nicht, daß Nikos oder sonst jemand in Trapezunt davon weiß, und ich habe auch niemandem davon erzählt. Aber lieber reiße ich mir eigenhändig die Zunge heraus, bevor ich zugebe, daß er den Brief geschrieben hat!«

Sein leerer Gesichtsausdruck war sichtlicher Erregung gewichen. »Sieh dir den Anfang an!« forderte er mich auf. »Ich darf wohl behaupten, daß Honorius und ich alte Freunde sind. Er wußte, daß ich nach Trapezunt kommen und auch, daß ich in seinem Haus unterkommen würde. Dennoch schickt er den Konsul zuerst zum Magister und nicht gleich zu mir! Noch viel schwerwiegender erscheint mir aber der Umstand, daß er mich nicht wie einen Mann anredet, den er schon seit vierzig Jahren kennt, sondern mich ganz formell bei meinem Titel anspricht, so als wäre ich nur irgendein Hofbeamter, den der Kaiser hierhergesandt hat.«

Jetzt begriff ich, was den Eparchen beschäftigte, und mußte ihm zustimmen, daß diese Botschaft einige Merkwürdigkeiten aufwies. Ich las die Anrede noch einmal. Tatsächlich, so sprach man keinen alten Freund an. »Du vermutest, das Schreiben sei gefälscht?«

Nicephorus schüttelte den Kopf. »Nein, er hat es geschrieben, daran kann kein Zweifel bestehen. Ich verstehe nur nicht, warum er es so sonderbar verfaßt hat.«

»Vielleicht wollte er nichts von eurer Freundschaft verraten, für den Fall, daß der Brief in falsche Hände geriete.«

»Ja, schon möglich.« Sein Tonfall ließ darauf schließen, daß er ganz und gar nicht davon überzeugt war. »So, wie es scheinen will, verrät dieses Dokument sehr wenig, um nicht zu sagen, gar nichts.«

»Dann glaubst du, ein anderer Grund als der hier aufgeführte könne ihn bewogen haben, dir die Botschaft zu schicken?« dachte ich laut. »Aber wie könnte der aussehen?«

»Diese Frage stelle ich mir wieder und wieder.« Der Gesandte schüttelte langsam den Kopf. Schließlich erhob er sich. Er hatte sein Frühstück nicht angerührt. »Ich fürchte, Aidan, uns bleibt nichts anderes übrig, als uns auf die Reise zu begeben.« Der Gesandte befand sich schon auf dem Weg zu seinen Gemächern, als er sich noch einmal umdrehte und mir über die Schulter zurief: »Gib bitte Harald Bescheid.«

»Und was ist mit dem Brief?« fragte ich und zeigte auf das Pergament, welches auf dem Tisch liegengeblieben war.

Der Eparch mißverstand mich und antwortete nur: »Alles wird sich aufklären, sobald wir in Sebastea eingetroffen sind.«

Damit war er verschwunden. Da niemand mehr hier war, breitete ich das Schreiben vor mir aus und ging es noch einmal Zeile für Zeile durch. Doch danach kam es mir noch genauso rätselhaft vor wie eben. Die Botschaft könnte durchaus echt sein, sagte ich mir.

Ich faltete das Pergament sorgfältig zusammen, versah es auch wieder mit dem schwarzen Band und schob es in meinen Umhang, um es dem Eparchen zu geben. Doch bevor ich mich zu ihm begab, suchte ich Harald auf, um ihm mitzuteilen, was sich ereignet hatte.

# 7

Die Tore von Trapezunt waren weit geöffnet, und vor uns breitete sich die Landstraße aus. Die Mittagsstunde lag zwar schon hinter uns, aber die Sonne stand noch hell am Winterhimmel. Eine kühle Brise blies, doch der Himmelsstern wärmte uns Gesicht und Rücken. Die Straße nach Sebastea wurde viel genutzt und zeigte sich von den vergangenen Regenfällen und dem Besucheransturm zum Fest des heiligen Euthemius mit tiefen Furchen versehen.

Nikos ritt hoch zu Roß, während der Eparch in einem geschlossenen Wagen reiste, der von zwei Pferden gezogen wurde. Unser Zug führte drei weitere Wagen mit den Vorräten und entsprechend viele Fuhrleute mit. Gut hundert Seewölfe marschierten in zwei Reihen links und rechts vom Troß. Sie hatten den Schild auf den Rücken geschwungen und hielten Speer und Axt in der Hand.

Obwohl der Komes mehrfach betont hatte, daß ein solcher Heerwurm von Wikingern nun wirklich nicht nötig sei, hatte Nicephorus sich nicht beirren lassen und sich für eine möglichst große Eskorte entschieden. Der Jarl war froh, dem täglichen Einerlei entfliehen zu können, und ließ nur genug Krieger zur Bewachung der Schiffe im Hafen zurück. Außerdem sah man ihm seinen Stolz darüber an, an der Spitze seiner Armee schreiten zu können.

Damit nicht genug, begleiteten uns auch noch andere Personen: Händler und Kaufleute, die zu einem Markt wollten und sich darüber freuten, unter dem Schutz einer Streitmacht reisen zu können, für die sie nichts bezahlen mußten – und was konnte einem in Begleitung von hundert Wikingern schon widerfahren? Auch die, welche eigentlich erst in ein paar Tagen loswollten, hatten vorzeitig ihre Zelte abgebrochen, um mit uns zu ziehen. So bewegte sich ein unübersehbarer Menschenstrom auf der Straße, alles in allem gut zweihundert Personen.

Während der ersten beiden Tage erwartete uns freundliches Wetter. Die Sonne schien, und kaum ein Wölkchen zeigte sich am Himmel. Der dritte Tag begann jedoch grau, und der bald einsetzende Nieselregen wurde von einem kräftigen Nordwind angetrieben. Den Dänen schienen Nässe und Kälte wenig auszumachen. Von Zeit zu Zeit stimmten sie ein Lied an, und dazwischen unterhielten sie sich mit ihren rauhen, lauten Stimmen.

Die Wagen kamen nur noch unter Ächzen des Holzes und Geschrei der Fuhrleute voran. Nur gelegentlich blieben sie auf der Straße, meist rollten sie daneben her, weil die Räder in den tiefen Furchen steckenblieben.

Ich behielt meinen Platz hinter dem Dänenkönig bei, der neben dem Wagen des Eparchen einherschritt. Tolar und Thorkel waren bei den Schiffen zurückgelassen worden, aber Gunnar befand sich bei den Glücklichen, die mitdurften. Manchmal gesellte er sich zu mir, und dann unterhielten wir uns. Mochten wir auch nicht wirklich wichtige Dinge bereden, so half uns das Geplapper doch, die Last der Langeweile zu lindern. Nur gegen die Kälte vermochten auch noch so viele Worte wenig auszurichten. Ich muß gestehen, ich hatte mich an den milden Winter in Trapezunt gewöhnt und war deswegen auf die Kälte hier draußen auf dem Land nicht eingerichtet. Die eisige Feuchtigkeit kroch mir durch Mark und Bein, und trotz der Kutte und des Umhangs zitterte ich in einem fort.

Wir marschierten von Tagesanbruch bis Mittag und hielten

dann an einer Stelle an, wo ein Fluß die Straße kreuzte, um zu rasten und zu essen. Ich erfuhr, daß dieser Wasserlauf, der zur herrschenden Jahreszeit lediglich als ein schmutziger Bach daherkam, sich im Frühling zu einem reißenden Strom entwickelte. Wer seinem Lauf folgte, würde über kurz oder lang weiter im Süden den Tigris erreichen. Jenseits des Flusses gabelte sich die Straße. Theodosiopolis lag zwei Tagesreisen gegen Osten, Sebastea hingegen vier Tagesmärsche auf dem Weg, der gen Südwesten führte.

Nachdem wir uns gestärkt hatten und uns wieder bei Kräften fühlten, überquerten wir den Wasserlauf und zogen weiter. Die kleinen Dörfer, die meist von Schäfern und ihren Familien bewohnt wurden, begegneten uns nun seltener. Dafür wurden die Hügel steiler und die Täler tiefer. Die wenigen Bäume und das spärliche Gras verschwanden bald ganz und überließen das Land den Felsen und stachligen Sträuchern. Wenn der Wind über die kahlen Hügel pfiff und heulte, hörte sich das kalt und einsam an. Die Reisegesellschaft, die so fröhlich und guter Dinge den Zug angetreten hatte, verfiel nun immer mehr in Schweigen und Trübsinn.

Am vierten Tag wurde es noch ärger. Der Regen entwickelte sich zum Dauerbegleiter und hörte bis zum Abend nicht mehr auf. Ich wickelte den durchnäßten Umhang fester um mich und mußte an die Wärme und Geborgenheit in der Schreibstube denken, wo im Ofen ein lustiges Torffeuer prasselte. Ach, mo croi!

Gegen Ende des Tages hielten wir in einer kleinen Senke zwischen zwei steilen Hügeln. Wir hatten gerade einen harten Aufstieg hinter uns und fühlten uns für den nächsten noch nicht gerüstet. Deswegen schlugen wir hier unser Lager auf und waren froh, nicht mehr dem endlos blasenden Wind ausgesetzt zu sein. Der Boden war uneben und von Felsen übersät und besaß bis auf einige verkrüppelte und auch sonst erbärmlich aussehende Nadelbäume keinerlei Bewuchs. An einer Seite der Straße erhob sich eine steile Felswand aus dem

Boden, während auf der anderen Seite ein schmales Flußtal verlief, das sich nach dem unaufhörlichen Regen rasch füllte.

Wir fanden nirgends Feuerholz, und das wenige Brennmaterial, das wir mit uns führten, wurde für das Abendessen gebraucht. So verbrachten wir frierend eine Nacht an der Felswand, wo wir wenigstens ein wenig Schutz vor dem Regen fanden.

Kurz vor Morgengrauen erwachte ich von Tropfen, die mir beständig auf den Nacken fielen. Offenbar hatte ich eine ungünstige Stelle erwischt. Also erhob ich mich, stolperte zum Wagen des Eparchen und kroch darunter.

Diesem Umstand habe ich, so glaube ich, mein Leben zu verdanken.

Gerade hatte ich die Augen wieder geschlossen, als ich ein Geräusch vernahm, das sich wie das Brechen von Baumwurzeln anhörte. Ich lauschte und hörte es wieder, konnte jedoch nicht bestimmen, aus welcher Richtung es kam. Dann folgte ein Rumpeln wie von Donner, doch so, als wäre das Gewitter direkt über uns ausgebrochen, und darauf ein Krachen und Poltern. Ich riß die Augen weit auf und bekam mit, wie etwas Schweres hart auf dem Boden aufkam.

In dem grauen Licht zwischen Nacht und Tag erschien es mir so, als sei die ganze Klippenwand in Bewegung geraten. Felsbrocken und Steine fielen, rutschten oder sprangen an ihr hinab und stürzten auf unsere Reisegesellschaft. Ich verkroch mich tiefer unter den Wagen, zog die Beine an und kauerte mich hinter eines der festen Räder – gerade als ein großer Stein gegen die Rückseite des Wagens prallte und ihn seitlich verschob.

Die Menschen, die mitten im Schlaf von diesem Erdrutsch erwischt wurden, schrien vor Angst und Entsetzen, während es rings um sie Steine prasselte. Viele jedoch wurden im Schlummer zerschmettert und erfuhren nicht mehr, was sie getötet hatte.

Der Steinschlag hörte ebenso plötzlich auf, wie er eingesetzt hatte. Ein paar Brocken donnerten noch in die Senke, dann herrschte Ruhe. Tödliche Stille.

Die Schreie und das Stöhnen der Verletzten erfüllten kurz darauf die Luft. Ich kroch unter dem Wagen hervor und entdeckte, daß der Grund der Felswand buchstäblich zugeschüttet war. Noch halb benommen stand ich da und spähte durch das Halbdunkel. Überall türmten sich geborstene Felsen und Steine.

Vorsichtig bewegte ich mich auf die Stelle zu und hielt nach Menschen Ausschau, die meiner Hilfe bedurften. Ich war gerade zwei Schritte weit gekommen, als ich von oben Kiesel und Steinchen hörte, welche jetzt die Klippen herabregneten. Schon befürchtete ich, ein neuer Steinschlag stünde bevor, und bang blickte ich hinauf. Doch statt sich lösender Felsen gewahrte ich dort eine Gestalt, die sich rasch vom Rand entfernte. Im selben Moment spürte ich mehr, als daß ich es hörte, wie sich etwas heranbewegte. Instinktiv fuhr ich zurück, und schon klapperte ein Pferd an mir vorbei. Jemand saß im Sattel, und ich glaubte, Nikos zu erkennen. Er sauste wie ein teuflischer Wind an mir vorüber und verschwand rasch im Staub und Dämmerdunkel.

Mir blieb nicht die Zeit vergönnt, darüber nachzusinnen, denn jetzt ertönte ein lauter Schrei, der von einem vielstimmigen Chor beantwortet wurde. Und einen Moment später stürmten Schwärme von Männern den gegenüberliegenden Hügel herunter.

Im Lager erhoben sich langsam die, welche es nicht so schlimm erwischt hatte. Auch der Eparch stieg aus seinem Wagen. Ich lief sofort zu ihm, und er starrte mich verwirrt an. »Wo steckt der Komes?« fragte er dann zornig.

»Ich habe gesehen, wie er davongeritten ist«, antwortete ich und zeigte in die Richtung, in welche der Reiter verschwunden war. »Doch kümmere dich jetzt nicht darum, wir werden angegriffen!«

Unvermittelt tauchte der Dänenkönig vor uns auf. Er hielt

die lange Schlachtaxt in der Hand, sprang auf einen der Proviantwagen und stieß den mächtigen Schlachtruf der Wikinger aus. Binnen Augenblicken strömten von überallher Seewölfe herbei. Sie liefen schreiend herum und riefen ihre Schwertbrüder, sich zu erheben und an ihrer Seite zu streiten. Aber ach, wie war ihre Zahl zusammengeschmolzen.

Stahl funkelte matt im Halbdunkel, als die Dänen zum Rand des Lagers rannten, wo eben die ersten Feinde anlangten. Schon prallten Waffen gegeneinander und erfüllte das Gebrüll der Kämpfenden das Tal, um von den Felswänden zurückgeworfen zu werden.

Ich besaß keine Waffe, und selbst wenn ich eine in der Hand gehalten hätte, hätte ich nicht gewußt, was ich damit anfangen sollte. Dennoch war ich wild entschlossen, bei Nicephorus zu bleiben und ihn mit all meinen schwachen Mitteln zu schützen. Doch diese Aufgabe fiel mir nicht eben leicht, denn er hatte es sich in den Kopf gesetzt, sich mitten ins Getümmel zu stürzen und Seite an Seite mit seiner Leibwache zu kämpfen.

»He da! Hiergeblieben!« schrie ich und zog ihn zum wiederholten Male von der Schlachtreihe zurück. Ein Proviantwagen fiel mir ins Auge, und ich rief ihm zu: »Von dort haben wir den besten Überblick.« Halb zog ich ihn mit mir, und als wir den Karren erreichten, half ich dem alten Mann, den Kasten zu erklimmen. Sofort folgte ich ihm hinauf, und beide standen wir dann da, um das fürchterliche Gemetzel zu verfolgen.

Bei den Angreifern handelte es sich nicht um großgewachsene Menschen, und im Vergleich zu den Wikingern wirkten sie sogar kleinwüchsig, doch was ihnen an Größe fehlte, machten sie durch ihre Anzahl wett. Außerdem trugen sie schwarze Umhänge und Turbane und waren im trübmatten Licht nur schwer auszumachen.

In den ersten und entscheidenden Momenten der Schlacht erschien es jedoch so, als würden die überlegene Körperkraft, die längeren Arme und die größere Kampferfahrung der

Wikinger die Oberhand gewinnen. Die Seewölfe standen Schulter an Schulter wie eine Mauer da. Ein jeder deckte die nicht vom Schild geschützte rechte Seite seines Nachbarn. Auf diese Weise schlugen sie den Gegner nicht nur von Mal zu Mal zurück, sondern drangen auch Schritt für Schritt weiter gegen ihn vor.

»Sieh nur, Herr!« rief ich. »Sie vertreiben die Angreifer!«

Nicephorus sagte nichts dazu. Er starrte nur auf den gräßlichen Tanz vor uns und hielt sich mit beiden Händen an der Wagenkante fest.

Vergeblich hielt ich nach Gunnar Ausschau. Nirgendwo konnte ich ihn entdecken und befürchtete schon, er liege unter dem Steinschlag begraben.

Die Dänen heulten aus voller Kehle ihre Kriegsrufe, und jetzt verstand ich auch sehr gut, warum man sie Wölfe nannte. Ihr Geheul klang geradezu unheimlich, erfüllte selbst mein Herz mit Furcht und setzte auch dem Willensstärksten zu.

Der Jarl stand furchtlos in der ersten Reihe und schwang seine Axt mit tödlicher Wirksamkeit und ohne zu ermüden. Vor ihm fielen die Gegner reihenweise. Einige schrien noch im Todeskampf, andere kippten wortlos nach hinten, und ihrer wurden immer mehr. Die lange, scharfe Klinge biß tief ins Fleisch und folgte ihrem unersättlichen Hunger.

Nach dem ersten Aufprall wurde jedoch offenbar, daß die Dänen sich noch deutlicher in der Unterzahl befanden, als ich zuerst vermutet hatte. Außerdem kam es mir so vor, daß immer neue Scharen der Feinde eintrafen – Reserven, die beim ersten Angriff zurückgehalten worden waren und nun in die Schlacht geworfen wurden –, denn das schwarze Gewimmel vor den Reihen der Wikinger schwoll zusehends an.

Allmählich und schmerzlich anzusehen, wendete sich das Kriegsglück gegen uns. Der Gesandte und ich standen immer noch auf dem Karren und verfolgten mit wachsendem Entsetzen, wie das Häuflein der Dänen von einer anschwellenden Flutwelle bedrängt wurde und unterzugehen drohte.

»Bete für sie, Priester!« rief der Eparch und packte mich am Arm. »Bete für uns alle!«

Doch ach, wie hätte ich seinem Wunsch Folge leisten können; wußte ich doch, daß meine Gebete wie verdorrter Samen auf den harten Grund von Gottes steinernem Herz fallen würden. Wissend, wie wenig meine Gebete bewirken würden, sagte ich mir, daß ich unserer Sache einen besseren Dienst erwiese, wenn ich mir einen Speer nähme und mich damit in den Kampf stürzte, auch wenn ich vermutlich nicht einmal dem ersten Feind standhalten könnte.

Weitere trübe Gedanken über meine Wertlosigkeit wurden mir erspart, als plötzlich ein Krieger mit grimmiger Miene auftauchte und einen blutigen Streitkolben schwang. »Was macht ihr denn noch hier?« brüllte er. »Runter von dem Wagen!«

Ich wurde umgerissen, flog von dem Kasten, landete unsanft auf dem harten Untergrund und drehte mich wie ein Käfer, um wieder auf die Beine zu kommen. Der Eparch verließ gleicherweise unfreiwillig den Karren und plumpste neben mir auf den Boden.

»Aedan!« rief Gunnar. »Wenn du immer so lahmarschig aufstehst, wirst du leicht zur Beute des Feindes!« Bevor ich etwas entgegnen konnte, schleuderte er Nicephorus und mich schon unter den Wagen. »Da bleibt ihr liegen«, wies er uns streng an, »bis ich wiederkomme und euch hole.«

Der Däne war schon wieder fort, bevor ich ihn fragen konnte, wie die Schlacht stand. »Was hat er gesagt?« fragte der Gesandte.

»Wir sollen uns nicht blicken lassen, bis er zurückkehrt.«

»Aber von hier unten kann ich nichts sehen«, beschwerte sich der Eparch. Tapfer erduldete er die Schmach, sich unter einen Karren verkrochen zu haben, doch als von den Kämpfenden lautes Geschrei kam, konnte ihn nichts mehr halten. Er sprang mit einer Behendigkeit, die ich ihm gar nicht zugetraut hätte, unter dem Kasten hervor und schrie: »Man soll später nicht behaupten, ich sei wie ein Feigling gestorben!«

Wohl oder übel mußte ich hinter ihm her. Tatsächlich bekam ich ihn zu packen und schleppte ihn zum Karren zurück. Doch wir kehrten nicht in unser Versteck zurück, sondern stellten uns an die Kastenwand und verfolgten das Hin und Her des Scharmützels. Was wir zu sehen bekamen, erfüllte uns jedoch mit allem anderen als Freude. Überall wurden die Wikinger zurückgetrieben. Die Truppen des Feindes schienen weitere Verstärkung erhalten zu haben, und inzwischen stand zu befürchten, daß sie die Seewölfe einfach überrennen würden.

Während wir hinstarrten, ertönte wieder das laute Geschrei, und die Schwarzgekleideten bündelten ihre Kräfte zu einem neuen Sturmangriff. Tatsächlich gelang es ihnen, die Dänen zehn Schritt weit zurückzutreiben. Ein weiterer Schrei, der nächste schwere Angriff, und die erste Reihe der Wikinger zerriß. Eine Lücke in ihrer Aufstellung war entstanden, und durch diese Bresche drängten die Feinde, um die Seewölfe von hinten und von der Flanke zu bedrängen.

Aber Harald war ein gerissener Feldherr. Er würde sich nicht so leicht umzingeln und niederhauen lassen. Rasch erkannte der Jarl die Gefahr, die seinen Kriegern drohte, erhob seine Stierbrüllerstimme und befahl den Rückzug.

Die Dänen lösten sich vom Feind und liefen die Straße entlang. Als Gunnar uns erreichte, rief er außer Atem: »Die Schlacht ist verloren. Wir müssen fliehen, solange uns noch Zeit dazu bleibt. Hier entlang, kommt!«

Kaum hatte er ausgeredet, versetzte er mir auch schon einen Stoß und trieb mich vor sich her. »Folg mir!« forderte ich Nicephorus auf. »Er wird uns beschützen!«

Und nun liefen wir mit den anderen den Weg zurück, den wir gestern gekommen waren, kamen an dem Steinschlag vorbei, der jetzt den Friedhof für unzählige Seewölfe und noch mehr Händler mit ihren Familien bildete, und hielten keinen Moment zu ihrem Gedenken an, weil es mittlerweile an unser eigenes Leben ging.

Die Kaufleute und ihre Gehilfen und Angehörigen, die den Erdrutsch überlebt hatten, hatten früher als wir mitbekommen, wie die Schlacht sich entwickelte, und rannten längst um ihr Leben. Ich konnte sie sehen, wie sie sich vor uns den gegenüberliegenden Hügel hinaufmühten. Mehrere von ihnen hatten ihre Waren nicht im Stich lassen wollen und plagten sich furchtbar mit den Säcken und Ballen ab.

Die ersten Händler erreichten die Kuppe und verschwanden gleich auf der anderen Seite. Als wir sahen, daß der Weg dort frei zu sein schien, verdoppelten wir unsere Anstrengungen.

Doch ach und weh! Hinter dem Hügel wartete nicht unsere Rettung.

Kaum waren die Kaufleute nämlich jenseits der Kuppe verschwunden, kehrten sie auch schon wieder zurück, rannten uns entgegen und schrien und gestikulierten, daß wir nicht dort hinauf sollten. Da wir nicht gleich begriffen, was sie von uns wollten, liefen wir noch ein paar Schritte weiter. Aber schon zwei Herzschläge später tauchten oben auf dem Kamm neue Scharen von Feinden auf, die noch viel zahlreicher waren als die, welche wir hinter uns gelassen hatten. Sie schienen dort oben aus dem Boden zu wachsen und machten sich gleich daran, uns zu bedrängen.

»Bleib hier!« brüllte Gunnar und stürmte dem neuen Feind entgegen, wobei er noch Gelegenheit fand, mich vorher zu Boden zu stoßen. Ich erhob mich halb und zog den Eparchen zu mir herunter. So hockten wir im Straßengraben und verfolgten, wie die Händler und ihre Begleitung angstvoll schreiend an uns vorbeirannten. Einige von ihnen hatten sich immer noch nicht von ihren Gütern trennen wollen.

Die Dänen saßen zwischen zwei Heerhaufen fest – die Schwarzgekleideten, gegen welche sie gerade gefochten hatten, und die neuen Feinde, welche in noch größerer Zahl heranrückten – , und ihnen blieb nichts anderes übrig, als bis zum letzten Mann zu kämpfen oder sich zu ergeben.

Aber Seewölfe ergeben sich nicht.

Harald scharte seine letzten Getreuen um sich – ich schätzte, daß ihrer nur noch knapp achtzig übriggeblieben waren – und stellte sich mit ihnen der Schlacht. Er schrie und wütete und machte seinem Namen alle Ehre. Der Jarl rief Odin an, seinen Kampfesmut zu bezeugen, und stürmte dann an der Spitze seiner Krieger den Schwarzgewandeten mit solcher Wut entgegen, daß deren Angriffsschwung deutlich Einhalt geboten wurde. Die Feinde blieben unfreiwillig stehen, und einige von ihnen rannten sogar in vollkommener Verwirrung davon. Die Seewölfe hingegen rasten in neuerwachter Blutlust mitten unter sie. Das Getöse der wiederauflebenden Schlacht war ohrenbetäubend. Männer brüllten, schrien, fluchten und brachen sterbend zusammen.

Ein gräßliches Gemetzel hob an. Die Dänen fochten mit unfaßbarer Wut und vollbrachten wahre Wunder an Wagemut und Kühnheit. Ich sah Hnefi – der von sich selbst so überzeugte, stolze Recke –, der ohne Waffe weiterkämpfte, als der Stumpf seines abgebrochenen Schwerts in einem Feind steckenblieb. Statt sich nach einem Ersatz umzusehen, sprang er gleich auf den nächstbesten Gegner zu, riß ihn um, hob ihn über den Kopf und schleuderte ihn einer Gruppe Angreifer entgegen. Vier Männer gingen unter diesem Wurf zu Boden. Hnefi war sofort über ihnen und tötete sie mit ihren eigenen Speeren.

Einen anderen Dänen entdeckte ich, dessen Speer zerbrochen war und der sich von sechs Schwarzgekleideten umringt sah. Nur ein Wunder konnte ihn noch retten. Doch was tat der Seewolf? Er faßte seinen Schild am Rand, stieß seinen Schlachtruf aus, drehte sich um die eigene Achse und hielt sich so die Gegner auf Armeslänge vom Leib. Zwei Feinden, die den Schild zu unterlaufen versuchten, um den Wikinger dann mit ihren Speeren zu stechen, zerschmetterte der Eisenrand den Schädel. Ein dritter verlor durch den wirbelnden Schild seinen Spieß und konnte sich gerade noch durch einen

Sprung zurück davor bewahren, ebenfalls am Kopf getroffen zu werden. Die drei anderen bewegten sich außer Reichweite des Eisenrands und schleuderten gleichzeitig ihre Speere auf den Dänen. Dieser wurde von zweien getroffen. Doch er riß sich einen aus dem Leib, erstach damit einen seiner Gegner und verwundete einen zweiten schwer, ehe seine Kräfte schwanden und er zusammenbrach.

Einmal sah ich auch Gunnar, der mitten im dicksten Getümmel steckte und sich wie ein verwundetes Raubtier wehrte. Der Hammer kreiste unablässig über seinem Kopf, und ich vernahm die gräßlichen Geräusche von Knochen, die unter seinen wuchtigen Schlägen zerbarsten. Immer wieder aufs neue bestürmte er die Schwarzgekleideten. Zwei seiner Feinde fielen unter einem einzigen Hieb zu Boden, und Gunnar fällte schon den dritten, ehe der zweite den Grund erreicht hatte.

Die Feinde rannten von allen Seiten heran, nutzten jede Schwäche der Wikinger, schrien schrill und schwangen ihre schlanken, gebogenen Schwerter. Nicephorus und ich duckten uns noch tiefer, als die Angreifer an uns vorbeiliefen. Mehr und mehr von ihnen rückten überall heran, während die tapferen Seewölfe nicht müde wurden, sich ihrer zu erwehren.

Nie habe ich gesehen, wie so viele Männer in einer Schlacht ihr Leben ließen. Wenn das Schlachtenglück allein durch Furchtlosigkeit entschieden würde, hätten die Dänen am Ende als eindeutige Sieger dagestanden. Doch der Schwarzgekleideten waren einfach zu viele, und einer nach dem anderen sanken die Wikinger tödlich getroffen zu Boden.

Das letzte, was ich von der Schlacht verfolgen konnte, war Harald Stierbrüller, der sich gegen eine Schar von Feinden wehrte, während zwei Gegner ihm auf dem Rücken hingen. Er schüttelte sich machtvoll, und die beiden flogen herunter. Doch schon sprangen ihn zwei weitere an, und dann noch zwei, bis er unter der Last in die Knie ging. Die Schwarzgekleideten hatten die Wikinger bis auf den letzten Mann bezwungen, und der Kampf war vorüber.

Für einen Moment trat vollkommene Stille ein, dann erhoben die Angreifer ihr Siegesgeschrei. Sie standen überall auf dem Schlachtfeld, reckten ihre Waffen, bejubelten sich und verhöhnten die Dänen. Ein Blick auf den Talboden und den Hügel bewies mir jedoch, daß die Feinde nicht viel Grund zur Begeisterung hatten. Sie hatten einen fürchterlichen Preis für die Bezwingung der Seewölfe bezahlen müssen.

Tote Schwarzgekleidete lagen überall in Haufen auf dem blutgetränkten Boden. Noch viel mehr Verwundete stöhnten oder schrien, während einige von ihnen benommen über das Schlachtfeld taumelten. Ihre Mienen waren aschfahl, und sie schienen zu keinem klaren Gedanken fähig zu sein. Wieder andere hockten einfach nur da und weinten in ihre Wunden.

Endlich hörten sie mit ihrem Siegesgeschrei auf und machten sich jetzt daran, die Leiber auf dem Schlachtfeld abzusuchen. Mein Instinkt gebot mir, ganz still liegenzubleiben. Vielleicht hielt man mich ja für eine Leiche und ließ mich in Ruhe. Vorsichtig drehte ich den Kopf und flüsterte dem Eparchen ins Ohr, was ich beabsichtigte.

»Herr, beweg dich nicht«, mahnte ich leise. »Vielleicht halten sie uns dann für tot oder übersehen uns.«

Nicephorus schien mich nicht verstanden zu haben, also stieß ich ihn in die Seite und flüsterte etwas lauter: »Hast du mich gehört, Eparch?«

Ich sah ihn an. Seine Augen standen auf, als verfolge er immer noch das Schlachtgetümmel. »Herr?«

Erst jetzt entdeckte ich den Speer, der zwischen den Schultern aus seinem Rücken ragte, und ich wußte, daß der kaiserliche Gesandte tot war. Ungläubig starrte ich den Schaft an und empfand große Ungerechtigkeit.

*Wie kann ein Mensch nur so völlig lautlos sterben? Warum er und nicht ich?*

Irgendwann im Verlauf der Schlacht war ihm das Leben gewaltsam genommen worden, und ich, der ich direkt neben ihm lag, hatte nichts davon mitbekommen. Scham, Abscheu und Wut stiegen gleichzeitig in mir auf. Am liebsten wäre ich aufgesprungen und blindlings losgerannt. Immer weiter und weiter, bis ich dieses hassenswerte Schlachtfeld und den blutgetränkten Boden hinter mir gelassen haben würde.

Ohne daß ich etwas dagegen hätte tun können, fing ich an, am ganzen Körper zu zittern. Arme und Beine schüttelten sich, mein Rücken bog sich durch, und ich bekam kaum noch Luft. Das Bibbern und Beben wollte kein Ende nehmen, und ich preßte mein Gesicht ins Erdreich – in der vagen Hoffnung, daß der Feind mich nicht entdeckte.

Doch mein Zittern war wohl zu verräterisch; einen Moment später schon wurde ich an den Armen gepackt, hochgezogen und zwischen zwei Schwarzgekleideten den Hügel hinaufgeführt, von dem der neue Angriff erfolgt war.

Wir erreichten schließlich eine Senke, wo die Feinde sich in Doppelreihe um eine Gruppe Männer aufgestellt hatten, die auf dem Boden lagen oder hockten. Eine Lücke tat sich in dem Menschenwall auf, und ich wurde hindurchgestoßen.

Dort erblickte ich König Harald, der auf dem Grund kniete und den Kopf gesenkt hielt. Blut rann ihm aus Nase und Mund, und ich erkannte, daß diese Männer, ebenso wie ich, die letzten Überlebenden unseres Zugs waren.

Mein Zittern war noch nicht ganz vergangen, aber es gelang mir, die Köpfe dieses Häufleins zu zählen. Einundzwanzig. Von diesen kannte ich nur den Jarl und Hnefi. Einundzwanzig von über hundert Wikingern und noch einmal so vielen Händlern. Der Rest mußte in der Schlacht den Tod gefunden haben.

Doch bewahre, das Töten war noch nicht vorüber.

Einer der Sieger trat mit seinem Schwert, von dem Blut tropfte, auf den erstbesten Dänen zu, riß an dessen Haar, bog so seinen Kopf zurück und schnitt ihm mit der scharfen Klinge die Gurgel durch – was seine Kameraden sehr zu erheitern schien. Der Seewolf kippte unterdessen vornüber, schloß die Augen und starb ohne einen Laut.

Der nächste Wikinger war nicht gewillt, sich zur Belustigung seiner Feinde umbringen zu lassen. Er sprang mit der letzten verbliebenen Kraft auf und fiel über den Schwarzgekleideten her, der seinen Kameraden ermordet hatte. Tatsächlich gelang es ihm, dem Mann mit beiden Händen den Hals zuzudrücken. Die anderen Dänen feuerten ihn an, und es bedurfte dreier Schwerthiebe in den Nacken des Mannes, um ihn zu töten.

Nachdem man dem dritten Seewolf die Kehle aufgeschlitzt hatte, verstummten die Gefangenen und fanden sich mit ihrem Schicksal ab.

*So werden wir also alle sterben*, dachte ich. *Somit ist auch mein Weg an sein Ende gelangt. Zusammen mit den letzten Barbaren werde ich von einem unbekannten Feind getötet.*

»Gott, erbarme Dich meiner«, murmelte ich. Die Worte hatten meinen Mund schon verlassen, ehe mir bewußt wurde, was ich da vor mich hingeredet hatte. Die Macht der Gewohnheit, sagte ich mir. Schließlich glaubte ich ja nicht mehr, und ich erwartete auch nicht, daß Gott mein Gebet hörte, geschweige denn, darauf reagieren würde.

Der Mann, der neben mir kniete, hatte meinen unbewußten Ausruf jedoch vernommen und meinte: »Du betest zu deinem Gott, Aedan. Das ist gut. Ich glaube, nur dein Christus kann uns jetzt noch helfen.«

Ich drehte mich um und starrte ihn an. Die Stimme hatte ich wiedererkannt, aber das Gesicht war mir vollkommen fremd. »Gunnar?« fragte ich zögernd. Eines seiner Augen war so geschwollen, daß er es nicht mehr öffnen konnte, und von einer Kopfwunde strömte ihm Blut über Wange und Halsseite. Seine Lippen waren aufgeplatzt und blutig, das linke Ohr hatte man ihm fast vollständig abgerissen, und auf der Stirn zeigte sich eine gräßliche, schwarzblau verfärbte Beule. »Gunnar...« wiederholte ich. Vor Überraschung konnte ich nur stammeln. »Du lebst noch?«

»Ja, wenn auch nur für ein Weilchen«, flüsterte er rauh und

wischte sich das Blut fort, das ihm in die Augen lief. »Aber wenn dein Jesus uns diesmal rettet, werde ich auch anfangen, Ihn anzubeten.«

In diesem Moment wurde der vierte Krieger hochgerissen. Zwei Schwarzgewandete hielten ihn an den Armen fest, während ein dritter einen Speer nahm, um ihn dem Unglücklichen in den Bauch zu rammen.

»Niemand kann uns mehr retten«, widersprach ich bitter.

»Dann lebe wohl, Aedan«, sagte Gunnar.

Der vierte Däne zuckte noch am Boden und hielt mit beiden Händen den Speerschaft umklammert, als der Anführer unserer Feinde herangeritten kam. Er saß auf einem braunen Pferd und wirkte frisch und unverletzt. Ich vermutete, der Mann hatte seine Scharen aus sicherer Entfernung in den Kampf geschickt. Und nun, da alle Kämpfe eingestellt waren, hielt er es für sicher genug, das Schlachtfeld zu betreten und festzustellen, was seine Krieger angerichtet hatten.

Der Anführer ritt direkt auf die Gefangenen zu, sprang aus dem Sattel, baute sich vor dem Mann mit dem Speer auf, der gerade den Wikinger durchbohrt hatte, schlug ihm zweimal ins Gesicht und stieß ihn dann hart gegen die Brust. Dann wandte er sich an die anderen und brüllte einige Befehle. Ich konnte zusehen, wie ihnen Heiterkeit und Belustigung vergingen. Sie steckten ihre Schwerter ein, und das Morden hatte ein Ende.

»Dein Christus arbeitet aber wirklich schnell«, flüsterte Gunnar. »Was schreit der Kerl denn da gerade?«

»Das weiß ich nicht.«

»Aber das hier sind doch Araber, oder?«

»Vielleicht«, antwortete ich. »Doch sie sprechen ganz anders als der Emir und sein Gefolge.«

Der Anführer erteilte immer noch Befehle, stieg schließlich auf seinen Braunen und ritt wieder davon. Man fesselte uns wenigen Überlebenden nun die Hände vor dem Bauch und band uns mit einem langen Lederriemen aneinander.

Dann stieß man uns mit den Speeren an, bis wir uns erhoben hatten und in Bewegung setzten. Es ging den Hügel hinunter, über die Leiber der Gefallenen hinweg.

Die Toten lagen hier dicht an dicht. Ganze Familien hatte es auf ihrer Flucht erwischt. Dazwischen Dänen, die von einem Kranz von Feinden umgeben waren. Mir kam es so vor, als sei hier ein ganzer Wald umgehauen worden und man habe die Stämme einfach so liegengelassen, wie sie gefallen waren. Frauen, Kinder und Händler bedeckten in Trauben den blutigen Boden. Sie waren niedergeritten und erschlagen worden, zerhackt, aufgeschlitzt, zerrissen oder zerschmettert.

Der Gestank des Blutes brachte mir einen bitteren Geschmack in den Mund. Ich würgte und schloß die Augen, weil ich den Anblick nicht länger ertragen konnte.

*Mein Gott*, heulte ich in Gedanken, *warum hast Du das zugelassen?*

Ich taumelte blindlings weiter und stolperte über einen entstellten Leichnam – eine Mutter, die noch ihr unmündiges Kind in den Armen hielt. Beide waren vom selben Speer durchbohrt worden.

*Christus, erbarme Dich ihrer*, schrie ich innerlich.

Aber für diese beiden gab es kein Erbarmen mehr, genausowenig wie für die anderen, die das Ende dieses Tages nicht mehr erleben durften. Gott hatte sich von ihnen abgewandt, von den Toten wie auch von uns, den wenigen Überlebenden.

Ich kam an Nicephorus vorbei, der immer noch mit dem Speer im Rücken dalag und eine verklärte Miene aufgesetzt hatte, als würde er meditieren. Etwas später hörte ich das heisere Krächzen einer Krähe und drehte mich um. Oben am Hügel hatten die Totenvögel sich bereits zu ihrem grausigen Festschmaus versammelt. Ich ließ den Kopf hängen und weinte hemmungslos.

Und so trat ich den langen und anstrengenden Marsch zu den Silberminen des Kalifen an.

*Der Schatten des Todes liegt auf deinem Gesicht,
mein Liebster,
Doch der Herr der Gnade steht vor dir,
Und Frieden regiert Seinen Geist.
Schlafe, o schlafe, in der Ruhe aller Ruhen,
Schlafe, o schlafe, in der Liebe aller Lieben,
Schlafe, o schlafe, im Schoß vom Herrn des Lebens.*

# 8

»Tausend Flüche über seinen faulenden Kadaver!« schimpfte König Harald vor sich hin, während seine Spitzhacke wieder auf den Stein hinabsauste. »Möge Odin ihm den verräterischen Schädel von den wertlosen Schultern reißen!«

»Und den an die Hunde Hels verfüttern«, fügte Hnefi hinzu und spuckte zur Unterstreichung seiner Verwünschung aus. Der Däne hob seine Spitzhacke und ließ sie hinabfahren, als treffe er damit einen Feind.

Der Jarl hob sein Werkzeug mit beiden Händen und zerschlug einen Stein. »So wahr ich König bin«, drohte er finster, »ich werde diesen Verräter töten, der uns hier in die Sklaverei gebracht hat. Odin, höre meine Worte: Ich, Harald Stierbrüller, leiste diesen Schwur!«

Die beiden schimpften, wie übrigens auch die anderen Wikinger, natürlich über Nikos, den Komes. Und ihre Flüche kamen zwar aus tiefstem Herzen, konnten mich aber kaum noch entsetzen. Der Dänenkönig hatte ihm schon zehn Dutzend Male alle möglichen grausamen Todesarten gewünscht, seit wir auf dem sarazenischen Sklavenmarkt verkauft und hierher nach Amida verschleppt worden waren. Die Araber hatten die Seewölfe als zu wild und barbarisch angesehen, um sie als normale Sklaven einzusetzen, und sie deswegen ins Zwangsarbeitslager geschickt. Und so war der stolze Harald mitsamt den traurigen Resten seiner einstmals furchterregenden Wikinger-Streitmacht vom Oberaufseher des Kalifen gekauft worden, um in den Silberminen ihren Dienst zu leisten.

Sklavenarbeit war für Harald eine unerträgliche Schmach, und er wäre tausendmal lieber in der Schlacht gefallen oder sonstwie ums Leben gekommen. Aber damit hätte er sich der Möglichkeit beraubt, Rache an dem Mann zu nehmen, der für diese unsägliche Beleidigung verantwortlich war. Der Wunsch nach Rache war zum einzigen Ziel und Daseinszweck in Haralds Leben geworden. Die Gier danach beherrschte ihn derart, daß der Stierbrüller von Skane alles in seiner Macht Stehende unternahm, um sich und sein Häuflein Krieger am Leben zu erhalten – um eines Tages nach Trapezunt zurückzukehren, in die Drachenboote zu steigen, nach Konstantinopel zu segeln und dort auf die schmerzlichste, brutalste und somit befriedigendste Weise Nikos' Seele vom Körper zu lösen.

Der Jarl glaubte fest daran, daß der Komes uns an den Feind verraten hatte. Diese Überzeugung teilten seine Dänen mit dem Eifer von wahren Gläubigen. Und ich bildete da keine Ausnahme. Auch ich hielt Nikos für den Schuldigen, aber ich konnte mir keinen Reim darauf machen, was ihn zu dieser Schurkerei getrieben hatte. Hunderte Menschen waren auf beiden Seiten gestorben, nur um den Komes seinem verbrecherischen Ziel einen Schritt näher zu bringen.

*Aber was hat er damit gewonnen?* fragte ich mich wieder und wieder. *Welchem geheimen Zweck diente dieses Massaker?*

Nach der schrecklichen Schlacht hatten die Schwarzgewandeten uns unbarmherzig vorangetrieben. Wir marschierten fast ohne Pause durch ein ödes Land voller unbewachsener Hügel und felsiger Schluchten. Nur selten stießen wir in diesem menschenfeindlichen Land auf Ansiedlungen. Wir bekamen nur wenig Schlaf und noch weniger zu essen; gerade so viel, um auf den Beinen bleiben und die unfreiwillige Reise fortsetzen zu können.

Da wir während der kurzen Schlafens- und Essenszeiten kaum Gelegenheit dazu fanden, mußten wir uns auf dem Marsch unterhalten und ergingen uns in den wildesten Spekulationen darüber, wohin die Sieger uns wohl führten und wann, wo und wie wir die beste Möglichkeit zur Flucht finden würden. Am Ende erwiesen sich all diese Gedankenspielereien als müßig; denn wir erfuhren nichts über unser Schicksal, und es gelang uns auch nicht, uns heimlich abzusetzen.

Zwölf oder dreizehn Tage nach dem Hinterhalt trafen wir hungrig und mit wunden Füßen in Amida ein, einem Ort mit niedrigen Lehmhäusern, die man weiß gekalkt hatte. Die Schwarzgekleideten trieben uns auf einen offenen Platz, über den unablässig der Wind pfiff und der hier wohl das Pendant zu einem römischen Forum darstellte. Dort ließ man uns eine Weile stehen und führte uns schließlich mit etwa dreißig anderen byzantinischen Gefangenen in die zerklüfteten und von widerwärtigen Dornbüschen bestandenen Hügel nördlich der Stadt – und dieser Landstrich verschaffte unserem vom Hunger ganz benommenen Geist einen passenden Eindruck davon, was uns erwartete: Wir waren dazu verdammt, in den Silberminen des Kalifen zu schuften.

Die Bergwerke lagen nicht allzuweit von Amida entfernt, und diese Stadt wiederum befand sich, wenn ich mich nicht gewaltig täuschte, südöstlich von Trapezunt. Dieser Ort hatte niemals zum Byzantinischen Reich gehört, auch nicht zum Römischen, und befand sich heute tief in arabischem Gebiet. Einige der Griechen, die mit uns mußten, hatten schon von den Minen des Kalifen gehört. Ich hörte, wie sie sich darüber unterhielten, und was da meine Ohren erreichte, war nicht gerade dazu angetan, mich mit großer Vorfreude zu erfüllen.

»Sie haben uns mehr oder weniger zum Tode verurteilt«, meinte einer dieser Sklaven, ein junger Mann mit lockigem schwarzen Haar. »In den Bergwerken lassen sie einen rackern, bis man tot umfällt.«

»Wir könnten doch fliehen«, meinte der Gefangene neben ihm, ein älterer Mann. »Einige haben das schon gewagt.«

»Niemand ist jemals aus den Minen des Kalifen entkommen«, entgegnete ein dritter und schüttelte langsam den Kopf. »Wer es nur versucht, wird auf der Stelle enthauptet. Und dem Wächter, der nicht genug aufgepaßt hat, schlitzen sie mit seinem eigenen Schwert den Bauch auf. Glaubt mir, die Aufseher sorgen schon dafür, daß niemand entflieht.«

Ich teilte das Gehörte Harald mit, der nur knurrte: »Mag sein. Doch gleich wie, ich habe nicht vor, lange Sklave zu bleiben.«

Die Bergwerksanlage nahm ein enges und verwinkeltes Tal, das sich vor einem steinigen Höhenzug erstreckte, zur Gänze ein. Eine einzige Straße führte in die Senke hinein und wurde auf ihrer ganzen Länge streng bewacht. Drei oder vier Araber bemannten jeden der Posten, die links und rechts des Wegs eingerichtet waren.

Am Taleingang hatte man eine hohe Mauer mit einem mächtigen Holztor mittendrin gebaut, welches den einzigen Zugang zu den Minen darstellte. Jeder, der hinein- oder hinauswollte, mußte es passieren.

Als wir die Mauer hinter uns gebracht hatten, erwartete uns eine richtige kleine Stadt aus Lehmhäusern, die man, wie in diesen Breiten üblich, jedes Jahr aufs neue mit Kalk weißte. Hier wohnten die Wächter und Aufseher, und anscheinend auch ihre Familien, wie aus den vielen Weibern und Kindern zu schließen war, die hier und da die engen, gewundenen Straßen bevölkerten. Als Harald das sah, lachte er und rief: »Sie sind Sklaven wie wir!« Er forderte seine Krieger auf, sich das zu merken und stets daran zu denken.

Doch die wahren Sklaven waren wir, und deswegen brachte man uns in langen, niedrigen Hütten unter, die vor den Eingängen zu den verschiedenen Stollen aufgestellt waren. Ich schätzte, daß davon mehrere Dutzend zu beiden Seiten in die Talwände getrieben worden waren – und das nicht nur am Grund der Senke, sondern auch darüber und sogar in den Steilhügeln.

Unsere Unterkünfte bestanden aus wenig mehr als einem Dach, einer Rückwand und einigen Abtrennungen. Nach vorn und hinten standen sie offen wie ein Schweinestall. Keine Türen hielten den Wind ab, und wenn die Männer schliefen, lagen ihre Füße und Beine im Freien. Doch wie bereits gesagt, befanden wir uns tief in sarazenischem Land, und in diesen Breiten herrschte eine milde Witterung, die nur wenig Regen kannte.

Am ersten Tag bekamen wir Fußfesseln angelegt. Alle Sklaven trugen Eisenketten, die von Eisenringen an den Fußgelenken gehalten wurden. Einige Wikinger waren jedoch so kräftig, daß die normalen Ringe nicht paßten und breiter angefertigt werden mußten. Da dem Oberaufseher die Wikinger so groß und wild erschienen, befahl er eine zusätzliche Vorsichtsmaßnahme und ließ je zwei von ihnen mit einer kurzen Kette zusammenbinden, damit sie sich nicht zu rasch und zu behende bewegen konnten.

Diese Beschränkung beeindruckte die Dänen jedoch wenig. Harald hielt seine Krieger so zusammen, daß stets die beiden aneinandergekettet wurden, die sich gut kannten und in einem Kampf am besten zusammenarbeiteten.

»Man kann nie wissen«, meinte der Jarl. »Vielleicht kommt uns das eines Tages zugute.«

Da ich kein Kämpfer war, wurde ich mit Gunnar verbunden, der sich freiwillig gemeldet hatte, auf mich aufzupassen.

Derart gebunden und aneinandergekettet händigte man uns am nächsten Morgen in aller Frühe unsere Werkzeuge aus: Spitzhacken mit kurzem Griff, um die Stollenwände aufzubrechen, und Fäustelhammer, um die Gesteinsbrocken zu zerschlagen.

Danach führte man uns zusammen mit einem Dutzend

Griechen, meist Fischer von einer Insel mit Namen Ixos, deren Boot während eines Sturms abgetrieben worden war, in den Schacht, in dem wir von nun an zu arbeiten hatten.

Vier Wächter hielten sich dort auf, zwei für jede Arbeitskolonne, die sich aus etwa fünfzehn Sklaven zusammensetzte, und die Stollen und Gruben besaßen je einen Aufseher. Mit anderen Worten, wir arbeiteten unter den wachsamen Blicken von fünf Augenpaaren. Die Wächter waren natürlich bewaffnet. Einige mit Stöcken, andere mit kurzen, gebogenen Schwertern, und allen steckte eine Peitsche im Gürtel, welche sie, dank langer Übung, ausgezeichnet zu gebrauchen verstanden.

Bei unserem Schacht handelte es sich um einen Tunnel, den man direkt in den Hügel getrieben hatte. Nach einigen Metern weitete er sich zu einer großen Höhle, von der aus etliche Nebenstollen in alle Richtungen ausgingen. Unsere Arbeit war nicht eben kompliziert, aber hart. Jedes Sklavenpaar wurde in einen dieser Nebenstollen gestellt, um mit Hacke und Hammer dem harten Fels das kostbare Edelmetall zu entreißen. Damit wir in der Dunkelheit etwas sehen konnten, stellte man uns kleine Lampen zur Verfügung. Diese bestanden aus kaum mehr als einer großen aus Lehm oder Ton gebackenen Schale, die mit Olivenöl gefüllt wurde. Und darin schwamm ein Docht aus Pferdehaar. Man entzündete die Lampen an der Fackel, die in der Höhle brannte, und dort stand auch ein Faß mit Öl, um die Schalen zu füllen.

Nach zwanzig Tagen hatte sich auf meinen Händen Hornhaut gebildet, und ich bekam von der Arbeit keine Blasen mehr. Nach vierzig Tagen hatte ich es gelernt, mir beim Bedienen der Spitzhacke nicht mehr die Finger am Fels einzuquetschen.

Manchmal arbeiteten Gunnar und ich nicht weit von anderen Wikingern, und dann konnten wir uns mit ihnen unterhalten. Doch meist ließ man uns getrennt von den anderen schuften, und wir sahen uns nur zu den Mahlzeiten, die in der

Regel aus nicht mehr als einem Fladenbrot und einer wäßrigen Gemüsesuppe bestanden. Nachts führte man uns zum Schlafen in die Hütten zurück.

Wir arbeiteten tagein, tagaus ohne Pause. Nur an den wichtigeren arabischen Feiertagen ruhte die Arbeit. Eigentlich gingen sie uns wenig an, aber die Wächter bekamen dann frei und konnten uns bei der Arbeit nicht beaufsichtigen. So hatten wir dann doch gelegentlich einen Tag der Ruhe. Doch diese Tage kamen nur selten und wurden von uns stets mit großer, manchmal übertriebener Dankbarkeit willkommen geheißen.

So verging für uns in den Minen des Kalifen die Zeit.

Der einzige Trost – wenn man das überhaupt so nennen konnte – erwuchs uns aus dem Umstand, daß die geldgierigen Wikinger ihre Freude daran hatten, Silber aus dem Fels zu schlagen. Wahrscheinlich hätten sie ohne Zögern ganz Byzanz umgegraben, wenn man ihnen gesagt hätte, dort läge irgendwo ein Schatz vergraben. Deswegen arbeiteten sie zwar sicher nicht gern als Sklaven, aber das viele Silber in den Minen erweckte in ihnen doch gelinde Begeisterung. Und diese wurde bei weitem von der Gerissenheit übertroffen, mit der sie es immer wieder verstanden, etwas von dem gefundenen Silber für sich abzuzwacken.

Und das war nicht eben wenig. Natürlich haben sie nicht alles gewonnene Silber heimlich für sich auf die Seite gebracht. Der Jarl sorgte dafür, daß eine angemessene Menge Edelmetall unseren Sarazenenherren ausgehändigt wurde. Schließlich sei uns nicht damit gedient, ermahnte er seine Krieger, die Aufseher mißtrauisch werden zu lassen. »Solange sie zufrieden sind«, erklärte Harald, »lassen sie uns auch in Ruhe.«

So erhielt der Oberaufseher eine ansehnliche Menge des Silbers, das wir aus dem Berg schürften, und schien mit seinen neuen Arbeitern ganz zufrieden zu sein. Ja wirklich, er freute sich an unserer Schaffenskraft und hatte nicht die geringste Ahnung, wie wenig von dem Schatz die Dänen tatsächlich ablieferten. Ich übertreibe sicher nicht, wenn ich erkläre, daß die Seewölfe halbe-halbe machten. Und ihre Hälfte versteckten sie für den Tag, an dem sie ihren großen Ausbruch unternehmen würden. Dabei bewiesen sie wiederum ein Geschick, das mich immer wieder in höchstes Erstaunen versetzte. Ich muß gestehen, daß die Wikinger wahre Meister darin waren, etwas heimlich beiseite zu schaffen und hinauszuschmuggeln.

Wir wurden Tag für Tag von denselben Wächtern beaufsichtigt. Diese Araber wurden nur in der Nacht gegen andere ausgetauscht. So lernten wir ziemlich rasch ihre Gewohnheiten und Eigenheiten. Während des Wachwechsels, wenn die Nachtsoldaten eintrafen, pflegte der Dänenkönig die Gelegenheit zu nutzen, uns zu versammeln und von seinen neuesten Gedanken und Plänen in Kenntnis zu setzen.

Natürlich saßen wir nicht im Rund zusammen. Für gewöhnlich flüsterte er einem seiner Krieger etwas zu, dieser wiederum dem nächsten und so weiter, bis alle es gehört hatten. Doch manchmal, wenn die Wachen keine Lust zu haben schienen und nicht so genau zu uns sahen, konnten wir schon etwas näher zusammenrücken und uns leise miteinander unterhalten.

Harald schärfte uns immer wieder ein, daß wir hart arbeiten und kein Aufsehen erregen sollten, denn um so rascher würde der Tag unserer Freiheit kommen. *Vergeßt nie*, erklärte er, *daß euer König an einem Fluchtplan arbeitet!*

Wir konnten recht offen über solche Dinge reden, denn von den Arabern verstand keiner auch nur ein Wort Dänisch. Die meisten beherrschen lediglich einige Brocken Griechisch, und einige wenige konnten sich in dieser Sprache äußern. Im Lauf der Zeit schnappte ich hingegen ein paar Worte Arabisch auf.

Doch wie gesagt, niemand konnte etwas mit dem anfangen, was die Seewölfe untereinander beredeten. Der König hielt das für eine ausgezeichnete Sache; denn so sei gewährleistet, daß weder die Wächter uns belauschen noch die anderen Sklaven uns verraten könnten. Auch das diene nur der Vorbereitung auf unsere Flucht, die somit um so schneller käme.

Wenn wir nicht gerade Ausbruchpläne schmiedeten, malten wir uns die gräßlichsten Foltern für Nikos aus. Dieser Elende starb in unseren Runden tausend Tode, einer schmerzhafter und grauenhafter als der andere. Die Vorstellung, sich an dem Komes rächen zu können, hielt viele von uns aufrecht und ließ sie Tag um Tag von neuem von morgens früh bis abends spät zur geisttötenden und an den Kräften zehrenden Arbeit im Bergwerk antreten.

Die kalte Jahreszeit ging vorüber, und kurz blühte das Land auf. Rote und goldgelbe Tupfer bedeckten die Hügelhänge. Doch dann zog die Sonne auch schon in ihr Sommerhaus und begann, erbarmungslos auf uns niederzubrennen. Ich besaß weder die Härte der Wikinger noch ihre belebende Silbergier, und so wurde mir die Arbeit immer schwerer. Im Lauf des Sommers heizten sich die Schächte und Stollen auf. Ich fürchtete schon, am trockenen Staub zu ersticken und in der Dunkelheit im Innern des Bergs mein Augenlicht zu verlieren. Ständig stieß ich mit Ellenbogen und Knien, mit Armen und Beinen ans Felsgestein, und mehrmals setzte die Öllampe mein Haar in Brand. Das stumpfe Glänzen des herausgebrochenen Silbers war mir nur ein schwacher Ersatz für die Freiheit, die ich eingebüßt hatte, und für den langsamen Hungertod.

Gunnar ertrug die Plackerei viel besser als ich. Er verlor nie die Beherrschung, war selten schlecht gelaunt und schaffte es regelmäßig, mich aufzumuntern, wenn mir wieder einmal alles zuviel wurde. Um mich von dem Elend abzulenken, brachte er mich des häufigeren dazu, mit ihm über Christus zu sprechen. Zuerst kam ich diesem Wunsch nur unwillig nach, doch bald wurde mir mein innerer Groll gegen Gott lästig. Nun gut, in meiner Seele fand sich immer noch ein kalter, harter Fleck, und meine Ablehnung des Himmelsherrschers war eher gewachsen als erlahmt. Doch ich stellte fest, daß Gespräche über Gott, Religion und Priestertum unseren Verstand beschäftigten, und wie ich heute weiß, gehört so etwas unabdingbar zum Überleben in einer solchen Hölle.

Wenn wir schweigen mußten – in der Regel, weil die Wächter sich in der Nähe aufhielten –, dachte Gunnar über das nach, was ich ihm erklärt hatte. Später dann, bei den Mahlzeiten oder wenn wir wieder vor der Ader standen, die wir gerade behauten – und damit weit weg von den Augen und Ohren der Araber waren –, stellte er mir all die Fragen, die ihm während des Nachsinnens gekommen waren. Daraus entwickelten sich oft regelrechte Debatten, und so lernte Gunnar die Kunst des Argumentierens. Der Mann besaß einen praktisch ausgerichteten Verstand und war bestimmt kein scharfer oder kühner Denker. Aber er stand mit beiden Beinen auf der Erde, und seine Gedanken wurden von keinerlei fremder Philosophie verwirrt oder beeinträchtigt. Somit fielen meine Worte bei ihm auf einen jungfräulichen Boden, und den heidnischen Aberglauben, viel war es nicht, der ihm noch innewohnte, vermochte ich ihm rasch auszutreiben. Kurz gesagt, Gunnar bewies die Fähigkeit, sich auf das Gehörte einzulassen und sich damit auseinanderzusetzen.

Auch wenn ich nicht länger glaubte ... Nein, so kann man das nicht sagen, mein Glaube war immer noch vorhanden, entsprach aber dem eines Mannes, der von Gott abgewiesen worden war, verstoßen vom Herdfeuer des Glaubens. Dennoch stellte ich verblüfft fest, daß es mir nicht schwerfiel, von religiösen Dingen zu reden und sie meinem Mitgefangenen auch begreiflich zu machen, ohne davon innerlich berührt zu werden. Seltsam eigentlich, einerseits auf Gott so wütend zu sein und andererseits eifrig und mit Belegen Ihn und Seine Wunder darzulegen. Aber genau so verhielt es sich. Und mehr noch, je schwächer der Glaube in mir wurde, desto stärker wuchs er in Gunnar an.

Im Hochsommer war die Silberader, an der unsere Gruppe arbeitete, zum größten Teil abgebaut. Acht von uns wurden in einen anderen Stollen gebracht, wo sie mit fünfzig oder mehr Sklaven schaffen mußten.

Diese Grube war noch größer als die vorherige und wies deutlich mehr Stollen, Gänge und Tunnel auf. Hier trafen wir nicht nur Griechen an, sondern auch Bulgaren und sogar Äthiopier. Bei den Byzantinern nennt man nach römischer Tradition alle Menschen mit schwarzer Hautfarbe Äthiopier; woher diese Zwangsarbeiter genau stammten, habe ich nie in Erfahrung bringen können.

Jedenfalls hatten Gunnar und ich noch nie zuvor einen Schwarzen gesehen, aber wir kamen ganz gut mit ihnen aus und schließlich zu dem Schluß, daß man unter ihnen sehr schöne und gutgewachsene Menschen finde. Vielleicht verändert die gemeinsam erlittene Fron in einem Bergwerk ja die Sicht auf gewisse Dinge, aber bis auf die viel dunklere Haut kamen diese Äthiopier mir wie unseresgleichen vor.

Wir bekamen sie aber nicht allzuoft zu sehen, denn der hiesige Grubenaufseher war ein harter und grausamer Mensch. Er ließ die Schwarzen noch vor der Morgendämmerung zur Arbeit antreten, und wenn wir in der Grube eintrafen, hackten und klopften sie schon längst. In gleicher Weise mußten sie auch bis tief in die Nacht schuften, und wenn wir zu unseren Hütten zurückkehrten, war für die Äthiopier noch lange nicht Feierabend.

Ein paar Tage, nachdem wir hier angefangen hatten, stieß Gunnar auf eine besonders ertragreiche Ader, die am Ende eines langen Stollens zu finden war, in der man seit einiger Zeit nicht mehr gearbeitet hatte. Wir krochen auf Händen und Knien zu der Stelle, hielten die Öllampe fest und schoben die Werkzeuge vor uns her.

Als wir das Ende des Stollens erreichten, erhob sich der Seewolf. »Sieh nur, Aedan«, meinte er und hob die Lampe. »Hier gibt es kein Dach.«

Ich stellte mich neben ihn und spähte hinauf. Unser Stollen endete in einer breiten Spalte, deren oberes Ende, wenn es denn überhaupt eines gab, sich so weit über uns befinden mußte, daß das Licht unserer Funzeln nicht ausreichte, die Dunkelheit bis dorthin zu durchdringen.

»Ich glaube, hier läßt sich viel Silber finden«, freute sich Gunnar. »Da wird einiges für uns –«

»Ruhig!« zischte ich.

»Was ist denn?«

»Pst! Hörst du denn nichts?«

Wir beide lauschten für einen Moment und hielten die Lampen hoch.

»Ach, da ist nichts«, sagte mein Freund.

»Doch, da ist es schon wieder«, beharrte ich. »Lausch doch!«

Der leise Widerhall des Geräuschs, das ich vernommen hatte, verging und kehrte nicht wieder. »Hast du es gehört?«

»Das war sicher nur Wasser. Tropft irgendwo herunter.«

»Nein, kein Wasser«, entgegnete ich aufgeregt, »sondern *Gesang*. Da hat jemand gesungen. Hörte sich nach einem irischen Lied an.«

»Das hast du dir nur eingebildet«, entgegnete er und stellte seine Lampe in eine kleine Nische, die er am Vortag in den Stein gehauen hatte. »Das waren bestimmt nur Wassertropfen. Komm, laß uns etwas Silber ausbuddeln, sonst bekommen wir heute nichts zu essen.«

So machten wir uns wieder an die Arbeit. Obwohl ich immer wieder lauschte, bekam ich das Lied nicht mehr zu hören. Und auch am nächsten Tag nicht, als wir wieder in diesem Stollen hackten und hauten.

Doch drei Tage später schickte der Grubenaufseher uns in einen anderen Gang, wo wir mit einigen anderen zusammenarbeiteten. Die Silberadern verliefen hier kreuz und quer, so daß die Stollen oft direkt nebeneinander lagen. Geräusche verbreiteten sich in dieser Höhle leicht, obwohl man nicht immer feststellen konnte, woher sie kamen. Und hier bekam ich wieder den Gesang zu hören. Diesmal mußte sogar Gunnar zugeben, daß er etwas bemerkt habe, was aber keinesfalls einem Lied ähneln würde. »Mehr Weinen oder Schluchzen«, beharrte er.

Ich wurde so aufgeregt, daß ich gegen die Lampe stieß und das meiste Öl verschüttete. »Jetzt müssen wir sie wieder füllen gehen«, seufzte ich, denn uns erwartete langes Kriechen durch einen engen Gang, um zurück in die Höhle zu gelangen, wo das Faß stand.

»Dann sollten wir uns beeilen«, mahnte der Wikinger mich, »sonst sitzen wir völlig im Dunkeln.«

Wir ließen unser Werkzeug zurück und krabbelten durch den Stollen zur Höhle. Als wir dort ankamen, standen gerade zwei andere Sklaven am Faß, und so warteten wir, bis die Reihe an uns kam. In diesem Augenblick kam der Grubenaufseher und schrie uns wütend an. Ich vermute, der Anblick von vier Sklaven, die untätig herumstanden, versetzte ihn in Raserei. Vielleicht glaubte er auch, wir wollten uns vor der Arbeit drücken. Wie dem auch sei, er rannte auf uns zu und zog dabei die Peitsche aus dem Gürtel.

Der Riemen traf mich schon am Hals, ehe ich mich wegducken konnte, und wickelte sich um meine Gurgel. Der Aufseher zog daran und riß mich zu Boden. Nun wurde auch der Wächter lebendig, der uns zuvor teilnahmslos beim Ölfüllen zugesehen hatte. Er näherte sich uns ebenfalls und schlug mit seinem Stock auf die anderen Zwangsarbeiter ein. Sein erster Hieb traf Gunnar, der neben mir zu Boden ging und sich den Schädel hielt. Die beiden anderen Sklaven stießen in höchster Angst den Wächter fort. Dieser landete auf seinem Hinterteil, und als die zwei sahen, wie leicht er sich hatte überwältigen lassen, versetzten sie ihm noch ein paar Tritte in die Seite.

Als der Aufseher das entdeckte, lief er purpurrot an, brüllte und fluchte wie ein Wahnsinniger und schlug wild mit der Peitsche um sich. Die beiden anderen Sklaven bemerkten, was sie da angerichtet hatten, und rannten gleich fort, um in den Schatten unterzutauchen. Gunnar und ich rollten jedoch auf dem Boden hin und her und versuchten, der Peitsche zu entkommen.

Jetzt hörte ich, wie mehrere Menschen durcheinanderschrien, und ich sah, daß einige Sklaven neugierig aus ihren Stollen gekommen waren, um festzustellen, was sich in der Höhle gerade ereignete.

Ich erhob mich auf Hände und Knie und versuchte, mit Gunnar an meiner Seite, aus der Reichweite der Peitsche zu krabbeln.

Unglücklicherweise wertete der Oberaufseher dieses Manöver als Versuch, uns der gerechten Bestrafung zu entziehen. Der Araber geriet außer sich und schlug wie von Sinnen nach uns. Ich spürte, wie das Leder auf meinen Rücken knallte. Einmal, zweimal und noch einmal. Der Schmerz war so stark, daß rote Feuerringe vor meinen Augen tanzten. Ich rollte zur Seite und verhakte mich dabei mit Gunnar, der ja an mich angekettet war. Natürlich boten wir jetzt der Peitsche ein noch leichteres Ziel.

Jeder Treffer schien mein Fleisch zu zerreißen. Tränen schossen mir in die Augen, und ich konnte nichts mehr sehen. Ich fing an zu schreien, jetzt solle Schluß sein, und keine weiteren Hiebe mehr. Und ich weiß noch, daß ich erst in dänisch und dann in griechisch brüllte. Aber ich muß auch in anderen Sprachen um Gnade gebeten haben.

Denn, Wunder o Wunder, meine Rufe wurden beantwortet!

Ich hörte jemanden etwas rufen, das wie »Céle Dé!« klang, und im nächsten Moment setzten die Peitschenhiebe unvermittelt aus. Mitten im Ausholen erschlaffte der Riemen, und der Arm des Aufsehers bewegte sich nicht weiter. Ein eigenartiges Krachen folgte, und durch den Tränenschleier glaubte ich zu erkennen, wie der tobende Araber vor mir aufstieg und unter der Decke in der Luft hängenblieb.

Dort schwebte er für einen Moment. Verwirrung löste die Wut auf seiner Miene ab, und sein Gesicht rötete sich noch weiter und lief rund wie ein Vollmond an. Er keuchte und versuchte, zu Atem zu kommen, doch schien ihn irgend etwas daran zu hindern.

Plötzlich flog der Aufseher seitlich durch die Luft, und ich bekam nichts mehr von ihm zu sehen. Kaum war er verschwunden, tauchte ein anderes Gesicht über mir auf. Ich will verdammt sein, aber diese Züge ähnelten doch gewaltig jemandem, den ich sehr gut kannte.

Während ich noch vor Schmerzen keuchte und tief durchatmete, um nicht die Besinnung zu verlieren, kam mir ein Name auf die Lippen, den ich dann laut aussprach.

»Dugal?«

# 9

»Dugal!« Ich erhob mich auf die Knie und blickte zu ihm hinauf. »Dugal, ich bin es, Aidan. Ja, ich bin es wirklich, Aidan.« Ich kroch zu ihm. »Kennst du mich denn nicht mehr, Mann?«

Der Mönch starrte mich an, als sei ich ein Untier, das gerade aus den Eingeweiden der Erde gekrochen wäre. »Aidan?« fragte er und beugte sich zu mir. »Natürlich wußte ich, daß du es bist! Ich hörte dich schreien, und da wurde mir klar, das kann nur Aidan sein. Aber ... aber du ...« Er konnte nicht mehr weitersprechen.

»Ja, ich bin's, dein alter Aidan«, entgegnete ich und versuchte, auf die Beine zu kommen. Aber meine Knie gaben gleich nach, und ich fiel wieder hin. Dann schossen mir die Tränen in die Augen, und ich weinte wie ein Kind darüber, daß ich meinen besten Freund wiedergetroffen hatte.

Dugal stieß ein Triumphheulen aus, unter dem das ganze Bergwerk zu erbeben schien. Mit einem Griff riß er mich hoch und zerdrückte mich beinahe mit seinen Armen. Die Berührung seiner Hände auf meinem aufgeplatzten Rücken löste in mir die größten Schmerzen aus. Als der Mönch mein Wehgeschrei hörte, ließ er mich gleich los und stellte mich hin.

»Dána!« rief er. »Bei der Gnade Christi, Bruder, was hat dich denn hierher verschlagen?«

»Dugal, ich kann noch gar nicht fassen, daß du es wirklich bist«, entgegnete ich und wischte mir die Zähren aus den Augen. »Ich war mir doch so sicher, daß du ums Leben gekommen bist ... In jener Nacht bei dem Überfall auf das Dorf ... Ich habe doch gesehen, wie du zusammengebrochen bist!«

»Ach das. Ja, ich bin gestürzt, aber der Schlag, der mich getroffen hatte, war nicht weiter schlimm.« Der Mönch strahlte mich mit solcher Freude an, daß es mir das Herz wärmte.

Gunnar, der immer noch auf dem Boden lag, rappelte sich auf und stellte sich neben mich. Da wir ja aneinandergekettet waren, blieb ihm auch kaum die Möglichkeit, woanders hinzugehen. Er sah den hünenhaften Dugal mit leisem Erstaunen und ehrlicher Bewunderung an.

»Das ist Dugal«, erklärte ich ihm, »einer meiner Brüder aus Éire.«

»Ja, ich erinnere mich an ihn«, sagte der Wikinger.

»Gott segne dich, Aidan«, strahlte der Mönch und nahm meine Hand, um sie für längere Zeit nicht mehr loszulassen. »Und ich fürchtete schon, wir hätten dich für immer verloren. Ach, was ist es doch für eine Freude und ein Glück, dich wiederzusehen!«

»Und dich, Dugal.« Ich umarmte ihn und drückte sein festes Fleisch und seine Knochen an mich, als wollte ich sicherstellen, hier nicht nur eine Erscheinung vor mir zu haben. »Ach, mo croi, ich habe dir so viel zu erzählen, ich weiß gar nicht, wo ich anfangen soll, weil alles gleichzeitig herauswill!«

Für einen Moment schwiegen wir beide und schauten uns nur an. Dugal hatte lange Haare und einen Vollbart bekommen, und beides wirkte ziemlich zerzaust und schmutzig – aber ich selbst sah ja kaum besser aus. Ich hatte ihn nie ohne Tonsur und Mönchshaarschnitt gesehen, aber jetzt mit der Mähne hätte er sich, ohne aufzufallen, bei den Seewölfen einreihen können. Von seinen Kleidern war, wie bei mir auch, nicht viel mehr als Lumpen und Fetzen übriggeblieben, und von Kopf bis Fuß bedeckte ihn eine dicke Staubschicht. Doch selbst wenn er von oben bis unten voller Schlamm gewesen und der Bart ihm bis zu den Knien gewachsen wäre, hätte ich ihn so sicher wiedererkannt wie mein eigenes Spiegelbild.

Von den Sklaven, die noch immer neugierig herumstanden, ertönte ein Schrei. Gunnar stieß mich in die Seite. »Ich fürchte, der Ärger fängt jetzt erst richtig an.«

Schon stürmten fünf oder sechs weitere Araber in die Höhle. Der Wächter, der eben seinen Stock hatte tanzen lassen, führte sie an. Er deutete auf uns und auf den Aufseher, der immer noch zusammengesunken in der Ecke lag, in die Dugal ihn geschleudert hatte.

Bevor wir uns regen konnten, hatten die Wächter uns schon ergriffen und zerrten uns aus der Höhle hinaus ins helle Sonnenlicht. Seit mehreren Tagen hatte ich keine Nachmittagssonne mehr gesehen, und so dauerte es einige Momente, bis die blendenden Farben vor meinen Augen vergangen waren.

Ich stolperte blind über ein paar Steine und riß Gunnar mit mir nach unten. Wir rollten ein Stück herum, kamen wieder hoch und fielen ein weiteres Mal, als die Wächter uns den Hügel hinabzogen. Voller blauer Flecken, Schrammen und mindestens hundert Schnitten erreichten wir schließlich einen großen Steinklotz, der aus dem Abraum aufragte. Hierhin warf man die Reste des aufgehauenen Steins, die kein Silber mehr enthielten.

An einigen Stellen hatte man Eisennägel in den Klotz getrieben. Daran waren eiserne Ringe befestigt, von denen Ketten und Handschellen hingen. Man stieß uns drei an den Felsen, kettete uns an und überließ uns dann der Gluthitze der Sommersonne.

Da der Himmelsstern direkt über uns stand, gab es keinen Schatten, in den wir uns hätten zurückziehen können. So hockten wir angekettet da, hielten die Augen fest geschlossen und schwitzten, während unsere der Sonne entwöhnte Haut sich langsam krebsrot färbte.

»Tut mir leid«, entschuldigte sich Dugal nach einer Weile. »Ich habe dieses Ungemach über uns gebracht. Wenn ich den Aufseher nicht angegriffen hätte, wären wir jetzt nicht hier.«

»Das mag wohl sein«, entgegnete ich, »aber wenn du dem Wahnsinnigen nicht Einhalt geboten hättest, wäre ich jetzt vielleicht tot. Und außerdem wären wir uns dann vermutlich nie wieder begegnet.«

»Ja, das ist wahr«, bestätigte er.

»Was glaubst du, werden sie mit uns anstellen?« fragte ich ihn.

»Das weiß nur Gott allein«, antwortete mein Mitbruder. »Aber was mich angeht, so will ich das gar nicht so genau wissen. Aus dem weißen Märtyrertum ist für mich das rote geworden ...« Er schwieg, so als wolle er diesen unangenehmen Gedanken verscheuchen. »Aber ja, wir sind alle in Gottes Hand, Aidan. Er wird für uns sorgen, ganz gleich, welches Unglück uns befällt.«

Bei diesen Worten stieg Ärger in mir auf. Aber er war mein Freund, und ich wollte ihm nicht widersprechen. So sagte ich: »Erzähl mir doch, Dugal, wie du hierher gelangt bist. Berichte mir davon, ich will alles hören.«

»Ich wünschte, ich hätte eine Geschichte zu erzählen. Nun, wir hatten eine angenehme Zeit, wenigstens im großen und ganzen ... und bis auf das Ende.« Dugal öffnete ein Auge und blinzelte mich von der Seite an. »Aber du hast doch sicher eine ganze Menge erlebt, Abenteuer und dergleichen mehr. Erzähl mir, wie es dir ergangen ist.«

»Das werde ich, und auch gerne, aber erst nach dir, Bruder. Also, nachdem die Seewölfe das Dorf überfallen und mich verschleppt hatten, wie ist es da mit euch weitergegangen?«

Der Mönch dachte einen Moment nach, um sich an alles zu erinnern, und berichtete dann, was sich bei der Pilgergruppe entwickelt hatte, als ich nicht mehr bei ihr war. Er begann mit einer kurzen Schilderung der Schlacht. »Wir haben nur zwei Brüder verloren. Brocmal und Faolan. Dieser erlag sofort seinen Wunden, jener starb einen Tag später. Wir haben sie in Namnetum begraben und sind dann weitergezogen. Drei Brüder aus der dortigen Abtei haben sich uns angeschlossen, damit unsere Zahl wieder komplett wurde. Vergib uns, Aidan, aber wir mußten ja glauben, daß die Wikinger dich in die Sklaverei verschleppt hätten.«

»Genau das haben sie ja auch getan.«

»Ich wollte losziehen und nach dir suchen, aber Bischof Cadoc meinte, du wärst jetzt in Gottes Hand, und wir würden dich nicht mehr finden.«

»Cadoc? Lebt er noch? Wo steckt der Bischof?«

»Ja, er weilt noch unter uns und hält sich hier in den Minen auf«, klärte der Mönch mich auf. »Wir alle sind hier angelangt, bis auf die natürlich, die wir verloren haben.«

Obwohl ich mich vor der Antwort fürchtete, mußte ich es doch erfahren: »Wie viele? Wie viele von uns haben es bis hierher geschafft?«

»Nur vier«, entgegnete er leise. »Cadoc, Brynach, Ddewi – und ich.«

»Und die anderen?

»Sind tot ... alle.«

Mir wurde das Herz schwer, als die Gesichter der Brüder vor meinem inneren Auge vorüberzogen. Ich sah sie noch einmal so wie in den Tagen vor unserer Abreise. Fröhliche, lachende Gesichter, die einander mit guten Wünschen und Freundschaftsbekundungen bedachten. Ja, ich schaute sie alle noch einmal in Gedanken und beklagte ihren Verlust zutiefst: Maél, Fintán, Clynnog, Brocmal, Connal, Faolan, Ciáran und Gwilym – sie alle waren nicht mehr.

»Ein Freund in Konstantinopel hat mir gesagt, daß zehn von euch dort eingetroffen seien.«

»Ja, das stimmt«, bestätigte Dugal düster. »Wenn wir doch

nur dort geblieben wären ... Die Brüder in der Abtei haben uns sehr freundlich behandelt, und wir konnten viel von ihnen lernen, so wie sie von uns.«

»Was ist denn geschehen?«

»Leider kenne ich nicht alle Hintergründe«, antwortete mein Freund. »Bischof Cadoc hat ein Gesuch gestellt, zum Kaiser vorgelassen zu werden. Um ihm das kostbare Buch zu überreichen – und eine Bittschrift von den bretonischen Brüdern. Sie listete einige Beschwerden und Wünsche auf, über die ich nichts Genaues weiß, aber Brynach kann dir sicher mehr darüber sagen.«

»Und, habt ihr den Kaiser gesehen?«

»Nein«, schüttelte er betrübt den Kopf, »dazu ist es nicht gekommen. Die Hofbeamten haben Cadoc und Brynach erklärt, daß unser Anliegen erst geprüft werden müsse und das seine Zeit koste. Daraufhin haben wir uns zum Pantokrator-Kloster begeben, wo die Mönche uns herzliche Aufnahme zuteil werden ließen. Wir wollten dort abwarten, bis der Besuch beim Kaiser genehmigt war.

Nach einiger Zeit erschien ein Beamter im Kloster und wollte Cadoc sprechen. Von diesem verlangte er, die Geschenke zu sehen, die wir mitgebracht hatten, und erwies sich in der Folge als sehr hilfreich. Nun, der Bischof hat ihm das Buch gezeigt und den Verlust des silbernen Deckels, des Cumtach, beklagt. Der Höfling meinte, unser Gesuch würde sicher wohlwollender geprüft, wenn wir das Geschenk wiederherstellten. Und er versprach, uns dabei behilflich zu sein, einen neuen Deckel anfertigen zu lassen.«

»Und, hat er das getan?« fragte ich und konnte mich aus irgendwelchen Gründen des Eindrucks nicht erwehren, daß Verrat im Spiel gewesen sei.

»Ja, das hat er«, antwortete Dugal offen und ohne Arg. »Der Beamte besorgte uns eine Schiffspassage nach Trapezunt, weil nach seinen Worten dort die besten Silberschmiede des ganzen Reiches zu Hause wären, welche uns bestimmt ein passendes neues Cumtach für das wertvolle Buch anfertigen würden.«

»Und an wen solltet ihr euch in Trapezunt wenden?« fragte ich und verspürte eine Erregung, die aus einem furchtbaren Verdacht gespeist wurde. »Sein Name, wie hieß er?«

»Ich weiß nicht mehr, gut möglich, daß der Name in meinem Beisein niemals gefallen ist.« Mein Mitbruder zuckte die Achseln. »Moment, er bekleidete den Rang eines Magisters, und hieß ...« Dugal zermarterte sich sichtlich sein Gedächtnis.

»Magister Sergius?« platzte es schon aus mir heraus.

»Ja, genau der!« rief der Mönch. Dann setzte bei ihm die volle Erinnerung daran ein, was dem gefolgt war, und er fügte bitter hinzu: »Wir kamen auf Sichtweite an Trapezunt heran, haben die Stadt aber niemals erreicht. Sarazenische Seeräuber haben unser Schiff vor der Küste angegriffen. Und diejenigen von uns, die dabei nicht erschlagen wurden, hat man hierher verschleppt.« Er sah mich an, und sein früherer starker Geist kehrte langsam zurück. »Ich hätte nie erwartet, dich hier wiederzusehen, Dána. Wahrlich, dies kann nur ein Wunder sein!«

»Und der andere Mann, der euch so behilflich war und auch für die Schiffspassage gesorgt hat ... hieß der zufällig Nikos?«

»Ja, richtig!« rief Dugal erstaunt. »Wie kommt es, daß du so viel darüber weißt?«

»Dahinter steckt kein Wunder, nein, wahrhaftig nicht«, entgegnete ich zornig. »Diese beiden haben uns nämlich auch mit Rat und Tat zur Seite gestanden. Oh, ich begreife jetzt, wie die zwei von Anfang an zusammengearbeitet haben, um ihre finsteren Machenschaften zu betreiben!«

»Wie? Willst du damit etwa sagen, Sergius und Nikos hätten uns verraten?« Ich konnte Dugal ansehen, daß er Mühe hatte, auch nur ein Wort davon zu glauben. Die Möglichkeit, von diesen Männern schändlich betrogen worden zu sein, war ihm noch nie in den Sinn gekommen. »Nein, Aidan, da mußt du dich irren. Ich kann mir nicht vorstellen, warum jemand eine Handvoll armer Mönche hintergehen sollte.«

»Vorstellen kann ich es mir auch nicht, Freund«, entgegnete ich und berichtete ihm dann, wie wir auf dem Weg nach Sebastea in einen Hinterhalt geraten und niedergemacht worden waren. »Es war Nikos, der uns bewogen hat, die Reise anzutreten, es war Nikos, der uns an diese Stelle führte, und es war auch Nikos, der als einziger entkam. Um die Wahrheit zu sagen, er floh auf einem Pferd, bevor das Gemetzel anhob.«

Der Hüne schüttelte verwirrt und traurig den Kopf. »Wenn ich gewußt hätte, daß dieses Buch so vielen den Tod bringen würde, hätte ich es eigenhändig ins Meer geworfen. Ich darf gar nicht daran denken, wie sehr ich alles darangesetzt habe, das Werk zu schützen ...«

Ich brauchte einen Moment, bis mir aufging, was Dugal damit gesagt hatte. »Soll das heißen, das Buch existiert noch?«

»Ja, natürlich«, bestätigte der Mönch und warf Gunnar einen finsteren Blick zu, »obwohl es so schändlich mißhandelt wurde – von gewissen Herrschaften!«

»Bist du dir auch ganz sicher? Hast du es mit eigenen Augen gesehen?«

»Klar, das Buch ist noch da. Cadoc hat es in seine Verwahrung genommen und hält es irgendwo versteckt.«

»Du willst doch wohl nicht etwa sagen, das Werk sei hier im Lager?«

»Doch, genau das sage ich.«

»Hier in diesem Höllenloch?« entfuhr es mir.

»Wo denn sonst?« entgegnete er. »Keine Bange, das Buch ist gut aufgehoben und daran wird sich so rasch auch nichts ändern. Schließlich weiß niemand, daß wir es mitgebracht haben.«

In diesem Moment erwachte Gunnar stöhnend. Er wollte aufstehen und brummte »Heja!«, als die Ketten ihn daran hinderten.

»Friede, Bruder«, ermahnte ich ihn. »Sei still. Die Wächter haben sich verzogen. Ruh dich aus, bis sie wiederkommen.«

Der Däne sah sich blinzelnd um und verschaffte sich einen Überblick über unsere Lage. Er bemerkte den Mönch, runzelte die Stirn, lehnte sich wieder an den Fels und schwieg.

Dugal kniff die Augen zusammen. »Wie kommt es, daß du dich auf die Sprache dieses ...« Er zögerte. »... dieses mordlustigen Barbaren verstehst?«

»Jetzt hör mir gut zu«, erwiderte ich. »Gunnar ist mein Freund. Er hat mir das Leben gerettet, und nicht nur ein- oder zweimal, sondern so oft, daß ich es nicht mehr zählen kann. Und dafür hat er häufig eine Menge auf sich genommen. Gut, er ist ein Wikinger, ein Barbar, ein Nordmann und so weiter, aber er steht auch dem wahren Glauben sehr nahe, was ja nun doch sehr für ihn spricht. Ich jedenfalls vertraue ihm so sehr wie dir.«

Mein Mitbruder runzelte die Stirn und wandte den Blick ab. »Ohne Zweifel hast du bei deinen Abenteuern eine andere Sicht auf gewisse Dinge gewonnen.« Nach dieser Feststellung schwieg er für einen Moment. Ich sah, wie sich seine Lippen bewegten, aber es dauerte eine Weile, bis daraus vernehmbare Laute geworden waren. »Ich möchte immer noch gern wissen, wie es dich hierher verschlagen hat, Bruder.«

»Das ist eine lange und mühselige Geschichte, Dugal«, entgegnete ich und sah den Abgrund der Verzweiflung tief und schwarz vor mir gähnen. »Willst du sie wirklich hören?«

»Geht die Sonne an jedem Tag von neuem auf?« meinte er grinsend. »Nun komm schon, Bruder, wir sind zwar wieder zusammen, aber weißt du, wie dieser Tag enden wird?«

»Also gut«, ließ ich mich mit einem Seufzer breitschlagen und berichtete ihm von meinem unfreiwilligen Aufenthalt bei den Nordmannen, die wir auch Dänen nennen. Wie ich zuerst Gunnars Sklave und dann der von König Harald geworden war. Und wie der Jarl seine Männer aufgefordert hatte, mit ihm auf große Wikingerfahrt nach Konstantinopel zu ziehen.

Ich erzählte Dugal auch, wie wir vor den Kaiser getreten waren, wie Harald ihm das silberne Cumtach als Zeichen seiner Wertschätzung überreicht hatte und wie die Drachenschiffe in die byzantinische Flotte aufgenommen worden waren.

Die Geschichte nahm viel Zeit in Anspruch, und ich hielt von Zeit zu Zeit inne, um Gunnar an dem teilhaben zu lassen, was ich Dugal gegenüber von mir gab. Meistenteils nickte der Seewolf oder grunzte zum Zeichen seiner Bestätigung. Nicht, daß mich das lange Reden belastete; im Gegenteil, es tat mir wohl, mich wieder in meiner Muttersprache mitteilen zu können. So kam es, daß ich in dieser Stunde mehr von mir gab als sonst an einem ganzen Tag.

Natürlich berichtete ich meinem Mitbruder auch von dem, was ich in Konstantinopel gesehen und erlebt hatte, kam dann auf unsere Überfahrt nach Trapezunt zu sprechen und schloß mit den Worten: »Wir kamen als Leibwache des Eparchen Nicephorus in jene Stadt, und der Gesandte hat dort mit den Sarazenen Friedensgespräche geführt.«

Oh, ich hätte noch viel mehr erzählen können, aber die Sonne brannte so heiß hernieder und wir litten so sehr Durst, daß mir die Zunge bald am Gaumen klebte. Gunnar, der von dem Schlag, den er erhalten hatte, gewaltige Kopfschmerzen hatte, ermahnte uns außerdem, die wenigen Kräfte aufzusparen, die uns noch geblieben seien. Und so schlossen wir schließlich die Augen, lehnten uns an den Stein und warteten auf das, was da kommen würde.

Der Tag endete mit einem Flammenball am Himmel, der sich langsam gelb und rot verfärbte, bis die Sonne hinter den zerklüfteten Hügeln versunken war. Schatten krochen heran und bedeckten uns schließlich, bis die Nacht heraufzog und uns in ihre dunklen Arme nahm. Die ganze Zeit über blieben wir an den Stein gefesselt.

Ich schlief unruhig und wachte mehrmals auf, um verwirrt in das sternenerfüllte Himmelszelt zu starren. Dann kam es mir so vor, als würden alle Augen des Firmaments kalt, erbarmungslos und schweigend auf uns herniederschauen. Kein freundliches Licht ergoß sich über uns oder spendete uns Trost. Nur das kalte, unerquickliche und strenge Strahlen, das uns und unsere Lage zu verhöhnen schien.

Dann erinnerte ich mich, wie oft ich unter den gleichen Himmelslichtern gebetet und mir vorgestellt hatte, sie gehörten Engeln, die begierig auf meine Gebete warteten, um sie dem Herrn auf Seinem Thron zu überbringen.

Aber so dachte ich längst nicht mehr.

Die Schmerzen in meinen Schultern und auf meinem Rücken waren fürchterlich, ließen sich aber in keiner Weise mit denen in meiner Seele vergleichen. Wenn es nur ein klein wenig genutzt hätte, ich wäre auf die Knie gefallen und hätte dem Herrn der Seelen mein Leid geschildert.

*Ha, Aidan, da kannst du genausogut die Sterne um Linderung anflehen oder den Wind um Gnade bitten. Von denen erhältst du eher eine Antwort als von Gott!*

Das Unglück, so hatte ich erfahren müssen, ist ein unsteter und nie zufriedener Geselle. Rastlos hält es nach weiterem Kummer Ausschau, um ihn ohne Zögern zu vergrößern. Wenn ich mir für die Dauer eines Herzschlags ausgemalt hätte, daß meine Drangsal bald beendet sein würde, so hätte mich die Erkenntnis doppelt hart getroffen, daß mein Ungemach gerade erst begonnen hatte.

Im Morgengrauen kehrten die Sarazenen zurück.

## 10

Sechs Wächter und der Grubenaufseher, den Dugal in eine Ecke geschleudert hatte, schritten heran, als die Sonne gerade aufstieg, um ein weiteres Mal die Erde auszudörren. Der Aufseher, dessen eine Gesichtshälfte geschwollen war und sich verfärbt hatte, starrte mit boshaftem Spott auf uns herab. Er hielt uns eine längere Ansprache, von der wir natürlich kein Wort verstanden, und gab dann den Soldaten ein Zeichen. Sie liefen sofort los, befreiten uns von den Ketten und banden uns. Unsere Hände wurden übereinandergelegt und gefesselt. Nun schoben sie einen Stab durch unsere Handgelenke, und je ein Wächter ergriff ein Ende des Steckens. Halb ziehend und halb tragend schafften sie uns fort.

Wir wurden zu einem größeren Haus am Ende der Wächtersiedlung geführt. Auf der freien Fläche vor der weißgekalkten Hütte stand ein dicker Holzpfosten, an dessen Spitze ein eiserner Ring angebracht war. Die Soldaten ließen Gunnar und Dugal einfach los – die beiden plumpsten zu Boden –, schleuderten mich gegen den Pfahl, befestigten an meinen Handgelenken einen Lederriemen und zogen das andere Ende durch den Eisenring. Der Pfosten war anderthalbmal so groß wie ein Mann, und als die Wächter den Riemen strammzogen, reckte ich mich zwangsweise zur vollen Höhe. Die Zehenspitzen mußten mein ganzes Körpergewicht tragen.

Während ich solcherart gestreckt wurde, trat der Oberaufseher vor sein Haus, verschränkte die Arme vor der Brust und sah dem Treiben zu. Unter seinen teilnahmslosen Blicken riß man mir sämtliche Kleider vom Leib. Dann fingen die Soldaten an, mich mit ihren Stöcken zu schlagen. Zuerst langsam und einander ablösend. Erst hieb der eine, dann der andere, und die Stecken trafen mich mal hierhin und bald dorthin, als schlügen die Männer aufs Geratewohl. Doch rasch erkannte ich, welches Muster diesem schändlichen Werk zugrunde lag; denn bald gab es vom Hals bis zu den Füßen keine Stelle an meinem Körper, die nicht das wippende Holz zu schmecken bekommen hatte. Nur meinen Kopf ließen sie außer acht. Ich vermute, die Wächter wollten nicht, daß ich ohnmächtig würde; denn dann hätte ich ja nichts mehr von ihrer Tortur mitbekommen. Auch schlugen sie nie so hart zu, daß davon meine Haut aufgeplatzt wäre, weil ich bei zu hohem Blutverlust ebenfalls die Besinnung verloren hätte. So wurde mir bewußt, daß die Sarazenen mein Leiden so lange wie möglich ausdehnen wollten.

Bei den ersten Hieben verspürte ich noch den hilflosen Verdruß eines wehrlosen Opfers. Diese Ohnmacht überwältigte mich ebenso stark wie der Schmerz, als ich erfahren mußte, in welch elender Lage ich mich befand. Meine Seele erschauerte angesichts meiner eigenen Schwäche. Tränen traten mir in die Augen, und ich schämte mich, weil ich mich nicht besser beherrschen konnte. So biß ich mir auf die Lippen, um nicht laut zu schreien, und wünschte mir gleichzeitig mit aller Kraft, diese Folter möge ein Ende finden.

Doch die Sarazenen dachten überhaupt nicht daran, und ich bekam zu spüren, daß die Wächter sich bis dahin nur aufgewärmt hatten. Ihre Hiebe trafen jetzt härter und zielgenauer. Wieder und wieder schlugen sie auf die Stellen meines Körpers, an denen ich die meisten Schmerzen verspüren mußte: Unterarme, Schienbeine, Knie, Ellenbogen und Rippen.

Irgendwann zogen sie den Riemen noch straffer an, so daß

ich den Boden vollständig verließ und mich nicht einmal mehr auf die Zehen stützen konnte.

Die Hiebe waren jetzt fest genug, um mich mit jedem Aufschlag in Bewegung zu versetzen. Nicht lange danach schwang ich hin und her und wurde im Schaukeln von weiteren Schlägen getroffen, so daß ich bald gar nicht mehr zur Ruhe kam. Das schien die Sarazenen sehr zu erheitern. Ich hörte ihr lautes Lachen, das von den Hauswänden zurückgeworfen wurde, und aller Kummer und alles Mitleid für meine Lage vergingen rasch, wurden aufgesogen von einer Flamme glühendheißer Wut.

Niemals in meinem Leben hatte ich solchen Zorn verspürt. Hätte ich ihn wie Feuer aus den Augen versprühen können, wäre die ganze Siedlung im Nu in Flammen aufgegangen und zu einem Häuflein Asche verbrannt – zusammen mit all ihren Bewohnern, die Männer, die Frauen wie auch die Kinder. Ich biß so tief in meine Unterlippe, daß mir das Blut über das Kinn lief und von dort auf die Brust tropfte – dennoch habe ich nicht ein einziges Mal meinen Schmerz hinausgeschrien. Aus weiter Ferne, so als läge ein ganzes Land zwischen uns, hörte ich Dugal laut für mich beten und Gott anflehen. Er tat das nur, um gegen seine eigene Verzweiflung anzukämpfen, und ich verachtete ihn für die Bedeutungslosigkeit seines Unterfangens.

Als die Wächter mich schließlich vom Pfahl nahmen, hatten sich alle wunden Stellen zu einer einzigen vereinigt, die mir schon beim kleinsten ächzenden Atemzug Schmerzwogen durch den ganzen Körper schickte. Die Leiden sorgten dafür, daß mir alles vor den Augen verschwamm. Ich hatte unter dieser Tortur jedoch nicht die Besinnung verloren. Ein kleiner Teil meines Geistes war wach geblieben, und der reichte aus festzustellen, daß meine Glieder nicht zerschmettert und keiner meiner Knochen gebrochen waren. Und ich bekam noch mit, daß Dugal nun an den Pfosten gebunden und der gleichen Folter unterzogen wurde.

Wichtiger aber noch war, daß ich mich unter den Stockschlägen verändert hatte. Die heiß brennende Wut hatte mich von innen heraus aufgezehrt, und mein Herz war jetzt so kalt und hart wie ein Stück ausgeglühter Kohle.

Als die Sarazenen mit dem Mönch fertig waren, kam Gunnar an die Reihe. Danach banden sie uns die Hände hinter dem Rücken zusammen und diese mit einer weiteren Schnur an die Fußgelenke. Die Wächter richteten uns auf, so daß wir kniend in der Mittagssonne ausharren mußten. Mein Bewußtsein verließ mich, um irgendwann wiederzukehren und einige Zeit darauf erneut zu entschwinden. Manchmal wußte ich ganz genau, wo ich mich befand, dann wieder glaubte ich, in einem kleinen, lederbespannten Boot auf dem Meer zu treiben. Ich konnte sogar die Wellen hören, wie sie an die Wände lappten und das Gefährt hoben und wieder senkten.

Anscheinend lag ich auf dem Boden des Boots, denn ich sah eine einzelne Wolke, die sich vor die Sonne schob. Ein Schatten huschte über mich hinweg, und ich erkannte die ungewöhnliche Form und Festigkeit der Wolke. Das erweckte nun doch meine Aufmerksamkeit, und ich hob den Kopf.

Die Wolke sah aus wie das Gesicht eines Mannes, und ihr Weiß stellte die Falten seines Turbans dar. Zwei dunkle Augen in diesen Zügen betrachteten mich voller Anteilnahme und Sorge. Das verwirrte mich sehr, denn ich konnte mir keinen Grund denken, warum sich einer der Peiniger meine Not zu Herzen nehmen sollte.

Nun vernahm ich auch eine Stimme, die allerdings eher wie das Summen eines Insekts klang. Erst nach einem Moment begriff ich, daß die Stimme zu dem Gesicht über mir gehörte. Es schien mich anzusprechen, aber ich verstand kein Wort davon. Dann entfernte sich das Antlitz und redete wohl mit jemanden anderem. Ja, tatsächlich, so mußte es sein, denn beim Reden verzerrten sich die Züge zornvoll.

Jemand rief aufgebracht etwas, und das Gesicht antwortete ebenso lautstark. Danach verschwand es, und ich bekam es nicht mehr zu sehen. Ich wollte den Kopf höher heben, um festzustellen, wohin der Fremde entschwand, besaß aber bei weitem nicht die Kraft dazu.

Doch während ich noch darüber nachdachte, kam mir zu Verstand, daß dieses Gesicht keinem Fremden gehörte. Ich hatte den Mann schon einmal gesehen, aber wann und wo wir uns begegnet waren, wollte mir nicht einfallen. Auch sein Name kam mir nicht in den Sinn.

Wer war er?

Diese Frage beschäftigte mich für den Rest des Tages. Das Gesicht tauchte immer wieder in meinen Gedanken auf, und ich zermarterte mein Gehirn, bis die Sonne erneut hinter dem dunstverhangenen Horizont versank und die Wächter uns wieder anbanden, um uns ein weiteres Mal ihre Stöcke zu spüren zu geben. Wie zuvor wurden wir am Pfahl gestreckt, doch jetzt schlugen sie mit Vorsatz auf die Körperstellen, die bereits geschwollen waren und sich verfärbt hatten. So entwickelte sich die zweite Folter noch peinvoller als die erste.

Die harte Stelle, die sich in meinem Innern gebildet hatte, weigerte sich jedoch, Schwäche zu zeigen. Und wieder konnte ich es vermeiden, auch nur ein einziges Mal zu schreien. Auch mußte ich diesmal nicht die gesamte Tortur erleben. Je härter und gezielter die Hiebe auf mich einprasselten, desto schrecklicher wurden die Schmerzen, und ich verlor schließlich das Bewußtsein.

Ein Schwall Wasser riß mich aus der Ohnmacht, und ich erwachte unter gräßlichem Pochen. Jeder Knochen und Muskel in mir brannte. Als die erste Schmerzwelle sich gelegt hatte, stellte ich fest, daß Dunkelheit den Himmel überzogen hatte und ein kleiner Mann mit einem riesigen schwarzen Turban sich um uns kümmerte. Er gab jedem von uns Wasser zu trinken und hob dabei unseren Kopf an, damit wir nicht erstickten, wenn das Naß in unsere Kehlen rann. Nachdem der Kleine unseren Durst fürs erste gestillt hatte, untersuchte er unsere Gliedmaßen. Dort, wo die Haut aufgeplatzt war, trug er eine lindernde Salbe auf.

Dies geschah unter den mißtrauischen Blicken des Oberaufsehers, der immer noch vor seinem Haus stand, um zu verfolgen, was man mit uns anstellte. Der kleine Mann stellte zufrieden fest, daß man uns keine Knochen gebrochen hatte, kehrte dann zu dem Oberaufseher zurück, verbeugte sich vor ihm und zog sich schließlich unter leisem Gemurmel zurück.

Die Wächter banden uns wieder wie zuvor die Hände und die Füße und diese miteinander, ehe sie uns die ganze Nacht hindurch mit unseren Qualen liegenließen. Die heftigen Schmerzen ließen mich kein Auge zutun, und so lag ich auf der Seite im Staub – ich fühlte mich zu zerschlagen, um mich zu bewegen, aber alles tat mir zu weh, als daß ich ruhig hätte ruhen können – und sagte mir, daß der Tod jetzt eine willkommene Gnade wäre, die man uns aber wie jede andere auch verwehren würde.

Auch meinte ich, daß die Strafe, die wir empfangen hatten, bei weitem jedes Vergehen überstieg, welches wir begangen haben mochten. Nun gut, wir hatten Hand an einen Aufseher gelegt, das wollte ich auch gar nicht in Abrede stellen, aber deswegen mit solch ausgesuchter Grausamkeit mißhandelt zu werden, erschien mir so absurd, daß ich es einfach nicht verstehen konnte. All das ergab keinen Sinn, aber ich sagte mir, daß nur sehr wenig von dem, wie es in dieser Welt zuging, zu begreifen war. Schon allein die Vorstellung, in diesem Dasein müsse eine Ordnung vorhanden sein, erschien mir abstrus und widersinnig.

Beim Grauen des nächsten Morgens wurden wir von lautem Blasen geweckt – eine Trompete oder Fanfare, wie ich vermutete. Irgendwo in den Hügeln mußte jemand stehen, der nun mit einem Stock auf ein hängendes Eisen einschlug. Dumpfe Töne, einer Glocke nicht unähnlich, entstanden dabei und verfehlten ihre Wirkung nicht; denn binnen kurzem war die ganze Siedlung auf den Beinen. Die Menschen strömten aus ihren Häusern und versammelten sich auf einer Seite des staubigen Platzes vor der Hütte des Oberaufsehers. Ich hörte jemanden stöhnen, drehte den Kopf zur Seite und sah Gunnar, der gerade erwacht war und auf die Menge starrte.

»Wie es scheint, findet unsere Folter heute vor Zuschauern statt«, bemerkte ich.

»Nein, sie wollen nicht mitansehen, wie wir gepeinigt werden«, entgegnete der Wikinger, »sondern wie man uns tötet.«

Leider behielt er wieder einmal recht. Nach einer Weile zogen auch die Zwangsarbeiter heran und nahmen ihren Platz gegenüber den Wächterfamilien auf der anderen Seite des Platzes ein. Dort standen sie dicht an dicht in mehreren Reihen, und die Soldaten bewachten sie. Ich hielt nach dem Bischof und den Mitbrüdern Ausschau, und natürlich auch nach Harald und den Seewölfen. Doch in der Menge konnte ich weder die einen noch die anderen entdecken.

Als alle versammelt waren, erschien der Oberaufseher in Begleitung des Unterlings, der gestern unsere Prügelstrafe überwacht hatte. Letzterer hob die Hände und lief herum, bis alle Gespräche verstummt waren, und zeigte dann auf den Oberaufseher, der nun vortrat und eine kurze Ansprache hielt. Danach klatschte er mehrmals in die Hände.

Drei Männer lösten sich aus den Reihen der Wächter. Zwei von ihnen brachten einen Holzblock herbei, und der dritte trug ein gebogenes Schwert von gewaltiger Länge. Die Klinge war geschärft und poliert worden, so daß sie in der Sonne funkelte.

»Wenigstens verdreschen sie uns heute nicht schon wieder«, bemerkte Gunnar. »Ich weiß nicht, ob ich das noch einen Tag durchhalten könnte.«

Er schnaubte, so als sei ihm die angeborene Gutmütigkeit endgültig vergangen. Doch in Wahrheit hatte der Seewolf in diesem Moment mit seinem Leben abgeschlossen. Man wollte uns hinrichten, doch uns keinesfalls die Gnade eines raschen und schmerzlosen Todes gewähren.

Kaum hatten die Männer den Block nicht weit von uns aufgestellt, als man zwei Pferde auf den Platz führte. Ich wußte nicht, was das bedeuten sollte – im Gegensatz zu Gunnar.

»Ich habe von so etwas schon einmal gehört«, murmelte er und erklärte mir dann, wie diese Hinrichtungsart vonstatten ging. Das Opfer wurde an die beiden Gäule gebunden, welche daraufhin in entgegengesetzte Richtungen getrieben wurden, wodurch der Leib des Verurteilten entsetzlich gestreckt wurde. Sobald die Knochen in seinem Rücken auseinandergerissen waren, kam das Schwert zum Einsatz, um den Unglücklichen in zwei Hälften zu teilen. »Manchmal stirbt der Gefangene noch nicht einmal in dem Moment.«

Dugal hatte sich noch nicht gerührt, und ich wollte ihn in die Seite stoßen und wecken, entschied mich dann aber dagegen und ließ ihn weiterschlafen.

*Soll er den kurzen Frieden noch genießen, der ihm gegönnt ist. Wenigstens wird er so ausgeruht vor Gott treten.*

Doch leider war es jetzt mit seinem Schlummer auch schon vorbei. Als die Pferde zu den Seiten des Richtblocks geführt worden waren, marschierten vier Wächter auf uns zu, ergriffen den Mönch und rüttelten ihn wach. Er stöhnte vor Schmerzen über diese rauhe Behandlung, und sein Kopf fiel schlaff nach vorn.

Ich wußte, daß ich jetzt etwas unternehmen mußte. Also nahm ich das letzte bißchen Kraft zusammen, das mir noch geblieben war, und schob mich auf die Knie. Schwarze Schmerzwogen durchfuhren mich, als ich den Kopf hob. Dennoch biß ich die Zähne zusammen, bekam einen Fuß auf den Boden, schob mich hoch und stand schließlich auf beiden Beinen, wenn auch wacklig und schwankend wie ein Kleinkind. Die Pein, welche diese normalerweise so selbstverständliche Bewegung in mir auslöste, trieb mir die Tränen in die Augen. In meinem Kopf dröhnte es, und irgendwie gelang es mir, einen Schritt vorwärts zu tun.

»Nehmt mich!« krächzte ich mit einer Stimme, die ich kaum als die meine wiedererkannte.

Die Wächter hielten inne und starrten mich an. Einer von ihnen fragte mich etwas, was ich jedoch nicht verstand, weil ich des Arabischen ja nicht mächtig war. Als ich folglich nicht antworten konnte, machten sie sich wieder über Dugal her und schleppten ihn zum Holzklotz.

»Laßt ihn in Ruhe!« rief ich, und schon diese Anstrengung wurde mir beinahe zuviel. »Nehmt mich an seiner Statt!«

Ein Schrei übertönte meine Worte. Der Oberaufseher rief den Wächtern etwas zu und wies mit seinem Stab auf mich. Die vier ließen meinen Mitbruder einfach fallen und kamen auf mich zu. Ich wandte mich dem Wikinger zu und flüsterte mit letzter Kraft: »Leb wohl, Gunnar Kriegshammer, ich bin froh, dich zum Freund gehabt zu haben.«

»Verabschiede dich nicht, Aedan«, entgegnete er und rappelte sich auf, bis er kniete. »Warte auf mich in der anderen Welt. Wir wollen gemeinsam vor Gott treten.«

Ich nickte und sah ein letztes Mal meine geschundenen Freunde an. Dann waren die Sarazenen schon da und packten mich. Sie zogen mich an den Armen zum Richtblock. Als wir an Dugal vorbeikamen, stellte ich mit einem Blick fest, daß er wieder die Besinnung verloren hatte. »Leb wohl, Bruder«, grüßte ich ihn, auch wenn er mich nicht hören konnte. »Du bist mir immer ein wahrer Freund gewesen, Dugal.«

Als wir den Klotz erreichten, schleuderte man mich zu Boden und band mir die Hände. Sie waren noch nicht damit fertig, als es unter den Sklaven zu Unruhe kam. Ich hörte Geschrei und erkannte zu meiner großen Überraschung eine altvertraute Stimme wieder, die in einer mir wohlbekannten Sprache rief.

»Haltet ein! Laßt mich an seine Stelle treten!«

Aus dem Augenwinkel bemerkte ich einen alten Mann, der

sich so rasch aus den Reihen der Zwangsarbeiter löste, wie seine müden Beine es ihm erlaubten. Nach einen Moment erkannte ich ihn als Bischof Cadoc wieder. Er trug weder Umhang noch Kutte, und auch die Cambutta mit dem Adler auf der Spitze hatte man ihm genommen, aber seine Stimme klang so kraftvoll wie eh und je. Einer der Wächter lief los, um den Sklaven aufzuhalten, aber der Oberaufseher gebot ihm Einhalt und ließ den alten Mann zu sich vortreten.

»Nehmt mich an seiner Statt«, brachte Cadoc rasch zwischen mehreren Atemzügen hervor, weil der Lauf über den Platz ihn doch sehr angestrengt hatte. Ich erkannte, daß der Bischof krank war. Seine Augen zeigten sich umwölkt, und sein Atem ging rasselnd. Er setzte jetzt die Hände ein, um dem Oberaufseher sein Begehr zu verdeutlichen. »Ich will seine Stelle einnehmen. Auch die der beiden anderen. Nimm mich und verschon die anderen«, bot er sein Leben im Tausch für unsere.

»Bitte, Bischof!« rief ich. »Glaub mir, so ist es besser. Ich habe mit dem Leben abgeschlossen und bin bereit zu sterben. Gott hat mich verstoßen, und mir bleibt nichts mehr. Deswegen soll dieses Dasein hier und jetzt für mich enden.«

Der Sklaventreiber sah uns beide abwechselnd an und schien dann zu dem Schluß zu gelangen, daß es mit dem Alten nicht so viele Schwierigkeiten geben würde wie mit mir. Denn er stieß einen knurrigen Befehl aus, und die Wächter ergriffen Cadoc, nicht ohne vorher mir das Seil abgenommen zu haben, das sie ihm jetzt um die Hände banden.

»Bischof!« flehte ich. »Es ist nicht recht, wenn du –«

»Hör mich an, Aidan«, sagte er leise und gütig, »mir bleibt nicht mehr viel Zeit.« Ich wollte mich an den Oberaufseher wenden, doch Cadoc hielt mich mit einer Handbewegung zurück. »Ich sterbe, Bruder. Die Krankheit hat mich schon fast ganz aufgefressen.«

»Bischof ...« Mir kamen die Tränen.

»Beruhige dich, Bruder«, erklärte er freundlich, »ich habe

das Ende meiner Tage erreicht und bin schon seit langem bereit, vor den Schöpfer zu treten. Du aber, Aidan, mußt weiterleben, denn es gibt noch so viel für dich zu tun, und dein Leben hat gerade erst begonnen.«

Da er nun gebunden war, rissen die Wächter ihn hoch, um ihm auch die Füße zu fesseln. Cadoc schien nichts von diesem unwürdigen Tun zu bemerken. »Deine Brüder haben wohl daran getan, dich für diese Reise auszuwählen, Aidan. Zweifle niemals daran. Und Gott wird niemals diejenigen verstoßen, welche Ihn anrufen. Halte dich an Ihm fest, Bruder, Er ist dein Fels und deine Stärke.«

Nun hoben sie den Bischof an und legten ihn mit dem Bauch auf den Block, so daß vorn seine schmalen Schultern und hinten seine Beine herunterfielen. Dann befestigten sie ein starkes Seil an den Hand- und ein weiteres an den Fußfesseln, und diese verknüpften sie am Geschirr der Rösser.

»Vergiß nie«, sagte Cadoc noch, während er den Kopf drehte, um mich ein letztes Mal anzusehen, »daß du unter Schmerzen geboren wurdest. Erinnere dich dessen, wenn Zweifel dich überkommen sollten. Und nun leb wohl, Aidan.«

Der Bischof wandte sich von mir ab und schloß die Augen. Ich hörte, wie er leise das Vaterunser betete.

Der Oberaufseher rief einen Befehl, und der Grubenaufseher näherte sich mit der Peitsche in der Hand dem Klotz, wo er mich mit einem Fußtritt zur Seite beförderte. Die Beine versagten mir, und ich kam schwer und qualvoll auf dem Rücken auf. Ein anderer Wächter, ein muskulöser und sehr dunkler Mann, trat nun an den Richtblock. Er streckte die Hände aus, und man legte die Klinge darauf, die doppelt so groß war wie die eines normalen Schwerts.

Auf ein Nicken des Obersten hin trieb der Grubenaufseher die Pferde mit Geschrei auseinander. Im selben Moment ließ er die Peitsche fahren, und ihr Knall hallte über den ganzen Platz. Die Sklaven stimmten alle zugleich ein großes Getöse an. Die Pferde liefen erschrocken auseinander, und der Leib des armen Bischofs knackte wie ein Lumpen, den man zerreißt.

Die Peitsche sauste erneut durch die Luft, während der Grubenaufseher die Gäule weiter antrieb.

Dann ertönte ein Geräusch, wie ich es nicht zu beschreiben vermag und will, als Knochen und Sehnen in Cadocs Körper auseinanderrissen. Dieses Krachen war dem großen Henker Zeichen genug, denn er holte gleich mit dem Riesenschwert weit über dem Kopf aus und ließ dann die Klinge mit aller Kraft hinuntersausen. Der Hieb gelang ihm dennoch nur schlecht; denn der Stahl schnitt dem armen Bischof oberhalb der Hüfte tief ins Fleisch und öffnete eine klaffende Wunde, aus welcher sich gleich Blut und Innereien ergossen.

Cadoc brüllte vor Schmerzen. Der Grubenaufseher ließ die Peitsche noch einmal knallen, und die Pferde zogen erneut an dem Gepeinigten. »Kyrie!« rief der Bischof mit einer Stimme, die nicht unmenschliches Leiden, sondern Triumph ausdrückte. »Kyrie eleison!«

Ich stand entsetzt da und konnte den Blick nicht wenden, als das Schwert erneut herabsauste und diesmal Cadoc im Kreuz traf. Fleisch, Knochen und Sehnen flogen auseinander, und die Rösser taten unfreiwillig einen Satz nach vorn. Helles Rot spritzte in alle Richtungen und glitzerte im Sonnenlicht, als der Bischof in zwei Hälften auseinandergezogen wurde.

Cadoc schrie gurgelnd ein letztes Mal, als sein abgetrennter Oberkörper nach unten kippte.

»Kyrie!« ächzte er noch, ehe das Leben ihn endgültig floh.

Die Araber erhoben ein Geschrei und riefen ein Wort, das so ähnlich wie »*Bismillah!*« klang. Männer, Frauen und Kinder wiederholten es endlos, bis sie heiser waren. Die Zwangsarbeiter jedoch, die ihnen gegenüberstanden, verfielen in düsteres Schweigen, als die beiden Hälften Cadocs von den

Gäulen über den Platz gezogen wurden und in dem staubigen Boden tiefe rote Spuren hinterließen.

Ein gallenbitterer Geschmack erfüllte mir den Mund, und mein Magen geriet in Wallung. Aber in ihm war nichts, was ich hätte erbrechen können, und so würgte ich nur.

Während ich zuckend am Boden lag, kamen die Wächter wieder und banden mir die Hände mit einem Lederriemen. Trotz meiner Benommenheit packte mich größtes Entsetzen. Ich hob den Kopf und blickte in die triumphierende Miene des Grubenaufsehers, und endlich erkannte ich die Wahrheit: Cadocs Opfer war vollkommen bedeutungslos gewesen, und ich sollte als nächster an der Reihe sein.

Der Oberste sah keine Veranlassung, Gnade walten zu lassen. Er hatte den Tod des alten Bischofs befohlen, weil dieser in seinem körperlichen Verfall für ihn als Sklave nicht mehr von Wert war. Nach Cadocs Zwischenspiel sollten jetzt wir drei hingerichtet werden. Des Bischofs mutige Tat, deutliches Zeichen seiner Menschenliebe und Selbstlosigkeit, war von den Sarazenen ins Gegenteil verkehrt und als das närrische Handeln eines alten Trottels hingestellt worden. So lautete die Wahrheit, mit der sie sich an der Erbarmungslosigkeit der herabbrennenden Sonne messen konnten, die unter ihrer Hitze alles verdorren ließ.

Furcht ergriff mich. Ich sollte so sterben wie Cadoc, zerhackt werden wie unter einem Fleischerbeil, während meine Gedärme sich in den Staub ergossen. »Schwein!« beschimpfte ich den Oberaufseher, und in mir entstand ein Zorn, der es an Hitze mit der weißglühenden Sonne über unseren Köpfen aufnehmen konnte. »Der Satan soll dich holen!«

Der Araber lachte nur über meinen Ausbruch und befahl, mir die Füße zu binden. Wieder warfen sie mich herum und hielten meine Beine fest. Ich wollte nach ihnen treten, aber die Glieder waren viel zu geschunden und zu steif von der zurückliegenden Tortur. Es bereitete mir schon die größte Mühe, sie anzuziehen, und während ich den Versuch noch nicht einmal beendet hatte, wurde ich schon hochgehoben und auf den blutgetränkten Richtblock gelegt.

Gunnar rief etwas, ich glaube, er wollte mir Mut zusprechen, aber die genauen Worte habe ich nicht verstanden; denn viel zu laut klopfte mir das Herz, so daß meine Ohren nur sein Pochen vernehmen konnten. Ich spürte, wie die Seile an den Hand- und Fußbändern befestigt wurden.

Ein Gedanke beherrschte mich. Dies konnte nicht mein Ende sein, über meinen Tod war anders entschieden worden. Daß ich so jämmerlich aus diesem Leben scheiden sollte, konnte nur ein riesiger Irrtum sein – eine kaum faßbare Ungerechtigkeit.

Die Seile wurden strammgezogen.

Arme und Beine flogen von mir. Im nächsten Moment würde man die Pferde antreiben, und wenig später schnitte die tückische Klinge in meine Seite.

Bilder stürmten in einem sinnlosen Wettrennen durch meine Gedanken. Ich sah die grünen Hügel meiner Heimat und die Gesichter meiner Brüder, wie sie zur Kapelle hinaufzogen; Dugal, wie er lachend und mit einem Lamm in den Armen über eine Wiese schritt; Eparch Nicephorus, wie er mit seinen langen Fingern eine Apfelsine schälte; Gunnars Sohn Ulf, wie er mit seiner langen Angel den Weg zum See hinunterrannte; Ylva, wie sie Gänse mit den Resten fütterte, die sie in der Schürze hielt; Harald Stierbrüller, wie er unter dem Vordersteven seines stolzen Drachenschiffes stand; die purpurfarbenen Hügel von Byzanz, wie sie in der Ferne aus dem Nebel aufragten; und schließlich meine eigene Hand, wie sie an meinem Tisch im Scriptorium auf ein Blatt schrieb und die Feder leicht im Kerzenlicht zitterte.

Das Knallen der Peitsche riß mich in die Wirklichkeit zurück und bescherte mir gleich brennende Schmerzen in Schultern und Rücken. Ich spürte, wie meine Sehnen sich zum Zerreißen spannten. Die Seile knarrten, als die Pferde erneut angetrieben wurden.

Als die Peitsche ein zweites Mal geschlagen wurde, strömte flüssiges Feuer durch meine Adern und entzündete Muskeln und Knochen. Ich schrie, und meine Stimme hörte sich eigenartig an, so wie das Geräusch, das entsteht, wenn man in ein Widderhorn bläst. Diese Laute ertönten wieder, und ich dachte: *Wie merkwürdig, wenn man im Moment seines Todes so unwürdige Laute ausstößt.*

Eine andere Stimme drang in mein Bewußtsein, doch ob sie von Gunnar oder von Harald stammte, vermochte ich nicht zu sagen. Auf jeden Fall brüllte sie aus Leibeskräften. Nur die Worte konnte ich nicht deuten, was mir sehr eigenartig vorkam. Dann senkte sich eine dunkle Wolke über mich, und ich holte tief Luft und gleich noch einmal, weil ich mir sagte, daß dies mein letzter Atemzug sein würde.

Dann spürte ich, wie die Klinge meinen Rücken traf, doch sonderbarerweise schmerzte der Stahl nicht. Tatsächlich bescherte er mir Erleichterung; denn der furchtbare Zug der Seile an meinen Gliedern setzte unvermittelt aus.

*Ah,* dachte ich, *so sieht also das Ende aus. Der Schmerz endet urplötzlich, und man ist tot. Vielleicht bin ich schon gestorben.*

*Aber wenn ich nicht mehr bin, warum höre ich dann immer noch Geschrei und Stimmen?*

## 11

Mir kam es so vor, als würde ich hochgehoben und vorsichtig auf den Boden gelegt. Der Nebel vor meinen Augen lichtete sich langsam, und ich konnte zumindest erkennen, daß ich auf dem blutfeuchten Boden hockte und mit dem Rücken an den Richtblock lehnte. Ein Fremder mit brauner Hautfarbe, einem weißen Turban, langem blauem Gewand und ebensolchem Umhang stand vor mir.

Mein Geist war viel zu durcheinander, als daß ich noch hätte klar denken können. Von dem, was um mich herum vor sich ging, begriff ich rein gar nichts. Dann hörte ich, wie jemand rasch sprach. Ich drehte langsam den Kopf und erblickte einen Mann auf einem edlen Schimmel, der einen Speer in der Hand hielt und ein wütendes Gesicht machte. Vier berittene Krieger mit blauen Turbanen, Lanzen und blau gestrichenen Schilden begleiteten ihn.

Nach einer Weile ging mir auf, daß dies derselbe Mann war, den ich gestern gesehen hatte. Offenbar war der Araber zurückgekehrt und ganz und gar nicht über das erfreut, was er hier zu sehen bekam. Hoch aufgerichtet saß er auf dem Pferd und stritt sich lautstark mit dem Oberaufseher. Da die beiden sich in ihrer Muttersprache anfeindeten, verstand ich natürlich kein Wort. Aber der Oberaufseher versuchte den Berittenen zu überbrüllen und reckte wütend die Faust in seine Richtung.

Der Fremde drehte sich mit grimmiger Miene und zusammengekniffenen Augen im Sattel und gab dem Krieger, der über mir stand, ein Zeichen. Der Mann machte sich sogleich daran, mir die Fesseln an Händen und Füßen zu lösen. Ein zweiter kam ihm zu Hilfe, und zusammen hoben sie mich hoch. Ich war jedoch viel zu schwach, um auf eigenen Beinen stehen zu können, und so mußten die Soldaten mich stützen.

Der Oberaufseher war außer sich vor Zorn und stürmte auf die beiden Krieger zu, die mich hielten. Ich sah ihn näher kommen und bemerkte, wie in seiner Hand etwas aufblitzte. Nur noch wenige Schritte, dann würde er uns erreicht haben. Aber was konnte ich tun, um seinen Angriff abzuwehren? Ich besaß nicht einmal die Kraft, meine beiden Beschützer mit einem Ruf zu warnen.

Doch dann geschah etwas Eigenartiges: Als der Oberaufseher den Arm zum Zustechen hob, erschien mitten in seiner Brust ein spitzer metallischer Punkt. Unser Peiniger taumelte weiter, blieb dann stehen und starrte hinab auf das Blut, das wie eine sich öffnende Blüte auf seiner Brust erschien. Der Dolch entfiel seiner Rechten, und er zog und zerrte an dem Fremdkörper zwischen seinen Rippen.

Der Oberaufseher tat noch einen Schritt und fiel dann auf die Knie. Er starrte mich an, gab einen erstickten Schrei von sich und kippte vornüber in den Staub. Der lange Schaft eines Speers ragte fast kerzengerade aus seinem Rücken. Die Zwangsarbeiter erhoben sofort ein ohrenbetäubendes Geschrei und gerieten vor Freude darüber, daß ihr oberster Peiniger tödlich getroffen war, außer Rand und Band.

Der Fremde mit dem weißen Turban lenkte sein Roß zu der Stelle, an der der Tote lag, und zog mit einer geschickten, mühelosen Handbewegung den Speer heraus. Dann schwenkte er warnend die Waffe in Richtung der Wächter und Aufseher, die wie vom Donner gerührt dastanden, und befahl den Soldaten, die mich hielten, ihm zu folgen. Sie trugen mich zu einem Pferd und wuchteten mich in den Sattel.

Ich vermochte nicht, aufrecht zu sitzen, senkte mich auf den Hals des Rosses und hielt mich dort mit der letzten mir verbliebenen Kraft fest.

Bald galoppierten wir durch die engen Straßen der Aufsehersiedlung auf das große Tor zu. Ein Krieger führte mein Pferd, während ein anderer neben mir ritt und darauf achtete, daß ich nicht herunterfiel. Unsere Flucht kam mir beinahe so schmerzhaft vor wie die Prügelfolter, und ich schrie jedesmal laut auf, wenn ich durchgeschüttelt wurde.

Ich weiß nicht mehr, wie weit wir geritten sind; denn kaum hatten wir das Tor hinter uns gebracht, als mir die Sinne schwanden. Ich erinnere mich, irgendwann unter einem grauen Himmel aufgewacht zu sein. Der Fremde mit dem weißen Turban kniete neben mir und drückte mir ein nasses Tuch auf die Stirn. Als er bemerkte, daß ich die Augen öffnete, hielt er mir einen Becher an die Lippen und gab mir Wasser zu trinken.

»Allah sei gepriesen«, sagte er, »endlich bist du ins Land der Lebenden zurückgekehrt.«

Ich studierte das Gesicht des Mannes und erinnerte mich mit einemmal, wo ich ihn gesehen hatte – in Trapezunt. Er hatte zur Gesandtschaft des Emirs gehört. »Ich kenne dich«, erklärte ich mit leiser, rasselnder Stimme.

»Ich dich auch«, entgegnete er. »Ich bin Faisal und habe nach dir gesucht.«

»Warum?« wollte ich wissen.

»Das soll dir Fürst Sadik erklären.«

»Und meine Freunde – « begann ich, weil mir eben Dugal und Gunnar wieder einfielen. Ich wollte mich aufrichten, sah aber sofort Sterne vor meinen Augen und sackte keuchend vor Anstrengung zurück. Meine Schulter fühlte sich an, als würde sie mit glühenden Eisen traktiert.

»Von deinen Freunden hat der Emir nichts gesagt«, erwiderte Sadiks Vertrauter. »Aber sag mir, was ist mit Nicephorus? Ist der Eparch tot?«

Da ich zu matt zum Sprechen war, nickte ich nur.
»Wir bringen dich zu meinem Herrn. Er hält sich zur Zeit in Jaffarija auf. Das liegt einige Tagesritte von hier entfernt.«
Wieder wollte ich hochkommen, um heftig zu widersprechen. Doch auch diesmal erging es mir nicht besser. »Bitte«, ächzte ich, »wie könnte ich meine Freunde im Stich lassen?«
Aber Faisal ging überhaupt nicht darauf ein. Er erhob sich und erklärte nur: »Ruh dich jetzt aus, du wirst deine Kräfte für den Ritt brauchen.«
Obwohl ich den Rest des Tages schlief, ging es mir am Abend nicht besser, sondern noch schlechter. Ich konnte nicht einmal mehr den Kopf anheben, und selbst das Atmen tat mir weh. Mein ganzer Körper pochte vor Schmerzen, und am schlimmsten war es in den Schultern und tief in der Brust. Ich entdeckte ein Feuer, an dem Faisal saß, der mich mit besorgten Augen betrachtete.
Er kam zu mir. »Trink das«, sagte er und hielt mir einen Becher hin. »Gleich bekommst du auch etwas zu essen.«
Ich hob eine Hand, um den Becher entgegenzunehmen, doch sofort schoß ein stechender Schmerz durch den ganzen Arm bis hinauf zum Hals. Tränen traten mir in die Augen, und ich lag nur noch stöhnend und röchelnd da.
»Bitte, laß mich dir helfen«, erklärte der Vertraute des Emirs und fing an, meine Kleidung zu lösen. Obwohl er mit sehr viel Behutsamkeit vorging, brachte mich schon die bloße Berührung seiner Fingerspitzen zum Schreien. Faisal sah mich noch einmal an und hockte sich dann auf die Fersen.
»Das ist nicht gut«, sagte er. »Die Knochen deines Arms sind aus ihrem Gelenk gelöst. Ich kann dir helfen, wenn du möchtest, aber ich warne dich, du wirst dabei starke Schmerzen haben.«
Da ich mir nicht vorstellen konnten, daß etwas noch schlimmer sein könnte als das, was ich im Sklavenlager durchgemacht hatte, gab ich mit einem Nicken meine Zustimmung. Faisal verließ mich dann, und ich hörte leises

Stimmengemurmel, bevor mir wieder schwarz vor Augen wurde. Etwas später kehrte der Araber zurück, weckte mich und erklärte: »Am besten bringen wir es gleich hinter uns.«

Er kniete sich vor mich hin und befahl zweien seiner Krieger, ihm zu helfen. Zusammen brachten sie mich in eine sitzende Position. Dann legte mir der eine die Arme um die Hüfte, während der andere meine Brust umfaßte.

»Darauf kannst du beißen«, sagte Faisal und schob mir ein mehrfach zusammengefaltetes Stück Stoff zwischen die Zähne. Dann schien er mit den Vorbereitungen zufrieden zu sein, legte beide Hände um meinen Arm und hob ihn langsam bis auf Schulterhöhe. Ich preßte die Augen zusammen und biß mehrmals in das Tuch, schrie aber nicht.

Langsam, sehr langsam drehte Faisal meinen Arm, und wieder hatte ich das Gefühl, heißflüssiges Metall in den Adern zu haben. Ich spürte, wie der Araber fester zupackte, und schloß die Augen.

Ohne Warnung zog er den Arm mit einem Ruck gerade, und im selben Moment riß mich der Krieger zurück, der meine Brust umarmte. Ich hörte ein eigenartiges Ploppen und fürchtete schon, wieder in Ohnmacht zu fallen.

Faisal ließ mich los, und der Schmerz verebbte sofort. »Siehst du«, meinte er und nahm mir den Stoff aus dem Mund, »jetzt ist dein Arm wieder eingerenkt.«

Der Araber legte mir den geheilten Arm auf die Brust. Dann riß er einen Streifen Stoff aus seinem Gewand und band mir eine Schlinge. Ich sank schwitzend und vor Anstrengung zitternd zurück. Faisal bedeckte mich mit einem Umhang, und ich schlief durch bis zum Morgengrauen. Dann brachte er mir Wasser und Brot, das er in Honig getaucht hatte. Ich konnte etwas davon zu mir nehmen und fühlte mich danach ein wenig besser.

Aber aufzurichten vermochte ich mich noch lange nicht, geschweige denn aufzustehen. Die unzähligen Hiebe, die ich an dem Pfahl erlitten hatte, und das Strecken durch die Pferde verlangten ihren Tribut. Die Wächter hatten mich wahrhaftig grün und blau geschlagen, und es schien auf meinem Körper kein einziges Fleckchen Haut zu geben, das sich nicht verfärbt hatte. Aufgrund der vielen Schwellungen war das Fleisch zusätzlich an mehreren Stellen aufgeplatzt. Faisal gefiel überhaupt nicht, in welchem Zustand ich mich befand, und das sagte er mir auch. »Ich fürchte um dich, mein Freund, und glaube, daß wir es nicht wagen dürfen, länger hier zu verweilen.«

Da ich nicht in der Lage war, auf einem Pferd zu sitzen, konstruierten die Araber für mich eine Art Trage, indem sie ein festes Tuch zwischen zwei Pferde spannten und an den Sätteln befestigten. Dort hinein legten sie mich, und ich ruhte darin wie ein Säugling in einer Wiege. Kaum war das vollbracht, brachen wir auf.

Faisal hatte es offensichtlich eilig, nach Jaffarija zu gelangen, denn wir legten an diesem Tag keine Pause ein, und auch am nächsten Tag gab es nur einmal eine Rast. Ich ruhte während dieser Reise in meiner Trage, fiel immer wieder in einen totenähnlichen Schlaf und erlebte nur einen kleinen Teil des Ritts bewußt mit. Diese Araber waren hervorragende Reiter, denn nicht einmal wurde ich durchgerüttelt, sondern nur sanft im Rhythmus des Galopps geschaukelt und gewiegt.

Der unaufhörlich pochende Schmerz in meinen Gelenken und Muskeln nahm am zweiten Tag an Heftigkeit zu. Der eingerenkte Arm bildete da keine Ausnahme, und die Schmerzen in meiner Brust verwandelten sich in ein Brennen, unter dem mir das Atmen schwerfiel. Die Zeiten, in denen ich wach war, verkürzten sich, und mein Schlaf glich eher einer Ohnmacht. Wenigstens konnte ich mich wieder etwas regen, wenn auch nur unter großen Anstrengungen, und nach einigen Versuchen schien mir die Mühe dazu nicht mehr wert zu sein.

In den wenigen Minuten geistiger Klarheit stellte ich fest, daß wir immer noch rasch ritten, doch ich konnte nicht erkennen, in welcher Richtung wir unterwegs waren. Wir rasteten nur zur Mittagsstunde, wenn der Tag sich von seiner heißesten Seite zeigte, und setzten die Reise bis tief in die Nacht fort.

Einmal erwachte ich, um über mir den Vollmond zu erblicken, der wie ein strahlendes Gesicht am Himmel hing und sein bleichgoldenes Licht über das dunkelblaue Firmament verbreitete. Abertausende von Sternen wirkten wie silbern funkelnder Staub, den eine Hand über das Himmelszelt verstreut hatte. Ich wußte nicht, ob ich noch auf meiner Trage oder irgendwo auf dem Boden lag. In mir wuchs der dringende Wunsch, das festzustellen, aber ich verlor wieder das Bewußtsein, bevor ich eine Antwort auf dieses Rätsel finden konnte.

So verging ein weiterer Tag – vielleicht war es aber noch derselbe oder auch eine ganze Woche, mir war jegliches Zeitgefühl abhanden gekommen –, und endlich erreichten wir den Palast des Emirs.

Ich vermag auch heute noch nicht zu sagen, in welche Richtung unsere Reise gegangen war oder wie lange sie angedauert hat. Zwei Tage, vier, vielleicht auch noch viel mehr, ich habe wirklich keine Ahnung.

Nur eines weiß ich mit Bestimmtheit: Ich erwachte, um zu entdecken, daß man mich durch einen holzgetäfelten Gang trug. Leise Stimmen begleiteten mich bis in eine kleine Kammer, in der man mich auf eine Bettstatt legte. Durch ein sehr schmales Windloch drang etwas Sonnenlicht herein, und in dem tanzten träge Staubkörner. Die Männer, die mich hergebracht hatten, zogen sich gleich wieder zurück und ließen mich allein.

Mein Kopf war schwer wie Blei und hart wie Stein. Als ich versuchte, ihn anzuheben, war mir das ganz und gar unmöglich, und von der Anstrengung wurde mir schwindlig. Ich schloß die Augen, nur für einen Moment, wie ich glaubte, doch als ich sie wieder aufschlug, hatte man mir die Kleider ausgezogen und mich mit einem dünnen weißen Tuch bedeckt. Der rechte Arm lag immer noch in einer Schlinge auf der Brust, und die wenige Blöße, die nicht von dem Laken verdeckt war, zeigte sich bis zur Verunstaltung angeschwollen und in allen erdenklichen Farben. Eine klare Flüssigkeit troff aus den aufgeplatzten Stellen, mein Mund war ausgetrocknet, und die Augen brannten mir. Wenn ich einen Moment in mich hineinhorchte, hatte ich das Gefühl, von innen heraus zu versengen.

Ich glaubte ein Geräusch zu hören, und schon tauchte Faisal über mir auf. Er hockte sich an den Rand meines Lagers und sah mich teilnahmsvoll an. »Bist du wach, mein Freund?«

Ich öffnete den Mund, um ihm zu antworten, aber kein Laut kam mir über die Lippen. Faisal erkannte meine Schwierigkeiten, hob meinen Kopf und hielt mir eine flache Schüssel an die Lippen. Darin befand sich Honigwasser, das ich gern trank, und danach fühlte sich meine Zunge etwas freier.

»Wo bin ich?« fragte ich mit einer Stimme, die nicht die meine sein konnte, weil ich nichts an ihr wiedererkannte.

»Im Palast von Fürst Sadik«, antwortete er. »Hast du noch starke Schmerzen?«

Darüber mußte ich erst nachdenken. Ja, da war dieses unaufhörliche, hartnäckige Pochen, das sich in allen Gliedmaßen und in jedem Muskel ausgebreitet hatte; aber irgendwie schien ich mich daran gewöhnt zu haben. »Nicht schlimmer als vorher«, antwortete ich mit der gleichen rasselnden, heiseren und fremden Stimme.

»Der Emir läßt dir durch mich mitteilen, daß er einen Boten ausgesandt hat, den Arzt aus Bagdad zu holen. So Allah will, trifft er schon morgen hier ein. Bis dahin wollen wir alles Erdenkliche unternehmen, um dich am Leben zu halten. Du kannst auch etwas dafür tun, indem du nämlich alles trinkst und ißt, was man dir vorsetzt. Verstehst du, was ich sage?«

Ich nickte.

Der Vertraute des Fürsten betrachtete mich für einen Moment, als begutachte er mich. Wenn ich ein Pferd gewesen wäre, hätte er wohl nicht sehr viel für mich geboten.

»Für den Emir ist es von größter Wichtigkeit, daß du am Leben bleibst«, erklärte er, als bedürfe es für mich einer Bestätigung dafür. Schließlich erhob er sich und ging, blieb aber an der Tür noch einmal stehen. »Kasimene ist sehr erfahren in den Heilkünsten. Der Emir hat befohlen, daß sie dich pflegt, bis der Arzt angelangt ist. Gehorche ihr, und tu alles, was sie dir aufträgt.«

Damit war ich wieder allein. Ich hörte ihn noch, wie er draußen auf dem Flur jemandem etwas sagte. Wenig später trat eine junge Frau ein. Sie trug ein Kupfertablett, auf dem sich flaches Brot, Früchte und kleine Messingschüsseln befanden. Sie kniete sich vor die Bettstatt hin, stellte das Tablett neben mich und fing an, mit ihren langen Fingern das Brot zu brechen.

Damit fertig nahm sie eines der Stücke, tauchte es in eine der Schüsseln und hielt es mir an die Lippen. Ich öffnete den Mund und ließ mich von ihr füttern. Das Brot war weich und die Tunke süß. Ich kaute und schluckte, und als ich fertig war, kam der nächste kleine Brocken an die Reihe. So ging es weiter, bis ich nichts mehr zu mir nehmen wollte. Die Frau gab mir dann zu trinken und nahm sich ein neues Brotstück vor. Aber ich wurde unvermittelt von der größten Erschöpfung übermannt. Das Bedürfnis nach Schlaf rollte wie eine Riesenwelle heran, um mich in die dunkelsten Tiefen hinabzuziehen.

»Nichts mehr«, murmelte ich und war kaum noch in der Lage, die Augen offenzuhalten.

Die Frau legte alles auf das Tablett zurück und erhob sich damit. »Danke, Kasimene«, murmelte ich in meiner eigenen Sprache.

Die Frau verstand natürlich nur ihren Namen, und das schien sie zu verblüffen, denn Kasimene sah mich kurz eigentümlich an, ehe sie verschwand. Ihr überraschter Blick verfolgte mich noch eine ganze Weile in meinen wenig geordneten Gedanken; in Wahrheit sogar noch länger, als man hätte erwarten können. Kasimenes verwundertes Gesicht war das letzte, was ich zu sehen bekam und woran ich mich erinnern konnte. Denn tief in der Nacht fiel ich in einen Fieberschlaf, aus dem man mich nicht wecken konnte.

## 12

Allein schwebte ich durch die Dunkelheit. Wolken mit unbekanntem Ziel trugen mich, den verlorenen und ahnungslosen Geist, wohin sie wollten. Ich gelangte hinab ins Reich der Toten, in das unterirdische Land der verlorenen Seelen, die in früheren Zeiten hier als Schatten in der licht- und hoffnungslosen Ewigkeit geendet waren.

Hier angekommen verharrte ich, konnte nichts mehr empfinden, hatte nichts mehr von Wert und war bar aller Wünsche – bis auf einen einzigen: Rache zu nehmen an dem Verräter, der mich und meine Freunde so schändlich hintergangen hatte.

Den Tod fürchtete ich schon lange nicht mehr, aber ich weigerte mich zu sterben, solange dieser Mann, der all das Leid über uns gebracht hatte, noch lebte und atmete. Das bißchen Leben, das mir verblieben war, sollte allein dem Zweck dienen, mich und die anderen, die durch seine Schuld gestorben waren oder soviel Peinigung erlitten hatten, zu rächen. Ihn zu verderben schwor ich mir aus tiefstem Herzen. Wenn ich danach sterben und die ewige Folter erleiden mußte, die einem widerfuhr, wenn man nicht in die Gnade Gottes aufgenommen wurde, dann sollte mir das auch recht sein! Doch bevor ich in mein Grab gelegt würde, sollte Nikos für alles bezahlen, was er sich hatte zuschulden kommen lassen!

Dieser Wunsch flackerte durch meine Bewußtlosigkeit wie

die Flamme einer einzelnen Kerze. Wann immer ich weiter abzudriften drohte, zog das kleine Feuer mich zurück und hielt mich mit seinem wenigen Licht fest.

Mir wollte es so scheinen, als verbrächte ich ein ganzes Menschenalter in diesem Zustand zwischen Leben und Tod. Manchmal hörte ich Stimmen, die sich in einer fremden Sprache unterhielten. Andere Male träumte mir von fernen, exotischen Orten, die unter einer gleißend hellen Sonne versengten. Und wieder andere Male hatte ich eine Vision, in der Menschen in weißen Gewändern sich über mich beugten und mir einen Heiltrank einflößten.

Und eines Tages erwachte ich. Das Bewußtsein kehrte langsam zurück, und ich hörte ganz in der Nähe jemanden singen. Eine leise, liebliche Stimme, trotz der mir unbekannten Worte. Ich öffnete die Augen und erblickte Kasimene neben mir. Sie war im hellsten Blau gewandet und hielt einen roten Seidenbeutel in der Hand. Honiggelbes Spätnachmittagssonnenlicht ergoß sich durch das hohe und gewölbte Fenster hinter ihr. Durch die Öffnung konnte ich Dächer erkennen, einige spitz und mit roten Schindeln gedeckt, andere weiß und gewölbt, daß sie wie große Eier aussahen. Die meisten waren jedoch flach, und auf etlichen hatte man buntstreifige Zeltdächer gespannt. Auf einigen erkannte ich Pflanzen, sogar kleine Bäume. Und zwischen all den Häusern ragten schlanke Türme empor, die mir gerade mal fingerdick erschienen. Sie wiesen spitze Enden auf und kamen mir vor wie Speere, die in den Himmel aufsteigen wollten.

Kasimene zog ein paar Gerstenkörner aus dem Beutel. Die legte sie auf den steinernen weißen Fensterrand. Kaum hatte die Frau die Hand zurückgezogen, da erschien auch schon ein kleiner graugrüner Vogel, schaute Kasimene aus einem schwarzen Knopfauge an und pickte dann die Körner auf.

»Dein kleiner Freund?« fragte ich. Obwohl ich nur ein leises Flüstern von mir gegeben hatte, fuhr die Frau zusammen, als hätte ich sie unvermittelt angebrüllt. Sie starrte mich entsetzt an und floh schon aus der Kammer. Ich hörte, wie draußen auf dem Flur ihre Schritte verhallten.

Langsam drehte ich den Kopf und schaute mich in dem Raum um. Es war derselbe, in den man mich am Tag unserer Ankunft getragen hatte. Meine Bettstatt, die aus einigen übereinandergelegten Teppichen bestand, dazu zwei große Kissen auf dem Boden und ein niedriger Holztisch, auf dem eine Messingplatte mit Früchten, ein Krug und einige Schüsseln standen. Die Wände waren rosafarben gestrichen, und der Boden war aus weißem Marmor gefertigt. Sonst gab es hier nichts mehr zu sehen, bis auf das Windloch, welches mir einen Blick auf die Welt draußen gestattete.

Der eingerenkte Arm war noch verbunden und hing in der Schlinge, aber der andere ließ sich bewegen. Langsam und unter einigen Schmerzen machte ich mich daran, das dünne Tuch fortzuziehen, um einen Blick auf Leib und Glieder zu werfen. Die Schwellungen waren noch nicht vergangen und zählten weiterhin gut über hundert, aber sie hatten das schreckliche Lila verloren und zeigten sich jetzt nur noch blaß gelb und grün. Von dem pochenden Schmerz nahm ich nichts mehr wahr, und zu meiner großen Freude entdeckte ich, daß einige der kleineren Wunden verheilt waren. Daran erkannte ich, daß geraume Zeit verstrichen sein mußte. Sicher einige, vermutlich sogar viele Tage.

Auch wenn es mir an der Erinnerung gebrach, wie lange ich hier gelegen haben mochte, war mein Geist frisch und klar; und mein Körper fühlte sich, den Umständen entsprechend, gesund an. Wild entschlossen, diesen Eindruck zu überprüfen, atmete ich tief ein und schob mich hoch, um aufrecht zu sitzen. Der Versuch endete in einem völligen Fehlschlag. Sofort tauchten schwarze Flecke vor meinen Augen auf, und heißer Schmerz wütete in meinem Schädel. Ein Geräusch wie von kochendem Wasser erfüllte meine Ohren, und ich brach auf dem Lager zusammen.

Einen Moment später hörte ich von draußen Stimmen und

Schritte. Jemand wollte zu mir. Ich konnte gerade noch rechtzeitig meine Blöße mit dem Laken bedecken, als auch schon ein Mann mit einem weißen Turban, einer Haut wie glänzendem Ebenholz und einer Nase von der Form eines Falkenschnabels in der Tür erschien. Er war ganz in Weiß gekleidet und trug an einer dicken Goldkette ein rundes Medaillon auf der Brust.

Kasimene zeigte sich hinter ihm und spähte mit ihren dunklen Augen aufgeregt über seine Schulter. Als der Fremde entdeckte, daß ich bei Bewußtsein war, riß er die Arme hoch und stieß einen langen, aus tiefstem Herzen kommenden Jubelschrei aus. Dann faßte er sich rasch wieder, trat näher und beugte sich über mich. Der Mann legte mir seine kühle Hand auf die Stirn und blickte forschend in meine Augen. Dann nahm er meine Linke am Handgelenk und drückte zwei Finger auf den Unterarm.

Im nächsten Moment drehte er sich zu der jungen Frau um und sagte ihr etwas, woraufhin sie sich zurückzog und wohl draußen wartete. Nun zog der Fremde das Laken von mir, kniete sich neben die Bettstatt, drückte hier und da auf mein Fleisch und verfolgte genau, wann und wo ich vor Schmerz zusammenzuckte. Schließlich nahm er meinen Kopf zwischen seine Hände, drehte ihn nach links und nach rechts und öffnete endlich meinen Mund, um einen Blick in den Rachen zu werfen.

Nachdem er mit dieser eigenartigen Beschau fertig war, hockte er sich auf eines der Kissen und rief: »Allah, der Weise und Gnadenreiche, sei gepriesen! Du weilst wieder unter den Lebenden. Wie fühlst du dich?«

Der Mann sprach ein weiches, melodisches Griechisch, und obwohl ich ihn ausgezeichnet verstand, brauchte ich einen Moment, ehe ich antworten konnte. »Wer bist du?« Eigentlich wollte ich nicht so plump und unhöflich sein, aber ich mißtraute der Kraft meiner Stimme und beschränkte mich daher nur auf das Allernotwendigste.

»Ich bin Faruk al-Schami Kaschan Achmed ibn Abu«, stellte er sich mit einer leichten Verbeugung vor, »und der Leibarzt des Emirs Sadik und seiner Familie. Aber du darfst Faruk zu mir sagen.« Wieder hob er vor Freude über die Fortschritte meiner Genesung die Hände zum Himmel. »Allah hat beschlossen, dich ins Leben zurückzurufen. Sei mir herzlich bei uns willkommen, mein Freund. Möge der Friede Allahs mit dir sein.«

»Wie lange liege ich hier?« fragte ich und schluckte bang.

»Ich hatte die Freude und die Ehre, während der letzten sieben Tage meine Heilkünste an dir zu vollbringen.«

*Sieben Tage*, dachte ich. *Eine lange Weile, um sie auf der Schwelle zum Tod zu verbringen.*

Ich dachte immer noch über die Ungeheuerlichkeit dieser Mitteilung nach, als ein weiterer Mann eintrat, der noch größer und dunkler war als der Arzt. Er brachte eine Messingschüssel voll dampfenden Wassers und mehrere Leinentücher. Beides stellte er neben Faruk auf den Boden. »Keine Angst mein Freund, wir werden dich jetzt gründlich waschen«, erklärte der Leibarzt und breitete eines der Tücher zu einem großen Viereck aus. »Und Malik wird mir dabei behilflich sein.«

Die Körperreinigung kam mir eher wie eine neue Folter denn wie eine Wohltat vor. Malik, der während des ganzen Vorgangs kein Wort von sich gab, richtete mich in eine sitzende Position auf, hielt mich fest und rieb mich dabei von Kopf bis Fuß mit einem feuchten Tuch ab. Ich spürte, wie vorsichtig er zu Werke ging, aber schon die leiseste Berührung bescherte mir Schmerzen, und als er meinen rechten Arm hob, schossen mir Tränen in die Augen. Ich biß auf die Innenseiten meiner Wangen, um nicht laut zu schreien, doch auch das nutzte nichts. Faruk verfolgte Maliks Bemühungen ruhig, aber mit Interesse und gab ihm hin und wieder Anweisung, welche dieser sofort befolgte. Irgendwann fiel mir auf, daß Malik mehr tat, als mich nur zu säubern. Indem er systematisch meine Gliedmaßen bewegte und so den Zustand meiner Körperpartien überprüfte, verabreichte er mir gleichzeitig so etwas wie eine Massage.

Ich biß die Zähne zusammen und ertrug die Pein, bis der Arzt Malik befahl aufzuhören, und glücklicherweise gehorchte der Sklave auch sofort. Ich lag voller Schmerzen und zerschunden auf dem Rücken, fühlte mich gleichwohl aber erfrischt. Das Wasser, mit dem man mich abgewaschen hatte, war mit dem Saft einer Zitrone versetzt gewesen – einer äußerst sauren gelben Frucht, die sich hier im Osten großer Beliebtheit erfreut, bei uns im Westen aber gänzlich unbekannt ist. Diese Zutat wird als Adstringens geschätzt, besitzt sie doch eine ebenso belebende wie beruhigende Wirkung.

»Wir lassen dich jetzt für ein Weilchen in Frieden«, verkündete Faruk, »denn ich will dem Emir von deinem wunderbaren Erwachen berichten.«

»Ich muß deinen Herren sprechen«, erklärte ich ebenso krächzend wie dringlich. »Bitte, Faruk, es ist sehr wichtig.«

»Daran zweifle ich nicht im geringsten«, entgegnete der Heilkundige.

»Wann kann ich ihn sehen?«

»Schon bald«, antwortete er. »In ein oder zwei Tagen, sobald du dich etwas besser fühlst. Ich darf dir aber verraten, daß der Emir ebenso begierig ist, mit dir zu reden, wie du.«

Trotz des angeblich dringenden Wunsches des Fürsten vergingen mehr als nur zwei Tage, bevor ich ihn zu sehen bekam. Faruk hingegen besuchte mich täglich und brachte manchmal Malik und andere Male Kasimene mit. Wenn er mich untersuchte, hockte sie in einer Ecke, und täglich kam sie in die Kammer, um mir das Essen zu bringen. Gelegentlich blieb sie dann auch, um mir dabei zuzusehen, wie mir die Speisen mundeten. Mir gefiel ihre stumme Gesellschaft immer besser.

An einigen Tagen ging es mir deutlich besser als an anderen, doch insgesamt spürte ich, wie meine Lebensgeister zurückkehrten. Ich fühlte auch die harte Stelle in meinem

Innern, die noch fester und knorriger geworden war; so wie eine Faust, die einige Walnüsse umschließt. Tief, tief unten steckte sie, wo nichts sonst jemals hingelangte, und in dieser kleinen Festung bewahrte ich zwei Wünsche auf: den nach Rache und den, meine Freunde zu befreien.

Meine Genesung machte noch größere Fortschritte, nachdem es Faruk gelungen war, mich zum Aufstehen zu bewegen. Diese Tortur erwies sich anfangs als noch schrecklicher als jene, als man mich von Kopf bis Fuß abgeschrubbt hatte. Und ich litt dabei unsägliche Schmerzen. Beim allerersten Versuch schwanden mir die Sinne, und Malik mußte mich auffangen und aufs Lager zurücktragen.

Dennoch kam ich unter der eifrigen und mitfühlenden Behandlung des Arztes wieder zu Kräften, und ich begann bald, mit größerem Appetit zu essen. Kasimene erschien jetzt regelmäßig bei mir – wenn sie am Morgen hereinkam, hatte ich immer stärker das Gefühl, die Sonne gehe in meiner Kammer auf –, während Faruk sich nur noch gelegentlich blicken ließ.

Mählich und dank ebenso hartnäckiger wie schmerzhafter Übungen konnte ich die Steifheit aus meinen Gliedmaßen zwingen, und irgendwann brachte es mich auch nicht mehr schier um, die Gelenke zu strecken. Nach einer Weile konnte ich sogar in der Enge meines Zimmers umhergehen, ohne daß meine Knie nachgaben oder mir schwarz vor Augen wurde; auch wenn ich mich dabei wie ein uralter Greis bewegte.

Meine ehedem ausgerenkte Schulter bereitete mir immer noch Strapazen, doch ich konnte spüren, daß sie sich von Tag zu Tag mehr erholte. Faruk wechselte jeden Tag Verband und Schlinge, um den Arm untersuchen zu können. Er versicherte mir, daß kein Knochen gebrochen sei, und meinte auch, daß ich ohne Faisals krude, aber wirksame Hilfe noch längst nicht so weit sei. »Du hast großes Glück gehabt«, erklärte der Arzt. »Die Geschichte hätte viel schlimmer enden können.«

Eines Tages, nachdem ich mein Unbehagen darüber zum

Ausdruck gebracht hatte, die ganze Zeit in meiner Kammer eingesperrt zu sein, meinte Faruk, ich solle etwas mehr vom Palast zu sehen bekommen.

Am frühen Abend desselben Tages brachte Kasimene ein Bündel grüner und blauer Kleidungsstücke, das mit einem roten Seidenband zusammengebunden war. Dies legte sie auf den Rand meines Lagers und zog sich dann augenblicklich zurück. Ich konnte die Linke mittlerweile wieder ganz gut gebrauchen und schnürte das Bündel auf. Es enthielt zwei Tuche, beide sehr leicht und dünn; bei dem ersten handelte es sich um ein blaues Gewand, beim zweiten um einen luftigen grünen Umhang, wie ich ihn schon bei Faruk und Faisal gesehen hatte.

Da sich niemand außer mir in dem Raum aufhielt, legte ich die alten Sachen ab, hatte dann aber doch einige Mühe, mir die neuen Kleider anzuziehen. Ich war immer noch damit beschäftigt, als Faruk hereinkam. Der Arzt schritt, kaum daß er meiner ansichtig geworden war, auf mich zu, zog das Gewand glatt, band mir das Seidenband geschickt um den Bauch, und plötzlich fühlte das Stück sich wie für mich gemacht an.

Faruk entfernte sich ein Stück von mir, hob dann die Hände und rief aus: »So wie das Licht, das unter einem Topf verborgen ist, aufleuchtet, wenn man das Gefäß fortnimmt, so sehe ich einen neuen Mann vor mir!«

»Ich komme mir eher wie ein Greis vor«, entgegnete ich, »so schwach und matt, wie ich mich bewege.«

»Die Hitze des Tages hat sich verzogen«, sagte der Arzt, »und ich bin gekommen, um dich zu einem kleinen Spaziergang abzuholen.«

Er legte mir zur Stütze eine Hand an den Ellenbogen, führte mich zur Tür und hinaus auf einen niedrigen Flur, der sich endlos weit zu erstrecken schien. Zur Rechten gingen Türen ab, und zur Linken hatte man Windlöcher mit spitzen Bögen in die Mauer eingelassen. Wände und Decke bestanden aus farbigem Marmor und die Oberschwellen aus Edelholz. Während ich mich umschaute, stellte ich fest, daß meine Kammer die allerletzte an diesem Gang war.

»Wir befinden uns hier in der eigentlichen Residenz des Emirs«, teilte der Arzt mir mit. »Fürst Sadik besitzt noch einen Sommerpalast in den Bergen und ein Anwesen in Bagdad. Ich habe mir sagen lassen, daß beide sehr prachtvoll anzuschauen sind. Vielleicht bekommst du sie ja eines Tages zu sehen.«

Seine Bemerkung brachte meine Neugier zurück. »Warum bin ich hier, Faruk?«

»Man hat dich hierhergebracht, damit du in Ruhe genesen kannst«, antwortete er nur.

»Das hast du mir schon einmal gesagt. Aber es gibt doch bestimmt noch einen anderen Grund, oder?«

»Du hältst dich auf Wunsch des Fürsten hier auf«, wich er mir aus, um dann hinzuzufügen: »Ich stehe in der Gunst meines Herrn nicht so weit oben, um in seine Pläne und Vorhaben eingeweiht zu werden.«

»Verstehe. Soll ich hier als Sklave gehalten werden?«

»Sind wir nicht alle Sklaven, mein Freund?« entgegnete er mit einem Lächeln. »Wir dienen lediglich verschiedenen Herrn.«

Wir schritten den Flur hinunter, wenn auch recht langsam; denn ich konnte mich nur mühsam und schlurfend bewegen. Meine Beine fühlten sich an, als hätte man mich an Marmorblöcke gekettet, die ich hinter mir herziehen mußte. Nach einer halben Ewigkeit erreichten wir das Ende des Gangs und zwei breite Treppen, von denen die eine zu den unteren Räumlichkeiten und die andere weiter hinauf führte. Eine leichte Brise, die den Duft von Rosen mit sich trug, wehte von oben heran. »Was findet man vor, wenn man die Treppe hinaufsteigt?« wollte ich wissen.

»Den Dachgarten der Ehefrauen des Emirs«, antwortete Faruk.

»Den würde ich zu gerne sehen. Darf ich dorthin?«
»Aber gern. Das ist dir gestattet.«
Langsam und umständlich brachten wir eine Stufe nach der anderen hinter uns und stiegen in einen angenehm warmen Sommerabend hinauf. Die Sonne war gerade untergegangen, und der Himmel präsentierte sich noch in seinem Abendrotkleid: goldener Hintergrund und davor feuriger Purpur und mattes Rosa über blaugrauen Hügeln. Ich bemerkte einige größere Häuser in der Stadt, doch der Palast des Emirs übertraf sie alle und blickte auf den ganzen Ort hinunter.
Das flache Dach bot eine geräumige und weite Ebene, auf der man Aberhunderte von Blumen in Tontöpfen aller Formen und Größen angepflanzt hatte. In der Mitte erhob sich ein Pavillon aus schlanken Holzsäulen. Die Zwischenräume waren mit zarten Holzgittern versehen, und darüber lagen rot und blau gestreifte Tücher. Auch Palmen ließen sich hier antreffen, ebenso wie Büsche mit großen Blättern. Die meisten Blüten hatten sich bereits zur Nacht geschlossen. Doch von all den schönen Dingen, die es hier zu schauen gab, fielen mir besonders die Rosen ins Auge; denn die Luft war stark von ihrem süßen Duft angefüllt. Wohin ich auch den Blick wendete, überall erwarteten mich Rosenstöcke mit kleinen weißen Blüten, die ihren wunderbaren Geruch in wohligen Seufzern in die Abendluft auszuatmen schienen.
Während wir auf dem Treppenabsatz standen und diese Pracht bewunderten, ertönte aus der Stadt ein langgezogener Singsang. Er schien einem der hohen, schlanken Türme zu entströmen, die ich vom Fenster in meinem Zimmer aus entdeckt hatte. Der Ruf schwoll auf unheimliche Weise an und ab und wurde bald von anderen Stimmen und Gesängen verstärkt.
Ich lauschte diesen Lauten für eine Weile, als mir einfiel, so etwas schon einmal irgendwo gehört zu haben. Doch wann oder an welchem Ort das gewesen war, wollte mir nicht einfallen.

»Was ist das?« fragte ich Faruk.

»Ach das«, antwortete der Arzt, nachdem er für einen Moment mein Gesicht studiert hatte. »Der Muezzin ruft die Gläubigen zum Gebet. Komm mit.« Er betrat den Garten und half mir, den Pavillon zu erreichen. Dort lagen mehrere Kissen auf dem Boden, und auf denen ließen wir uns nieder. Als ich endlich saß, meinte Faruk: »Entschuldige mich bitte für einen Moment, ich bin gleich wieder da.«

Der Mann entfernte sich ein paar Schritte weit, wandte sich dann nach Süden, verbeugte sich dreimal, kniete nieder, streckte die Arme aus und beugte sich vor, bis seine Stirn den Boden berührte. Ich sah zu, wie er dieses eigenartige Ritual durchführte, sich immer wieder aufrichtete, mehrmals nickte und dann wieder das Gesicht auf die Steinplatten legte.

Obwohl ich keinen Moment daran zweifelte, daß dem Arzt diese Übung ernst und wichtig war, mußte ich doch an die Verrenkungen denken, die einige meiner Brüder in der Abtei zur Schau stellten. Sie beugten die Knie, knieten sich hin, warfen sich auf den Bauch – womöglich wiederholten sie diesen Vorgang –, während diese Mönche wieder und wieder dieselben Worte vor sich hinsagten, bis ihre Stimme ganz schrill geworden und der Sinn ihrer Anrufungen nicht mehr zu erkennen war.

Faruk benötigte nicht so lange für seine Darbietung wie meine Brüder. Nach einer kurzen Weile erhob er sich, verbeugte sich noch einmal Richtung Mittag und kehrte dann zu mir in den Pavillon zurück. »Die Nacht wird langsam kühl«, meinte er, »und ich würde es ungern sehen, wenn du dir jetzt eine Erkältung zuzögest. Komm, laß uns in deine Kammer zurückkehren.«

Faruk half mir beim Aufstehen, und wir schritten noch langsamer als bei einer Prozession zur Treppe zurück. Kaum waren wir dort angelangt, erhob sich in der Stadt der Singsang von neuem. Doch diesmal kam er nicht aus den Türmen, sondern aus den Straßen, und auch stammte er nicht von einem einzelnen Menschen, sondern von einer Vielzahl.

Ich sah den Arzt fragend an. Aber er lächelte nur und deutete auf die Mauer, die den Rand des Daches umspannte.

Wir begaben uns dorthin und blickten hinab auf die Gassen und Wege, wo sich eine unüberschaubare Menge versammelt hatte, von der jeder einzelne laut sang und Anrufungen von sich gab, als wolle er den Emir um eine besondere Gunst bitten. Ich studierte dieses Treiben für eine Weile, und als ich noch immer keinen Sinn darin ausmachen konnte, fragte ich meinen Begleiter: »Was wollen diese Menschen, Faruk?«

»Deine Gesundheit, mein Freund«, antwortete er, als handele es sich dabei um das Selbstverständlichste auf der Welt.

Dann grinste er, als er meine in ihrer Verwirrung sicher töricht wirkende Miene bemerkte. »Was sind das für Menschen?« wollte ich wissen. »Was haben sie mit meiner Gesundheit zu schaffen?«

»In der ganzen Stadt hat sich die Kunde verbreitet, daß der neue Sklave des Emirs krank sei«, entgegnete der Arzt und breitete mit übertriebener Unschuldsmiene die Arme aus. »Deswegen sind die Menschen herbeigeströmt, um für deine Genesung zu beten.«

»Und warum gerade heute nacht?«

»Nicht nur heute nacht, sondern an jedem Abend, seit du hier eingetroffen bist«, erklärte Faruk mir.

»Sie kommen jeden Tag vor den Palast?« fragte ich ungläubig. »Nur um darum zu beten, daß ich gesund werde?«

Der Arzt nickte, hielt eine Hand hinter sein Ohr und lauschte. Dann sagte er: »Sie flehen Gott an, den Diener des Fürsten von seinem Lager zu erheben. Die Menschen bitten Allah, den Weisen und Großmächtigen, deine Gesundheit wiederherzustellen und dir Glück und Wohlstand zurückzugeben. Und die braven Bürger wenden sich an die Engel, auf daß sie an deinem Lager Wache halten und den Bösen daran hindern, deinen Leib und deinen Geist zu verheeren. Und schlußendlich beten sie zu Gott, dir auch in dieser Nacht Frieden und erquicklichen Schlaf zu schenken.«

Die gesungenen Gebete setzten sich noch für eine Weile fort und erzeugten eine eigentümliche und mir fremd in den Ohren klingende Melodie, was nicht allein daran lag, daß ich kein Wort verstehen konnte. Die scharfe Sichel des Neumonds stieg am Himmel auf und verbreitete ihr fahles Licht über den Nachthimmel. Ich spürte, wie die letzte Wärme sich in die Dunkelheit verflüchtigte, und nahm die Gerüche des späten Abends wahr. Die Fremdartigkeit dieses Ortes umgab mich wie die Wellen eines Sees von unbekannter Tiefe. Ich zitterte bei der Vorstellung, in dieses exotische Wasser einzutauchen. Aber ach, ich steckte doch bereits bis zum Hals in dem See.

Als die Menschen ihre Gebete beendet hatte, verzogen sie sich wieder, und nach wenigen Momenten lagen die Straßen leer und dunkel da. Ich blickte mit Neugier und Erstaunen in das schwarze Schweigen hinab. Daß eine ganze Stadt zusammenströmte, um für mich, der ich ihnen genauso unbekannt war wie sie mir, den Segen Gottes zu erflehen ... für mich, einen bloßen Sklaven im Hause ihres Fürsten ... das war mehr, als ich erfassen konnte, und überstieg meine Dankbarkeit.

Gewiß, im nächsten Moment mußte ich auch daran denken, daß so etwas in Konstantinopel oder in jeder anderen Stadt der Christenheit ein Ding der Unmöglichkeit gewesen wäre. Ich selbst hatte ja einmal vor dem Kaiser gestanden – Jesu Statthalter auf Erden, dem Oberhaupt der Kirche und des einen und wahren Glaubens – und von ihm nicht einmal ein freundliches Wort, geschweige denn einen Schluck Wasser erhalten; obwohl ich doch sein Bruder in Christo war!

Aber hier, als Fremder in einem unbekannten Land, der noch nicht einmal ihres Glaubens war, hatte man mich seit meiner Ankunft nicht nur in die Gebete mit eingeschlossen, sondern meinetwegen eigene Anrufungen Gottes veranstaltet! Jede Nacht kamen sie zusammen, um für mich, den sie nicht zu Gesicht bekamen und der ihnen völlig fremd war, Allahs Segen herabzurufen.

Solche Anteilnahme und solch ein großes blindes Vertrauen in die Allmacht Gottes erstaunten und beschämten mich. In jener Nacht lag ich noch lange wach und dachte über das nach, was ich gesehen und gehört hatte. Und als ich endlich einschlief, fragte ich mich immer noch, was das zu bedeuten haben mochte.

## 13

Am nächsten Abend begaben wir uns erneut hinauf zum Dachgarten und hielten uns dort etwas länger auf, bevor wir den langsamen Rückweg antraten. Als ich wieder vor der Kammer stand, war meine Erschöpfung komplett, und Faruk mußte mir beim Entkleiden helfen, woraufhin ich ächzend auf meiner Bettstatt zusammenbrach und das Gefühl hatte, den ganzen Tag damit zugebracht zu haben, schwere Steine über eine Mauer zu hieven. Ich sank in die Kissen zurück, und der Arzt deckte mich zu. Bevor er das Zimmer verließ, war ich schon eingeschlafen.

Er kehrte am nächsten Morgen zurück, just als ich erwachte. Ein Tablett mit Obst, Brot und einem dampfend heißen Trunk stand auf dem Tischchen neben dem Bett. Als Faruk bemerkte, daß ich die Augen aufgeschlagen hatte, nahm er wieder meine Hand und preßte wie früher schon zwei Finger an die Unterseite des Arms. Danach sah der Arzt mich lange gedankenvoll an und meinte schließlich: »Du machst bemerkenswerte Fortschritte, mein Freund. Emir Sadik wünscht dich übrigens heute zu sehen. Soll ich ihm mitteilen, daß du dich wohlauf genug fühlst, um bei ihm zu sitzen?«

»Ja, natürlich, unbedingt, Freund. Ich möchte gern mit ihm sprechen, wann immer er Zeit für mich hat.«

Der Heilkundige lächelte. »Dann würde ich vorschlagen, daß du dich noch heute morgen zu ihm begibst, solange du bei Kräften bist. Danach magst du dich ausruhen, und heute abend spazieren wir wieder ein wenig, einverstanden?«

»Aber ja«, entgegnete ich, »was immer du für geboten hältst. Ich glaube, ich verdanke dir mein Leben. Wenn du nicht gewesen wärst, hätte ich es längst verloren.«

Der Mann in dem weißen Gewand hob abwehrend die Hände und schüttelte den Kopf. »Nein, nein. Das war Allah in Seiner Weisheit und Güte. Er allein macht die Menschen gesund. Ich habe dich nur so hergerichtet, daß Seine Heilung über dich kommen konnte.« Wieder sah Faruk mich für einen Moment nachdenklich an. »Und was mich angeht, so bin ich überglücklich, daß es dir wieder bessergeht.«

»Danke, mein Freund«, entgegnete ich gerührt.

Der Arzt erhob sich und sagte: »Ich verlasse dich nun, kehre aber zurück, nachdem du mit dem Fürsten gesprochen hast. Ich möchte dir raten, alles aufzuessen, was ich dir zu essen habe bringen lassen. Wir müssen nun damit beginnen, deine Kräfte wieder aufzubauen.«

Als ich ihm das versprochen hatte, ließ er mich allein. Kasimene erschien, als ich gerade die letzte Frucht einer blauschwarzen Traube verputzte – das einzige Obst auf dem Tablett, das ich kannte. Die junge Frau lächelte, als sie mich erblickte, trat an mein Lager, kniete sich davor hin und hob eine runde Frucht mit roter Schale von dem Tablett. Sie wirkte ein wenig wie ein Apfel, wies aber an einem Ende ein knotenförmiges Büschel auf, und ihre Haut war sehr zäh.

Kasimene zeigte mir, wie man eine solche Frucht aufbrach, und sprach dabei ein Wort, hinter dessen Sinn ich nicht gelangen konnte. Glücklicherweise kehrte Faruk in diesem Moment mit einem Bündel Kleider auf dem Arm zurück. Offensichtlich hatte er mitbekommen, was die Frau gesagt hatte und wie verständnislos ich darauf reagierte, denn der Arzt erklärte sofort: »Sie nennt dir den Namen dieser Frucht – *Narra*. Die Griechen kennen sie auch, und ich glaube, bei ihnen heißt sie Granatapfel.«

Kasimene schob nun beide Daumen in den Riß in der ledrigen Schale und brach sie ganz auf. Der Granatapfel teilte sich in zwei Hälften, und in seinem Innern befanden sich Hunderte dicht an dicht gedrängter Samenkörner von der Größe von Johannisbeeren, die wie Rubine glänzten. Die Frau schüttete einige Samen auf ihre Handfläche und reichte sie mir.

Ich nahm eine der kleinen Beeren und schob sie in den Mund. Das kleine Korn zerplatzte auf meiner Zunge und erfüllte sie mit frischer Süße.

»Du mußt eine ganze Handvoll nehmen«, riet der Arzt mir lachend. »Sonst bist du heute abend ja noch nicht fertig damit.«

Doch die mehrere Dutzend Samen, die ich mir gehorsam in den Mund schob, schmeckten zu streng und zogen mir den Rachen zusammen; so kehrte ich lieber wieder zu den Trauben zurück und verspeiste sie mit etwas Brot. Als ich damit fertig war, zog Kasimene sich wieder taktvoll zurück, damit Faruk mir in die mitgebrachten Kleider helfen konnte: ein Gewand und einen Umhang aus grün und blau gestreifter Seide, beide noch vornehmer als das, was man mir vorher gegeben hatte.

»Du mußt schließlich prächtig aussehen, wenn du vor den Emir treten willst«, erklärte mir der Arzt und zeigte mir, wie man den Seidengürtel band.

»Ah«, meinte er nach einem kritischen Blick auf mich, »jetzt siehst du wie ein Mann von Eleganz und Bedeutung aus. Komm, der Fürst wartet. Ich führe dich zu ihm. Wenn du nichts dagegen hast, werde ich dir unterwegs beibringen, wie du dich in seiner Gegenwart aufzuführen hast.«

»Das wäre mir sehr lieb«, entgegnete ich, obwohl ich schon eine ziemlich genaue Vorstellung von dem besaß, was von mir erwartet wurde. Schließlich hatte ich in Trapezunt an mehreren Gesprächen zwischen Sadik und dem Eparchen teilgenommen und dabei hübsch die Augen offengehalten.

»Keine Angst, das ist nicht schwer zu erlernen«, begann der Arzt leutselig, als wir meine Kammer verlassen hatten. »Ich erkläre dir jetzt alles.«

Wir liefen den langen Flur hinunter und erreichten schließlich die Treppe zum Dachgarten. Doch statt hinauf gingen wir nun hinunter und gelangten in eine große Halle.

»Dies ist der Empfangssaal«, erläuterte Faruk. »Doch da es sich bei deinem Besuch um keine formelle Audienz handelt, wird der Emir dich in seinen Privatgemächern begrüßen. Bei uns ist es Sitte, daß du dich vor ihm verbeugst. Am besten machst du mir alles nach. Nach der Verbeugung rufst du Allahs Segen auf ihn herab oder erinnerst ihn daran, daß du sein treuer Diener bist und mit Freuden auf seine Befehle wartest.«

Wir durchquerten die Halle, und der Arzt sprudelte über vor Dingen, von denen er glaubte, daß ich sie wissen sollte. Auch berichtete er mir einiges darüber, wie es im Haushalt des Emirs zuging. Am Ende des Saals befand sich eine hohe, schmale Tür, und Faruk bedeutete mir, daß wir durch diese zu schreiten hätten. Er hielt sie mir auf, und wir fanden uns in einem Vorraum wieder, an dessen gegenüberliegender Seite sich wiederum eine Tür zeigte. Diese bestand aus Rosenholz und war derart mit goldenen Nägeln beschlagen, daß diese die Form einer Blume wiedergaben. Vor diesem Eingang stand ein Wächter mit einer mannshohen Axt, die eine lange, geschwungene Schneide aufwies. Faruk sprach ein paar Worte zu dem Soldaten, woraufhin dieser uns den Weg freigab, indem er die Tür mit Hilfe eines Lederriemens aufzog. Der Wächter trat beiseite, und als der Arzt an ihm vorbeischritt, legte jener die freie Hand auf seine Brust.

Wir mußten die Köpfe einziehen, um unter dem niedrigen Türsturz hindurchzufinden. »Vergiß nicht«, flüsterte Faruk mir zu, »dein Leben liegt jetzt in seiner Hand.«

Nun fanden wir uns in einem Saal wieder, der mich mehr an das Zelt des Emirs vor Trapezunt als an einen Palast erinnerte. Die hohen, schlanken Säulen wirkten wie Zeltstangen, welche die Decke hochhalten sollten; diese war auch nicht gerade, sondern strebte in der Mitte spitz in die Höhe. Die Wände waren mit rotem Stoff behangen, welcher sich sanft in dem Luftzug aufbauschte, der von den vier Windlöchern hereinströmte. Letztere gruppierten sich um den großen, halbrunden Alkoven, in dem Sadik mit dreien seiner Ehefrauen auf Kissen ruhte und sich von einer breiten Messingplatte voller Leckereien bediente. Die Windlöcher waren in ihrer ganzen Länge mit hölzernen Läden versehen, welche man auf vielfältige Weise durchbohrt, gedrechselt und geschnitzt hatte; auf diese Weise gelangten in ausreichender Weise Luft und Licht, aber nur wenig Hitze in den Raum. Man konnte sogar durch sie nach draußen sehen, und ich machte einen Zierteich aus; im Hintergrund plätscherte ein Springbrunnen.

Bei unserem Erscheinen erhoben sich die Frauen und zogen sich wortlos zurück. Faruk verbeugte sich zum Gruß tief vor seinem Herrn. Ich eiferte seinem Beispiel nach, auch wenn ich die ungewohnte Geste nur ungelenk vollbringen konnte.

»Kommt näher! Nur herbei!« rief der Emir. »Im Namen Allahs und Seines heiligen Propheten heiße ich euch willkommen, meine Freunde. Mögen Friede und innere Ruhe euch begleiten, solange ihr hier zu Gast seid. Nehmt Platz und speist mit mir, ich bestehe darauf.«

Ich wollte gleich einwenden, daß ich bereits gegessen habe, aber der Arzt sah mich eindringlich an und entgegnete lieber rasch: »Mit dir das Brot zu brechen, ehrwürdiger Emir, wäre uns beiden die tiefste Freude.«

Sadik erhob sich nicht, breitete aber freundlich die Arme aus. »Bitte, Aidan, hock dich neben mich.« Er lächelte und zeigte auf das Kissen zu seiner Rechten. »Faruk, gestatte mir, zwischen dir und deinem erstaunlichen Patienten zu sitzen«, meinte er mit einer Handbewegung in Richtung des linken Kissens.

»Schon sehr bald wird er meiner Pflege nicht mehr bedürfen«, entgegnete der Arzt fröhlich, »und ehe ich mich versehe, befinde ich mich schon wieder auf dem Rückweg nach Bagdad.«

»Kein Grund zur Eile, mein Bester«, antwortete der Emir lächelnd, »du bist mir immer willkommen und kannst bleiben, solange es dir beliebt.«

»Sei bedankt, Herr«, entgegnete Faruk und senkte das Haupt. »Meine Geschäfte in Bagdad sind nicht so dringlich, daß meines Bleibens hier nicht länger sein könnte. Mit deiner Erlaubnis verweile ich hier, bis meine Dienste nicht länger gebraucht werden.«

Sadik wandte sich nun an mich. »Mein Herz füllt sich mit Freude, wenn ich sehe, daß du schon wieder auf deinen Beinen stehen kannst. Ich darf wohl annehmen, daß es dir bessergeht?«

»Ich bin dir zu allertiefstem Dank verpflichtet«, antwortete ich. »Ohne dein Einschreiten wäre ich zweifellos nicht mehr auf dieser Welt. Mein Leben gehört dir, Fürst Sadik.«

»Allah macht einige Männer aus Eisen und andere aus Gras«, lächelte der Emir. »Ich glaube, du bist aus ersterem geschaffen. Doch nun mußt du mir verzeihen, aber mein Griechisch ist doch sehr bescheiden. Wenn du nichts dagegen hast, werde ich von nun an durch Faruk zu dir sprechen.«

Ich erklärte mich sofort einverstanden und erinnerte mich daran, daß Sadik bereits in Trapezunt gegenüber dem Eparchen seine Griechischkenntnisse herabgesetzt hatte. Der Emir fing nun an, einiges von den Speisen in kleine Bronzegefäße zu füllen, und ich sagte mir, daß der kluge Fürst sich vermutlich weit besser und flüssiger in der Sprache der Byzantiner zu äußern verstand, als er zugab. Gewiß verstand er eine ganze Menge von dem, was sein jeweiliges Gegenüber äußerte. Ich fragte mich, warum er solchen Wert auf den Eindruck legte, er sei des Griechischen kaum mächtig.

Sadik legte eine Hand auf meinen Arm und erklärte mir

einiges in seiner Sprache, die ich wohl nie beherrschen würde, weil sich mir dabei die Zunge unentwirrbar verknoten würde.

Faruk lauschte, tunkte ein Stück Fladenbrot in eine Schüssel mit einer sämigen weißen Masse und meinte schließlich: »Der Emir sagt, er sei überglücklich, daß du alle Pein und alles Ungemach überlebt hast. Er weiß, daß du dich fragen wirst, welche Stellung du in seinem Haus einnimmst, und versichert, daß du dir wegen dieser Frage keine Sorgen machen sollst. Später, wenn du wieder vollständig zu Kräften gelangt bist, wird immer noch ausreichend Zeit sein, dieser wichtigen Frage die nötige Beachtung zu schenken. Bis dahin sollst du dich als Gast unter seinem Dach betrachten.«

»Vielen Dank«, entgegnete ich, und der Arzt gab meine Worte weiter. »Deine Fürsorge ist höchst löblich und geziemt einem wahrhaft großen Fürsten. Erneut stehe ich in deiner Schuld, Emir.«

Sadik schien mit dieser Antwort zufrieden zu sein; zumindest mit der, die Faruk ihm übermittelt hatte. Aber ich glaube, beide Fassungen waren sich im wesentlichen ähnlich. Der Fürst betrachtete mich interessiert und intensiv, während er sich Oliven in den Mund schob und die Kerne diskret in seiner Hand verschwinden ließ. Gelegentlich nickte er, während ich redete, kaum merklich vor sich hin.

Ich aß aus der Schüssel, die man mir vorgesetzt hatte, und stand so sehr unter dem Bann seiner Blicke, daß ich den Geschmack dessen, was ich da zu mir nahm, gar nicht erkennen konnte.

»Als wir uns das letzte Mal begegneten, gehörtest du zur Gesandtschaft des Eparchen«, sprach er dann durch Faruk, »und ich habe inzwischen vernehmen müssen, daß dieser weise Mann tot ist. Sollte dies der Wahrheit entsprechen, würde mir das sehr leid tun.«

»Ja, es stimmt leider«, entgegnete ich mit tonloser Stimme, und ich spürte, wie der Haß in mir wieder aufflammte. »Wir gerieten auf der Landstraße in einen Hinterhalt. Nicephorus fand bei diesem Angriff den Tod, und mit ihm wurden zweihundert oder mehr niedergemacht.«

»Ein schändlicher Überfall, der euch nicht hätte zustoßen dürfen«, entgegnete Sadik düster. »Da ich glaube, daß du ein vertrauenswürdiger Mann bist, bitte ich dich, auch mir zu vertrauen, wenn ich dir versichere, daß ich nichts mit diesem heimtückischen Hinterhalt zu schaffen habe. Und nach meinem besten Wissen und Gewissen steckt auch kein anderer arabischer Fürst dahinter. Dessen bin ich mir sogar sehr sicher, denn ich habe es mir gleich in dem Moment, in dem ich zum erstenmal davon erfuhr, zur Herzensangelegenheit gemacht, die ganze Wahrheit über diese Schurkerei herauszufinden. Doch die Wahrheit ist ein flüchtiges Wesen, welches sich dem Zugriff immer wieder entzieht. Und so bin ich noch weit davon entfernt, sie in ihrer Gänze zu erkennen.«

Wieder beobachtete mich der Emir, während der Arzt seine Worte übersetzte. Als ich jedoch nichts darauf entgegnete, ließ er mich ohne Umschweife fragen: »Was kannst du mir über den Angriff berichten?«

»Wir waren nach Sebastea unterwegs und wurden von Sarazenen überfallen«, antwortete ich in aller Offenheit. »Unser Zahl betrug über zweihundert Menschen, darunter die Leibwache des Eparchen und etliche Kaufleute mit ihren Familien. Der Feind kam über uns, als wir gerade schliefen. Nur eine Handvoll meiner Gefährten hat überlebt.«

Sadik nickte schwer und stellte mir durch Faruk die nächste Frage: »Was bewegt dich zu dem Glauben, daß die Unseren dahintergesteckt haben?«

»Weil die Angreifer arabische Kleidung trugen«, entgegnete ich, während ich mich zwang, an jenen unseligen Tag zurückzudenken, »obwohl es mir so vorkam, als ob sie sich in einer Sprache unterhielten, die ich noch nie vernommen habe. Allerdings sah ich keinen Grund zu der Annahme, daß es sich bei ihnen nicht um diejenigen handelte, als die sie sich auszugeben versuchten.«

»Wenn es dir nichts ausmacht, würde ich nun gern den Grund für euren Zug nach Sebastea erfahren.«

»Der Eparch hatte einen Brief von Statthalter Honorius erhalten, in welchem dieser ihn warnte, der Kalif plane einen Verrat gegen uns und sei nicht gewillt, den Frieden zu ehren, den Emir Sadik und der Eparch Nicephorus im Namen ihrer Herrn abgeschlossen hatten.«

Sadik setzte zu einer längeren Entgegnung an, und so dauerte es eine Weile, ehe Faruk sie an mich weitergeben konnte: »Dieses Schreiben enthielt eindeutig die Unwahrheit. Aus Gründen, die du noch nicht wissen kannst, ist dem Kalifen sehr an einem Zustandekommen des Friedensabkommens gelegen. Auch heute noch erwartet er voller Freude den Tag, an dem der Kaiser und er einander gegenübertreten und sich gegenseitig ihres guten Willens versichern werden.« Während der Arzt übersetzte, sah der Emir mich eindringlich an, so als wolle er mich dazu bringen, ihm zu glauben. »Doch das soll im Moment nicht unsere Sorge sein.«

»Nun, der Eparch schenkte dem Brief auch wenig Glauben«, erwiderte ich, während mir immer mehr von den damaligen Ereignissen einfiel. »Er hielt ihn sogar für eine Fälschung.«

»Dennoch ist er dann nach Sebastea aufgebrochen. Warum hat er das deiner Ansicht nach getan, wenn er glaubte, das Schreiben sei nicht echt?«

»Das vermag ich nicht zu sagen«, antwortete ich. »Vielleicht war er sich doch nicht ganz sicher und wollte lieber kein Risiko eingehen. Oder aber Nicephorus glaubte, mit seinem Erscheinen in der Stadt könne er am ehesten feststellen, ob der Brief falsch sei und womöglich den Verräter stellen.

Welche Gründe ihn auch bewogen haben mögen, ich weiß, daß er auf Verrat gefaßt war. Vielleicht nicht unbedingt von Seiten des Kalifen. Aber irgendwer betrieb ein Schurkenspiel. Außerdem kannte Nicephorus den Statthalter als seinen

Freund. Das Schreiben war zwar in dessen Handschrift abgefaßt, enthielt aber einige Wendungen, die den Verdacht des Eparchen zu bestätigen schienen.«

Nachdem der Arzt meine Antwort übersetzt hatte, dachte Sadik eine Weile darüber nach. Schließlich fragte er: »Hat Nicephorus dir gesagt, wen er als Übeltäter verdächtigte?«

»Nein, Herr, einen Namen hat er nie genannt«, entgegnete ich. »Aber ich habe Grund zu der Annahme, daß er Komes Nikos für den Mann hielt, der im Hintergrund die Fäden zog. Du erinnerst dich sicher an ihn, er war der erste Vertraute des Eparchen.«

Sadik verzog bei der Erwähnung dieses Namens das Gesicht. »Ja, den habe ich nicht vergessen. Wenn er wirklich dahinterstecken sollte, hätte er sich eines schweren Vertrauensbruchs schuldig gemacht. Und was du da vorbringst, ist eine ungeheuerliche Anschuldigung.«

»Ich erhebe einen solchen Verdacht nicht leichtfertig«, versicherte ich ihm, »und ich behaupte solches auch nicht ohne guten Grund. Zweihundert oder mehr Menschen wurden bei dem Überfall erschlagen, und die wenigen Überlebenden sind in die Sklaverei verkauft. Nikos hingegen konnte entkommen. Ja, er floh unmittelbar vor dem Angriff zu Pferd aus dem Lager. Und wenn das noch nicht Beweis genug gegen den Komes wäre, so laß dir versichert sein, daß unser Zug nicht der erste gewesen ist, der von Nikos auf den Weg gebracht wurde und in einer Katastrophe endete.«

Das war dem Fürsten völlig neu, und so berichtete ich ihm in aller Kürze von dem Pilgerzug meiner Mitbrüder, welche dem Rat des Komes gefolgt und im Verlauf ihrer Reise Seeräubern in die Hände gefallen waren.

Als ich geendet hatte, meinte Sadik: »Das läßt diese Angelegenheit in einem ganz anderen Licht erscheinen. Doch jetzt teile mir bitte mit, ob deine Mönchsbrüder noch am Leben sind.«

»Drei von ihnen haben das Gemetzel überlebt«, klärte ich

ihn auf. »Sie schuften nun als Sklaven in denselben Silberminen, in die man auch mich und meine Reisegefährten verkauft hat.«

»Das wirft weitere Verdachtsmomente auf«, meinte der Emir, »und es fällt nicht schwer, bei diesen verbrecherischen Taten ein und dieselbe Hand zu erkennen. Ich glaube jetzt auch, daß dein Verdacht auf den Richtigen gefallen ist.« Er lächelte kurz und listig. »Mein Freund, auch wir haben unsere Spione, und was du mir berichtet hast, bestätigt eine Menge von dem, was ich seit dem Hinterhalt und dem Tod des Eparchen in Erfahrung bringen konnte.«

Sadik erhob sich und klatschte zweimal kurz und laut in die Hände. Sofort tauchte ein junger Mann auf und verbeugte sich vor ihm. Der Fürst sprach auf ihn ein, und danach verbeugte sich sein Gegenüber und zog sich rasch zurück.

»Der Emir schickt einen Boten zum Kalifen«, teilte der Arzt mir mit.

Der Fürst ließ sich nun wieder zwischen uns nieder, nahm einen Kessel, der auf einem Dreibein über einer Kerze stand, und füllte drei kleine Tassen mit einer dampfenden Flüssigkeit, von denen er uns je eine reichte. Dann nahm er seine Tasse, setzte sie an die Lippen und leerte sie auf einen Zug.

Ich folgte seinem Beispiel, und eine süße, gleichwohl erfrischende Flüssigkeit rann mir den Hals hinunter. Sadik nahm nun ein kleines, mit winzigen Samenkörnern bedecktes Brot, brach es in drei annähernd gleiche Stücke und verteilte diese unter uns. Wir aßen für eine Weile schweigend davon und lauschten dem Plätschern des Springbrunnens draußen, bis der Fürst sich schließlich wieder an mich wandte und mir durch Faruk erklären ließ:

»Ich bin mir durchaus bewußt, daß du viel Ungemach durch Umstände erlitten hast, für die du nichts konntest und von denen du nichts wußtest. Doch der Friede ist ebenso aller Menschen Sorge, wie der Krieg der Fluch eines jeden ist. Du hast bei all den Schrecken, die über dich gekommen sind, sehr viel Mut bewiesen. Dafür sollst du dir meiner höchsten Wertschätzung bewußt sein.

Als mich die Nachricht von dem Hinterhalt erreichte, begann ich sofort mit der Suche nach Überlebenden und verband damit die Hoffnung, auf wenigstens einen zu stoßen, der mir genau berichten konnte, was eigentlich vorgefallen ist.

Vergib mir bitte, daß ich dich nicht eher entdecken konnte. Der Kalif besitzt wahre Heerscharen von Sklaven, und ich wußte schließlich nicht, an welchen Oberaufseher man euch verkauft hatte; wenn dies überhaupt euer Schicksal gewesen wäre, hatte ich doch nicht einmal die Spur einer Ahnung, ob überhaupt einer von euch mit dem Leben davongekommen war.

Du darfst mir glauben, daß ich bei meiner Suche ähnlich erbarmungslos vorgegangen bin wie die Sonne zur Mittagsstunde. Nicht einmal ein Schatten blieb dort zurück, wo ich einmal nachgeschaut hatte!

Der Verrat, von dem der Statthalter dem Eparchen berichtete, ist, so fürchte ich, nicht frei erfunden. Aber nicht der Kalif hat dort seine Hand im Spiel. Dies vermag ich dir auf überzeugende Art zu beweisen, doch für den Moment mußt du dich mit meiner Versicherung allein begnügen.

Nach allem, was du mir berichtet hast, und im Verein mit dem, was ich vorher bereits in Erfahrung gebracht habe, erscheint es sehr wahrscheinlich, auch wenn noch einige Fragen der Klärung bedürfen, daß der Komes Nikos heimlich eine Allianz mit den Armeniern schmiedet; und zwar sowohl mit denen, die ihr eigenes Königreich besitzen, als auch mit ihren Brüdern, die innerhalb unserer Grenzen zu Hause sind.

So, wie sich jetzt alles für mich darstellt, waren keine Araber an dem Hinterhalt beteiligt. Nein, ihr wurdet von Armeniern überfallen.«

Ich fürchte, mein Verstand arbeitete wieder einmal zu langsam, und man sah mir meine Begriffsstutzigkeit wohl überdeutlich an. Sadik, der mich wiederum genau beobachtete, nickte schließlich und ließ mir dann durch Faruk mitteilen: »Der Emir bittet dich, seine Erklärung anzunehmen, fürs erste wenigstens.«

»Wie du wünschst, Fürst Sadik«, entgegnete ich, »aber warum sollte den Armeniern solches in den Sinn gekommen sein? Was könnten sie damit gewinnen, uns einen Hinterhalt zu legen?«

»Dies gehört zu den Fragen, die noch einer Antwort harren«, erklärte der Emir, »doch ich hege keinen Zweifel daran, daß wir über kurz oder lang auch hinter dieses Rätsel kommen werden. Taten, die im Dunkel ausgeheckt werden, können im Licht nicht mehr verborgen bleiben.

Bis dahin sei gewiß, daß ich alles Nötige unternehme, um sowohl den Kalifen als auch den Kaiser von diesem schmählichen Verrat in Kenntnis zu setzen. Ich kann nur hoffen, daß meine Warnungen nicht zu spät kommen werden.

Doch nun, lieber Freund«, schloß er, »will ich die Ermahnungen dieses hervorragenden Arztes beherzigen und dich nicht weiter überanstrengen. Wir werden uns schon bald weiterunterhalten.«

Faruk stieß mich an und erhob sich, doch ich blieb auf meinem Platz.

»Vergib mir, Fürst«, erklärte ich höflich, aber bestimmt, »aber ich war nicht der einzige, der den Angriff überlebte. Anderen widerfuhr dasselbe, guten Freunden von mir, und sie verrichten immer noch in den Minen des Kalifen Sklavenarbeit.«

»Ihr Schicksal liegt wie das aller Menschen in Allahs Hand«, entgegnete der Emir. »Doch nach dem, was Faisal mir berichtet hat, wird es in dem Bergwerk nicht mehr zu Folter und Tötungen kommen. Der Oberaufseher war feige und faul. Ohne Zweifel hatte er das Schicksal verdient, welches über ihn kam. Der neue Oberaufseher wird das Exempel, das an seinem Vorgänger statuiert wurde, so bald nicht vergessen.«

»Wann können meine Gefährten befreit werden?« platzte es aus mir heraus, und ich entschuldigte mich gleich für meine Plumpheit. Faruk runzelte zwar die Stirn, gab meine Frage aber dennoch weiter.

»Was ihre Freilassung angeht«, begann Sadik, »so möchte ich dich bitten zu begreifen, daß es sich dabei um eine höchst vertrackte Angelegenheit handelt. Vermutlich wird das einige Zeit in Anspruch nehmen, aber ich will dennoch sehen, was sich tun läßt. Fasse dich in Geduld, mein Freund. Alles geschieht so, wie Allah es beschließt.«

Damit hatte meine erste Audienz bei dem Fürsten ihr Ende gefunden. Ich wollte dem Emir gern noch mehr Fragen stellen, aber der Arzt warf mir einen warnenden Blick zu. Dann wünschte er Sadik rasch einen gesegneten Tag und verließ den Saal, indem er mich mit sich zog.

Draußen angekommen, führte er mich rasch aus den Gemächern des Fürsten, und als wir die endlich hinter uns gelassen hatten, meinte er: »Komm, wir wollen ein wenig draußen lustwandeln. Die Sonne steht noch nicht zu hoch, und dir kann es nur guttun, etwas frische Luft in deine Lunge zu bekommen.«

»Vielen Dank, Faruk«, entgegnete ich unleidlich, »aber wenn es dir nichts ausmacht, würde ich lieber in meine Kammer zurückkehren. Ich fühle mich doch sehr müde.« In Wahrheit wollte ich in Ruhe über das eben Gehörte nachdenken.

»Bitte, komm mit mir«, beharrte der Arzt. »Gut möglich, daß ich dir etwas erzählen kann, was dir weiterhelfen wird.« Faruk nickte langsam, als ich mich als störrisch erwies. Dann nahm er mich am Arm und zog mich mit sich. »Folge mir, und ich zeige dir das Juwel dieses Palastes, einen Ort, der sowohl das Auge wie auch das Ohr erfreut.«

## 14

Wir durchquerten die große Halle, schritten durch eine hohe Spitzbogentür – und gelangten in eine andere Welt. Grün und voller Schatten stellte der Garten des Emirs einen Hort der erfrischenden Kühle gegen die bedrückende Hitze und den Staub des Landes jenseits der hohen Mauern dar.

Affen und Papageien ließen sich hier und da auf den oberen Ästen des Laubwerkbaldachins erkennen. Wasser funkelte und sang in den Schatten, plätscherte durch bacharttig angelegte Kanäle und sammelte sich unter Palmen und blühenden Schlingpflanzen in dunklen Teichen. Das Murmeln des Nasses, das über Stock und Stein strömte, klang mir angenehm in den Ohren und rief Erinnerungen an Ruhe und Frieden wach.

Viele Pfade führten durch dieses Grün, überschnitten sich an manchen Stellen und waren mit flachen Steinen belegt, so daß man mit Leichtigkeit den Weg um einen großen See beschreiten konnte, auf dem majestätische Schwäne dahinzogen, völlig unbeeindruckt von der leichten Brise und den Menschen, die hierherkamen.

Faruk führte mich erst einen Pfad entlang, dann einen anderen und schien aufs Geratewohl abzubiegen, bis wir uns weit genug vom Palast entfernt hatten und keine Lauscher mehr fürchten mußten. Schließlich zog er mich in eine schattige Laube, ließ sich auf einer Steinbank nieder und forderte mich auf, neben ihm Platz zu nehmen. »Wir wollen uns ein wenig unterhalten«, schlug der Arzt vor, »bevor wir unseren Weg fortsetzen.«

Diese kleine Morgenübung hatte mich bereits vollkommen erschöpft, und so nahm ich seine Einladung dankbar an. »Dieser Ort ist wahrlich ein Wunder«, bemerkte ich, als ich mich hinsetzte.

»Der Emir ist ein Mann mit vielerlei Talenten«, entgegnete Faruk, »und die Architektur gehört dazu. Dieser Palast wurde nach den Plänen gebaut, die er mit eigener Hand gezeichnet hatte. Der Garten übrigens auch. Hier finden sich Pflanzen und Bäume aus allen Teilen der persischen Lande. Du weißt sicher, daß die Perser eigene Reiche gegründet und sich vom Kalifen abgewandt haben … Doch du hast recht, dieser Park ist ein wahres Kunstwerk.«

Der Arzt ließ den Blick schweifen, um Wunder dieses Gartens zu schauen, die meinem ungeübten Auge bislang entgangen waren. Seine Lippen bildeten ein Wort, doch er zögerte und sprach es nicht aus. So saßen wir eine Weile schweigend auf der Bank, bis er schließlich sagte: »Wie ich feststellen mußte, verläuft der Weg des Lebens nur selten gerade. Unvermittelt weist er Kurven und Abweichungen auf.«

Da auf solche Bemerkungen nur selten eine Antwort verlangt wird, hielt ich den Mund. Viel lieber genoß ich die Friedlichkeit des Parks, die mich langsam erfüllte. Nach einer Weile fuhr Faruk fort: »Wir leben in schwierigen Zeiten, mein Freund.«

»Das kann ich nicht bestreiten.«

»Wie der Emir richtig festgestellt hat, hast du viel erlitten, und das um einiger Angelegenheiten wegen, von denen dir nichts bekannt ist. Du wünschst, eine Erklärung zu erhalten, und zweifelsohne hast du die auch verdient.« So als wolle er sich von mir nicht bei dem stören lassen, was er sich ohne Frage zurechtgelegt hatte, fuhr Faruk rasch fort: »Dennoch mußt du verstehen, daß der Fürst dich zum gegenwärtigen Zeitpunkt nicht in alles einweihen darf, was für dich wichtig sein könnte. Ich bin mir aber sicher, daß Sadik sich dieser Sache mit aller gebotenen Aufmerksamkeit widmen wird, sobald ihm die Freiheit dazu gegeben ist. Bis dahin begnüge dich bitte mit den wenigen Auskünften, die ich dir zu geben vermag.«

Der Arzt hatte seine Worte sorgsam gewählt, und auch wenn er sich etwas umständlich ausdrückte, war meine Neugier trotzdem geweckt. »Aber sehr gern«, versicherte ich ihm freundlich. »Fahr bitte fort, Freund.«

»Dem Schicksal scheint es gefallen zu haben, mit al-Mutamid einen ähnlichen hochbegabten Mann wie unseren Emir auf den Kalifenthron gesetzt zu haben. Glaub mir, seine vielen Fähigkeiten werden weithin gerühmt. Doch auch er ist nur ein Mensch. Ich glaube, du wirst mir zustimmen, daß es einem Mann mit vielerlei Begabungen schwerfallen muß, ihnen allen in der gleichen Weise gerecht werden zu können.«

»Ja, einen Mann, der dies vermag, trifft man nur höchst selten an«, erklärte ich, weil ich den Eindruck gewonnen hatte, der Arzt wolle die Gewißheit haben, daß ich ihm zu folgen vermochte. Doch aus welchem Grund Faruk sich immer noch so umständlich ausdrückte, blieb mir ein Rätsel.

»Und unglücklicherweise ist al-Mutamid vielleicht doch nicht so ausgezeichnet, wie viele seiner Untertanen glauben.«

»Ich glaube, ich verstehe. Einige haben vermutlich Schwierigkeiten damit, die Einschränkungen hinzunehmen, welche die menschliche Natur dem Kalifen aufzwingt«, entgegnete ich ähnlich formell wie er. »Und in ihrer Verwirrung verwechseln sie vielleicht die Erwähnung solcher Schwäche mit Hochverrat.«

»Oder noch schlimmer!« seufzte er rasch. »Wie ein Pfeil hat dein Verstand es vermocht, mitten ins Herz dieser Angelegenheit zu treffen; und ebenso rasch.«

»Solche Dinge sind auch in dem Land nicht unbekannt, in

dem ich geboren wurde«, entgegnete ich. »Wo Könige herrschen, müssen die Untertanen stets darauf achten, in welcher Weise sie sich äußern oder sonstwie auffällig machen. Ein wahrhaft wohltätiger Gebieter wäre eines der größten Wunder dieser Welt.«

»Wie recht du hast!« entfuhr es dem Arzt. »Nun, al-Mutamid mag ein begnadeter Dichter sein, und seine kalligraphischen Werke übertreffen alles, was man seit hundert Jahren gesehen hat. Ach, was rede ich, seit zweihundert Jahren! Selbst seine Worte zu religiösen Fragen werden ob ihrer Gelehrtheit in nah und fern gerühmt.« Er hielt einen Moment inne, um mich durch eigene Überlegung auf das kommen zu lassen, was er mir eigentlich beibringen wollte.

»Ich verstehe«, entgegnete ich. »Bei so vielen Talenten muß es einfach höchst schwierig sein, sich den weltlicheren Angelegenheiten mit ähnlicher Aufmerksamkeit und Gelehrtheit zu widmen. Es liegt doch in der Natur der Sache, daß man einige Begabungen mehr fördert, während andere vernachlässigt werden müssen.«

»Leider hast du damit den Nagel auf den Kopf getroffen«, stimmte der Arzt mir betrübt zu. »Dennoch darf sich ein jeder Gläubige immerdar auf die Güte Gottes verlassen. Unser Kalif ist mit einem Bruder gesegnet, der es als seine heilige Pflicht erkannt hat, die Staatsangelegenheiten auf seine Schultern zu laden ... zumindest diejenigen, um welche sich der vielbeschäftigte Kalif aufgrund der Beschränkungen durch die menschliche Art nicht in der ausreichenden Weise kümmern kann.«

»Das will mir als großartige Regelung erscheinen«, bemerkte ich. »Auf diese Weise erhalten beide Männer die Möglichkeit, sich mit allen Kräften den Aufgaben zu widmen, für welche die Natur sie am besten ausgestattet hat.«

»Bei Allah!« rief Faruk. »Schon wieder hast du alles in seiner Gänze erfaßt.«

»Aber ich verstehe noch nicht, warum dies den Emir mit

Sorge erfüllen sollte. Wenn ich so vermessen sein darf: Ich an seiner Stelle würde bei meinen Angelegenheiten abwägen, an welchen von beiden ich mich damit wenden soll, und könnte so dem jeweils anderen unnützen Zeitverlust ersparen.«

»Ach«, entgegnete der Arzt traurig, »wenn es doch nur so einfach wäre. Weißt du, auch wenn Abu Achmed der Bruder des Kalifen ist, so stehen ihm dennoch nicht die Macht und das Ansehen zu Verfügung, derer er von Zeit zu Zeit bedarf, um alle Aufgaben befriedigend erledigen zu können.«

»Ich verstehe. Abu Achmeds Stellung bereitet ihm mitunter unüberwindliche Schwierigkeiten.«

»Emir Sadik ist der letzte einer langen und berühmten Linie von arabischen Fürsten, und aufgrund seines Geburtsrechts mußte er schwören, dem Kalifen und nur diesem allein zu dienen. Sadiks Treue darf niemals auch nur den kleinsten Makel aufweisen.«

»Selbstverständlich nicht.«

»Wenn auch nur der Hauch eines Verdachts das Ohr des Kalifen erreichte, des Emirs Treue sei nicht mehr felsenfest, würde der Tod Sadik so sicher ereilen wie die Nacht dem Tag folgt.«

»Tatsächlich so rasch?« fragte ich nachdenklich.

»Ja, doch mit einer leichten Verzögerung«, antwortete Faruk. »Denn man würde dem Emir noch die Zeit lassen, die Hinrichtung seiner Ehefrauen und Kinder mitansehen zu müssen. Dann würde man auch noch vor seinen Augen alle im Palast vom Leben zum Tod befördern, ehe man ihn pfählte und ihm den Kopf mit einer stumpfen Klinge vom Rumpf trennte.«

»Die Treue ist eine Tugend, von der ein Herrscher nie genug bekommen kann«, stimmte ich zu.

»Da du in diesem Teil der Welt ein Fremdling bist«, fuhr der Arzt fort, »kannst du natürlich auch nicht wissen, wie sehr wir in den letzten Jahren unter verrückten Kalifen gelitten haben. Ich könnte dir Geschichten erzählen, die dich um den Nachtschlaf brächten. Deswegen glaube mir bitte, wenn ich dir erkläre, daß es zum Wohle aller ist, wenn man al-Mutamid erlaubt, in aller Ruhe seine Gedichte zu verfassen.«

»Ja, das glaube ich dir, Faruk.«

»Und da du hier ja nicht zu Hause bist, wird dir sicher unbekannt sein, welche fürchterlichen Aufstände das Reich des Kalifen bis in seine Grundfesten erschüttert haben. Abu Achmed führt das Heer des Beherrschers der Gläubigen an und ist gegenwärtig bei Basra, einem Ort, der weit im Süden liegt, in den schlimmsten Krieg verwickelt.

Ich glaube fest daran, daß Prinz Achmed die Flammen der Rebellion am Ende ersticken wird; doch zur Zeit wachsen die Kräfte der Aufständischen tagtäglich weiter an, und deswegen erfrechen sie sich zu immer blutrünstigeren und brutaleren Taten. Sei versichert, ihre Angriffe beunruhigen uns in zunehmendem Maße. Bei einer dieser Schlachten wurden über dreißigtausend getötet. Die Rebellen stürmten zur Mittagsstunde in die Stadt und metzelten die Bewohner nieder, während diese ihre Gebete verrichteten. Das Blut der Gläubigen schwamm kniehoch in den Moscheen ...« Faruk hielt inne und schüttelte bekümmert das Haupt. »Eine entsetzliche Tragödie, und leider nicht die einzige. Dieser Krieg ist wie eine Krankheit, die sich nicht aufhalten läßt. Ich fürchte, mit ihr wird es eher noch schlimmer als besser.«

»Ich verstehe«, entgegnete ich langsam, und das ohne Übertreibung, denn ich begriff jetzt, was der Arzt mir nahelegen wollte. Der Kalif war nichts weiter als ein ohnmächtiger Schwätzer, welcher sich als Schöngeist gerierte und seine Zeit damit vertändelte, Gedichte zu schreiben oder sich religiösen Spitzfindigkeiten zu widmen. Seinem Bruder blieb es hingegen überlassen, in seinem Namen die eigentliche Herrschaft auszuüben.

Die Aufstände im Süden banden den Großteil der Truppen, und aus diesem Grund war der Frieden mit dem Kaiser auch so überlebenswichtig für die Mohammedaner. *Wenn dies in Konstantinopel bekannt wurde*, fragte ich mich, *würde Basileios dann noch einen Deut um den gerade abgeschlossenen Friedensvertrag geben?*

»Vielleicht möchtest du mir jetzt erzählen«, schlug ich vor, um auf die andere Angelegenheit zu sprechen zu kommen, die meine Gedanken beschäftigte, »was es über die Armenier zu berichten gibt. Ich muß gestehen, daß ich so gut wie nichts über sie weiß und meine Ansichten durch die jüngsten Ereignisse beeinträchtigt sein könnten.«

»Ja, äh …«, entgegnete er und sah sich rasch und besorgt um. »Dafür muß ich erst meine Gedanken sammeln. Komm, ich führe dich auf dein Zimmer zurück.« Faruk erhob sich und schritt mit mir über einen anderen Plattenweg davon.

»Es ist sicher kein Geheimnis«, begann der Arzt nach einer Weile, »daß die Armenier zu uns gekommen sind und Schutz vor den Verfolgungen durch die Kaiser gesucht haben. Die arabischen Fürsten waren gern bereit, den Armeniern diese Bitte zu erfüllen, vor allem weil jene nicht mehr verlangten, als ihre eigentümliche Religion ausüben zu dürfen. Im Gegenzug für freundliche Aufnahme und Glaubensfreiheit versprachen sie, die Feinde des Kalifen als ihre eigenen zu betrachten und Schulter an Schulter mit ihren arabischen Brüdern gegen sie zu kämpfen. Und dies Versprechen haben sie auch lange Zeit eingehalten.

Nun mußt du wissen, daß die Armenier dort, wo Byzanz und das Kalifat im Nordosten zusammenstoßen, ein eigenes Königreich besitzen. Dieses Land ist zu schwach, um sich gegen uns oder die Griechen behaupten zu können. Deswegen haben die dortigen Herrscher sich schon lange darauf verlegt, Byzanz und das Kalifat gegeneinander auszuspielen – und auf diese Weise ihr Überleben gesichert.

Die Armenier innerhalb unserer Grenzen sind natürlich mit ihnen verwandt, auch wenn sie aus dem Reich des Kaisers stammen. Vielleicht fühlten sie sich bei ihren Brüdern im

Nordosten nicht sicher genug und haben deswegen bei uns Schutz gesucht. Gut möglich auch, daß es sich bei ihnen um solche handelt, die mit der einen oder anderen Sippe im armenischen Königreich im Streit liegen.

Nun, wie dem auch sei. In den letzten Jahren sind unsere Armenier im wachsenden Maße unzufrieden geworden.« Wieder blickte der Arzt sich ängstlich um und spähte in die Büsche. »Einige vermuten, daß sie sich nicht mehr ausreichend durch den Kalifen geschützt fühlen und meinen, ihre Waffentreue und ihre anderen Leistungen würden ihnen schlecht entgolten.«

»Allem Anschein nach glauben sie, ein Friede zwischen den Mohammedanern und den Byzantinern würde die Sicherheit bedrohen«, gab ich von mir, »in der sie sich bislang wiegen konnten. Ähnlich dürfte man das auch im armenischen Königreich sehen.«

»Wiederum, mein Freund«, Faruk lächelte, »hast du den Kern der Sache mit bewundernswerter Klugheit und Präzision erfaßt. Ja, die Armenier haben Angst, ein Ausgleich zwischen Byzanz und dem Kalifat könnte sie wieder Verfolgungen aussetzen. Und das Königreich sieht seine Unabhängigkeit bedroht und unterstützt deswegen seine Brüder bei uns mit Waffen und Geld.«

Trotz Faruks freundlichem Lächeln überkam mich große Furcht, und ich erkannte, daß jemand, der die Friedenspläne zwischen den beiden Reichen verhindern wollte, keinen geschickteren und gründlicheren Schlag gegen den Vertrag hätte führen können: Ein Angriff gegen den Gesandten des Kaisers von angeblichen Sarazenen würde nicht nur das Abkommen selbst zunichte machen, sondern auch auf lange Zeit alle Hoffnung auf einen Frieden zwischen den beiden Mächten begraben, die seit so vielen Jahren Krieg gegeneinander führten.

Wenn es aber gelänge, die wahre Quelle dieses Verrats aufzudecken – und ich hegte keinen Zweifel daran, daß Nikos seine Hand tief im Spiel hatte –, könnte man vielleicht den brüchig gewordenen Frieden doch noch retten.

Aber wer besaß die Macht, um eine solche Maßnahme in die Wege zu leiten und durchzuführen? Der Kalif natürlich. Und vielleicht konnte auch der Emir, ausgestattet mit den Erkenntnissen, mit welchen ich ihn versorgt hatte, bewirken, daß der Verrat ans Tageslicht gezerrt wurde. Wie auch immer, dachte ich mit leisem Unbehagen, die Angelegenheit war mir aus den Händen genommen, und ich allein konnte nichts mehr tun.

»Ich danke dir«, sagte ich zu Faruk, »mir dies alles so offen dargelegt zu haben. Aber verzeih mir, wenn ich in dich dränge und frage, warum du mir das berichtet hast?«

»Männer in einflußreichen Stellungen müssen oft schwerwiegende Entscheidungen fällen«, antwortete er. »Und die besten Entscheidungen sind solche, die sich auf einem umfassenden Verstehen der Lage gründen. Außerdem verdienst du, wie ich bereits sagte, eine Erklärung.«

»Und noch einmal muß ich dir zubilligen, deinem Patienten ausgezeichnete Dienste geleistet zu haben. Doch ich glaube, jetzt sollte ich meine bescheidenen Kräfte und Fähigkeiten darauf konzentrieren, einen Weg zu finden, wie ich meine Freunde und Brüder retten kann, die noch immer in den Minen des Kalifen schuften müssen.«

»Ein würdiges Unterfangen, das muß ich dir lassen«, entgegnete der Arzt, blieb dann stehen und drehte sich zu mir um. »Doch ich sollte dich wohl warnen. Der Pfad, den du beschreiten willst, birgt vielerlei Gefahren und Schwierigkeiten. Der Emir hat das vorhin ebenfalls angedeutet und damit sicher nicht übertrieben. Doch sei beruhigt, er hat dir sein Versprechen gegeben, und einen wertvolleren Verbündeten kann man sich beim besten Willen nicht wünschen.«

»Bitte halte mich nicht für undankbar«, erwiderte ich, »aber mein Unwissen hindert mich daran zu erkennen, welcher Art die Schwierigkeiten sein mögen, vor denen du mich warnst.«

»Das Haupthindernis dürfte wohl in der Art und Weise begründet liegen, wie Faisal deine Freiheit bewirkte.«

»Er tötete den Oberaufseher.«

»Ganz recht.« Wir bogen um eine Ecke, und ich erkannte, daß wir uns wieder dem Palast näherten. »Dummerweise haben solche eher drastischen Maßnahmen, mögen sie auch noch so gerechtfertigt sein, oft zur Folge, daß die Umstände sich weitaus kniffliger gestalten, als wir das im Moment der Tat ermessen können.«

Ich mußte mich mit dieser blumigen Erklärung zufriedengeben und gestand Faruk auch durchaus zu, es ehrlich mit mir zu meinen. Doch langsam wurde ich es müde, auf alle Fragen stets dieselbe Antwort zu erhalten, daß wir in schwierigen Zeiten lebten und ich mich in Geduld fassen müsse. Auch kam es mir so vor, als sei ich dazu verdammt, stets auf der Seite dessen zu stehen, der solchen Rat erhielt, aber niemals die Stufe zu erreichen, in der ich selbst andere mit diesen oder ähnlichen Worten abspeisen konnte.

Das mußte sich dringend ändern, schwor ich mir, weil ich mich sonst niemals würde durchsetzen können.

Der freundliche Arzt führte mich zu meiner Kammer zurück und ließ mich dort allein. Ich ruhte während der heißen Tagesstunden und erhob mich erst wieder, als ich draußen auf dem Flur Schritte hörte.

Kasimene schlüpfte in mein Zimmer und glaubte wohl, ich schliefe noch. Als sie, wie gewohnt das Tablett in den Händen, aufblickte und mich neben dem Bett stehend sah, fuhr sie sichtlich zusammen. Eigenartigerweise verfärbte sie sich sogar. Das Rot schoß ihr nicht nur in die Wangen, sondern breitete sich auch auf dem Hals aus. Die junge Frau stellte rasch die Mahlzeit auf dem Tischchen ab und verschwand so schnell wie möglich aus meiner Kammer. Ich blieb mit dem Eindruck zurück, ihr eine Überraschung verdorben zu haben.

Ich rief ihr hinterher, sie möge doch zurückkommen, auch wenn ich genau wußte, daß Kasimene keines meiner Worte verstand. Und wie zu erwarten, kam sie nicht wieder. Ich lauschte, wie ihre Schritte auf dem Flur verhallten, und trat dann an die Tür und schaute hinaus. Vielleicht habe ich mich getäuscht, aber ich glaubte, am anderen Ende des Gangs ihr Gesicht auszumachen. Nur eine Hälfte davon, wie es um die Ecke spähte ... Doch es verschwand, kaum daß ich den ersten Schritt hinaus getan hatte.

Ich stärkte mich mit einigen Früchten und genoß den süßen Trunk aus dem goldenen Krug. Dann hockte ich mich auf die Teppiche, die mein Lager bildeten, und zermarterte mein Gehirn mit der Frage, was solch wunderliches Verhalten wohl zu bedeuten habe. Ich hatte noch längst nicht zu einer Antwort gefunden, als ich draußen erneut Schritte hörte. Dieses Mal blieb ich auf meiner Bettstatt und rechnete fest damit, daß die junge Frau sich wieder zeigen würde. Doch statt dessen erschien Faisal in Begleitung eines schlanken jungen Mannes mit kurzem lockigen Haar und großen, traurigen Augen. Er trug eine einfache weiße Hose und ein ärmelloses Hemd. Außerdem schien er keine Schuhe zu besitzen, und auf seinem rechten Fuß war eine merkwürdige blaue Tätowierung angebracht.

Faisal begrüßte mich respektvoll und zeigte sich erstaunt darüber, welche Fortschritte meine Genesung gemacht hatte. Dann deutete er auf seinen Begleiter und erklärte: »Dies ist Machmud, dein Lehrer.«

Auf meinen fragenden Blick hin fügte er hinzu: »Der edle Sadik glaubt, daß du ein Mann von hohen Geistesgaben bist. Des weiteren ist er der Ansicht, daß du eher den dir gebührenden Rang in diesem Haus einnehmen könntest, wenn es dir möglich wäre, dich überall verständlich zu machen. Aus diesen Gründen hat er entschieden, daß du lernen sollst, wie ein zivilisierter Mensch zu sprechen.«

»Der Fürst ist zu gütig«, entgegnete ich, während mir das Herz bei der Vorstellung schwer wurde, wieder einmal eine fremde Sprache erlernen zu müssen.

»Sei guten Mutes, Freund«, riet der Araber mir. »Machmud beherrscht mehrere Zungen. Ihm wird es über kurz oder lang gelingen, daß du dich wie ein wahrer Sohn der Wüste auszudrücken vermagst.«

»Schon wieder stehe ich tief in der Schuld des Emirs«, entgegnete ich mit schwächlicher Begeisterung, »und freue mich, morgen mit dem Sprachunterricht beginnen zu dürfen.«

»Aber, aber, der heutige Tag ist noch nicht so weit fortgeschritten, daß du dir dieses Vergnügen versagen müßtest.« Faisal lächelte. »Die gerade angebrochene Stunde ist die vielversprechendste, um etwas Neues zu beginnen.«

»Wie du wünschst«, unterwarf ich mich seiner freundlichen, doch bestimmten Anweisung. Ich wandte mich an den Jüngling und deutete auf die Kissen am Boden. »So nimm doch Platz, damit wir anfangen können.«

Machmud verbeugte sich tief, ließ sich auf einem der Sitzkissen nieder, verschränkte die Beine ineinander und legte die Hände auf die Knie.

»Es ist mir eine hohe Ehre, dich im Arabischen unterweisen zu dürfen, Aidan«, erklärte er mir in fließendem Griechisch. »Meine Mutter stammt aus der Landschaft Thessaloniki, und deswegen empfinde ich auch heute noch eine starke Zuneigung zu der Sprache meiner frühesten Kindheit. Ich bin auch guter Dinge, daß das Werk uns gelingen wird.« Er wartete, bis ich es mir auf der Bettstatt bequem gemacht hatte, und meinte dann: »Mögen wir anfangen.«

Damit sagte mein Lehrer das griechische Alphabet auf und verband die Buchstaben mit ihrer Entsprechung im Arabischen. Faisal sah uns eine Weile dabei zu und verließ dann mit einem befriedigten Lächeln meine Kammer.

Und so begann mein langer und mühseliger Weg hin zur Beherrschung der Sprache, die wohl als die trügerischste und heimtückischste der Welt gelten muß. Aus dem Mund von jemandem, der mit ihr aufgewachsen ist, hört sie sich wunderbar fließend und wohlklingend an. Für jemanden, der sie im Erwachsenenalter neu erlernen muß, ist es jedoch ein Ding der Unmöglichkeit, auch nur drei zusammenhängende Worte hervorzubringen.

Vermutlich wäre ich mehr als einmal verzweifelt und hätte mir gesagt, daß ich diese Sprache nie erlernen würde, wäre da nicht von Anfang an mein fester Wille gewesen, sie zu meistern, sagte ich mir doch, daß ich mit der Beherrschung des Arabischen am ehesten die Möglichkeit besäße, meine Freunde zu retten und mich an Nikos zu rächen.

Um Gunnars und Dugals willen und auch zum Segen meines heißen Wunsches nach Vergeltung ertrug ich Niederlage um Niederlage.

Eigenartigerweise entwickelte sich diese Entschlossenheit zu einem festen Bestandteil meines Wesens und führte zu einem unerwarteten Ergebnis; denn als ich in den folgenden Tagen darüber nachsann, spürte ich, daß sich in mir ein neuer Aidan bildete. Dieses Gefühl setzte sich wie eine Eiterbeule auf meiner Seele fest, und ich erinnere mich noch genau an den Moment, in dem sie aufplatzte.

Ich stand gerade auf dem Dach, und die Sonne ging nach einem weiteren heißen und anstrengenden Tag unter. Während ich verfolgte, wie das Rot und Blau des Himmels sich langsam zur Nacht schwärzten, kam mir unvermittelt der Gedanke in den Sinn:

*Ich werde nicht länger Sklave sein!*

Die Vorstellung überkam mich mit solcher Macht, daß ich zutiefst erschrak. So als sei ein lange versiegeltes Gefäß aufgebrochen worden, ergoß sich der Inhalt über mein Inneres und schwemmte alle anderen Gedanken fort.

Zu lange war ich das unbewußte Opfer des Schicksals gewesen. Zu lange hatte ich demütig alles als meine Pflicht angenommen, was diejenigen, die Macht über mich besaßen, gerade für mich beschlossen. Zu lange hatte ich mich zum Spielball der Umstände machen lassen und mich wie eine Feder hierhin und dorthin treiben lassen.

Doch damit sollte jetzt ein für allemal Schluß sein!

*Ich werde frei sein*, schwor ich mir. *Fürsten und Könige mögen auch weiterhin über mich herrschen, aber von nun an will ich mein eigener Herr sein. Ich werde selbst handeln und mich nicht mehr nur behandeln lassen. Von heute an bin ich ein neuer Mensch, und ich tue nur noch das, was ich selbst will!*

Ein wunderbarer Entschluß, aber was wollte ich eigentlich? Natürlich meine Freunde wieder- und Nikos in seinem Blut liegen sehen. Meinetwegen würde ich mich auch damit zufriedengeben, wenn jene freikämen und er in den Minen endete.

Aber wie könnte ich das bewirken?

Die Antwort darauf kam mir nicht gleich, und ich sagte mir, daß ich wohl einige Mühe und Zeit aufwenden müßte, bis ich einen geeigneten Plan entwickelt hätte.

Als ich dann endlich den Schleier etwas zu lüften vermochte, präsentierte sich mir ein Plan, der sich weitaus anders gestaltete, als ich mir das damals in meinen kühnsten Träumen vorgestellt hätte.

Bis dahin verdoppelte ich meine Anstrengungen, »wie ein zivilisierter Mensch« sprechen zu lernen, wie Faisal sich auszudrücken beliebt hatte. Ich litt nicht allein an meinen unbeholfenen Bemühungen. Das falsche Wort zur rechten Zeit, das rechte Wort zur falschen Zeit, Fehler, Irrtümer und heillose Verwirrung – Machmud ertrug das alles mit bewundernswerter Geduld. Nie sparte er mit Lob, wenn mir einmal ein kleiner Fortschritt gelungen war, und er wurde auch nie müde, mich bei meinen fortwährenden Fehlgriffen freundlich zu verbessern.

Nein, ihm kann es wahrhaftig nicht leichtgefallen sein, Tag für Tag mit mir zu lernen und mich häufig genug bitter enttäuscht darüber verlassen zu müssen, daß sein verstockter und oftmals wie vernagelter Schüler es noch immer nicht begriffen hatte.

Auch ich erlebte in dieser Zeit die schwärzesten Momente. Ich konnte schon gar nicht mehr zählen, wie oft ich mich heulend auf die Bettstatt warf und glaubte, daran ersticken zu müssen, daß es mir einfach nicht gelingen wollte, mich halbwegs sinnfällig auf arabisch auszudrücken.

»Es ist doch nur zu deinem eigenen Besten«, versuchte Machmud mich dann zu beruhigen. Und wenn das nichts half, fügte er hinzu: »Außerdem wünscht es der Emir so.« Das brachte mich dann in der Regel zur Besinnung, und wir beide fingen wieder von vorn an.

Mein größter und gleichzeitig einziger Trost in jener schweren Zeit war Kasimene. Sie brachte mir morgens wie abends eine Mahlzeit; da ich der »zivilisierten Sprache« noch lange nicht mächtig genug war, um an der Tafel des Fürsten teilzunehmen, hatte es Sadik gefallen zu entscheiden, daß ich allein in meiner Kammer zu essen hatte.

Wie ich irgendwann herausfand, war dies keine Bestrafung. Seine eigenen Kinder behandelte der Emir in der gleichen Weise. Darauf stieß ich einige Zeit, nachdem Faruk uns verlassen hatte – als er festgestellt hatte, daß ich ausreichend genesen sei, um seiner Pflege entzogen zu werden.

Nun, eines Abends, als Kasimene wie gewöhnlich erschienen war, sprach ich sie an.

»Die Tage beginnen kürzer zu werden«, bemerkte ich höflich, aber wenig geistreich.

Sie senkte den Blick. »Ja, das stimmt«, bestätigte die junge Frau freundlicherweise. »Und bald wird Fürst Sadik zurückkehren. Von da an nimmst du deine Mahlzeiten an seiner Tafel ein. Und dann wirst du Kasimene nie wiedersehen.«

»Wirklich?« fragte ich. Mir hatte niemand jemals solches mitgeteilt, und ich hatte auch noch nie darüber nachgedacht, daß die junge Frau eines Tages nicht mehr bei mir auftauchen würde.

Sie nickte, ohne den Kopf zu heben.

Ich wollte sichergehen. »Wenn mein unbeholfenes Arabisch deine Ohren so sehr beleidigt, daß du mich nicht mehr sehen willst, werde ich von nun an den Mund halten und schweigen.«

Kasimene starrte mich entsetzt an. »Das darfst du nicht!« rief sie. »Der Emir wäre darüber gar nicht glücklich.«

»Aber ich möchte nicht, daß du fernbleibst. Mir gefällt es, dich jeden Tag zu sehen.«

Die junge Frau sah mich nicht an, stellte das Tablett auf den Tisch und machte sich daran, den Raum zu verlassen.

»Geh noch nicht«, bat ich. »Bleib.«

Kasimene zögerte. Dann ging unerwartet ein Ruck durch sie, und sie drehte sich zu mir um. »Gebiete über mich, ich bin deine Dienerin.«

Diese Antwort, insofern ich sie nicht ganz falsch verstanden hatte, verwirrte mich vollends. »Es ist langweilig, sein Mahl allein zu sich zu nehmen. Bleib also bitte, und unterhalte dich mit mir. Meinen Sprachkenntnissen käme es bestimmt entgegen, wenn ich mich einmal mit jemand anderem unterhalten könnte als immer nur mit Machmud.«

»Gut«, entgegnete sie, »wenn das dein Wunsch ist.«

»Ja, das wünsche ich.« Indem ich mich auf das Kissen vor dem Tischchen niederließ, lud ich sie ein, mit mir zu essen.

»Das ist mir nicht gestattet«, erklärte Kasimene, »aber ich darf mich setzen, solange du speist.« Damit nahm sie ein Kissen und ließ sich ein gutes Stück von mir entfernt nieder. »Was möchtest du hören? Womit soll ich dich unterhalten?«

»Erzähl mir doch von …« Wie so oft wollte mir das Wort, das ich zu sagen beabsichtigte, nicht einfallen, und so beließ ich es bei: »Von Kasimene. Erzähl mir von dir.«

»Diese Geschichte ist rasch erzählt«, entgegnete sie. »Deine Dienerin ist eine Verwandte des Emirs. Meine Mutter war eine Schwester des Fürsten, sie waren vier Geschwister. Und sie starb vor acht Jahren am Fieber.«

»Das tut mir leid zu hören«, versicherte ich ihr. »Wer war denn dein Vater?«

»Ein sehr reicher Mann. Ihm gehörten viele Olivenbäume und drei Schiffe. Als meine Mutter verschied, wurde er sehr unglücklich und verlor alles Interesse an seinen Geschäften. Als er eines Abends nicht zum Mahl herunterkam, liefen die Diener nach oben und fanden ihn tot in seinem Zimmer vor.« Das alles gab sie ganz nüchtern von sich, so als wolle sie mir ihre wahren Gefühle nicht zeigen. »In unserer Stadt erzählt man sich, daß er an gebrochenem Herzen gestorben sei.«

Obwohl ich nicht jedes einzelne ihrer Worte verstand, erfaßte ich doch die Essenz ihrer Geschichte und fand sie höchst faszinierend. Da es mir deutlich an den passenden Begriffen mangelte, mein Interesse zum Ausdruck zu bringen, fragte ich bloß: »Und wie ging es dann weiter?«

»Da der Emir das älteste der Geschwister war, brachte man mich in sein Haus. So verhält es sich hier eben ...« Kasimene schwieg für einen Moment und fügte dann hinzu: »Seitdem lebe ich hier und werde hier bleiben, bis der Fürst einen passenden Ehemann für mich gefunden hat.«

Letzteres gab sie mit einem leisen Anflug von Resignation von sich, der mir nicht entging, auch wenn ich den Ausdruck »Ehemann« eher erriet als verstand. »Und diese Aussicht gefällt dir nicht?« erkundigte ich mich.

»Meine ganze Freude besteht darin, meinem Herrn zu dienen und ihm zu gehorchen«, antwortete die junge Frau ruhig, doch ich merkte ihr an, daß sie eigentlich etwas ganz anderes hatte sagen wollen. Im nächsten Moment sah sie mich ganz offen und so des Lobes voll an, daß ich eine ganz neue und andere Kasimene vor mir zu haben glaubte, als die, die ich bisher kennengelernt hatte. »Du sprichst unsere Sprache sehr gut«, sagte sie.

»Machmud ist ja auch ein guter Lehrer«, entgegnete ich. »Und es gelingt ihm immer wieder, seinen unbegabten Schüler in einem besseren Licht dastehen zu lassen, als dieser es verdient hätte. Glaub mir, ich bin mir nur zu gut dessen bewußt, was ich alles noch nicht weiß und wie viel ich noch zu lernen habe. Und deswegen fürchte ich, daß es mir noch eine ziemliche Weile versagt sein wird, an der Tafel des Emirs zu speisen.«

Kasimene erhob sich unvermittelt. »Dann komme ich morgen abend wieder, auf daß du deine Sprachkenntnisse an mir üben kannst ... wenn dir das recht ist.«

»Das ist mir nicht nur recht, sondern mein ausdrücklicher Wunsch«, erklärte ich.

Die junge Frau huschte aus meiner Kammer, und nur ein leiser Duft von Jasmin blieb von ihr zurück. Ich beendete meine Mahlzeit, legte mich dann auf meine Bettstatt, schaute hinaus in den Nachthimmel und flüsterte Kasimenes Namen ungezählte Male den Sternen zu.

## 15

Durch vorsichtige Befragung meines Lehrers konnte ich in Erfahrung bringen, daß Sadik es nach zahlreichen Verzögerungen und Vertröstungen müde geworden war, noch länger auf die oft angekündigte Rückkehr Abu Achmeds zu warten. Kurz entschlossen hatte er sich selbst auf den Weg gemacht, in Begleitung einer Kompanie seiner Elitekrieger, der *Rafik*. Dieses Wort bedeutete soviel wie Gefährten, doch handelte es sich dabei nicht um Männer, die er der Geselligkeit wegen mit auf die Reise genommen hatte, sondern aufgrund anderer Vorzüge wie Treue, Mut und Waffenerfahrung.

Obwohl Machmud nicht darüber in Kenntnis gesetzt worden war, warum es dem Fürsten so dringlich war, den Bruder des Kalifen zu sprechen, glaubte ich, mir zusammenreimen zu können, daß die Berichte, welche ich ihm gegeben hatte, damit in Zusammenhang stünden. Der verräterische Tod des Eparchen und die Störungen des Friedensabkommens mußten Sadik zutiefst bestürzt haben. Da Abu immer noch alle Hände voll damit zu tun hatte, der Empörer im Süden Herr zu werden, mußte der Emir sich wohl oder übel zu ihm begeben, wünschte er doch, sich zuerst mit seinem eigentlichen obersten Herrn zu beraten, ehe er sich daranmachen konnte, das ernsthaft gefährdete Friedensabkommen wieder zu sichern.

Während dieser Zeit lernte ich alles von Machmud, was dieser mir beibringen konnte. Und bei ihm handelte es sich wirklich um einen erstaunlich gelehrten jungen Mann, dessen Kenntnisse sich bei weitem nicht auf die Sprachen beschränkten, sondern auch auf Religion, die Wissenschaften und Musik erstreckten. Er beherrschte mehrere Instrumente, kannte eine Unzahl Lieder und komponierte sogar selbst Weisen, die er mir gern vortrug. Manchmal las er mir Kapitel aus dem Koran vor, die man hier Suren nennt, und danach diskutierten wir über diese Textstellen.

Viel häufiger redeten wir jedoch über Ethik, ein Gebiet, dem Machmuds ganze Liebe zu gehören schien und welches von den Arabern zu einer geheiligten Kunstform weiterentwickelt worden war. Man nehme zum Beispiel nur die Gastfreundschaft, die Tugend, sich um einen Besucher zu kümmern, welche von den meisten Völkern mehr oder weniger gründlich betrieben wird.

Für die Araber hingegen stellte die Gastfreundschaft etwas ungeheuer Wichtiges dar und verlangte sowohl dem Gast wie auch dem Gastgeber die größten spirituellen Verpflichtungen ab. Wer sich gegen sie versündigte, fügte seiner Seele damit schwersten Schaden zu. Die Liste der Vorschriften, Verbote, Gebote, Pflichten und Verantwortlichkeiten, die mit der Gastfreundschaft in Verbindung standen, war schier endlos, und selbst winzige Nuancen schienen bis hinunter ins Haarspalterische geregelt zu sein.

Da meine Kräfte und meine Ausdauer unentwegt wuchsen, verlegten wir meine Lehrstunden häufiger nach draußen und verließen mitunter sogar die Wälle des Palastes. Machmud führte mich in die Stadt, wo wir durch die Straßen wandelten und über das sprachen, was wir dort zu sehen bekamen. Dies versetzte mich in die Lage, ihn nach allem zu befragen, was mir an der arabischen Lebensart eigenartig oder unverständlich vorkam. O ja, wir hatten eine Menge zu bereden.

Merkwürdigerweise verhielt es sich jedoch so, daß ich, desto mehr ich erfuhr, um so weniger begriff. Schließlich gelangte ich zu der Erkenntnis, daß meine Fragen nur zu dem Zweck geeignet seien, mir die gewaltige Kluft zwischen dem östlichen und dem westlichen Denken aufzuzeigen. Das Leben der Araber, wie Machmud es mir beschrieb, unterschied sich in Hunderten verschiedener Arten von unserem, und ich neigte dem Glauben zu, daß alle Ähnlichkeiten zwischen uns dem blanken Zufall entsprungen seien, keineswegs aber als Grundlage für ein gegenseitiges Verstehen betrachtet werden dürften.

Gewisse Ähnlichkeiten oder gar Gemeinsamkeiten, die ich in der östlichen Art zu entdecken wähnte, entstammten vermutlich nur meinem schwach entwickelten Verständnis des Arabischen oder meiner zu lebhaften Einbildungskraft; denn wenn ich einen dieser Punkte näher in Augenschein nahm, verflüchtigte sich alle Gleichheit, und zurück blieb nicht mehr als ein Denken, welches von mir unmöglich zu erfassen oder wiederzuerkennen war.

Doch bis ich zu diesen Schlußfolgerungen gelangte, sollte noch viel Zeit vergehen. Als ich anfangs mit meinem Lehrer durch die Stadt wandelte, war ich von solchen Gedanken noch weit entfernt.

Das Schicksal hat mir nun einmal vorherbestimmt, stets zu spät zu etwas zu gelangen. Wenn ich heute an die Pein denke, die ich vielleicht hätte verhindern können, versinke ich vor Scham im Boden. Doch man muß mir meine Unwissenheit zugute halten – und mit der war ich überreichlich gesegnet –, denn die bescheinigt mir eine gewisse Unschuld an allem. Und ich bitte euch, liebe Leser, das beim weiteren Fortgang der Ereignisse im Gedächtnis zu behalten.

Als erstes fiel mir in Jaffarija der ungeheure Reichtum der Stadt auf. Nun, wenn ich »Stadt« sage, so darf man sich darunter keine normale größere Ansiedlung vorstellen. Dieser Ort setzte sich im wesentlichen aus Palästen zusammen, von denen einer den anderen an Pracht und Schönheit übertrumpfen zu wollen schien.

Der Kalif al-Mutwakkil, der Vor-vor-vor-vorgänger des gegenwärtigen al-Mutamid, hatte die Stadt einst am Ufer des Tigris errichtet, um der Enge und dem Gelärme von Samarra zu entrinnen; dieser Ort wiederum war von dessen Vorvorgänger al-Mutasim gebaut worden, um der Enge und dem Gelärme von Bagdad zu entrinnen, der eigentlichen Hauptstadt des Kalifats; um zu dieser zu gelangen, mußte man noch einige Tage den Fluß hinunterreisen.

Samarra nun lag fast in Rufweite von Jaffarija, war größer als dieser Ort und nur ein ganz kleines bißchen weniger elegant. Nicht nur der Kalif, sondern auch alle Würdenträger des Reiches besaßen hier einen Palast, und so durfte man Samarra mit Fug und Recht als eines der wichtigen Zentren des Kalifats ansehen, vielleicht sogar als eigentlichen Regierungssitz.

Man brauchte nur die Augen offenzuhalten, um festzustellen, daß die Kalifen keine Kosten gescheut hatten, um ihre Häuser mit allen Annehmlichkeiten auszustatten; das Gleiche galt für die Gebäude, die den Herrschern am ehesten Ehre bei den Gläubigen und Gnade im Angesicht Gottes einbrachten. Die Große Moschee von Samarra zum Beispiel war wohl vor allem unter der Maßgabe erbaut worden, alle anderen Gotteshäuser dagegen klein erscheinen zu lassen. Nach allem, was Machmud mir darüber berichtete, schien das Vorhaben in bewundernswürdiger Weise gelungen zu sein.

Eines Tages führte er mich zu einer Moschee.

»Sieh nur!« rief der Lehrer und zeigte auf ein Bauwerk, das sich vor uns erhob. »Die Wälle, die du dort erblickst, sind achthundert Schritt lang und fünfhundert breit. Sie ruhen auf Fundamenten, die so breit sind wie zehn Männer, welche Schulter an Schulter nebeneinanderstehen. Vierzig Türme zieren die Wallkrone, und der Innenhof kann hunderttausend Gläubige aufnehmen; und weitere fünfzigtausend finden im

Innern zum Beten Platz. Das Minarett ist einzigartig in der Welt. Komm, Aidan, ich will dir dieses Wunder zeigen.«

Er führte mich durch eine Holztür in einem noch größeren Tor aus Holzbalken. Die zwei Flügeltüren bildeten eines der größten Tore, das ich je gesehen hatte. Jenseits des Eingangs standen zwei Männer mit weißen Turbanen und langen weißen Gewändern. Um die Mitte hatten sie sich ein breites rotes Tuch gebunden und etliche Male um den Bauch gewickelt. Darin steckten die eigenartigen Schwerter der Araber mit der dünnen, gebogenen Klinge. Die beiden Männer würdigten uns kaum eines Blickes und ließen uns ohne ein Wort hindurch.

»Seit die Aufstände begonnen haben«, flüsterte Machmud mir zu, als wir uns ein gutes Stück von ihnen entfernt hatten, »werden alle Moscheen bewacht.«

Nun gelangten wir in den gigantischen Innenhof, bei dem es sich um ein endlos weites und leeres Geviert handelte, welches von den Wällen mit seinen Türmen umschlossen wurde. Hier erhoben sich nur die Gebetshalle und das Minarett, von dem Machmud mir berichtet hatte, wie unvergleichlich es sei.

»Der Kalif liebte die uralten Artefakte Babylons über alle Maßen«, erklärte der Lehrer mir. Dann zeigte er auf die Stufen, die an der Außenseite des Gebetsturms hinaufführten, und sagte: »Al-Mutasim hat dieses Minarett einer der Zikkurats nachempfunden; einem der Tempel, welche die alten Völker im Süden des Landes zuhauf hinterlassen haben.«

Er betrachtete das Gebäude voller Bewunderung, meinte dann aber in einem Tonfall, der keinen Zweifel am getrübten Geist des Kalifen zuließ: »Al-Mutasim ist gern auf einem weißen Esel diese Treppe dort bis zur Spitze hinaufgeritten. Er hielt sich sogar eine ganze Herde dieser Tiere, um diesem Vergnügen nachzugehen, wann immer es ihn danach gelüstete.«

Wir entfernten uns von dem Minarett und begaben uns zu einem niedrigen Wasserbecken, das mitten auf dem Hof angelegt war. Das Bassin war nicht tief, aber ausgedehnt genug, um die gesamte Bevölkerung von Jaffarija darin Platz finden zu lassen. Das Wasser war ständig in Bewegung, weil ringsherum an den Rändern Mohammedaner saßen, die sich vor dem Besuch des Gebetshauses Hände und Füße wuschen.

»Der Inhalt dieses Beckens wird ständig mit frischem Wasser aus dem Strom erneuert«, erklärte mir der Lehrer, während er die Hände in das Naß tauchte, »um es am Fließen zu halten. Waschen ist im Islam ein heilige Pflicht, und stehendes Wasser gilt als unrein. Daher muß die Flüssigkeit in diesem Becken in Bewegung bleiben.«

Neben dem Bassin war eine kreisrunde Steinplatte in den Boden eingelassen, aus der eine bronzene Nadel ragte. Obwohl die besondere Stellung dieses Gebildes auf etwas Bedeutsames schließen ließ, konnte ich mir keinen Reim auf seinen Zweck machen.

»Dies ist der Teiler der Stunden«, antwortete Machmud auf meine Frage hin. »Warte, ich werde es dir zeigen.«

Wir stellten uns vor die Platte, und ich erkannte, daß ihre Oberfläche vollkommen eben und flach war. Allerdings hatte man eine verwirrende Vielzahl von geraden und gebogenen Linien in den Stein gemeißelt.

»Das Licht des Himmels trifft die Nadel«, erklärte mein Lehrer und wies auf die Bronze, »und deren Schatten fällt auf die Linien hier unten. In dem Maße, wie die Sonne sich über den Himmel bewegt, zieht auch der Schatten weiter, und auf diese Weise läßt sich ein Tag in Stunden teilen. Der Muezzin erkennt so, wann es Zeit ist, das Minarett zu besteigen und die Gläubigen zum Gebet zu rufen.«

»Eine Sonnenuhr«, murmelte ich verwundert. Ich hatte schon von solchen Einrichtungen gehört, aber noch nie eine mit eigenen Augen gesehen; nicht einmal in Konstantinopel. Die christlichen Mönche in sonnigeren Gegenden könnten eine solche Uhr sicher gut gebrauchen, dachte ich bei mir, um die Gebete regelmäßiger auf den Tag verteilen zu können;

und das sommers wie winters ... Aber dann sagte ich mir, daß ich kein Mönch mehr war und mir der Tagesablauf eines Klosters von Herzen egal sein konnte.

»Und nun führe ich dich ins Bethaus.«

»Ist das denn gestattet?« Ich hatte mich noch immer nicht mit der Unmenge von Geboten und Verboten vertraut gemacht; in ihrer Fülle waren sie mir einfach zu verwirrend. Nie vermochte ich im voraus zu sagen, ob mir etwas erlaubt oder untersagt sein würde.

»Aber natürlich«, versicherte mir Machmud. »Alle Menschen sind in einem Gebetshaus willkommen, gleich ob Moslems oder Christen. Wir richten unsere Gebete doch an denselben Gott, oder etwa nicht?«

Wir kehrten zum Bassin zurück und wuschen uns dort vorschriftsmäßig Hände und Füße. Dann schritten wir zur Halle. Davor standen zwei weitere Wächter mit weißem Turban. Diese nahmen uns in strengen Augenschein, verwehrten uns aber nicht den Weg.

Vor dem Eingang zogen wir die Sandalen aus und legten sie zu den anderen auf Grasmatten, die zu diesem Zweck an der Wand aufgereiht waren.

Der Zutritt zum Haus war versperrt, doch nicht etwa von einer Tür, sondern von einem Stoffband, das von einer Wand zur anderen gespannt war. In Gelb war ein arabisches Wort auf das grüne Tuch gestickt.

Machmud trat unbeeindruckt darauf zu, hob das Band an und bedeutete mir, darunter hindurchzukriechen. Ich bückte mich und gelangte in einen dunklen Raum, der mir wie eine Höhle erschien. Nur von oben, wo einige kleine runde Windlöcher in die Wand eingelassen waren, drangen Speere blauen Lichts herein.

Kühle, frische Luft wehte mir entgegen, und ich hörte das Murmeln von Stimmen wie das Gebrumm von Insekten in einem Garten. Nach der hellen Sonne draußen brauchten meine Augen ein paar Momente, ehe sie sich an die Dunkelheit gewöhnt hatten. Doch als ich endlich wieder richtig sehen konnte, stand ich unter dem Eindruck, mich in einem finsteren Wald zu befinden. Vor mir breitete sich Reihe um Reihe schlanker Säulen aus, deren Stämme von nächtlichem Mondlicht angestrahlt zu werden schienen.

Zögernd machte ich ein paar Schritte und hatte das Gefühl, mich auf Kissen zu bewegen. Als ich nach unten schaute, entdeckte ich, daß der Boden zum Großteil mit kleinen Teppichen belegt war. Es mußten Tausende sein, und sie erstreckten sich wie Moos auf dem Waldgrund von einem Ende zum anderen.

Je mehr sich meine Augen an die Lichtverhältnisse gewöhnten, desto stärker machte ich Menschen aus, die überall knieten oder standen. Ein tiefhängender, dünner Balken, der mich an eine Schiffsreling erinnerte, trennte die linke Hälfte des Raums von der rechten ab.

»Du kannst dich bewegen, wohin du willst«, flüsterte Machmud mir zu. »Nur die Frauen müssen hinter der Absperrung bleiben.«

Tatsächlich stellte ich jetzt fest, daß sich auch ein paar Frauen im Gebetshaus aufhielten, aber ausschließlich in der Zone, die man ihnen zugewiesen hatte. Sie trugen Tücher um den Kopf und beugten sich so tief, als wollten sie unsichtbar erscheinen.

Der Lehrer und ich traten tiefer hinein und näherten uns der Stelle, wo sich in einer christlichen Kirche der Altar befinden würde. Doch hier traf man nichts dergleichen an, nicht einmal ein Symbol oder Möbelstück. Das einzige, was diesen Punkt vom Rest der Halle unterschied, war eine leere Nische, die *Kibla*, wie Machmud mir erläuterte.

»Wenn wir uns davor hinknien«, erklärte er mit Blick auf die Nische, »richten wir unsere Gesichter und Gebete nach Mekka, der heiligen Stadt.«

»Welche Bedeutung hat dieser Ort denn für die Mohammedaner?« wollte ich wissen.

»Seit Anbeginn der Zeit ist Mekka ein heiliger Ort. Die Stätte der Ka'aba, das Haus Gottes, welches vom Propheten Ibrahim errichtet wurde, den ihr Abraham nennt. Für die Rechtgläubigen stellt Mekka das Zentrum der Welt dar. An diesem Ort erblickte außerdem der gesegnete Prophet Mohammed, Friede über ihn, das Licht der Welt. Und dort erhielt er auch seine Berufung. Überdies ist Mekka der Zielort einer jeden *Hadsch*.«

Diesen Begriff hatte ich noch nie vernommen, und so fragte ich Machmud danach. Er dachte einen Moment nach, so als überlegte er, wie er mir das am besten erklären könnte.

»Unter Hadsch versteht man eine Reise, doch im Gegensatz zu anderen Wanderungen dient sie nicht nur dazu, körperlich von einem Ort zum anderen zu gelangen, sondern darüber hinaus auch dem Geist. Der Körper bewegt sich nach Mekka, um seine Seele zu stärken.«

»Eine Pilgerfahrt«, entgegnete ich.

»Ja, so könnte man sagen«, erwiderte der Lehrer zögernd. »Für den wahren Gläubigen stellt sich die Hadsch folgendermaßen dar: Wenn ein Jüngling zum Mann gereift ist, beginnt er mit den Vorbereitungen für seine Reise nach Mekka. Je nachdem, über wie viele Mittel er verfügt und wie weit entfernt er lebt, können solche Vorbereitungen Jahre andauern.

Doch eines Tages ist es dann soweit. Der Mann hat seine Angelegenheiten geregelt, sein Haus bestellt und bricht auf zur Reise in die heilige Stadt. Sobald er in Mekka eingetroffen ist, führt er die heiligen Rituale unseres Glaubens durch. Er unternimmt die Große Hadsch und die Kleine Hadsch, trinkt das heilige Wasser aus dem Brunnen Semsem, besucht die Gräber der Gefährten des Propheten und opfert auf der Ebene von Min. Siebenmal zieht er um die Ka'aba, und danach küßt er den Schwarzen Stein.

Diese Dinge und noch viele mehr erledigt er so, wie es von allen wahren Gläubigen verlangt wird, wenn sie am Tag des Jüngsten Gerichts vor Gott erscheinen wollen.

Jetzt verstehst du, warum wir uns beim Gebet nach Mekka wenden, aus Respekt vor diesem heiligen Ort nämlich – und um uns an die Reise zu erinnern, die wir alle eines Tages antreten müssen.«

Wir unterhielten uns noch weiter über diese Dinge, denn meine Fragen schienen kein Ende nehmen zu wollen, und kehrten schließlich nach draußen auf den Platz zurück. Nach der kühlen Dunkelheit im Innern der Moschee hatte man das Gefühl, in einen Backofen zu gelangen. Erneut konnte ich für einige Momente nichts sehen, weil meine Augen sich erst wieder an die Helligkeit gewöhnen mußten.

Als ich meine Umgebung wieder hinreichend erkennen konnte, stellte ich als erstes fest, daß jemand meine Sandalen gestohlen hatte. Das kam mir höchst befremdlich vor. Warum ging ein Dieb seinem verdammungswürdigen Handwerk ausgerechnet vor einem Haus des Gebets nach? Ich machte Machmud gegenüber aus meinem Unwillen keinen Hehl.

»Warum bist du denn so verwundert?« entgegnete er. »So geht es doch nun einmal zu auf dieser Welt. Der Gerechte geht seinen Geschäften mit Gottesfurcht und gutem Willen nach, während der Böse nur danach strebt, seine niederen Bedürfnisse zu befriedigen, und sich dabei nicht um seine Mitmenschen und schon gar nicht um Gott schert.«

»Das ist nur zu wahr«, stimmte ich ihm zu, »doch ich hätte nie erwartet, im Innern einer Moschee bestohlen zu werden.«

Machmud lachte über meine Ahnungslosigkeit. »Welch besserer Ort ließe sich denn denken, wenn man sich ein Paar Sandalen aneignen wollte?«

Wir kehrten ohne übertriebene Eile zum Palast des Emirs zurück; dennoch wurde es für mich ein schmerzhafter Marsch. Wir hielten an jeder schattigen Stelle an, die uns einlud. Einmal, als wir unter einem Baum abseits der Straße hockten, kam ein Mann aus einem nahen Haus und reichte uns gesüßtes Zitronenwasser.

»Jetzt siehst du es«, meinte mein Lehrer lächelnd, nachdem

er sich bei dem Mann bedankt und ihn mit einem Segen bedacht hatte. »Diebe im Tempel und Engel auf den Straßen. Die Wege Allahs sind wahrlich rätselhaft, wie?«

»Ja, sie sind unerforschlich«, stimmte ich säuerlich zu, weil mir die bloßen Füße weh taten.

Später am Abend kam Kasimene wieder zu mir, und heute brachte sie nicht nur das Essen, sondern auch ein in blaue Seide eingewickeltes Paket. »Was ist denn das?« fragte ich, nachdem sie das Tablett abgestellt und mir das Bündel in die Hände gelegt hatte.

»Ein Geschenk, Aidan«, antwortete sie und kniete sich neben das Tischchen hin. Ich weiß nicht mehr, was mich in jenem Moment mehr verwundert hat, das unerwartete Geschenk oder daß sie mich zum erstenmal beim Namen nannte.

Ich starrte auf den glänzenden Stoff, und mir fiel nichts ein, was ich ihr sagen konnte. Kasimene zupfte an der Seide. »Du mußt es öffnen und nachsehen, was sich darin befindet«, forderte sie mich auf.

»Aber ich verstehe nicht ...«, stammelte ich und zog und zerrte ungeschickt an dem Stoff herum. Die junge Frau beobachtete mich lächelnd und glühte geradezu vor Freude.

Kasimene erschien mir heute schöner als je zuvor. Ihr schwarzes Haar glänzte, ihre dunkelbraunen Augen strahlten, und ihre mandelweiße Haut hatte von der Aufregung in ihrem Innern eine rosafarbene Tönung angenommen.

»Das ist ein Geschenk«, erklärte sie, »und da gibt es nichts zu verstehen.« Damit zog sie das Tuch einfach fort, und vor mir befand sich ein Paar Sandalen aus feinem Leder und von ausgezeichneter Verarbeitung. Diese Schuhe waren eindeutig besser als die, welche man mir in der Moschee gestohlen hatte.

»Danke, Kasimene«, sagte ich verwundert. »Woher wußtest du, daß mir meine Sandalen abhanden gekommen sind?«

Sie lächelte schelmisch und schien sich an meiner Verwirrung zu erfreuen.

»Hat Machmud es dir erzählt?«

Die junge Frau schüttelte den Kopf, und ihre Mundwinkel zuckten, während sie sich das Lachen verbiß.

»Aber woher wußtest du es dann?«

»Ich war dort«, brachte sie noch hervor und brach dann in Lachen aus.

»Wo? Etwa in der Moschee? Ich habe dich aber nirgends gesehen.«

»Dafür ich dich«, entgegnete sie, und ihr Lächeln nahm einen Zug an, den ich nicht recht deuten konnte. So als wisse Kasimene um ein köstliches Geheimnis, das sie aber für sich behalten wollte. »Ich habe dort gebetet.«

»Und worum hast du gebetet?« rutschte es mir heraus, ohne daß ich mir viel dabei dachte. Ich genoß ihr Lachen so sehr und war ganz hingerissen von ihrer strahlenden Erscheinung – da wollte ich sie einfach nur zum Weiterreden bewegen.

Doch zu meiner restlosen Verblüffung verging ihr die Heiterkeit auf der Stelle. Die junge Frau wandte das Gesicht ab, und ich befürchtete, sie auf irgendeine Weise beleidigt zu haben. »Kasimene«, sagte ich rasch, »vergib mir bitte. Ich wollte dir wirklich nicht …«

»Ich war in der Moschee, um zu beten«, begann sie und drehte sich wieder zu mir um. Wangen und Hals waren rot angelaufen, doch diesmal nicht vor Begeisterung. »Ich habe Allah gebeten, mir den Mann zu zeigen, den ich einmal heiraten würde.« Die junge Frau sprach leise, aber in ihren Augen brannte ein eigentümliches Glühen.

»Und, hat Er das getan?«

Kasimene nickte und blickte hinab auf ihre Hände, die sie im Schoß gefaltet hatte. »Ja, das hat Er«, antwortete sie noch leiser.

»Wen hast du denn gesehen?«

»Ich habe also zu Allah gebetet, mir meinen zukünftigen Ehemann zu zeigen«, erklärte sie noch einmal und hob den Kopf nicht. »Als ich fertig war, öffnete ich die Augen«, jetzt wandte sie ihr Gesicht wieder mir zu, »da habe ich dich gesehen, Aidan.«

Drei Herzschläge lang brachte keiner von uns ein Wort über die Lippen. Kasimenes Blick ließ nicht von meinen Augen ab, und ich las weder Beschämung noch Unsicherheit in ihrer Miene. Die junge Frau hatte mir ihr Geheimnis geoffenbart und versuchte nun zu ermessen, wie ich darauf reagieren würde.

»Heirate mich, Kasimene«, bat ich sie schon, ehe ich mir bewußt wurde, was ich da sagte. Ich ergriff ihre Hand. »Willst du meine Frau werden?«

»Ja, das will ich, Aidan«, erklärte sie, und ich erkannte, daß dies ihr fester Wille war. Kasimenes Blick ließ auch jetzt noch nicht von mir ab, und zur Verstärkung ihrer Antwort drückte sie meine Hand.

So hockten wir für einen Moment nur da und sahen uns an. Ich hatte ihr einen Antrag gemacht, und sie hatte eingewilligt. Damit war die ganze Aufregung vorüber. Vermutlich hatte Kasimene schon etliche Male mit Ja geantwortet, und wenn ich mich besser aufs Zuhören verstanden hätte, wäre mir das wohl auch viel früher aufgegangen.

Seltsamerweise überraschte mich diese Entwicklung keineswegs; denn es kam mir so vor, als sei dieses Gespräch zwischen uns von einer höheren Macht vorherbestimmt worden. Ich weiß, daß ich damals das Gefühl hatte, bestimmte Ereignisse rauschten über einen Weg auf ein Ziel zu, das schon vor langem festgelegt worden war.

Den Antrag hatte ich ihr nicht aus freiem Willen gemacht, die Worte waren mir vielmehr in den Mund gelegt worden. Wie gesagt, ich spürte keine Überraschung, aber auch keine Furcht oder Sorge. Die Umstände schienen recht und ganz natürlich zu sein, so als hätten wir tausendmal ähnliches besprochen und wüßten mittlerweile, welche Antwort der andere geben würde.

»Kasimene«, sagte ich und breitete die Arme aus. Sie warf sich mir sogleich an die Brust, und die Wärme ihrer Umarmung erfüllte mich mit unerschütterlicher Sicherheit.

*Dies ist die einzige Wahrheit*, sagte ich mir, *die wir Menschen im Leben kennenlernen dürfen. Nichts auf dieser Welt hat Bestand bis auf das: Mann und Frau sollen in Liebe zueinanderfinden.*

Wir küßten uns, und die Inbrunst ihres Kusses raubte mir den Atem. Ich erwiderte ihre Zuneigung mit all der Leidenschaft, zu der ich fähig war. Ein Leben voller Schwüre und von Herzen befolgter Regeln hatte mich gut auf diesen Moment vorbereitet, denn ich ergab meine Seele ganz und gar dem, was vor mir lag, und umarmte das Mysterium, das in warmes und weiches weibliches Fleisch gehüllt war. Um diesen Augenblick nicht vergehen zu lassen, in dem ich keinen Gedanken an die Zukunft verschwendete, küßte ich Kasimene noch einmal und trank in großen Zügen den starken Wein der Begierde.

In dem Moment, in dem wir uns berührten, erkannte ich, daß ich in meinem ganzen Leben nie etwas mehr gewollt hatte. All mein jämmerliches Streben erschien mir nun wie eine Pfütze angesichts des riesigen Ozeans des Verlangens, der mich jetzt umspülte. In meinem Kopf schwamm alles, und vor meine Augen senkte sich ein Schleier. Ich verbrannte von innen heraus, und mein Blut und meine Knochen schienen von flüssigem Feuer verzehrt zu werden.

Erst einiges später, nachdem Kasimene mich verlassen hatte, wurden mir die schrecklichen Folgen dessen bewußt, was ich da angerichtet hatte. Wie hatte ich mich nur zu so etwas hinreißen lassen können? Niemals würde es mir möglich sein, diese junge Frau zu heiraten.

Selbst wenn ich mit ihr zusammensein wollte – war das überhaupt mein fester Wunsch? –, würde der Emir jemals seine Zustimmung geben? Ich war doch nur ein Sklave und stand in seinem Haus auf der untersten Stufe; wie konnte ich mich da erkühnen, um die Hand seiner Nichte anzuhalten? Und schlimmer noch, ich war Christ und sie Muslima.

Nein, uns beiden war keine gemeinsame Zukunft beschieden.

Ich nahm mir fest vor, bei nächster Gelegenheit soviel wie möglich von dem Schaden zu beheben, den ich angerichtet hatte. Morgen, wenn Kasimene wieder mit dem Tablett in meiner Kammer erschien, würde ich ihr ganz offen erklären, daß wir beide nicht zusammenkommen könnten und daß es grundfalsch von mir gewesen sei, ihr auch noch ein Heiratsversprechen gegeben zu haben.

Daran sei nur der törichte Leichtsinn des Augenblicks schuld gewesen, ich hätte in dem Moment einfach nicht mehr klar denken können. Ohne Zweifel würde Kasimene inzwischen ebenfalls ernüchtert sein und alles so sehen wie ich.

Wir beide waren unvorsichtig und vielleicht auch ein wenig durcheinander gewesen. Und wenn man es recht bedachte, war ja eigentlich nicht allzuviel geschehen. Kasimene war eine gescheite Frau und würde erkennen können, daß wir beide uns zu etwas hatten hinreißen lassen. Und wie dumm es von uns gewesen war, uns für einen Moment einer Vorstellung hinzugeben, die bei Licht besehen niemals Bestand haben konnte.

»Sie wird schon verstehen«, sagte ich mir, »ganz bestimmt.«

## 16

Als die junge Frau dann am nächsten Morgen erschien, stellte ich zu meiner grenzenlosen Verblüffung fest, wie rasch mein in der letzten Nacht gefaßter Entschluß dahinschmolz – so wie ein Klumpen Sand am Strand, über den eine Welle spült. Nur ein Blick auf Kasimene genügte, und das Feuer, welches ich bei unseren Küssen verspürt hatte, wurde von neuem entfacht, ja brannte sogar noch heller und heißer als am Abend zuvor. Und der Blick in ihren Augen, als sie mein Zimmer betrat, sagte mir, daß es ihr nicht anders erging.

Ich drückte sie sofort an mich und atmete ihren süßen Geruch ein, als wollte ich die junge Frau in mich aufsaugen. Während ich Kasimene festhielt, verspürte ich den starken Wunsch, sie nie mehr loszulassen. Dieses Gefühl gewann so sehr an Kraft, daß für alles andere keine mehr übrigblieb und ich ermattete. Nur indem ich sie noch fester an mich preßte, konnte ich mich davor bewahren, daß mir die Beine versagten.

In meiner Not ließ ich mich aufs Bett fallen und zog Kasimene auf mich herab. So lagen wir da, und unsere Körper zitterten vor Leidenschaft. Kasimenes Kopf ruhte schließlich auf meiner Brust, und sie schlang mir die Arme um den Hals. Ich spürte ihr leichtes Gewicht auf mir und fragte mich, wie ich nur so lange hatte existieren können, ohne dieses so einfach zu bewerkstelligende, gleichwohl unvergleichliche Vergnügen jemals kennengelernt zu haben, und warum ich mich nicht jeden Tag in diese Leidenschaft hineingestürzt hatte.

Wir hätten den ganzen Tag so auf meinem Lager liegen können – um der Wahrheit die Ehre zu geben, nichts hätte mich glücklicher gemacht, als den Rest meines Lebens auf diese Weise zu verbringen –, aber irgendwann ertönten Schritte auf dem Flur, und wir fuhren beide hoch. Kasimene brachte ihre Kleidung in Ordnung, und wir taten so, als unterhielten wir uns ganz harmlos, während ich das Frühstück zu mir nahm.

Ich brach ein Stück Brot ab, tunkte es irgendwo hinein und kaute darauf herum, als Faisal eintrat. Sein Blick flog sofort zu der jungen Frau, die gerade Wasser in einen Becher goß.

»Ich grüße dich«, sagte Faisal, »und bin gekommen, um dir mitzuteilen, daß Fürst Sadik sich auf dem Heimweg befindet. In zwei Tagen wird er in Jaffarija eintreffen.«

»Sei auch du mir gegrüßt, mein Freund. Ich freue mich, dich wiederzusehen. Aber bitte, nimm doch Platz, und iß mit mir. Ich möchte gern alles erfahren, was du zu vermelden hast.«

Er lächelte, als er hörte, wie gut ich mittlerweile Arabisch sprach. »Danke, das wäre mir eine Freude.« Faisal ließ sich mit gekreuzten Beinen auf einem Kissen am Tischchen nieder. Kasimene schenkte ihm einen Becher gesüßten Zitronenwassers ein, verbeugte sich dann vor uns und verließ rasch die Kammer. Mein Herz entschwand mit ihr.

Während wir beide uns gütlich taten, berichtete Faisal mir, daß Sadik und Abu Achmed tatsächlich zusammengetroffen waren und viele Stunden darüber beraten hatten, wie man am besten den Verrat des Komes aufdecken könnte.

»Und, sind die beiden zu einem Schluß gekommen?« wollte ich wissen.

»Es steht mir nicht zu, das zu verbreiten«, entgegnete er. »Aber ich glaube, daß mein Herr dich bei seiner Rückkehr sofort zu sprechen wünschen wird.«

Wir unterhielten uns dann über andere Dinge, wie die Hitze und den Sand bei Reisen durch die Wüste oder die bemerkenswerten Fähigkeiten der Kamele bei solchen Zügen. Schließlich kamen wir auf die Aufrührer im Süden zu sprechen.

Als ich mich nach den Fortschritten von Abus Feldzug erkundigte, schüttelte Faisal traurig den Kopf. »Die Nachrichten von dort sind nicht gut, mein Freund. Der Aufstand hat sich zu einem regelrechten Bürgerkrieg ausgeweitet, und den Streitkräften des Kalifen waren nicht die Erfolge beschieden, welche sie sich erhofften. Viele haben den Tod gefunden, auf beiden Seiten. Aber die Aufrührer finden täglich neuen Zulauf, während die Kräfte des Kalifen die Verluste kaum ersetzen können.«

Obwohl mein Freund nichts davon sagte, hörte ich doch aus seinen Worten heraus, daß den Arabern der Friede mit dem Byzantinischen Reich nun noch wichtiger sein mußte als vorher. Die Rebellion machte dem Kalifat sehr zu schaffen, und die Araber konnten nicht hoffen, an zwei Fronten gleichzeitig zu bestehen, die auch noch so weit auseinanderlagen. Ich verstand sehr gut, in welchen Nöten sich meine Gastgeber befanden.

Nachdem Faisal wieder gegangen war, saß ich noch eine ganze Weile da und dachte über die unerwarteten Möglichkeiten nach, die diese Neuigkeiten mir in die Hände gelegt hatten. Mir wurde bewußt, daß ich mich in einer ungewöhnlich privilegierten Stellung befand. Vermutlich gab es im gesamten Byzantinischen Reich nur noch einen Menschen, der über meine hochbrisanten politischen Informationen verfügte: den Verräter Nikos. Vielleicht war aber nicht einmal ihm zur Gänze bewußt, wie dringend die Mohammedaner des Friedensschlusses mit dem Kaiser bedurften.

Doch ganz gewiß gab es in Byzanz niemanden sonst, der sowohl von der Schwäche der Araber wie auch von des Komes Verrat wußte. Dieses Wissen verlieh mir Macht. Nun gut, ich würde zuerst nach Konstantinopel zurückkehren müssen, ehe ich diese Macht genießen könnte. Und wenn ich über diesen Punkt nachdachte, stieß ich auf mehr Schwierigkeiten, als mir lieb sein konnten.

Doch die einmal beiseite gelassen, wenn ich es wirklich vermöchte, vor Basileios zu treten und ihn davon in Kenntnis setzte, daß ein baldiger Angriff auf die Sarazenen ihm auf einen Schlag all die Gebiete wieder einbrächte, welche die Mohammedaner dem Reich in mehreren Jahrhunderten Kampf geraubt hatten ... der Kaiser würde sicher keinen Moment zögern. Zu groß wäre für ihn die Versuchung, den Feind zu zerschmettern, der so lange Zeit das Reich geplagt hatte. Einem solchen Feldzug könnte wohl niemand widerstehen. Und vermutlich würde er mich für solche Neuigkeiten fürstlich belohnen.

Aber war ich denn zu so etwas in der Lage? Könnte ich es über mich bringen, den Emir und sein Volk zu verraten? Die Menschen, die mir das Leben gerettet hatten? Und sei es auch nur, um meine Rachegelüste zu befriedigen?

Oh, ich spürte, welche Macht mir zuteil geworden, und dieses Gefühl besaß durchaus Verlockungen. Aber wo Macht sich ausbreitet, ist die Gefahr nicht weit. Ich durfte mich nicht der Vorstellung hingeben, die Sarazenen würden jemanden am Leben lassen, der sie mit wenigen Worten der Vernichtung anheimführen könnte. Ich mußte rasch etwas unternehmen, um mich zu schützen.

Als Machmud etwas später mein Zimmer aufsuchte, erklärte ich ihm, daß ich heute keine Lust hätte, mit ihm in die Stadt zu gehen. »Lieber wäre es mir«, bat ich ihn, »du würdest mich über die Ehesitten und -gebräuche der Araber unterrichten.«

Er lächelte wissend und entgegnete mit Blick auf meine schönen neuen Sandalen: »Hätte solches Wissen vielleicht einen praktischen Nutzen für dich, mein Freund?«

»Du weißt doch, Machmud, daß ich alles über euch erfahren möchte.«

»Dann will ich dich gern erhellen«, meinte mein Lehrer und ließ sich auf einem Kissen nieder.

»Nein, nicht hier«, widersprach ich ihm. »Komm, laß uns lieber hinauf in den Dachgarten gehen, ehe der Tag zu heiß wird.«

Oben angekommen, suchte ich die eher abgelegenen Wege auf, weil ich nicht wollte, daß man uns belauschte. Während wir an Palmen und blühenden Sträuchern vorbeischritten, begann Machmud, mich in den Hochzeitsgebräuchen seines Volkes zu unterweisen.

»Was ich dir jetzt sage, mag dich vielleicht überraschen«, erklärte er, »aber es findet sich keine einzige Regel, die von allen arabischen Stämmen befolgt wird. Du mußt verstehen, daß unser Volk sich aus mehreren Volksgruppen zusammensetzt, und jeder dieser Stämme hält in solchen Angelegenheiten an seinen eigenen Riten fest.«

»Nun, dann berichte mir doch zum Beispiel, welchen Bräuchen der Stamm folgt, dem der Emir angehört«, schlug ich listig vor.

»Wie du wünschst. Der Stamm Sadiks wohnt unten im Südwesten, wo heute noch zum Teil primitive Rituale vorherrschen. Der Vermählungsritus verläuft dort denkbar einfach: Der Mann und die Frau legen vor ihren Verwandten das Hochzeitsgelöbnis ab, und dann zieht die Frau in das Haus des Mannes. Dort findet dann die eigentliche Vermählungsfeier statt, die sich wenig von der anderer Völker und Stämme unterscheidet, und danach sind die beiden betroffenen Familien miteinander verbunden. Diese neue Einheit wird zusätzlich durch den Austausch von Geschenken bestärkt.«

»Was sind das denn für Gaben?« fragte ich, ohne zu ahnen, was auf mich zukam.

»Alle Arten von Geschenken«, antwortete Machmud. »Das hängt ganz vom Reichtum der jeweiligen Sippe oder des jeweiligen Stammes ab. Die Reichen schenken Pferde und Kamele, dazu auch Gold und Geschmeide. Wenn sich junge

Leute vermählen, die keine reichen Verwandten haben, dann reicht auch der Austausch von symbolischen Gaben.«

Er schwieg und betrachtete mich eigenartig. »Vielleicht hilft dir auch das Wissen weiter, daß viele der Wüstenstämme bis zum heutigen Tag dem uralten Glauben anhängen, wonach dem Häuptling das Recht zusteht, einer Vermählung einer seiner Verwandten zuzustimmen oder diese zu untersagen.

Aus diesem Grund ist der Bräutigam gut beraten, zuerst den Häuptling aufzusuchen und darauf hinzuarbeiten, sein Einverständnis zu erlangen. In manchen Fällen besteht der Häuptling sogar darauf, daß er zuerst seine Zustimmung geben muß, bevor der Bräutigam der Braut einen Antrag machen darf. Gelegentlich erteilt der Häuptling seinen Segen, ohne das Einverständnis der Braut abzuwarten.

Im übrigen wiederholt sich dieser Ablauf immer wieder, egal ob ein Mann zum erstenmal freien oder ob er eine weitere Ehefrau gewinnen will.«

»Verstehe.«

»Wenn ich auf Freiersfüßen gehen wollte«, fuhr der Lehrer dann mit eigentümlicher Betonung fort, »und meine Auserwählte zur Sippe des Emirs gehörte, würde ich mich zu Sadik begeben und ihm mein Begehr vortragen. Danach bliebe es dann allein dem Fürsten überlassen, mir meinen größten Wunsch zu erfüllen oder nicht.«

So etwas in der Art hatte ich bereits erwartet. Unter den Königshäusern von Eire herrschten ähnliche Bräuche, nur verhielt es sich dort so – und ich gebe hier lediglich bösartige Gerüchte wieder –, daß gewisse Königinnen sich mehrere Ehemänner gehalten haben sollen.

»Siehst du«, meinte Machmud dann, »jede Vermählung stellt nicht nur ein Band zwischen Mann und Frau her, sondern auch zwischen deren Familien und Stämmen. Dieses Band besitzt, einmal geschaffen, eine außerordentliche Stärke, besteht sogar über den Tod eines der Gatten hinaus fort und kann nur durch ein scheußliches Verbrechen oder eine wirkliche Schandtat zerrissen werden. Das Gesetz des Islam anerkennt diese Verbindung und erklärt sie für gesegnet und heilig.«

Wieder hielt er inne und warf mir erneut diesen sonderbaren Blick zu. »Nur der Vollständigkeit halber sollte ich wohl noch erwähnen, daß sowohl der Mann als auch die Frau dem wahren Glauben angehören müssen, also dem Islam.«

»Natürlich«, sagte ich nur.

»Denn andernfalls wäre eine solche Verbindung undenkbar. Bei Allah ist es strengstens verboten, einen Ungläubigen zu freien. Und natürlich käme es einem Rechtgläubigen niemals in den Sinn, der Hochzeit wegen vom Islam abzufallen.«

»Selbstverständlich«, bemerkte ich und zerbrach mir den ganzen restlichen Tag den Kopf darüber, wie ich das Einverständnis des Emirs erringen könnte. Ich war immer noch mit tiefem Nachdenken beschäftigt, als Kasimene meinem Körper das Abendbrot und meinem Herzen Erquickung brachte.

»Du siehst unglücklich aus, Liebster«, sagte sie gleich und stellte das Tablett ab.

»Ich habe viel gegrübelt«, entgegnete ich und streichelte ihr über die Wange. Die junge Frau ließ sich das für einen Moment gefallen und küßte dann meine Hand, bevor sie sich daranmachte, mir das Essen zuzubereiten.

»Es heißt, zuviel Nachdenken könne einen Mann in die Verwirrung treiben«, meinte Kasimene, während sie mir einen Becher vollgoß, »und diese Verwirrung bewirke seinen Ruin.«

»Das will ich aber nicht hoffen«, erklärte ich, »denn ich habe über unsere Vermählung nachgesonnen.«

»Und das hat dich so unglücklich gemacht?« fragte sie und brach mein Brot in mundgerechte Stücke.

»Aber wer sagt denn, daß ich unglücklich bin!« entrüstete ich mich. »Ich habe heute nachmittag mit Machmud gesprochen, und der meinte, ich müsse Fürst Sadiks Einverständnis haben, ehe ich dich heiraten kann.«

»Ja, so verhält es sich«, bestätigte meine Liebste. »Du mußt vor den Emir treten und vor ihm auf die Knie fallen, wenn es dir mit der Vermählung ernst ist.«

»Für dich würde ich auf dem Bauch über glühende Kohlen kriechen, Kasimene«, versprach ich ihr, »wenn ich damit nur den Segen des Fürsten erhielte.«

»Er wird dich bestimmt nicht abweisen.« Sie lächelte.

»Ich wünschte, ich wäre mir da so sicher wie du.«

»Hat der Emir nicht gesagt, du seist Gast in seinem Haus?« entgegnete Kasimene. »Die Gastfreundschaft gebietet, daß einem Gast ein Wunsch nicht verwehrt werden darf. Alles, worum du bittest, wird man dir geben.«

»Wirklich alles?« staunte ich und fragte mich, ob die Grenzen der Gastfreundschaft tatsächlich so weit gezogen werden konnten.

»Davon abgesehen«, fuhr meine Liebste fort, »verhält es sich ja nicht so, daß ich eine mittellose Frau bin, die vom Wohlwollen ihrer Verwandten abhängig ist, um eine Morgengabe überreichen zu können. Mein Vater war ein reicher Mann.«

»Das hast du schon einmal erzählt.«

»Doch er war nicht nur mit Gütern gesegnet, sondern auch sehr weitsichtig, und hat mich, seine Tochter, mit allem ausgestattet. Ich besitze Ländereien und Wertgegenstände, die allein mir gehören, und mit denen kann ich anfangen, was mir beliebt.« Sie lächelte siegessicher. »Der Mann, der mich freit, wird mehr als nur eine Ehefrau bekommen.«

»Kasimene, heirate mich«, sagte ich, nahm ihre Hand und küßte sie.

»Ich habe doch bereits gesagt, daß dies Allahs Wille ist«, entgegnete sie, als hätte ich etwas Dummes von mir gegeben.

»Aber ich habe nichts, was ich dir geben könnte«, warnte ich Kasimene.

»Gib mir nur dich, mehr will ich gar nicht«, erklärte sie und erhob sich. »Jetzt muß ich aber gehen.«

»Jetzt schon –«

»Pst«, flüsterte sie und legte einen Finger auf meine Lippen. »Wir dürfen nicht zusammen angetroffen werden. Wenn jemand Verdacht schöpft, hindert man uns vielleicht an der Vermählung.«

Die junge Frau huschte zur Tür, öffnete sie, blickte hinaus auf den Gang und schaute mich dann noch einmal an. »Ich komme heute nacht zu dir …«, verhieß Kasimene, bevor sie neckend hinzufügte, »in deinen Träumen.« Sie küßte ihre Fingerspitzen, zeigte mir die Hand und verschwand dann nach draußen.

So nahm ich die Mahlzeit allein zu mir, schaute zu, wie draußen der Himmel dunkler wurde, und lauschte dem Ruf des Muezzin, der die Gläubigen zum Gebet rief.

Heute war alles gut verlaufen, sagte ich mir. Ich war mit dem festen Entschluß aufgestanden, unsere Verbindung zu beenden, und jetzt, am Abend, erstrebte ich sie mehr als je zuvor.

Ich habe Kasimene wirklich aus tiefstem Herzen geliebt, das kann ich beschwören. Doch es war nicht diese Liebe allein, die mich in Glück und höchstes Verzücken versetzte. Gott steh mir bei, selbst als Kasimene mir sich selbst als Geschenk anbot, sah ich darin nur ein Mittel, um das Versprechen einzulösen, welches ich meinen Freunden gegeben hatte. Die Rache war alles, worum es mir wirklich ging. Die arme Kasimene war nichts weiter als ein willkommenes Werkzeug, das mir dabei helfen würde, meine Rache zu üben.

Dies und keinesfalls nur zärtliche Empfindungen für dieses schöne und vertrauensvolle Wesen beherrschten mein Innerstes. Ich gestehe das hier nur aus dem Grunde so freimütig ein, damit jedermann erkennen möge, was für ein Mensch aus mir geworden war.

Was mein Keuschheitsgelübde und die anderen priesterlichen Schwüre anging, so plagten mich nicht die geringsten Gewissensbisse. Gott hatte mich ebenso verstoßen wie ich ihn. Dieser Teil meines Lebens war unwiederbringlich vorüber. Soweit es mich anging, war nicht ich, sondern Gott in Byzanz gestorben. Amen, so sei es.

Am nächsten Tag bereitete ich mich auf die Rückkehr Sadiks vor und ging immer wieder in Gedanken durch, wie ich am besten vor ihm aufträte. Kasimene und ich bekamen uns nur einmal zu sehen, und das auch nur für einen kurzen Moment. Sie meinte, um nur ja keinen Verdacht aufkommen zu lassen, habe sie dafür gesorgt, daß jemand anderer mir von nun an die Mahlzeiten brächte.

So gingen wir an diesem Tag auseinander, und ich verbrachte eine rastlose Nacht, in der mich meine aufgewühlten Gedanken keinen Moment zur Ruhe kommen ließen.

Der Emir kehrte, wie erwartet, am Mittag des folgenden Tages zurück, und sein Erscheinen versetzte das ganze Haus in helle Aufregung. Ich blieb außer Sicht und verfolgte das Treiben vom Dachgarten aus, auf den ich mich gern zurückzog, weil kaum jemand sonst den Weg hier hinauf fand.

Die Rösser der Rafik zeigten sich zuerst und preschten über die Straße, um für ihren Herrn Platz zu machen. Die beiden zuvördersten Gefährten sprangen vor dem Palast von ihrem Pferd und verkündeten beim Eintreten die Ankunft des Fürsten. Die anderen reihten sich draußen auf. Derweil strömten Diener, Sklaven, Ehefrauen und Kinder hinaus auf die Straße, um Sadik willkommen zu heißen. Sie riefen ihm ihre Grüße entgegen und schwenkten bunte Tücher, als er endlich zu sehen war.

Selbst vom Dach aus konnte ich feststellen, daß der Emir von finsterer Stimmung beherrscht wurde. Ohne ein Grußwort stieg er ab, verbeugte sich steif vor seinen Ehefrauen und stürmte dann rasch in den Palast. Das wollte mir als schlechtes Omen für meine Pläne erscheinen. Natürlich wußte ich nicht, welche Laus ihm über die Leber gekrochen war, aber in dieser Stimmung würde er mein Begehr sicher nicht mit Verzückung aufnehmen.

Doch ich sah keinen anderen Weg, als den Stier bei den Hörnern zu packen. Natürlich hätte ich warten können, bis die Laune des Fürsten sich aufgehellt hatte, aber je nachdem, was ihn so plagte, konnte das Tage oder gar Wochen in Anspruch nehmen. Und bis dahin konnte ich mir nicht sicher sein, weiterhin als lieber Gast in diesem Haus verweilen zu dürfen. Nein, ich mußte hier und heute mein Ansinnen vorbringen, gleich wie es beschieden werden würde.

Ich bereitete mich gerade auf die Begegnung vor, als ich Schritte hörte. Jemand kam zum Dach herauf, und ich wußte, daß der entscheidende Moment gekommen war.

»Fürst Sadik wünscht, dich zu sehen«, erklärte der Diener, den man nach mir geschickt hatte. »Du sollst sofort vor ihn treten.«

Ich nickte kurz zum Zeichen meiner Anerkennung und entgegnete: »Ich bin bereit, du darfst mich zu ihm führen.«

Die Miene des Dieners verfinsterte sich, war ich doch nur ein Sklave wie er. Aber ich hatte mir diese Antwort genau überlegt. Schon lange stand mein Entschluß fest, nicht mehr als Sklave zu erscheinen. Von heute an würde ich mit dem gleichen Selbstbewußtsein auftreten wie der Fürst selbst.

Doch als dann die Türen zum Empfangsraum aufgetan wurden und ich einen Blick auf den Emir werfen konnte, wie er da auf seinem großen Thron saß und eine gallbittere Miene machte, verließ mich mein Übermut rasch, und mir wurde doch ein wenig bang.

Faisal stand hinter ihm, die Arme vor der Brust verschränkt, und hatte die Stirn in tiefe Falten gelegt. Ich atmete durch, biß die Zähne zusammen und zwang meine Füße, sich in Bewegung zu setzen. Der Sklave, der mich hierhergeführt hatte, bemerkte mein Unbehagen natürlich und setzte ein gehässiges Lächeln auf. Das ärgerte mich sehr und verlieh mir gleichzeitig Stärke. So schritt ich in den Saal, als sei ich der Kaiser des Heiligen Römischen Reichs höchstpersönlich, der geruhte, sich mit dem Emir zu befassen.

Die ersten Worte Sadiks reichten jedoch aus, meinen Hochmut augenblicklich zu zerschmettern.

»Du hast versäumt, mich davon in Kenntnis zu setzen«, fuhr der Fürst mich an, »daß du als Spion im Dienst des Kaisers stehst. Ich hätte dich in den Minen verrecken lassen sollen, das hätte mir eine Menge Ärger erspart.«

Sadik klatschte kurz und scharf in die Hände. Drei Krieger stürmten vor, packten mich an den Armen und zwangen mich auf die Knie. Ein vierter Soldat tauchte vor mir auf. Er trug eine Axt mit breiter, gebogener Klinge.

»Nun?« verlangte der Emir. »Hast du noch etwas zu sagen, bevor du stirbst?«

## 17

Ich will sprechen!« rief ich entschlossen, obwohl ich keinen Grund hatte, meiner Stimme zu trauen, »aber ich werde dich nicht auf Knien um mein Leben anflehen. Du verlangst eine Erklärung, Fürst Sadik, und die sollst du auch erhalten, aber erst, wenn du mir erlaubst, wie ein Mann vor dir zu stehen.«

Diese Worte verblüfften uns beide, doch ich glaube, sie erfreuten den Emir auch; denn wie viele Männer von Macht und Einfluß respektierte er Mut und ein offenes Wort. Sadik winkte kurz mit der Rechten, und die Soldaten stellten mich wieder auf die Füße. Als ich stand, strich ich erst mein Gewand gerade und trat dann vor den Fürsten. Obwohl ich innerlich bebte, zwang ich mich doch, nach außen hin ruhig und beherrscht zu erscheinen.

»So!« rief Sadik ungeduldig. »Jetzt stehst du wie ein Mann vor mir. Erkläre dich, ich warte.«

»Ich will dir alles erklären, Herr«, entgegnete ich, »aber da ich Gast in deinem Hause bin, will ich zuerst einen Wunsch an dich richten.«

Seine Miene verfinsterte sich bei diesen Worten noch mehr, und seine Augen verengten sich zu schmalen Schlitzen. Ganz offensichtlich gefiel es ihm nicht, von mir an seine Pflichten als Gastgeber erinnert zu werden. Wenn Blicke töten könnten, wäre ich auf der Stelle tot vor ihm umgefallen. Als er dann weitersprach, klang er wie eine Schlange kurz bevor sie auf ihr Opfer zuschnellt: »Und was ist das für ein Wunsch?«

»Ich erbitte von dir die Erlaubnis, deine Verwandte Kasimene heiraten zu dürfen.«

Der Fürst starrte mich an, als sei ich vollkommen von Sinnen. Vielleicht lag er damit gar nicht so falsch; denn bis eben war ich mir noch nicht einmal sicher gewesen, diese Worte überhaupt vorbringen zu wollen. Um ganz ehrlich zu sein, eigentlich hatte ich eher vorgehabt, ihn um meine Freilassung zu bitten.

Doch hätte ich so gehandelt, hätte ich mir damit wahrscheinlich die Möglichkeit genommen, Kasimene jemals wiederzusehen; und auch meine Rachegelüste in die Tat umzusetzen. Im letzten Moment war mir daher die Idee gekommen, Sadik gleich um den größtmöglichen Gefallen zu bitten, konnte ich mir doch ausrechnen, daß er ihn ablehnen würde. Außerdem war es immer besser, wenigstens das Unmögliche versucht zu haben und dann zu sterben, als nichts getan zu haben und mit diesem Wissen in den Tod zu gehen. Wenn ich schon einen Kopf kürzer gemacht werden sollte, dann doch lieber als Mann und nicht als Sklave. Als Bock wollte ich mich zur Schlachtbank führen lassen, nicht aber als Lamm.

»Du willst Kasimene freien?« Die Verblüffung auf seiner Miene wich, und er sah um Jahre gealtert aus. Langsam schüttelte er den Kopf, ehe es aus ihm herausplatzte: »Kann ich meinen Ohren noch trauen?« Sadik sah sich um, als erwarte er darauf eine Antwort, doch bevor ich etwas entgegnen konnte, brüllte er schon: »Nein! Ausgeschlossen! Unmöglich! Ich sollte dich auf der Stelle hinrichten lassen und die Welt von deiner Unverschämtheit befreien!«

»Als Gast deines Hauses verlange ich«, ließ ich mich mit einem Mut, der mich selbst erstaunte, nicht einschüchtern, »daß du die Pflichten der Gastfreundschaft ehrst.«

»Was faselst du da zusammen?« schleuderte er mir entgegen. »Du bist in diesem Haus nichts mehr als ein Sklave!«

»Ein Sklave mag ich sein, Herr«, gestand ich zu, »doch bis zu dem Zeitpunkt, an dem über meine Stellung in diesem Hause befunden ist, lebe ich als Gast unter deinem Dach.«

Sadiks Züge verzerrten sich, als ich ihm seine eigenen Worte unter die Nase rieb; doch der Fürst zog es vor, dazu nichts zu sagen. Faisals Stirnfalten glätteten sich jedoch, und er sah mich mit einer Mischung von Erstaunen und Bewunderung an.

»Dies habe ich mir nicht ausgedacht«, fuhr ich, kühn geworden, fort, »sondern es stammt aus deinem Munde. Der Arzt Faruk war so freundlich, mir das zu übersetzen. Sollten noch Zweifel bestehen, so bin ich überzeugt, daß der Heiler sich an den Tag und die Stunde erinnern wird, als diese Worte gefallen sind.«

»Ja! Himmel noch mal, ja!« donnerte der Emir ungeduldig und sprang auf, besann sich dann aber und ließ sich auf den Thron zurückfallen, von wo aus er mich mordlüstern musterte. »Und? Wirst du jetzt endlich reden?«

»Es wäre mir die größte Freude, dir alles zu berichten, was du zu erfahren wünschst«, antwortete ich gleichmäßig, »doch zuvor möchte ich erfahren, wie du behufs meines Hochzeitswunsches entscheidest.«

»Das habe ich doch längst!« brauste er wieder auf. »Die Vermählung steht außer Frage. Eine Frau von Geblüt kann keinen Sklaven heiraten. Eine solche Schande könnte nicht einmal der Duldsamste ertragen. Ganz zu schweigen von der Glaubensfrage: Du bist Christ, sie ist Muslima. Und damit dürfte dieses Thema beendet sein.«

»Nun, was mich angeht, so wäre ich durchaus gewillt, zum Islam überzutreten«, erklärte ich dem Fürsten und straffte meine Gestalt. »Doch wenn du nicht gewillt bist, unserem Bund deinen Segen zu geben, so habe ich nichts mehr zu sagen.«

So unglaublich es klingen mag, es ist doch wahr: Der Trotz, mit dem ich Sadik begegnete, mochte er auch ein wenig vorgetäuscht sein, ließ mich immer noch mutiger werden. Ich begegnete unbeeindruckt dem gestrengen Blick des Fürsten, und mit jedem Herzschlag wuchs meine Kühnheit an.

Der Emir starrte mich unheilvoll an. »Du bist ein Sklave und Verräter«, knurrte er.

»Ein Sklave mag ich wohl sein, Fürst«, entgegnete ich keck, »aber ein Verräter keineswegs. Wenn jemand das dir gegenüber behauptet haben sollte, so ist er entweder einem Irrtum aufgesessen, oder aber er hat schlichtweg gelogen.«

Sadik drehte sich zu Faisal um, der nur verwirrt die Achseln zucken konnte. »Niemals hat jemand dermaßen tollkühn vor mir gestanden«, sagte der Emir. »Zahlst du mir etwa so all die Güte heim, die ich dir habe angedeihen lassen?«

»Was für eine Güte mag das sein, welche den Tod eines Gastes sucht, der unter dem Schutz des Emirs lebt?« gab ich zurück und fürchtete erstmals, zu weit gegangen zu sein.

Sadik verzog wieder das Gesicht, wehrte meine Herausforderung aber nur mit einem müden Winken ab, und das verlieh mir den Mut, Leib und Leben aufs Spiel zu setzen: »Bedenke nur, Großmütiger«, erklärte ich und trat einen Schritt vor, »daß eine Vermählung eine starke Blutsverbindung zwischen uns schüfe. Ein Mann, der sich dir solchermaßen verpflichtet, könnte dich niemals betrügen, Herr, würde er damit doch zuallererst sich selbst gegenüber unredlich sein. Nur der allergrößte Lump könnte so etwas Verwerfliches überhaupt ins Auge fassen.«

Der Emir legte den Kopf schief und sah mich lange mißmutig und eindringlich an. Dann wandte er den Blick ab, so als sei er meiner überdrüssig. »Ohne Zweifel war es einer meiner größten Fehler, dich unsere Sprache lernen zu lassen. Aber da jetzt nichts mehr daran zu ändern ist, magst du auch fortfahren.« Ich merkte ihm an, daß sein Zorn und seine Ungeduld langsam verraucht waren, er sie aber der Form halber noch aufrechterhielt.

»Kasimene und ich wünschen zu heiraten«, teilte ich dem

Fürsten mit. »Du hältst dagegen, das sei unmöglich, weil ich Sklave und Christ sei. Nun ließe sich beides ganz einfach aus der Welt schaffen: Ich trete zu deinem Glauben über, und deine Macht gestattet es dir, mir die Freiheit zu schenken. Zögere nicht, Fürst Sadik, bewirke das unmöglich Scheinende, und die Menschen werden weithin deine Klugheit preisen ...«

»Wohl eher meine Einfalt!« schnarrte er.

»Nein«, widersprach ich mit einem heftigen Kopfschütteln, »im Gegenteil, man wird noch in Generationen von deiner Großzügigkeit und deiner Weisheit reden. Mit einer einzigen kühnen Tat wirst du nicht nur einen Mann aus der Sklaverei befreit, sondern ihn noch fester an dich gebunden haben, als es ein Sklavenhalsband je vermöchte – durch die Bande der Treue und des Blutes nämlich.«

Sadik schwieg einen langen Moment. Er saß einfach nur da und starrte in die Ferne, so als erwarte er sich von dort Rat und Einsicht. Ich stand fest und unverrückbar vor ihm und war mir meiner Sache sicherer als je zuvor. Unfaßbarerweise verspürte ich tatsächlich keinerlei Furcht. Ich hatte alle meine Trümpfe ausgespielt und konnte jetzt nur noch abwarten, wie das Schicksal und der Fürst entscheiden würden.

Der Emir richtete sich gerade auf und klatschte in die Hände. Im ersten Moment befürchtete ich schon, Sadik wolle die Hinrichtung nun endlich beginnen lassen, doch er rief nur: »Bringt Kasimene her!«

Wir warteten schweigend, während Diener entschwanden, um die Nichte des Fürsten zu holen. Der Emir sprach kein Wort, behielt mich aber sorgfältig im Auge, so als befürchte er, ich könnte mich in Rauch auflösen, wenn er nur einmal den Kopf zur Seite drehte. Mir selbst fiel es nicht schwer, schweigend vor Sadik zu stehen, verlieh mir mein neugefundenes Selbstvertrauen doch Sicherheit und Stärke.

Wir mußten gar nicht lange warten, bis Kasimene den Saal betrat. Zwei Leibwächter des Emirs führten sie herein, doch man konnte leicht den Eindruck gewinnen, daß die beiden Mühe hatten, mit ihr Schritt zu halten. Die Soldaten schienen jedenfalls erleichtert zu sein, als sie wieder zu ihren Kameraden hinter mir ins Glied treten durften.

Kasimene sah mich nicht einmal an, sondern hielt den Blick eisern auf den Fürsten gerichtet. Auch konnte man ihrer Miene weder Furcht noch Sorge ansehen; im Gegenteil, sie schien Gelassenheit auszudrücken. Doch ich glaubte, in der Art, wie sie ihr Kinn vorgeschoben hatte, feste, ja, grimmige Entschlossenheit zu erkennen. Und in ihren Augen glänzte etwas Fremdes.

»Ich habe dich immer wie eine Tochter geliebt, Kasimene«, begann der Emir ganz ruhig. »Daher betrübt es mich sehr, die Lügen anhören zu müssen, die dieser Mann hier über dich verbreitet.«

»Lügen, Emir?« entgegnete sie. »Was könnte er denn über mich behauptet haben?«

»Er erklärte, ihr beide wolltet heiraten«, antwortete Sadik in sachlichem Tonfall. »Aidan meinte sogar, du hättest diesem Vorhaben zugestimmt. Das kann doch nicht sein, nicht wahr? Ich vermute, er hat nur zu dieser plumpen Phantasterei gegriffen, um Sand aufzuwirbeln, der mir den Blick auf seine wahren Beweggründe versperren soll. Ich wünsche nun, daß du dieses Lügengespinst zerreißt und uns die Wahrheit mitteilst.«

»Wenn dies die Lügen sind, die dich betrüben, Herr«, entgegnete sie ganz ruhig, »dann laß dir versichert sein, daß du dich nicht länger zu besorgen brauchst.« Das leise Lächeln, das eben noch die Lippen des Emirs umspielt hatte, verging spurlos, als die junge Frau fortfuhr: »Aidan hat nicht gelogen, sondern die Wahrheit gesprochen.«

Das erklärte sie so selbstverständlich, daß der Fürst schon zum zweitenmal an diesem Tag glauben mußte, seinen Ohren nicht trauen zu dürfen. Er sprang auf, stand einen Moment nur da und sackte schließlich wie ein gebrochener Mann auf den Thronsessel zurück.

»Kasimene«, fragte er leise, »bist du dir auch dessen bewußt, was das bedeutet?«

»Ich weiß, was es bedeutet, wenn jemand mir einen Antrag macht«, entgegnete die junge Frau, »und ich weiß auch sehr gut, was es bedeutet, wenn ich dazu ja sage.«

Sadiks Blick flog zwischen ihr und mir hin und her, während er mit den Fingerspitzen auf den Armlehnen trommelte. »Und wenn ich nun erklärte, das alles höre sich für mich so an, als wolltest du das nur behaupten, um diesem wertlosen Menschen das Leben zu retten?«

»Wenn du das tatsächlich vorbringen würdest, Herr«, erwiderte Kasimene mit einem listigen Lächeln, »dann würde ich dagegenhalten, daß der Emir die Unwahrheit spricht. Denn Allah selbst wünscht, daß wir beide zusammenkommen, und aus Gehorsam dem Höchsten gegenüber sind wir gern bereit, den Bund fürs Leben zu schließen.«

»Er ist ein Sklave, Kasimene«, sagte der Fürst, der noch nicht bereit war, sich geschlagen zu geben.

»Und wer besäße die Macht, das zu ändern«, entgegnete die junge Frau, »wenn nicht der edle Emir?«

»Genau das hat er auch gesagt«, seufzte Sadik. Er tippte langsamer und weniger heftig mit den Fingern auf den Lehnen, und ich konnte ihm ansehen, wie es hinter seiner Stirn arbeitete. Angestrengt versuchte der Fürst, die Folgen der Umstände zu erfassen, die hier vor ihm ausgebreitet worden waren. Ganz ohne Frage hatten die Ereignisse eine für ihn unvorhergesehene Wendung genommen, und Sadik war sich überhaupt nicht mehr sicher, was er jetzt sagen oder tun sollte.

In diesem Moment kam Faisal ihm zu Hilfe. Der Berater des Fürsten trat vor und flüsterte ihm etwas ins Ohr. Sadik lauschte, nickte und erklärte dann: »Bevor ich die Bitte in Erwägung ziehen kann, die dieser Mann hier mir vorgetragen hat, muß ich erst ganz sicher wissen, daß er kein Spion ist, der hierhergesandt wurde, um mich und unser Volk in den Untergang zu führen.«

»Was das betrifft«, entgegnete ich, »so habe ich dir bereits angeboten, dir auf alle Fragen eine ehrliche Antwort zu geben – nachdem du meinem Wunsch entsprochen hast.«

»Davon will ich jetzt nichts mehr hören!« erregte der Emir sich wieder. »Du verlangst von mir Gold und Edelsteine und willst dafür nur Dung und Kiesel geben.«

Wir standen uns jetzt wie zwei Stiere mit gesenkten Hörnern gegenüber. Keiner konnte mehr zurück, ohne dem anderen wertvollen Boden zu überlassen. Kasimene nahm es auf sich, diesen Knoten zu lösen.

»Edler Herr«, begann sie, »liegt es nicht in der Natur eines Spions, Ränke zu schmieden und Falschheit zu verbreiten? Nun, so frage ich dich, welche hinterhältigen Pläne hat dieser Mann ersonnen, und welcher Niedertracht beschuldigst du ihn?«

»Keines dieser Vergehen«, mußte der Fürst einräumen. »Aber bloß weil ich seine Schurkereien noch nicht aufgedeckt habe, bedeutet das noch lange nicht, daß er bislang nicht im geheimen gegen das Kalifat gearbeitet hat. Es liegt nämlich auch in der Natur eines Spions, seine Wühlarbeit zu tarnen und seinen Betrug nicht auffliegen zu lassen.«

»Aha«, stellte die junge Frau fest, »neuerdings gilt bei uns also der Mangel an Vergehen als Beweis für verbrecherisches Handeln. Mit Unschuld gesteht man seinen Betrug erst recht ein. Wenn dies unsere neue Gerechtigkeit ist, o Emir, dann kannst du gleich alle Bürger im Reich verhaften lassen.«

»Du drehst mir die Worte im Munde herum, Weib!« fuhr der Fürst sie an und wandte sich dann mir zu. »Die Anschuldigung ist vorgebracht und harrt der Gegenrede.«

Nun wußte ich, daß er nur noch versuchte, einen geordneten Rückzug hinzubekommen, und so wagte ich es, ihm auf halbem Weg entgegenzugehen. »Würde ich den fürstlichen Segen erhalten, deine Verwandte zu heiraten, dann würde dieses Problem doch nur noch mindere Bedeutung haben oder sich ganz auflösen.«

»Das sagst du doch nur, um dein Leben zu retten«, knurrte Sadik, aber man merkte ihm an, daß er die Schlacht verlorengab.

»Was ich von mir gebe, spreche ich nur, weil es die Wahrheit ist«, entgegnete ich. »Wenn ich dadurch mein Leben retten kann, um so besser. Wenn nicht, dann wirst du einen treuen und vertrauenswürdigen Mann hingerichtet haben, jemanden, der dir stets mit Dankbarkeit und Aufrichtigkeit begegnet ist. Und mehr habe ich nicht zu sagen.«

»Wenn ich in Erwägung zöge, deinem Begehr zu entsprechen«, begann der Emir wie ein Pferdehändler, der versucht, aus einem schlechten Geschäft noch das Beste herauszuschlagen, »wirst du mir gegenüber dann aufrichtig und treu sein?«

Ich öffnete den Mund, um ihn meines guten Willens zu versichern, aber er gebot mir mit einem erhobenen Zeigefinger zu schweigen. »Und wirst du mir dann auch alle Fragen zu meiner völligen Zufriedenheit beantworten?« Sadik senkte den Finger wieder, um mir die Möglichkeit zur Antwort zu geben.

»Herr«, erklärte ich, »ob alle Antworten dich bis ins letzte zufriedenstellen werden, dafür kann ich die Hand nicht ins Feuer legen. Aber du hast mein Wort, daß ich jede deiner Fragen nach bestem Wissen und Gewissen beantworten werde.«

»Und du erwartest ernsthaft von mir, auf das Wort eines Sklaven zu bauen?« lieferte er ein letztes Rückzugsgefecht.

»So sehr, wie mein Leben von dir abhängt«, entgegnete ich. »Was mich angeht, so habe ich genug gesehen und gehört, um zu wissen, daß du ein Mann von Ehre bist, der nicht leichtfertig einen Schwur leistet, den er nicht erfüllen kann. Wie immer du auch entscheidest, ich unterwerfe mich deiner Weisheit und vertraue dir mein Leben an.«

Diese Antwort schien ihm außerordentlich zu gefallen. Nur kurz huschte ein Lächeln über sein Gesicht, das aber ausreichte, mir anzuzeigen, daß seine Empörung in den letzten Minuten nur gespielt gewesen war. Ich hatte ihn verblüfft, zugegeben, aber sein einziges Interesse lag darin, hinter die Wahrheit zu gelangen. Aus langer Erfahrung wußte er, daß man mit Drohungen am schnellsten und sichersten zu diesem Ziel gelangte.

Als Sadik sich wieder Kasimene zuwandte, setzte er erneut eine ernste und strenge Miene auf. »Es ist eine Schande für eine Frau aus vornehmem Hause, den Ehebund mit einem Sklaven zu schließen.« Der Emir befingerte seinen Bart und tat so, als müsse er nachdenken. »Wir dürfen es natürlich nicht zulassen, daß eine unserer Nichten sich einer solchen Erniedrigung aussetzen muß. Daher sollten wir also etwas tun, um den Rang dieses Mannes zu erhöhen, dessen Liebeswerben du erhört hast.«

Nun war ich an der Reihe, und er verkündete: »Aidan, du bist als Sklave zu mir gekommen, doch vom heutigen Tag an sollst du niemanden mehr deinen Herrn nennen müssen. Möge Allah, der Allwissende und Kenner unserer Herzen, mein Zeuge sein, ich gebe dir hiermit die Freiheit zurück.«

»Sei bedankt, Fürst«, entgegnete ich und verbeugte mich sehr tief.

»Du bist nun frei, mein Freund«, erklärte er, »und magst gehen, wohin du willst.«

Ich wußte nicht, ob das nur ein Trick von ihm war und ob er mich dazu verleiten wollte, etwas auszuplaudern, was ich besser für mich behalten hätte. Jedenfalls erwiderte ich: »Ich würde mich glücklich preisen, so lange an deiner Seite bleiben zu dürfen, wie du mich haben willst. Und es wäre mir die größte Freude, dir mit meinen bescheidenen Mitteln dienen zu dürfen.«

Der Emir strahlte über das ganze Gesicht. »Du hast deine Wahl getroffen.« Er rief Faisal zu sich, der sofort heraneilte. »Die Gemächer meines früheren Beraters stehen schon seit zwei Jahren leer. Sorg dafür, daß sie sofort hergerichtet werden. Auch soll das Silber, das vorher jenem Mann zum Lohn für seine Dienste gezahlt wurde, von heute an an Aidan ausgezahlt werden.«

»Fürst«, widersprach ich gleich, »ich verlange von dir bestimmt nicht mehr, als ich bisher erhalten habe. Ich bin ein Mann von geringen Bedürfnissen, und was du mir anbietest, ist viel zuviel.«

»Bedenke, mein Freund, daß du davorstehst, in den heiligen Bund der Ehe zu treten und, so es Allah gefällt, der Vater von vielen Kindern zu werden. Ich fürchte, die Tage deines einfachen, überschaubaren Lebens sind in Kürze unwiederbringlich vorüber. Außerdem kann ich meiner Nichte doch wohl schlecht gestatten, einen Burschen zu freien, der nicht dazu in der Lage ist, ihr ein angenehmes Leben zu bieten.«

»Deine Großzügigkeit überwältigt mich, Emir, dennoch ...«

Sadik hob streng eine Hand. »Vertrau mir, Aidan, ich weiß, wovon ich spreche.« Nun erhob er sich und breitete die Arme weit aus. »Doch jetzt erlaubt mir, der erste zu sein, der euch zu eurer bevorstehenden Heirat gratuliert, und laßt mich euch meine herzlichsten Glückwünsche aussprechen.«

Kasimene rannte sofort mit einem lauten Schrei in die Arme ihres Onkels. Sie küßte ihn auf beide Wangen und bedeckte auch seine Hände mit ihren Lippen. Ich folgte ihr etwas unbeholfen und konnte noch gar nicht so recht fassen, was mir soeben widerfahren war. Dann ergriff auch ich Sadiks Hände und umarmte ihn.

Kasimene dankte ihm ein ums andere Mal, und ich versicherte ihn auch meines Dankes. Sie küßte uns beide abwechselnd, daß es kein Ende nehmen wollte, und rief wieder und wieder mit Tränen in den Augen aus, daß dies der glücklichste Tag ihres Lebens sei.

Doch ehe ich mich versah oder ein Wort an sie richten konnte, lief die junge Frau schon davon und rief uns über die Schulter zu, daß sie jetzt jedem von dieser glücklichen Fügung berichten müsse. Blitzschnell hatte sie die Halle verlassen.

»Ich glaube nun, daß du wahrlich unter dem besonderen Schutz Gottes stehen mußt«, meinte der Fürst zu mir. »Der Mann, der Kasimenes Herz erobern konnte, hat damit einen Schatz errungen, welcher mehr wert ist als viele Königreiche. Eines Tages mußt du mir berichten, wie dir dieses Meisterwerk gelungen ist.«

»Dies ist ein Geheimnis«, entgegnete ich, »welches ich notfalls mit meinem Leben verteidige.«

Sadik lachte und wandte sich dann an seinen Vertrauten, auf daß dieser Erfrischungen in seine Privatgemächer schaffen lasse. Er legte mir eine Hand auf die Schulter, führte mich aus der Empfangshalle und sprach: »Und nun, mein Freund, halte ich den Zeitpunkt für gekommen, daß wir einander die Wahrheit eingestehen.«

# 18

Der Emir goß erfrischend kühles Zitronenwasser in zwei goldene Becher und reichte mir einen davon. Er hatte Faisal und die anderen Diener fortgeschickt, damit wir ganz allein sein konnten und niemand unser Gespräch zu belauschen vermochte.

Nun ließ er sich auf seinen Kissen nieder, lehnte sich zurück, bedachte mich mit einem listigen Blick, trank einen Schluck und meinte: »Du kannst jetzt frei sprechen. Bei meiner Ehre, dir soll daraus kein Schaden erwachsen. Wenn ich auch nur mit einem Finger deine Nasenspitze berührte, würde Kasimene mich dafür in ein Faß mit siedendem Öl werfen.«

»Ich stehe dir zu Diensten, Fürst, und werde dir alles erzählen, was du wissen möchtest.«

»Dann beginne doch damit, mir zu berichten, warum du das alles getan hast.«

Bevor ich ihn fragen konnte, was er damit meinte, fuhr Sadik schon fort: »Kommen deine Gefühle für Kasimene wirklich aus tiefstem Herzen?«

»Was ich für sie fühle«, antwortete ich, »habe ich noch nie bei einer Frau empfunden.«

Der Fürst lächelte. »Du bist höchst geschickt darin, dich um eine Antwort herumzuwinden, ohne dabei die Wahrheit zu verletzen. Doch lassen wir jetzt diese kindischen Finessen.

Da du dich zu weigern scheinst, frank und frei zu reden, erlaube mir bitte, daß ich anfange.«

Er nahm noch einen kleinen Schluck und beobachtete mich dabei über den Rand seines Bechers hinweg. Dann stellte Sadik das Gefäß beiseite, wischte sich mit dem Handrücken über den Mund und sagte: »All das, was du mir über den Verrat der Armenier berichtet hast, habe ich Abu Achmed weitergegeben. Er meinte zwar, das würde manches erklären, aber wir müßten dennoch die Echtheit dieser Nachrichten überprüfen. Deswegen hat Achmed gewisse Nachforschungen über Kanäle angestellt, die dem Kalifen zur Verfügung stehen.«

»Und was ist dabei herausgekommen?«

»Daß alles, was du erzählt hast, der Wahrheit entspricht.«

»Und wenn ich über solche Kenntnisse verfügte, dann könne ich nur ein Spion sein – das hast du dann doch gedacht, oder?«

Der Fürst lächelte wieder hintersinnig. »Wir kamen zu dem Schluß, daß wir dich einem weiteren Test unterziehen müßten«, antwortete er. »Denn schließlich ist soviel Wissen doch, sagen wir, ungewöhnlich, oder? Nur ein Spion des Kaisers könnte von all diesen Dingen Kenntnis erlangt haben.«

»Aber würde ein solcher Spion auch die Mühe auf sich nehmen«, fragte ich zurück, »dafür Sorge zu tragen, als Sklave in die Minen des Kalifen verkauft zu werden? Würde dieser Spion es auch aus Gründen der Tarnung für geboten halten, sich von seinen Peinigern hinrichten zu lassen?«

»Unglücke befallen uns alle dann und wann, sogar ein Spion des Kaisers bleibt davon nicht verschont.« Der Emir setzte ein nachdenkliches Gesicht auf und fuhr fort: »Ohne Zweifel bist du wie die anderen ein Opfer von Nikos' Verrat geworden und wurdest auf diese Weise daran gehindert, zum Kaiser zurückzukehren und ihm Bericht zu erstatten. Und wenn ich nicht so viele Nachforschungen angestellt hätte, wärst du wohl auch im Sklavenlager getötet worden.«

»Dafür bin ich dir auch von Herzen dankbar, Fürst«, versicherte ich ihm aufrichtig.

»Ja, und du hast es verstanden, meine Großzügigkeit zu deinem Vorteil zu nutzen.« Er strich sich über den Bart. »Ich werde dir jetzt einen Handel vorschlagen. Du erhältst tausend Silberstücke aus meiner Schatulle, und ich sorge auch dafür, daß du sicher nach Trapezunt gelangst, wo du ein Schiff nach Konstantinopel besteigen kannst – oder wohin auch immer du sonst reisen möchtest.« Sadik beugte sich vor. »All dies will ich für dich tun, wenn du mir das sagst, was ich erfahren will.«

Ich war jetzt doch auf der Hut und fragte vorsichtig: »Warum schlägst du mir einen solchen Handel vor?«

»Damit du begreifst, daß du Kasimene nicht heiraten mußt, um deine Freiheit zu behalten. Sag mir nur die Wahrheit, und ich lasse dich in Frieden ziehen. Einverstanden?«

»Also gut, ich bin einverstanden. Was wünschst du zu hören?«

»Die reine Wahrheit: Bist du ein Spion?«

»Ja, das bin ich.«

»Wußte ich's doch!« Der Emir schlug mit der Faust auf das Tablett. Becher und Zitronenwasser flogen hoch. »Hat mich meine Ahnung also nicht getrogen!« Er klang nicht erzürnt, sondern eher wie jemand, der erleichtert feststellt, daß er seinen Instinkten immer noch trauen kann.

»Ich mag ein Spion sein«, erklärte ich, »doch wohl kaum von der Art, wie du erwartest.«

»Verstehe bitte, aber ich muß alles erfahren«, beharrte Sadik. »Glaub mir, es ist von allerhöchster Dringlichkeit für mich. Für wen arbeitest du? Und mit welcher Aufgabe hat dein Herr dich betraut?«

»Alles, was ich dir bislang erzählt habe, entsprach der Wahrheit. Ich war Harald Stierbrüllers Sklave, als er nach Konstantinopel zog, um die Stadt zu überfallen. Während unseres dortigen Aufenthalts begab es sich, daß ich dem Kaiser einen kleinen Dienst erweisen konnte …«

»Und dafür hat er dich freigelassen und dich in seine Dienste genommen«, vermutete der Emir messerscharf.

»Nein, Fürst, so war es nicht. Ein anderer Herrscher hätte vielleicht so gehandelt, aber das ist nicht Basileios' Art. Statt dessen hat er den Dänenkönig mitsamt seiner Streitmacht in sein Heer eingegliedert und die Seewölfe als Leibwache für den Eparchen und einige Handelsschiffe auf die Reise nach Trapezunt geschickt. Der Kaiser sagte, wenn ich dort an der Schwarzmeerküste etwas für ihn erledigen würde, schenke er mir dafür die Freiheit.«

»Was solltest du für ihn erledigen?«

»Eigentlich nicht viel. Nur die Augen und Ohren offenhalten, besonders während der Friedensgespräche in Trapezunt. Und nach der Rückkehr sollte ich ihm Bericht erstatten und ihm gleich mitteilen, wenn der Eparch sich in irgendeiner Weise verdächtig gemacht haben sollte.«

»Nicephorus?« rief der Emir. »Mißtraute er etwa der Treue seines eigenen Gesandten?«

»Basileios hat mir keine Gründe genannt, aber er erschien mir als ein Mensch, dem sehr an Treue und Vertrauen gelegen ist. Aus irgendeiner Idee heraus war er darauf verfallen, dem Eparchen zu mißtrauen, auch wenn das bei Nicephorus vollkommen unangebracht war.«

»Er hätte viel eher gegen diesen Nikos Mißtrauen hegen sollen«, bemerkte der Fürst nachdenklich, ehe er sich wieder mir zuwandte und mich forschend ansah. »Du solltest also den Gesandten im Auge behalten. War das alles, oder hat er dir noch mehr aufgetragen?«

»Nein, das war alles.«

»Du solltest nicht uns Mohammedaner auskundschaften? Uns nicht einmal beobachten?«

»In aller Aufrichtigkeit, Fürst, der Kaiser hat die Araber mir gegenüber mit keinem Wort erwähnt. Vermutlich konnte er sich nicht vorstellen, daß jemand wie ich während der Verhandlungen etwas Wichtiges oder Vertrauliches über die

Gegenseite in Erfahrung zu bringen vermöchte. Außerdem konnte er ja nicht ahnen, daß ich nach allerlei Wirrnissen an deinen Hof gelangen würde.

Du mußt wissen, Emir, daß der Kaiser den Frieden ebenso dringend wünscht wie der Kalif. Byzanz braucht ihn fast noch mehr als das Reich der Mohammedaner.«

»Warum das?«

»Basileios will Handel und Wandel stärken, weil er dringend Geld für seine neuen Paläste und öffentlichen Gebäude benötigt. Die Hauptstadt ist viele Jahrzehnte vernachlässigt worden. Sie in altem Glanz wiederherzustellen, erfordert große Mittel, die ohne Störung hereinströmen müssen.«

»Bei Allah!« Sadik nickte, weil er genau wußte, was ich sagen wollte. »Wenn nur die großen Herrscher dieser Welt einen kleineren Appetit besäßen!«

»Jetzt kennst du die Wahrheit«, sagte ich. »Ich habe gehorsam in Trapezunt Augen und Ohren offengehalten, auch wenn ich dabei nicht allzuviel in Erfahrung bringen konnte.

Doch nun ist der Eparch ermordet, und der Schurke, der dahintersteckt, kann sich frei bewegen, um neuen Verrat zu begehen. Die Grenzscharmützel und die Überfälle werden fortfahren, und ...«

»Nein«, entgegnete Sadik ernst, »die Kämpfe werden ein Ende finden. So hat es Abu Achmed beschlossen. Wir wollen den Frieden erhalten, den wir gesucht und gerade errungen haben.«

Der Emir schwieg für einen Moment und schien dann zu dem Schluß zu gelangen, mir alles zu sagen. »Dies ist auch der Grund, warum ich dich einem letzten Test unterziehen mußte, mein Freund. Ich mußte einfach herausfinden, was das für ein Mann ist, dem ich vertraut habe, der die Zukunft meines ganzen Volkes in Händen hielt.«

Ich war mir nicht sicher, was er damit meinte; nur daß Sadik von etwas wahrhaft Bedeutsamem gesprochen hatte, wenn auch wie üblich wolkig und bildhaft. »Deine Zukunft, Fürst?«

Der Emir schnalzte angesichts meiner Einfalt mit der Zunge. »Ach, du gibst wirklich einen jämmerlichen Spion ab, Aidan. Da hättest du mit Leichtigkeit mein ganzes Volk vernichten können; denn du wußtest genau, wo unsere Achillesferse liegt. Du bist der einzige, der davon Kenntnis hat. Nicht einmal der elende Nikos vermutet etwas dergleichen.«

»Meinst du die Aufrührer im Süden? Davon habe ich schon vor einiger Zeit erfahren. Wenn ich wirklich der Spion wäre, für den du mich bis eben gehalten hast, hätte ich nach deiner Abreise wohl nichts Eiligeres zu tun gehabt, als zum Kaiser zurückzukehren.«

»Ja, richtig.«

»Aber ich bin geblieben.«

»Ja, das bist du.«

»Und dennoch hast du mich für einen Verräter gehalten. Sogar gedroht, mich mit dem Beil hinrichten zu lassen!«

»Ich hätte auch keinen Moment gezögert, dich einen Kopf kürzer zu machen«, stellte Sadik wie selbstverständlich fest, »wenn du mich belogen hättest.« Der Fürst legte die Hände auf das Tischchen, als wollte er diese unangenehme Erinnerung von sich schieben. »Bitte versteh doch, für uns stand so viel auf dem Spiel, da durften wir nicht das geringste Risiko eingehen.«

»Und Kasimene? Hat sie davon gewußt? Hatte meine Braut etwa den Auftrag, mich zu beobachten?«

Der Emir konnte mir nicht in die Augen sehen. »Kasimene ...«, begann er. »Ja, sie war eingeweiht.«

»Verstehe.« Mehr vermochte ich nicht hervorzubringen. Flammenheiße Wut loderte in mir auf, verging aber ebenso rasch, wie sie gekommen war. An ihre Stelle trat das saure Gefühl der Demütigung. Man hatte mit mir gespielt und mich zum Narren gehalten.

So ähnlich hatte ich mich schon einmal gefühlt, als ich

nämlich erfuhr, daß Gunnar sich seinerzeit den ganzen Tag im Wald versteckt hatte, um festzustellen, ob ich ihm davonlaufen würde. Die Beobachtungsprüfung, so hatte er das damals wohl genannt.

Nun, ohne es zu ahnen, war ich ein zweites Mal einer solchen Prüfung unterzogen worden, und ich stellte fest, daß mir diese Probe noch weniger gefiel als die erste.

Sadik stellte die Becher wieder auf und füllte sie erneut. Er gab mir einen, trank ein wenig und redete dann dringlich auf mich ein. Aber ich bekam nichts von seinen Worten mit und konnte nur meine rasenden Gedanken hören.

*Warum denkt jeder, meine Aufrichtigkeit überprüfen zu müssen? Erscheine ich so unzuverlässig, so haltlos, daß alle glauben, mir nicht ohne Proben trauen zu dürfen? Was habe ich bloß an mir, das meine Umgebung immer wieder mit Zweifel erfüllt?*

»... hat Achmed dann zugestimmt«, sagte der Fürst gerade, »daß diese Angelegenheit von allerhöchster Wichtigkeit ist. Wir müssen sofort aufbrechen und dürfen nur ...«

Ich hob müde den Kopf und sah ihn an.

»Tut mir leid, mein Freund«, meinte Sadik und schien meine bekümmerte Miene mißzuverstehen, »aber ich fürchte, deine Heirat wird sich wohl noch etwas gedulden müssen. Natürlich kehren wir so rasch wie möglich hierher zurück, und dann werde ich dir frohen Herzens eine Hochzeit ausrichten, wie die Welt sie noch nicht gesehen hat. Dies soll mein Vermählungsgeschenk an euch sein. Doch bis dahin ...«

»Bitte, wohin reisen wir denn?« wollte ich wissen.

»Nach Byzanz«, entgegnete er überrascht, daß ich eine so törichte Frage stellen konnte. »Habe ich das nicht gesagt? Die Ränke dieses Nikos müssen aufhören. Wir dürfen diesem Mann nicht erlauben, den Frieden zwischen unseren Völkern noch weiter zu gefährden. Der Komes muß unschädlich gemacht werden, ehe die Kämpfe wieder aufflammen.«

»Ja, Fürst, unbedingt«, stimmte ich ihm zu, und wieder

drehten sich die Gedanken in meinem Kopf. Doch jetzt nicht aus Bestürzung, sondern weil ich glaubte, endlich die Gelegenheit gefunden zu haben, nach der ich so lange gesucht hatte. Ich konnte meine Rache bekommen und mußte dafür nicht einmal den Emir hintergehen. »Aber ich glaube, dazu könnte uns einige Hilfe gelegen kommen.«

Diesmal war es an Sadik, nicht zu verstehen. »Welche Hilfe meinst du?«

»Ich bin nicht der einzige, der von den Ereignissen in Trapezunt weiß«, antwortete ich. »Und außer mir haben auch noch andere den Hinterhalt an der Straße nach Sebastea überlebt. Wenn wir Nikos all seiner Verbrechen beschuldigen wollen, will es mir erscheinen, daß der Erfolg uns um so eher winkt, je mehr Stimmen Anklage gegen ihn erheben.

Vergiß bitte nicht, daß der Kaiser mich das letzte Mal als Sklaven eines Barbarenkönigs gesehen hat. Wenn Basileios meinem Wort Gewicht beimessen soll, brauche ich andere, die meine Geschichte bestätigen.«

Sadik betrachtete mich eindringlich aus seinen dunklen Augen. »Diese Hilfe, von der du da sprichst, hat sicher ihren Preis, oder?« Er klang enttäuscht.

»Ja, ich verlange etwas: Sorge dafür, daß meine Freunde die Freiheit erhalten, dann können wir alle zusammen Nikos der Gerechtigkeit zuführen und den Frieden zwischen den beiden Reichen erneuern und festigen.«

Der Emir wartete, so als rechne er damit, daß ich auch einen Vorteil für mich verlangen würde. Nach einer Weile fragte er dann: »Und was begehrst du noch?«

»Nichts mehr, das ist alles.«

»Nur die Freiheit für deine Freunde?« verwunderte er sich und sah mich voller Zweifel an. »Sonst nichts? Du mußt diesen Nikos mehr hassen, als ich erwartet hatte.«

Ich spürte, wie sich mir vor Aufregung der Magen zusammenknotete. »Kannst du das erreichen?«

»So Allah will, kann es bewirkt werden«, antwortete der

Fürst und tippte sich ans Kinn. »Doch laß mich eines festhalten, damit es zwischen uns zu keinen Mißverständnissen kommt: Wenn es mir gelingen sollte, deine Freunde aus dem Sklavenlager zu holen, wirst du mit mir nach Konstantinopel reisen und mir dabei helfen, den Frieden wiederherzustellen. Einverstanden?«

»Meine Freunde und ich werden dann alles tun, was du von uns verlangst«, versprach ich ihm.

»Dann können wir nur beten, daß der Kalif heute einigermaßen bei Verstand ist«, seufzte der Fürst, und damit war die Sache beschlossen. »Wenn es dir lieber ist, teile ich Kasimene mit, daß eure Hochzeit ein wenig aufgeschoben werden muß.«

»Vielen Dank«, entgegnete ich, »aber das erledige ich lieber selber.«

»Wie du willst.« Sadik erhob sich. »Wenn du mich jetzt bitte entschuldigst, so vieles muß noch erledigt werden, und zwar rasch.« Er klatschte in die Hände, und Faisal erschien wie aus dem Nichts. »Ich habe eine dringende Botschaft an den Wesir«, erklärte Sadik ihm. »Wir erbitten eine Audienz beim Kalifen, noch heute und zum frühestmöglichen Zeitpunkt. Und nun spute dich.«

Damit wandte der Fürst sich an mich. »Auf mit dir, Aidan. Wenn mein neuer Berater mich begleitet, muß er auch wie der Vertraute des Emirs ausstaffiert sein.«

Sadik führte mich in einen Raum, in dem seine Kleider in Truhen aus Sandelholz aufbewahrt wurden. Er wählte ein Gewand und einen Umhang für mich aus und rief dann seine Diener, auf daß sie mich für die Audienz beim Beherrscher aller Gläubigen herrichteten. »Vergeßt nicht«, ermahnte der Emir sie, »dieser Mann tritt heute vor den Kalifen.«

Als die Diener fertig waren, erschien ein Höfling des Fürsten und trug ein blaues Seidenbündel in der Hand. »Für dich, Aidan. Der Emir wünscht, daß du das trägst.«

Ich faltete das Bündel auseinander und entdeckte darin

einen Dolch von der Art, wie die Iren ihn *Daigear* nennen, doch ein solches Kunstwerk hatte ich noch nie zu Gesicht bekommen: Die Scheide war ganz aus Gold und Silber geschmiedet, und zwar von der feinsten handwerklichen Art. Wunderschöne Ziselierarbeiten schmückten ihre Seiten und zeigten Blätter und Ranken. Dazu hatte man Rubine, Smaragde und Saphire in das Metall eingelassen.

Die Klinge bestand aus Stahl, und ihre Schneide war schärfer als das beste Rasiermesser. Ich konnte kaum den Blick von diesem Kunstwerk wenden, um dem Mann zu danken.

»Alle unsere Edelleute und Würdenträger führen einen solchen Dolch mit sich«, erklärte er mir. »Man nennt ihn Kadi.«

»Richter?« fragte ich, nachdem ich das Wort in Gedanken übersetzt hatte. »Warum denn das?«

»Weil ein Mann manchmal darauf angewiesen ist, die Gerechtigkeit in die eigene Hand zu nehmen«, antwortete er, nahm mir den Dolch ab und schob ihn in meinen Gürtel. »Und wenn der Kadi spricht, verstummen alle Gegenreden.«

Der Vertraute trat einen Schritt zurück, erklärte, daß ich nun wahrhaftig wie ein arabischer Edler aussähe, und verabschiedete sich mit den Worten: »Jetzt magst du vor den Kalifen treten. Möge Allah es richten, daß du vor seinen Augen Gefallen findest.«

## 19

Der Kalif von Samarra saß im Arboretum, dem Baumgarten seines Palastes, unter einem Feigenbaum. Wie man uns mitgeteilt hatte, hielt er sich nun schon seit fünf Tagen an diesem Platz auf, weil er auf eine Inspiration durch den Erzengel Gabriel wartete, um ein Gedicht zu Ende zu verfassen, welches er vor einiger Zeit angefangen hatte.

»Vielleicht stünde das, was ihr mit dem Kalifen zu bereden habt«, schlug der Wesir Tabatabai diskret vor, »an einem anderen Tag unter einem günstigeren Stern.«

»Alle Geschäfte sollten in einem Garten unter einem Feigenbaum getätigt werden«, entgegnete Sadik, »dann wäre diese Welt ein angenehmerer Ort. Wir freuen uns schon darauf, den Beherrscher der Gläubigen in seinem Park zu begrüßen.«

»Wie du wünschst.« Der Wesir, der einen schwarzen Turban trug, verbeugte sich respektvoll; aber mir war der warnende Unterton in seinen Worten nicht entgangen. Tabatabai führte uns durch eine riesige, leere Empfangshalle. Sein dunkelblaues Gewand blähte sich unter der Geschwindheit seiner Schritte auf, und die weichen Pantoffeln, in denen seine Füße steckten, hinterließen auf dem Boden aus poliertem grünen Marmor kaum ein Geräusch.

Wir gelangten von einem Saal in den nächsten und schritten unter blau bemalten Kuppeln dahin, die so immens und hoch erschienen wie das Himmelszelt selbst. In einige hatte man sogar Tausende kleiner Löcher gebohrt, um so den Eindruck vom nächtlichen Firmament zu erzeugen.

Hohe Säulen und großartige, kunstvolle Gangbögen hielten diese Kuppeln in der Höhe. In manchen Räumen waren die Wände mit grünen und blauen Kacheln bedeckt, andere hatte man rot oder gelbbraun gestrichen und davor vergoldete Pfauenfedern aufgestellt. An einigen Wänden reihten sich Kisten und Truhen, während man in anderen Räumen thronartige Sitze zu sehen bekam, die aus den exotischsten Edelhölzern angefertigt waren; diese beeindruckten noch mehr durch die Intarsien aus Gold, Silber und Perlmutt.

Und wohin ich auch kam, überall erblickte ich Teppiche und Läufer mit den kompliziertesten und wunderbarsten Mustern, die oftmals durch die Abwechslung der unterschiedlichsten Farben erzeugt wurden. Und einmal durchquerten wir einen Saal, in dessen Mitte sich eine hohe Säule erhob, von der rotgestreifte Stoffbahnen lose herabhingen und so das Gefühl vermittelten, sich in einem riesigen Zelt zu befinden.

Der Wesir führte uns nun durch einen Gang, der von Säulen aus Onyx begrenzt wurde, und dahinter gelangten wir in einen umwallten Garten, in dessen Mitte ein Springbrunnen angelegt war. Wir mußten erst ein kunstvoll geschmiedetes Eisentor passieren, dann befanden wir uns im Arboretum, in dem der Kalif ruhte und auf eine göttliche Eingebung wartete.

Ich kam mir närrisch und am falschen Ort vor. Die Kleider waren bei weitem zu kostbar für mich; solch edles Tuch hatte ich nie zuvor am Leib getragen. Mit dem Turban fühlte sich mein Kopf viel zu groß an, und ich befürchtete einige Male, der Hals könne ihn nicht mehr halten. Das Öl, mit dem man meinen Schnurrbart eingerieben hatte, rann mir auf die Lippen, und sie fühlten sich fremd und nicht zu mir gehörig an. Die Scheidenspitze piekte mir in den Hüftknochen, und ich besorgte mich sehr, mich schlimm zu verletzen, wenn ich mich einmal zu hastig bücken sollte. Natürlich sah ich ein, daß man nicht wie ein Straßenbettler vor den Kalifen treten durfte, aber etwas weniger Aufwand und Umstand würden sicher dafür gesorgt haben, daß ich mich wohler in meiner Haut gefühlt hätte.

Aber der Emir hatte es so gewollt, sich zurückgezogen und mich den Künsten seiner Diener überlassen. Zuerst hatten diese mich bis auf die Haut entkleidet und mir dann aufgetragen, mich in eine große Kupferwanne zu stellen. Daraufhin fingen sie an, mich von Kopf bis Fuß mit Wasser zu waschen, welches die Männer aus einem Krug über mich gossen und das mit Kräutern versetzt war. Danach rieben sie mein Haar, das mittlerweile sehr lang gewachsen war und nicht mehr die Spur der ehemaligen Tonsur aufwies, ebenso wie meine Haut mit Spezereien ein.

Nun ging es daran, das passende Hemd für mich auszuwählen. Sie brachten eins ums andere heran, bis das rechte für das rote Gewand gefunden war, welches der Emir mir aus einer seiner Truhen gereicht hatte. Schließlich banden sie mir ein langes schwarzes Tuch viermal um den Bauch und steckten meine Füße in weiche dunkle Reitstiefel. Als letztes bekam ich einen Turban verpaßt. Ein cremeweißer Stoffstreifen wurde mir etliche Male um den Kopf gewickelt und das Ende schließlich mit einer rubinbestückten Nadel befestigt.

Als die Diener mit allem fertig waren, erschien der Vertraute Sadiks mit dem Kadi, schob mir das kostbare Stück in den Gürtel und befand, daß ich mich so am Hof des Kalifen blicken lassen könne. Danach führte man mich nach draußen auf den Hof, wo der Fürst bereits wartete.

Zwei milchweiße Rösser standen dort bereit, und Sadik verfolgte, wie sie von den Pferdeknechten gesattelt wurden. Als er mich kommen hörte, drehte er sich zu mir um und strahlte erfreut über das ganze Gesicht. »Ah, der Prinz von Persien! Paß bloß auf, daß Kasimene dich nicht so sieht, sonst läßt sie dich nie mehr aus ihrer Nähe.«

»Glaubst du, in diesem Aufzug kann ich mich dem Kalifen präsentieren?«

»Mein Freund«, entgegnete Sadik feierlich, »selbst wenn du vor Allah treten müßtest, könntest du nicht besser ausstaffiert sein. Doch nun zu ernsteren Angelegenheiten: Wann hast du zum letztenmal auf einem Pferd gesessen?«

»Daran erinnere ich mich nicht mehr so genau.«

Der Fürst runzelte die Stirn. »So etwas hatte ich schon befürchtet…« Er wandte sich an die Knechte. »Jalal! Bring Scharwa wieder in den Stall, und führ statt dessen Jakin heraus.« Dann meinte der Emir an mich gewandt: »Du wirst feststellen, daß sie für dich eher geeignet ist.«

Jalal verließ im Laufschritt den Hof und führte einen der Schimmel mit sich. Kurz darauf kehrte er mit einem Apfelschimmel zurück. Mähne, Schweif und Läufe waren schwarz, und im Sonnenlicht glänzte das Fell seidig. Wie Machmud mir einmal erzählt hatte, bevorzugen die Araber Stuten zum Reiten, im Gegensatz zu den Rittern im Westen, die lieber auf einen Hengst steigen.

»Ah«, machte der Fürst anerkennend, »diese Jakin ist wirklich eine Schönheit.« Er schritt zu dem Pferd, klopfte ihm auf den Hals und forderte mich auf, es ihm gleichzutun. »Das hier, meine Schöne, ist unser Freund Aidan«, flüsterte er dem Tier ins Ohr. »Ein braver Mann, den du bitte nicht ärgern wirst, ja?«

Als antworte sie dem Emir, warf die Stute den Kopf hoch und nieder und rieb sich am Hals ihres Herrn. »Später«, versprach Sadik ihr. »Wenn du lieb bist, bekommst du deine Feige schon noch.« Er drehte sich halb zu mir um und meinte: »Seit einiger Zeit verschmäht sie auch gesüßte Datteln nicht.«

Wir beide sahen zu, wie die Pferdeknechte Jakin sattelten. Sie behandelten die Rösser sehr gut und gingen mit Geschick und Erfahrung an die Arbeit. »Es ist eine schwere Sünde«, bemerkte der Emir beiläufig, »ein Pferd zu mißhandeln.« Offenbar liebte er diese Tiere sehr und hatte für jedes von ihnen Zuneigung übrig. »In meinen Augen sogar eine Todsünde.«

»Machmud hat mir erzählt, daß im Paradies alle Männer auf prächtigen Rössern reiten dürfen«, sagte ich.

»Das stimmt«, erklärte der Fürst. Als die Knechte fertig waren, führte einer von ihnen den Schimmel zu Sadik, reichte ihm die Zügel und hielt ihm den Steigbügel. Der Emir stellte einen Fuß hinein und schwang sich in den Sattel. »Wollen wir aber lieber darum beten, daß wir lange genug leben, um vorher noch durch die Straßen von Byzanz reiten zu können.«

Wir brachen auf und bewegten uns langsam, aber stetig über die breite Hauptstraße von Jaffarija, die bis in die Nachbarstadt und zum Palast des Kalifen führte. Wo wir vorbeikamen, blieben die Menschen stehen und grüßten oder bejubelten den Emir.

Als wir vor dem Palast in Samarra eintrafen, eilte der Wesir zu unserer Begrüßung heraus, und danach führte er uns, wie schon beschrieben, von einem Saal zum anderen, bis wir endlich vor dem Beherrscher aller Gläubigen standen, dem mächtigsten Mann in der arabischen Welt.

Kalif al-Mutamid, durch den Willen Allahs Herrscher über das Abbasidenreich und Beschützer der Rechtgläubigen, erwies sich als dicker Mann mit runden Schultern, einem langen ergrauten Bart und gefühlvollen schwarzen Augen. Gekleidet war er wie einer seiner legendären tausend Pfauen, nämlich in Lapislazuliblau und Smaragdgrün mit leuchtendem Karmesinrot. Jedes der Stücke, die er am Leib trug, hatte man mit Gold- und Silberfäden durchzogen, und eine Pfauenfeder ragte aus seinem breiten Satinturban in glänzendem Grau. Der breite Gürtel bestand aus dem gleichen Material, und in ihm steckte ein langer, gebogener Dolch mit einem goldenen und perlenverzierten Griff, welcher wie eine zu kleine Krone auf seinem faßähnlichen Bauch thronte.

Wie der Wesir uns erklärt hatte, ruhte der Erhabene unter einem hohen Feigenbaum mit breiten Blättern auf weichen

Kissen aus Damast. Ein kleiner Schreibtisch stand neben ihm für den Fall bereit, daß die himmlische Muse ihn küßte. Ein kleiner Wall von Schüsseln umgab den Kalifen, und in den meisten fanden sich nur noch wenige Früchte oder Brotstücke. Ohne Zweifel hatte der Mann sich einen Vorrat angelegt, um die ganze Zeit ausharren zu können, bis sich endlich die Eingebung von oben einstellte. Auf zwei Kohlenpfannen qualmte wohlriechender Weihrauch, der von den Brisen, welche in den Blättern rauschten, herangetragen wurde.

Wenn ich ein Dichter am Hofe des Beherrschers aller Gläubigen gewesen wäre, hätte mir schon der Garten allein als ständige Quelle der Inspiration gedient und ich hätte hier mehrere Meisterwerke verfaßt. Der Park erschien mir als gelungene Wiedergabe dessen, was Gott im Sinn gehabt haben mußte, als Er den Garten Eden erschuf. Kein Blatt und keine Blüte, kein Zweiglein und kein Grashalm schienen hier fehl am Platz zu sein. Jeder Strauch und jeder Baum schien das Vorbild seiner ganzen Art zu sein und fügte sich hier doch in perfekter Harmonie mit den anderen Brüdern und Schwestern ein.

Nur der Kalif war weit davon entfernt, sich in der Beschaulichkeit dieser wunderschönen Umgebung zu ergehen. Er machte einen unglücklichen, ja gelangweilten Eindruck und lag träge auf seinen Kissen wie ein Käfer, der auf dem Rücken zu liegen gekommen und es nun müde geworden ist, sich weiter abzustrampeln.

Als wir näher kamen, erwachte al-Mutamid aus seiner Starre. Er hob den Kopf und blinzelte. »Tabatabai! Da bist du ja! Wie kannst du es wagen, deinen Herrn so lange warten zu lassen?«

»Beruhigt Euch, Erhabener«, entgegnete der Wesir beschwichtigend und mit einer Engelsgeduld. »Emir Sadik ist eingetroffen. Er wünscht, Eure Hoheit auf ein Wort zu sprechen.« Der Kanzler des Kalifen verbeugte sich und zog sich ein paar Schritte zurück, um dem Fürsten nun den Vortritt zu lassen. »Ich lasse Euch allein, damit Ihr in aller Abgeschiedenheit mit Eurem Gast reden könnt.«

»Aber ich bitte dich, Tabatabai, so bleib doch«, forderte der Emir ihn rasch auf. »Wenn es dem Erhabenen recht sein sollte, so würde mich das sehr erfreuen.«

»Soll er halt bleiben«, murrte der Kalif wenig begeistert. Sein Blick fiel auf mich, und er richtete sich etwas mehr auf, um mich prüfend zu beäugen. »Wer ist dieser Mann? Was will er hier?«

»Möge der Frieden Allahs mit Euch sein, Großer Kalif. Mit Eurer freundlichen Erlaubnis möchte ich Euch meinen neuen Berater vorstellen. Er heißt Aidan und ist erst vor kurzem in mein Haus gekommen.«

»Der Mann ist kein Araber«, grunzte al-Mutamid.

»Ganz recht, Erhabener«, entgegnete Sadik gleich. »Aidan stammt aus *Erlandah*, das ist eine Insel weit draußen im Westen.«

»Von dem Land habe ich noch nie gehört«, gab der Kalif mißgelaunt von sich, als sich plötzlich Zweifel wie ein Schleier über sein Gesicht legte. »Oder etwa doch, Tabatabai? Ist mir dieser Ort schon einmal untergekommen?«

»Ganz gewiß nicht, Beschützer aller Rechtgläubigen«, versicherte ihm der Wesir.

»Aha, da habt ihr es!« triumphierte der Kalif. »Na bitte.« Er führte einen Zipfel seines Gewands an die Nase und schneuzte sich. »Wißt ihr, die Engel kommen an diesen Ort.« Al-Mutamid deutete in einer weiten Bewegung auf seinen Garten. Er besaß lange Hände und schmale Finger, wie sie gar nicht zu einem Menschen von solcher Leibesfülle passen wollten.

»Aidan ist gekommen, um uns dabei zu helfen, unsere Beziehungen zum Kaiser zu verbessern«, erklärte der Emir rasch, um das peinliche Benehmen seines Herrschers zu überbrücken.

Der Kalif drehte seinen Kopf, bis er mich direkt ansehen

konnte. Er musterte mich aus kleinen Augen. »Tatsächlich? Aber der Kaiser des Westens ist ein Christ«, belehrte er mich. »Gehörst du etwa auch zu diesen Leuten?«

Ich wußte nicht, ob eine Antwort von mir erwartet wurde, und noch weniger, was ich hätte sagen sollen. Sadik bedeutete mir aber, etwas zu entgegnen. »Ja. Das heißt, ich war Christ, gehöre aber nicht länger dazu.«

Der Erhabene nickte schwer. »Es heißt, der Kaiser liebe Pferde.«

»Ich glaube, das entspricht der Wahrheit«, sagte ich. »Auf jeden Fall habe ich einige seiner Rösser gesehen.«

»Wie viele?«

»Vergebung, Euer Erhabenheit?«

»Wie viele Pferde hast du gesehen?«

»Nun, es waren wohl sechs.«

»Sechs?« wiederholte al-Mutamid und schüttelte sich dann vor Lachen, so daß der Stamm, an dem er lehnte, zu schwanken begann. »Sechs! Hast du das gehört, Tabatabai? Der Kaiser besitzt nicht mehr als sechs Rösser! Ich hingegen habe *sechstausend*!« Von einem Moment auf den anderen befiel den Kalifen Argwohn. »Woher verstehst du dich so gut auf unsere Sprache?«

»Ich wurde im Hause des Fürsten Sadik unterrichtet, von einem ausgezeichneten Lehrer, einem jungen Mann mit Namen Machmud.«

»Ach, der ist auch kein Araber«, bemerkte der Kalif erschöpft und gähnte herzhaft.

»Erhabener«, meldete sich Sadik zu Wort, »Machmud ist Ägypter.«

»Ach so«, meinte der Kalif, »das erklärt natürlich einiges.« Er fing nun an, seinen mächtigen Körper bald links und bald rechts anzuheben und erlöste sich schließlich mit einem donnernden Furz seiner inneren Plage. Dann meinte er völlig unbeeindruckt: »Und was willst du, Sadik? Warum bist du gekommen?«

»Wir stehen hier, Großmächtiger, um eine Gunst von dir zu erbitten«, antwortete der Emir. »Aidan hat einige Freunde, die ohne eigenes Verschulden in die Sklaverei geraten sind. Ich bin der festen Überzeugung, daß man sie sofort freilassen und ihnen erlauben sollte, in ihre Heimatländer im Westen zurückzukehren.«

»Wenn ich all meine Sklaven freiließe«, entgegnete al-Mutamid und hob warnend den Zeigefinger, »würde bald niemand mehr übrig sein, der die ganze Arbeit verrichtet. Tabatabai, sag mir, wer dann noch arbeiten würde?«

Der Wesir trat rasch vor. »Ich glaube, Erhabener, daß der Emir keineswegs begehrt, *alle* Sklaven in die Freiheit zu entlassen. Oder irre ich mich da, Fürst?«

»Ich bin weit davon entfernt, so etwas vorzubringen, Wesir«, entgegnete Sadik. »Es geht mir nur um Aidans Freunde.«

»Sechs!« kreischte der Kalif unvermittelt. »Genauso viele, wie der Kaiser Pferde besitzt.«

»Eine wunderbare Entscheidung, Großmächtiger«, lobte Tabatabai sofort. »Einen Sklaven für jedes Pferd des Kaisers. Wunderbar! Ich verfasse sofort ein entsprechendes Dekret, ja, Herr?«

Ohne eine Antwort abzuwarten, ließ der Wesir sich gleich an dem kleinen Schreibtisch nieder, legte ein Blatt Pergament vor sich, tauchte die Feder ins Tintenfaß und fing an zu schreiben.

Doch leider – oder glücklicherweise – hatten mehr als nur sechs den Hinterhalt und den Angriff der Piraten überlebt. Kühn trat ich vor, um auch für die anderen Fürsprache zu leisten. »Verzeiht, Erhabener«, begann ich, sprach aber nicht weiter, weil der Emir mir mit einer Geste zu verstehen gab, daß ich schweigen sollte.

Der Kalif verdrehte die Augen, sah mich dann aber an. »Vergebung, Beherrscher aller Gläubigen«, versuchte ich, mich herauszuwinden, »ich wollte nur meine Dankbarkeit für Eure unübertroffene Großzügigkeit zum Ausdruck bringen. Auch bin ich mir sicher, daß diejenigen, welche nun freikommen, auf ewig in Eurer Schuld stehen werden ... Und was die anderen angeht, so werden sie Euch sicher weiter dienen, wenn sie Euch auch nicht ganz so sehr in Dankbarkeit verbunden sein werden.«

Sadik verzog das Gesicht. Offensichtlich hatte ich mich weiter vorgewagt, als das einem Mann in meiner Stellung zu empfehlen war. Aber was scherte mich jetzt höfisches Getue? Ich konnte nur hoffen, daß Tabatabai meinen Hinweis verstanden hatte. Dummerweise gab er das durch nichts zu erkennen.

Al-Mutamid sog mehrfach kurz Luft durch die Nase ein, so als sei ein neuer Geruch über ihn gekommen. »Ich werde ein Gedicht schreiben«, verkündete er dann heiter. »Es handelt von den Pflichten eines Mannes gegenüber Gott.«

»Wie ausgezeichnet, Erhabener«, bemerkte der Fürst gleich. »Ich hege keinen Zweifel, daß es allen Rechtgläubigen Ermahnung und Erbauung zugleich sein wird, und ich kann es kaum erwarten, das vollendete Werk zu Gesicht zu bekommen.«

»Das Beten gehört zu den Pflichten«, sagte der Kalif und wirkte bekümmert. »Aber mir fällt kein Grund dafür ein.« Sein Gesicht verzog sich in Panik. »Warum, Tabatabai?«

»Das Gebet zeigt die Ergebenheit der Seele vor Gott an«, antwortete der Wesir, ohne von seiner Schreibarbeit aufzusehen. Seine Feder flog noch für einen Moment über das Pergament. Dann hielt Tabatabai inne, betrachtete sein Werk, blies die Wangen auf, atmete vernehmlich aus und lehnte sich zurück. »Nun fehlt nur noch Euer Siegel, Beherrscher der Gläubigen. Würde es Euch gefallen, wenn ich Euch diese Arbeit abnähme?«

Der Kalif setzte eine ungnädige Miene auf und winkte unwillig. Der Wesir erhob sich, zog sich zurück und teilte dem Fürsten mit: »Ich warte im Hof auf dich, Emir Sadik. Dort wirst du mich finden, wenn du hier alles erledigt hast.«

Tabatabai verschwand, und uns blieb nichts mehr übrig, als uns dem Kalifen zu empfehlen. Sadik verabschiedete sich mit etlichen allgemeinen und besonderen Lobhuldigungen des Beherrschers aller Gläubigen und ließ es auch nicht an Segenswünschen mangeln. Wir bedankten uns bei al-Mutamid für seine Großzügigkeit und Gastfreundschaft und wollten eigentlich nur rasch fort.

Doch wir hatten nicht mit den Grillen dieses umnachteten Mannes gerechnet. Dieser hob nämlich unvermittelt die Hände und fing laut zu singen an.

»Allah ist das Licht des Himmels und der Erde!« gab er mit heiserer Stimme von sich. »Sein Licht ist eine Säule, auf der eine Lampe in einem Glas steht. Es leuchtet wie das der Sterne und funkelt wie Edelstein. Genährt wird es vom gesegneten Olivenbaum, dessen duftendes Öl Licht spendet, obwohl keine Flamme darauf brennt. Im Osten wie im Westen, Licht über Licht. Gott führt mit Seinem Licht den, welchen Er für wert erachtet, und schenkt uns Parabeln, um die Gläubigen zu erhellen. Allah ist weise in allen Dingen, und Sein Wissen ist grenzenlos.«

Damit ließ al-Mutamid die Hände sinken, lehnte sich in die Kissen zurück und schloß die Augen. »Vielen Dank, Erhabener, mir das ins Gedächtnis zurückgerufen zu haben«, erklärte Sadik und verbeugte sich tief. »Möge Gott stets über Euch wachen, Kalif.«

»Früchte«, murmelte der Erhabene im Halbschlaf. »Ich will Obst. Eben standen hier doch noch Schüsseln voller Früchte.«

Der Fürst warf mir einen Seitenblick zu, und gemeinsam verließen wir den Park und kehrten durch die unzähligen Säle auf den Hof zurück, wo unsere Pferde warteten, die inzwischen Wasser und zu fressen bekommen hatten. Noch bevor wir dort angelangt waren, wandte ich mich erregt an den Emir: »Mehr als sechs Überlebende schmachten im Sklavenlager. Was stellen wir nun an, um die anderen zu befreien?«

»Mach dir keine Sorgen«, entgegnete Sadik ganz ruhig. »Tabatabai kümmert sich um alles.«

»Aber woher soll er denn wissen, wie viele freigelassen werden müssen?«

»Die Angelegenheit ist bei ihm in den besten Händen«, versicherte mir der Fürst. »Aber du hättest mit deinen törichten Einwänden beinahe alles zunichte gemacht.« Doch er schimpfte nicht mit mir, sondern meinte nur: »Du hast wirklich keinen Grund, dich zu quälen, Aidan. Hab einfach Vertrauen.«

Der Wesir wartete tatsächlich im Hof auf uns. Er hatte das Blatt zusammengerollt und mit einem Seidenband zusammengebunden. Tabatabai reichte mir das Dokument und sagte: »Möge Allah, der Großmächtige und Gnadenreiche, die Rückkehr deiner Freunde in die Freiheit beschleunigen. Das Geschenk, welches du heute erhalten hast, ist sehr kostbar, bedenke das wohl.«

Ich wollte dem Mann gegenüber nicht undankbar erscheinen, spürte aber den Zwang in mir, gleich hier und jetzt nachzusehen, was Tabatabai verfaßt hatte. »Vielen Dank für deine Mühe, Wesir«, sagte ich, löste das Band und rollte das Pergament auf. Ich hielt es in den Händen und fing an, die saubere Schrift zu studieren.

»Da unten siehst du das Siegel von al-Mutamid«, erklärte mit der Wesir und zeigte auf einen roten Wachskreis, in den etwas hineingedrückt war. »Verstehst du dich denn darauf, Arabisch zu lesen?«

»Eigentlich nicht«, gestand ich, reichte ihm das Dokument und sagte: »Bitte.«

»Aber gern«, entgegnete er förmlich. »Nun, hier steht geschrieben: ›Allen sei kundgetan, daß der Kalif al-Mutamid, Verteidiger des wahren Glaubens, beschlossen hat, dem Überbringer dieses Schreibens zu erlauben, all die Sklaven in die Freiheit zu entlassen, die ihm bekannt sind. Jedermann, der ihn daran zu hindern versucht oder sich der Ausführung dieses Befehls entgegenstellt, begeht damit Hochverrat und soll daher den ganzen Zorn des Kalifen zu spüren bekommen.‹«

Tabatabai blickte auf. »Ich hoffe, dir ist damit gedient.«

»In der Tat, mehr hätte ich nicht verlangen können. Ich stehe tief in deiner Schuld, Wesir.«

»Nein, dank nicht mir«, erwiderte Tabatabai und reichte mir das Dokument zurück, »sondern lieber al-Mutamid und noch mehr Allah dafür, daß der Geist des Erhabenen heute erleuchtet war. Es hätte auch leicht anders kommen können.« Der Mann verbeugte sich vor uns, strich sich zum Zeichen seines Respekts vor dem Emir mit zwei Fingern über die Stirn und entfernte sich dann.

»Der Wesir dient dem Kalifat und nicht dem Kalifen«, teilte Sadik mir mit, als wir wieder zu Pferd saßen und durch das Palasttor hinausritten. »Niemand versteht sich besser als er darauf, die Launen und Ausfälle des Herrschers in ruhigere Bahnen zu lenken.« Seine Miene verfinsterte sich, als zöge eine Wolke darüber, aber ich konnte nicht erkennen, was ihn so sehr bedrückte. »Wie dem auch sei, ich wußte, daß der Wesir uns ein Dekret verfassen würde, mit dem wir etwas anfangen können.«

»Wiederum kann ich nicht anders, als deine Weisheit und Menschenkenntnis zu bewundern. Sobald es mir möglich ist, werde ich versuchen, meine Schuld bei dir zu begleichen.«

Der Fürst schüttelte den Kopf. »Dazu besteht kein Grund. Ich bedaure nur, daß du mit ansehen mußtest, in welchem Zustand sich der Kalif befindet. Aber leider führte kein Weg daran vorbei. Doch wie der Wesir schon sagte, hatte al-Mutamid heute einen seiner besseren Tage. Es ist schon vorgekommen, daß der Erhabene sich vor anderen entkleidet und entleert hat. Manchmal gerät er auch in Raserei und befiehlt, daß alle seine Diener mit glühendheißen Spießen gepfählt werden sollen …«

Nach einem Moment des betroffenen Schweigens drehte der Emir sich zu mir um: »Glaub jetzt aber bitte nicht, auch nicht für den kleinsten Augenblick, daß Abu Achmed ähnlich geartet sei. Allah sei gepriesen, Achmeds Geist ist so scharf wie die Klinge an seiner Seite. Er kennt sich in der Politik ebenso aus wie in der Philosophie. Achtzigtausend Mann stehen im Süden unter seinem Befehl, und ein jeder von ihnen wird nur von einem Gedanken beherrscht: sein Leben für Allah und Abu Achmed zu geben.«

»Die Menschen in diesem Lande können sich glücklich preisen, daß der Kalif einen solchen Bruder besitzt«, bemerkte ich, und Sadik nickte. Den Rest der Reise schwiegen wir, bis wir wieder im Hof seines Palastes eingetroffen waren.

»Heute«, verkündete der Fürst dann, und glitt in einer einzigen fließenden Bewegung aus dem Sattel, »ist die letzte Nacht, die wir in Jaffarija verbringen. Du wirst an meiner Tafel speisen. Ich schicke Kasimene, damit sie dich rechtzeitig abholt.«

»Dein Wunsch ist mir Befehl, Emir«, entgegnete ich, während ich vergeblich versuchte, es ihm an Eleganz gleichzutun.

»Jetzt entschuldige mich bitte«, meinte er, »aber ich habe drei Ehefrauen und muß einer jeden gegenüber meine Pflichten erfüllen. Wir werden viele Tage fort sein, und so muß ich dafür sorgen, daß sich keine vernachlässigt fühlt. Ich werde allen Anforderungen nachkommen, so daß Allah wohlgefällig auf mich herabblickt.«

»Ganz unbedingt«, bestärkte ich ihn. »Es wäre doch eine Sünde, das unverrichtet zu lassen, was die Pflicht einem auferlegt.«

»Obgleich du dich noch nicht im Ehestand befindest, wußte ich, daß du mich verstehen würdest.« Ich sah ihm eine Weile nach und beneidete ihn um die Pflichten, denen er jetzt nachkommen mußte.

Während die Dienerschaft des Fürsten genug damit zu tun hatte, die Vorbereitungen für die Reise zu treffen, verbrachte ich den Rest des Tages damit, mir zu überlegen, wie ich Kasimene meine lange Abwesenheit beibringen sollte. Und auch, daß unsere Hochzeit bis zu meiner Rückkehr warten müsse.

Als ich dann schließlich den vertrauten Klang ihrer Füße auf dem Gang hörte, war ich einer Antwort noch keinen Fingerbreit nähergerückt. Dann trat sie ein, und ihr fröhliches Gesicht mit dem strahlenden Lachen machte mir meine undankbare Aufgabe noch schwerer.

Die junge Frau war mit zwei Schritten bei mir, warf sich in meine Arme und brachte mich zu Fall. Ich landete auf der Bettstatt, und sie küßte mich einmal, zweimal, dreimal ... Danach habe ich nicht mehr mitgezählt, sondern mich ihrer Umarmung ergeben.

Als Kasimene endlich innehielt, um wieder zu Atem zu kommen, hielt sie mein Gesicht zwischen den Händen und sah mich an. Das Licht ihres Glücks erhellte die ganze Kammer und ließ ihre Augen erstrahlen.

»Ich habe den ganzen Tag auf dich gewartet!« sagte sie, legte ihr Kinn auf meine Brust und betrachtete mich. »Die Diener haben mir gesagt, du wärst zum Kalifen geritten.«

»Ja, das stimmt«, entgegnete ich. »Ich wollte die Freilassung meiner Freunde bewirken.« Wieviel Tiefe doch ihren dunklen Augen innewohnte, wie unermeßlich sie waren.

»Und, hattet ihr Erfolg?« wollte sie wissen.

»Ja, sogar noch mehr, als ich mir erhoffen durfte«, antwortete ich und zog mit einer Fingerspitze die Linien ihrer Lippen nach.

»Aber du freust dich ja gar nicht.«

»Doch, ich bin sogar sehr froh.«

»Du siehst aber nicht so aus. Eigentlich wirkst du richtiggehend unglücklich.« Kasimene küßte mich wieder. »Warte nur, die Tafel heute abend wird dich aufmuntern. Nur die Familienmitglieder sind geladen, somit können wir nebeneinander sitzen.«

»Kasimene ...«, begann ich, strich ihr über die Wange und glaubte, an meinen Worten ersticken zu müssen.

Sofort zog sie besorgt die Augenbrauen zusammen. »Was hast du, sag es mir.«

»Dir ist doch sicher nicht entgangen, welche Vorbereitungen in diesem Hause getroffen werden –«

»Ja. Der Emir begibt sich wieder auf Reisen. Es heißt, diesmal will er bis nach Byzanz.«

»Das stimmt«, sagte ich und gab mir einen Ruck, »und ich ziehe mit ihm.«

Das Licht in ihren Augen erlosch wie das einer Kerze, über die ein eisiger Windhauch gefahren ist. Statt dessen trat Betrübnis auf ihre Miene. »Aber warum mußt du denn mit?«

»Es tut mir von Herzen leid, Liebste.« Ich wollte sie in den Arm nehmen und trösten, aber sie entzog sich meinen Händen.

»Warum?«

»Das war der Preis für die Befreiung meiner Freunde«, teilte ich ihr mir, »und auch für meine Freiheit.«

»Und du hast zugestimmt?«

»Ich hätte mich auf alle Forderungen eingelassen, um die Freiheit zu gewinnen. Ja, ich habe Sadik versprochen, ihn zu begleiten.«

»Es war falsch von dem Fürsten, deine Notlage so kaltherzig auszunutzen.« Kasimene sprang auf. »Ich werde sofort zu ihm gehen und ihn zu der Einsicht bewegen, daß er dich so nicht behandeln darf!«

»Nein, Liebste.« Ich erhob mich ebenfalls und hielt sie zurück. »Nein, es gibt keine andere Möglichkeit. Der Emir braucht mich in Konstantinopel – und zwar so sehr, daß er mich auch mitgenommen hätte, wenn sich alles anders verhalten hätte. Ich habe dabei lediglich das Beste für mich herausgeholt.«

»Dennoch war es falsch von Sadik, dich vor eine solche Wahl zu stellen«, beharrte die junge Frau.

»Ich hatte noch andere Gründe«, gestand ich ihr, weil ich das Gefühl hatte, das jetzt alles herausmüsse. »Und die hätten mich gezwungen, auch ohne den Fürsten nach Byzanz zurückzukehren.«

»Vermutlich Gründe, die mich ausschließen, oder?« erwiderte sie giftig.

»Ja«, antwortete ich in aller Ehrlichkeit. »Ich weiß, es ist schwierig zu verstehen. Aber glaub mir, so wie es gekommen ist, bin ich es zufrieden.«

»Ich aber nicht!« fuhr Kasimene mich an. Ihre Unterlippe zitterte, und Tränen drängten in ihre Augen.

Ich trat zu ihr, nahm sie in die Arme, und sie legte den Kopf an meine Brust. So standen wir eine ganze Weile da. »Es tut mir wirklich sehr leid, Kasimene«, flüsterte ich und strich ihr über das Haar, »ich wünschte, es wäre anders gekommen.«

»Wenn du in die Fremde reist, dann komme ich mit.« Die Vorstellung gefiel ihr auf Anhieb. »Ja, ich reite mit euch. Dann sind wir die ganze Zeit zusammen, du kannst mir die Kaiserstadt zeigen, und …«

»Nein, Liebste.« Es versetzte mir einen Stich, ihre eben aufkeimende Hoffnung gleich wieder zerstören zu müssen. »Das ist viel zu gefährlich.«

»Wieso ist es für mich zu gefährlich und für dich nicht?«

»Ich würde gar nicht erst aufbrechen, wenn nicht bestimmte Gründe mich dazu zwingen würden«, entgegnete ich. »Glaub mir, viel lieber würde ich hierbleiben und für immer mit dir zusammenleben.«

Kasimene schüttelte meine Hände von ihren Schultern, trat einen Schritt zurück und sah mich traurig an. Als sie dann sprach, klang es, als würde sie jeden Moment in Tränen ausbrechen. »Wenn du gehst, werde ich dich nie wiedersehen, das weiß ich genau.«

»Ich werde zu dir zurückkommen«, versprach ich Kasimene, doch angesichts ihres Kummers hörten sich meine Worte wenig überzeugend an. »Ganz bestimmt.«

## 20

Das Festessen am Abend sollte eine fröhliche Feier mit Musik, Gesang und Tanz werden. Der Fürst ruhte am Ende eines langen, niedrigen Tisches auf etlichen Kissen zusammen mit seinen Ehefrauen, die ihn mit Leckerbissen von den verschiedenen Platten, Tellern und Schüsseln fütterten, welche von dem Küchengesinde in einem nicht enden wollenden Strom hereingetragen wurden.

Ich saß mit Faisal und einigen engen Freunden des Emirs zusammen, und uns gegenüber befanden sich die Damen; da es sich um ein Festmahl handelte, war ihnen erlaubt, zusammen mit den Männern zu speisen, statt wie gewohnt die Nahrung in den Frauengemächern einzunehmen. Die Gäste waren allseits gelöster Stimmung, und es wurde viel gelacht. Ohne Zweifel amüsierten sich alle prächtig auf diesem Abschiedsbankett.

Nur für mich hatte die Tafel eher etwas von einer Marter an sich. Ich saß Kasimene gegenüber und spürte genau, wie unglücklich sie war. Schwermütig erduldete ich ihren stummen Tadel, und es war mir unmöglich, sie aufzuheitern oder ihr die Last der Traurigkeit zu erleichtern. Auch erhielt ich in dieser Runde natürlich keine Möglichkeit, mich ihr zu erklären.

Die Speisen waren wiederum von ausgesuchter Köstlichkeit, und die Küche hatte sich alle Mühe gegeben, mit den

Gerichten sämtliche Sinne zu erfreuen. Doch für mich schmeckte alles wie Asche; denn ich konnte nicht die geringste Freude an diesem herrlichen Mahl aufbringen. Auch die Musik, die zunächst leise und sanft im Hintergrund erklang, dann aber, als wir mit dem Essen fertig waren, zunehmend lebhafter wurde, erschien mir gleichförmig und schal. Nicht einmal die Tänzer und Tänzerinnen, die uns mit ihren Darbietungen erfreuten, als wir gesättigt in den Kissen ruhten, konnten mich aus meiner trüben Stimmung reißen.

Normalerweise hätte ich mich wie ein König fühlen müssen, der ich nach solchen herrlichen Gaumengenüssen auch noch mit Kunst verwöhnt wurde, doch statt zu genießen, wurde ich immer unlustiger und unruhiger. Am liebsten hätte ich den Saal fluchtartig verlassen und die letzten Stunden, die uns noch blieben, mit Kasimene verbracht. Wie gern hätte ich sie jetzt im Arm gehalten und geliebt, ihre sanfte Haut an der meinen gespürt und gefühlt, wie ihr biegsamer Körper unter meiner Berührung nachgab …

Alles wollte ich ihr erklären, doch da gab es so viel, was ich ihr zu sagen hatte, daß ich gar nicht wußte, wo ich hätte anfangen sollen. In meinem Kopf drehte sich alles, meine Gedanken wirbelten wie Blätter im Herbstwind durcheinander, und ich konnte keinen inneren Frieden finden.

Und als dann die letzte Tanzvorführung geendet hatte, erhoben sich die Frauen und verschwanden durch eine schmale Tür am anderen Ende des Saals.

Ich wollte sofort auf und ihnen hinterher, aber Faisal legte mir eine Hand auf den Arm. »Sie ziehen sich in den Harem zurück«, erklärte er mir freundlich, »wohin ihnen kein Mann folgen darf, nicht einmal derjenige, der vor lauter Verliebtheit ganz von Sinnen ist.«

»Aber ich muß mit Kasimene sprechen!« beharrte ich.

Er zuckte die Achseln. »Das wirst du wohl auf morgen verschieben müssen.«

*Aber morgen ist es zu spät*, hätte ich am liebsten geschrien.

Dann konnte ich es nicht mehr aushalten. Ich entschuldigte mich, verließ den Saal und folgte den Frauen. Sie überquerten den von Fackeln erhellten Hof und verschwanden hinter einer hohen Tür. Ich bewegte mich darauf zu und stieß auf einen Wächter, der sich respektvoll vor mir verbeugte, mir aber nicht Platz machte.

»Ich wünsche, Kasimene zu sprechen«, erklärte ich dem Haremswächter.

»Dann warte bitte hier«, entgegnete er mit eigenartig hoher Stimme, eilte hinein und kehrte wenig später zurück, um mir mitzuteilen, daß die Dame nichts mit mir zu bereden habe.

»Hast du ihr denn gesagt, wer sie sehen will?« erwiderte ich erregt.

»Das habe ich«, erklärte er. »Die Prinzessin bat mich, dir ihr außerordentliches Bedauern auszusprechen. Und ich solle ihrem zukünftigen Gemahl eine gute Nacht wünschen.«

»Aber...«, begann ich, und dann wurde mir bewußt, daß ich noch immer nicht wußte, was ich ihr eigentlich sagen wollte. So kehrte ich in den Festsaal zurück, setzte mich wieder neben Faisal und ließ den Kopf hängen.

»Wenn ich dir einen Rat geben darf«, meinte der Vertraute des Emirs, »dann iß etwas. Die Reise wird anstrengend, und solche Köstlichkeiten wirst du auf lange Zeit nicht mehr vorgesetzt bekommen. Also, lang zu und entspann dich endlich ein bißchen.«

Aber ich konnte keinen einzigen Bissen hinunterbringen und betrachtete die fröhliche Ausgelassenheit um mich herum mit Grimm und Traurigkeit. Als der Fürst sich endlich in seine Gemächer zurückzog und es uns überlassen blieb, weiterzufeiern oder ebenfalls die Bettstatt aufzusuchen, verabschiedete ich mich bei der erstbesten Gelegenheit, begab mich in meine Kammer und verbrachte dort eine ruhelose Nacht, in der mich der Schlaf floh.

Der erste Dämmerschein traf mich übellaunig und wie zerschlagen an. Als draußen auf dem Flur Schritte ertönten, sprang ich sofort auf und begriff, daß ich die ganze Nacht auf dieses Geräusch gewartet hatte.

Aber es war nicht Kasimene, die mein Zimmer betrat, sondern irgendein Sklave, den ich noch nie gesehen hatte. Er brachte mir das Frühstück, erkundigte sich nach meinen weiteren Wünschen, und als ich nichts auf dem Herzen hatte, was er mir erfüllen konnte, zog der Diener sich wieder zurück.

Ich verschwendete kaum einen Blick auf das Essen, zog mich rasch an und stellte mich dann ans Windloch, um zuzusehen, wie Jaffarija unter den ersten Sonnenstrahlen zum Leben erwachte.

Dabei überlegte ich, ob ich noch einmal zum Harem gehen sollte. Man würde mir zwar wiederum den Eintritt verwehren, aber vielleicht könnte ich Kasimene ja eine Nachricht zukommen lassen, in der ich sie bäte, zum mir auf den Hof herauszukommen.

Ich ging diesen Plan gerade noch einmal in Gedanken durch, als von draußen erneut Schritte zu vernehmen waren. Sofort sagte ich mir, das könne nur die Liebste sein, die es vor Sehnsucht genausowenig aushielt wie ich. Aber ach, ein Knabe zeigte sich, und alles in mir schien zusammenzusacken.

»Verzeih, Herr«, sagte der Junge mit einer leichten Verbeugung, »ich soll dir mitteilen, daß die Pferde bereit sind.«

Ich dankte ihm, warf einen letzten Blick in meine Kammer, in der ich soviel Zeit verbracht hatte, nahm das Dokument an mich und schob es sorgfältig in eine Falte meines Gewands. Dann schüttelte ich den Kopf, weil alles Hoffen und Harren vergebens gewesen waren, und schritt tapfer und ohne mich noch einmal umzudrehen den Gang entlang. Am Ende ging es die Treppe hinunter, dann durch die Eingangshalle und von dort in den Hof, wo bereits die Rösser gesattelt standen.

Um möglichst geschwind voranzukommen, hatte Sadik beschlossen, nur zehn seiner Rafik mit auf den Zug zu nehmen. Dazu kamen er selbst, Faisal und meine Wenigkeit, so daß unsere Reisegesellschaft dreizehn Köpfe umfaßte.

*Genauso viele zählten auch die Mönche, welche von Eire zu ihrer unglückseligen Pilgerfahrt aufbrachen*, dachte ich bekümmert, und dieser Zufall schien mir ein schlechtes Omen für unsere heutige Reise zu sein. Früher hätte ich sicher gebetet und um einen besseren Erfolg für diesen Zug gefleht. Aber Gott würde, wie ich wußte, meinen Worten keinerlei Beachtung schenken, und so konnte ich mir die Mühe sparen.

Der Fürst stellte mir wieder den angenehmen Grauschimmel zur Verfügung. Ich schritt auf die Stute zu, deren Zügel von einem Stallknecht gehalten wurden, und flüsterte ihr etwas ins Ohr, so wie ich es bei Sadik gesehen hatte. Jakin hob den Kopf und rieb sich an mir zum Zeichen, daß sie mich wiedererkannte.

»Die Stute mag dich.«

Ich wirbelte herum. »Kasimene! Wie sehr hatte ich gehofft, dich vor der Abreise noch einmal zu sehen zu bekommen. Aber ich fürchtete schon …«

»Was? Daß ich meinen Fastehemann einfach abziehen ließe, ohne ihm wenigstens eine glückliche Reise gewünscht zu haben?« Die junge Frau trat zu mir, und ich entdeckte, daß sie allen Kummer abgelegt hatte. Die brave Kasimene hatte sicher eingesehen, sagte ich mir, daß ich fort mußte und sich daran nun einmal nichts ändern ließe. Ja wirklich, sie erschien mir sogar guten Mutes und gefaßt, so als wolle sie nicht, daß ich meine Liebste als betrübtes, heulendes Etwas im Gedächtnis behielt.

»Ich würde alles darum geben, wenn ich hierbleiben könnte«, erklärte ich Kasimene.

»Das weiß ich doch.« Sie lächelte. »Ich werde dich natürlich während unserer Trennung vermissen, aber dafür wird die Wiedersehensfreude dann um so größer sein.«

»Und ich werde dich auch vermissen, mein Herz.« Alles in mir sehnte sich danach, sie in die Arme zu nehmen und zu küssen, aber dazu durfte ich es natürlich nicht kommen lassen. Solches Gebaren zwischen noch nicht Verheiraten galt als unschicklich und hätte Kasimene bei ihren Landsleuten in Verruf gebracht. So mußte ich mich damit begnügen, sie nur anzusehen und ihr süßes Antlitz in meine Erinnerung einzumeißeln.

Ich habe sie wohl etwas zu sehr angestarrt, denn sie senkte den Blick auf das kleine, in Seide eingeschlagene Bündel, das sie in Händen hielt. »Ein Geschenk für dich«, flüsterte die junge Frau. Ich bedankte mich, nahm es entgegen und wollte wissen, was unter dem Tuch verborgen sei.

»Nein«, entgegnete sie und legte eine Hand auf die meine. »Öffne es jetzt noch nicht. Erst später, wenn du schon weit fort bist, magst du es auswickeln und an mich denken.«

»Das werde ich.« Ich schob das kleine Päckchen in meinen Gürtel. »Kasimene, ich ...« Natürlich war das die letzte Gelegenheit für mich, und das wußte ich genau, aber ich mußte feststellen, daß ich noch immer nicht besser vorbereitet war als zuvor. Schlimmer noch, die wenigen Worte, die mir in den Sinn kamen, verflüchtigten sich sofort, wenn ich sie aussprechen wollte. »Tut mir leid, Liebste, ich wünschte, es wäre anders gekommen. Ganz ehrlich, ich wünschte es mir aus tiefstem Herzen.«

»Ja.«

In diesem Moment trat Fürst Sadik aus dem Palastgebäude. Faisal gab den Gefährten das Zeichen zum Aufsteigen. Die Rafik ritten zum Tor. »Aufs Pferd!« rief er mir dann zu. »Es geht los!«

»Leb wohl, Kasimene«, brachte ich heiser hervor. »Ich liebe dich.«

Sie legte zwei Finger an ihre Lippe, küßte diese und legte sie mir dann auf den Mund. »Möge Gott mit dir sein, Liebster«, hauchte sie. »Ich werde jeden Tag für uns beten, bis wir wieder vereint sind.«

Unvermittelt drehte sie sich um und rannte davon. Binnen eines Moments war Kasimene zwischen den Säulen verschwunden. Faisal rief noch einmal, und ich machte, daß ich in den Sattel kam und ihm zum Tor hinaus folgte.

Wir ritten durch die noch leeren Straßen von Jaffarija, und dort, wo die Schatten noch herrschten, empfing uns angenehme Kühle. Der Emir ritt an der Spitze unseres Zuges, und Faisal bildete mit den drei Packtieren die Nachhut. Ich hielt mich dicht neben dem jungen Mann, zu dem ich eine tiefe Freundschaft empfand.

Rasch brachten wir die Stadt hinter uns und bewegten uns über die Landstraße, die am Ufer des Tigris entlangführte. Der Strom präsentierte sich zu dieser Jahreszeit nur als besserer Bach, der oft zwischen den Felsen an seinen Ufern ganz zu verschwinden schien.

Das Gestein dieses Landstriches war von eigenartigem blassen Rosa, und diese Farbe hatte das ganze umliegende Gebiet erobert. Staub und Boden wiesen durchgehend einen hellen rötlichen Hauch auf. Je weiter wir uns von der Stadt des Emirs entfernten, desto öder zeigten sich uns die Hügel und das restliche Gelände. Bald hatten wir auch die Siedlungen und Gehöfte außerhalb von Jaffarija – mit ihren rosafarbenen Lehmhütten und bebauten Feldern – hinter uns gelassen.

Wir ritten den ganzen Morgen und hielten nur einmal an, um die Rösser zu tränken. So lange hatte ich noch nie an einem Stück auf einem Pferd gesessen, und es verging nicht allzuviel Zeit, bis mir die Beine schmerzten. Faisal bemerkte meine Pein und sagte: »In ein paar Tagen wird es dir vorkommen, als seist du im Sattel auf die Welt gekommen.« Er lachte, als ich darob nur das Gesicht verzog, und tröstete mich mit den Worten: »Keine Bange, mein Freund, sobald der Tag am heißesten ist, legen wir eine Rast ein.«

Mittlerweile brannte die Sonne schon so erbarmungslos auf uns herab, daß ich mir ausrechnete, bis zum Lager könne es nicht mehr weit sein. Doch als Sadik durch nichts zu erkennen gab, daß ihm der Sinn nach Anhalten stand, fragte ich besorgt bei Faisal an, ob der Fürst die Rast vielleicht vergessen haben könnte.

»Nein, bestimmt nicht«, antwortete er schmunzelnd. »Siehst du die Bäume dort vor uns?« Er deutete auf ein Wäldchen am Horizont, das sich vor einer rötlichen Felsgruppe erhob. »Dort halten wir an.«

Fein, dachte ich mir, doch hatte Sadik keineswegs vor, dort zu rasten. Als wir den Bäumen schon sehr nahe waren, ritt der Emir schneller statt langsamer. Ich drehte mich sehnsüchtig zu dem Hain um, der hinter uns kleiner wurde, und Faisal lachte wieder und deutete auf eine andere Baumgruppe, die sich jetzt am Horizont zeigte.

Doch weh mir, auch diese passierten wir unbeachtet, ebenso wie die nächste, bis der Fürst endlich geruhte, sein Pferd in die Schatten eines Tamariskenwäldchens zu lenken.

Kaum stand mein Roß, sprang ich schon aus dem Sattel, was ich besser unterlassen hätte; denn sofort wurde mir schmerzlich bewußt, daß mein Hinterteil am meisten unter dem Ritt gelitten hatte. Mir war nur möglich, aufrecht stehenzubleiben. Schon der kleinste Schritt bereite mir eine unvorstellbare Pein.

»Zuerst bekommen die Tiere zu trinken«, teilte Faisal mir mit. Er sprach sehr freundlich, aber mit einem Unterton, der es mir geboten erscheinen ließ, ihm zu gehorchen. Ich humpelte ihm steifbeinig hinterher und führte Jakin zum Flußufer, damit sie ihren Durst stillen konnte. Danach nahmen wir den Rössern die Sättel ab und banden sie mit langen Lederriemen an den Bäumen an, damit sie sich Grünzeug zum Fressen suchen konnten.

Erst jetzt waren wir an der Reihe, uns zu erfrischen. Wir liefen den Strom ein Stück flußaufwärts, um nicht an derselben Stelle wie die Pferde zu trinken, knieten uns dort in den feuchten Grund, spritzten uns Wasser über den Kopf, nahmen einen Schluck von dem Naß und spuckten ihn gleich wieder aus. Das Wasser war zu schlammig, um für Menschen genießbar zu sein, aber es befeuchtete uns wenigstens Mund und Rachen. Den Durst löschten wir dann aus den Wasserschläuchen, mit denen die Packmulis behangen waren. Und danach legten wir uns zum Ausruhen unter die Bäume.

Die Soldaten unterhielten sich leise miteinander, und ich lehnte an einem Stamm und lauschte träge dem Murmeln ihrer Stimmen, das sich bald kaum noch vom Summen der Insekten im Laubwerk unterschied.

Ich weiß nicht mehr, wann genau ich eingeschlafen bin; ehrlich gesagt, ich kann mich nicht einmal daran erinnern, überhaupt die Augen geschlossen zu haben. Eigentlich lag ich nur da und starrte durch die Blätter in den blauen Himmel, als sich plötzlich das Firmament auftat und die goldene Stadt erschien.

Im ersten Moment wollte ich laut schreien, um die anderen auf dieses Wunder aufmerksam zu machen, aber die Zunge klebte mir am Gaumen, und ich brachte keinen Ton heraus. So blieb mir nichts anderes übrig, als in stummem Erstaunen mitanzusehen, wie die funkelnde Stadt langsam aus dem Himmelsrund herabstieg. Der wunderbare Ort glitzerte und glänzte weit heller als jedes irdische Licht, und daran erkannte ich, daß sich mir die Stadt des Himmels offenbarte.

Als wollte man mir das bestätigen, ertönte nun ein Brausen wie von einem wilden Sturm über einem Ozean. Ein tiefes Dröhnen von majestätischer und grenzenloser Macht, eine Stimme, welche die Welt in ihren Grundfesten erbeben ließ. Der Sturm schwoll an, bis er das gesamte Erdenrund erfüllte, und meine Organe schüttelten sich unter seiner Wucht. Ich fürchtete, der Boden, auf dem ich ruhte, würde zerbrechen und wie Wasser zerfließen. Sonderbarerweise schien niemand sonst dieses furchtbare Tosen wahrzunehmen, und auch nicht das blendende Licht, das sich in überreicher Fülle auf uns ergoß.

Ich versuchte aufzustehen und davonzurennen, doch ich besaß keinen Willen mehr über meine Gliedmaßen und konnte mich nicht vom Fleck rühren. Nur nach oben zu schauen, war mir noch vergönnt, und wie gebannt starrte ich auf die weißgekleideten Bewohner der Himmelsstadt, welche auf Lichtspeeren zur Erde hinabschwebten – Engel, die auf Flehen und Fürbitten der Menschen hin hereilten. Ein Geräusch drang erst leise, dann immer lauter an mein Ohr: das Schlagen ihrer Flügel.

*Wie ist es möglich*, so fragte ich mich, *daß die anderen noch nichts davon gehört haben?*

Das Brausen des Sturmwindes erfüllte die ganze Erde und auch das Himmelszelt. Und wirkte dabei so dauerhaft und machtvoll, als drücke sich hier die Schöpfung selbst aus. Ja, das Toben der Elemente erschien mir wie eine Säule, die das Wesen der Welt selbst aufrecht halten sollte.

Einer der Getreuen des Herrn flog direkt auf mich zu, fuhr geradezu wie ein Blitz über mir ein. Der Engel ragte übermannsgroß aus dem Baum auf, an dem ich ruhte, und sein Antlitz strahlte heller als die Sonne, als er mit furchtgebietender Strenge auf mich herabblickte.

»Wie lange?« fragte der Himmelsbote, und schon seine Worte ließen das Laubwerk erbeben.

Er schien von mir eine Antwort zu erwarten, aber ich blieb stumm, weil es mir noch immer nicht möglich war, meine Stimme zu erheben. Als ich schwieg, donnerte der Engel mit noch heftigerer Stimme: »Wie lange, o Mensch?«

Ich verstand nicht, was das Wesen von mir wollte. Vielleicht spürte es meine Verwirrung, oder aber es las den Gedanken in meinem Kopf; denn der Engel beugte sich tiefer zu mir und fragte: »Wie lange, Ungläubiger, willst du den Himmel noch mit deinem Hochmut beleidigen?«

Er hob die strahlende Hand und streckte den Arm weit aus. Ich schaute das ganze riesige Heer des Himmels. Rings um uns herum lagerte es mit seinen Pferden und Feuerwagen. Diesen Anblick konnte ich nicht ertragen und mußte die Augen schließen, damit sie mir nicht in den Höhlen zu Asche verbrannten.

»Vergiß nicht«, mahnte der Himmlische, »alles Fleisch ist Gras.«

Als ich die Augen wieder zu öffnen wagte, waren die Streitwagen und die Reiter verschwunden, und auch von dem Boten des Herrn war nichts mehr zu entdecken.

Auch konnte ich mich wieder regen und meine Stimme erheben. Ich schaute mich um und stellte verblüfft fest, daß alles wieder so aussah wie vorhin. Niemand schien etwas von dem Wunder am Firmament bemerkt zu haben. Die Rafik hockten immer noch da und schwatzten miteinander, die angepflockten Pferde fraßen das spärliche Gras, und der Emir döste vor sich hin.

Ich lehnte mich zurück an den Stamm, schloß erneut die Augen und sagte mir, die große Hitze habe meinen Geist verwirrt und ihm einen Wachtraum beschert.

So erklärte ich mir die Erscheinung und glaubte auch fest, daß es sich derart verhalten habe. Als sich später alle erhoben, um die Reise fortzusetzen, war ich bereits felsenfest davon überzeugt, daß ich in Wahrheit nichts gesehen noch gehört hatte – eine bloße Sinnestäuschung, ja; denn sonst hätten die anderen doch auch etwas davon mitbekommen müssen.

Diese Gewißheit blieb mir den ganzen restlichen Tag über, und ruhte so fest in meinen Gedanken, daß ich die ganze Begebenheit schließlich verdrängte. Die weiteren Tage unseres Zugs gingen in meiner Erinnerung ineinander über, weil einer wie der andere war. Wie Eiszapfen in der Sonne zerschmolzen sie von einem zum nächsten, und nichts unterschied sie voneinander. Wir ritten und rasteten, aßen und schliefen, um anschließend die Reise wieder fortzusetzen.

Nur an einem ließ sich der Ablauf der Zeit messen: Die unregelmäßig verlaufende Linie der Gebirgskette weit im Norden war am Abend eines jeden Tages ein Stückchen näher gerückt.

Nach fünf Tagen bogen wir vom Tigris ab und zogen in Richtung Nordosten weiter, auf ein Vorgebirge zu. »Die

Minen liegen dort«, erklärte mir Sadik und deutete auf eine Klamm zwischen den Höhenzügen. »Diesen Paß dort müssen wir überwinden, um das Sklavenlager zu erreichen.«

»Wie weit ist es bis dorthin?« fragte ich voller Aufregung. »Wie lange brauchen wir noch?«

»Vielleicht vier Tage«, antwortete der Fürst. »Ja, wenn nichts dazwischenkommt, sind wir in vier Tagen am Paß.«

»Und wie weit ist es von dort noch bis zu den Minen des Kalifen?«

»Ich schätze, dafür brauchen wir einen weiteren Tag. Die Bergpfade sind für die Pferde nicht sehr gut begehbar.«

Auch der Emir schien es nun kaum noch erwarten zu können, ans Ziel zu gelangen. Er trieb unseren Zug zur Eile an und ließ sein Roß schneller laufen. So war die Sonne schon längst hinter dem Horizont verschwunden, als wir an diesem Tag unser Nachtlager errichteten. Ich war furchtbar müde, und jeder Knochen im Leib tat mir so weh, daß ich kaum etwas von dem Eintopf zu mir nahm, den Faisal für uns zubereitete. Rasch zog ich mich zurück, um in stillem Leiden meine Schmerzen zu erdulden.

Der Schlaf wollte sich nicht einstellen, und ich lag lange wach und zerschunden da. Da ich nichts Besseres zu tun hatte, beobachtete ich wieder die Sterne, die ihre unendlich langsame Bahn über das Himmelszelt zogen. Da die Sonne nicht mehr vom Himmel brannte, wurde die Luft stetig kühler, und ich wickelte mich fester in meinen Umhang. Mit einem Ohr lauschte ich dem Summen und Brummen der Insekten, die über dem Wasserloch unserer Oase kreisten. Irgendwann konnte ich die Lider nicht mehr hochhalten und fiel in einen leichten Schlummer.

Mir kam es so vor, als hätte ich die Augen gerade erst geschlossen, als eine Stimme aus der Dunkelheit zu mir sprach: »Erhebe dich, Aidan«, forderte sie mich auf. »Folge mir.«

Ich richtete mich in eine sitzende Stellung auf und entdeckte eine ganz in Weiß gekleidete Gestalt, die sich rasch von mir entfernte. »Faisal!« flüsterte ich ihr laut hinterher, weil ich die anderen nicht wecken wollte. »Warte auf mich!«

Der Freund blieb gehorsam stehen, drehte sich aber nicht zu mir um. Ich rappelte mich auf und humpelte ihm auf schmerzenden Beinen hinterher. Was hatte Faisal nur vor, und warum weckte er mich mitten in der Nacht?

Ich war erst drei oder vier Schritte weit gekommen, als er sich wieder in Bewegung setzte und sich nicht darum scherte, welche Mühen mir das Laufen bereitete. »Faisal!« rief ich, so leise wie möglich und so laut wie nötig, »warte doch!«

Er führte mich aber ungerührt weiter. Wir umrundeten das Wasserloch und gelangten an eine Stelle, wo die Bäume nicht mehr so dicht standen. Hier blieb Faisal endlich stehen. Jeder Schritt machte mir Mühe, aber wenn dem Freund etwas so wichtig war, wollte ich diese Marter gern auf mich nehmen. Irgendwann ärgerte ich mich aber doch etwas über ihn. Was konnte schon so dringlich sein, daß man sich dafür so weit von den anderen entfernen mußte? Als ich ihn erreichte, war ich richtiggehend wütend, weil er mich zu seiner solchen Tortur gezwungen hatte.

»Nun?« verlangte ich in säuerlichem Tonfall zu erfahren. »Was gibt es denn Bedeutendes, daß du mich dafür um den wohlverdienten Schlaf bringen mußtest?«

Er stand nur da und blickte in die Ferne. Fast hätte man meinen können, der Freund habe mich gar nicht gehört.

»Faisal«, sprach ich lauter, »was ist mit dir, so sprich doch!«

Damit drehte er sich um, und ich starrte in das Gesicht des mir ebenso lieben wie toten Bischofs Cadoc.

## 21

Cadoc hatte die Augen halb geschlossen. »Ich bin enttäuscht von dir, Aidan«, begann er mit schneidender Stimme, »sehr enttäuscht sogar, und auch angewidert.«

Sein rundliches Antlitz war ein einziger Vorwurf, und zum Zeichen seiner Verärgerung schnalzte er mit der Zunge. »Hast du überhaupt eine Vorstellung, welche Unruhe du mit deinem Ungehorsam heraufbeschwörst? Du stehst unmittelbar vor dem Abgrund, mein Sohn. Wach endlich auf und komm zur Besinnung!«

»Bischof«, entgegnete ich, und mein Zorn verrauchte angesichts dieser wunderbaren Begegnung, »wie kann es sein, daß du hier vor mir stehst? Ich habe doch mit eigenen Augen gesehen, wie man dich umbrachte.«

»Ja, ein höchst willkommenes Wunder, bei meiner Seele! Sieh nur, was du daraus gemacht hast, daß dieses Schicksal dir erspart blieb!« schimpfte er und legte streng die Stirn in Falten. »Dachtest du denn, ich würde tatenlos zusehen, wie du all die Gaben mit Füßen trittst, die man dir schon in die Wiege gelegt hat?« Cadoc wirkte jetzt richtiggehend empört. »Nun, was hast du zu deiner Verteidigung vorzubringen?«

Da ich mich nicht in der Lage sah, dem alten Freund etwas Vernünftiges zu entgegnen, konnte ich nur die Geistererscheinung vor mir anstarren. Kein Zweifel, das war eindeutig der irische Bischof. Doch auch, wenn er die vertrauten Züge aufwies und auch sonst ganz so aussah, wie ich ihn in Erinnerung hatte, strömte Cadoc doch eine Gesundheit und Kraft aus, wie ich sie zu seinen Lebzeiten nie an ihm bemerkt hatte.

Ja, der gute Mann wirkte lebendiger als viele Lebende, und die Augen, mit denen er mich tadelnd betrachtete, enthielten nichts Überirdisches. Im Gegenteil, der Zorn in ihnen wirkte höchst weltlich. Beim genaueren Hinsehen stellte ich allerdings fest, daß Kutte und Umhang nicht weiß waren, sondern aus einem leicht schimmernden Material bestanden, das seine Hände und sein Gesicht sanft bestrahlte; so ähnlich, als würde er vom Mondlicht beschienen, doch noch etwas heller.

Neugierig streckte ich eine Hand aus, um ihn zu berühren und festzustellen, ob er so fest und solide war, wie er mir hier erschien.

»Nein!« Der Bischof erhob warnend die Rechte. »Solches ist dir nicht gestattet.« Er zeigte auf einen Fels. »Laß dich dort nieder und hör mir zu.«

Aber die alte Sturheit erwachte wieder in mir, und ich entgegnete. »Nein, denn ich habe mir geschworen …«

»Sitz!« befahl Cadoc mit der Macht des Himmels, und ich hockte mich hin.

Der Bischof von Cenannus na Ríg stemmte die Fäuste in die Hüften. »Dein halsstarriger Stolz hat den Pilgerzug an den Rand des Untergangs geführt!«

»Mein Stolz!« rief ich und sprang auf. »Aber ich habe doch gar nichts getan!«

»Setz dich wieder und sperr die Ohren auf!« donnerte er streng. »Die Nacht neigt sich dem Ende zu, und ich muß bald zurück.«

»Wohin?«

Cadoc ging nicht auf meine naive Frage ein, sondern fuhr fort: »Leg endlich deinen verdammenswerten Hochmut ab, Bruder. Demütige dich vor Gott, bereue deine Sünden und erflehe Vergebung, solange noch Zeit dazu bleibt.« Er hielt inne, und seine Züge lockerten sich ein wenig auf. Jedem, der zufällig vorbeikam, hätten wir wie zwei Mönche erscheinen müssen; er der ältere Kirchenvater, der einen störrischen Jüngeren auf den Weg der Vernunft zurückführen will.

»Sieh dich nur an!« tadelte der Bischof mich jetzt. »Du suhlst dich in deinem verletzten Stolz und Selbstmitleid, ertrinkst in Zweifeln. Und das alles wegen einer nichtigen Enttäuschung und einiger kleinerer Ärgernisse auf deiner Reise. Was weißt du denn schon von den höheren Zusammenhängen?«

»Ich weiß, daß Gott *mich* verlassen hat«, entgegnete ich, »und nicht ich Ihn.«

»Ach ja«, erwiderte er voller beißendem Spott, »dein kostbarer Traum. Man hat dir eine große Gunst erwiesen, aber du hast sie einfach weggeworfen. Ich erkenne nun, daß du alle Gaben in der gleichen Weise ansiehst, mit Zweifel und Mißachtung nämlich!«

»Eine Gunst?« entfuhr es mir. »Ich sollte in Byzanz sterben – was für eine Gnade soll das denn sein?«

Der Geist verdrehte erschöpft die Augen. »Dem Himmel sei Dank, du bist nicht immer so dumm gewesen. Viele Menschen, die von verständigerer Art allerdings, würden einiges darum geben, erführen sie den Ort ihres Todes.«

Ich konnte nicht glauben, was ich hier zu hören bekam, und starrte den geistergleich schimmernden Bischof fassungslos an.

»Ja, eine wunderbare Gnade«, murmelte ich dann voller Zorn. »Ich reise nach Konstantinopel und war des festen Glaubens, dort sterben zu müssen. Um der Wahrheit willen, ich war sogar bereit, dort zum Lob unseres Herrn Jesus Christus den Märtyrertod zu erleiden. Ja, Bischof, ich hatte mich auf mein Ende vorbereitet ... aber dann geschah nichts. Verstehst du, ich bin nicht gestorben!«

»Und deswegen bist du seitdem zutiefst enttäuscht und fühlst dich betrogen«, entgegnete Cadoc in dem Tonfall, den er sich früher für besonders stumpfsinnige und verstockte

Schüler aufbewahrt hatte. Ich sagte nichts dazu, sondern schaute nur mürrisch drein.

Der Bischof atmete vernehmlich ein. »Vielleicht hätte es dir ja weitergeholfen, etwas gründlicher über die Bedeutung deines Traums nachzusinnen ...«

»Was sollte das denn jetzt noch bewirken? Die Geschichte ist aus und vorbei.«

»Ehrlich gesagt, Aidan mac Cainnech«, erklärte er voll Überdruß, »du machst mich wütend.«

*Mein Verstand muß getrübt sein*, dachte ich. Da stand ich hier mitten im Nirgendwo und stritt mich mit einem Gespenst herum. *Es kann nur so sein, daß die Sonne mir das Hirn ausgedörrt hat. Zuerst Engel, die vom Himmel steigen, und nun der Geist eines Toten. Was mag als nächstes kommen?*

»Bist du nur gekommen, um mir das zu sagen«, erwiderte ich frech.

»Nein, mein Sohn«, antwortete Cadoc deutlich milder. »Ich bin dir erschienen, um dich zu warnen, und auch, um dich zu ermutigen.« Er beugte sich zu mir vor und fuhr ernst fort: »Hüte dich. Große Gefahren erwarten dich auf dem Weg, der vor dir liegt. Hohe Stellen planen deine Vernichtung. Wenn du nicht innehältst und von deinem Pfad abrückst, erwartet dich der Abgrund.«

»Ja, danke, wirklich sehr ermutigend«, murmelte ich.

»Das war erst die Warnung«, entgegnete der Bischof ungehalten. »Ich verspreche dir eins, Bruder: Frohlocke, denn die Jagd wird bald vorüber sein, und an ihrem Ende erwartet dich ein wunderbarer Preis. Doch nur, wenn du dem Bösen widerstehst!«

Damit entfernte er sich von mir. Cadoc ging nicht fort, nein, denn seine Füße berührten kaum den Boden, vielmehr schwebte er von dannen. Der Bischof entschwand aus meiner Sicht und wurde rasch kleiner, so als lege er in kürzester Zeit riesige Entfernungen zurück.

»Vergiß nicht: Alles Fleisch ist Gras!« rief Cadoc mir noch

zu, und seine Stimme war kaum mehr zu vernehmen. »Richte die Augen auf den Preis!«

»Warte!« schrie ich und sprang auf.

Noch einmal drangen seine Worte an mein Ohr, doch so leise, daß ich sie mehr ahnte als hörte: »Alles Fleisch ist Gras, Bruder Aidan. Die Jagd ist bald vorüber. Leb wohl ...«

Von dem Bischof war nichts mehr zu sehen. Ich erwachte mit einem Schaudern und sah mich benommen um. Nichts regte sich im Lager, und die Männer schliefen. Der hell leuchtende Mond stand tief im Westen, und erstes Rosa färbte den Himmel im Osten.

Ich lag nicht mehr an meinem Platz, sondern stand vor dem Wäldchen. Für einige Zeit rührte ich mich nicht vom Fleck und überlegte angestrengt, was mir da gerade widerfahren war. Ein Traum natürlich, was denn sonst? Doch anders als die vorangegangen Mahre hatte dieser mich dazu gebracht, mich von meinem Nachtlager zu erheben und im Schlaf herumzuwandern. So etwas war früher noch nie passiert.

So kam ich mir wie ein Narr vor, der mitten in der Nacht allein auf weiter Flur dasteht und mit sich selbst redet. Beschämt huschte ich zu den anderen zurück, legte mich unter meinen Baum, wickelte mich wieder in meinen Umhang und versuchte zu schlafen. Mir war kein großer Erfolg beschieden, denn wenig später schon erhoben sich die Reisegefährten. Wir frühstückten das, was vom Abendbrot übriggeblieben war, sattelten danach die Pferde und brachen wieder auf.

Die sonderbaren Vorfälle der zurückliegenden Nacht versetzten mich in eine Nachdenklichkeit, die nicht frei von Heiterkeit war. Wie üblich ritt ich neben Faisal am Schluß des Zuges, doch wir unterhielten uns nur wenig, weil meine Gedanken viel zu sehr mit den Erscheinungen beschäftigt waren, die mich überkommen hatten.

Wieder und wieder standen die Worte deutlich vor meinem inneren Auge zu lesen: Alles Fleisch ist Gras. Das hatte der Engel mir zu bedenken gegeben, und das hatte auch Cadoc mir mitzuteilen gehabt. Diese Übereinstimmung erfüllte mich mit Belustigung, aber auch mit innerer Ruhe. Zumindest stimmten meine geisterhaften Besucher in diesem Punkt überein.

Der Spruch stammte aus der Heiligen Schrift. Ich hatte den dazugehörigen Psalm oft genug geschrieben, um die Worte sofort wiederzuerkennen. Auch bedienten sich die Propheten gern dieses Bildes, indem sie den Menschen und seine Lebensspanne mit dem Gras verglichen, das am frühen Morgen in gesundem Grün dastehe, dann vom allesverzehrenden Feuer der Sonne zu Asche verbrannt werde, um am Abend schließlich vom Wüstenwind davongeweht zu werden.

Während mir auf dem Ritt all dies durch den Kopf ging, überlegte ich auch, wie lange es her war, seit ich zum letztenmal in der Bibel gelesen hatte. Vor Zeiten noch hatte das Buch der Bücher mein ganzes Leben ausgemacht. Doch heute dachte ich nur noch selten an die Heilige Schrift, und die Abstände zwischen den Malen wurden stetig größer. Dieser Gedanke erfüllte mich mit großer Traurigkeit, und ich fragte mich, an welche Textstellen ich mich noch zu erinnern vermochte.

*Alle Menschen sind wie Gras, und all ihre Herrlichkeit gleicht den Blumen auf dem Feld.*

Das stammte aus den Büchern der Propheten, von Jesaja, wenn ich mich nicht irrte. Und dann kam mir auch noch ein Psalm in den Sinn:

*Du, Herr, trägst die Menschen im Schlaf des Todes fort. Sie sind wie das Gras am Morgen – auch wenn es sich am Morgen immer wieder aufrichtet, ist es doch am Abend wieder trocken und verdorrt.*

Und wo ich schon einmal dabei war, drängten immer mehr Bibelstellen in mein Bewußtsein. Diese geistige Übung gefiel mir; nicht übermäßig, aber wenigstens ließ sie mich die Eintönigkeit des Ritts nicht spüren.

*Sie verdorren schneller als das Gras. Dies ist das Schicksal derer, welche den Herrn vergessen.*

Ja, auch das hatte ich einige Male abgeschrieben, aber so sehr ich mein Hirn auch marterte, mir wollte einfach nicht einfallen, aus welchem Buch der Heiligen Schrift diese Stelle stammte. Die Botschaft erschien mir jedoch klar und deutlich, und sie gebot mir, mich zu fragen, ob ich den Herrn tatsächlich vergessen hatte.

Nein, entschied ich, im Gegenteil, Gott hatte mich vergessen.

Schon trieb ein neuer Vers aus den Tiefen meines Gedächtnisses nach oben.

*Wer bist du, daß du sterbliche Männer fürchtest, die doch nichts sind als Gras. Warum vergißt du darüber deinen Herrn und Schöpfer, der die Himmel über die Welt gespannt und die Fundamente der Erde errichtet hat?*

Diese Frage stand so kraftvoll in meinem Geist, daß ich mich umdrehte, weil ich glaubte, Faisal habe zu mir gesprochen. Doch der ritt neben mir her, hatte den Kopf unter der Last der Hitze gesenkt und die Augen geschlossen. Ich entdeckte, daß auch einige der Rafik vor sich hin dösten. Ganz offensichtlich schenkte mir niemand sonderliche Beachtung.

Erneut nahm der Vers meinen Verstand in seinen Griff, und das mit einer Beharrlichkeit, als verlange er eine sofortige Antwort auf seine Frage.

*Ja, wer war ich, daß ich sterbliche Männer fürchtete, und darüber meinen Schöpfer vergaß?*

Sorgte diese Furcht für das Vergessen? Gut möglich, aber mir schien es sinnfälliger zu sein, daß eher das Vergessen Furcht auslöste. Die Frage stellte es als Dummheit hin, die Menschen zu fürchten, wo doch der Herr der Himmel und der Erde allein die Macht über die Seelen besaß. Wenn man Furcht mit Geld verglich, dann war Gott der Schatzmeister, der Bezahlung verlangte.

Aber gemach, es war doch nicht Furcht, die mich beherrschte. Nein, ich hatte keine Angst, ich fühlte Wut! Ich hatte mich dem Schöpfer ganz und gar ergeben, und Er hatte dieses Geschenk zurückgewiesen. Gott hatte mich verstoßen, Seine schützende Hand von mir zurückgezogen und mich hilflos treibend in einer Welt zurückgelassen, in der weder Erbarmen noch Gerechtigkeit zu Hause waren.

Als würde jemand meine Grübeleien belauschen, kam sofort ein neuer Bibelvers in mein Bewußtsein und heischte meine Aufmerksamkeit.

*Sorge dich nicht um das Übel, das die Menschen anrichten, und neide auch nicht denen den Erfolg, die Böses bewirkt haben; denn wie das Gras werden diese bald verdorren und sterben.*

Ja, diese Stelle erkannte ich sofort wieder, stammte sie doch aus den Psalmen. Aber dann ging mir auf, daß ich mit diesem Vers wieder am Anfang meiner Überlegungen angelangt war. Aber was hatten diese Worte um Fleisch und Gras, um Furcht und Vergessen zu bedeuten? Was wollte man mir damit sagen?

Als die sengende Sonne den Zenit ihrer Aufwärtswanderung erreichte, hielten wir an, um zu rasten. Ich trank etwas Wasser und legte mich unter einen Dornbusch; in diesen öden Hügeln boten nur Büsche mit ledrigen Blättern und kurzen, scharfen Dornen Schutz und Schatten. Ich versuchte zu schlafen, aber der Boden war zu hart und uneben; und mein Geist fand keine Ruhe, wälzte er doch die Fragen immer noch hin und her, die mich schon den ganzen Morgen beschäftigt hatten.

Die Bibelverse, die mir so aufs Geratewohl in den Sinn gekommen waren, schienen auf einen bestimmten Schluß zu weisen: Ich hatte zugelassen, daß meine Enttäuschung sich in Bitternis und Zweifel verwandelte, und diese wiederum hatten an meinem Glauben genagt und ihn ins Wanken gebracht.

Vielleicht entsprach das ja der Wahrheit. Aber hatte ich nicht alles Recht, mich über mein Schicksal zu beschweren? Immerhin hatte Gott mich verlassen. Wie lange wollte man einen Menschen zwingen, sich einem Schöpfer gehorsam zu erweisen, der einen längst vergessen hatte?

Ich gab mein Bestes, die ganze Angelegenheit aus meinem Geist zu verbannen, aber die Fragen plagten mich unverdrossen weiter. Als ich befürchten mußte, keinen inneren Frieden mehr zu finden, verstrickte ich Faisal in ein Gespräch.

»Welche Gnade würdest du als die größere ansehen?« fragte ich ihn, während wir nach unserer Rast nebeneinander herritten und uns gerade einen steinigen Bergpfad hinaufmühten. »Den Zeitpunkt deines Todes im voraus zu erfahren, oder darüber in Unwissenheit belassen zu werden?«

Mein Freund dachte darüber nach und erklärte schließlich: »Beide haben einiges an sich, was dafür und was dagegen spricht.«

»Das ist doch keine Antwort.«

»Erlaub mir bitte, zu Ende zu sprechen«, entgegnete Faisal. »Mir will es so erscheinen, als sei es dem Menschen vorherbestimmt, den Zeitpunkt seines Todes nicht zu kennen, bis dieses unglückliche Ereignis ihn einfach überkommt. Daher glaube ich, daß Allah dies so zu unserem Besten festgelegt hat.«

»Doch wenn man dir die Wahl ermöglichte«, drängte ich weiter in ihn, »für welches von beiden würdest du dich entscheiden?«

Wieder dachte mein Freund für einen Moment nach, fragte dann aber: »Ist es vorstellbar, daß mir solches widerfährt?«

»Wohl kaum, nur ...«

»Dann brauche ich darauf auch keine Antwort zu finden.«

»Die Weise, wie du meiner Frage ausweichst, zwingt mich zu dem Schluß, daß du ein solches Wissen weniger als Segen denn vielmehr als Fluch ansehen würdest.«

»Das habe ich nicht gesagt«, widersprach Faisal. »Du hast meine Worte mißverstanden.«

»Wie könnte ich deine Worte mißverstehen, da du doch gar nichts gesagt hast?« erwiderte ich.

So ging es noch eine ganze Weile zwischen uns hin und her, bis wir beide das Interesse an solch sinnlosem Disput verloren. Später, als die Soldaten das Nachtlager errichteten, kam ich neben Sadik zu sitzen, der gerade mit seinem Adlerblick das Tal überflog, durch welches wir heute geritten waren. Die untergehende Sonne entflammte die Umrisse der Felsen und färbte die Schatten dunkelpurpurn. Weit im Süden hob sich der Horizont rosafarben von der Dämmerung ab. »Ein Sturm zieht auf«, bemerkte der Emir mit Blick in Richtung Mittag.

»Schön, ein wenig Regen wäre mir höchst willkommen.«

»Nein, um diese Jahreszeit fällt hier kein Regen«, entgegnete der Fürst. »Nur starker Wind kommt auf.«

»Also ein Sandsturm.« Mir sank das Herz bei dieser Vorstellung.

»Wenn es Gott gefällt, wird er weiter im Osten vorbeiziehen.« Sadik wandte den suchenden Blick vom Himmel und betrachtete mich mit der gleichen Eindringlichkeit. »Faisal hat mir erzählt, du würdest viel vom Tod reden.«

»Das stimmt«, gestand ich und berichtete dem Fürsten, worüber wir uns unterhalten hatten. Diese Fragen schienen sein Interesse zu wecken, und so wollte ich auch von ihm wissen, ob er das Wissen um den Zeitpunkt des eigenen Todes als Segen ansehe.

»Selbstverständlich«, antwortete er ohne Zögern.

Das fesselte mich. Ich fragte ihn gleich nach dem Grund für diese Ansicht und fügte hinzu, daß ich darin überhaupt keinen Vorteil erkennen könne.

»Und genau darin liegt doch dein Irrtum. Ein Mann, der mit solchem Wissen ausgestattet wäre, besäße die Freiheit, die größten Dinge zu bewirken.«

»Wie das? Warum nennst du das Freiheit?« Der Gebrauch dieses Begriffes verwirrte mich. »Mir will es viel eher so erscheinen, als stelle solches Wissen eine schwere Last dar.«

»Für einige mag das gewiß so sein«, entgegnete der Emir nachdenklich, »wohingegen andere darin einen Segen sehen. Wenn ein Mann Kenntnis von seinem Tod hätte, könnte er daraus doch mit Leichtigkeit schließen, an welchen Orten und zu welchen Zeiten ihn sein Ende *nicht* ereilte. Das verliehe ihm die Freiheit, völlig ohne Furcht zu handeln und all das anzugehen, wonach ihm der Sinn stünde.« Die Vorstellung schien den Fürsten so zu beschäftigen, daß er immer schneller und eindringlicher redete. »Denk nur, ein Krieger könnte sich in jeder Schlacht als Held erweisen, jeder Gefahr trotzen und sich mutig in die Bresche werfen, besäße er doch die Gewißheit, daß er den tödlichen Streich noch lange nicht empfangen müßte.«

»Und was würde geschehen«, drängte ich in ihn, »wenn dieser Mann dann den Ort und den Zeitpunkt seines Todes erreicht hätte?«

»Ja«, sagte Sadik und richtete den Blick wieder auf das Tal, »wenn er also ans Ende seines Lebens gelangte, so würde er ohne Furcht sein, denn er hatte ja Zeit genug, sich darauf einzustellen und entsprechend darauf vorzubereiten. Die Furcht gedeiht nur dort, wo Unsicherheit sich ausbreitet. Wo absolute Gewißheit herrscht, kann Furcht nicht bestehen.«

Als jemand, der das schon einmal durchgemacht hatte, konnte ich Sadiks Weisheit nicht sehr überzeugend finden. Die Gewißheit machte nach meiner bescheidenen Meinung alles nur noch komplizierter und schlimmer.

Ich grübelte immer noch darüber nach, was ich dem Fürsten darauf entgegnen könnte, als dieser sich plötzlich erhob.

»Bei Allah!« flüsterte der Emir.

Ich sah ihn an und erkannte, daß er in das Tal starrte. Sein Blick heftete sich auf die Stelle, an welcher der Weg zu dem Felsvorsprung aufzusteigen begann, auf welchem wir unser Lager errichtet hatten.

»Was siehst du denn?« fragte ich, weil ich dort nichts ausmachen konnte.

Aber Sadik lief schon zu seinen Soldaten. Über die Schulter rief er mir zu: »Jemand folgt uns!«

## 22

Ich spähte noch eine Weile ins Tal hinab, und endlich bemerkte ich eine Bewegung am Grund des Tals. Tatsächlich, da folgte uns jemand langsam durch die Dämmerung. Ich strengte meine Augen an und gewahrte wirklich einen Menschen, der ein Pferd hinter sich am Zügel führte. Doch die Schatten senkten sich rasch, und bald konnte ich überhaupt nichts mehr erkennen.

»Zurück mit dir!« fuhr Sadik mich an. Ich entfernte mich kriechend vom Felsrand und fragte mich, wie es dem Fürsten möglich gewesen war, unseren Verfolger zu erkennen; denn ich hätte den einsamen Reiter niemals ausgemacht. Doch die Antwort ließ nicht lange auf sich warten. Offensichtlich hatte der Emir damit gerechnet, daß uns jemand auf die Spur gekommen war. Er mußte wohl schon länger nach ihm Ausschau gehalten haben und hatte ihn schließlich entdeckt.

Wir verbargen uns zwischen den Felsen, die zu beiden Seiten des Bergpfads überreichlich vorhanden waren, und warteten. Wir geduldeten uns lange, aber der Verfolger ließ sich nicht blicken. Nach einer Weile erhob sich Sadik, schlich zum Rand des Vorsprungs zurück, legte sich auf den Bauch, spähte ins Tal hinunter und erschien einen Moment später wieder bei uns, um uns aus den Verstecken zu rufen.

»Unser Freund hat unten sein Nachtlager aufgeschlagen«, meldete er. »Wie traurig ist es doch, eine so weite Strecke allein reisen zu müssen. Ich glaube, wir sollten ihn bitten, sich zu uns ans Feuer zu gesellen. Notfalls überreden wir ihn auch dazu.«

Der Emir wählte vier seiner Soldaten aus, die dem hartnäckigen Gesellen unten die Einladung überbringen sollten. »Bewegt euch leise zu ihm«, ermahnte er die Rafik, »wir wollen unseren Gast doch nicht übermäßig erschrecken.«

Das Quartett machte sich zu Fuß auf den Weg, und wir anderen kümmerten uns wieder um den Aufbau des Lagers. Während Faisal und die restlichen Soldaten ihren verschiedenen Tätigkeiten nachgingen, breitete sich das Blauschwarz der nahenden Nacht über den Himmel aus, und die ersten Sterne entzündeten ihr Licht.

Als die vier Gefährten mit unserem unwillkommenen Verfolger zurückkehrten, war es bereits vollständig dunkel geworden.

Sie tauchten unvermittelt aus der Nacht auf und traten in den Lichtkreis, den der Feuerschein verbreitete. Zwei Soldaten führten den unfreiwilligen Gast heran, der dritte paßte auf, daß dieser nicht nach hinten verschwinden konnte, und der vierte führte ein Pferd und einen Packesel mit sich.

Wir verfielen bei ihrem Erscheinen sofort in Schweigen. Der Fürst erhob sich und erklärte: »Ich bin erfreut, daß du das Angebot angenommen hast, dich an unserem Feuer zu wärmen«, begrüßte er den Gast, der noch von der Finsternis verborgen wurde.

Ich spähte in das Dunkel jenseits des Feuerscheins und machte eine schlanke Gestalt aus, die von Kopf bis Fuß in einen hellen Umhang gewickelt war.

»Tritt vor, Freund«, forderte Sadik den Fremden auf. »Setz dich zu uns ans Feuer, wärme dich und teile mit uns das Mahl.«

Aber der Verfolger schwieg und blieb stehen. Auch die Soldaten bewegten sich nicht und hielten ebenfalls den Mund, so als hätten sie etwas Schlimmes gesehen, über das sie noch nicht reden konnten – oder als sei ihnen der ganze Vorfall irgendwie peinlich.

»Bitte«, sagte der Fürst nicht mehr so freundlich. »So komm doch, meine nächste Einladung könnte so dringlich werden, daß sie dir vielleicht nicht mehr gefiele.«

Der Fremde schlug die Kapuze zurück und trat in unsere Mitte.

»Kasimene!« schrie ich, und nichts hielt mich mehr auf meinem Platz.

»Kasimene«, entfuhr es auch dem Emir, doch bei ihm mit einem Seufzen und begleitet von einem verdrossenen Kopfschütteln.

Ich lief ihr entgegen und wollte sie in die Arme nehmen; doch unter den Kindern Allahs gilt es als Sünde, wenn sich ein Mann und eine Frau, die nicht miteinander verheiratet sind, in aller Öffentlichkeit berühren. Deswegen blieb ich unschlüssig vor ihr stehen, spürte die Blicke der anderen in meinem Rücken und rechnete damit, daß der Emir jeden Moment seinem Unmut Luft machte.

»Kasimene?« flüsterte ich, so daß nur sie mich verstehen konnte, und suchte ihre Miene nach einer Erklärung dafür ab, warum sie uns gefolgt war.

Die junge Frau sah mich ebenfalls an, doch in ihrem Blick standen Trotz und Herausforderung geschrieben. Sie schien etwas sagen zu wollen, überlegte es sich dann aber anders, schritt an mir vorbei und hockte sich zu den anderen ans Feuer.

Sadik starrte seine Nichte an, und auf seiner Miene standen unverhohlener Stolz auf ihren Mut und tiefe Verärgerung im offenen Wettstreit miteinander. Letztere trug schließlich den Sieg davon.

»Du hättest nicht hierherkommen dürfen«, grollte der Fürst.

Meine Liebste schien es nicht für nötig zu erachten, darauf zu antworten. Statt dessen streckte sie die Hände aus, um sie am Feuer zu wärmen. Mir wollte es so vorkommen, als habe Kasimene damit gerechnet, von uns entdeckt zu werden, und sich längst zurechtgelegt, wie sie dann auftreten und was sie sagen wollte.

»Man könnte beinahe den Eindruck gewinnen, lieber Onkel, als würdest du dich nicht freuen, mich zu sehen«, erklärte sie mir süßer und sanfter Stimme.

»Was du getan hast, war dumm von dir«, knurrte Sadik. Er schickte seine Soldaten fort und hockte sich mit übereinandergeschlagenen Beinen vor seine Nichte. Während er die Hände auf die Knie legte, sagte er: »In diesen Hügeln treibt sich allerlei Gelichter herum. Man hätte dich ermorden können ... oder noch Schlimmeres mit dir anstellen.«

Kasimene hob den Kopf und begegnete ihm mit gespielter Verwunderung. »Aber ich hielt mich doch ständig in Sichtweite des Emirs auf. Ist sein Arm so kurz, daß er mich nicht beschützen kann?«

»Wo hast du dich denn die ganze Zeit über versteckt?« wollte ich wissen.

»Das Feuer ist angenehm warm«, meinte sie und rieb die Hände über den Flammen. »Ein Luxus, den ich mir in den letzten Tagen leider nicht leisten konnte.« Sie warf mir einen kurzen Blick zu, und dabei huschte ein rasches, überlegenes Lächeln über ihre Lippen. »Wenn der Fürst mich eher entdeckt hätte, wäre ich gleich nach Hause geschickt worden.«

»Das hat der Emir auch jetzt noch vor«, erklärte Sadik streng.

Kasimene senkte züchtig das Haupt. »Wenn deine Weisheit das gebietet, lieber Onkel, so kann ich mich dem nur unterwerfen.«

»Du hättest gar nicht erst herkommen dürfen«, erklärte der Fürst noch einmal. »Keine meiner Töchter hätte je so etwas Törichtes unternommen.«

»Ohne Zweifel hätten deine ungeborenen Töchter sich besonnener verhalten«, entgegnete meine Liebste.

»Dein Ungehorsam beschämt dich und wird dir nicht frommen«, erwiderte der Emir entnervt.

»Verzeih mir, Onkel, aber ich kann mich nicht entsinnen, daß du mir das Reisen verboten hättest. Wie könnte ich dir da ungehorsam gewesen sein?«

»Muß ich denn jede einzelne Möglichkeit voraussehen?« stöhnte Sadik. Er nahm einen kleinen Ast, zerbrach ihn in zwei Teile und warf diese ins Feuer. »Deine Frechheiten sind nicht länger zu ertragen. Du wirst auf der Stelle nach Jaffarija zurückkehren.«

Kasimene sprang auf. »Wenn das dein Befehl ist.« Sie wandte sich zum Gehen.

»Bei Allah!« murmelte der Emir. »Kein Kamel könnte so starrsinnig sein.« Er sah mich an, als erwarte er Beistand, runzelte schließlich die Stirn und sagte: »Bleib, Kasimene. Heute nacht reitet niemand durch dieses gefährliche Land. Morgen ist immer noch früh genug für deine Heimreise.«

»Wie du wünschst, Herr.« Die junge Frau hockte sich wieder ans Feuer und war jetzt ganz Sanftmut und Gehorsam.

»Sobald der Morgen graut«, erklärte der Fürst, »lasse ich dich nach Samarra geleiten, wohin du nämlich gehörst.«

»Ja, Herr«, entgegnete Kasimene leise.

Wir drei saßen für einen Moment in unbehaglichem Schweigen da, denn was sollte es jetzt noch zu bereden geben. Sadik sah abwechselnd mich und meine Liebste an. Unvermittelt erhob er sich, lief fort und befahl einem seiner Rafik, sich um das Pferd und den Esel seiner Nichte zu kümmern.

Mehr Ungestörtheit würden wir wohl nicht bekommen, und so beschloß ich, keine Zeit zu verlieren. Ich beugte mich zu ihr und flüsterte: »Warum bist du uns gefolgt, Kasimene?«

»Mußt du das wirklich fragen, Liebster?« Sie starrte angestrengt ins Feuer, damit niemand auf die Idee verfiele, wir würden uns unterhalten, und das womöglich als Verstoß gegen den Anstand sah.

»Der Fürst hat recht, die Reise war wirklich sehr gefährlich. Du hättest dich unterwegs verletzen können.«

»Bist du etwa auch böse auf mich?« fragte sie und verzog das Gesicht.

»Aber nicht im mindesten, mein Herz, ich ...«

»Und ich dachte, du würdest dich freuen, mich wiederzusehen.«

»Das tue ich doch, mehr noch als ich mit Worten zu beschreiben vermag. Trotzdem hast du ein großes Wagnis auf dich genommen.«

Sie schüttelte unmerklich den Kopf und entgegnete: »Vielleicht schien es mir das wert zu sein, wenn ich dich damit wiedersehen könnte.«

Endlich drehte Kasimene sich zu mir um. Der Feuerschein ließ ihre Haut glänzen, und mein Herz verzehrte sich vor Verlangen nach ihr. Wie wünschte ich mir, sie im Arm zu halten und zu küssen, aber ich durfte es noch nicht einmal wagen, ihre Hand zu berühren. Vor Sehnsucht wäre ich beinahe zersprungen.

»Ich wußte, daß ich dich nie wiedersehen würde, sobald du Jaffarija verlassen hattest«, sagte die junge Frau. »Deswegen habe ich beschlossen, dir zu folgen.«

»Und jetzt mußt du wieder zurückkehren.«

»So hat es mein Herr entschieden«, entgegnete sie, doch mit einem Unterton, der mich verwirrte.

Vier Tage später erreichten wir das große Palisadentor am Eingang des Sklavenlagers bei den Minen des Kalifen.

Und Kasimene befand sich immer noch bei uns. An dem Morgen, den Sadik für ihre Rückreise bestimmt hatte, trat sie nämlich vor ihn und wies ihn höflich, aber entschlossen darauf hin, daß der Onkel, wenn er seine Nichte denn aufrichtig liebe, sie weiterhin in seiner Obhut behalten müsse. Schließlich sei das weitaus sicherer für sie, als allein oder auch in Begleitung zurück nach Jaffarija zu reiten.

Der Emir entgegnete aufgebracht, daß er ihr die Hälfte seiner Soldaten als Eskorte mitgeben würde, woraufhin er die Antwort erhielt, daß dies ein törichter Einfall sei, denn damit gefährde er doch nur unnötig den Erfolg seiner eigenen Unternehmung.

»Auf der anderen Seite«, setzte Kasimene dann noch eines drauf, »weiß ich zwar wenig über deine Vorhaben, doch habe ich mit meinen jungen Jahren schon gelernt, daß es Zeiten und Gelegenheiten gibt, in denen die Anwesenheit einer Frau durchaus zum Vorteil gereichen kann.«

Man konnte dem Fürsten ansehen, daß ihm weder eine Zeit noch eine Gelegenheit einfiel, auf die solches zutreffen könnte, aber bevor er etwas sagen konnte, mischte sich Faisal mutig ein. »Das trifft zu, Herr«, erklärte er. »Der Prophet selbst, Würde und Friede über ihn immerdar, hat sich des öfteren beglückt über die Hilfe seiner Ehefrau und seiner weiblichen Verwandten geäußert, wie jedem Rechtgläubigen bekannt sein dürfte.«

Am Ende ließ sich Sadik überzeugen, und wider besseres Wissen, wie der Fürst nicht müde wurde zu betonen, erlaubte er seiner Nichte, die Reise mit uns fortzusetzen. »Aber nur so lange, bis wir an einen Ort gelangt sind, von dem aus deine sichere Heimkehr gewährleistet werden kann«, schwor der Emir. Kasimene stimmte dem natürlich sofort in aller Demut zu, wie sie von nun an alle seine Wünsche befolgte.

Die Sonne brannte schon vom Himmel, als wir das Vorgebirge hinter uns gebracht hatten und in die Berge gelangten, zwischen denen man öfter ein schattiges oder kühles Plätzchen antreffen konnte. Gelegentlich wehte uns eine erfrischende Brise ins Gesicht, und in der Nacht schliefen wir besser und tiefer.

Tag um Tag folgten wir dem sich windenden Bergpfad, und vier Tage, nachdem Kasimene zu uns gestoßen war, erreichten wir die Bergwerke.

Ich war ziemlich aufgeregt und konnte es kaum erwarten, meine Freunde zu befreien. Von dem Moment an, als wir in der Ferne die weißgebleichten Stämme des großen Tors erblickten – nicht mehr als ein bloßes Schimmern in der Mittagssonne –, konnte ich an nichts anderes mehr denken, als den früheren Gefährten zu helfen.

Und jetzt, als wir direkt vor dem Tor standen – das weit offenstand, als wolle es die Freiheit verspotten, welche den Insassen verwehrt war –, mußte ich sehr an mich halten, um nicht vom Pferd zu springen, hineinzurennen, in die Hütte des Oberaufsehers zu stürmen und ihm zu befehlen, meinen Freunden auf der Stelle die Ketten abzunehmen und sie dann unverzüglich in die Freiheit zu entlassen.

Sadik ermahnte mich, von solch übertriebener Eile Abstand zu nehmen. »Vielleicht gewährst du ja lieber mir den Vortritt«, erbot er sich. »Der Oberaufseher hat es vielleicht nicht so gern, von einem ehemaligen Sklaven einen solchen Befehl erteilt zu bekommen. Ich nehme aber an, daß es ihm widerstreben wird, sich der Aufforderung zu widersetzen, wenn sie aus meinem Munde kommt.«

Während der Emir dies vorbrachte, spürte ich, wie der Haß wieder in mir aufstieg. Ich glaubte auch erneut zu fühlen, wie ich im Lager mißhandelt wurde, wie die Peitsche auf meinem Rücken landete. Dazu gesellten sich die Erinnerung an die eigene Ohnmacht, an die erzwungene Schwäche, an die Erschöpfung von Körper und Geist und an die eingeschränkte Bewegungsfreiheit durch die Ketten. Ich wünschte mir nichts dringlicher, als diejenigen leiden zu lassen, die uns solche Pein aufgezwungen hatten.

»Ich danke dir, Fürst«, entgegnete ich und richtete mich im Sattel auf, »aber das will und muß ich schon selbst erledigen.«

»Natürlich«, sagte Sadik. »Die Entscheidung liegt ganz bei dir. Doch will ich bereitstehen und dir sofort zu Hilfe eilen, sollten deine Bemühungen scheitern oder sonstwie nicht zum gewünschten Ergebnis führen.«

Der Emir betrachtete mich eindringlich, so als wolle er feststellen, wie stark meine Entschlossenheit war. Dann rief er Faisal zu sich und befahl ihm wie jemand, der einem Vertrauten eine große Gefahr aufbürden muß: »Nimm Bara, Musa und Nadar mit dir. Ihr werdet Aidan begleiten und ihm so gehorchen, als stünde ich an seiner Stelle.«

Damit hatte er alles erledigt, was er im Moment für mich tun konnte. Sadik stieg ab, um es sich bis zu meiner Rückkehr bequem zu machen, und gab mir noch folgendes mit auf den Weg: »Verhalte dich weise, mein Freund, und bete, daß die Klugheit Allahs über dich kommen möge.«

Ich warf einen Blick auf Kasimene, die mir ein ermutigendes Lächeln schenkte, bevor sie das Antlitz wieder hinter dem Schleier verschwinden ließ.

Nun blickte ich nach vorn, zog am Zügel und begab mich einmal mehr durch das verhaßte Tor. Die Hitze der gerechten Rache breitete sich in meinem Herzen aus, und ich dachte: *Am heutigen Tag werde ich es einigen heimzahlen, die meine Strafe verdient haben. Amen, so sei es.*

Wir ritten über den schmalen Weg und an den eng zusammenstehenden weißen Hütten vorbei, bis wir auf den großen Platz mit seinem von der Sonne verbrannten Staub gelangten und vor dem Haus des Oberaufsehers anhielten. Ich blieb sitzen und befahl Faisal, den Mann herauszurufen, was er auch gleich tat.

Ich vermutete, daß sich unsere Ankunft längst herumgesprochen hatte. Kaum daß wir durch das Tor gekommen waren, hatte man den Oberaufseher sicher schon in Kenntnis gesetzt; so konnte es mich kaum verwundern, daß der Mann schon nach dem ersten Ruf in der Tür erschien. Er betrachtete uns einen Moment lang und trat dann heraus. Ich machte seinen weißen Turban schon aus, als er uns noch beäugte und festzustellen versuchte, was wir von ihm verlangten.

Faisal rief den Mann direkt an, und er schritt vor uns. »Ich grüße euch im Namen des Heiligen. Was führt euch hierher?«

Ich schuldete ihm nicht den geringsten Respekt und ersparte mir daher, vom Pferd zu steigen. »Ich bin gekommen, um einige Sklaven aus diesem Lager zu befreien«, beschied ich ihn grußlos.

Vermutlich hatte er mich noch nicht wiedererkannt, aber ich erinnerte mich sehr gut an ihn. Dies war der Mann, den Dugal durch die Luft gewirbelt und der unsere Folter überwacht hatte. Nun stand er direkt in der Sonne, und seine kleinen Schweinsäuglein blinzelten, während er darüber nachsann, wie er aus unserem unerwarteten Auftauchen einen persönlichen Vorteil schlagen könnte. Dann breitete sich ein verschlagener Ausdruck auf seiner runzligen Miene aus. »Wer bist du, daß du so zu mir sprichst?«

»Man nennt mich Aidan mac Cainnech«, antwortete ich, »und ich bin der Berater von Jamal Sadik, dem Emir von Samarra.«

Der Mann erstarrte, als er diesen Namen hörte. Offenbar hatte er noch nicht vergessen, welches Schicksal seinen Vorgänger ereilt hatte, als die Soldaten dieses Fürsten das letzte Mal in diesem Lager aufgetaucht waren. »Der Emir besitzt hier keinerlei Gewalt«, gab er frech zurück. »Wer sonst stellt diese Forderung an mich?«

»Der Beschützer der Gläubigen«, entgegnete ich, »Kalif al-Mutamid.«

Der Aufseher verzog den Mund, weil er glaubte, mich nun entlarvt zu haben. »Das kannst du nicht zufällig mit einem Papier beweisen, oder?«

Ich zog das Pergament aus meinem Gewand und reichte es an Faisal weiter, der es dem Mann gab. Der Aufseher band das Dokument auf und entrollte es vorsichtig. Ich konnte mir die Frage nicht verkneifen: »Du kannst doch wohl lesen, oder?«

Je länger der Mann das Dekret studierte, desto tiefer gruben sich die Falten in seine Stirn. Endlich hob er den Kopf und starrte mich an. Jetzt schien er sich zu erinnern, mich schon einmal irgendwo gesehen zu haben. Doch weder Ort noch Gelegenheit wollten ihm einfallen.

»Steig doch von deinem Roß herab, mein Freund«, forderte er mich auf, »damit wir uns von Angesicht zu Angesicht beraten können.«

Ich warf ihm nur einen Blick zu. Der neue Oberaufseher widerte mich an. Bei Gott, ich wünschte ihm alles erdenklich Schlechte. Dieser Mann war eine abstoßende Kreatur.

»Wir beide haben nichts zu bereden«, entgegnete ich. »Ich werde dir die Namen derjenigen nennen, die freizulassen sind, und du wirst ihnen augenblicklich die Ketten abnehmen.«

Er schob trotzig das Kinn vor, und seine Miene wurde hart wie Stein. »Namen haben hier keinerlei Bedeutung«, erklärte der Mann mir, als sei ich zu einfältig, das zu wissen. Natürlich hatte er recht damit, und mir kam ein wenig die Galle hoch, weil ich das nicht bedacht hatte. Der Aufseher glaubte, mich nun erfolgreich verunsichert zu haben, und gestattete sich ein überlegenes Lächeln.

»Das macht nichts«, erklärte ich rasch und unerbittlich, »dann wirst du eben alle Sklaven hier draußen versammeln, und ich suche diejenigen aus, an denen mir gelegen ist.«

»Alle Sklaven?« rief er fassungslos und fing an zu zappeln, als hätte man ihn in einen Topf mit kochendem Wasser gesetzt. »Aber wir haben hier Hunderte Zwangsarbeiter, die überall in den Bergen arbeiten. Es würde einen ganzen Tag dauern, bis man sie alle beisammen hätte.«

»Dann würde ich dir raten, gleich damit zu beginnen.«

»Ich würde damit eine ganze Tagesausbeute an Silber verlieren!« schrie der Mann. »Komm doch morgen wieder. Am besten im Morgengrauen. Dann kannst du sie sehen, bevor sie an die Arbeit gehen.«

»Willst du dich etwa dem Gesandten des Kalifen widersetzen?«

»Nein, zieh bitte keine voreiligen Schlüsse«, beeilte sich

der Oberaufseher zu erklären. »Ich wollte dich doch nur darauf hinweisen, daß das, was du von mir verlangst, nicht so einfach zu bewerkstelligen ist. Viele Dinge gilt es dabei zu bedenken und zu regeln.« Der Schreck, der ihm vorhin in die Glieder gefahren war, verflüchtigte sich wieder. »Kein Grund, den Kalifen anzurufen, nicht wahr? Diese Angelegenheit machen wir doch ganz unter uns aus, oder?«

»Ich wußte doch, daß du dich verständig zeigen würdest.«

»Da wir das nun geklärt haben, glaube ich, daß wir zu einer für beide Seiten befriedigenden Übereinkunft gelangen werden«, erklärte er ölig, rieb Zeigefinger und Daumen der Rechten aneinander und hielt mir die Linke entgegen.

»Ich verstehe dich besser, als dir lieb sein dürfte«, erwiderte ich und machte mir nicht die Mühe, meine Abscheu vor ihm zu verbergen. Dann legte ich eine Hand an den Dolch in meinem Gürtel und fuhr ihn an: »Versammle sofort sämtliche Sklaven vor mir, sonst schneide ich dir deine wertlose Zunge heraus!«

Damit wandte ich mich an Faisal. »Ich werde im Haus des Oberaufsehers warten. Sorge du dafür, daß dieser Sohn einer Ratte tut, was ihm aufgetragen wurde.«

»Und wenn ich mich weigere?« fragte der Mann, der sich wohl darüber ärgerte, daß bei dieser Unternehmung nichts für ihn abfallen sollte.

»Wenn dieser Hund sich weigert«, erklärte ich Faisal kalt, »dann töte ihn.«

## 23

Der Aufseher riß den Mund weit auf und schien nicht zu wissen, was er von meinem Befehl halten sollte. Schon wollte er aufbegehren und sich beschweren, besann sich dann aber eines Besseren und eilte davon, um die Sklaven aus den Stollen zu rufen und hier auf dem Platz zusammenzutreiben. Faisal und einer der Rafik begleiteten ihn, damit er unterwegs nicht auf dumme Gedanken kam. Ich stieg ab, band mein Pferd an den Schandpfahl an und begab mich in das Haus des Oberaufsehers, um seine Rückkehr in angenehmer Kühle abzuwarten.

Im Innern herrschte Halbdunkel, weil der Mann die Läden vor den ebenso niedrigen wie breiten Windlöchern zugezogen hatte, um die Hitze abzuhalten. Als meine Augen sich an die trüben Lichtverhältnisse gewöhnt hatten, gewahrte ich Unordnung und Dreck. Der puderfeine rotbraune Staub, der typisch für diese Gegend war, legte sich, vom Wind herangetragen, auf alles, und der Aufseher schien es nie für nötig erachtet zu haben, ihn hinauszufegen. So klebte er in den Ecken und Ritzen und war dort, wo der Mann zu gehen pflegte, zu einer dicken Kruste verbacken.

Im Haus stank es nach bittersüßem Rauch. Der Geruch hing überall, sogar in den Teppichen und Sitzkissen. »Haschisch«, murmelte einer der beiden Soldaten, die bei mir geblieben waren, verächtlich und zeigte auf eine kleine eiserne Kohlenpfanne, die neben einem großen, verschmierten Lederkissen stand und voller Asche war.

Hier verbrachte unser Plagegeist also seine Nächte und atmete die starken Dämpfe der sinnverwirrenden Pflanze ein. Mich drängte nichts danach, in diesem schmutzigen Wirrwarr Platz zu nehmen, und so blieb ich stehen. Die Rafik unterließen es ebenfalls, sich zu setzen, und man konnte ihnen deutlich ansehen, was sie für einen Mann empfanden, dessen jämmerliches Leben sich so deutlich in diesem Dreckloch ausdrückte.

Ich mußte an meine Freunde denken und fragte mich, was sie wohl sagen würden, wenn sie entdeckten, daß ich zurückgekehrt war, um sie in die Freiheit zu führen. Ob die Dänen oder die Mönche am Ende gar geglaubt hatten, ich hätte sie vergessen? Konnten sie sich denn wirklich vorstellen, ich wäre meiner Wege gezogen, ohne noch einen Gedanken an sie zu verschwenden? Oder bewahrten sie immer noch Hoffnung in ihren Herzen? Als der Tag angebrochen war und sie wie gewohnt ihre Werkzeuge aufgenommen hatten, um sich zum Schaden von Leib und Seele in den Stollen abzuschuften, hatten sie da gespürt, daß heute etwas Besonderes geschehen würde? Fühlten meine Gefährten etwa schon, daß ihre Befreiung nicht mehr fern war?

Irgendwo in den Hügeln ertönte ein metallisches Klirren. Die Eisenstange wurde geschlagen, ein Signal, an das ich mich nur ungern erinnerte. Nach einer Weile strömten die ersten Zwangsarbeiter über die ausgetretenen Pfade zum großen Platz, um sich an den Rändern vor dem Haus des Oberaufsehers hinzustellen. Ich verfolgte genau, wie sie eintrafen, und suchte in ihren Reihen nach vertrauten Gesichtern. Doch nicht einer von ihnen kam mir bekannt vor.

Ein schrecklicher Gedanke schoß mir in den Sinn: *Was, wenn sie alle den Strapazen erlegen und tot sind?*

Wenn ich mir nun zu lange Zeit gelassen, die Tage mit Unnützem vertrödelt hatte? Die grausam harte Arbeit unter

Tage und die Peitschen und Schlagstöcke – gut möglich, daß auch der Stärkste dabei zugrunde ging. Und wenn nun nicht einer mehr am Leben war, alle meine Mönchsbrüder und Seewolfgefährten vor Entkräftung dahingeschieden? Das war mir früher nicht in den Sinn gekommen, aber jetzt konnte ich an nichts anderes mehr denken. Wenn ich auch nur den Funken einer Hoffnung gehabt hätte, daß Beten weiterhelfen würde, wäre ich täglich vor Gott auf die Knie gefallen und hätte Ihn angefleht, meine Freunde bis zu dem Tag am Leben zu erhalten, an dem ich käme, sie zu befreien.

Ich stand immer noch in der Tür und wartete. Ein endloser Zug von Sklaven reihte sich am Platz auf. Sie sahen die angebundenen Pferde und blickten besorgt zu Boden. Wenn hoher Besuch kam, wurde diesem gern eine exemplarische Bestrafung vorgeführt, um zu beweisen, wie gut das Lager geführt wurde. Die Zwangsarbeiter fragten sich bang, welche Marter sie heute erwarten mochte.

Die letzten Sklaven schlurften herbei. Bislang hatte ich noch immer niemanden entdeckt und befürchtete jetzt ernsthaft, mich vollkommen umsonst auf den Weg gemacht zu haben ... als ich unter den bereits Versammelten Jarl Harald ausmachte. Er überragte die anderen um Haupteslänge, und allein schon daran hätte ich ihn gleich erkennen müssen.

Doch auf den zweiten Blick wurde mir klar, warum der Dänenkönig mir nicht eher aufgefallen war. Harald sah nicht mehr so aus, wie ich ihn in Erinnerung hatte. Seine wallende rotblonde Mähne hing matt und strähnig herab, und seinen langen Bart hatten die Motten zerfressen. Die breiten Schultern hingen gebeugt herab, und er stand schief und verdreht da, so als müsse er ein verkrüppeltes Bein schonen. Sein Antlitz war grau, und der einst so stolze Fürst blickte mit müden Augen zu Boden.

Neugierig geworden suchte ich die Reihen noch einmal ab und stieß auf etliche bekannte Gesichter, die mir beim ersten Rundblick gar nicht aufgefallen waren. Einen nach dem anderen sah ich sie wieder, und einer schaute heruntergekommener und elender aus als der andere.

Bald war es mir unmöglich, sie länger in diesem Zustand zu erblicken. Ich wandte mich ab und spürte Entsetzen und Zweifel.

*Warum bist du überhaupt gekommen? Das war falsch von dir. Du hättest sie ihrem Schicksal überlassen sollen; denn für sie gibt es keine Rettung mehr. Dein Befreiungsversuch war vergebens.*

Als letzter traf der Oberaufseher ein und stellte sich unschlüssig mitten auf den Platz. Faisal ließ Nadar bei ihm zurück und kam zu mir ins Haus. »Alle Sklaven sind versammelt«, meldete er mir.

Ich dankte ihm und meinte: »Zu schade, daß ich sie nicht alle freilassen kann. Oder glaubst du, die Großzügigkeit des Kalifen würde so weit gehen?«

»Sie warten«, entgegnete mein Freund nur.

Ich nickte. »Dann will ich mich ihnen zeigen. Für einige wenige Glückliche sind die Tage der Knechtschaft vorüber.«

Schon trat ich hinaus und in das grelle Sonnenlicht zurück. Meine Augen brauchten einen Moment, bis sie sich wieder daran gewöhnt hatten. Der Tagesstern brannte durch den dünnen Stoff meines Gewands, und mein Herz schlug für die, welche halbnackt die Glut ertragen mußten. Wenigstens war es in den Stollen dunkel und kühl. Und ich zwang die Ärmsten jetzt, die heißesten Stunden des Tages im Freien zu verbringen.

Faisal betrachtete mich besorgt aus dem Augenwinkel, aber ich konnte ihn beruhigen. »Bringen wir es hinter uns«, murmelte ich und trat vor.

Da ich ja irgendwo beginnen mußte und mir kein besserer Weg in den Sinn kam, schritt ich auf den Dänen-Jarl zu und zeigte auf ihn. Harald hob den Kopf nicht und schaute auch nicht zu mir her.

»Bringt den da her«, befahl ich dem erstbesten Wächter.

Dieser packte den Seewolf am Arm und stieß ihn grob vorwärts.

»Vorsicht!« ermahnte ich den Araber. »Dieser Mann ist ein König.«

Der Däne schlurfte schwerfällig in meine Richtung, und die Eisenketten an den Beinen schleiften klirrend über den Boden. Harald blieb vor mir stehen, hielt aber noch immer den Kopf gesenkt.

»Ich bin es«, sprach ich zu ihm. »Ich bin zurückgekehrt, um euch zu holen.«

Jetzt schaute er mich zum erstenmal an, aber in seinen hellen Augen war kein Wiedererkennen zu entdecken. Mir wurde das Herz schwer.

»Jarl Harald, ich bin's, Aidan. Hast du mich etwa schon vergessen?«

Ein Leuchten trat in seine Augen, wie ich es noch nie bei einem Menschen gesehen hatte. Das war nicht nur Begreifen oder Erkennen, und auch mehr als Hoffnung oder Freude. Mir erschien es, als sei seine Seele wiedererwacht und mit ihr das Leben in ihm. Ich hatte ihm in diesem Moment mehr als ein Wiedersehen beschert, ich hatte ihm das Leben zurückgeschenkt. Und das drückte sich am deutlichsten in dem Lächeln aus, das sich nun auf seinem Gesicht ausbreitete.

»Aedan, der Gottsprecher«, krächzte der Wikinger. Dann versagte ihm die Stimme, und Tränen schossen in seine Augen. Harald hob eine zitternde Hand, als wolle er meine Wange streicheln. Ich ergriff seine Rechte und drückte sie fest.

»Ganz ruhig, Bruder«, erklärte ich ihm, »wir verlassen diesen Ort bald.« Ich sah an ihm vorbei auf die Schar der Zwangsarbeiter und fragte: »Wie viele von den anderen sind noch am Leben?«

»Alle, glaube ich«, antwortete und nickte mehrmals.

»Wo stehen sie denn? Ich kann keinen entdecken.«

Zur Antwort legte der riesige Seewolf beide Hände an den

Mund, formte aus ihnen einen Trichter, atmete tief ein und gab ein Stiergebrüll von sich. Wenn ich mich recht erinnerte, war das der Schlachtruf der Wikinger, der sich hier und jetzt allerdings nicht sehr furchteinflößend anhörte.

Harald setzte noch einmal an, und diesmal gelang ihm der Schrei kraftvoller und durchdringender. Dann rief er:

»Heja! Aedan ist wieder da. Kommt, Männer, wir fahren nach Hause.«

Seine Worte hallten über den Platz, und ich suchte die Reihen ab. Ja, da und auch dort, überall geriet die Menge der leblosen Menschen in Bewegung, und endlich humpelte und schlich der Rest der einst so stolzen Seewolf-Streitmacht auf uns zu. Meine Seele verkrampfte sich, als ich sie heranwanken sah. Einige waren noch aneinandergekettet, andere bewegten sich allein, aber alle trugen noch ihre Fußfesseln.

Am linken Rand war einer, der direkt auf mich zu humpelte. Wäre der Anblick nicht so traurig gewesen, man hätte über seine komischen Sprünge lachen mögen. Zum Schluß schien er es zu eilig zu haben, denn sein Bein knickte ein und er landete vor mir im Staub. Ich bückte mich, half ihm auf und blickte in Gunnars ausgemergelte Züge.

»Aedan!« krächzte er, und die Tränen strömten ihm über das Gesicht. »Aedan, Dank sei Gott, du bist doch noch gekommen. Ich wußte, daß du zurückkehren würdest. Niemals würdest du uns vergessen und hier verrotten lassen.«

Ich stellte ihn auf die Beine, und wir umarmten uns.

»Gunnar«, heulte auch ich, »vergib mir, Bruder! Verzeih mir, daß ich nicht eher erschienen bin!«

»Was soll ich dir zu vergeben haben?« Seine Miene zeigte Staunen wie bei einem Kind. »Du bist gekommen. Ich habe es genau gewußt; niemals habe ich an dir gezweifelt!«

Die meisten Wikinger hatten uns mittlerweile erreicht. »Wo ist Dugal? Ich kann ihn nicht sehen ...« Wieder befiel mich große Furcht.

*Die Seewölfe sind gerettet, aber bin ich am Ende doch zu*

*spät für meine Brüder eingetroffen? Dugal? Wo bist du, mein Freund?*

Laut rief ich: »Wo sind die Iren?«

Und einen Moment später antwortete mir ein Ruf vom anderen Ende des Platzes. Ich sah hin, und dort schob sich die stämmige Gestalt meines besten Freundes und teuren Bruders aus der Menge. Auch er hatte sich sehr verändert, aber ich erkannte ihn so deutlich, als hätte ich mein Spiegelbild gesehen.

»Dugal!« schrie ich und eilte ihm entgegen.

Als er das sah, drehte er sich um und gab jemandem hinter sich ein Zeichen. Dann setzte er sich wieder in Bewegung. Wir trafen uns auf halbem Weg, direkt vor dem Schandpfahl, an dem wir uns zum letztenmal gesehen hatten und wo Bischof Cadoc, indem er sich für mich opferte, auf so gräßliche Weise umgebracht worden war.

»Dugal!« schrie ich und spürte wieder Tränen in den Augen. »Bist du es wirklich? Lebst du noch?«

»Nur gerade so eben«, flüsterte er, legte mir die Hände auf die Schultern und knetete sie. »Nur ein kleines bißchen.«

Faisal tauchte neben mir auf. »Wir sollten uns beeilen«, mahnte er. »Die Sklaven wie auch die Aufseher werden langsam unruhig.«

Rasch fragte ich Dugal: »Leben die anderen Brüder noch?«

»Ja«, antwortete er und suchte die Reihen der Sklaven ab. Die Zwangsarbeiter wurden mit jedem Moment unruhiger. Ich sah ihren Mienen an, was in ihnen vorging. Mittlerweile war wohl auch dem letzten klar geworden, daß es heute keine Hinrichtung geben würde. Und der Anblick der Fremden, die scheinbar aufs Geratewohl Kameraden von ihnen heraus- riefen, verwirrte die einen und versetzte die anderen in Erre- gung.

»Brynach! Ddewi!« rief mein bester Freund, und zwei Gestalten schlurften mit hängenden Schultern aus der Ansammlung. Bei allem, was mir teuer ist, ich hätte die beiden nicht wiedererkannt, selbst wenn sie direkt vor mir gestanden hätten; nicht in tausend Jahren wären sie mir als meine Reisegefährten vorgekommen, so sehr hatte die Mühsal der Bergwerksarbeit sie verändert.

Brynachs Haar war weiß geworden, und er bewegte sich, als habe er einen Buckel bekommen. Der junge Ddewi hatte ein Auge verloren. Ihre Bärte und Mähnen wirkten wie die der anderen Sklaven auch verfilzt und voller Läuse.

Ich streckte ihnen die Hände entgegen und umarmte sie. »Brüder, ich bin gekommen, euch abzuholen.«

Brynach lächelte. Seine Zähne hatten sich braun und gar schwarz verfärbt, und sein Zahnfleisch war wund. »Gelobt sei Jesus Christus, unser Herr und Erlöser! Er läßt die Seinen nicht im Stich.«

Bei diesen Worten verzerrte sich alles in mir, und ich hätte ihn am liebsten angebrüllt: *Christus? Wie kannst du diesem Verderber danken? Wenn es nach dem Willen Gottes gegangen wäre, lägen deine Gebeine schon längst gebleicht in der Sonne. Aidan und nicht Jesus ist erschienen, dich zu retten!*

Aber ich schluckte meinen Zorn hinunter und sagte nur: »Wir gehen fort von hier. Kannst du laufen?«

»Wenn es sein müßte, würde ich sogar auf dem Bauch in die Freiheit kriechen«, entgegnete er und versuchte sich an einem Grinsen. Unter dieser Anstrengung platzte die Haut an seinen Lippen, und Blutstropfen traten heraus.

»Komm, Ddewi, der Tag unserer Befreiung ist gekommen. Wir gehen jetzt fort, an einen schöneren Ort.« Sanft wie eine Mutter, die ihr krankes Kind mitnimmt, nahm der ältere den jüngeren Mönch an der Hand und bewegte sich langsam mit ihm in Richtung Tor.

Erst jetzt konnte ich das Gesicht des Jünglings studieren, und die Leere darin zeigte mir an, daß er mehr als nur ein Auge verloren hatte.

Einige der Sklaven, die noch rings um den Platz aufgestellt waren, schrien mir etwas zu. Ich verstand ihre Worte meistenteils nicht, und ehrlich gesagt, ich wollte auch gar nicht wissen, was sie da von sich gaben.

Nur ein Gedanke beherrschte mich: Möglichst rasch fort von hier und den Schatz, den ich geborgen hatte, heil aus dem Lager bringen.

»Höchste Zeit«, drängte Faisal. »Noch einen Moment länger bleiben hieße, den Teufel zu versuchen.«

Ich überprüfte rasch, ob ich auch keinen meiner Freunde vergessen hatte, und zählte achtzehn Seewölfe und drei Iren. An Faisal gewandt befahl ich: »Setz die auf ein Pferd, die nicht aus eigener Kraft laufen können.«

Er lief schon los und gab den Rafik Anordnungen.

Der Oberaufseher hatte die ganze Zeit etwas abseits gestanden. Jetzt näherte er sich mir und schien zu glauben, einen günstigen Moment erwischt zu haben. »Du nimmst mir meine Sklaven fort!« jammerte er und reckte die Hände zum Himmel. »Was gibst du mir im Tausch für sie?«

Ich drehte mich zu ihm um. »Du hast das Dekret selbst gelesen. Da steht nichts von einer Bezahlung drin.«

»Du darfst mir nicht einfach so die Arbeiter wegnehmen!« beschwerte er sich lautstark. »Ich muß eine Entschädigung für sie erhalten. Bezahle mich!«

Ich beachtete ihn nicht weiter und wandte mich an Faisal: »Sind alle bereit?«

»Ja«, antwortete er. »Geh du voran, wir folgen dir.« Er drehte sich nach den Aufsehern und Wächtern um. Die Männer machten lange Gesichter, und einige traten von einem Fuß auf den anderen, so als überlegten sie, was günstiger wäre: dem Abgesandten des Kalifen zu gehorchen oder sich dem Protest des Oberaufsehers anzuschließen.

»Mir nach!« rief ich, winkte mit einem Arm und setzte mich in Bewegung. Ich kam aber nur zwei Schritt weit, als Harald mich mit einer Hand festhielt. »Wir können noch nicht fort.«

»Wie meinst du das?« starrte ich ihn verständnislos an.

Er warf einen scheelen Blick auf den Oberaufseher, der noch immer wütend gestikulierte und uns aufforderte, ihm endlich seinen gerechten Lohn auszuhändigen. Der Jarl beugte sich näher und flüsterte mir eine kurze Erklärung ins Ohr.

»Was?« entfuhr es mir. »Das kann doch wohl nicht dein Ernst sein!«

Aber er nickte, um seine Entschlossenheit anzuzeigen. »Wir konnten ja nicht wissen, daß du ausgerechnet heute kommen würdest«, meinte der Däne.

»Tut mir leid«, beschied ich ihn abschlägig, »aber dafür bleibt nun wirklich keine Zeit mehr.«

Doch Harald baute sich vor mir auf, als wolle er mir den Weg versperren, verschränkte die Arme vor der Brust und sagte nur ein Wort: »Doch!«

Faisal, der zwar kein Wort verstanden hatte, aber bemerkte, daß es nicht weiterging, lief wieder zu mir. »Wir müssen wirklich los!«

»Anscheinend gibt es hier noch eine Kleinigkeit, die ihrer Klärung harrt.« Ich baute mich ebenso vor dem König auf, wie er vor mir stand, und wir beide starrten uns mit aller Unnachgiebigkeit an.

Faisal wollte widersprechen, aber ein Blick auf die Miene des Wikingers belehrte ihn eines Besseren. »Dann finde rasch eine Lösung«, mahnte er. »Ich fürchte nämlich, das Pergament des Kalifen wird unseren geldgierigen Freund dort nicht mehr lange zurückhalten.«

Ich sah kurz nach dem Sklavenmeister, der gerade seine Wächter zusammenrief. Mir blieb wohl nichts anderes übrig, als den Stier bei den Hörnern, oder wie man in diesem Land sagt, den Löwen am Bart zu packen. »Du und zwei der Rafik, ihr kommt mit mir«, befahl ich Faisal.

Ohne einen Moment zu zögern, marschierte ich nun direkt auf den Oberaufseher zu und sah ihn streng an. »Wir gehen erst, wenn du den Befreiten die Ketten abgenommen hast und wir die Gebeine unserer toten Brüder geborgen haben.«

»Gebeine?« kreischte der Peiniger. »In dem Dokument stand aber nichts von alten Knochen!«

»Jetzt hör mir gut zu, denn ich werde es dir nur einmal sagen«, entgegnete ich mit Seitenblick auf die viel besser als die Aufseher bewaffneten Rafik: »Dein wertloses Leben hängt an einem seidenen Faden. Wenn du tust, was ich dir auftrage, darfst du vielleicht dein jämmerliches Dasein fortsetzen.«

Der Sklavenmeister murrte und stieß leise Verwünschungen aus, schien aber bereit zu sein, mir zu gehorchen.

»Ich war einmal Zwangsarbeiter in diesem Lager«, erklärte ich ihm. »An dem Tag, an dem ich die Minen des Kalifen verlassen durfte, sollte ich eigentlich mit zwei anderen hingerichtet werden.«

Dem Aufseher war anzusehen, wie ihm langsam alles wieder einfiel. »Faisal hier konnte das Schlimmste verhindern, doch vorher hast du noch einen alten Mann entzweireißen lassen, der freiwillig meine Stelle eingenommen hatte. Kannst du dich daran erinnern?«

So etwas wie Furcht stand auf seinen sonnenverbrannten Zügen. Jawohl, der Mann hatte nichts vergessen.

»Antworte mir!«

Sein Blick huschte zu den Soldaten, die eine Hand an ihren Schwertgriff legten. »Ja, das könnte wirklich geschehen sein«, meinte er kleinlaut.

»Dieser Alte war ein hoher Priester Gottes und mein Freund. Ich dulde nicht, daß seine irdischen Überreste an diesem unheiligen Ort verrotten, sondern beabsichtige, sie mitzunehmen.«

Der Oberaufseher machte ein Gesicht, als hielte er Maulaffen feil, widersprach aber nicht.

»Und jetzt sag mir, wo sein Leichnam beerdigt wurde.«

»Äh, Sklaven werden bei uns nicht begraben«, teilte er mir ohne den leisesten Anflug von schlechtem Gewissen mit. »Wir werfen sie den Abhang hinunter, damit die Hunde sich an ihnen gütlich tun können.«

»Wenn ihr so mit den Toten umgeht«, erwiderte ich so leise und bedrohlich, daß meinem Gegenüber davon hoffentlich angst und bange wurde, »dann solltest du den Gott, der geruht, dich anzuhören, dringend darum bitten, uns zu den Überresten des heiligen Mannes zu führen. Andernfalls...«
Ich sprach den Satz nicht aus, sondern überließ es seiner Vorstellungskraft, sich das Schlimmste auszumalen. »Jetzt zeig mir diesen Abhang!«
Der Mann zeigte auf einen seiner Wächter. »Dieser da kennt den Weg. Er wird dich hinbringen.«
Ich wandte mich an Faisal: »Sorg dafür, daß alle Ketten gelöst werden. Danach führst du den Oberaufseher in sein Haus und wartest dort bis zu meiner Rückkehr bei ihm.«
Sobald die ersten Sklaven ihrer Fesseln ledig geworden waren, brachen wir auf: Harald, Brynach, Gunnar, Hnefi, sechs weitere Seewölfe, der Wächter und ich. Sobald wir den großen Platz weit hinter uns gelassen hatten, legte ich dem König eine Hand auf den Arm.
»Wir lassen uns Zeit, aber du mußt dich trotzdem beeilen.« Dann berichtete ich ihm von dem Plan, der mir eben gekommen war. »Hast du verstanden?«
Der Jarl nickte und humpelte mit seinen Kriegern in Richtung der Minen den Hang hinauf. Die Seewölfe waren so lange daran gewöhnt gewesen, nur mit Ketten zu laufen, daß sie jetzt einige Mühe hatten, mit den Beinen weit auszuholen. Der Sklavenwächter schaute ihnen argwöhnisch hinterher. »Wo wollen die hin?«
»Zeig uns lieber, wo die Gebeine unseres Freundes abgeblieben sind«, befahl ich ihm barsch.
Der Mann deutete aber auf die entschwindenden Dänen und wollte ein weiteres Mal Auskunft verlangen.
»Los, du Hund!« brüllte ich. »Ich bin deiner Unverschämtheit überdrüssig!«
Er schloß den Mund, drehte sich um und setzte sich in die entgegengesetzte Richtung in Bewegung. Hinter der Siedlung

führte der Wächter uns einen Hang hinauf, und oben angekommen, deutete er in eine kleine Schlucht; kaum mehr als ein breiter Graben, bestanden mit den widerstandsfähigen Wüstendornbüschen und einigen verkrüppelten Kakteen. Angesichts der Scherben am Grund und des Gestanks, der uns entgegenströmte, schloß ich, daß man sich hier nicht nur der toten Sklaven, sondern auch aller anderen Abfälle entledigte.

»Da unten«, murmelte der Mann undeutlich und wies mit einem Kinnrucken in die Senke.

»Dann beginnen wir gleich mit der Suche«, erklärte ich ihm. »Besorg uns ein Gewand.«

Der Mann schlenderte ohne übertriebene Eile davon. Ich zog Brynach heran und erklärte ihm mein Vorhaben. Er freute sich über meinen Respekt für den toten Bischof und meinte: »Du bist ein Mann nach meinem Herzen. Möge deine Anteilnahme ihren gerechten Lohn erhalten.« Dann hob er das zottelige Haupt und rief: »Und Joseph hieß die Söhne Israels, einen Schwur zu tun, und sprach: ›Gott wird euch gewiß zu Hilfe kommen, denn ihr müßt meine Gebeine von diesem Ort forttragen.‹ Und so nahmen Josephs Söhne seine Gebeine und trugen sie hinaus aus Ägypten.«

»Ich gehe jetzt nach unten und seh mich um«, erklärte ich rasch und ließ ihn zurück, weil ich es nicht ertragen konnte, wie er aus der Heiligen Schrift zitierte. Vorsichtig stieg ich den steilen Hang hinab und rutschte die letzten Schritte bis auf den Grund.

Dort fand ich einen Stock und fing an, mit diesem in den Abfallhaufen herumzustochern. Ich entdeckte Tonscherben und Schafsdung; und auch Knochen. Die meisten stammten aber von Tieren.

Doch dann stieß ich unter einem Haufen vertrockneter Küchenabfälle und nicht identifizierbaren Unrats auf ein Stück von der Sonne gebleichten Stoffs, und mir blieb für einen Moment das Herz stehen. Das Tuch bestand aus dem groben Gewebe, das wir für unsere Mönchskutten verwendeten. Ich scharrte den Dreck weg und fand darunter etwas Rundes. Rasch ging ich davor in die Hocke, hob den Stoff, und der gab den verfärbten Schädel des Bischofs frei. Dort, wo die Sonne ihn getroffen hatte, war der Knochen weiß gebleicht, aber an den anderen Stellen schmutzigbraun. Ausgetrocknete und schwarz verfärbte Fleischreste klebten immer noch an dem Knochen.

Ich legte den Schädel beiseite und stocherte noch etwas weiter. Tatsächlich stieß ich auf einen Beinknochen und eine einzelne, gebogene Rippe. Hier und da fanden sich weitere Überreste: ein Arm ohne Hand, ein Stück vom Becken und noch ein paar Rippen mehr.

»Aidan?« rief der Mönchsbruder von oben. »Hast du schon etwas gefunden?«

»Ja«, antwortete ich und berichtete, worauf ich bislang gestoßen war.

Was hätte ich mehr erwarten können? Man hatte Cadoc gezweiteilt und danach die beiden Hälften in diese Grube geworfen und den Hunden überlassen. Ohne Zweifel lag der gute Bischof über die ganze Länge der Schlucht verteilt.

»Soll ich dir helfen kommen?« rief Brynach.

»Nein, Bruder, ich glaube, viel mehr werde ich nicht mehr finden.«

»Der Schädel ist das Wichtigste!« meinte der Mönch. »Und natürlich die Beine. Hast du beide entdeckt?«

»Nein, nur eines.«

»Was für ein Jammer«, seufzte der Ire. »Doch du hast dein Bestes gegeben, und Gott im Himmel hat sicher längst ein Lächeln aufgesetzt.«

Ich lief ein Stück weiter und stieß auf ein Schulterblatt. Dies brachte ich jedoch nicht an mich; zum einen wies nichts darauf hin, daß dieser Knochen tatsächlich von Cadoc stammte, und zum anderen war es über und über mit Zahnabdrücken bedeckt – einige von Hunden, und andere, kleinere, die auf Ungeziefer schließen ließen.

Der Wächter kehrte zurück, während ich noch unten beschäftigt war. Ich befahl ihn zu mir, und er stieg mit dem ersten Kleidungsstück herab, das er aufgetrieben hatte. Ein gelber Umhang, wie ihn die Araber auf Reisen tragen, um die Sonne und den Staub abzuhalten.

Ich breitete das Stück auf dem Boden aus und legte die Funde darauf. Brynach kam ein Stück den Abhang herunter, um festzustellen, was meine Suche erbracht hatte.

Als ich fertig war, hob er die Hände zum Himmel und rief laut: »›Wenn ich sterbe, begrabt mich an der Stelle, an welcher der Mann Gottes beerdigt liegt. Legt meine Knochen neben die seinen.‹ Das ist aus dem Buch der Könige. Vielen Dank, Aidan. Wir werden unseren verschiedenen Bruder zurück in seine geliebte Heimaterde legen und ihn dort bestatten, wie es seinem Charakter und seiner Stellung entspräche.«

Ich entgegnete nichts darauf, weil mich große Scham befallen hatte. In Wahrheit war es mir ja gar nicht darum gegangen, Cadocs Überreste zu bergen, und ich wünschte, ich hätte vorher daran gedacht und nur ihm zuliebe die ganze Mühe auf mich genommen. Ich blickte hinab auf die magere Ausbeute. Was für ein jämmerlicher Rest von einem Menschen, der zu seinen Lebzeiten groß und bedeutend gewesen war.

Mit mehr Zeit und Mühe wären wir sicher auch noch auf die anderen Knochen des Bischofs gestoßen, aber ich wurde langsam unruhig und sagte mir, daß wir hier schon viel zuviel Zeit verloren hatten. Also wickelte ich die Gebeine in den Umhang ein, band das Ganze wie einen Sack zusammen und warf ihn mir über die Schulter.

Dann stieg ich den Hang hinauf und kehrte mit Brynach und dem Wächter zu der Stelle zurück, an der Harald und seine Wikinger wieder zu uns stoßen wollten.

Doch von den Seewölfen war nichts zu sehen.

## 24

„Ich hätte sie niemals gehen lassen dürfen", murmelte ich ärgerlich. Schon spürte ich, wie die helle Flamme der Freiheit, deren goldenen Flügelschlag wir schon vernommen hatten, herunterbrannte. Aber was konnten wir anderes tun, als hier auf die Dänen zu warten? Ich setzte das Bündel mit den Knochen ab und scharrte mit der Stiefelspitze im Staub. Das Mißtrauen des Wächters erwachte von neuem, und er hielt sich etwas abseits von uns, damit ihm ja nichts von dem entgehen konnte, was sich in Bälde ereignen würde.

»Diese Männer waren Wikinger«, meinte Brynach.

»Ja, da hast du richtig beobachtet«, seufzte ich.

»Sind das dieselben Männer, die uns damals in dem Dorf im Frankenreich überfallen und dich entführt haben?«

»Das könnte man wohl so sagen«, antwortete ich vorsichtig und hoffte inständig, er würde mich jetzt nicht zu einer längeren Erklärung nötigen.

Aber der Mönch nickte nur nachdenklich. »Und die Araber, die heute mit dir gekommen sind, waren doch auch schon an dem Tag hier, an dem man Cadoc getötet hat, nicht wahr? Es sind die, welche dich damals mitgenommen haben, oder?«

»Das stimmt.« Ich sah ihn an und schirmte die Augen mit einer Hand gegen die Sonne ab. Dem guten Bruder schien noch nicht aufgegangen zu sein, daß seine gerade errungene Freiheit an einem seidenen Faden hing, der mit jedem

Schweißtropfen dünner wurde, welcher dem Mann in den Nacken rann.

»Was sind das für Menschen?« fragte der Ire jetzt. »Und welches Geheimnis birgst du in dir, daß sie dich gerettet haben und dir auch heute helfen?«

Ich wandte den Blick ab, weil ich einerseits den Mitbruder nicht beleidigen wollte, andererseits aber auch viel zu nervös war, um ihm die ganze lange Geschichte zu erzählen. »Das läßt sich nicht in wenigen Worten ausdrücken«, beschied ich ihn. »Vielleicht ergibt sich später eine bessere Gelegenheit, und dann will ich dir alles erzählen.«

Brynach gab sich damit zufrieden und meinte: »Gottes Wege sind ebenso rätselhaft wie wunderbar. Uns ist es nicht vergönnt, Ihm ins Herz zu schauen. So ist es, Bruder, und so war es schon immer.«

*Dann muß Gott entweder Araber oder der ältere Bruder des Kaisers von Byzanz sein*, dachte ich.

Der Mönch, der so lange nur harte Arbeit gekannt hatte, schien sich der neuerlangten Freiheit zu erfreuen, sich wieder ungezwungen mit einem anderen unterhalten zu können. »Wo sind diese Dänen denn hingegangen?« wollte er als nächstes von mir wissen.

Ich wurde der Mühsal einer Antwort durch ein Geräusch enthoben. Es klang wie von Schweinen auf der Schlachtbank und schien aus Richtung der Hügel zu kommen, in denen die Sklaven nach Silber gruben. Wir drei drehten uns gleichzeitig dorthin um.

»Was mag das sein?« fragte der Mönch verwundert und sah mich an.

Das Getöse schwoll an, und wenig später erschienen die Wikinger auf der Hügelkuppe. Sie bewegten sich in Doppelreihen, und je zwei Mann trugen zwischen sich ein schweres Bündel von der Art wie das, in welches ich die Überreste des Bischofs gelegt hatte. Nur schien meine Last bei weitem nicht mit der ihren vergleichbar zu sein. Sie trugen schwer an ihren

Bündeln und fanden doch die Kraft, beim Marsch von den Minen zu singen.

»Hast du dir das öfter anhören müssen?« fragte Brynach besorgt.

»Nicht sehr oft.«

»Dann war dir der Himmel gnädig.«

»Heja!« rief Harald und humpelte auf mich zu. Der ganze Zug blieb stehen, und man sah den Männern an, daß sie kurz davorstanden, über ihrer Last zusammenzubrechen. »Wir sind jetzt soweit«, teilte er mir keuchend von der Anstrengung mit. »Und glaub mir, wir werfen nicht einen Blick mehr zurück auf diesen Ort.«

Brynach starrte mich verblüfft an, als ich in der Sprache der Dänen antwortete: »Ich hatte ja keine Ahnung, wieviel ihr beiseite geschafft habt; sonst hätte ich bestimmt nie meine Einwilligung gegeben.«

Ich fühlte mich müde; denn alle Hoffnung, wir könnten unbehelligt aus dem Lager verschwinden, hatte ich fahren lassen. Der Oberaufseher würde uns bestimmt den Weg versperren, wenn er entdeckte, wieviel Silber die Seewölfe mitnehmen wollten. Und da wir auf dem Rückweg nicht anders konnten, als den großen Platz zu überqueren, würden wir ihm unweigerlich direkt in die Arme laufen. Uns blieb also nichts anderes übrig, als zu versuchen, das Beste aus der Situation zu machen.

»Gut, wenn ihr bereit seid, dann folgt mir.«

Brynach und ich nahmen die Gebeine Cadocs zwischen uns, und zusammen mit den Dänen bildeten wir eine merkwürdige Prozession. Langsam näherten wir uns dem großen Platz, auf dem die anderen Befreiten, die Zwangsarbeiter und die Schar der Wächter und Aufseher warteten.

Der Sklavenmeister hatte genug Zeit gehabt, die erste Furcht vor dem Erlaß des Kalifen zu überwinden. Als der Mann unseres Zuges ansichtig wurde, kam er sofort aus seinem Haus gelaufen. »Was habt ihr da?« schrie er und ruderte mit den Armen in der Luft. »Was hat das zu bedeuten?«

»Ich habe dir doch vorhin schon erklärt, daß wir die Gebeine unseres heiligen Mannes mitnehmen«, fuhr ich ihn mit eisiger Stimme an.

Der Oberaufseher verengte die Augen zu Schlitzen, während er die Bündel zählte. »So viele Knochen? Das ist unmöglich.«

Faisal und die Rafik bezogen hinter mir Stellung. Die Sklaven, die immer noch in der Gluthitze ausharrten, gerieten wieder in Unruhe. »Was will er von dir?« zischte Brynach neben mir.

Ich gab weder dem einen noch dem anderen eine Antwort, sondern bückte mich und knotete den gelben Umhang auf. Ich nahm den Schädel und hielt ihn dem Aufseher vors Gesicht. »Wirf einen Blick auf einen der Männer, die durch deine Hand den Tod gefunden haben«, drohte ich dem Araber. »Sieh ihn dir genau an, Menschenschinder, und vergiß nicht, daß sein Blut am Tag des Jüngsten Gerichts Zeugnis gegen dich ablegen wird.«

Der Mann erbleichte, und das gab mir den nötigen Mut, mit diesem Spiel fortzufahren.

Ich deutete auf die Wikinger und ihre Lasten und donnerte: »Und ebenso das Blut all der anderen, die unter dir so leiden mußten oder die du zu deinem Vergnügen hast sterben lassen. All diese werden am Jüngsten Tag aus ihren Gräbern steigen und dich vor Allah, dem gerechtesten aller Richter, schuldig erklären.«

Nun schien es dem Aufseher so richtig mulmig zu werden, und ehe er etwas sagen konnte, fuhr ich rasch fort. »Behindere uns nun, dann hast du damit deine letzte Chance auf einen Platz im Paradies verwirkt.«

»Geht! Aus meinen Augen!« schrie der Mann, vor Furcht wütend geworden. Dann rief er ein paar seiner Wächter heran und erklärte ihnen: »Der Anblick jener dort beleidigt mein

Auge. Sorgt dafür, daß sie das Lager auf schnellstem Wege verlassen.«

Ich vermutete, daß der Oberaufseher nur deswegen so aufbrauste, weil er den letzten Rest an Autorität, der ihm noch geblieben war, nicht auch noch verlieren wollte. Aber im Grunde brauchte er sich keine Sorgen zu machen, wir hatten nämlich nicht vor, noch länger an diesem gastlichen Ort zu verweilen. Niemand hatte es eiliger, das Lager zu verlassen, als der, welcher gerade vor ihm stand.

Ich legte den Schädel zu den anderen Knochen zurück, schnürte das Bündel wieder zusammen, bat Dugal, es zu tragen, und befahl, daß Ddewi und einige der geschwächteren Dänen zusammen mit den Säcken auf die fünf Pferde gesetzt werden sollten. Dann ließ ich den Oberaufseher einfach stehen und führte die Bande heruntergekommener Wikinger, die Soldaten des Emirs und die paar Mönche aus dem Lager wie weiland Moses die Israeliten aus Ägypten.

Als aber die Zwangsarbeiter entdeckten, daß wir fortgingen, erhoben sie ein großes Geschrei. Wir hatten kaum die Straße erreicht, die zum Holztor führte, als sie hinter uns herkamen und uns anflehten oder wütend von uns verlangten, sie mitzunehmen. Unversehens hatten der Oberaufseher und seine Spießgesellen alle Hände voll damit zu tun, von der aufgebrachten Menge nicht niedergestoßen und zertrampelt zu werden.

Wir beschleunigten unsere Schritte, liefen, humpelten oder hüpften die schmale Straße hinauf, die durch die Siedlung führte, und gelangten in Sichtweite des Tors, bevor die Sklavenschar uns eingeholt hatte. Ich hörte hinter mir die Schreie des Oberaufsehers, der wütend befahl, das Tor solle auf der Stelle geschlossen werden.

»Faisal!« schrie ich laut genug, um das allgemeine Gelärme zu übertönen. Er rannte an meine Seite. »Lauf los und versuche, das Tor geöffnet zu halten. Wenn es ihnen jetzt gelingt, es zu schließen, kommen wir nie mehr von hier fort!«

Er eilte mit zwei Soldaten los. Die beiden anderen Rafik bildeten die Nachhut, um unseren Zug nach hinten zu sichern. Ich rief Harald und Dugal an: »Sputet euch, Männer! Wir müssen das Tor erreichen.«

»Wir machen doch schon so rasch wir können!« schrie Dugal mir im Vorbeilaufen zu. Er zog den armen Brynach geradezu hinter sich her, der auch jetzt noch nicht so recht erfaßt zu haben schien, welches Unheil sich über unseren Häuptern zusammenbraute.

»Gott stehe uns bei!« stöhnte Brynach und schien vorzuhaben, Gottes Hilfe und Segen auf uns herabzuflehen.

»Spar dir lieber deinen Atem!« fuhr ich ihn an. »Der Herr hat im Moment Wichtigeres zu erledigen. Wenn wir uns nicht selbst helfen, dann steht uns niemand bei!«

Er schwieg entsetzt und starrte mich an. Ich versetzte ihm einen Stoß, der ihn in raschere Bewegung versetzte. »Lauf! Los! Steh nicht herum wie eine Salzsäule! Nimm die Beine in die Hand!«

Die Dänen benötigten weder Zuspruch noch Anfeuerung. Nicht alle ihre Silberbündel hatten auf den Rössern Platz gefunden. So mühten sich die Krieger mit gesenkten Häuptern schwitzend und grunzend über den Staub. Ich schrie sie an, drängte sie und zeigte immer wieder auf das Tor, wo Faisal inzwischen angelangt war und heftig gestikulierte. Ich versuchte zu erkennen, was er mir mitteilen wollte, und entdeckte, daß die Flügel des Tores aus der Halterung gelöst worden waren und nun langsam zuschwangen.

Die sich verkleinernde Öffnung in die Freiheit lag noch hundert Schritt von uns entfernt. Ich drehte mich im Lauf um und sah, daß die Wikinger hinter dem Rest von uns zurückgefallen waren.

Wir würden es nicht schaffen!

»Laßt die Säcke liegen!« brüllte ich. »Lauft lieber um euer Leben!«

Ich hätte genausogut arabisch mit ihnen reden können, so

wenig beachteten sie meine Worte. Die sturen Dänen legten sich noch mehr ins Zeug, um mit ihren Lasten voranzukommen. Wenn wir das Tor nicht aufhalten konnten, waren wir verloren. Sobald die Flügel zugefallen waren, konnten wir alle Hoffnung begraben. Nicht einmal die Autorität des Emirs würde dann ausreichen, es wieder öffnen zu lassen.

Faisal stritt sich immer noch mit den Torwachen. »Wir können es nicht mehr halten!« schrie er mir zu.

Die beiden riesigen Torhälften strebten unweigerlich aufeinander zu. Ich erreichte Faisal und warf mich sofort gegen einen der mächtigen Querbalken. Doch obwohl ich alle Kraft aufbot, konnte ich den Schwung des Tors nur unwesentlich beeinflussen.

»Helft mir!« rief ich den anderen zu. Die beiden Rafik kamen herbeigesprungen, und wir stemmten uns gemeinsam gegen die schweren Stämme, während Faisal weiterhin die Wächter zu überzeugen versuchte. Der Torflügel stöhnte und ächzte zwar, ließ sich aber dennoch nicht sonderlich von uns behindern.

Dugal erreichte als erster die Lücke. Mit dem Bündel in einem Arm und Brynach mit der anderen Hand hinter sich herziehend, sprang er in die Freiheit. Faisal hatte inzwischen erkannt, wie wirkungslos seine Worte an den Torwächtern abprallten. Er gab es schließlich auf und rannte zu uns, um seine Kraft der unseren hinzuzufügen. Doch auch seine Mühe konnte das Blatt nicht wenden. Während wir schoben und drückten, glitten unsere Füße über den staubigen Boden. Zugegeben, das Tor verlangsamte seinen Schwung, ließ sich aber noch immer nicht genug aufhalten.

Wir konnten das Tor nicht ausreichend hindern.

Nun waren die ersten Wikinger heran. Es waren diejenigen, welche mit leeren Händen geflohen waren. Wenigstens sie hatten wir retten können.

Doch als ich einen Blick zurückwarf, sank mir das Herz. Harald und die übrigen Dänen, die sich heldenhaft mit ihrer

Beute abmühten, waren noch viel zu weit entfernt. Und schlimmer noch: Die sich wie rasend gebärdenden anderen Sklaven schlossen trotz Ketten und Fußfesseln immer mehr zu ihnen auf.

»Laßt die Bündel zurück!« schrie ich. »Bringt euch lieber selbst in Sicherheit!«

Diese Mahnung bewirkte bei ihnen keineswegs, daß sie zur Besinnung kamen und sich nicht länger mit den Säcken abplagten. Nein, im Gegenteil, sie holten das Letzte aus sich heraus, um doch noch zusammen mit dem Silber die Lücke zu erreichen.

Ich sah, wie ein Däne stolperte, hinglitt und dabei seinen Kameraden mit zu Fall brachte. Und die beiden, die ihnen folgten, purzelten über sie. Die nächsten waren behende genug, dem Gewimmel auszuweichen, doch hielt der Vorfall die ganze Seewölfeschar noch mehr auf.

Das Tor hatte sich jetzt so weit geschlossen, daß nur noch zwei Männer eng nebeneinander hindurchkonnten. Und die ersten entfesselten Sklaven hatten fast das hinterste Wikingerpaar erreicht.

»Gleich ist das Tor zu!« schrie ich. »Lauft, was ihr könnt!«

Wie zuvor wurde meine Warnung in den Wind geschlagen.

Ich hörte jemanden neben mir und sah Dugal, der sich gegen das Tor stemmte. Er hatte Brynach und seine Last auf der anderen Seite abgelegt und war zurückgekehrt, um seinem alten Freund zu helfen.

»Dugal, bist du von Sinnen!« fuhr ich ihn aufgebracht an. »Bring dich in Sicherheit, Mann!«

Er verzog nur das Gesicht und verdoppelte seine Anstrengungen, das Tor noch ein Weilchen offenzuhalten.

*Tut denn hier überhaupt niemand mehr, was ich anordne?* grämte ich mich. »Verschwinde, Dugal, rette wenigstens dein Leben!«

Die Lücke war inzwischen so weit geschrumpft, daß nur noch einer hindurchkam. Bald würde das Tor ganz geschlossen sein, und die ersten Dänen waren immer noch fünfzig Schritt von ihm entfernt.

*Kyrie eleison*, murmelte ich zwischen zusammengebissenen Zähnen, *Gott erbarme sich unser.*

Ich muß gestehen, daß mir diese Worte mehr wie ein Fluch als wie ein Stoßgebet über die Lippen kamen. Und im Grunde hatte ich sie nur wie ein Ertrinkender in seinem letzten Moment ausgesprochen – von dem ich mich ja nur wenig unterschied.

Doch Wunder über Wunder, das Holz ächzte und hielt inne.

Ich sah mich um und entdeckte Sadik auf seinem Schimmel. Roß und Reiter befanden sich nicht weit von der Lücke entfernt, und er hatte ein Seil vom Sattel an einen Querbalken gebunden. Das Pferd bewegte sich langsam rückwärts, und die Leine war zum Zerreißen gespannt.

Und jetzt tauchte auch Harald Stierbrüller vor mir auf. Er schwitzte aus allen Poren und sah aus, als sei er gerade in einen Regenguß geraten. Der Däne schleuderte das Silberbündel durch die Öffnung und kehrte sofort zu seinen Männern zurück, um sie anzufeuern und dort, wo es nicht rasch genug voranging, Hand anzulegen.

Das Tor knarrte, und seine Spitzen zitterten.

Harald trieb seine Krieger wie ein Schäferhund an. Die ersten Sklaven hatten die letzten Seewölfe nicht nur erreicht, sondern bereits überholt. Da sie nichts mehr zu verlieren hatten, rannten sie stur auf die Lücke zu, versperrten mit ihrem Gedränge den Weg nach draußen und behinderten so zusätzlich unsere Flucht.

Mit furchtbarem Gebrüll stampfte der Jarl mitten in sie hinein und schleuderte sie links und rechts auf die Seite. Endlich hatte er die enge Lücke freigelegt und warf und stieß seine Dänen in die Freiheit.

»Bei Allah!« rief Faisal, dem die Sehnen am Hals und an den Armen wie Stricke hervorstanden. »Wir können das Tor nicht mehr lange halten!«

»Heja!« rief der König. »Wir sind frei! Eilt euch!«

Ich sah, wie Harald und zwei weitere Dänen mit ausgebreiteten Armen in der Lücke standen und die Flügel an ihrer Vereinigung hinderten. Die aufgebrachte Masse hatte uns fast erreicht.

An Faisal gewandt, rief ich: »Es ist vollbracht, alle sind auf der anderen Seite.«

Ich wiederholte diese Worte für Dugal auf irisch, und wundersamerweise gehorchten mir diesmal alle. Im nächsten Moment strebten wir alle, die wir uns noch auf der Innenseite befanden, zu der schmalen Lücke. Faisal und die beiden Rafik schoben sich zwischen den Wikingern nach draußen.

Doch als Dugal und ich an der Reihe waren, ruckte das Tor und bewegte sich wieder. Die Dänen konnten es nicht länger halten und fielen nach draußen.

Die beiden Flügel schlossen sich mit einem furchtbaren Donnern.

Doch wunderbarerweise prallten sie zurück und öffneten sich noch einmal für einen Moment. Ich versetzte Dugal einen derben Stoß und sprang hinter ihm her. Während ich auf dem Bauch und mit dem Gesicht im Staub landete, schloß sich das Tor hinter mir zum zweiten und endgültigen Mal.

Sadik, der mit seinem Pferd immer noch an dem Seil zog, rief uns eine Warnung zu. Ich hörte einen Knall wie von einer Peitsche, hob den Kopf und entdeckte das durchgerissene Seil, das wie eine Schlange durch die Luft schnellte.

Sadiks Schimmel, unvermittelt von dem Zug befreit, geriet aus dem Gleichgewicht und kippte nach hinten. Der Emir kam natürlich nicht rechtzeitig aus dem Sattel und wurde unter seinem Roß begraben, das einmal über ihn hinwegrollte.

Ich rannte so schnell zu ihm, daß meine Füße kaum den Boden zu berühren schienen. Schon hatten meine Finger die Zügel gepackt und zerrten mit dem Mut der Verzweiflung daran. Tatsächlich kam das in Panik geratene Tier hoch, doch bewegte ich es weniger durch Körperkraft als mehr durch reine Willensstärke.

Schließlich stand das Roß wieder auf den Beinen und schüttelte sich. Im nächsten Moment sprang es beiseite, blieb stehen und bewegte nur noch den Kopf von einer Seite zur anderen.

»Fürst!« rief ich und ließ die Zügel fahren. Ich kniete mich neben ihn hin und sah nach ihm, aber Sadik regte sich nicht.

*Schwarz vor Sünde ist jenes Haus dort,
Und finsterer noch sind die Menschen darin,
Ich bin der weiße Schwan,
König über sie alle.
Ich gehe zu ihnen im Namen Gottes,
Begleitet vom Hirsch, begleitet vom Bär,
Begleitet von der Schlange, als König trete ich hin,
Im Schutze meines Königs schreite ich vor sie.
Und Hirsch, und Bär und Schlange geleiten mich,
Beschützen mich auf allen meinen Wegen.*

## 25

Der Emir lag wie tot da, und seine Augen standen halb offen. Das Pferd hatte ihm die Luft aus der Lunge gepreßt, und er war ohne Besinnung. Zwei seiner Gefährten, die Sadik mit ihren eigenen Seilen dabei unterstützt hatten, das Tor am Zufallen zu hindern, erreichten ihren Herrn jetzt.

»Vorsichtig, ganz sachte«, ermahnte ich sie, während wir ihn behutsam auf die Seite rollten. Ein krächzendes Pfeifen belohnte uns, als die Luft in die Lunge des Fürsten zurückkehrte. Er hustete, stöhnte und fing langsam wieder an zu atmen.

Von jenseits des nun geschlossenen Tores hörten wir das Heulen und Jammern der armen Teufel, die es nicht bis hinaus geschafft hatten. Darunter mischte sich bald das schrille Geschrei derjenigen, die direkt an dem Holz standen und von den Nachrückenden erdrückt zu werden drohten.

Jetzt kam auch Faisal herbei, und Kasimene sprengte auf ihrem Roß zu uns. Sie sprang aus dem Sattel und beugte sich sofort über ihren Onkel. Die junge Frau nahm seine Hand und rieb sie heftig, um ihn aus seinem bewußtlosen Schlaf zu wecken. Dabei legte sie den Kopf an sein Ohr und flüsterte ihm leise etwas zu, was ich nicht verstand; doch klang sie sehr besorgt.

Wie dem auch sei, nach einem Moment regte der Emir sich, schlug die Augen ganz auf und versuchte, den Kopf zu heben.

Kasimene drückte ihn sanft zurück und ermahnte ihn, ganz still liegenzubleiben.

»Es ist vollbracht«, meldete ich dem Fürsten. »Wir haben alle freibekommen.«

»Kannst du schon wieder aufstehen, Herr?« fragte Faisal.

Sadik drehte langsam den Kopf, so als habe er die Stimme seines Vertrauten nicht wiedererkannt und wundere sich, wer da gesprochen habe. Doch dann schien sich der Nebel über seinem Geist zu lichten, und er nickte.

Faisal und ich halfen dem Mann auf die Beine. Er schwankte, als habe er mit Schwindelanfällen zu kämpfen, wies aber unsere Hände zurück, als wir ihn stützen wollten.

»Mir fehlt nichts, gleich bin ich wieder ganz der alte«, meinte der Emir und schüttelte den Kopf, wie um Klarheit in seine Gedanken zu zwingen. »Wo ist mein Pferd?«

Der Vertraute führte den Schimmel zu ihm, und Sadik stieg auf. Im selben Moment knarrte und schüttelte sich das schwere Lagertor. Mir drehte sich der Magen um, als ich den dumpfen Aufprall menschlicher Leiber gegen die Palisaden und das Brechen von Knochen vernehmen mußte. Die Sklaven warfen sich in ihrer Verzweiflung gegen das dicke Holz, als könnten sie damit etwas bewirken.

Ein entsetzliches Geräusch, von dem ich hoffte, es nie wieder hören zu müssen. Aber was hätten wir schon für die Zwangsarbeiter tun können? Wenn wir nicht rasch machten, daß wir von hier fortkamen, hätte vermutlich unsere eigene Sicherheit auf dem Spiel gestanden.

»Wir sollten keine Zeit vertrödeln«, mahnte Faisal mit einem besorgten Blick zurück.

»Führ du den Zug an«, befahl Sadik. »Die Rafik und ich folgen euch.« Er rief seine Krieger zusammen und stellte sie in Doppelreihe auf, um unser Entkommen zu sichern. Wir anderen folgten, so rasch wir konnten, dem Vertrauten des Fürsten. Wir liefen oder humpelten den Weg hinunter, bis wir die Stelle erreichten, an der die Packpferde auf uns warteten.

Dort hielten wir für einen Moment inne, um unsere Reihen zu schließen und etwas Ordnung in unsere Kolonne zu bringen.

»Der Oberaufseher wird sich beim Kalifen beschweren und dir die Schuld an dem Sklavenaufstand in die Schuhe schieben«, erklärte mir der Fürst. Er saß auf seinem Schimmel und ließ den Blick über unsere deutlich gewachsene Schar wandern. »Ich wußte gar nicht, daß du so viele Freunde hast.«

Tatsächlich hatten wir nicht nur die Wikinger und die drei Mönche befreien können, auch einige Dutzend anderer Sklaven hatten sich aus dem Lager absetzen können und sich uns, in Ermangelung eines anderen Auswegs, jetzt angeschlossen. »Tut mir leid, Fürst«, begann ich, »aber sie waren ...«

Doch Sadik winkte bei meinen Erklärungsversuchen nur ab. »So weit wäre es nie gekommen, wenn der Oberaufseher es besser verstanden hätte, die Ordnung aufrechtzuerhalten. Wir werden uns eben etwas ausdenken müssen, wie wir jetzt mit diesen Leuten verfahren.«

Sein Blick fiel auf die Wikinger, die schwitzend und keuchend bei ihren Bündeln standen, für welche sie alles, sogar ihre Wiederergreifung, aufs Spiel gesetzt hatten. »Deine Freunde scheinen einen Notgroschen beiseite geschafft zu haben, während sie in den Diensten des Kalifen standen«, bemerkte er spitzzüngig.

Jarl Harald bemerkte, daß der Emir ihn ansah, und erkannte das stillschweigende Wohlwollen in dessen Blick. Der Dänenfürst beugte sich nun über den Stoffsack zwischen seinen Beinen und knotete ihn auf. Brynach und Dugal traten mit ihrem Bündel, das Cadocs Überreste enthielt, zu mir. Zu viert sahen wir zu, wie der Stierbrüller den Stoff auseinanderfaltete und etliche Klumpen und Brocken von bleich glänzendem Gestein zutage traten.

»Silber?« entfuhr es Brynach. »Bei der Gnade Gottes! Diese Männer haben ihr Leben für Silber riskiert?«

»Seewölfen bedeutet Silber eben mehr als ihr Leben«,

erklärte ich meinen Mitbrüdern. »Sie wagen alles dafür, wenn sie mit ihren Schiffen wieder einmal die Heimat verlassen. Davon abgesehen«, fügte ich noch mit Blick auf die Säcke hinzu, »handelt es sich doch um eine ansehnliche Menge dieses Edelmetalls. Dafür darf man durchaus etwas aufs Spiel setzen.«

Harald nahm einen der größeren Klumpen, marschierte damit zu Sadik und reichte ihn ihm. Der Emir nahm das Silber, betrachtete es, wog es in der Hand ab und gab es dem Wikinger dann zurück.

»Mir scheint, der Fürst hat nichts dagegen«, erklärte ich Harald. »Die Seewölfe mögen ihren Schatz behalten.«

Nun schienen die anderen Sklaven sich beraten zu haben, drängten auf mich und den Emir zu und fielen vor uns auf die Knie. Wir sollten ihnen gestatten, mit uns zu kommen, jammerten sie. »Laßt uns nicht hier zurück! In diesem öden Land müßten wir unweigerlich sterben! Bei der Gnade Gottes, nehmt uns mit!«

Sadik und Faisal besprachen sich kurz, dann trat der Vertraute vor die Zwangsarbeiter. »Den Fürsten dauert euer Schicksal. Wenn ihr uns nicht zur Last fallt, nehmen wir euch mit bis nach Amida, doch dort müßt ihr selbst sehen, wohin ihr wollt.«

Selbstverständlich stimmten sie alle sofort begeistert zu. Nachdem jeder von ihnen Wasser und etwas zu essen erhalten hatte, brachen wir in einer langen Kolonne auf. Sadik und Kasimene ritten an der Spitze. Bei ihnen war auch Ddewi auf meinem Roß, und Brynach schritt neben ihm her. Der junge Mönch war nicht in der Lage zu laufen und brauchte jemanden, der ihn daran hinderte, aus dem Sattel zu rutschen.

Danach kamen Dugal und ich mit den Knochen des Bischofs. Uns folgten die Wikinger, die das Silber in kleinere Beutel verpackt und untereinander aufgeteilt hatten, so daß jeder von den achtzehnen das gleiche Gewicht tragen mußte. Hinter diesen trotteten die Lasttiere mit unseren Vorräten, danach kamen die Sklaven, und den Abschluß bildeten wiederum die Rafik.

Wir bewegten uns langsam und in einer langen Linie, die sich immer mehr ausdehnte, je weiter der Tag voranschritt. Heute hielten wir früher als sonst zur Nacht an – die Sonne war noch nicht untergegangen –, und wir hatten wahrlich nicht viel Wegs zurückgelegt. Aber die Sklaven und meine befreiten Gefährten konnten aufgrund der Strapazen, die sie im Lager erlitten hatten, einfach nicht mehr weiter. Wenigstens waren wir mittlerweile außer Sichtweite der Minen, und das Tal, in dem wir rasteten, breitete sich einladend vor uns aus.

Der Emir ließ sich etwas abgesondert von den anderen nieder, und wir alle legten uns gleich schlafen, nachdem wir ein bescheidenes Abendbrot zu uns genommen hatten. Sadik meinte noch, er fühle sich nicht recht wohl und habe wohl zuviel Sonne abbekommen. Ich dachte mir nichts weiter dabei, war ich doch viel zu begierig, von meinen Freunden zu erfahren, wie es ihnen ergangen sei, nachdem wir im Frankenreich voneinander getrennt worden waren. Ich sagte das Kasimene, die darauf meinte: »Geh nur, mein Liebster, und erneuere deine Freundschaft. Ihr habt euch sicher eine Menge zu erzählen. Ich werde mich noch etwas zu meinem Onkel setzen.« Und schon begab sie sich zu der Stelle, wo der Emir sich trotz der immer noch warmen Luft in seinen Umhang gewickelt an ein Feuer gelegt hatte.

So lief ich also eilig und freudigen Herzens zu dem flachen Stein, an dem die drei Mönche lagerten. Dugal und Brynach lehnten ganz entspannt an dem Fels, während Ddewi mit hängenden Schultern und ausgestreckten Beinen unterhalb von ihnen hockte und mechanisch kleine Zweige und Grasbüschel ins Feuer warf.

Ich setzte mich zu ihnen und sagte: »Tja, Dugal, für einen Moment dachte ich doch tatsächlich, du hättest es aufgegeben, auf meine Rückkehr zu warten.«

»Aidan, alter Freund«, entgegnete er in gespieltem Tadel, »sieh doch nur, wie du inzwischen aussiehst. Woher sollte ich denn wissen, daß du gekommen warst, wo du dich wie der Prinz von Persien ausstaffiert hast?«

»Was hast du denn geglaubt, wer sonst zu deiner Rettung erscheinen würde?«

»Nun ja, die Überraschung ist dir gelungen, bei allem, was recht ist«, sagte er und stützte sich auf den Ellenbogen. »Wer hätte jemals für möglich gehalten, daß unser Aidan einmal wie der Kalif selbst auf dem großen Platz herumstolzieren und die Araber für sich springen lassen würde? Wie bist du an diesen vortrefflichen Dolch geraten, Dána?«

Ich zog die Klinge aus dem Gürtel und reichte ihm den Dolch. »Man nennt so etwas Kadi. Ein Geschenk des Emirs.«

Mein alter Freund fuhr mit den Fingern über den kostbar verarbeiteten Griff und gab anerkennende Laute von sich. »Hast du das gesehen, Brynach?« fragte er und hielt den Dolch hoch, so daß der Stahl im letzten Licht funkelte. »Wenn ich einen solchen Daigear bei mir gehabt hätte, hätte ich uns alle schon längst befreit. Aber den Oberaufseher hast du ganz schön schlottern lassen, wahrhaftig, das ist dir gut gelungen!«

Ddewi lachte kurz und leise, für mich das erste Anzeichen, daß er doch noch etwas von seiner Umgebung wahrnahm. Ich blickte Brynach an, und er erklärte: »Gelegentlich scheint der Jüngling zu erwachen, und das gibt mir Hoffnung, daß er eines Tages wieder ganz zu sich kommt.« Damit sah Brynach mich an. »Ich frage mich immer noch, wie es dazu kam, daß du jetzt mit diesen Sarazenen zusammen bist.«

»Ach, das ist rasch erzählt«, antwortete ich und berichtete von der Reise mit dem Eparchen nach Trapezunt, dem Hinterhalt auf der Straße nach Sebastea und der anschließenden Versklavung in die Minen des Kalifen.

»So ähnlich hat es sich bei uns auch abgespielt«, meinte der Mönch.

»Aidan hält das für alles andere als einen Zufall«, erklärte Dugal und berichtete ihm von meinem starken Verdacht, der Komes habe persönlich für die Katastrophen gesorgt, die über uns gekommen waren.

»Aber das ist ausgeschlossen«, widersprach Brynach. »Nikos war uns ein wahrer Freund. Er hatte überhaupt keine Veranlassung, uns zu betrügen oder uns gar Schaden zuzufügen.« Der Mitbruder schüttelte heftig den Kopf. »Nein, ich bin mir ganz sicher, daß er nur helfen wollte. Unser schönes Buch hatte den Deckel verloren, und der Komes hat ...«

»Das Buch!« rief ich. Nach all dem, was sich in der letzten Zeit ereignet hatte, hatte ich das Meisterwerk der Colum Cille tatsächlich vollkommen vergessen.

»Beruhige dich, Aidan«, lächelte Dugal. »Wir haben es bei uns.« Er zeigte auf Ddewi, der wieder vollkommen zufrieden damit war, Zweiglein in die Flammen zu werfen.

»Ddewi«, sagte Brynach freundlich, »komm her und zeig uns das Buch.«

Der Jüngling gab weder mit einem Wort noch einem Nicken zu erkennen, daß er verstanden hatte, erhob sich aber trotzdem von seinem Platz und stellte sich zu uns. Als ich genauer hinsah, entdeckte ich etwas Großes, Viereckiges, das sich unter seiner zerrissenen Kutte abzeichnete. Der Mönch hob diese nun mit beiden Händen an und zog sie hoch, bis ich die Ledertasche erkennen konnte, die er sich um den Hals gelegt hatte, so daß er das Buch immer über seinem Herzen trug.

Es kostete mich einige Mühe, aber ich widerstand der Versuchung, Ddewi zu bitten, die Kostbarkeit aus der Tasche zu holen, damit ich die Seiten aufschlagen und mich an ihrer Herrlichkeit erfreuen konnte. Dafür war nun weder die rechte Zeit noch der rechte Ort.

»Danke, Ddewi«, sagte Brynach, und der Jüngling entfernte sich und hockte sich wieder wie vorhin ans Feuer. Sein zerrütteter Geist war erneut meilenweit von uns entfernt.

»Cadoc hat es ihm gegeben, an jenem Tag, an dem wir uns

alle am Rand des großen Platzes versammeln mußten«, sagte Brynach, und ich wußte genau, worauf er anspielte. »Seitdem hat der arme Ddewi kein einziges Wort von sich gegeben. Ich fürchte, das bißchen Verstand, welches ihm noch geblieben ist, konzentriert sich in seiner Gänze auf das Buch.«

»Er bewahrt das Werk ebenso auf«, meinte Dugal, »wie dieses ihn.«

»Wir wollten einen neuen Deckel anfertigen lassen«, klagte Brynach, »aber das wird jetzt wohl nicht mehr möglich sein.«

»Aber es gibt doch genügend Silberschmiede in Konstantinopel«, meinte ich, »da mußtet ihr gar nicht bis nach Trapezunt.«

»Habe ich gesagt, daß wir nach Trapezunt reisten?« wunderte sich Brynach.

»Nein, Dugal hat mir das erzählt«, antwortete ich in Erinnerung an das Gespräch, welches wir als Gefangene im Lager geführt hatten. »Er meinte, ihr wolltet dorthin segeln, um ein neues Cumtach für das Buch anfertigen zu lassen.«

»Nun ja«, erklärte Brynach, »wir waren unterwegs zum Hafen von Trapezunt, aber der Bischof wollte noch weiter. Nach Sebastea nämlich, um dort den Statthalter zu treffen.«

»Was hast du da gesagt?« entfuhr es mir, und ein kalter Schauer lief über meinen Rücken. Obwohl ich ihn natürlich genau verstanden hatte, erschien mir alles so unfaßbar, daß er mir Wort für Wort wiederholen mußte. »Bist du dir auch ganz sicher, daß Cadoc zu Honorius wollte?«

»Aber ja doch«, entgegnete der Mönch. »Wie es den Anschein hatte, kannten die beiden sich aus Rom. Dieser Honorius war dort einmal als Procurator eingesetzt.«

»Wie auch Nicephorus …«, murmelte ich, um dann gleich zu fragen: »Ab wann hat Nikos angefangen, euch in allem behilflich zu sein? Schon bevor er vom Wunsch des Bischofs erfuhr oder erst danach?«

Der kluge Mitbruder sah mich einen längeren Moment an. »Aha, ich erkenne jetzt, in welchen Bahnen dein Geist denkt.

Aber ich muß dir sagen, Bruder, daß du damit falschliegst.« Er klang ganz wie ein Mann, für den sich gerade ein Rätsel zu allseitigen Zufriedenheit geklärt hat. »Ich weiß mit größter Bestimmtheit, daß Cadoc diesen Honorius schon lange wiedertreffen wollte. Als er dies kundtat, hatten wir den Komes noch gar nicht kennengelernt. Da wir also ohnehin nach Sebastea wollten, wünschte der Bischof lediglich zu erfahren, ob es in Trapezunt jemanden gebe, der uns dabei helfen könnte, das Buch wiederherzustellen.«

»Warst du dabei, als er das Nikos gegenüber vorgebracht hat?« fragte ich gleich, und meine Stimme klang vor Aufregung etwas schrill. »Hast du mit eigenen Ohren vernommen, wie Cadoc das vorbrachte?«

»Ja, ich war dabei und habe es selbst gehört«, antwortete Brynach voller Überzeugungskraft. »Und deswegen weiß ich auch, daß du dich irrst, wenn du so schlecht über den Komes sprichst. Er hat nur versucht, uns zu helfen.«

Trotz seiner Widerrede blieb mein Verdacht bestehen, und zwar mit aller Macht. Aber ich hätte nichts damit gewonnen, mich jetzt mit dem Mönch über den Charakter des Nikos herumzustreiten. Also ließ ich die Angelegenheit einstweilen ruhen. Nach allem, was ich gerade erfahren hatte, sah es so aus, als sei der Komes über jeden Verdacht erhaben. Cadoc wollte schon nach Sebastea, bevor Nikos auf den Plan getreten war ... Dennoch hinterließ die ganze Geschichte bei mir einen schalen Beigeschmack.

So verlegten wir unser Gespräch auf die Härten und Unbilden, die noch vor uns lagen, und als die Nacht sich über uns senkte, erschien plötzlich Gunnar aus dem Halbdunkel, um mich zu holen. Mit einem scheelen Blick auf die beiden Iren sagte er: »Der Jarl möchte dich sprechen, Aedan, natürlich nur, wenn du gerade nichts Besseres vorhast.«

»Ich komme gern, Gunnar.«

»Ich weiß, daß du lieber bei deinen Brüdern bleiben möchtest«, meinte er noch zögernd.

»Nein, nein, mach dir darüber keine Gedanken«, entgegnete ich. »Ich wäre sowieso bald zu euch gekommen. Dann los, wollen wir den König nicht warten lassen.« Die Brüder wollten sich lieber ausruhen, als mitzugehen, und so wünschte ich ihnen eine gute Nacht und lief dann mit Gunnar zum nicht weit entfernten Lager der Seewölfe.

Hier sah es so aus, als seien die Dänen dort liegengeblieben, wo sie zusammengebrochen waren. Die Anstrengungen des heutigen Tages waren auch für diese harten Burschen zuviel gewesen. Ich hatte die Wikinger schon einige Male so übereinandergefallen gesehen, doch jetzt mußte zu ihrer Ehrenrettung angefügt werden, daß sie heute noch keinen Tropfen Bier genossen hatten. Beklommen betrachtete ich diese traurige Schar. Man konnte den Männern deutlich ansehen, wie schlecht sie im Lager ernährt worden waren und welche körperlichen Anstrengungen man ihnen zugemutet hatte.

Der König lehnte an einem Stein, hatte den Kopf zurückgelegt und die Augen geschlossen. Als er mich jedoch kommen hörte, wurde er sofort wieder wach und wollte sich erheben. »Nein, Jarl, bitte«, sagte ich. »Bleib sitzen und ruh dich aus.«

Doch Harald wollte nicht auf mich hören. Statt dessen stand er mit wackligen Beinen auf und umarmte mich, als wäre ich sein liebster Hauskerl. Dann rief er seine Männer an und befahl ihnen, sich ebenfalls zu meiner Ehre zu erheben. Aber nur zwei von ihnen konnten dem Folge leisten, und auch das nur mit allergrößter Mühe.

»Ach, Aedan«, sagte der König mit heiserer Stimme, lächelte breit und legte mir einen Arm um die Schulter. Sein Gesicht war von der Sonne verbrannt, hager geworden und von vielen Falten durchzogen. Doch auch wenn sein Blick trübe wirkte, konnte man ihm noch immer anhören, warum man ihn den Stierbrüller nannte, als er sich erneut an seine Kämpen wandte: »Seht her, all ihr Dänen, dies ist unser guter Freund Aedan. Wir sind heute abend frei, weil er nicht zulassen wollte, daß wir in den Stollen jämmerlich zugrunde gingen!«

Das löste bei den Seewölfen kaum mehr als ein Gähnen aus, und das auch nur bei denen, die gerade noch ein wenig wach waren. Der Jarl wandte sich wieder an mich und erklärte: »Ich wünschte, wir hätten hier einen See voller Bier, um auf dich anzustoßen. Doch hör mich an, Aedan, ich, Harald Stierbrüller, gelobe hiermit feierlich, daß die Hälfte des Silbers, das wir retten konnten, dir gehören soll. Denn ohne dich wären wir immer noch Sklaven und könnten überhaupt nichts mit unseren Schätzen anfangen.«

»Du bist zu großzügig, König Harald«, entgegnete ich, was ihm sehr zu gefallen schien, wie ich an seinem Lachen erkennen konnte. »Doch glaube mir, wenn ich sage, daß ich nicht einen einzigen Klumpen von deinem Silber haben will.« Das freute ihn sichtlich noch mehr. »Was ich getan habe, unternahm ich aus meinen eigenen Gründen. Eure Freiheit ist aller Lohn, nach dem ich gestrebt habe, und der ist mir heute gewährt worden.«

»Du sprichst wohl, Freund«, entgegnete der Jarl, »aber ich wäre ein schlechter König, wenn ich dir keine Belohnung zuteil werden ließe. Da du mein Silber nicht willst, verlange ich von dir, mir das zu nennen, was du dir am meisten wünschst. Und ich werde mit aller Macht, die mir zur Verfügung steht, versuchen, dir das zu gewähren.«

Wir setzten uns nun zusammen nieder, und zum erstenmal fühlte ich, daß er mich wie einen Gleichen behandelte. Dieses Glück hielt indes nicht lange an, weil der Jarl schon bald gar nicht mehr aufhören konnte zu gähnen, auf die Seite fiel und sofort in tiefsten Schlummer versunken war. Ich überließ die Seewölfe ihrem Schlaf der Erschöpfung und schlich leise davon, um mich neben dem Lagerfeuer des Emirs zur Nacht zu legen.

Ursprünglich hatten wir beabsichtigt, gleich bei Anbruch des nächsten Tages weiterzuziehen. Aber wir blieben statt dessen im Lager und ruhten uns aus. Den ehemaligen Zwangsarbeitern hatten Flucht und Reise die allerletzten Kräfte geraubt, und nur wenige von ihnen zeigten sich in der Lage, sich wieder in Marsch zu setzen.

Die meisten hätten auch den darauffolgenden Tag gern dazu genutzt, noch mehr zu ruhen, aber Faisal verwies auf unsere stark gewachsene Anzahl und die schwindenden Vorräte. Er schlug dringend vor, uns wieder auf die Reise zu begeben, weil wir sonst allzubald Hunger leiden müßten. »Wir sollten zuerst nach Amida, um dort neue Verpflegung zu erstehen.«

Das bedeutete einen Umweg, und Sadik wollte sich zuerst gar nicht mit dem Vorschlag anfreunden. Aber da sich uns keine andere Möglichkeit bot, setzten wir uns wieder in Bewegung und kamen sehr langsam voran. Den ganzen Tag zogen wir durch das Tal und mußten immer wieder eine Rast einlegen. Am Tag danach bogen wir nach Westen ab, um auf die Straße nach Amida zu stoßen.

Nach zwei weiteren Tagen hatten wir sie erreicht, und wir liefen nicht, wie ursprünglich vorgesehen, in Richtung Norden nach Trapezunt, sondern in Richtung Süden nach Amida. Trotz des Umstands, daß das Angebot des Emirs hier endete, baten viele der Sklaven, mit uns und unter dem Schutz der Rafik zu der Stadt ziehen zu dürfen. Einigen aber war die neugewonnene Freiheit wichtiger als alles Sicherheitsstreben; diese verließen uns, kaum daß wir die Straße erreicht hatten, und strebten, so rasch sie konnten, Amida zu.

Obwohl unsere ehemaligen Zwangsarbeiter in ihrer Mehrheit immer noch nicht gut zu Fuß waren, kamen wir hier besser voran als an den Tagen zuvor. Tatsächlich konnte ich bald feststellen, daß die Mönche wie auch die Wikinger zunehmend wieder zu Kräften kamen. Von Tag zu Tag kamen sie morgens besser hoch und schritten rüstiger aus. Doch waren die Seewölfe von Natur aus robust, und vermutlich hätten sie noch eine Weile länger in den Minen überlebt. Selbst Ddewi machte einen besseren Eindruck, so als würde der Jüngling sich Stückchen für Stückchen daran erinnern, wer er einmal gewesen war.

Jeden Tag suchte ich nach Gelegenheiten, Kasimene zu sehen, aber da wir nie allein sein konnten, mußten wir es meist bei wenigen gewechselten Worten bewenden lassen, was uns beiden natürlich bei weitem nicht reichte. So warfen wir uns häufig sehnsüchtige Blicke zu, und wenn sich unsere Wege mehr oder minder zufällig kreuzten, flüsterten wir dem anderen ein zärtliches Wort zu. Ich muß gestehen, einem Mann, dessen Herz lichterloh brannte, konnte das nicht genügen, und dennoch mußte ich mich damit zufriedengeben.

Und am Morgen jenes Tages, an dem wir in Amida einziehen wollten, kam sie noch vor dem Aufbruch zu mir. Die Männer brachen gerade das Lager ab, oder sattelten die Pferde oder bereiteten das Frühstück zu. Ich stand gerade mit Dugal zusammen und lächelte, als ich Kasimene auf mich zukommen sah. Doch ein Blick in ihr Gesicht ließ es mir ratsam erscheinen, mich von dem Mitbruder zu verabschieden.

Ich zog die junge Frau ein wenig beiseite und sagte: »Was ist mit dir? Du siehst so aus, als würdest du jeden Moment platzen.«

»Der Emir hat gesagt, ich solle in Amida bleiben«, entgegnete sie mit bebender Stimme. »Er will einige Krieger dafür bezahlen, mich nach Jaffarija zurückzuführen!«

Darauf war ich nicht gefaßt, und bevor mir etwas zur Antwort einfallen konnte, umklammerte sie schon meinen Arm und zischte: »Das darf er nicht befehlen, Aidan.«

»Er sorgt sich nur um deine Sicherheit«, entgegnete ich lahm.

»Und ich mich um die seine!« gab Kasimene hart zurück. Als die junge Frau meine Verwirrung bemerkte, kam sie mir ganz nahe und flüsterte mit Verschwörermiene: »Es geht ihm gar nicht gut.«

Ich prallte von ihr zurück. »Was meinst du damit?« Ich schaute rasch in seine Richtung. Er saß da und verzehrte das Brot, welches Faisal ihm zum Frühstück gebracht hatte. »Für mich sieht er ganz gesund aus.«

Aber Kasimene wußte es besser. »So will er nur vor uns erscheinen. Er schläft viel zu lange, schwitzt oft und kommt morgens immer schlechter auf die Beine.«

»Das ist doch noch kein Grund zur Besorgnis«, entgegnete ich. »Sadik wird müde sein, so wie wir alle, haben wir doch einiges hinter uns. Wenn wir uns ein paar Tage Ruhe gönnen, sind wir danach alle wieder frisch und munter.«

Die junge Frau legte frustriert die Stirn in Falten. »Du scheinst mir überhaupt nicht zuzuhören! Bitte, Aidan, unternimm etwas. Der Fürst darf mich nicht in der Stadt zurücklassen.«

»Ich werde mit ihm reden, wenn du das möchtest«, versprach ich ihr.

Doch anscheinend hatte ich damit nicht das Richtige gesagt. Kasimene stürmte nämlich wütend davon und sprach kein Wort mehr mit mir.

Als wir später am Tag die Stadt erreichten, befahl der Emir, sein Zelt außerhalb der Ortschaft aufzubauen, und er verfügte außerdem, daß die Seewölfe das Lager nicht verlassen durften.

Harald und seine Mannen waren ob dieser Aussichten enttäuscht, aber als Faisal ihnen durch mich mitteilen ließ, daß es in ganz Amida weder Bier noch Wein gebe, ertrugen sie ihr hartes Los leichter. »Vielleicht ist es ja auch besser so«, meinte Gunnar in seiner bauernschlauen Art. »Auf die Weise kann ich mehr Silber nach Hause zu Karin bringen.«

Die Dänen zogen nun gemeinsam zur Wasserstelle, wo sie sich wuschen. Danach scherten sie sich gegenseitig Haupthaar und Bärte. Schließlich entledigten sie sich auch ihrer zerlumpten und verdreckten Kleidung und streiften die Gewänder über, die der Emir ihnen zur Verfügung stellte.

Danach wirkten die Seewölfe schon fast wieder so wie früher.

Die Mönche hatten zwar kein Silber zum Ausgeben, weigerten sich aber dennoch, Amida zu betreten. »Ich werde keinen Fuß in diesen verwünschten Ort setzen«, schwor Dugal.

»Da du nichts im Geldbeutel hast«, entgegnete ich, »brauchst du dich auch nicht zu besorgen.«

»Ha!« machte er. »Glaubst du, ich bin so dumm, den Sklavenhändlern Gelegenheit zu geben, mich noch einmal zu ergreifen? Niemals, mein Freund!«

Damit lag Dugal vermutlich näher an der Wahrheit, als er zu jenem Zeitpunkt ahnte. Nun denn, auch ich zog es vor, bei meinen Freunden im Lager zu bleiben, aber Kasimene drängte mich, mit dem Fürsten zu gehen. »Du mußt doch mit Sadik sprechen. Das hast du mir versprochen!«

Und so kam es, daß ich etwas später auf dem Sklavenmarkt von Amida stand. Und dort hörte ich jemanden rufen:

»Aedan!«

## 26

Auf dem großen Platz herrschte ein Gewimmel von Menschen aus aller Herren Länder. Die meisten schrien aus Leibeskräften, und alle durcheinander, um sich gegenüber den anderen Gehör zu verschaffen. Heute gab es hier keine Sklaven zu kaufen, dafür wurden aber Pferde und Esel, Schafe und Ziegen in großen Mengen feilgeboten. Und ich entdeckte auch Tiere, die ich bereits in Trapezunt erblickt hatte, wenn auch eher selten: Kamele. Diese lauten, zotteligen und übellaunigen Kreaturen werden von den Menschen sehr geschätzt, welche tiefer im Süden in den trockenen Gebieten zu Hause sind.

Mir wollte es so scheinen, als trieben sich hier mehr Verkäufer als Kauflustige herum, und da die Sonne schon längere Schatten über den großen Platz warf, wuchs unter den Anbietern die Verzweiflung. Die Mehrzahl von ihnen kam von auswärts, und kaum einer hatte Lust, die oft lange Heimreise mit leerem Geldbeutel anzutreten.

Wieder hörte ich, wie jemand meinen Namen rief, diesmal lauter und deutlicher: »Aedan!«

Ich blieb stehen und lauschte. Wenn ich mir zuvor nicht ganz sicher gewesen war, ob wirklich ich gemeint sein sollte, so konnte ich jetzt nicht länger daran zweifeln. Ich drehte mich langsam um. So viele Menschen drängten noch über den Platz, aber nicht einer von ihnen sah in meine Richtung.

Na ja, sagte ich mir, bei den vielen Sprachen, die hier gesprochen wurden, und bei dem allgemeinen Gelärme konnte es durchaus möglich sein, daß ich auch beim zweitenmal fälschlicherweise meinen Namen gehört zu haben glaubte.

So eilte ich los, um Sadik und Faisal einzuholen, die längst dabei waren, Vorräte für die Weiterreise zu erstehen. Doch als ich mich noch einmal umdrehte, wohl mehr aus Instinkt als aus Überlegung, erblickte ich plötzlich die alte und ergraute Gestalt von Achmed, dem Magus, welchen ich in Trapezunt aufgesucht hatte.

Er bewegte sich auf mich zu und hob die Hände zu einem eigentümlichen Gruß. Diese Geste wiederholte der Weissager mehrmals, so als fürchte er, ich würde weitergehen, bevor er mich erreicht habe. Deshalb strebte ich ebenfalls in seine Richtung, doch kaum hatte ich drei Schritte getan, da schob sich eine Herde Ziegen zwischen uns, und unvermittelt sah ich mich von diesen blökenden und stinkenden Wesen umgeben.

Achmed blieb stehen. Wir waren ungefähr fünfzig Schritte voneinander entfernt. Er hob wieder die Hände, hielt die Handflächen nach außen und schien mir etwas zuzurufen. Jedenfalls öffnete sich sein Mund, aber dank der lärmenden Tiere konnte ich kein Wort verstehen.

Ich legte eine Hand trichterförmig hinters Ohr und schrie: »Was hast du gesagt?« Der Zukunftsdeuter rief wieder etwas, aber ich bekam davon genausowenig mit wie zuvor. Aber ich glaubte, an seinen Lippen das Wort Sebastea ablesen zu können.

»Achmed, ich kann dich nicht hören!« brüllte ich und nahm meine Anstrengungen wieder auf, zu ihm vorzudringen. Mit einer gewissen Rücksichtslosigkeit schob ich mich durch die Herde, nur um den Magus erneut aus den Augen zu verlieren, weil jemand drei Pferde zwischen uns hindurchführte. Als diese Behinderung vorüber war und ich wieder loswollte, war der Mann verschwunden.

Ich kämpfte mich zu der Stelle vor, an der er vorhin gestanden hatte, konnte den kleinen Alten aber nirgendwo entdecken. »Achmed!« schrie ich immer wieder.

Da hörte ich seine Stimme wieder, doch sie schien aus großer Entfernung zu kommen. »Geh nach Sebastea, Aedan! Nach Sebastea ...«

Aber ihn selbst bekam ich nicht mehr zu sehen. Ich rief seinen Namen, hüpfte immer wieder hoch, erhielt aber keine Antwort mehr. Und überhaupt war es in diesem Gewimmel ein Ding der Unmöglichkeit, jemanden zu entdecken.

Achmed war nur kurz aufgetaucht und noch rascher wieder verschwunden. Bald fragte ich mich, ob ich vielleicht einer Sinnestäuschung erlegen sei. Nach einem letzten Rundblick kehrte ich zu meinen beiden arabischen Freunden zurück, die gerade mit einem Mann vor einem Wagen verhandelten, der mit Getreidesäcken beladen war.

Rasch hatte ich sie erreicht und stellte mich neben Faisal, als Sadik gerade mit Handschlag den Handel abschloß. Er hatte die gesamte Fuhre Gerste erstanden. Nun konnte der Fürst sich der anderen Angelegenheit zuwenden, um derentwillen er in die Stadt gekommen war: eine Eskorte zusammenstellen, die Kasimene nach Hause geleiten sollte.

»Der Scheich dieser Stadt kennt sicher ein paar vertrauenswürdige Männer«, bemerkte der Emir zu uns.

»Herr«, begann ich, »wenn ich so kühn sein darf, dir einen Vorschlag zu machen ...« Ich zögerte, weil der Mut mich verließ.

»Was denn?« fragte Sadik so, als habe er mir nur mit einem Ohr zugehört, während er auf dem Marktplatz nach jemandem Ausschau hielt. »So sprich doch! Was willst du?«

»Na ja, es wäre doch vielleicht gar nicht falsch, deine Nichte weiter mit uns reisen zu lassen.«

Der Fürst blieb abrupt stehen und drehte sich zu mir um. Seine Stirn legte sich in Falten, und seine Mundwinkel zuckten. »Kasimene soll mitkommen?« fragte er, als habe ich ihn aufgefordert, Schweinefleisch zu verzehren. Argwöhnisch fügte er hinzu: »Etwa bis nach Byzanz?«

»Ja«, brachte ich hervor und spürte geradezu, wie sich ihm die Nackenhaare aufstellten.

Doch noch während er Atem holte und zu einer geharnischten Antwort ansetzte, mischte sich Faisal ein. »Emir, also ehrlich gesagt, das habe ich mir auch schon überlegt.«

Sadik bedachte seinen Vertrauten mit einem mörderischen Blick. »Euch beiden muß die Sonne den Verstand ausgedörrt haben«, knurrte. »Das erlaube ich nie und nimmer.«

»Ich glaube aber, Kasimene könnte uns von großem Nutzen sein«, beharrte ich. »Stell dir doch nur vor …«

»Nein!« ließ der Emir mich nicht ausreden und setzte sich wieder in Bewegung. »Ich habe nein gesagt, und dabei bleibt es auch.«

»Herr, bedenke doch«, meldete sich nun auch Faisal erneut zu Wort, »deine Nichte ist nicht auf den Kopf gefallen. Wir können nicht wissen, welcherart Empfang man uns in Byzanz bereiten wird, und …«

»So, jetzt will ich es aber ganz genau wissen.« Ungehalten blieb Sadik stehen und drehte sich zu uns beiden um. »Nennt mir nur einen vernünftigen Grund, warum Kasimene auch nur einen Moment länger als unbedingt nötig bei uns bleiben soll …« Er hielt inne, preßte eine Hand an die Schläfe und schloß die Augen. Ich glaubte, der Emir versuche sich mit aller Kraft an etwas zu erinnern, das ihm entfallen war.

Aber Faisal wirkte sehr erschrocken, starrte seinen Herrn an und fragte leise: »Fürst?«

»Es ist nichts, nur die Sonne«, wehrte Sadik ab. Sein Gesicht war blaß geworden, und seine Stimme klang angestrengt. »Wir wollen die Sache mit der Eskorte erledigen und ins Lager zurückkehren.«

Sadik wollte nicht mehr darüber reden, und wir konnten ihn nicht umstimmen. Einer der Händler konnte uns sagen, wo der Scheich zu finden war. Der Emir begab sich zu ihm, setzte sich mit dem Herrn dieser Stadt zusammen und erklärte ihm, was er wollte. Die beiden verhandelten eine Weile, dann wechselte eine Summe Geldes den Besitzer, und damit war auch das entschieden.

Neben Getreide und anderen Vorräten hatte der Fürst auch eine Herde Schafe, einige Ziegen, drei Kamele und einen Karren gekauft. Als wir am Abend die Lebensmittel, die man hinaus ins Lager geliefert hatte, auf den Wagen verluden, sah ich, wie Kasimene und Faisal beisammen standen und sich leise und aufgeregt miteinander unterhielten.

Ich begab mich zu ihnen und erreichte sie, als der Vertraute gerade meinte: »... und die kommen dich morgen früh abholen. Der Scheich hat seinen eigenen Sohn als Pfand dafür geboten, daß du von seinen Männern sicher nach Jaffarija gebracht wirst, und ...« Faisal brach ab, als er mich kommen sah.

»Tut mir leid, Liebste, aber dein Onkel will sich nicht erweichen lassen«, sagte ich traurig. »Aber wer weiß, vielleicht ist es ja auch besser so. Mir wäre es deutlich wohler, wenn ich wüßte, daß du in Sicherheit bist.«

»Besser so!« brauste sie auf. Doch das Feuer, welches in ihre Augen getreten war, verlosch gleich wieder. »Du hast wohl vergessen, daß ich nicht um deinetwillen die Reise fortsetzen will, sondern um meinem Onkel beizustehen! Es geht ihm nämlich gar nicht gut.«

Ihre Sorge erschien mir rätselhaft. Obwohl ich nicht glaubte, daß sie mir etwas vormachte, konnte ich mir keinen Reim darauf machen. »Ja, das hast du schon einmal gesagt«, lenkte ich ein, »aber ich war heute mit dem Fürsten zusammen und habe an ihm nichts entdecken können, was zur Besorgnis Anlaß geben könnte. Mir erschien er eigentlich so wie immer.« Ich sah Faisal an, um von ihm Unterstützung zu erhalten. »So verhält es sich doch, oder?«

»Nein, so verhält es sich überhaupt nicht!« entgegnete Kasimene schnippisch, so als habe nur ein Dummkopf das noch nicht erkannt. Als ich immer noch verständnislos, um nicht zu sagen blöde dreinblickte, wandte die junge Frau sich entnervt an den Vertrauten des Emirs. »Sag es ihm, Faisal.«

»Kasimene glaubt, der Fürst sei vor dem Tor verwundet worden«, erklärte der Mann. »Als nämlich sein Pferd stürzte und er unter ihm begraben wurde.« Dann zuckte Faisal die Achseln. »Sadik streitet allerdings vehement ab, daß ihm etwas fehlt.«

Mit Kasimene war nicht mehr zu reden, und sie wollte sich auch nicht von mir besänftigen lassen. Dieser von mir gewiß nicht beabsichtigte Streit hinterließ einen gallenbitteren Geschmack in meinem Mund, und so lief ich für längere Zeit ziellos im Lager herum und hoffte, mir werde dabei etwas einfallen, um die Geschichte wieder einzurenken.

Irgendwann fand ich mich bei den Iren wieder, die gerade ihr Abendbrot zubereiteten. Der Fürst hatte entschieden, daß all die verschiedenen Gruppen in unserem Zug jeweils für sich kochen sollten. Auf diese Weise ersparte er sich Ärger um die unterschiedlichen Vorlieben und Abneigungen und seinen Arabern, für uns alle sorgen zu müssen.

Als ich mich zu den Mönchen hockte, hörte Brynach auf, in dem Topf über dem Feuer zu rühren, und wandte sich mir zu. »Irgendwo habe ich schon einmal jemanden gesehen, der noch bekümmerter wirkte«, bemerkte er und setzte den Löffel wieder in Bewegung, »aber ich kann mich beim besten Willen nicht mehr daran erinnern, wann und wo das gewesen sein könnte.«

Ddewi, der neben dem Feuer hockte und mit dem Zeigefinger Linien in den Staub zog, hob bei Brynachs Scherz den Kopf und lächelte. Brynach sah, wie überrascht ich den Jüngling anschaute, und meinte: »Es geht ihm tatsächlich von Tag zu Tag besser.« Dann erhob er seine Stimme: »Nicht wahr, Ddewi? Ich habe gerade gesagt, dir geht es heute schon ein ganzes Stück besser, nicht wahr?«

Aber der Jüngling war längst wieder in seinem Nebel versunken und gab durch nichts zu erkennen, daß er verstanden hatte. »Dir hingegen scheint es heute nicht so besonders zu gehen, Bruder Aidan«, meinte der Ire. »Welche Laus ist dir denn über die Leber gekrochen?«

Ich hatte nicht vor, mich hier länger zu erklären, und entgegnete nur mit einem Achselzucken und einem schiefen Lächeln: »Ach, nichts. Ich habe nur heute in Amida einen Mann gesehen, der gar nicht da war. Ein kleiner wunderlicher Vorfall, mehr steckt nicht dahinter.«

»Tatsächlich?« Brynach zog interessiert die Brauen hoch. »Ist dir so etwas früher schon einmal widerfahren?«

»Aidan sieht andauernd irgendwelche Dinge!« behauptete mein angeblich bester Freund Dugal, während er Feuerholz einsammelte. »Er hat Wahrträume, Visionen und anderes solches Zeugs.«

»Dugal, bitte, das stimmt so doch gar nicht …«

»Doch, hat er«, beharrte mein alter Mitbruder.

»Der Mann, den ich heute auf dem Marktplatz gesehen habe, war aber keine Vision«, entgegnete ich, »sondern jemand, dem ich einmal in Trapezunt begegnet bin, ein Magus. Heute glaubte ich, ihn in Amida zu sehen … und sogar, daß er mir etwas zuriefe. Aber dort herrschte solches Treiben, und als ich ihn erreichte, hatte er sich längst in Luft aufgelöst. Vermutlich habe ich mir das alles nur eingebildet.«

Brynach runzelte die Stirn, entweder weil er darüber nachdachte oder weil ich mich mit solchen Leuten abgab. Auf jeden Fall schwieg er für eine Weile. Aber Dugal, der nun die Zweige und dünnen Äste brach, um sie besser ins Feuer schieben zu können, fragte: »Wie ist Trapezunt denn so?«

In diesem Moment kam mir wieder etwas in den Sinn, was Brynach bei einer früheren Gelegenheit gesagt hatte, und statt Dugals Frage zu beantworten, stellte ich dem Mönch eine: »Du hast mir doch erzählt, Cadoc wollte den Statthalter in Sebastea besuchen. Kannst du mir den Grund dafür verraten?«

»Der Bischof wollte seine Hilfe erbitten«, antwortete Brynach.

»Doch wohl nicht etwa zur Wiederherstellung des Cumtach, oder?« wollte ich wissen. »Den Deckel hättet ihr auch ohne Honorius in Konstantinopel erneuern lassen können.«

»Das stimmt.«

»Aber aus welchem Grund dann? Wie sollte der Statthalter euch helfen können?«

Der Mönch hörte auf, den Löffel zu bewegen. Er sah zuerst Dugal, dann mich an und starrte schließlich in den Topf, so als könne die brodelnde Flüssigkeit ihm die Entscheidung abnehmen. »Ach«, meinte er, »das spielt jetzt ja gar keine Rolle mehr.«

Er bedeutete meinem alten Freund, seinen Platz am Feuer einzunehmen, und hockte sich dann mir gegenüber auf den Boden. »Cadoc lebt nicht mehr«, begann Brynach und sah mir direkt ins Gesicht. Die Traurigkeit in seiner Stimme klang für mein Empfinden zu tief. Er schien mehr zu beklagen als nur den Verlust des liebenswürdigen alten Bischofs. »Und wahrscheinlich hätte er dir ohnehin irgendwann alles berichtet.«

Tausend Fragen stiegen in mir auf, aber ich beherrschte mich und schwieg erwartungsvoll. Dennoch war ich auf die Eröffnung, die nun folgte, überhaupt nicht gefaßt.

»Statthalter Honorius sollte unser Fürsprecher gegen Rom sein.«

»Rom?« entfuhr es mir verblüfft. »Was hat Rom denn damit zu tun? Warum habt ihr ...«

Brynach hob eine Hand, um die Flut meiner Fragen abzuwehren. »Man könnte gewissermaßen sagen, das war der eigentliche Zweck unserer Pilgerreise.«

Während er das sprach, tauchten Bilder in meinem Kopf auf: Mönche an Bord eines Schiffes, die miteinander das Brot teilten und sich auch sonst in Freundschaft und Brüderlichkeit begegneten – ich, wie ich vor dem Aufbruch mit Brynach zusammensaß und er mir bedeutete, etwas näher zu kommen.

*Die, die ich mir zu Freunden erwähle, nennen mich Bryn. Kann ich dir etwas anvertrauen?*

Die Erinnerung traf mich wie ein Keulenhieb. Ich starrte mein Gegenüber an und versuchte, mich auf jene lang zurückliegende Nacht zu konzentrieren. »Das war es also, was du mir damals berichten wolltest!« rief ich, und als Brynach mich verständnislos ansah, fügte ich zur Erläuterung hinzu: »Damals, kurz vor dem Auszug, in der Nacht nach jenem Tag, an dem wir alle in unserem Kloster zusammengekommen waren. Du wolltest mir etwas sagen, aber einer der anderen Brüder ließ es nicht soweit kommen.«

Er nickte langsam. »Ja, ich glaube, ich hatte damals tatsächlich vor...«

»Man hätte uns das doch sagen müssen!« unterbrach ich ihn ungehalten. »Wenn unserer Reise ein verborgener Zweck zugrundelag, dann...«

Dugal starrte uns an und brachte vor Ergriffenheit über das, was wir beide zu bereden hatten, kein Wort hervor.

»Nein, nein, kein verborgener Zweck«, widersprach der andere Mönch. »So ist es nicht gewesen.«

»Aber man hätte uns trotzdem darüber in Kenntnis setzen müssen«, beschwerte ich mich. »Erzähl es mir wenigstens jetzt.«

Brynach schüttelte traurig den Kopf. Die Traurigkeit in seinem Blick war ehrlich und rührte mich. »Erinnerst du dich vielleicht auch noch daran, daß wir zuerst nach Ty Gwyn wollten?«

Wieder stand wie auf ein Stichwort alles in leuchtenden Farben vor meinem geistigen Auge. »Ja, Ty Gwyn«, sagte ich langsam. »Der Sturm hinderte uns, dort an Land zu gehen...«

»Du weißt es also noch.«

»Ich erinnere mich auch, daß man uns nie mitteilte, was wir dort wollten«, entgegnete ich gereizt.

»Also gut. Viele Jahre lang bin ich von einem Kloster zum nächsten gereist und habe mir die Beschwerden der Bischöfe und Äbte angehört. Ich habe mir diese genau auseinandersetzen lassen und dann aufgeschrieben. Was dabei herausgekommen ist, habe ich das Buch der Sünden genannt.« Er lächelte bitter. »Der Sünden Roms gegen uns.«

Mir kam eine Eingebung. »Aber wir sind ohne diese Auflistung abgereist?«

»Nicht ganz«, zuckte er die Achseln, »daran ließ sich zunächst nichts ändern. Als ich mein Werk fertiggestellt hatte, ließ der Bischof davon drei Kopien anfertigen. Eine wurde in Ty Gwyn hinterlegt, eine zweite in Hy und die dritte in Namnetum im Frankenreich.«

»Und nachdem wir nicht in Ty Gwyn landen konnten, sind wir nach Namnetum weitergereist, um das dortige Verzeichnis an uns zu bringen!« schloß ich.

»Richtig«, bestätigte Brynach. »Nachdem wir uns mit der Auflistung aller Klagen soviel Mühe gegeben hatten, glaubten wir, es wäre unserer Sache dienlicher, mit den Brüdern im Frankenreich gemeinsame Sache zu machen. Alle Kirchen und Klöster im Westen werden nämlich in gleicher Weise vom Papst unterdrückt. Wir hofften also, die Brüder auf dem Festland für unser Unternehmen zu gewinnen.« Er schüttelte wieder bekümmert den Kopf. »Doch ehe wir Namnetum erreichten, wurden wir von den Wikingern überfallen.«

»Aber nachdem die Seewölfe mich mitgenommen hatten, seid ihr doch noch in jene Stadt gelangt«, rief ich eifrig. »Habt ihr denn dort das dritte Buch der Sünden an euch bringen können?«

»Ja, das war uns möglich.«

»Und dann seid ihr damit nach Byzanz gereist, nicht wahr?« Die Geschichte fesselte mich immer mehr, und Brynach bestätigte meine Vermutung. »Was ist dann geschehen?«

»Wir wollten das Verzeichnis der Klagen dem Kaiser überreichen, aber dann ...« Der Mönch legte die Stirn in tiefe Falten und zögerte.

»Aber dann wurdet ihr von den sarazenischen Seeräubern

angegriffen, und dabei ging das Buch verloren«, warf ich ein und glaubte schon wieder, den Nagel auf den Kopf getroffen zu haben.

Brynach hob jedoch sofort den Kopf und entgegnete: »Nein, ganz und gar nicht. Das Werk befindet sich immer noch in Konstantinopel. Und das gibt mir Anlaß zur Hoffnung. Nikos, der Mann, den du so grundlos anschuldigst, bewahrt es für uns auf.«

Ich starrte den älteren Bruder an, als habe er sich vor meinen Augen in eine Schlange verwandelt, und konnte das Ausmaß der Katastrophe gar nicht fassen. Wie falsch Bischof Cadoc doch damit gelegen hatte, dem unredlichen Komes sein Vertrauen zu schenken; damit hatte er selbst den Grundstein für den Ruin seiner Unternehmung gelegt. Und wie unfaßbar gewaltig Nikos' Betrug und Verrat doch waren. Ich hatte das Gefühl, das Gewicht der Welt habe sich auf meine Brust gelegt.

»Nikos!« zischte ich und ballte die Hände zu Fäusten. »Ihr habt das Buch dem Komes gegeben! Bei der Liebe Gottes, Mann, wie konntet ihr nur?«

Dugal, der noch immer die Suppe rührte, sah uns beide bestürzt an.

»Beruhige dich, Bruder«, versuchte Brynach meine Erregung zu dämpfen. »Ja, wir haben es ihm gegeben, damit es nicht in falsche Hände geraten oder verlorengehen konnte. Und weil er sofort gelobte, es wie seinen Augapfel zu hüten, bin ich auch so felsenfest davon überzeugt, daß der Mann es grundehrlich mit uns gemeint hat.« Sein Vertrauen war ebenso groß wie fehl am Platz. »Der Komes zeigte sich tief beeindruckt von der Gründlichkeit und Ausführlichkeit meiner Klageauflistung. ›Eine so fleißig zusammengetragene Klage wird den Kaiser ohne Zweifel bewegen‹, so lauteten Nikos' Worte.«

Der Schmerz in meiner Brust verging und machte einer großen Leere Raum. Ich fühlte mich wie ein überreifer Kürbis, welcher der Länge nach aufgespalten wurde. Und dann kam ein großer Löffel und entleerte ihn mit einem Schwung seines gesamten kernigen Inhalts. Nachdem ich mich ein wenig beruhigt hatte, fühlte ich, wie sich alles langsam klärte; so wie bei aufgewühltem, schlammigem Wasser, wenn der Schmutz sich allmählich wieder auf den Grund senkt. Aber ich mußte jetzt unbedingt alles erfahren: »Und was hatte der Statthalter nun mit alledem zu tun?«

»Der Bischof kannte ihn noch sehr gut von früher. Cadoc war ein Freund von Honorius' Familie und hat den Jungen getauft. Da er ihm auch sonst zur Seite stand, hat Honorius ihm versprochen, wann immer Cadoc seine Hilfe benötige, würde er sie ihm gern und sofort gewähren.

Deswegen wollte unser Bischof nun nach Sebastea, hoffte er doch, den Statthalter erfolgreich an dieses Versprechen erinnern zu können. Im Lauf der Jahre war Honorius nämlich immer weiter in den Diensten des Kaisers aufgestiegen, und als Statthalter befand er sich in einer Position von ausreichendem Einfluß, um unserer Sache das nötige Gewicht verleihen zu können.«

Ein merkwürdiger Gedanke kam mir, und ich fragte mit Furcht in der Stimme: »Diese Sache, worum ging es da eigentlich?«

»Um einen Dispens vom Kaiser«, antwortete der Mönch und klang jetzt fast wieder so wie früher. »Der Kaiser sollte uns gestatten, unseren Glauben frei ausüben zu dürfen.«

Ich verstand überhaupt nichts mehr. »Wart ihr denn von Sinnen, Bruder? Wie kamt ihr denn auf eine solche Forderung? Wir sind doch schon lange frei«, redete ich mich in Eifer. Für einen Moment hatte ich ganz vergessen, daß Gott und die Kirche für mich nicht länger von Belang waren, ja, daß ihr Schicksal mir von Herzen gleichgültig war. »Wir sind keinem irdischen König untertan oder zu irgend etwas verpflichtet.«

»Aber dem Papst, dem Bischof von Rom«, erwiderte Brynach düster. »Wenn er sich durchsetzt, wird es uns übel ergehen. Schon jetzt schmäht der Papst uns öffentlich der Häresie!«

»Der Gotteslästerung?« rief ich und hatte endgültig das Gefühl, daß der Mönch und ich von zwei grundverschiedenen Dingen redeten. »Aber das ist doch absurd!«

»Und dennoch verhält es sich so«, beharrte Brynach. »Der Bischof von Rom strebt an, uns alle, die wir uns Christen nennen, unter sein Joch zu zwingen. Ich glaube, wir ärgern die Päpste schon lange mit unseren unterschiedlichen Lebensarten und Auffassungen. Der Stellvertreter Petri will nun mit aller Gewalt, daß wir vor ihm das Knie beugen.«

»Und deswegen wolltet ihr euch an die höhere Instanz wenden, an den Statthalter Gottes, den Kaiser von Byzanz«, murmelte ich und fürchtete, in einer Woge von Hoffnungslosigkeit unterzugehen.

»Niemand auf Erden steht über dem römischen Kaiser«, bestätigte der Mönch sehr ernst. »Er allein vermag, uns Frieden vor dem Papst zu schenken. Wenn wir erst nach Sebastea gelangt sind«, fügte er ergriffen hinzu, können wir immer noch ...«

Der Eifer, mit dem er dies vorbrachte, und die Erregung, in die er sich hineinsteigerte, lösten in mir die größten Bedenken aus, und ich unterbrach ihn mit der Feststellung: »Der Pilgerzug ist gescheitert und vorüber. Wir reisen nach Trapezunt und von dort aus weiter nach Byzanz. Alles war vergebens. Unsere Mission ist schon vor langem in einer Katastrophe untergegangen.«

Brynach sperrte den Mund auf, wußte aber nichts zu entgegnen und schloß ihn wieder. Wortlos löste er Dugal am Kochtopf ab.

Ich glaubte, damit sei wenigstens diese Angelegenheit ein für allemal entschieden und beendet. Wohl selten habe ich mich so gründlich geirrt.

## 27

Mein Geist wand sich wie ein Aal im Klauengriff eines Adlers. Aufgebracht über Brynachs Enthüllungen und Uneinsichtigkeit, aber auch sonst rundum schlecht gelaunt und verdrossen, lief ich immer weiter fort. Über mir löste die Schwärze der Nacht das Abendrot ab, und als die Sterne erschienen, hatte ich meinen inneren Frieden und meine Fassung immer noch nicht wiedergewonnen.

Ja schlimmer noch, es erschien mir so, als würde ich mich mit jedem Schritt weiter in meinen Zorn hineinsteigern. Und was mich zusätzlich wurmte, war der Umstand, daß ich gar nicht so recht wußte, worüber ich mich eigentlich so ärgerte oder welcher Ursache mein Ärger entsprungen war. Die ganze Zeit über rasten meine Gedanken bald hierhin und bald dorthin, ließen sich nicht fassen und brachten sich mir doch immer wieder für einen kurzen Moment ins Bewußtsein.

Einmal glaubte ich, kurz vor dem Ausbruch einer alles erklärenden Einsicht zu stehen. Ich hielt in meinem Marsch inne, stand nur da und wartete keuchend.

Aber nichts offenbarte sich mir. Nach einer Weile kehrte ich mißmutig ins Lager zurück und suchte mir ein Plätzchen, wo ich mit meinen aufgewühlten Gedanken allein sein konnte.

Während ich in meinen flüchtigen Grübeleien feststeckte, aus denen ich mich aus eigener Kraft nicht mehr befreien zu können glaubte, erschien es mir plötzlich so, als hörte ich ein Geräusch. Doch ich war viel zu sehr mit mir selbst beschäftigt, um darauf achten zu können.

Dann hörte ich es wieder, einen erstickten Laut. Ich sah mich um und entdeckte Dugal, der mit den Händen vor dem Gesicht und gesenktem Haupt herumirrte. Selbst in der Dunkelheit konnte ich ausmachen, daß seine breiten Schultern sich unter einer schweren Last beugten. Er schien mich gesucht zu haben, denn als der Bruder mich auf einem Fels ein Stück außerhalb des Lagers entdeckte, beschleunigte er seine Schritte und kam in meine Richtung.

»Dugal?« rief ich ihn leise an.

Der alte Freund nahm die Hände vom Gesicht, und ich erwartete, seine Wangen von Tränen feucht zu sehen; aber nichts dergleichen, Dugals Augen waren trocken. Doch die inneren Qualen, die er verspüren mußte, hatten sich überdeutlich in sein Antlitz eingegraben. Seine Stimme klang wie die eines Ertrinkenden: »Christus erbarme sich meiner. An allem bin ich schuld.«

»Setz dich erst mal hin«, befahl ich ihm schroff. Da ich noch genug mit meiner eigenen Unruhe zu tun hatte, fiel mir nicht ein, ihm mit Freundschaft und Mitgefühl zu begegnen. »Dann erzähl mir, was dich so plagt.«

»Das Böse, welches über uns gekommen ist ...«, begann er mit brüchiger Stimme, in der tiefstes Bedauern mitschwang, »dafür bin allein ich verantwortlich zu machen. Gott sei meiner Seele gnädig, ich bin der Grund für das Scheitern unseres Pilgerzuges.«

»Ach was!« fuhr ich ihn an. »Jetzt hör mir mal gut zu: Selbst wenn der Teufel in Person in dich gefahren wäre, hättest du nicht so viel Unglück bewirken können.«

In seiner Scham senkte er den Kopf tief und bedeckte das Gesicht wieder mit den Händen. »Ich bin Jona ... der neue Jona ...«

Ich kniete mich vor ihn hin und legte ihm eine Hand auf

die Schulter. »Hör mich an, Dugal, du bist nicht schuld daran. Die Schicksalsschläge, die uns befallen haben, waren das Werk eines Eiferers, der vor keinem Verbrechen, nicht einmal Mord, zurückschreckt, um seine verderbten Ziele zu erreichen.«

»Ja, genau«, heulte mein Freund, »der Mann, von dem du da sprichst, bin ich.«

»Ach, du Einfaltspinsel«, wurde ich jetzt langsam ungehalten. »Ich spreche von Komes Nikos. Er hat bei allen Schurkereien die Hand im Spiel.«

Aber Dugal wollte sich nicht beruhigen. »So wie es in der Heiligen Schrift im Buch Jona zu lesen steht, habe ich dem Befehl des Herrn zuwidergehandelt.« Als er bemerkte, daß ich ihn verwirrt anstarrte, meinte er voller Pein: »Du verstehst mich nicht. Ganz am Anfang, noch bevor wir Eire verlassen hatten ...« Dugal schüttelte den Kopf, weil er seine Schande nicht ertragen konnte.

»Jetzt hör mit dem Gefasel auf, Bruder, und sieh mir ins Gesicht«, erklärte ich streng und packte ihn an den Schultern. »Schau mir in die Augen, und erzähl mir aufrichtig, was du getan hast.«

Der alte Freund wirkte wie ein Häufchen Elend, und als er den Kopf hob, entdeckte ich doch noch Tränen in seinen Augen. Er wischte sie mit dem Handrücken fort und schniefte einige Male.

»Nun? Ich warte.«

»Ich habe mir auf verabscheuungswürdige Weise einen Platz an Bord unseres Schiffes erschlichen.«

»Was denn für ein Schiff?« Ich hatte keinerlei Vorstellung, wovon er eigentlich sprach.

»Unser Pilgerschiff, die *Bán Gwydd*«, antwortete Dugal, und als habe sich mit dem Namen eine Schleuse geöffnet, sprudelte jetzt alles aus ihm heraus: »Ich wußte sehr genau, daß man mich niemals auserwählen würde – so wie dich, Aidan. Aber mir war auch klar, daß ich dich nicht allein auf die Reise gehen lassen durfte. Gott sei mein Zeuge, ich habe Tag und Nacht darüber gegrübelt, um einen Weg zu ersinnen, wie ich doch noch auf das Schiff gelangen konnte ...

Irgendwann war ich dann so weit, alles dafür tun zu wollen, sogar eine Schändlichkeit, wenn sich kein anderer Weg böte. Ach, ich wollte doch unbedingt zusammen mit dir an Bord sein. Der Teufel hörte wohl meine Klage, verhalf mir zu einer Gelegenheit, und ich zögerte keinen Moment, sie zu ergreifen ...« Dugal rang mit den Tränen und starrte mich wie eine rettungslos verlorene Seele an. »Der Herr steh mir bei, ich habe, ohne einen Moment innezuhalten, das gemeinste, widerwärtigste, unverzeihlichste ...«

»Du hast Libir gestoßen«, unterbrach ich seine Selbstkasteiung und erinnerte mich sehr genau an den Tag unserer Abreise und den schlüpfrigen Weg, der hinunter zum Ufer führte.

Der Wandel, der sich nun auf Dugals Miene vollzog, läßt sich mit Worten nicht beschreiben, war aber so wunderbar, daß ich ihn mein Lebtag nicht vergessen werde. Der Schmerz in seinem Blick erlosch und wurde zuerst durch Verwirrung und dann durch grenzenloses Erstaunen ersetzt. »Das weißt du?«

»Ach, alter Freund, ich habe es von Anfang an gewußt.«

»Du kanntest mein Verbrechen«, verwunderte er sich, »und hast dennoch kein Wort darüber verloren?«

»Natürlich nicht. Und jetzt sperr die Ohren auf: Libir war ein alter Mann. Vermutlich hätte er die Reise gar nicht überstanden. Als unser Schiff unterging, wäre er aller Wahrscheinlichkeit nach ertrunken, und wenn er durch ein Wunder doch überlebt hätte, hätte es danach zahlreiche andere Momente für sein vorzeitiges Ende gegeben. Weißt du was, ich glaube, du hast Libir mit deiner Tat das Leben gerettet.«

Dugal starrte mich an, als könne er nicht fassen, was ich da von mir gab.

»Glaubst du wirklich, Gott würde uns mit Seinem Fluch

belegen, bloß weil du anstelle eines Greises an Bord gekommen bist?«

»Aber ich habe Libir weh getan«, entgegnete er. »Der arme alte Mann ist gestürzt und hat sich das Bein gebrochen, Aidan. Gar nicht erst zu reden davon, wie sehr er sich auf die Reise gefreut hatte. Nein, Aidan, unser Unglück wurde durch meinen maßlosen Stolz ausgelöst.«

»Davon will ich nichts mehr hören«, forderte ich ihn auf. »Was immer auf dieser Welt geschieht, Dugal, ereignet sich eben einfach so. Nicht mehr und nicht weniger. Die größte Torheit, die man begehen kann, ist die zu glauben, Gott würde für uns sorgen; denn mit einem solchen Glauben stürzt man sich selbst ins Unglück. Hör mir gut zu, Freund: Er interessiert sich nicht für uns. Und noch weniger mischt Er sich in unsere Belange ein, weder zum Guten noch zum Schlechten.«

Meine Worte trafen ihn tief, das konnte ich ihm deutlich ansehen. Von mir hätte er solch lästerliche Rede niemals erwartet, und meine Ausführungen entsetzten ihn. Nach einem Moment meinte er leise: »Ich würde mich trotzdem besser fühlen, wenn ich die Beichte ablegen könnte.«

»Aber du hast mir doch schon alles gestanden«, entgegnete ich sanft, weil mein Zorn wieder verraucht war.

»Würdest du mir bitte dennoch die Beichte abnehmen, Aidan?«

»Nein«, erklärte ich. »Aber wenn es unbedingt sein muß, dann beichte Brynach. Soll er dir die Absolution erteilen, wenn du dich dann endlich besser fühlst. Doch ich will damit nichts zu tun haben.«

Dugal nickte wortlos und erhob sich. Ich sah ihm nach, wie er loslief und sich zu Brynach begab. Die beiden redeten kurz miteinander, dann führte der Ältere meinen Freund ein Stück abseits, und beide knieten zum Gebet nieder.

Gott steh mir bei, ich konnte diesen Anblick nicht ertragen. Also kehrte ich ihnen den Rücken zu, wickelte mich in meinen Umhang und versuchte zu schlafen. Eine kühle Wüstenbrise wehte, und der Himmel war klar, aber meine Gedanken kreisten wieder und wieder endlos umher, ohne zu einem Ziel zu gelangen und mir inneren Frieden zu bescheren.

Schließlich gab ich es auf, hockte nur da und starrte hinauf in die Sterne. Doch auch das half mir am Ende nicht weiter. Denn während ich das Funkeln am dunklen Himmelszelt betrachtete, konnte ich nur die schwarze Kette des Verrats erkennen, die sich von einem Ende des Firmaments zum anderen zu erstrecken schien – und hinab nach Byzanz.

Ich dachte an Nikos und seine Schurkereien, doch statt daß der alte Haß, die so gepflegte Rachsucht wieder in mir aufwallten – wie es sonst stets geschah, wenn die Erinnerung an ihn wieder hochkam –, sah ich ihn jetzt vollkommen leidenschaftslos vor mir; er war mehr ein Rätsel, das einer Lösung harrte, als die Schlange, deren Kopf zertreten werden mußte.

Seltsamerweise legten sich meine rasenden Gedanken dann doch irgendwann. Mein Geist fand zur Ruhe zurück, und die erstreckte sich bis in meine Seele. Die ganze Geschichte, mochte sie auch noch so vertrackt sein, erschien mir in einem neuen, klaren Licht.

Sowohl Eparch Nicephorus wie auch Bischof Cadoc waren von Nikos auf schändliche Weise hintergangen worden. Warum? Soweit ich wußte, hatten die beiden sich zu Lebzeiten nicht gekannt, ja nicht einmal voneinander gehört. Wieso aber hatte der Komes alles daran gesetzt, sie zu vernichten? Welches Geheimnis verband diese beiden Männer, um sie zum Ziel von Nikos' Verrat werden zu lassen?

Nun, mir fiel nur eine Antwort ein: Statthalter Honorius. Beide hatten ihn gekannt, und er mußte das Verbindungsglied sein. Mehr noch, beide hatten ihn sprechen wollen und waren auf der Reise zu ihm in einen Hinterhalt geraten. Also mußte Honorius der Schlüssel zu diesem Geheimnis sein.

Was aber wußte der Statthalter, daß Nikos ihn so sehr

fürchtete? Was ging von dem Mann aus, daß der Komes alles daran setzte, ihn von seinen Freunden abzuschneiden? Wie immer die Antwort auch lauten mochte, mir schwante jetzt schon, daß sie von enormer Wichtigkeit für uns alle sein mußte. Mehrere hundert Menschen hatten bereits ihr Leben lassen müssen, damit dieses Geheimnis unentdeckt blieb. Und das waren nur die, von denen ich wußte ... wie viele mochten noch für Nikos' gefährlichen Ehrgeiz geopfert worden sein?

Aus welchem Grund?

So sehr ich meinen Verstand auch quälte, ich kam der Antwort einfach nicht näher.

Während ich in den funkelnden Himmelsdom über mir starrte, mußte ich wieder an das sonderbare Erlebnis vom Nachmittag denken: Achmed mitten auf dem Marktplatz, der winkte und mir etwas zurief ...

Was hatte er gewollt?

*Geh nach Sebastea ... nach Sebastea!*

Ich war schon auf den Füßen, noch ehe ich den Gedanken zu Ende gedacht hatte, und eilte zurück ins Lager. Bei den Iren angekommen, kniete ich mich neben Brynach nieder, packte ihn an der Schulter und rüttelte ihn, bis er erwachte.

»Woher wußtet ihr, daß der Statthalter zur Zeit in Sebastea weilt?« fragte ich ihn sofort und mit vor Erregung zitternder Stimme.

»Erbarmen, Bruder«, bat er und versuchte, wach zu werden.

»Antworte mir schon! Von wem habt ihr das erfahren?« drängte ich heftiger, weil ich bereits ahnte, wie die Antwort lauten würde.

»Nikos hat es uns gesagt«, entgegnete der Mönch. »Er meinte, Honorius pflege jedes Jahr den Sommer dort zu verbringen.«

Eisfinger legten sich um mein Herz. Oh, dieser Komes war nicht nur listig wie eine Schlange, sondern auch ebenso giftig.

Noch ehe er mit dem Eparchen und uns den Fuß auf den Boden Trapezunts gesetzt hatte, war ihm schon bekannt gewesen, daß der Statthalter uns dort nicht erwarten würde.

Meine Mitbrüder hatte er gar nicht erst in das Haus des Honorius nach Trapezunt geschickt, sondern gleich nach Sebastea, weil er wußte, daß der Statthalter dort zu finden sein würde.

Und als Nicephorus den Friedensvertrag abgeschlossen hatte, war es Nikos gelungen, ihn dazu zu bewegen, ebenfalls dorthin aufzubrechen.

Anscheinend sandte dieser Verräter gern Menschen nach Sebastea, die danach nie mehr gesehen wurden.

Warum?

Meine Begeisterung verflog ebenso rasch, wie sie gekommen war. Da hatte ich mir doch eingebildet, der Lösung des Rätsels ganz nahe gekommen zu sein. Doch je weiter ich forschte, desto unergründlicher erwies sich das Geheimnis. Und jetzt mußte ich mir eingestehen, daß ich der Antwort noch ferner war als zuvor. Ich kehrte erschöpft und wütend auf mich selbst zu meiner Schlafstelle zurück, um mich wieder einmal unruhig hin und her zu wälzen.

Als das erste bleiche Licht des Morgengrauens am Horizont erschien, lag ich immer noch wach. Ich fühlte mich zerschlagen, und Kopf und Herz wetteiferten darum, wer mir mehr Pein bereiten könnte.

Langsam erwachte das Lager zum Leben, und müßig lauschte ich dem Plappern der Rafik, welche die Lagerfeuer wieder in Gang brachten. Somit war auch ich bereit, mich zu erheben, als ich Kasimenes leise Schritte näher kommen hörte.

»Aidan?« fragte sie vorsichtig und mit bebender Stimme.

»Meine Liebe«, entgegnete ich, rollte herum und sah sie an. Die junge Frau schien genauso schlecht geschlafen zu haben wie ich. Sie hatte sich das Haar noch nicht gerichtet und rote Ränder unter den Augen. »Was ist mit dir, mein Herz?«

»Es geht um meinen Onkel ...« Ihre Hand zitterte so sehr, daß ich sie ergriff. Oh, wie kalt ihre Finger waren. »Ich bekomme ihn nicht wach.«

Im nächsten Moment war ich schon zum Emir unterwegs. Rasch schritt ich in sein Zelt, beugte mich über ihn und legte zwei Finger an seine Halsseite – so wie es der Arzt Faruk unzählige Male bei mir gemacht hatte.

Die Haut des Fürsten fühlte sich warm an, und darunter spürten meine Fingerspitzen das rasche Schlagen eines kräftigen Pulses. Sein Atem ging schnell und flach. Auf den ersten Blick schien Sadik zu schlafen, aber davon durfte man sich nicht täuschen lassen; denn auf seiner Stirn lag ein feiner Schweißfilm.

Ich legte ihm eine Hand auf die Schulter und schüttelte ihn sachte. »Fürst, du mußt jetzt aufwachen.« Dies wiederholte ich dreimal, aber der Emir gab keinen Laut von sich, noch regte er sich.

»Siehst du?« fragte Kasimene, die mir über die Schulter spähte.

»Wo steckt denn Faisal?«

»Er hat gestern abend nichts zu sich genommen ... meinte, er habe keinen Hunger ... Es ist gar nicht seine Art, so lange zu schlafen ...«

»Kasimene?« fragte ich streng, um sie aus ihrer Sorge zu reißen. »Wo ist Faisal?«

»Irgendwo draußen«, entgegnete die junge Frau und zeigte, ohne sich umzudrehen, nach hinten. »Ich wollte nicht ...« Sie sah mich angstvoll an. »Ich habe lieber dich geweckt.«

»Geh sofort zu ihm und sag ihm, er soll Wasser bringen.«

Kasimene nickte und machte sich gleich auf den Weg. Ich hob derweil Sadiks Kopf an und wickelte behutsam den Turban ab. Wenn ich es recht bedachte, hatte der Fürst ihn seit dem Unfall vor dem Lagertor nicht gewechselt. Während die Kopfbedeckung immer kleiner wurde, hielt ich immer öfter den Atem an, weil ich mich vor dem fürchtete, was ich darunter zu sehen bekommen würde.

Als das Stofftuch abgenommen war, legte ich es beiseite und fing dann an, den Schädel des Fürsten zu untersuchen. Zu meiner großen Erleichterung konnte ich nirgends eine Verletzung entdecken. So fing ich an, mit den Fingern durch sein schweißnasses Haar zu fahren, um festzustellen, ob sich dort ein Leiden verbarg. Als meine Liebste zurückkehrte, hatte ich meine Untersuchung abgeschlossen, ohne auf etwas gestoßen zu sein, was zur Besorgnis Anlaß geben könnte.

Die junge Frau kniete sich neben mich hin. Ihre Sorge war noch nicht verschwunden, doch sie trug sie jetzt mit mehr Fassung. Faisal erschien einen Moment später mit einem Krug Wasser. Er goß etwas von dem Naß in eine Schüssel und hielt diese seinem Herrn an die Lippen. Ich hob noch einmal den Kopf des Emirs an, damit er leichter trinken könne. Sadik stöhnte unter dieser Berührung, so als bereite ich ihm Schmerzen, wachte aber nicht auf.

»Warte«, erklärte ich seinem Vertrauten, »hier ist etwas.« Dann forderte ich beide auf: »Helft mir, ihn herumzudrehen.«

Halb hoben, halb schoben wir ihn herum, bis er auf der Seite lag, und ich besah mir rasch die Stelle, an der ich Sadik vorhin berührt hatte.

Am Schädelansatz ließ sich eine dunkel verfärbte Quetschung erkennen. Doch als ich sie vorsichtig betastete, spürte ich dort keinen festen Knochen, sondern nur weiches Fleisch. »Hier«, sagte ich und legte Kasimenes Fingerspitze auf die Wunde. »Ganz behutsam ...«

Der Emir stöhnte unter ihrer Berührung, und die junge Frau zog die Hand sofort zurück, als habe sie sich die Finger verbrannt. »Der Knochen ist zerschmettert«, keuchte sie, ihre Stimme kaum mehr als Flüstern.

»Faisal«, sagte ich, »reite sofort nach Amida hinein, und bring den dortigen Arzt hierher.«

Er sah mich traurig an. »Ich fürchte, in dem Ort gibt es keinen Heilkundigen.«

»Was stehst du noch hier rum!« fuhr ich ihn an. »So beeil dich doch!«

Der Mann nickte zur Bestätigung des Befehls. Tausendmal hatte ich schon gesehen, wie er damit Sadik seinen Gehorsam angezeigt hatte – und heute zum erstenmal auch mir. Faisal verließ das Zelt, und Kasimene und ich versuchten, dem Fürsten etwas Wasser einzuflößen; doch brachten wir nicht mehr zustande, als ihm das Kinn und die Wange zu benetzen.

»Bleib du bei deinem Onkel«, gebot ich meiner Liebsten. »Ich hole Brynach. Er ist in vielen Dingen erfahren. Vielleicht weiß er auch, was hier zu tun ist.«

Kaum war ich vor das Zelt getreten, als auch schon einer der Rafik auf mich zu trat und meldete, daß Kasimenes Eskorte eingetroffen sei und sie sofort aufbrechen könne. Er zeigte auf sechs Soldaten, die vor dem Lager auf ihren Pferden warteten. »Sag ihnen, sie mögen sich noch etwas gedulden«, befahl ich ihm nur und lief zu den Iren.

Brynach, Ddewi und Dugal waren schon wach und entfachten gerade ein Feuer gegen die Morgenkühle. Nachdem ich von meiner Sorge um den Fürsten berichtet hatte, meinte der ältere Mönch nur: »Sorge dich nicht um Sadik. Wir haben einen Bruder unter uns, der sich trefflich auf die Heilkunst versteht.«

Er legte seine Rechte auf Ddewis Schulter, der träge und mit leerem Blick vor dem Lagerfeuer hockte.

»Du kannst doch nicht ernsthaft vorschlagen …«

»Doch«, nickte Brynach.

»Aber der Junge ist nicht mehr er selbst. Sein verwirrter Geist … Ddewi weiß ja nicht einmal, wo er sich befindet. Wie sollte er uns bei irgendwas helfen können?«

»Bist du vielleicht Gott, daß du wissen willst, wozu dieser junge Mann in der Lage ist?« Keine Schärfe lag in seiner Stimme, so als habe er die Frage vollkommen ernst gemeint.

Der Mönch sah den Jüngling an und betrachtete ihn mit Zuneigung und Zutrauen. »Ddewi verbirgt sich nur in seinem Innern. Alles, was wir tun müssen, ist, ihn wieder herauszulocken.«

»Dein Gottvertrauen ist wirklich löblich«, entgegnete ich und bemühte mich aufrichtig, nicht spöttisch zu klingen, »aber hier geht es um den Emir, und ich fürchte ernsthaft um sein Leben. Wenn der junge Bruder ihm in seinem Zustand irgendeinen Schaden zufügen sollte, und sei er noch so gering ...«

Brynach winkte ab, als sei dies das letzte, was uns Sorge bereiten sollte. »Es ist recht, sich um einen anderen mit ganzer Kraft zu kümmern. Aber deine Einwände verraten einen schwachen Glauben.«

»Hier steht weniger der Glauben auf dem Spiel, sondern das Leben unseres Gönners, und deswegen müssen wir uns sputen. Ddewi kann sich nicht einmal an seinen eigenen Namen erinnern. Wie könnte ich da Sadik in die Obhut des Jünglings geben? Was, wenn der Emir dabei stirbt?«

Der ältere Mönch legte mir wie ein Vater die Hand auf die Schulter. »Ach, Bruder des Kleinglaubens, vertraue ganz in Gott und warte ab, was Er für uns tut.«

Nach meiner leidvollen Erfahrung pflegte Gott in solchen Fällen gar nichts zu tun, und sein ganzes Vertrauen in ihn zu setzen hieß für gewöhnlich, alles nur noch viel schlimmer zu machen. Ja, und dazu kam es so sicher wie zum Amen in der Kirche.

Brynachs unerschütterliche Zuversicht in Gott konnte mich nicht dazu bewegen, den Emir Ddewi in die Hand zu geben. Ich wußte nicht einmal, ob ich erlauben durfte, den Jüngling überhaupt ins Zelt des Fürsten zu lassen. Doch alles kam natürlich wieder ganz anders.

Wenig später kehrte Faisal mit der traurigen Botschaft zurück, daß in ganz Amida kein Arzt aufzutreiben sei.

»Nicht ein einziger, der sich ein wenig auf die Heilkunde versteht?« fragte ich hart.

Der Araber zuckte die Achseln. »In der Stadt gibt es nur ein paar alte Weiber, die sich zu denen hocken, welche erkrankt sind.«

Dugal war auf uns und Faisals schweißnasses Roß aufmerksam geworden und stellte sich zu uns. Brynach erklärte ihm, was vorgefallen war, und ich fragte den Araber: »Was geschieht denn, wenn hier jemand schwer erkrankt?«

»Er stirbt.«

»Ohne Zweifel dient dies alles dem höheren Ruhme Gottes«, meinte der ältere Mönch.

»Ja, ganz sicher«, murmelte ich säuerlich.

»Sei guten Mutes, Bruder«, versuchte Dugal, mich aufzuheitern. »Womöglich liegt es im Willen des Herrn, Ddewi und den Fürsten zu retten.«

Alle drehten sich nun zu mir um. »Wo ist der nächste Arzt aufzutreiben?« fragte ich Faisal.

»In Samarra ... oder in Bagdad«, antwortete er.

Doch so merkwürdig sich das auch anhören mag, statt seiner vernahm ich die Stimme des Magiers, die mir wie gestern auf dem Marktplatz zurief: *Geh nach Sebastea ...*

O ja, Brynach hatte durchaus recht, alles war eine Frage des Glaubens; allerdings verhielt es sich ganz anders, als er sich das vorgestellt haben mochte. Nicht Gott noch Ddewi bestärkten mich in meinem Glauben. Doch durfte ich meiner Vision so sehr vertrauen? Einmal hatte ich einem Sehtraum geglaubt, und der hatte sich als völlig falsch erwiesen. Wenn auch auf diese Vision so wenig Verlaß war, würde ich damit Sadiks Todesurteil unterschreiben.

Samarra lag weit hinter uns, und bis Bagdad dauerte es noch einige Tage länger. Selbst wenn wir Tag und Nacht durchritten, würde sehr viel Zeit vergehen. Und ich bezweifelte stark, daß der Emir in seinem jetzigen Zustand diese Reise überhaupt überstehen könnte. Nur ein Ausweg blieb uns, und als ich bei dieser Erkenntnis angelangt war, fiel es mir auch nicht mehr so schwer, ihn zu ergreifen.

Ich spürte eine Hand an meinem Arm. »Aidan?« fragte der Vertraute des Fürsten. »Was geht dir gerade durch den Sinn?«

»Höre, Faisal, es gäbe da noch eine andere Möglichkeit ... wie wäre es, wenn wir nach Sebastea zögen?«

Er dachte einen Moment darüber nach. »Nun, auf jeden Fall liegt diese Stadt eindeutig näher, und sie ist so groß, daß man dort einen Arzt antreffen dürfte.«

»Also gut, dann sollten wir dorthin.«

Der Araber zögerte. Ich wollte gerade beginnen, ihn zu überzeugen, als Kasimene ihre Meinung kundtat: »Eile ist dringend geboten, denn wir wissen nicht, wie lange mein Onkel noch durchhält.«

»Also gut«, sagte Faisal, »ich beuge mich eurem Entschluß.«

Ich wandte mich an Brynach, der sich gerade über den Jüngling beugte und ihm etwas zuflüsterte. »Ich bin einverstanden«, erklärte ich ihm, »bring Ddewi ins Zelt des Fürsten. Er mag sich um Sadik kümmern, bis wir in Sebastea eingetroffen sind. Aber Kasimene wird auch dort sein und aufpassen, daß er kein Unheil anrichtet.«

Dugal und der ältere Mönch nahmen den Jüngling, der natürlich von allem nichts mitbekommen hatte, in ihre Mitte und führten ihn ins Zelt. Brynach redete dabei die ganze Zeit sanft auf sein Mündel ein. Dieser Anblick war nicht gerade dazu angetan, in mir die größten Hoffnungen zu wecken. Der Zweifel steckte tief, und ich hatte mich selten so hilflos gefühlt.

*Möge Gott uns allen beistehen*, dachte ich, aber dieser Wunsch kam aus einem kalten Herz und wurde weder von Glauben noch von Zuversicht begleitet.

Wenig später kehrte Dugal zu Faisal und mir zurück, die wir gerade darüber beratschlagten, wie nun am besten vorzugehen sei. »Fürchte dich nicht, Aidan«, verkündete der Freund freudig. »Alles wendet sich für die zum Guten, die fest im Glauben zu Gott stehen.«

Der Araber betrachtete den hünenhaften Mönch eigenartig und fragte: »Bitte, was hat er gerade gesagt?«

»Er meint, wir sollten uns nicht ängstigen, da Gott nur Gutes bewirke«, übersetzte ich mehr dem Sinn nach und mit wenig Überzeugung.

»Wir haben in unserer Sprache ein ähnliches Wort«, meinte Faisal. »›Alles ist Allahs Wille‹, lautet es und bedeutet wohl so ziemlich das gleiche.«

Der Vertraute machte sich nun an die Vorbereitungen für den Transport seines Herrn. Wir würden ihn so mit uns tragen, wie Faisal es damals schon mit mir bewerkstelligt hatte, nach der Befreiung aus dem Sklavenlager. »Wir sollten so rasch wie möglich nach Sebastea aufbrechen«, erklärte er mir. »Ich gebe dir Bescheid, wenn alles soweit ist.«

Da ich bei dieser Arbeit nicht gebraucht wurde, begab ich mich zu den Wikingern und erklärte dem Jarl und seinen Mannen, warum es heute morgen zu einer Verzögerung gekommen war. Gunnar, Hnefi und ein paar der anderen Dänen hörten mir ergriffen zu.

Ich sagte ihnen, Fürst Sadik sei in der Nacht schwer erkrankt. Deswegen wollten wir nach Sebastea, um dort einen Arzt aufzutreiben. Harald erklärte sich sofort einverstanden und meinte, er würde den Emir persönlich auf den Schultern dorthin tragen, wenn das seiner Genesung in irgendeiner Weise förderlich sei.

»Wir stehen tief in seiner Schuld, und er ist ein Mann von großer Ehre«, sagte der Stierbrüller, und ich sah ihm an, daß es ihm sehr ernst damit war.

Da die Seewölfe nun anfingen, ihr Lager abzubauen, kehrte ich noch einmal in das Zelt des Emirs zurück. Brynach und Ddewi knieten neben dem Fürsten. Kasimene, die hinter ihnen stand, drehte sich sofort zu mir um, als ich eintrat.

»Ein Wunder!« verkündete sie gleich. »Mein Onkel schläft schon viel ruhiger.«

»Was hat der Jüngling denn mit ihm angestellt?«

»Er hat nur gebetet und dabei dem Fürsten die Hände aufgelegt.«

Natürlich zweifelte ich nicht an Kasimenes Worten, aber die Behauptung, dem Emir ginge es schon besser, schien mir eher auf Wunschdenken ihrerseits zurückzuführen, denn irgendeiner Begabung Ddewis zu verdanken zu sein.

»So Gott will, schläft er jetzt und gewinnt an Kräften«, meinte der ältere Mönch.

»Er hat doch vorher schon geschlafen«, gab ich zurück. Ich weiß heute nicht mehr zu sagen, warum die Worte des Mitbruders mich so unwirsch reagieren ließen. Schließlich meinte Brynach es doch nur gut, und ihm war sicher an einer Gesundung Sadiks gelegen. Doch sein immer wieder hervorgekehrtes Vertrauen in Gott trieb mir die Galle hoch. Ich ärgerte mich sehr darüber, denn so einfach durfte man sich die Dinge nun wirklich nicht machen. Fast hätte ich darüber vergessen, daß es hier eigentlich um den bedauernswerten Sadik ging.

Der ältere Mönch sah mich jedenfalls erstaunt an, und ich zwang mich zu einem gesitteteren Tonfall. »Bereitet ihn auf die Abreise vor. Ich habe Anweisung gegeben, das Lager abzubauen.«

Damit verließ ich rasch das Zelt und eilte zu Kasimenes Eskorte. »Unsere Pläne haben sich geändert«, erklärte ich ihrem Offizier. »Wir benötigen euch nicht länger. Dankt dem Scheich in unserem Namen und teilt ihm mit, der Emir wünscht, daß er das Geld, das er bereits bekommen habe, behalten dürfe. Vielleicht benötigt Fürst Sadik eure Dienste ja eines Tages noch einmal.«

Ob zum Guten oder zum Schlechten, die Entscheidung war damit gefallen. Von nun an richtete ich meinen Blick auf Sebastea.

## 28

Aufgrund der Hitze am Tag reisten wir vornehmlich in der Nacht und am Vormittag, bis die Sonne zu sengend vom Himmel brannte. Glücklicherweise fügte es sich, daß der Mond zu einem Viertel leuchtete, so daß wir bei der Reise des Lichts nicht völlig entbehren mußten.

Der vielbenutzte Weg nach Sebastea erstrahlte in der Nacht bleich vor uns, und so kamen wir gut voran und näherten uns rasch unserem Ziel. Und hier bewiesen die Kamele auch, daß sie trotz aller Unarten – ich habe selten störrischere Biester gesehen – auch über eine Tugend, vermutlich ihre einzige, verfügten, die uns sehr zustatten kam: Sie bewegten sich rasch und brauchten nur sehr wenig Wasser oder Rast. Und dabei vermochten sie die ganze Zeit über Lasten zu tragen, unter denen ein Pferd schon bald zusammengebrochen wäre.

Wir kamen also gut voran, durcheilten die engen Täler und erreichten schließlich den Tigris. In einer Nacht kamen wir an einem kleinen, erbärmlichen Ort vorbei, der am Ufer des Stroms lag. Faisal ritt hinein, sprach mit einigen der Dörfler und kehrte zurück, um uns mitzuteilen, daß wir soeben an die letzte arabische Siedlung gelangt seien. Sebastea, so habe er erfahren, liege drei Tagesritte von hier in Richtung Norden. Von dort seien es bis Trapezunt noch einmal sieben Tage in dieselbe Richtung. Hinter Sebastea beginne jedoch die Heerstraße, und von dort aus könne man fast schon bequem reisen.

Irgendwann im Verlauf dieser Nacht überquerten wir die unsichtbare und oft unruhige Grenze zwischen dem Kalifat und dem Byzantinischen Reich.

Wir unternahmen alles, was in unseren schwachen Kräften stand, um dem Emir die Reise nicht zu sehr zur Pein werden zu lassen. Ddewi blieb ohne Pause an Sadiks Seite. Er nahm dort seine Mahlzeiten zu sich, schlief in der Nähe des Fürsten und schritt während des Marsches neben den beiden Pferden her, zwischen denen der Emir in einer Schlinge lag. Kasimene hielt sich ebenfalls vornehmlich dort auf. Nur manchmal kam sie zu mir, um mitzuteilen, daß der junge Mönch, wenngleich er schweigsam und sehr in sich gekehrt sei, doch seine Pflichten bei dem Kranken ungeheuer ernst nähme. Er vollführe unzählige kleine Handlungen an ihrem Onkel, die zusammengenommen Wunder für den Zustand des Fürsten bewirkten.

Sadik erlangte nur selten das Bewußtsein zurück, und wenn er einmal die Augen aufschlug, sah er sich nicht einmal in der Lage, den Kopf zu heben. Ich fürchtete daher noch immer das Schlimmste für ihn und drängte die anderen, so rasch auszuschreiten, wie es der Lage des Fürsten gerade so eben noch zuträglich war.

So befiel mich große Erleichterung, als wir drei Tage später die Wälle von Sebastea vor uns aufragen sahen, die sich weiß vor dem beginnenden Tag abzeichneten, der wiederum sehr heiß zu werden versprach. Wir ritten auf die Stadt zu und bedienten uns der Maßnahme, die vermutlich auch der Fürst ergriffen hätte: Wir schlugen außerhalb des Ortes unser Lager auf. Während die Rafik und die Dänen sich um Zelte und Feuer kümmerten, begaben Faisal und ich uns sofort nach Sebastea, um nach einem Arzt Ausschau zu halten.

Araber waren in dieser Gegend häufiger anzutreffen, und so nahm niemand an unserem Äußeren Anstoß, als wir über die geschäftigen Straßen von Sebastea eilten und dem Marktplatz, dem Mittelpunkt einer jeden Stadt, entgegenstrebten. Dort angekommen begab ich mich zu dem Geldwechsler, dessen Stand am prächtigsten oder je nach Geschmack am aufdringlichsten wirkte. Er hatte ein rot und blau gestreiftes Zeltdach über seinen Auslagen errichtet und handelte vornehmlich mit Gold und Silber. Ich fragte ihn, wo der erfahrenste und beste Arzt dieser Stadt zu finden sei.

»Dann suchst du Theodorus von Sykeon«, antwortete der Händler ohne Zögern und betrachtete Faisal und mich mit einem verschlagenen Blick.

»Ich sollte euch allerdings warnen, weil seine Dienste nicht eben billig sind. Doch bin ich der Ansicht, daß solches den Männern durchaus zusteht, die es in ihrer Kunst bis zu höchster Perfektion gebracht haben. Und dieses Lob muß man dem ausgezeichneten Theodorus durchaus zollen.«

Ich dankte dem Mann und wollte nun erfahren, wo dieser großartige Arzt anzutreffen sei, damit wir seine Dienste so rasch wie möglich in Anspruch nehmen könnten. Doch der Händler wollte uns nicht wie zwei Botenjungen fortschicken, sondern meinte: »Sagt mir nur, wo ihr lagert, dann lasse ich ihn von einem meiner Diener zu euch führen.«

Auch dafür dankte ich ihm, wenngleich ich mir denken konnte, daß seine Freundlichkeit vor allem dem Wunsch entsprang, für seine Dienste etwas zu erhalten. Allerdings mußte ich sein Angebot ablehnen: »Wir sind wirklich dringend auf einen Heilkundigen angewiesen und dürfen keine Zeit verlieren. Deswegen halte ich es für besser, wenn wir alles selbst in die Hand nehmen.«

»Damit wir uns recht verstehen«, der Händler lächelte breit, »nicht Mitgefühl bewegt mich, sondern kluge Überlegung, die auf langem Umgang mit Menschen fußt. Denn wenn ihr in der Lage seid, den besten Arzt weit und breit für euren erkrankten Freund in Anspruch zu nehmen, so habt ihr während eures Aufenthalts in Sebastea sicher auch Bedarf an anderen Diensten.« Ich bemerkte, daß sein Blick auf dem juwelenbesetzten Kadi in meinem Gürtel ruhte. »Vielleicht sogar auch die eines Geldwechslers. Sollte dieser Fall bei euch eintreten, so mögt ihr euch doch daran erinnern, daß ihr nur zu eurem ergebenen Diener Hadschidakis zu kommen braucht.«

Damit nahm er eine kleine Messingglocke in die Hand, und auf deren Läuten hin erschien ein schmaler und barfüßiger Junge. »Wohlan denn, sagt mir, wo ihr zu finden seid.« Ich teilte dem Händler mit, an welcher Stelle wir lagerten, und er gab dies in einer Sprache an den Boten weiter, die ich nicht verstand; obwohl es mir so vorkam, als ähnelten die Worte denen, welche die Armenier bei ihrem Überfall auf uns untereinander gebraucht hatten. Der Jüngling verschwand jedenfalls auf der Stelle und war schon nach wenigen Momenten nicht mehr zu sehen.

»Kehrt nun beruhigt zu eurem Freund zurück«, erklärte uns Hadschidakis. »Theodorus wird bald bei euch eintreffen. Oder gibt es vielleicht noch etwas anderes, das ich für euch erledigen könnte?« fragte er hoffnungsvoll.

»Nun ja, eine Sache wäre da vielleicht«, entgegnete ich. »Wir haben etwas mit dem Statthalter zu erledigen. Man hat mir gesagt, er weile zur Zeit in Sebastea. Verhält sich das so?«

»Aber ja«, antwortete der Geldwechsler. »Exarch Honorius wohnt in einem Palast in der Straße, die vom Forum ausgeht. Ihr könnt das Haus gar nicht verfehlen. Fragt, wen ihr wollt, diesen Palast kennt hier jeder.«

Ich dankte Hadschidakis ein weiteres Mal, und wir kehrten ins Lager zurück. Nur wenige Momente später tauchte der Arzt tatsächlich bei uns auf – ein reifer Herr mit schmalem Knochenbau und angenehm weichen Zügen. Er trug ein makellos reines weißes Gewand und einen ebensolchen Umhang. Eine schwere Goldkette hing ihm um den Hals, und die blaue Kappe aus weichem Stoff hatte er weit zurückgeschoben. Man sah ihm seinen Reichtum nicht an, aber er ließ sich auf einer Sänfte herantragen, die von vier Äthiopiern gehalten wurde, und angeführt wurde die Gruppe von dem Jungen, den der Geldwechsler losgeschickt hatte.

Nachdem Theodorus sich erkundigt hatte, ob er hier auch richtig sei, schenkte er dem Knaben eine Kupfermünze und befahl dann den schwarzhäutigen Sklaven, die Sänfte zu senken. Schon während meines Aufenthaltes in Byzanz hatte ich erfahren, daß man schwarzhäutige Menschen nach dem sagenhaften Land südlich von Ägypten, aus dem auch die Königin von Saba gekommen sein soll, Äthiopier nannte; gleich ob sie nun aus jener Region stammten oder nicht.

»Ich bin Theodorus«, stellte der Arzt sich mit einer leichten Verbeugung vor. »Wenn ihr mich jetzt bitte zu dem Leidenden führen würdet, damit ich gleich mit meiner Untersuchung beginnen kann.«

Rasch geleitete ich den Medikus in das Zelt des Emirs, an dessen Seite sich wie üblich Ddewi und Kasimene aufhielten. »Ich bringe den Arzt«, erklärte ich den beiden. »Er ist gekommen, um den Fürsten zu behandeln. Wir lassen ihn allein, damit er in aller gebotenen Ruhe seine Untersuchung beginnen kann.«

»Das wird nicht nötig sein«, erklärte Theodorus freundlich. »Bitte, meine Freunde, bleibt, wenn euch das lieber ist. Vielleicht muß ich euch ja nach dem einen oder anderen befragen, was ihr zur Pflege des Kranken unternommen habt.«

Nachdem ich Kasimene die Worte des Griechen übersetzt hatte, zeigte sie sich tief beeindruckt und erklärte, daß Theodorus sie sehr an Faruk erinnere und sie dies für ein sehr günstiges Omen halte. Ddewi sah den Arzt mit seinem gesunden Auge anerkennend an, sagte aber nichts.

Da das Zelt mir nun doch etwas überfüllt erschien, beschloß ich, draußen zu warten, und bat Theodorus, mich sogleich zu verständigen, wenn er seine Arbeit beendet habe.

Vor dem Zelt traf ich Faisal an. »Ich glaube, wir haben das Bestmögliche für den Emir getan«, erklärte ich ihm.

»Wolle Allah, daß es ausreicht.«

Ich wußte, was er meinte. Während der Reise hatten wir uns einige Male darüber unterhalten, ob wir mit Sebastea wirklich den geeigneten Ort ansteuerten. Trapezunt, unser ursprüngliches Ziel, lag etwas näher als Sebastea, und das wäre für Sadik sicher günstiger gewesen. Erst recht traf das auf Theodosiopolis zu, wohin wir in der Hälfte der Zeit hätten gelangen können.

Doch gewichtige Gründe sprachen gegen diese Orte. Theodosiopolis besaß einen starken armenischen Bevölkerungsanteil, und wir wußten nicht, wie die Dinge bei diesem Volk standen. Gut möglich, daß dort gerade wieder ein Waffengang vorbereitet wurde, um den Frieden zwischen dem Reich und dem Kalifat zu stören. Nicht auszudenken, wenn jemand dort den Emir erkannt hätte. Aus ähnlichen Gründen kam auch Trapezunt nicht in Frage, mußten wir doch damit rechnen, daß die Spione des Nikos unser Erscheinen sofort ihrem Herrn gemeldet hätten, der daraufhin unweigerlich einen neuen schändlichen Plan entwickelt hätte, uns vom Leben zum Tode zu befördern.

Nein, Sebastea lag zwar von den drei Städten am weitesten entfernt, bot sich aber dennoch als sicherste Wahl an. Vermutlich trieben sich hier ebenfalls Spione des Komes herum, aber die kannten uns wenigstens nicht wie zum Beispiel der Magister in Trapezunt.

Faisal und ich liefen ein paar Schritte zusammen, und ich sagte schließlich: »Freund, ich würde gern deine Meinung zu einer Angelegenheit hören, die mir seit einiger Zeit durch den Kopf spukt.« Und ich berichtete ihm von meinen Überlegungen, daß nämlich der Statthalter auf mir noch nicht ganz erklärliche Weise im Zentrum von Nikos' Verrat stünde.

Er hörte schweigend zu, nickte mehrmals und meinte schließlich anerkennend: »Du hast einiges über die Kunst des Scharfsinns gelernt, mein Freund. Wenn Honorius wirklich Dreh- und Angelpunkt dieser Verschwörung ist, sollten wir ihn unbedingt aufsuchen und feststellen, was wir dort in Erfahrung bringen können.«

Der Arzt tauchte aus dem Zelt auf, hielt nach mir Ausschau und eilte uns entgegen. »Ich habe meine Untersuchung abgeschlossen«, teilte er uns ohne Umschweife mit. »Der Emir befindet sich, wie euch sicher klar sein dürfte, in einem bedenklichen Zustand. Ursache dafür ist eine Kopfverletzung. Der Knochen an seinem Schädelansatz wurde zertrümmert. Meiner Ansicht nach hat sich Blut in der Hirnschale gesammelt und ihn in diese wenig beneidenswerte Lage versetzt.«

»Wird er überleben?« wollte ich wissen.

»Die Verletzung ist schwer«, antwortete Theodorus ausweichend. »Daß er überhaupt so lange durchgehalten hat, ist allein dem jungen Mann zu verdanken, der sich um ihn kümmerte.« Er sah uns beide fragend an. »Dennoch stellt sich mir ein Rätsel.«

»Und das wäre?«

»Der Fürst hat sich die Verwundung nicht erst kürzlich zugezogen«, entgegnete der Arzt, »und ich erkenne an eurem Lager, daß ihr längere Zeit gereist seid. Verhält es sich so?«

»Wir kommen von Amida«, antwortete ich. »Dort konnten wir keine ärztliche Hilfe für den Emir bekommen und sind deswegen bis hierher gezogen, um ihn endlich behandeln zu lassen.«

Theodorus nickte verwundert. »Dann sind die Fähigkeiten dieses Jünglings noch großartiger, als ich vermutete. Ich glaube jetzt, daß wir beide zusammen euren Freund retten können.« Er faltete die Hände und meinte: »Ich hoffe, dies findet eure Zustimmung?«

»Tu, was immer du für nötig hältst«, erklärte Faisal. »Wir setzen volles Vertrauen in dein Können und deine Weisheit.«

»Dann will ich jetzt gleich nach meinen Instrumenten schicken. Noch heute abend werden wir eine sehr komplizierte Operation durchführen. Ich brauche einige Zeit, um alles vorzubereiten.«

Damit wandte der Arzt sich an seine Sklaven, und zwei von ihnen verschwanden sofort im Laufschritt in Richtung Stadt. Theodorus verbeugte sich noch einmal vor uns und betrat dann wieder das Zelt.

»Komm, Faisal«, forderte ich den Araber auf, »wollen wir die Zeit nutzen und dem Statthalter einen Besuch abstatten.«

Wir fanden das Forum ohne große Schwierigkeiten. Die vielen Säulen der Kolonnaden im Herzen der Stadt waren schon von weitem auszumachen. Dort angekommen stießen wir auch bald auf die Straße, die Hadschidakis uns angegeben hatte. Das Haus des Honorius war wirklich ein Palast, und zwischen zwei reichverzierten Säulen führten zwei Stufen zur einzigen Tür, die auf die Straße hinausging.

Ein Wächter stand davor und hielt einen Speer, während er den Schild über die Schulter geschwungen hatte. Die Menschen, die vorbeiströmten, beachteten ihn kaum, und das verriet mir, daß der Soldat für die Einwohner Sebasteas ein vertrauter Anblick war. Ich ließ Faisal auf der anderen Straßenseite zurück und bat ihn, hier die Augen offenzuhalten, während ich selbst auf den Wächter zu trat.

»Man hat mir gesagt, der Statthalter befinde sich in seinem Palast«, sprach ich ihn nach einem Grußwort an. Er betrachtete mich in einer Mischung aus Langeweile und Mißtrauen.

»Er empfängt heute aber niemanden«, teilte mir der Wächter in einem Tonfall mit, der darauf schließen ließ, daß er diese Auskunft schon viel zu oft hatte geben müssen.

»Das ist aber zu schade«, seufzte ich, »bin ich doch sehr weit gereist, um ihn zu sehen. Vielleicht könntest du mir ja gestatten, daß ich meinen Namen am Empfang zurücklasse.«

Ohne sich die Mühe einer Antwort zu machen, wies er mir mit dem Speer den Weg. Das sagte mir, daß dieser Mann nicht die alleinige Entscheidungsgewalt darüber besaß, wer Zutritt zu Honorius erhielt und wer nicht.

Kaum befand ich mich im Palast, stieß ich schon auf das

nächste Hindernis, diesmal in Gestalt eines Beamten in einem Gewand und Umhang von verblichenem Grün. Er trug ein geflochtenes Band um den Hals, von dem ein Metallkästchen hing, und saß mitten im geräumigen Vestibül hinter einem Schreibtisch. Ich stellte mich vor ihn, doch er schrieb weiter auf seiner Schriftrolle und geruhte, mich nicht zu bemerken. Zwei Wächter standen ein Stück hinter ihm, und ich konnte nicht entscheiden, wer von den dreien den gelangweiltesten Gesichtsausdruck besaß.

»Entschuldige bitte«, sprach ich ihn schließlich an, »aber ich habe gehört, der Statthalter weile heute im Hause.«

Der Beamte hob den Blick von den Akten und Dokumenten vor sich und sah mich an. Ich hatte den Eindruck, der Mann hätte am liebsten gegähnt. »Er empfängt heute aber niemanden. Hinterlaß deinen Namen bei mir und komm morgen wieder.«

»Ich bin sehr weit gereist, um hierher zu gelangen«, beharrte ich, beugte mich zu ihm vor und fügte leise hinzu: »Es geht um eine sehr delikate Angelegenheit, bei der auch eine größere Summe Geldes eine Rolle spielt.« Damit griff ich in meinen Ärmel und zog eines der Silberstücke heraus, die Faisal mir gegeben hatte, um es vor dem Mann auf den Tisch zu legen. »Ich wäre *sehr* dankbar, wenn der Statthalter von meinem Eintreffen in Kenntnis gesetzt werden könnte.«

Als ich keine Antwort erhielt, schob ich eine zweite Münze auf die erste. Der Beamte legte den Stylus beiseite und setzte ein Lächeln auf. Sein Blick aber blieb kalt. »Vielleicht kann ich dir ja behilflich sein. Ich heiße Casius und bin der Proconsul von Sebastea. Um was für eine Angelegenheit dreht es sich denn, welche die Aufmerksamkeit des Exarchen erfordert?«

Ich mußte mir rasch etwas einfallen lassen und antwortete aufs Geratewohl: »Nun, es geht um Besitz, der meiner Verlobten zusteht.«

»Also um eine Besitzangelegenheit?«

»Ja, richtig, ein Fall, der äußerstes Fingerspitzengefühl verlangt. Ich möchte nicht zuviel darüber verraten und die Sache lieber Honorius direkt vortragen. Wann, glaubst du, hat er Zeit, mich zu empfangen?«

»Der Exarch ist kein Schiedsmann und pflegt solche Angelegenheiten nicht zu entscheiden«, entgegnete Casius ungerührt. »Ich schlage dir vor, du wendest dich an den Magister, oder besser noch, an den örtlichen Apographeus, deinen zuständigen Schreiber.«

»Äh, ja, richtig, aber es war gerade der Magister, der mir vorschlug, die Sache lieber vor den Exarchen zu bringen.« Da mir diese Lüge so leicht über die Lippen gekommen war, fand ich auch den Mut, die Geschichte weiter auszuschmücken. »Er meinte, da Honorius ein Freund meines Vaters war, würde er mich vielleicht persönlich in dieser Angelegenheit beraten wollen.«

Der Proconsul zögerte, und ich fragte mich, ob er überhaupt diesen Titel trug oder ihn nur angab, um die Bittsteller einzuschüchtern. »Warum hast du nicht gleich gesagt, daß der Exarch ein Freund deiner Familie ist?«

»Ein Freund meines Vaters«, verbesserte ich ihn. »Hätte das denn einen Unterschied gemacht?«

»Dann will ich deinen Namen ganz oben auf die Liste setzen«, erklärte er, nahm den Griffel wieder zur Hand, tauchte ihn in die Tinte und kritzelte etwas auf sein Pergament. »Vielleicht ist der Exarch ja bald geneigt, dich zu sprechen.«

»Das wäre mir wirklich sehr lieb«, entgegnete ich und beflügelte den Eifer des Beamten mit einem dritten Silberling. »Mir sind Gerüchte zu Ohren gekommen, der Statthalter sei gesundheitlich nicht ganz auf der Höhe. Seine Freunde in Trapezunt würden sich sicher freuen zu erfahren, daß Honorius wohlauf ist.«

Casius hielt mit dem Schreiben inne, klopfte sich mit dem Federende an die Zähne und meinte: »Was genau besagen denn diese Gerüchte?«

»Ach, du weißt doch, wie die Leute reden, mal heißt es dieses und mal jenes«, entgegnete ich. »Aber einige haben angefangen, sich zu fragen, warum der Statthalter so lange in Sebastea bleibt, wo doch in Trapezunt so ein schönes Haus auf ihn wartet.«

Der Proconsul schien ziemlich rasch zu einer Entscheidung zu gelangen. Er schob seinen Stuhl zurück, erhob sich und sagte: »Du wartest hier.« Damit eilte der Mann zu der Tür, vor der die beiden Wächter standen, und verschwand dahinter. Schon wenig später kehrte er zu seinem Schreibtisch zurück.

»Diese Angelegenheit, in der du den Exarchen sprechen willst ... hast du nicht gesagt, es drehe sich dabei um deine Verlobte?«

»Ja, ganz recht«, log ich.

»Dann bring sie her«, forderte Casius mich auf. »Kehre mit der Frau zurück, und dann wird der Statthalter euch empfangen.«

Ich wußte, daß ich dem Ziel ein großes Stück näher gekommen war. »Danke«, entgegnete ich, »deinen Vorschlag will ich gern befolgen.« Damit dankte ich ihm nochmals, versprach ihm, so rasch wie möglich wiederzukommen, und entfernte mich, ehe er es sich anders überlegen konnte.

Wieder auf der Straße gab ich Faisal ein heimliches Zeichen, mir zu folgen, und machte mich auf den Weg zum Forum. Im dortigen Gewimmel holte der Araber mich ein, und ich berichtete ihm, welchen Teilerfolg ich davongetragen hatte. »Der Statthalter ist also im Palast. Jetzt, glaube ich, brauchen wir Kasimene, um zu ihm vorzudringen.«

»Unbedingt«, stimmte er mir zu. »Aber wie willst du es anstellen, allein mit Honorius zu sprechen?«

»Das bleibt abzuwarten«, entgegnete ich, »doch keine Sorge, ich habe einen Plan.«

Wir kehrten auf dem schnellsten Weg ins Lager zurück, teilten Kasimene mit, warum sie unbedingt mitkommen müsse, weihten sie in meinen Plan ein und machten uns sofort wieder auf in die Stadt. Als uns nur noch hundert Schritt vom Palast trennten, blieb ich stehen und wandte mich an meine Verlobte (in diesem Punkt hatte ich ja keineswegs die Unwahrheit gesprochen). »Bist du bereit?« fragte ich sie. »Sobald wir im Haus des Statthalters sind, können wir nicht mehr zurück. Wenn dich irgendwelche Zweifel plagen, dann sprich sie jetzt aus. Noch haben wir Zeit, den ganzen Plan fallenzulassen.«

»Nein, mach dir um mich keine Sorgen«, entgegnete sie. »Ich weiß, was von mir erwartet wird, und werde meine Rolle zu spielen wissen.«

»Ausgezeichnet«, ich lächelte. »Dann los.«

Kasimene war klug genug gewesen, keinen Schleier anzulegen, und sie hob jetzt ihre Kapuze und faltete sie in der Weise zurück, wie Christenfrauen sie zu tragen pflegen. Auch hakte sie sich bei mir ein, und ich drückte sie an mich. Niemand hätte in uns jetzt etwas anderes als ein verlobtes Paar sehen können.

Wir betraten den Palast, trafen im Vorraum aber einen anderen Beamten hinter dem Schreibtisch an, der seinem Vorgänger jedoch in Umständlichkeit und Gelangweiltsein in nichts nachstand.

Ich erklärte ihm, daß der Proconsul Casius mir einen Termin beim Exarchen verschafft habe. Der Mann starrte mich und Kasimene an, und eine Spur von Interesse trat in seine Augen. »Ja, ich glaube mich erinnern zu können, von ihm etwas in der Art gehört zu haben. Doch leider hinderten ihn seine vielen Verpflichtungen daran, mir genau zu erklären, um was für eine Angelegenheit es sich genau handelt.«

»Wie ich dem Proconsul bereits mitteilte, geht es um eine Sache, die mit dem größten Fingerspitzengefühl behandelt werden muß.« Der Beamte sah mich mit geradezu unverschämter Gleichgültigkeit an, und so fügte ich hinzu: »Doch es schadet sicher nicht, wenn ich dir mitteile, daß es um den

Besitz meiner Verlobten geht.« Ich zeigte auf Kasimene, die neben mir stand. »Ihr Bruder weigert sich, den ihr zustehenden Anteil herauszurücken.«

»Und warum sollte der Exarch sich mit einem solchen Fall befassen?« fragte der Mann gelangweilt, und seine Miene näherte sich dem Zustand der Apathie.

»Angesichts der langen Freundschaft meiner Familie mit Honorius und der komplizierten Ungerechtigkeit, die dieser Angelegenheit zugrunde liegt, hat man uns geraten, den Statthalter zu bitten, uns die Ehre seines Ratschlags zu erweisen.«

»Du kennst den Exarchen?«

»Aber ja«, antwortete ich mit einer Entschiedenheit, die mich selbst verblüffte, »sogar sehr gut. Er und mein Vater waren alte Freunde, und ich bin viele Male in seinem Haus in Trapezunt gewesen.« Nun ja, letzteres entsprach durchaus der Wahrheit.

Wieder führte diese Auskunft zum gewünschten Ergebnis. Der Beamte erhob sich gleich und sagte: »Dann will ich mal sehen, was ich für dich tun kann.«

Wie schon Casius vor ihm verschwand er durch die bewachte Tür. Die Wächter warfen einen Blick auf meine Liebste, maßen sie von Kopf bis Fuß und richteten ihre Aufmerksamkeit dann wieder auf die gegenüberliegende bemalte Wand. Diesmal mußten wir länger warten.

Endlich öffnete sich die Tür, und ich machte mich bereit, weil ich glaubte, daß wir nun hineingebeten würden. Doch statt dessen erschien ein fettes altes Weib mit einem Bündel Kleider. Der Berg war viel zu groß für sie, und als sie die Tür zur Straße erreichte, rutschte gut die Hälfte herunter. »Meine Wäsche!« kreischte sie und sprang herum, um alles wieder aufzusammeln.

»Laß mich dir helfen, Mutter«, sagte ich, bückte mich und reichte ihr die letzten Stücke. Sie sah mich nur komisch an und machte sich dann wieder auf den Weg.

Ich kehrte zu Kasimene zurück, wartete noch eine Weile

und dachte schon, der Schreiber würde gar nicht mehr zurückkehren. Doch plötzlich ging die Tür auf, und Casius zeigte sich: »Der Exarch ist nun bereit, euch zu empfangen.«

Wir traten ein, und der Proconsul legte mir eine Hand auf den Arm. Ich fürchtete bereits, er habe mich enttarnt, und das Herz klopfte mir schneller in der Brust. Aber der Beamte wollte mir nur einen guten Ratschlag geben: »Statthalter Honorius fühlt sich in letzter Zeit nicht recht wohl und bedarf der Ruhe. Fasse dich also kurz und komm gleich zur Sache.«

»Ja, ich verstehe.«

»Außerdem würde ich die Gerüchte für mich behalten«, mahnte er strenger und verstärkte seinen Griff auf meinem Arm, »die in Trapezunt im Umlauf sind. Zur Zeit empfiehlt es sich nicht, dieses Thema anzusprechen, und du würdest deiner Sache damit alles andere als nutzen.«

»Also gut«, erklärte ich mich zögernd einverstanden, »wenn du das für ratsamer hältst.«

»Ja, das tue ich.«

»Dann will ich nichts darüber sagen.« Der Proconsul trat beiseite, und wir konnten endlich einen Blick in den Raum werfen, in den wir gerade gelangt waren.

Honorius war ein großer, schwerer Mann mit vollem weißen Haar, breiten Schultern und schweren Händen. Die Augen in seinem offenen Gesicht blickten teilnahmslos, und er hockte so müde auf seinem Stuhl, als habe er nicht mehr den Willen, jemals wieder aufzustehen. Bei genauerem Hinsehen erkannte ich die dunklen Ringe unter seinen Augen und die ungesunde Blässe seiner Haut, die nach meiner eigenen Erfahrung die Menschen erwerben, die eine lange Gefangenschaft durchstehen müssen.

Der breite Stuhl des Statthalters wurde von zwei Wächtern mit Speer und Kurzschwert flankiert. Casius baute sich zu seiner Rechten auf, und der andere Schreiber schloß hinter uns die Tür und blieb dort stehen.

»Vielen Dank, Exarch, daß du uns empfängst«, sagte ich rasch, weil ich es plötzlich eilig hatte, mit dem Reden zu beginnen. »Ich bringe Grüße von meinem Vater, Nicephorus.«

Bei diesem Namen flackerte es kurz in seinen Augen auf, genau wie ich es erhofft hatte. Honorius betrachtete mich eindringlich, konnte aber mit meinem Gesicht wenig anfangen. »Ich fürchte, du mußt mir schon etwas mehr erzählen«, meinte er.

»Verzeih bitte, Statthalter«, entgegnete ich, »aber ich war noch ein kleiner Junge, als wir uns zum letztenmal begegnet sind. Das liegt viele Jahre zurück, und ich kann nicht erwarten, daß du dich noch an mich erinnerst.«

»Nein, nein«, wehrte Honorius ab, und Hoffnung trat in seinen Blick. »Jetzt erkenne ich dich wieder.«

Bevor ich fortfahren konnte, mischte sich Casius ein. »Ich glaube, es geht um eine Besitzregelung, und ich habe dir bereits erklärt, daß der Statthalter für so etwas nicht zuständig ist. Damit habe ich doch recht, nicht wahr, Exarch?«

»Ja, so verhält es sich«, bestätigte Honorius mit einer Stimme wie von einem lebenden Toten.

»Siehst du?« wandte der Beamte sich wieder an mich. »Ich fürchte, du hast nur deine Zeit verschwendet...«

»Einen Moment bitte«, unterbrach ich ihn entschieden. »Der Besitz, um den es hier geht, steht meiner Braut als rechtmäßiges Erbteil zu. Er sollte ihr bei ihrer Verlobung ausgezahlt werden, als ihre Mitgift.«

»Ja, ja«, sagte der Statthalter nur desinteressiert. »Solche Angelegenheiten können sich manchmal sehr schwierig gestalten.«

»Ihr Bruder«, fuhr ich fort, legte Kasimene eine Hand auf die Schulter und drückte fest zu, »weigert sich nun aber, ihr die Mitgift zu überlassen, und bringt damit unsere Vermählung in größte Gefahr...«

Die junge Frau hatte mein Zeichen verstanden und fing an, laut zu schluchzen. Sie verbarg das Gesicht hinter den Händen und heulte zum Steinerweichen. Der zweite Beamte näherte sich uns gleich mit aufgebrachter Miene. »Warum weint sie?« fragte er streng.

»Das Ganze hat sie doch sehr mitgenommen«, antwortete ich, »wie man sich sicher denken kann. Der eigene Bruder hindert sie an ihrer Vermählung …«

»Befiehl ihr zu schweigen!« fuhr der Beamte mich an, »sonst muß sie den Raum verlassen.«

»Bitte, meine Liebe«, sagte ich, und zwickte sie wieder in die Schulter, »du mußt dich jetzt aber wirklich beherrschen.«

Kasimene fing nun an, noch lauter zu heulen und zu jammern. »Raus mit ihr!« ordnete Casius an.

Der zweite Schreiber machte Miene, sie zu ergreifen und hinauszuzerren. Meine Verlobte aber rannte los, auf den Stuhl des Statthalters zu und warf sich ihm zu Füßen. Sie umschlang seine Beine, und die Tränen rannen ihr in Strömen über die Wangen.

Honorius starrte sie erstaunt und erschrocken an. Die beiden Beamten setzten ihr sofort nach und versuchten, sie loszureißen. »Hinfort mit dir! Laß den Exarchen los!«

Ich begab mich ebenfalls dorthin und tat so, als würde ich den Männern helfen. »Beruhig dich, mein Herz«, forderte ich sie auf, natürlich wieder in griechisch, von dem Kasimene ja kein Wort verstand. »Komm wieder zu dir, so etwas darf man doch nicht tun!« Ich gab vor, ebenfalls an ihr zu ziehen, und lief mal links und mal rechts um sie herum, als wolle ich einen besseren Griff anbringen; damit verhinderte ich natürlich hauptsächlich, daß die Beamten sie richtig zu fassen bekommen konnten.

»Geh mir doch aus dem Weg!« fuhr mich der zweite Schreiber an. Um seinen Worten Nachdruck zu verleihen, stieß er mich unbeherrscht beiseite, und zusammen mit Casius schleppte er die sich heftig wehrende Kasimene zur Tür. »Wache! Öffnen!« Die beiden Soldaten liefen sofort voraus, um den Befehl auszuführen.

Unvermittelt sah ich mich mit dem Statthalter allein und flüsterte ihm rasch zu: »Wir sind gekommen, dir zu helfen, Honorius.«

»Mir helfen?« Der Mann wirkte völlig fassungslos. »Aber ich werde hier als Gefangener gehalten.«

»Dann befreien wir dich. Wir kommen um Mitternacht.«

Er legte eine Hand auf meinen Arm und hielt mich fest, als hinge sein Leben davon ab. »Mir kann niemand mehr helfen. Der Kaiser ...« Seine Finger bohrten sich in mein Fleisch. »Hör mich an, du mußt ihn warnen ...«

»Ich bin mit mehreren Männern gekommen«, versicherte ich ihm. »Wir kommen heute nacht. Halte dich bereit.«

Casius und einer der Wächter kehrten in den Raum zurück, bevor wir ein weiteres Wort wechseln konnten. Ich trat rasch einen Schritt zurück und sagte laut: »Bitte nimm meine tiefempfundene Entschuldigung an, Exarch, aber ich fürchte, die Nerven meiner Braut sind zerrüttet. Die Schwierigkeiten mit der Aussteuer haben ihr doch sehr zugesetzt ...«

»Genug!« rief der Proconsul und hatte es so eilig, mich von Honorius loszureißen, daß er fast über seine eigenen Füße gestolpert wäre. »Hinaus mit dir! Wenn ich geahnt hätte, welchen Aufruhr du bringen würdest, hätte ich nie meine Zustimmung gegeben, die Zeit des Exarchen mit deinen unwichtigen Angelegenheiten zu vergeuden!«

»Ich bitte vielmals um Verzeihung«, entgegnete ich und entfernte mich erhobenen Hauptes in Richtung Tür. Dort angekommen blieb ich stehen und drehte mich noch einmal zu Honorius um. »Ich werde meinem Vater deine Grüße ausrichten, Exarch. Es wird ihn freuen zu hören, daß es dir schon wieder bedeutend bessergeht.«

Der Statthalter starrte mich an, und sein Mund mahlte an Worten, die mich wohl nie mehr erreichen würden. Im Vorraum beschleunigte ich meine Schritte, lief geradezu auf die Straße hinaus und hätte dort beinahe Kasimene und den Soldaten an ihrer Seite über den Haufen gerannt.

»Erspar dir die Mühe, dich hier noch einmal blicken zu lassen!« rief Casius wütend von der Tür her. »Der Exarch hat gerade Anweisung erlassen, dir keinen Zutritt zu gewähren. Er bedauert, könne aber nichts mehr für dich tun.«

Der Soldat sah uns hinterher, bis wir verschwunden waren. Doch kaum waren wir um die nächste Straßenbiegung, da riß ich Kasimene an mich, drückte sie und rief: »Du warst wunderbar!«

Sie schlang mir die Arme um den Hals, lächelte breit und erinnerte sich dann leider wieder daran, daß sie keine Christin war. Sie löste sich aus meinem Griff und trat einen Schritt zurück. »Warst du mit meiner Darbietung zufrieden?«

»Du warst einfach fabelhaft!«

»Und meinst du, sie haben uns die Geschichte abgenommen?«

»Das spielt jetzt keine Rolle mehr«, entgegnete ich. »Wir haben Honorius gesehen und wissen, daß er noch lebt. Mehr wollten wir gar nicht in Erfahrung bringen.«

Kasimene sah mich mit strahlenden Augen an. »Und du meinst wirklich, ich war großartig?«

»Ganz bestimmt, meine Liebe.« Aber dann hatte ich es eilig, unsere Aufgabe anzugehen. »Beeil dich«, rief ich ihr über die Schulter zu. »Bis zum Einbruch der Nacht wartet noch eine Menge Arbeit auf uns!«

## 29

»Es wäre wohl ratsamer, wenn sich niemand im Zelt auf hielte«, sagte Theodorus, »während ich meine *Chirurgia* durchführe.«

Ich warf einen Blick auf Kasimene, sah die Entschlossenheit in ihrer angespannten Miene und erklärte: »Wir wollen lieber dabeisein.«

»Dann müßt ihr aber schweigen«, gebot uns der Arzt. »Und ich will euch auch warnen, es wird viel Blut geben. Erschreckt euch nicht darüber, denn das ist bei einem solchen Vorgang ganz natürlich.«

Ich übersetzte Kasimene seine Worte, und sie nickte, ohne auch nur einmal den Blick von ihrem auf dem Bauch daliegenden Onkel zu wenden. Man hatte Sadik das Haar gestutzt und den Hinterkopf kahl rasiert. Außerdem hatte Theodorus ihm ein starkes Schlafmittel gegeben, das er *Opium* nannte und welches aus dem Saft einer bestimmten Blumenart im Osten gewonnen wurde. Der Fürst ruhte tief und fest und lag mit dem Gesicht im Kissen, während sein Kopf von Ddewi auf der einen Seite und dem Arzt auf der anderen gehalten wurde. Darüber hinaus hatte man dem Emir mit Seilen die Arme am Körper fest- und die Beine zusammengebunden.

Theodorus nahm nun einen rasiermesserartigen Schneider aus der Reihe von Instrumenten auf einem mit einem Tuch belegten Tablett und nickte dem Jüngling zu, der daraufhin den Kopf des Kranken zwischen beiden Händen hielt. »Wir beginnen jetzt«, verkündete der Heilkundler.

Theodorus öffnete mit sicheren und kunstvollen Schnitten die Haut am Schädelansatz Sadiks, hob dann einen ganzen Lappen davon hoch, legte ihn zurück und befestigte ihn mit einer Nadel am Hinterkopf, so wie es ein Schneider mit einem Stück Stoff tut. Meine Liebste preßte die Hände an den Mund.

Blut strömte aus der Wunde, während der Arzt das Messer weglegte und für einen Moment sein Werk betrachtete. Offenkundig zufrieden nahm er einen kleinen pulvrigen Stein und rieb diesen über die Schnittstellen. Tatsächlich ließ die Blutung sogleich deutlich nach. Nicht nur wir beide, auch Ddewi staunte nicht schlecht.

Theodorus entschied sich nun für ein längeres Messer, beugte sich über den Fürsten, schabte damit über die bloßgelegte Stelle, und kurz darauf erblickte ich das Weiß von Knochen. »Da du schon einmal hier bist«, sagte der Arzt langsam und ganz in seine Arbeit vertieft, »kannst du mir auch zur Hand gehen. Tritt näher und halte die Lampe ein wenig höher.«

Mit knappen Bewegungen seines Kinns brachte er mich in die richtige Position und das Licht direkt dorthin, wo er es brauchte. Ich hielt die Messinglampe, und Theodorus beugte sich wieder über Sadiks Schädel. Vorsichtig piekte er mit der langen Messerspitze hier und dort.

Nach ein paar Momenten atmete er aus und flüsterte. »Da haben wir ja den Übeltäter.« Damit wandte er sich an den jungen Mönch und erklärte: »Du hattest recht, mein Freund. Ein kleines Stück ist vom Knochen abgesprungen, hat sich verdreht und damit die Blutungen im Kopf ausgelöst.«

Der Arzt legte das Messer auf das Tablett zurück und nahm nun ein merkwürdiges Instrument in die Hand. Es ähnelte einer kleinen Zange, wies aber am Ende Arme wie bei einer Pinzette auf. Auf der anderen Seite waren Ringe angebracht, durch welche Theodorus Daumen und Zeigefinger schob, um bei der Bedienung des Geräts einen festen Halt zu besitzen.

Damit näherte er sich der Wunde, und im nächsten Moment hörte ich ein flüssiges, schmatzendes Geräusch; dann hob er das Instrument ins Lampenlicht. Ein häßlich aussehendes, gezacktes und rotweißes Stück Knochen von der Größe eines Männerdaumennagels glitzerte zwischen den Pinzettengreifern.

»Das ist sie«, erklärte er, »die Ursache für das Leiden des Emirs.« Er ließ den Splitter in eine kleine Metallschale fallen und meinte: »Jetzt kann die Heilung beginnen.«

Theodorus legte die Zange beiseite, nahm ein Tuch, faltete es zusammen und legte es neben Sadiks Kopf auf das Kissen. »Nun wollen wir den Fürsten umdrehen.« Zusammen mit dem Jüngling hob er den Emir und drehte ihn auf den Rücken, so daß der Hinterkopf auf dem Tuch zu liegen kam. Dunkles Blut rann in den Stoff und breitete sich darauf aus. Der Arzt betrachtete diesen Strom zufrieden und erklärte Ddewi die Farbe und Dicke des Lebenssaftes.

»Du kannst die Lampe jetzt wieder herunternehmen«, meinte der Heiler zu mir. »Wir können jetzt nichts mehr tun, bis die Blutung zum Stillstand gekommen ist. Das dürfte einige Zeit in Anspruch nehmen. Bis dahin könnt ihr euch ausruhen und stärken, meine Freunde. Ich rufe euch dann, sobald der nächste Teil beginnt.«

»Einverstanden«, entgegnete ich, trat zu Kasimene, welche die Hände immer noch an die Lippen preßte, und forderte sie auf: »Komm, wir wollen uns draußen etwas die Beine vertreten, bevor ich in die Stadt zurückkehre.«

»Nein, ich bleibe«, beharrte meine Liebste und schüttelte den Kopf.

Da ich sie nicht zum Gehen bewegen konnte, verließ ich allein das Zelt und traf draußen Faisal an. »Alles ist gutgegangen«, teilte ich ihm mit. »Der Arzt ist fast fertig.«

»Allah sei gepriesen!« seufzte er mit unüberhörbarer Erleichterung.

Ich warf einen Blick in den dunkler werdenden Himmel.

»Wir müssen bald los, sonst stehen wir vor verschlossenen Stadttoren. Sind alle Vorbereitungen getroffen?«

»Sieben Rafik habe ich bereits in die Stadt geschickt«, antwortete der Vertraute des Emirs. »Die anderen kommen mit uns. Ich habe auch eines der Packpferde für den Exarchen Honorius satteln lassen. Wir warten nur auf deinen Befehl zum Aufbruch.«

Die rote Sonne versank bereits hinter dem Horizont, und auf der anderen Seite, in Richtung Osten, ging bereits die bleiche Sichel des Mondes auf. Zwei Sterne zeigten sich auch schon am Himmel. Eine klare, warme Nacht stand uns bevor; mit genügend Helligkeit, um auf Fackeln verzichten zu können.

»Eine gute Nacht für eine Flucht«, bemerkte ich und legte die Rechte an den Griff meines Dolches. »Dann los, der Statthalter wartet sicher schon auf uns.«

Schon wenig später ritten Faisal, die drei Gefährten des Emirs und ich auf Sebastea zu. Ich hatte den Seewölfen die Aufgabe übertragen, während unserer Abwesenheit das Lager zu bewachen. Jarl Harald hatte mich beinahe auf Knien angefleht, bei der Befreiung mitmachen zu dürfen; doch meiner Meinung nach waren die Wikinger noch nicht wieder ausreichend bei Kräften, um einen Kampf bestehen zu können. Außerdem hätten diese wilden Gesellen in der Stadt für Aufsehen gesorgt; und auffallen wollten wir ja nun gerade nicht.

»Es ist nur eine kleine Unternehmung«, hatte ich ihn zu beruhigen versucht, »und wir brauchen schließlich tapfere Männer, die auf das Lager aufpassen. Schont lieber eure Kräfte für den nächsten Kampf, der unweigerlich kommen wird.«

So erreichten wir fünf mit dem Packpferd, das wir hoch mit Strohbündeln in Säcken beladen hatten, das Stadttor und gaben uns als Händler aus. Die Soldaten, welche im Schatten der Wachstube um ein Feuer hockten, ließen uns ohne weitere Fragen hindurch.

»In die Stadt hineinzukommen, wird uns nicht schwerfallen«, hatte ich Faisal nach meinem Besuch beim Statthalter erklärt. »Viel schwieriger dürfte es werden, wieder hinauszugelangen.«

»Überlaß das ganz mir«, hatte der Araber geantwortet. Er hatte überhaupt alles Notwendige für unser nächtliches Abenteuer in die Wege geleitet, und ich mußte ihm zugutehalten, mit viel Geschick und Klugheit vorgegangen zu sein. Auch erinnerte ich mich daran, wie Faisal mich aus den Minen des Kalifen befreit hatte, und sagte mir, daß dieser Mann der richtige für solche waghalsigen Unternehmungen war und bereits über einige Erfahrung verfügte.

Sobald wir das Tor hinter uns gebracht hatten, begaben wir uns auf direktem Weg zu einer Herberge, die Kasimene und mir am vergangenen Morgen aufgefallen war. Dort trafen wir mit den Soldaten zusammen, die Faisal bereits vorausgeschickt hatte. Vier von ihnen hockten an Tischen draußen vor dem Schankraum, während die anderen drei auf der gegenüberliegenden Seite auf und ab schlenderten. Als wir näher kamen, hob einer von ihnen den Blick und nickte unmerklich. Faisal stieg vom Pferde, der Rafik kam auf ihn zu, und die beiden unterhielten sich kurz leise miteinander.

»Sajid hat ein kleines Tor im Nordwall entdeckt«, teilte der Vertraute mir danach mit. »Er meint, es dürfte für unsere Zwecke vollauf genügen.«

»Gut«, sagte ich mit Blick auf die Herberge. »Wir sollten uns etwas stärken. So vergeht uns auch die Zeit schneller.«

Wir setzten uns in eine der hinteren Ecken des Schankraums und nahmen ohne übertriebene Eile eine Mahlzeit zu uns. Ja, wir saßen dort, bis der Wirt die Läden an den Windlöchern zur Nacht zuzog. Die Rafik hatten sich vorher schon einzeln oder in kleinen Gruppen verabschiedet, und nun brachen auch Faisal und ich auf. Nachdem wir eine Silbermünze auf dem Tisch zurückgelassen hatten, machten wir uns auf den Weg in Richtung Forum.

Unterwegs wurden wir von etlichen Straßendirnen angerufen, die zwischen den Säulen standen und uns ihre Dienste anboten. Daran hatte ich nicht gedacht und fürchtete schon, sie könnten mit ihren losen Reden die Aufmerksamkeit auf uns lenken. Doch die Bewohner von Sebastea waren wohl an solch nächtliches Treiben gewöhnt; denn die wenigen Menschen, die uns zu dieser späten Stunde begegneten, warfen uns kaum einen Blick zu.

Je näher wir dem Palast kamen, desto vorsichtiger bewegten wir uns weiter und schlichen bald nur noch durch Schatten. Als wir das Haus vor uns hatten, konnte ich von den Rafik nichts sehen. Doch Faisal versicherte mir, daß sie sich in der Nähe verbargen und nur auf unser Zeichen warteten.

»Wir können uns dort drüben hinstellen«, machte ich ihn auf eine Nische in einer Wand aufmerksam, die früher wohl einmal als Eingang gedient hatte. Wir hatten nämlich vor, den Palast für eine Weile zu beobachten, um sicherzustellen, daß in seinem Innern alle zu Bett gegangen waren. Als wir an dem Haus vorbeigegangen waren, war mir aufgefallen, daß die einzige Tür, die zur Straße herausführte, offenstand.

»Das ist ja noch besser, als ich erhofft hatte«, erklärte ich dem Vertrauten und änderte rasch meinen Plan. »Ich werde allein hineingehen.«

»Warte!« hielt er mich zurück. »Das gefällt mir nicht.« Er drehte sich um und stieß den Arm dreimal in die Luft. Binnen eines Augenblicks standen genauso viele Krieger mit gezogenem Schwert vor uns. »So, jetzt können wir hinein«, meinte Faisal. »Die anderen halten so lange draußen Wache.«

Wir schlüpften durch die offene Tür in den Palast. Ich gelangte als erster in den Vorraum. Jemand hatte unweit des Eingangs eine Lampe auf einem Ständer brennen lassen, und in deren Licht erkannte ich, daß sich niemand im Vestibül aufhielt. Einen Moment standen wir da und lauschten, vernahmen aber keinen Laut. Ich sah Faisal an, doch der zuckte nur die Achseln, weil er sich genausowenig einen Reim auf die offengelassene Tür machen konnte.

Ich nahm die Lampe von dem Ständer und führte die

Gruppe an. Das Haus war ganz im byzantinischen Stil gebaut und besaß zwei Stockwerke, die über eine Treppe miteinander verbunden waren. Ich hatte natürlich keine Ahnung, in welchem der vielen Räume Honorius festgehalten wurde, sagte mir aber, daß er am ehesten oben zu finden sein müsse; denn wenn man einen Mann schon in seinem eigenen Haus gefangenhielt, verwahrte man ihn am besten so weit wie möglich vom Eingang entfernt auf.

Von meinem gestrigen Besuch wußte ich, daß sich hinter der einen Tür keine Treppe befand, also wandte ich mich dem anderen Ausgang zu, einem Halbbogen mit anschließendem kurzen Flur. Dort angelangt entdeckte ich zwei weitere solcher Auslässe – der eine führte auf den Innenhof hinaus, der andere zu den Stufen.

Ich bedeutete Faisal, daß ich als erster die Treppe hinaufginge. So schlich ich die Stufen empor, hielt die Lampe niedrig, um niemanden aufmerksam zu machen, und blieb auf dem Absatz stehen. Noch immer war nichts zu hören. In diesem Haus herrschte eine Stille, als befände man sich in einem Grabgewölbe. Froh, keinen der Wächter alarmiert zu haben, gab ich den anderen ein Zeichen, mir nach oben zu folgen.

Das obere Stockwerk stellte sich als genaues Ebenbild des Erdgeschosses dar, wenn auch etwas kleiner. Aus dem Vorraum führte eine Tür zu den inneren Kammern. Auch diese war nicht geschlossen, sondern nur angelehnt. Vorsichtiger geworden trat ich darauf zu und legte eine Hand auf den Knauf, aber wiederum hielt Faisal mich zurück. »Gewähre mir den Vortritt«, flüsterte er und zückte seinen Dolch.

Unhörbar glitt er durch die Öffnung. Ich vernahm nur ein leises Geräusch der Verblüffung, dann flog die Tür auf, und der Araber bedeutete mir, zu ihm zu kommen. »Jetzt wissen wir, warum sich hier keine Wachen finden.« Er nahm mir die Lampe aus der Hand.

In dem mäßigen, aber ausreichenden Schein erblickte ich Honorius, der ausgestreckt auf einem feuchten roten Bett lag.

Der Statthalter hatte die Augen weit aufgerissen und den Mund zu einem letzten Schrei geöffnet. Dann entdeckte ich, daß man ihm die Kehle von einem Ohr zum anderen aufgeschlitzt hatte. In der Kammer stank es nach Urin und Fäkalien, und darin mischte sich der süßliche Geruch von Blut. Eine bedrückende Stille herrschte hier, die nur vom Summen der Fliegen gestört wurde, welche sich trotz der Dunkelheit hier eingefunden hatten.

Eine alte Frau hockte neben der Leiche auf dem Boden. Sie warf uns beiden einen leeren Blick zu, ehe sie sich wieder zu dem Exarchen umdrehte.

»Er ist tot«, meinte sie tonlos, und jetzt erkannte ich in ihr die Wäscherin wieder, die mir bei meinem Besuch am Morgen begegnet war. »Ich habe ihm seine Kleider gebracht.«

»Mutter, wie lange sitzt du schon hier?« fragte ich und ging vor ihr in die Hocke.

»Sie haben ihn umgebracht«, entgegnete sie nur und fuhr sich mit einer schwammigen, rotgefärbten Hand durch das runde Gesicht. Ich vernahm ein merkwürdig ersticktes Geräusch und begriff erst nach einem Moment, daß die Alte vor sich hin schluchzte.

Ich erhob mich wieder und legte eine Hand auf die Wange des Statthalters. Seine Haut war kalt. Selbst in dem trüben Lichtschein konnte ich erkennen, daß das Blut bereits im Gerinnen begriffen war. Die Mörder hatten nichts dem Zufall überlassen wollen. Sie hatten Honorius die Hände hinter dem Rücken zusammengebunden, ihm die Gurgel durchgeschnitten, um ihn am Schreien zu hindern, und ihm dann mehrmals das Messer in die Brust gestoßen.

»Der Exarch muß schon eine ganze Weile tot sein«, bemerkte Faisal.

»Ich habe ihm gesagt, wir würden um Mitternacht kommen, ihn zu befreien«, erinnerte ich mich an unseren kurzen Austausch. »Er aber meinte, niemand könne ihm mehr helfen. Dafür sei es bereits zu spät.«

Der Araber legte mir eine Hand auf den Arm und machte mich auf die Vettel aufmerksam, die ein kleines weißes Päckchen an ihren Busen preßte.

Ich beugte mich über sie und fragte: »Mutter, was hast du da?«

Als ich die Hand nach dem Bündel ausstreckte, hob sie angstvoll den Kopf. »Ich bin eine ehrliche Frau«, jammerte die Wäscherin und steigerte sich immer mehr in ihre Verteidigung hinein. »Drei Jahre arbeite ich schon in diesem Haus! Drei Jahre. Niemals habe ich etwas gestohlen, nicht einmal ein Stück Garn!«

»Ich glaube dir«, erklärte ich. »Doch sag mir bitte, was du da in der Hand hältst?«

»Nicht einmal habe ich etwas gestohlen. Ich bin bestimmt keine Diebin«, ließ die Alte sich nicht beruhigen und preßte das Päckchen noch fester an sich. »Da kannst du jeden fragen. Sogar den Exarchen! Alle werden dir bestätigen, wie ehrlich ich bin.«

»Bitte«, sagte ich nur und zog an dem Bündel.

»Ich habe es gefunden«, erklärte sie mir unvermittelt. »Dort drüben war es.« Die Alte zeigte auf ein Bündel Wäsche in einer Ecke. »Er hat es darunter versteckt, damit ich es finde. So ist es gewesen, das schwöre ich! Ich habe nichts genommen! Ich bin keine Diebin!«

»Bitte, Mutter«, redete ich beschwichtigend auf sie ein. »Niemand hier beschuldigt dich.«

»Manchmal versuchen sie, einen hereinzulegen«, sprudelte sie aufgeregt hervor. »Die Herrschaften legen irgendwo etwas wie unabsichtig hin, wo man es finden *muß*, und dann behaupten sie, man habe es ihnen gestohlen. Aber ich bin keine Diebin!« Die Alte deutete auf das Päckchen, das ich mittlerweile endgültig an mich gebracht hatte. »Das habe ich gefunden, aber nicht entwendet!«

Faisal trat neben mich und leuchtete mir, während ich das Bündel öffnete. »Ein Pergament«, entfuhr es mir, und ich drehte das Päckchen im matten Schein, »eingewickelt in ein Tuch ... aber hier, sieh nur, das Siegel des Exarchen.« Ich wickelte das Dokument ganz aus und entdeckte oberhalb des Siegels zwei Worte, die mit zittriger Hand niedergeschrieben worden waren. Das erste lautete *Basileus*, aber das andere konnte ich beim besten Willen nicht entziffern. »Anscheinend ein an den Kaiser gerichtetes Schreiben.«

Ich löste das Band und wollte das Siegel erbrechen, aber Faisal hielt mich davon ab. »Ich glaube, wir sollten lieber von hier verschwinden, sonst entdeckt uns noch jemand neben der Leiche.«

Die alte Wäscherin fing wieder an zu schluchzen: »Drei Jahre habe ich für ihn gearbeitet! Ich bin eine grundehrliche Frau! Wo werde ich eine neue Anstellung finden?«

»Komm«, drängte der Araber, »wir können hier doch nichts mehr tun!«

Ich schob das Schriftstück in meinen Gürtel und wandte mich noch einmal an die Frau. »Du mußt nicht hierbleiben. Wenn du willst, kannst du mit uns kommen.«

Sie sah mich aus feuchten Augen an und drehte sich dann zu Honorius um. »Ich wasche seine Kleider«, erklärte die alte Frau, »und ich bin schon sehr alt. Deswegen bleibe ich bei ihm.«

Faisal war schon auf dem Weg zur Tür und bedeutete mir, ihm zu folgen. Ich erhob mich langsam. »Die Gefahr ist vorüber«, erklärte ich der Alten, »und die Mörder werden wohl nicht mehr zurückkehren. Du kannst morgen Hilfe holen.«

Die Wäscherin sagte nichts, sondern starrte unverwandt auf den toten Körper, der da in seinem Blute lag.

Rasch eilten wir die Stufen hinunter, gelangten durch den Flur in den Vorraum, wo ich die Lampe wieder auf den Ständer stellte, und schlichen dann zur Außentür. Ich zog sie leise auf und glitt hinaus auf die Straße.

Sajid stand sofort wie aus dem Nichts vor mir. »Rasch!« zischte er. »Da kommt jemand!«

Mein Blick folgte seinem Fingerzeig, und ich erkannte einen Mann, der sich auf uns zu bewegte und vielleicht noch dreißig Schritte entfernt war. Ich sah nur kurz hin, aber in dem Moment schaute er ebenfalls in unsere Richtung. »Er hat uns entdeckt«, drängte Faisal. »Beeilung! Dort entlang.«

Der Vertraute setzte sich schon in Bewegung und lief die Straße hinunter. Im selben Moment brüllte der Fremde: »Diebe! Räuber! Hilfe!«

Wir rannten, bis wir den Gasthof erreichten, wo wir die Pferde in der Obhut eines der Rafik zurückgelassen hatten. Der Mann reichte mir sofort die Zügel meines Rosses, und ich schwang mich in den Sattel. »Führe uns«, befahl ich Faisal, »wir bleiben dicht hinter dir.«

Aber er schickte Sajid voraus. Wir konnten den Mann immer noch brüllen hören, und seine Stimme klang uns immer lauter in den Ohren, weil wir den Weg zurückritten, welchen wir gerade gekommen waren. Dem braven Bürger blieb das Geschrei im Halse stecken, als wir an ihm vorbeieilten. Zu unserem Glück war die Straße immer noch unbelebt. Die Hilferufe hatten wohl nicht allzuviel Wirkung gezeigt. Nur zwei oder drei Hunde begegneten uns, während der Rest Sebasteas in tiefem Schlummer lag.

Als wir den Nordwall erreichten, bogen wir von der Hauptstraße ab und bewegten uns über einen schmalen Weg, bis wir einen nicht mehr genutzten Wachturm erreichten. An dessen Fuße zeigte sich neben einer wackligen Hütte ein schmales Holztor. Sajid sprang davor aus dem Sattel und klopfte derbe an die Hüttenwand. Eine Öffnung tat sich auf, die ich vorher nicht bemerkt hatte, und in dem Spalt erschien der Kopf eines heruntergekommenen Kerls, der sofort anfing, sich zu beschweren: »So vielen habe ich aber nicht zugestimmt!«

»Sei still!« warnte ihn der Rafik. »Sperr endlich auf!«

»Du hast nicht gesagt, daß du so viele mitbringen würdest!« rief der kleine Mann noch einmal, trat aber vor seine Behausung.

»Ich habe dich fürstlich für eine Arbeit belohnt, die nur einen Moment deiner kostbaren Zeit in Anspruch nimmt«, entgegnete Sajid. »Jetzt tu endlich etwas für dein Geld.«

Der Mann zog zögernd einen Schlüsselbund aus seinem Gewand. »Das Öffnen dieses Tors nimmt tatsächlich nur einen Moment in Anspruch«, erwiderte er, »aber ob ich das vergessen kann, was ich heute nacht gesehen habe, nun, da bin ich mir gar nicht sicher, ob das überhaupt jemals möglich sein wird.«

»Vielleicht«, sagte Faisal, trat vor und klimperte mit ein paar Münzen, »verhilft dir das ja dazu, das Unmögliche zu bewirken.«

Der Kleine streckte gierig die Rechte aus, aber Faisal hob seine Hand hoch. »Erst wenn alle anderen hindurch sind«, erklärte der Araber, »und keinen Moment früher.«

»Welche anderen?« fragte der Torwächter in gespielter Verwunderung. »Ich sehe hier niemanden. Ach ja, das Alter. Wie vergeßlich man da doch wird.«

Der abgerissene Kerl trat an das Tor, das nach ein paar Momenten quietschend nach außen schwang. Ein steiler Pfad war dahinter zu erkennen, der sich im Mondlicht bleich zwischen den schwarzen Höhen zu beiden Seiten abzeichnete.

Der Durchgang war nicht sehr breit und auch nicht allzu hoch. Wir mußten die Köpfe einziehen, als wir hindurchschritten. Sobald wir die Stadtmauer und die Erdwälle davor hinter uns gebracht hatten, wandte sich der Pfad nach Osten.

Wir ritten aber nach Westen, bewegten uns über Felder und Weiden um die ganze Stadt herum und erreichten endlich im letzten Licht des untergehenden Mondes, der die Kuppeln und Türme der Stadt in mattes Silber tauchte, das Lager.

Als sich mit der aufgehenden Sonne das Silber in rotes Gold verwandelte, glaubte ich, mit dem Dokument die letzte Antwort auf das Geheimnis um Nikos in Händen zu halten.

Doch wiederum sollte ich mich irren.

## 30

»Eure Vorhaben in Trapezunt werden sicher noch etwas warten können«, erklärte Theodorus ungehalten. »Fürs erste darf der Emir nicht bewegt werden.«

»Du hast aber gesagt, daß er nach der Operation transportfähig sein würde.«

»In ein paar Tagen vielleicht«, entgegnete der Arzt, »und auch das erscheint mir noch zu früh. Der Fürst hat eine sehr schwere Operation hinter sich und braucht jetzt viel Ruhe, damit die Wunde sich schließen kann. Wenn man ihm genügend Zeit läßt, wird er bald wieder zu Kräften kommen und ganz der alte sein, dessen bin ich mir ganz sicher.«

»Leider steht uns diese Zeit nicht zur Verfügung«, beharrte ich. »Wir dürfen nicht länger säumen, und wie du siehst, befinden wir uns bereits kurz vor dem Aufbruch.«

Wir standen vor Sadiks Zelt, und rings herum bauten die Männer das Lager ab. Faisal stand nicht weit von uns und folgte mit besorgter Miene unserem Gespräch.

»Dann schlage ich vor, daß ihr den Emir in meiner Obhut belaßt. Ich besitze ein großes Haus und kann ihm dort alle Pflege angedeihen lassen. Sorge dich nicht, ich kenne mich mit den Nöten und Erfordernissen der Edlen aus. Sobald der Fürst sich ausreichend erholt hat, mag er euch ja folgen.«

»Dein Angebot ist ebenso verlockend wie großzügig«, entgegnete ich. »Dennoch haben wir keine andere Möglichkeit, als die Reise mit ihm fortzusetzen, so gut es eben geht. Sadik selbst würde, wäre er bei Bewußtsein, sicher verlangen, daß wir ihn mitnähmen. Ja, er würde es uns sogar befehlen.«

»Dann bleibt mir nichts anderes übrig, als dich darauf hinzuweisen, daß der Emir diese Reise nicht überleben wird. Wenn du darauf bestehst, wirst du seinen Tod zu verantworten haben.«

Mir blieb nur übrig, diese schwere Verantwortung auf meine Schultern zu laden, und so sagte ich: »Wir danken dir sehr für deine großen Dienste. Faisal«, ich winkte den Araber heran, »wird dich jetzt für deine Mühen entlohnen. Geh in Frieden.«

Der Arzt nahm die Bezahlung entgegen und sagte nichts mehr, sondern packte seine Instrumente zusammen, weckte seine Sklaven und zog mit ihnen von dannen. Seine düsteren Worte lasteten schwer und fast wie ein Fluch auf mir.

Sobald Theodorus verschwunden war, rief ich die Rafik zusammen und wies sie an, die Trage für ihren Herrn wieder herzurichten. Und als die Sonne als Scheibe am Himmel erschienen war, befanden wir uns schon auf der Straße nach Trapezunt.

Schnelligkeit war nun dringend geboten, sagte ich mir, denn wir mußten die Stadt erreichen, ehe die Nachricht vom Tode des Statthalters dort eintraf. Jeder Bote dorthin würde dieselbe Straße benutzen wie wir; alle anderen Wege nach Trapezunt erforderten deutlich mehr Zeit. Wenn also jemand versuchen wollte, uns zu überholen, würden wir ihn lange genug aufhalten müssen, um uns nicht zuvorzukommen. Auch erinnerte ich mich wohl, was mir beim letztenmal zugestoßen war, als ich auf dieser Straße reiste, und ließ die ganze Zeit über die Rafik nach allen Seiten ausschwärmen, damit sie uns rechtzeitig vor einem neuerlichen Hinterhalt warnen konnten.

Natürlich war mir nicht ganz wohl in meiner Haut, den Zug zur Eile anzutreiben; dennoch drängte ich alle unerbittlich voran. Mein kaltes Herz kannte nichts anderes mehr als Byzanz und die Abrechnung mit dem Verräter, die uns dort erwartete. Mehrmals strichen meine Finger über das zusammengefaltete Dokument des Honorius, das ich unter dem Gewand mit mir führte. Das viereckige Stück Pergament, das der Statthalter hastig beschrieben hatte, bewies die ganze Ungeheuerlichkeit von Nikos' Verrat.

Kaum ins Lager vor Sebastea zurückgekehrt, hatte ich gleich das Siegel erbrochen und das Blatt auseinandergefaltet. Daß der Text aus der Feder des Exarchen stammte, daran zweifelte ich keinen Augenblick; denn ich erkannte die Handschrift und die Unterschrift von dem Schreiben wieder, das Nicephorus seinerzeit erhalten hatte. Faisal stand mit einer Fackel über mir und verfolgte die Veränderungen auf meiner Miene, während sich mir die Wahrheit Stück für Stück offenbarte.

Als ich das Pergament dann sinken ließ, sah ich den Araber an, der darauf wartete, daß ich ihn endlich aufklärte. Selbst als ich ihm alles erzählte, rasten die Gedanken in meinem Kopf noch und kreisten um das, was ich unternehmen konnte, um die furchtbare Tat zu verhindern, vor der Honorius warnte.

»Der Komes plant, den Kaiser zu ermorden«, teilte ich dem Vertrauten mit.

»Und deswegen hat er den Statthalter töten lassen?«

»Nicht nur den, sondern auch jeden anderen, der ihm gefährlich werden konnte«, antwortete ich und fuhr fort: »Honorius wurde in seinem eigenen Haus gefangengesetzt, nachdem er von dieser Verschwörung erfahren hatte und den Basileus warnen wollte. Nikos und seine Spießgesellen haben ihn nur deshalb nicht gleich umgebracht, weil sie sein Amt und seinen Palast für ihre finsteren Pläne gut nutzen konnten.«

»Das alles steht dort?« fragte er verblüfft.

»O ja«, bestätigte ich, »und noch vieles mehr.« Ich reichte

ihm das Pergament, damit er selbst lesen könne, war er doch des Griechischen mächtig, und hielt für ihn die Fackel.

Das Schreiben, das vom Statthalter unterschrieben und mit seinem Siegel versehen war, führte unwiderlegbare Beweise für Nikos' Verrat auf, auch wenn Honorius den ganzen Umfang dieser Verschwörung gar nicht hatte überblicken können. Doch ich besaß Kenntnis vom Rest.

In diesem Moment war ich mir sicher, alle Steinchen dieses Mosaiks beisammen- und in der richtigen Anordnung zusammengelegt zu haben. Das Bild, das sich mir nun bot, mochte alles andere als angenehm sein, entsprach aber der Wahrheit.

Während eines seiner regelmäßigen Besuche in den südlichen Grenzgebieten war Exarch Honorius ein Gerücht zu Ohren gekommen, wonach der Kaiser von jemandem ermordet werden sollte, der dem Thron sehr nahe stehe. Die Sache hatte dem Statthalter keine Ruhe gelassen, und er hatte eigene Nachforschungen angestellt und schließlich herausgefunden, daß die Pläne zu dieser Verschwörung in einer Stadt mit Namen Taffrike, im Grenzgebiet unweit von Melitene gelegen, geschmiedet worden waren, und zwar im Hause eines gewissen Chrysocheirus, der zu den Armeniern zu rechnen war. Obwohl ich weder von dem Ort noch von dem Mann jemals etwas gehört hatte, kannte ich doch den Begriff, den der Exarch in diesem Zusammenhang gebrauchte: Paulikianer.

Das Wort rief mir natürlich das ins Gedächtnis zurück, was Bischof Arius mir damals in Trapezunt über diese Sekte berichtet hatte. Nach ihrer Verstoßung aus Konstantinopel seien die Paulikianer nach Osten geflohen, hätten dort aber nicht davon abgelassen, weiterhin Unruhe zu schüren. Da sie sich dabei oft genug Rückendeckung bei den Arabern besorgten, war der Zorn des Kaisers gewachsen, und er hatte schließlich befohlen, diese Sekte zu unterdrücken.

Dieser Kaiser war natürlich Basileios gewesen, und man

konnte nur darauf schließen, daß es sich bei Taffrike um den Hauptort der Paulikianer und bei Chrysocheirus um deren Anführer handelte. Viele in dieser Bewegung waren wie er Armenier, doch dieser Mann hatte noch einen Verwandten, der es im kaiserlichen Palast zu Rang und Ansehen gebracht hatte, den jungen und überaus ehrgeizigen Nikos!

Endlich hatte sich der Schleier über dem großen Rätsel gelüftet. Die Sekte konnte nur gedeihen, wenn das Reich und das Kalifat sich feindlich gesonnen waren. Deswegen hatten die Paulikianer es sich auf ihre Fahnen geschrieben, den Friedensvertrag, der stellvertretend zwischen dem Eparchen und dem Emir abgeschlossen worden war, mit allen Mitteln zu verhindern und die Feindseligkeiten zwischen den beiden Mächten zu schüren.

Und damit nicht genug, war nun auch die Ermordung des Kaisers für diese Leute beschlossene Sache; daß Basileios sie verfolgt und vertrieben hatte, konnten sie nicht verwinden.

Meine Mitbrüder hatten, um es ganz offen zu sagen, einfach Pech gehabt, als sie unwissend mitten in Nikos' kunstvoll gelegte Schlinge getappt waren. Ihr in diesem Zusammenhang unschuldiger Wunsch, Statthalter Honorius zu sprechen, mußte dem Komes einen ziemlichen Schrecken eingejagt haben, sonst hätte er wohl nicht dafür gesorgt, die Mönche ebenfalls beseitigen zu lassen.

Nicephorus hatte eine ganz ähnliche Behandlung erfahren wie die Mönche, und auch aus gleichgelagerten Gründen.

Honorius selbst schließlich war gefangengesetzt worden, nachdem er hinter die Verschwörung gekommen war. Man hatte ihn noch eine Weile gut gebrauchen können, vor allem das Amt, das er ausfüllte, und ihn deswegen am Leben gelassen. Doch als er den Schurken nicht mehr nützlich gewesen war, hatten sie ihn ebenfalls kaltblütig ermordet.

Eine Frage blieb noch offen: Was war geschehen, das die Verschwörer zu dem Schluß gebracht hatte, nun auch auf den Exarchen verzichten zu können?

Nikos mußte sich sehr sicher fühlen; denn seines Wissens war nun niemand mehr am Leben, der ihn seiner Vergehen hätte beschuldigen können.

Aber der ebenso gerissene wie zwielichtige Komes hatte weder mit der Schwungkraft des irischen Geistes, der Entschlossenheit der Wikinger noch der Zähigkeit und den Mitteln der Araber gerechnet.

Zugegeben, ich hatte Basileios nicht gerade in mein Herz geschlossen. Nein, daß ich Mitgefühl mit ihm hatte, konnte ich nun wirklich nicht behaupten. Das hatte ich mir für den armen gesegneten Bischof Cadoc und all die Männer, Frauen und Kinder aufgehoben, die bei dem Hinterhalt unschuldig das Leben verloren hatten.

Der Kaiser hatte schließlich seine Farghanesen, seine Flotte, sein Heer und seine Festungen, um sich zu schützen. Es waren immer die Schwachen, die bei Händeln und Zwistigkeiten der Mächtigen zerrieben wurden – und wer schützte die?

Anscheinend waren sie allein auf die Hilfe Gottes angewiesen; und viel zu viele Male hatte der Herr des Himmels sich als wenig zuverlässiger Beschützer erwiesen. Wenn also jemand all diejenigen verteidigen konnte, die zwischen die Mühlsteine der Politik gerieten, dann war das ich – nicht Gott. Ich allein mußte diese Last auf mich nehmen.

Doch all meine Anstrengungen würden weniger als nichts wert gewesen sein, wenn es mir nicht gelang, den Machenschaften des Nikos einen Riegel vorzuschieben. Schon vor langer Zeit hatte ich mir geschworen, ihn zu Fall zu bringen, sobald ich wieder in Freiheit wäre. Ja, ich würde persönlich dafür sorgen, daß sein Haupt ans Magnaura-Tor genagelt und sein Körper im Hippodrom von den Pferdewagen zertrampelt wurde.

Angetrieben von meinem übermächtigen Wunsch, es diesem Verräter heimzuzahlen – ein Verlangen, das durch Honorius' Brief zusätzliche Nahrung erhalten hatte –, eilten meine

Gedanken voraus nach Trapezunt und zu Haralds Langbooten, die dort warteten. Wie sehr alles in mir danach trachtete, endlich nach Byzanz zu gelangen und dort meine Hände um die Kehle des Komes zu legen!

Faisal hatte den Brief jetzt gelesen, und im flackernden Schein der Fackel in meiner Hand wirkte seine Miene von ohnmächtiger Wut verzerrt. »Der Verschwörung gegen den Kaiser darf kein Erfolg beschieden sein«, sprach er. »Zum Segen des Friedensvertrages müssen wir sie aufdecken. Der Emir wäre nicht froh, wenn wir zuließen, daß sich uns etwas in den Weg stellte.«

»Genau meine Meinung«, bestätigte ich grimmig. »Dann ist es also abgemacht: Wir reisen auf schnellstem Wege nach Konstantinopel.«

Nur leider war unser Pferdebestand sehr bescheiden, und viele mußten die Reise zu Fuß antreten. Daher kamen wir bei weitem nicht in dem Maße voran, wie ich mir das gewünscht hätte. Einige Male überlegte ich mir sogar, mit ein paar tüchtigen Männern vorauszureiten ... aber was wäre damit gewonnen? Ich brauchte jeden verfügbaren Mann, um die Schiffe seetüchtig zu machen, und einmal in Trapezunt angekommen wäre mir nichts anderes übriggeblieben, als auf das Eintreffen der Fußtruppe zu warten.

So mußte ich mich gedulden und dafür sorgen, daß wir so rasch und gut vorankamen, wie die Umstände es eben noch erlaubten – und durfte dabei natürlich den Zustand des Fürsten nicht vergessen.

Sebastea lag noch nicht sonderlich weit hinter uns, als wir am ersten Tag Rast einlegen mußten und in einem Olivenhain am Straßenrand Schutz vor der mörderischen Sonne suchten. Während die Rafik und die Dänen Wasser aus der Quelle holten, welcher das lichte Wäldchen seine Existenz verdankte, kümmerten sich Kasimene und Ddewi um Sadik. Dugal, Brynach und ich fanden Gelegenheit, uns zu unterhalten.

»Mir will es so vorkommen«, begann der ältere Mönch, kaum daß wir uns unter einem Baum niedergelassen hatten, »als seien wir zu einer dringlichen Mission aufgebrochen.« Brynach sah mich direkt an, und auch der Umstand, daß er ohne Umschweife zur Sprache gekommen war, verriet mir, wie gern er mehr erfahren hätte. »Willst du uns verraten, wohin und zu welchem Zweck wir unterwegs sind?«

»Das will ich, meine Brüder, würde ich doch gerne euren Rat hören«, entgegnete ich zufrieden, denn zum erstenmal behandelte Brynach mich nicht wie ein Älterer einen Jüngeren, sondern wie einen Gleichen.

Damit begann ich den beiden zu berichten, welche Gründe dazu geführt hatten, daß wir erst nach Sebastea abgebogen waren und nun in höchster Eile nach Trapezunt strebten. Ich erzählte sehr ausführlich, hatte ich doch keinen Anlaß, den Iren etwas zu verschweigen.

Brynach nickte mehrere Male sinnig, so als versorge ich ihn mit Antworten auf Fragen, die ihn schon länger bewegten. Ich endete den Bericht mit meinen Vermutungen darüber, warum Honorius aus dem Weg geräumt worden war. »Bedauerlicherweise konnten wir nicht rechtzeitig im Palast anlangen, um die Ermordung des Statthalters zu verhindern. Ich hege allerdings nicht den geringsten Zweifel, daß die Mordbuben zu derselben Verschwörergruppe gehören, bei der auch Nikos mitmacht.«

»Hast du denn etwas über die Hintergründe dieser Gruppe herausfinden können?« wollte der Ältere wissen.

»Nun, sie setzt sich aus Armeniern und den Anhängern einer Häretikersekte zusammen«, antwortete ich, »die sich Paulikianer nennt.«

»Von denen habe ich noch nie gehört«, warf Dugal ein, der ohnehin die größte Mühe hatte, sich vorzustellen, warum wildfremde Menschen ihm ans Leben wollten.

»Auch mir sind diese Häretiker unbekannt«, meinte Brynach. »Aber die Kirche kennt viele Sekten und Splittergruppen, vor allem hier im Osten. Und nicht jede davon kann als Gotteslästerer bezeichnet werden.«

»Sicher nicht«, stimmte ich zu, »aber diese Paulikianer, die sich auf den Apostel Paulus berufen und daher seinen Namen tragen, wurden wegen ihrer Reden und Umtriebe vor langem aus der heiligen Kirche ausgestoßen und vor einigen Jahren sogar auf Befehl des Kaisers aus Konstantinopel vertrieben. Man hat ihren Glauben mit dem Kirchenbann belegt, und ihre Anführer sind zu Feinden des Reiches erklärt worden. Die Verfolgung hat diese Leute dazu gezwungen, vornehmlich im geheimen zu wirken.«

»Angenommen, du hättest mit deinen Verdächtigungen recht«, sagte Brynach in einem Tonfall, der darauf schließen ließ, daß er noch lange nicht davon überzeugt war, »dann erhebt sich doch die Frage, warum diese Paulikianer sich mit uns abgegeben haben. Warum? Wir haben nichts getan, was ihre Pläne stören oder sie sonstwie gegen uns aufbringen könnte.«

»Soweit ihre Verschwörung sich mir in ihrer Gänze erschließt«, antwortete ich, »haben sie zwei Ziele ins Auge gefaßt: zum einen zu verhindern, daß der Friede zwischen Griechen und Sarazenen zustande kommt, und zum anderen den Kaiser zu ermorden. Statthalter Honorius kam hinter ihre finsteren Pläne und wollte Basileios warnen. Doch bevor ihm das gelang, hatten die Verschwörer ihn schon festgesetzt.«

»Und was hat das mit uns zu tun?« fragte Dugal verstört, weil er immer noch nicht begreifen konnte, warum in diesem Lande wildfremde Menschen harmlosen irischen Mönchen nach dem Leben trachteten.

»Der klug aufgesetzte Friedensvertrag, den der Eparch mit dem Emir schloß, stellte eine starke Bedrohung für die Armenier dar, und auch für die Paulikianer, die mit ihnen gemeinsame Sache machen; denn zur Zeit finden sie Schutz und heimliche Unterstützung durch die Araber, zumindest von gewissen Kreisen. Auch dem Königreich der Armenier, dessen Bestrebungen nicht unbedingt mit denen dieser Verschwörer gleichzusetzen sind, dürfte an einer fortdauernden Feindschaft zwischen Byzanz und den Sarazenen gelegen sein, gedieh es doch bislang immer durch den Streit zwischen den beiden, indem es sie gegeneinander ausspielte.« Ich spürte, daß ich zur Sache kommen mußte, weil die beiden Brüder mir kaum noch folgen konnten.

»Nun denn, die Mönche aus Eire hatten einfach den falschen Zeitpunkt gewählt. Cadoc wollte den Statthalter sprechen, und das durfte Nikos natürlich nicht zulassen. Denn Honorius hätte den Bischof bestimmt von der Verschwörung in Kenntnis gesetzt – die beiden waren ja alte Freunde – und ihn gebeten, den Kaiser zu warnen.«

»Wir sind also, ohne etwas zu ahnen, mitten in ein Hornissennest hineingetreten«, bemerkte Dugal und schüttelte dann angesichts der Launenhaftigkeit des Schicksals den Kopf.

»Ja, Bruder, so könnte man sagen.«

Brynach verzog angesichts dieser bedrückenden Entwicklung, dank derer alles über den Haufen geworfen worden war, was er vorher für gut und edel gehalten hatte, das Gesicht. Als er mich wieder ansah, sprach Reue aus seinem Blick, weil er mir so lange nicht geglaubt hatte. »Und deswegen eilen wir jetzt zurück nach Konstantinopel, um den Kaiser davon in Kenntnis zu setzen, daß ein Anschlag auf sein Leben geplant ist.«

»Ja, wir wollen Basileios warnen«, bestätigte ich, »aber auch diesen Nikos der verdienten Strafe zuführen. Ich beabsichtige, ihn vor dem Kaiser seiner Vergehen zu beschuldigen und auch sonst dafür Sorge zu tragen, daß er hingerichtet wird.«

»Aber wenn man dich gar nicht zum Kaiser vorläßt?« wandte Dugal ein. »Wir selbst haben viele Tage auf eine Audienz bei ihm gewartet und sind am Ende doch nicht zum Ziel gelangt.«

»Dafür haben wir den Emir mitgenommen«, entgegnete ich. »Basileios wird bestimmt mit Freuden den Mann empfangen, der ihm den Frieden mit den Arabern geben kann. Keine Sorge, wenn Sadik diese Reise überlebt, werden wir auch vor den Kaiser gelangen. Und wenn wir ihm dann noch das Schreiben des Exarchen vorlegen, wird er uns Glauben schenken.« Ich hielt das für ausreichend und sah keinen Grund dafür, den beiden auch noch zu erzählen, daß der Basileus mir aufgetragen hatte, für ihn Augen und Ohren offenzuhalten; selbstredend würde der Kaiser begierig sein zu erfahren, was ich gehört und gesehen hatte.

Als wir dann später die Schatten der Olivenbäume verließen und sich unser Zug wieder in Bewegung setzte, bot sich jedem Betrachter ein eigentümliches Bild: Einige Reiter und viel Fußvolk zogen da schweigend über die Straße; eine bunte Karawane, wie man sie hier nicht alle Tage zu sehen bekam: Araber auf Pferden und Kamelen, Seewölfe zu Fuß, Christen und Mohammedaner gemeinsam, die verschleierte Kasimene, daneben die irischen Mönche und nicht zu vergessen der Emir, der zwischen zwei Rössern in einer Schlinge lag. Und angeführt wurde diese Truppe von Faisal und mir, die sich nicht nach reiflicher Überlegung zusammengeschlossen hatten, sondern von den Umständen und dem Schicksal zusammengeführt worden waren. *Kismet*, wie die Araber das nennen, und bei dem ich es in Ermangelung einer besseren Bezeichnung auch belassen will.

Obwohl die Sonne noch vom Himmel brannte, verlor die Luft allmählich die Hitze, die sie im Lauf des Tages angesammelt hatte. Als die Hügel am Horizont sich im Dämmerlicht dunkel verfärbten, kroch die Kälte der Nacht bald über das Land. Wir hielten nicht an, sondern reisten unter dem Sternenzelt weiter und wickelten uns in unsere Umhänge ein, um sie erst wieder abzulegen, als die Sonne erneut ihr blutrotes Glühen am Osthimmel verbreitete. Und sobald die Hitze wieder unerträglich geworden war, suchten wir die nächstbeste schattige Stelle auf, nur um danach den Kreislauf von neuem in Bewegung zu setzen.

Jeder Tag lief in dieser Form ab, jeder neue eine Kopie des vorangegangenen. Nur das Land wandelte sich mählich. Die Hügel wurden rauher und felsiger, die Täler tiefer und schmäler.

Obwohl ich Kasimene täglich zu sehen bekam, redeten wir nur wenig miteinander; wenn überhaupt, dann allein über den heiklen Zustand ihres Onkels. Sadiks Verwundung schien alles zu sein, was ihre Gedanken beherrschte.

Die junge Frau ließ sich ihre Sorge nicht unbedingt anmerken und hielt sich auch sonst erstaunlich gut. Doch diese anstrengende Reise forderte von uns allen ihren Preis. Eine Kluft schien sich zwischen meiner Liebsten und mir aufgetan zu haben, die mit jedem neuen Tag tiefer und breiter wurde. Leider hatte ich selbst zuviel, um das ich mich kümmern mußte, sonst hätte ich vielleicht einen Weg gefunden, eine Brücke zu ihr zu schlagen. Ich muß heute gestehen, daß ich damals nur hilflos danebenstand und mitansehen mußte, wie Kasimene und ich uns immer weiter voneinander entfernten.

Dann erreichten wir den Ort, der mir das meiste Unbehagen einflößte. Die Stelle, an der wir in den Hinterhalt geraten waren; da wo die Straße an den Klippenwänden vorbeiführt, unter die wir uns, nichts Böses ahnend, schlafen gelegt hatten.

Doch heute erinnerte hier nicht mehr viel an den heimtückischen Überfall und das anschließende Blutbad. Die Armenier hatten sicher den Toten alles abgenommen, was ihnen wert genug erschien. Vermutlich hatten Reisende den Rest an sich gebracht.

Doch einige Spuren waren geblieben. Zum Beispiel die Steinhaufen am Fuß der einen Wand; die Reste der Lawine, welche die Armenier auf uns herabgelassen hatten und unter der Dutzende aus unseren Reihen begraben worden waren. Natürlich gab es auch sonnengebleichte Knochen zu sehen.

Aasgetier und Vögel hatten längst alles Fleisch von ihnen gerissen. Hier und da ein zerbrochener Speer und gelegentlich ein verbeulter oder durchgehauener Schild.

Aber das war auch schon alles. Zu wenig für meinen Geschmack, um an das ganze Ausmaß dieser Tragödie zu erinnern.

Obwohl die Tage hell blieben, legte sich eine ganz andere Finsternis über mich. Sie ging von meiner Seele aus und nahm den Rest von mir in Besitz. Während unsere Karawane durch gleißenden Sonnenschein zog, kam es mir so vor, als schritte ich durch graue und öde Wintertage. In diesen Tagen mußte ich oft an den feigen Überfall denken und an all das, was danach gefolgt war. Ich träumte von Vergeltung und Gerechtigkeit, von Genugtuung und Rache: Auge um Auge, Zahn um Zahn, Leben um Leben.

In diese innere Wüste der Melancholie stahl sich das Wort des toten Bischofs: *Alles Fleisch ist Gras, Bruder Aidan.* Doch meine Gedanken und Träume waren so angefüllt von dem Wunsch, Nikos zu zerstören, daß ich den Sinn dieser Botschaft nicht erkennen konnte.

Ich aß nicht viel und schlief noch weniger. Und ich konnte mir um nichts und niemanden Gedanken machen, außer um mich selbst und die furchtbare Vergeltung, die von meiner Hand bewirkt werden sollte.

Alles andere verging in mir, löste sich zur Bedeutungslosigkeit auf, bis nur noch der Hunger nach Rache übriggeblieben war. Als endlich die Wälle Trapezunts in der Ebene unter uns auftauchten – und jenseits der Stadt das glatte blaue Tuch der See, die im Licht des frühen Morgens funkelte –, war dieses dringende Verlangen hart wie Stahl und scharf wie eine Dolchklinge geworden.

Ich fühlte mich wohl gerüstet und bereit, das zu erledigen, was ich tun mußte. Natürlich war nicht auszuschließen, daß die Rückkehr nach Byzanz mir den vorausgesagten Tod bringen würde. O nein, diese Möglichkeit hatte ich weder verdrängt noch vergessen; es verhielt sich nur so, daß mich der Tod mittlerweile nicht mehr schrecken konnte.

Trotz meiner Vision und meiner früheren Angst vor deren Erfüllung wünschte ich mir nichts mehr, als Nikos vor mir auf den Knien zu sehen; wie er um sein wertloses Leben bettelte, bevor ihn der tödliche Streich ereilte. Angesichts dessen war mein eigenes mögliches Ableben nur von minderer Bedeutung. Wenn ich in Konstantinopel zugrunde gehen sollte, dann sei es eben so. Ich wollte in diesem Leben nur noch eines bewirken: die Blutschuld für diejenigen einzutreiben, die so brutal dahingemetzelt worden waren.

## 31

Da wir unsere Ankunft in Trapezunt ohnehin nicht geheimhalten konnten, versuchte ich es auch gar nicht erst und nahm mir vor, unseren Aufenthalt am Schwarzen Meer so kurz und so wenig aufwendig wie möglich zu gestalten. Wir würden nur so lange in der Stadt bleiben, bis die Schiffe Vorräte gefaßt hatten und reisefertig gemacht worden waren. Danach würden wir sofort absegeln. Unter Umständen könnten wir es sogar ganz vermeiden, die Aufmerksamkeit des Magisters, der mit Nikos unter einer Decke steckte, zu erregen; zumindest ließen wir ihm und seinen Spießgesellen damit wenig Gelegenheit, unsere Pläne zu behindern. So kam ich mit dem Jarl zusammen, um mich mit ihm über die beste Vorgehensweise zu beraten.

»Bevor jemand auch nur einen Finger gegen uns erheben kann, sind wir schon fort«, versicherte er mir, und ich freute mich, daß Harald wieder so großspurig war, wie ich ihn von früher kannte. Auch war er wieder zu Kräften gekommen, und man sah ihm kaum noch an, welche Pein er hinter sich hatte. Die Dänen sind ein widerstandsfähiges Volk. Alle Härten scheinen sie nur noch zäher zu machen. Nicht nur der König, auch die Krieger hatten sich alle prächtig von der Sklavenarbeit in den Minen des Kalifen erholt. Sie barsten vor Tatendrang und brannten ebenso wie ich darauf, nach Konstantinopel zurückzukommen.

»Ich begebe mich auf direktem Weg zum Hafen«, versprach der Jarl mir, »und wenn ich dir eine Nachricht sende, kommst du ebenfalls dorthin, und dann setzen wir gleich Segel.«

»Aber was, wenn die Drachenboote gar nicht mehr da sind?« fragte ich vorsichtshalber. Harald ließ sich davon nicht beirren und erklärte felsenfest, daß die Schiffe immer noch auf seine Rückkehr warten und die Mannschaften sie zum Auslaufen bereitgemacht haben würden. Als ich ihn ob solch blinden Vertrauens verwundert anstarrte, lachte er laut.

»Wart's nur ab, du wirst es schon sehen«, entgegnete der Dänenkönig und suchte sich die Männer aus, die ihn begleiten sollten. Sie eilten uns voraus und waren bald in dem Gewimmel der Menschen, die wie jeden Morgen auch heute nach Trapezunt wollten, nicht mehr zu erkennen.

Ich erklärte Faisal, was ich beabsichtigte. »Aber was, wenn die Boote nicht mehr im Hafen liegen?« fragte auch er gleich.

»Harald erklärt, daß seine Männer lieber des Hungertodes stürben, als ihre Boote zu verlassen«, erwiderte ich.

»Sind die Wikinger ihrem König denn wirklich so treu ergeben?«

Wir lagerten wie üblich außerhalb der Stadt, warteten und hofften, das Vertrauen des Königs in seine Krieger habe sich nicht als falsch erwiesen. Harald blieb sehr lange fort. Doch zur Mittagsstunde kehrte einer der Dänen zu uns zurück. »Die Schiffe sind in Kürze bereit«, meldete er. »Der Jarl sagt, du kannst jetzt zum Hafen kommen.«

In Trapezunt schien sich seit unserer Abreise nichts verändert zu haben. Das überraschte mich eigenartigerweise, erschien es mir doch so, als sei ein halbes Menschenalter vergangen, seit ich mich zum letztenmal mit der Menge durch die schmalen Gassen zum Hafen geschoben hatte. Doch anders als damals war ich mir diesmal nur zu sehr der Aufmerksamkeit bewußt, die wir auf uns zogen. Bald beschlich mich die Furcht, die Stadtsoldaten könnten uns anhalten und uns den Weg versperren. Doch nichts dergleichen geschah, und wir kamen ungehindert an dem Kai an, vor dem die vier Drachenboote vor Anker lagen.

Die zurückgebliebenen Seewölfe, vierundvierzig an der Zahl, begrüßten uns auf das herzlichste. Gunnar blieb vor den Booten stehen, und die Tränen liefen ihm über das Gesicht, während ihn die Freunde umlagerten, lachten und ihm auf die Schulter klopften.

Bei allem, was recht ist, auch mich überkam eine große Rührung, als ich Tolar, Thorkel und die anderen wieder erblickte, die noch genauso aussahen wie an dem Tag, an dem wir sie zurückgelassen hatten. Während die Welt sich ein Dreivierteljahr weitergedreht hatte, hatten diese Männer hier Wache gehalten und unerschütterlich auf die Rückkehr ihres Königs gewartet. Ein außerordentliches Vertrauen, wie man es sonst nur noch bei Kindern findet.

Die Begeisterung, welche die Wikinger beim Anblick des Jarls überkam, war nichts gegen das Staunen, welches sie befiel, als er die Schätze herzeigte, welche er inzwischen gewonnen hatte. Das allgemeine Geschrei und Lachen verging aber bald wieder, als Stierbrüller den Befehl zum Auslaufen gab. Alles, was wir mitführten, wurde in Windeseile verladen. Die Pferde und Kamele mußten leider zurückbleiben, und Faisal bestimmte drei Rafik, welche die Tiere vor die Stadt führen, dort ein Lager errichten und die Rückkehr ihres Emirs abwarten sollten.

»Sind die Rafik ihrem Fürsten denn wirklich so treu ergeben?« fragte ich ihn genau das gleiche, was er vorhin noch von mir hatte erfahren wollen.

»So Allah will, werden sie dort warten, bis ihnen der Bart bis zum Boden gewachsen ist«, entgegnete er.

»Und wenn Sadik bis dahin noch nicht zurück ist?«

»Dann schneiden sie sich die Bärte ab und lassen sie erneut wachsen.«

Da die Schar der Wikinger so starke Verluste erlitten hatte, besaß der Jarl nicht mehr genug Krieger, um alle vier Schiffe ausreichend zu bemannen. So hatte er die lästige Aufgabe auf sich zu nehmen gehabt, im Hafenviertel und besonders in den Schankhäusern Seeleute anheuern zu müssen, um die Besatzungen aufzufüllen – wodurch sich erklärte, warum wir so lange auf seine Nachricht hatten warten müssen.

Größtenteils griechische Fischer hatte er gewonnen, die nichts dagegen hatten, nach Konstantinopel zu reisen, wo sie leicht auf anderen Schiffen Arbeit finden konnten. Insgesamt dreiundfünfzig Männer warb Harald an, und er hätte gern noch mehr genommen, doch so lange er suchte, niemand fand sich mehr für eine solche Reise bereit, nicht um Geld und gute Worte.

Sobald das letzte Wasserfaß an Bord vertäut war und die Rafik die Schiffe bestiegen, setzten sich die Seewölfe an ihre langen Ruder und stießen mit diesen Stangen die Boote von der Kaimauer ab. Günstige Winde waren uns hold, und Harald ließ sofort die rot-weiß gestreiften Segel setzen, obwohl die Drachenboote sich noch im Hafen befanden. Solches Tun mußte ganz einfach den Hafenmeister auf den Plan rufen, aber das scherte den Jarl wenig, wollte er doch nur fort von hier und zurück nach Byzanz.

Und so kam es, daß die kleine Flotte im Handumdrehen Trapezunt hinter sich gelassen hatte und mit der Geschwindigkeit von Wildgänsen dahinflog, die man nach langer Gefangenschaft freigelassen hat.

Harald war froh, wieder sein eigener Herr zu sein und Schiffsplanken unter den Füßen zu spüren. Er nahm seinen gewohnten Platz am Steuer ein und befahl Thorkel, Kurs aufs offene Meer zu setzen, weil er nicht unbedingt vom Land aus gesehen werden wollte. Ich fragte ihn, ob die Angst vor sarazenischen Seeräubern ihn zu dieser Maßnahme bewogen habe, aber er spuckte nur aus und entgegnete: »Der Kaiser schuldet mir viel Geld für meine Mühen. Je schneller wir Miklagård erreichen, desto eher kann er mich auszahlen.«

Ich konnte mich nur über die Verwegenheit dieses Mannes wundern. Nach allem, was wir erlebt und durchlitten hatten, sah er sich immer noch als Söldner des Byzantinischen Reiches und hatte vor, seinen fälligen Sold abzuholen. Doch er hatte auch die Schuld des Nikos nicht vergessen, und die konnte nur mit Blut beglichen werden.

Die Wikinger hatten das Zelt auf der Plattform hinter dem Mast, wo Stierbrüller normalerweise die errungenen oder geraubten Schätze aufbewahrte, in ein Krankenlager für den Emir umgewandelt. Sobald wir den Hafen verlassen hatten, begab ich mich dorthin, um mich nach dem Befinden Sadiks zu erkundigen.

Faisal und Ddewi hatten die Schlinge zwischen dem Mast und einem der Plattformpfosten aufgespannt. Darin lag der Fürst, nur mit einem dünnen Tuch bedeckt. Er schien friedlich zu schlafen. Und wenn er nicht statt des gewohnten Turbans einen Verband am Kopf getragen hätte, hätte man ihn durchaus für einen Mann halten können, der sich nach einer langen Reise ausruht.

»An seinem Zustand hat sich nicht viel geändert«, antwortete Kasimene auf meine diesbezügliche Frage. Sie wirkte mitgenommen. Ihre Augen hatten den Glanz verloren, die Gesichtshaut hatte sich straff über die Knochen gespannt, und die Lippen waren spröde und rissig. Die Mühen der Reise im Verein mit der ständigen Sorge um den Onkel nebst dessen Pflege hatten doch erheblich an ihren Kräften gezehrt.

»Ist er denn inzwischen schon einmal aufgewacht?«

Die junge Frau schüttelte nur den Kopf.

»Dafür haben wir aber das Schlimmste hinter uns«, tröstete ich sie. »Sadik kann jetzt so lange Ruhe finden, bis wir Konstantinopel erreicht haben.«

In diesem Moment hob der Jüngling den Kopf und sah mich mit wachen Augen an. »Wie lange wird das sein?« wollte er wissen. Die Frage verwunderte mich. Zum erstenmal seit seiner Befreiung aus dem Sklavenlager hatte er sich wieder klar und deutlich geäußert.

»Wir sind mindestens zwölf Tage unterwegs«, antwortete ich. »Thorkel meint, wenn der Wind uns weiterhin so günstig sei, würden wir es innerhalb dieses Zeitraums schaffen.«

»Ein Dutzend Tage«, murmelte der Mönch und wandte sich wieder dem Kranken zu. »Das ist gut.«

Kasimene war meine Verblüffung nicht entgangen, und lächelnd erklärte sie: »Ja, er spricht wieder. Zweifelsohne warst du viel zu beschäftigt, um das zu bemerken.«

»Verzeih bitte, Kasimene, wenn ich mich auch um vieles zu kümmern hatte, so bedeutet das nicht ...«

»Sei still«, sie lächelte. »Ich habe dir doch keine Vorwürfe machen wollen, mein Liebster. Zu gut weiß ich doch, daß deine Gedanken sich mit tausend Dingen beschäftigen mußten.«

Sie wandte sich wieder ihren Pflichten zu, und ich verzog mich an meinen üblichen Platz, die Nische unter dem Vordersteven. Doch kaum hatte ich die Augen geschlossen, da ertönte Haralds donnernde Stimme: »Der könnte uns Ärger bereiten!«

Er deutete auf eine rotes Segel, das jetzt vor den hellbraunen Hügeln erschien. Ein weiteres Schiff, eines mit blau-weiß gestreiftem Segel, war ebenfalls zu erkennen, das ostwärts die Küste hinauffuhr und damit der Handelsroute folgte.

»Vielleicht wird er abdrehen, sobald er tieferes Wasser erreicht«, meinte ich.

»Schon möglich«, meinte der König, ohne wirklich davon überzeugt zu sein. »Wir sollten ihn aber trotzdem im Auge behalten. Er ist flink und wendig.«

Der rote Segler drehte nicht ab, als er tieferes Gewässer erreichte, sondern folgte unserem Kurs in stetig gleichem Abstand. Er kam uns nicht näher, holte aber auch nicht auf, während hinter ihm die Hügel immer kleiner wurden.

Harald beunruhigte das sehr. »Er scheint zu warten, bis wir

vom Land nicht mehr auszumachen sind. Dann wird er sicher angreifen. Uns bleibt nicht mehr viel Zeit, uns darauf vorzubereiten.«

Der Jarl ließ den drei anderen Drachenbooten Zeichen geben, zu uns aufzuschließen, damit wir enger im Verband segelten. Er befahl auch, alle Vorräte fest zu vertäuen und die Waffen bereitzuhalten. Die Wikinger hängten ihre Schilde an die Reling, um so die Schiffsseiten höher zu machen und die Besatzung besser zu schützen. Die Speere stellten sie aufrecht zwischen die ledernen Riemenhalter und die Schilde, um sie griff- und wurfbereit zu haben.

Meinen Mitbrüdern blieb die Unruhe nicht verborgen, und sie fragten mich, was das alles zu bedeuten habe. Ich berichtete ihnen von dem Schiff mit dem roten Segel und fügte hinzu: »Der Dänenkönig meint, es könnte sich dabei um Seeräuber handeln.«

»Damit hat er vollkommen recht«, warf Dugal ein. »Das Schiff, das uns damals auf dem Weg nach Trapezunt angegriffen hat, besaß ebenfalls solche Segel.«

»Wir wollen zu Gott um Beistand beten«, erklärte Brynach in unerschütterlich festem Glauben, während Dugal die Speere im Blick behielt.

»Du wärst besser damit beraten«, entgegnete ich dem älteren Mönch, »den Wind zu bitten, uns nicht zu verlassen.«

Nun kam der Segler näher und schoß auf uns zu, bis wir den schmalen Bug erkennen konnten, der deutlich aus der Gischt aufragte. Doch dann nahm er Fahrt zurück, bis sich seine Geschwindigkeit der unseren angepaßt hatte. In diesem neuen Abstand folgte er uns nun, so als habe sein Kapitän Angst, uns noch näher zu kommen.

»Was hat er dem jetzt vor?« knurrte der Dänenkönig und schirmte die Augen mit einer Hand gegen das Sonnenlicht ab. »Warum hält er sich denn plötzlich zurück?«

»Vielleicht handelt es sich bei ihm lediglich um einen Kauffahrer«, meinte ich, »der in unserem Schutz weitersegeln will.«

»Möglicherweise wartet er aber auch auf das Eintreffen seiner Freunde«, widersprach der Jarl. »Immerhin sind wir vier und er nur einer.«

Am Ende des Tages behielt der Segler immer noch den Abstand bei und war keinen Moment auch nur um ein Haar von unserem Kurs abgewichen. Offenbar heftete das Schiff sich auch in der Nacht an unsere Fersen, denn als der Morgen kam, hielt sich das rote Segel immer noch hinter uns. Mit dem neuen Tag kam eine steife Brise aus Südwest auf. Der Dänenfürst wollte die Gelegenheit nutzen, den lästigen Verfolger abzuschütteln, und befahl den Schiffen, so beizudrehen, daß sie die volle Wucht des Windes in die Segel bekamen.

Die Langboote schienen einen Satz zu machen, und bald schon kam der Rote nicht mehr mit. »Wir lassen ihn hinter uns!« rief Dugal. »Dem Himmel sei Dank!«

Faisal war der gleichen Ansicht. Er stand am Achtersteven und hielt es für ein gutes Omen, daß wir den Verfolger abgeschüttelt hatten. Mir fiel allerdings auf, daß keiner der Seewölfe die Freude dieser beiden teilte. Selbst als von dem roten Segel nichts mehr zu sehen war, ließen sie in ihrer Wachsamkeit keinen Moment nach. Da die Dänen in der Kunst der Seefahrt wie auch der des Kriegführens uns anderen deutlich voraus waren, folgte ich lieber ihrem Beispiel und blieb ebenfalls auf der Hut.

Haralds Manöver verschaffte uns etwas Luft und Ruhe. Sobald das rote Segel nicht mehr am Horizont zu erkennen war, bekamen wir es für den Rest des Tages nicht mehr zu sehen; und auch in der folgenden Nacht nicht. Solange es hell war, suchten wir unablässig das Meer nach einem Anzeichen des Verfolgers ab, entdeckten jedoch nichts. Anscheinend hatten die Gebete der Mönche Wirkung gezeigt.

Spät in der Nacht ging der Mond auf, und der Jarl schickte einen Mann den Mast hinauf, um vom erhöhten Ausguck den Horizont im Auge zu behalten. Ich lag wieder in meiner Nische und hatte die Augen geschlossen; doch ein tiefer

Schlummer war mir nicht gewährt, weil ich jeden Moment mit einem Warnschrei vom Mast rechnete.

Doch der kam erst im Morgengrauen. Der Seewolf meldete, daß er das rote Segel wieder gesichtet habe. Wir versammelten uns alle an der Reling, starrten in den Morgendunst und warteten darauf, daß der Verfolger sich am Horizont zeigte.

Und als das Schiff dann endlich in Sichtweite kam, war es nicht mehr allein, sondern hatte einen Begleiter mitgebracht.

»Achtung!« rief der Mann im Ausguck. »Zwei Schiffe! Ich zähle zwei!«

Wir hielten den Atem an und spähten in die Ferne. Nach einer Weile bestätigte sich die Beobachtung des Dänen. Zwei viereckige Segel tauchten aus dem Dunst auf. Das eine voraus, und das andere ein Stück nach rechts versetzt dahinter.

Nicht lange vor der Mittagsstunde wurde allen klar, daß sie direkt auf uns zu steuerten. Gegen Abend hatten sie uns trotz Haralds angestrengter Bemühungen eingeholt.

»Jetzt ist's mit dem Abwarten vorbei«, meinte Gunnar. Sein Gesicht glühte im goldenen Abendrot. Er und Tolar, die nach der Wiedervereinigung unzertrennlich waren, stellten sich neben mich, der ich an der Reling stand und die näher kommenden Schiffe im Auge behielt. »Jetzt wollen sie uns bestimmt entern.«

»Können wir ihnen denn nicht noch einmal entkommen?« fragte ich.

»Nein«, antwortete Gunnar und schüttelte den Kopf, »das haben wir schon den ganzen Tag versucht. Diese Boote sind wirklich verdammt schnell und wendig.«

Er starrte auf die Seeräuber, die nun westlich unserer geschlossenen Flotte dahineilten. »Aber fürchte dich nicht, Aedan«, meinte der Däne dann selbstsicher, »wir sind ihnen immer noch an Zahl überlegen. Wenn sie uns angreifen sollten, können wir sie leicht in die Zange nehmen. Ich schätze, selbst diesen sarazenischen Seeräubern dürfte es schwerfallen, vier Drachenboote gleichzeitig zu entern.«

Da mir nichts anderes übrigblieb, als der taktischen Erfahrung der Seewölfe zu vertrauen, beschloß ich, zu Kasimene zu gehen und ihr mitzuteilen, wie die Dinge stünden. Doch ich hatte mich noch nicht einmal auf den Weg gemacht, als Ddewi vor mir auftauchte.

»Der Emir ist soeben erwacht«, teilte er mir mit und lächelte beglückt. »Er fragt nach dir.«

»Wahrhaftig?« Ich folgte dem Jüngling in das Zelt und sah dort, wie Sadik sich leise mit meiner Liebsten unterhielt. Allem Anschein nach hatte die Seefahrt ihm gutgetan. Immerhin hatte er in Ruhe durchschlafen können, ohne ständig von den Pferden, die seine Schlinge trugen, durchgeschüttelt zu werden.

»Ich grüße dich, Fürst!« rief ich sogleich. »Wie froh ich bin, dich munter zu sehen. Ddewi hat mir gesagt, es ginge dir schon viel besser.«

»Das ist wahr«, entgegnete Sadik. »So Allah will, werde ich schon bald wieder in der Lage sein, mein Schwert zu ergreifen und die Seeräuber einen Kopf kürzer zu machen!«

»Ja, aus diesem Grunde wollte ich herkommen«, sagte ich und ließ mich unweit des Eingangs nieder. Kasimene und Ddewi rutschten enger zusammen, damit noch Platz für mich entstand. »Aber es sieht ja ganz so aus, als wüßtest du bereits Bescheid.«

»Die Wände meines Palastes bestehen aus Stoff«, erklärte er und hob schlaff die Rechte, um auf die Zeltbahnen zu zeigen. »Da wäre es doch wirklich überraschend, wenn ich nichts mitbekommen hätte.« Sadik hielt inne und leckte sich die Lippen. Der Jüngling reichte ihm sofort einen Becher Wasser, aber der Emir wollte nichts trinken. Als er wieder sprechen konnte, klang seine Stimme matt, doch sein Blick war fest auf mich gerichtet. »Wann müssen wir mit dem Angriff rechnen?«

»Die Seewölfe glauben nicht, daß man in der Nacht über uns herfallen will«, antwortete ich. »Viel wahrscheinlicher kommen sie im Morgengrauen.«

»Ich fürchte, das ist zu früh für mich«, entgegnete der Fürst mit einem leisen Lächeln. Seine Gesichtshaut, die sich über die Knochen spannte, war dünn und durchsichtig wie Pergament. »Richte diesen Schurken aus, daß sie sich noch etwas gedulden müssen, wenn sie gegen den Löwen von Samarra antreten wollen.«

»Natürlich, Fürst, ich werde es ihnen mitteilen, sobald sich mir eine Gelegenheit dazu bietet. Nun denn, Harald glaubt nicht, daß du viel verpassen wirst. Er glaubt, daß zwei Seeräuberschiffe niemals mit vier Dänen-Drachenschiffen fertig werden können.«

»Dann sag dem König bitte, daß zu großes Selbstvertrauen sich als bösartiger Feind erweisen kann«, meinte der Emir. »Die Seeräuber haben Augen im Kopf und wissen daher, daß sie in der Unterzahl sind. Doch lassen sie sich davon nicht abschrecken. Ist das nicht ein Grund, doppelt auf der Hut zu sein?«

Kasimene beugte sich vor und legte Sadik eine Hand auf die Schulter. »Bitte, Onkel, sprich nicht mehr. Du mußt dich ausruhen.«

»Na ja«, sagte ich mit einer Leichtigkeit, nach der mir eigentlich nicht zumute war, »vielleicht gelingt es uns ja noch einmal, ihnen zu entwischen, wenn die Winde es gut mit uns meinen.« Ich versprach dem Fürsten, bei nächstbester Gelegenheit wiederzukommen und nach ihm zu sehen.

»Teile König Harald meine Warnung mit«, ermahnte Sadik mich noch, bevor ich mich aus dem Zelt zurückzog.

»Ja, Emir, das werde ich.«

Kasimene folgte mir nach draußen, und wir begaben uns zum Bug, wo wir am ehesten miteinander reden konnten, ohne daß alle mithörten. »Es geht ihm schon deutlich besser«, versicherte sie mir, und ich vernahm mit Freuden die Bestimmtheit in ihrer Stimme. »Ddewi meint, schon bald würde er aufstehen und ein wenig herumlaufen können.«

Die junge Frau schwieg und blickte hinaus auf den weißblauen Horizont. Unvermittelt zeigten sich Falten auf ihrer Stirn, doch ich vermochte nicht zu entscheiden, ob aus Sorge oder weil sie angestrengt nachdachte. So wartete ich, bis sie erneut sprach. Schon im nächsten Moment drehte sie sich zu mir um und fragte: »Was wird werden, wenn wir Byzanz erreicht haben?«

»Ich fürchte, wir haben erst einmal alle Hände voll damit zu tun, aus dieser Situation hier herauszukommen.« Ich nickte in Richtung der beiden roten Segel, die sich immer noch westlich von uns hielten, aber ein Stück näher gekommen zu sein schienen. »Da haben wir keine Zeit, uns über die Zukunft den Kopf zu zerbrechen.«

»Was möchtest du denn, daß die Zukunft uns bringt?« ließ sie nicht locker.

»Ich hätte gern, daß alles wieder so würde wie vorher«, gestand ich ihr, »und ich wünsche –«

Haralds donnernder Ruf unterbrach mich. »Runter mit dem Segel! Alle Mann an die Ruder!«

Seine gewaltige Stimme ließ sogar den Mast bis hinauf in die Spitze erbeben. Im nächsten Moment drängten alle auf die Ruderbänke. Als ich hinaus aufs Meer blickte, erkannte ich sofort, was den Jarl bewegte. Die beiden Verfolger hatten unvermittelt den Kurs geändert und steuerten nun direkt auf uns zu.

Ich rannte zum Dänenkönig, der an der Reling stand und sie umklammerte, als hielte er einen Speer. »Das Warten hat ein Ende«, grollte er. »Jetzt kommt die Zeit des Kampfes!«

## 32

Ich schob das eichene Ruder durch den Schlitz, sprang auf die Bank und versuchte, mich an das letzte Mal zu erinnern, als ich mich im Rudern geübt hatte. Das war auf der guten alten *Bán Gwydd* gewesen, und wir hatten versucht, den Seewölfen zu entkommen. Dann fiel mir auch noch ein, daß ich an jenem Tag zum erstenmal überhaupt ein Ruder bewegt hatte. Großes Bedauern befiel mich, weil ich es seitdem versäumt hatte, mich in dieser Fertigkeit weiterzuentwickeln. Zu meinem Verdruß mußte ich mir eingestehen, daß ich noch ein genauso miserabler Seemann war wie damals. Das lange Holz ließ sich kaum bewegen und lag ungelenk in meinen Händen. Meinen Bemühungen war kein anderer Erfolg beschieden, als daß ich abwechselnd das Ruderblatt zu tief eintauchte und dann wieder umständlich hinausziehen mußte oder nur die Wasseroberfläche hochspritzte und mich von oben bis unten naß machte.

Gunnar entging meine Unbeholfenheit nicht, und er sprang auf die Bank vor mir. »Sieh mir zu, Aedan!« rief er über die Schulter. »Mach es mir nur nach, und dann wird alles gut.«

Ich hörte auf, sinnlos im Wasser herumzuplatschen, und verfolgte, wie er pullte: Gunnar schob das Ruder vor, tauchte es dann leicht ein und zog es erst jetzt wieder zurück. Seine Schultern trugen die ganze Last, während das Ruderblatt geschmeidig durchs Schwarze Meer glitt. Als ich danach seinem Beispiel folgte, kam ich tatsächlich etwas besser zurecht, und nach einer Weile fiel mir das Rudern nicht mehr ganz so schwer.

Dugal und Brynach wollten ebenfalls nicht untätig bleiben, und ich erklärte ihnen, daß sie diese Kunst Gunnar abschauen sollten. Die beiden hatten wenig Mühe, das Rudern zu erlernen, vor allem mein alter Freund nicht, der es an Größe und Körperkraft mit jedem Dänen aufnehmen konnte.

»Wir werden ihn von nun an Dugal Ochsenruderer nennen!« rief Hnefi von seiner Bank herüber.

Diejenigen, die nah genug saßen, um den Scherz mitzubekommen, lachten darüber, und ich übersetzte ihn meinem Freund. »Aus Hnefis Mund ist das ein großes Lob!«

»Sag ihm, daß ich genausooft das Ruder bewege wie er, und dann können wir ja sehen, wer zuerst ermüdet«, entgegnete er.

Bald saß jeder, der nicht anderswo an Bord benötigt wurde, an einem Ruder. Dennoch wurde rasch klar, welch hohe Verluste die Wikingerschar erlitten hatte. Von denen, die mit Harald von Skane aus die Reise angetreten hatten, war nur noch jeder vierte übriggeblieben. Über hundertsiebzig waren mit Stierbrüller aufgebrochen, und von denen kehrten nur vierundvierzig nach Konstantinopel zurück. Obwohl auch die Griechen an den Rudern saßen, herrschte auf den Bänken nicht gerade Gedränge. Und selbst als die Rafik, die keine Erfahrung als Seeleute besaßen, ebenfalls einsprangen, ging es kaum besser voran.

Doch nach einer Weile wurde mir klar, daß Harald nicht beabsichtigte, die Verfolger wieder abzuhängen, sondern die Drachenboote in den Wind hineinzusteuern und darauf zu bauen, daß die Sarazenen dann nicht mehr so gut vorankamen. Wenn wir sie uns lang genug vom Leib halten konnten, bestand durchaus die Möglichkeit, die Entfernung zu ihnen zu vergrößern, auf günstige Winde zu hoffen und den Seeräubern dann einfach davonzusegeln.

Zunächst schien diese Taktik aufzugehen. Nachdem die Langboote den neuen Kurs eingeschlagen hatten, wendeten die roten Schiffe ebenfalls, um uns weiter zu verfolgen. Wir beobachteten, wie ihre Segel schlaffer wurden. Wenige Momente später wurden sie schon langsamer, und da die Schurken nicht mit Ruderbänken ausgestattet waren, blieben sie immer weiter zurück.

Die Seewölfe jubelten darüber. Aber dann verlegten sich die Verfolger auf eine neue Taktik und segelten mal links und mal rechts am Wind entlang. Dieser Zickzackkurs ließ die Begeisterung der Wikinger rasch verstummen.

»Das sind verdammt gute Seeleute«, meinte Gunnar. »Sie können uns zwar nicht einholen, verlieren uns aber auch nicht aus dem Auge. Uns bleibt nichts anderes übrig, als immer weiter zu rudern und zu hoffen, daß es zu einer Flaute kommt.«

Wir legten uns also wieder in die Riemen, während die roten Segel uns beharrlich und unter ständigen Wendemanövern folgten. Die Sonne stieg langsam die blaue und wolkenlose Himmelskuppel hinauf. Die Hitze wuchs, der Tag wurde uns lang, und die Muskeln ächzten. Von Lachen und fröhlichen Scherzworten war schon lange nichts mehr zu hören, dafür um so mehr Flüche und andere liederliche Reden.

Die Griechen beschwerten sich, daß man sie als Seeleute angeheuert habe und nicht als Rudersklaven. Als der König das Gemurre übersetzt bekommen hatte, ließ er den Fischern mitteilen, daß sie die freie Wahl besäßen: entweder weiterzurudern oder nach Hause zu schwimmen. Und er gab ihnen auch zu bedenken, daß diejenigen, welche weiter die Ruder bewegten, im Hafen von Byzanz mit einer zusätzlichen Belohnung rechnen dürften.

Mochten die anderen auch klagen, ich genoß die harte und anstrengende Arbeit auf der Bank; denn jeder Ruderschlag brachte uns dem Ziel und damit der Abrechnung mit dem verbrecherischen Nikos näher.

Wie ich da das Ruder vor- und zurückschwang, stellte ich mir vor, wie der Tag der Rache aussehen würde:

Wir würden in den Theodosius-Hafen hineinsegeln, an Land gehen, durch das Tor marschieren und endlich den kaiserlichen Palast erreichen, wo wir in gerechtem Zorn den sich zu sicher fühlenden Komes mit seinen Schurkereien und Schandtaten konfrontierten. Und wenn der Elende dann, weil ihm nichts anderes übrigblieb, mit brechender Stimme sein Geständnis ablegte, würde der Kaiser ihn aus lauter Dankbarkeit in unsere Hände geben, damit wir selbst ihn hinrichten konnten. Dieser Aufgabe würden wir uns dann auch gleich widmen, doch nicht ohne den Schuft vorher einer langwierigen und ausgeklügelten Folter unterzogen zu haben, zu deren Durchführung die Seewölfe sich bestimmt gern zur Verfügung stellten.

Basileios, dessen Leben so sehr an einem seidenen Faden gehangen hatte, würde uns danach natürlich mit märchenhaften Schätzen überhäufen, und wir könnten diesen verwünschten Ort endlich verlassen.

Dieser Traum, der mir soviel Behagen bereitete, kam am Morgen des nächsten Tages zu seinem vorzeitigen Ende, als der Wind sich drehte und nun von Südost blies. Die roten Segler ließen sich nicht lange bitten und schnellten auf uns zu. Noch während die Wikinger ihre Segel setzten, eilten die Verfolger bereits ohne größere Mühe heran.

»Segel hoch!« brüllte Harald, während Thorkel das Steuerruder drehte und so die kleine Flotte auf neuen Kurs brachte. Die Seewölfe zogen die Ruder ein, verließen die Bänke und liefen zu den Tauen, um Segel zu setzen. Der Mast ächzte und knarrte, als das große viereckige Segel aufgebläht wurde und er unvermittelt den Schub aushalten mußte.

Ich spürte, wie das Drachenboot für einen Moment zögerte, während der Bug in die Wellen biß, um dann, als der

Vordersteven wieder himmelwärts strebte, einen Satz nach vorn zu tun. In nur drei Herzschlägen flog die Flotte wie ein Schwarm Seemöwen vor dem Wind dahin.

Doch weh und ach, die Feinde waren noch schneller. Mit jedem Auf und Ab der Wogen verkürzten sie die Entfernung zu uns. Bald konnten wir nicht mehr nur die Segel, sondern auch schon die Schiffsrümpfe ausmachen. Und noch ein Weilchen später erkannten wir einzelne Gestalten an Bord. Die Seewölfe fingen an, die Feinde zu zählen, um abzuschätzen, mit wie vielen Gegnern sie es aufnehmen müßten. Wie könnte es anders sein, sie gerieten sich über die geschätzte Summe in die Haare, und die ganze Zählerei ging wieder von vorn los, weil jeder dem anderen beweisen wollte, daß er richtig gelegen habe.

Anscheinend hielten sich auf jedem der Schiffe hinter uns gut dreißig Seeräuber auf, wohingegen wir hundertvierundzwanzig Männer zählten – ein buntes Gemisch aus Griechen, Iren, Dänen und Arabern. Außerdem verfügten wir über vier Schiffe und die andere Seite nur über zwei. Selbst wenn es den Sarazenen gelänge, uns auszumanövrieren, müßte jeder von ihnen es mit zwei Drachenbooten gleichzeitig aufnehmen, wie Gunnar mir erklärt hatte. Nicht gerade ein leichtes Unterfangen.

Aber die Verfolger hatten auch etwas ganz anderes im Sinn, wie wir kurz darauf zu unserem großen Verdruß feststellen mußten.

Der erste Angriff erfolgte, als wir alle an der Reling standen. Ein weiße Rauchwolke stieg von dem Schiff auf, das am nächsten herangekommen war. Wir hörten ein Rauschen, als flöge ein ganzer Schwarm Schwäne über uns hinweg, und dann ertönte auf der anderen Seite unseres Boots vom Wasser ein lautes Zischen. Im selben Moment schüttelte sich der Mast in seiner ganzen Länge, als sei er von einer Riesenfaust getroffen worden, und an seiner höchsten Spitze entstanden helle rotblaue Flammen.

Die Wikinger starrten ungläubig auf dieses unerklärliche Wunder und fragten einander, was das wohl zu bedeuten habe. Die Griechen hingegen wußten nur zu gut, was da über uns gekommen war, und rissen entsetzt die Hände vors Gesicht.

Dann vernahm ich, wie jemand etwas auf arabisch rief. »Runter mit euch!« Ich drehte mich um und entdeckte Faisal, der über die leeren Ruderbänke sprang, um mich zu erreichen. »Aidan!« brüllte er. »Sag allen, sie sollen in Deckung gehen und die Köpfe einziehen!«

Noch während seiner Warnung schrien diejenigen, welche an der Reling standen. Eine neue weiße Rauchwolke war auf dem Verfolger entstanden, der wieder das schwirrende Geräusch folgte. Und im nächsten Moment spritzte an der Seite des Drachenboots Wasser hoch auf und regnete auf uns alle hernieder. Ich wischte mir das salzige Naß aus den Augen, und als ich wieder sehen konnte, glaubte ich, meine Sinne spielten mir einen Streich.

Neben uns brannte das Meer lichterloh!

»Das ist sogenanntes griechisches Feuer«, erklärte mir Faisal. »Die Byzantiner haben das im Krieg gegen unsere Schiffe eingesetzt. Es handelt sich dabei um ein flüssiges Feuer, das alles verbrennt, womit es in Berührung kommt. Allein mit weißem Sand vermag man es zu löschen.«

Die See brodelte und kochte, wo die Flammen sich auf ihr ausbreiteten, und dicke Dampfwolken stiegen von ihr auf. »Aber wir haben hier keinen Sand! Was können wir denn sonst tun?« fragte ich und erkannte, daß wir keine Möglichkeit besaßen, die Verfolger daran zu hindern, das Teufelszeug auf uns abzuschießen. Allem Anschein nach waren sie in der Lage, das griechische Feuer auch aus einiger Entfernung mit großer Genauigkeit frech auf uns zu schleudern.

»Alle, die reinen Herzens sind, sollen zu Gott beten«, antwortete der Araber. »Nur Allah vermag uns zu beschützen.«

Harald Stierbrüller war nach langer Abwesenheit wieder

Herr über seine Schiffe geworden, und das wollte er sich von diesen Schurken nicht erneut nehmen lassen. Der Dänenkönig entwickelte rasch Verteidigungsmaßnahmen und trieb seine Männer sofort mit donnernder Stimme an. Seine machtvolle Stimme übertönte das Geschrei aller an Bord, und er befahl, daß unsere kleine Flotte sich auflösen solle. Wenn nämlich jedes der vier Schiffe einen anderen Kurs verfolgte, waren die Seeräuber gezwungen, sich einzelnen Drachenbooten zuzuwenden, und sie durften dann nicht mehr hoffen, mit jedem Feuerwurf einen Treffer zu erzielen.

Somit hieß es für uns, wieder auf die Ruderbänke zu steigen, wollten wir doch die Boote voranbringen. Im Nu strebten die Wikingerschiffe in vier verschiedene Richtungen auseinander, und die Verfolger hatten einige Mühe, ihre Schiffe zu wenden und auf neue Ziele zuzusteuern, ohne daß sie wieder Wind von vorne bekamen.

Zwei Drachenbooten gelang es auf diese Weise, hinter die roten Segel zu gelangen, womit nur Haralds Schiff und das vierte Boot im gefährlichen Bereich verblieben. Thorkel wendete das Schiff, so daß es den Gegnern nun nicht mehr die Längsseite, sondern nur noch das Heck – und damit den Angreifern eine deutlich verkleinerte Fläche bot. Den Erfolg dieser Bemühungen bekamen wir schon beim nächsten Abschuß zu spüren. Denn kaum befanden wir uns auf dem neuen Kurs, als der Gegner, der uns am nächsten war, ein neues Flammengeschoß zu uns sandte.

Als der verräterische Rauch diesmal von dem Segler aufstieg, bekam ich Gelegenheit, die Flugbahn des griechischen Feuers zu verfolgen. Zuerst stieg es zischend und rasend schnell in den Himmel auf und senkte sich dann auf uns herab, um wenige Schritte neben der Schiffswand im Meer zu landen. Wieder wurden wir mit Wasser überschüttet und wenig später gleich noch einmal, als das nächste Geschoß auf der anderen Seite in die See stürzte.

Die Wikinger höhnten und spotteten über die mangelnde

Treffsicherheit ihrer Gegner; doch mir fiel auf, daß sie keinen Moment im Pullen innehielten und die Ruder mit neuer grimmiger Entschlossenheit bewegten.

Als die Seeräuber entdecken mußten, daß das eine Drachenboot sich ihrem Zugriff entzog, wandten sie sich dem vierten Schiff der Seewölfe zu – und hatten furchtbaren Erfolg.

Wieder der weiße Rauch, erneut das Schwirren und dann ein schreckliches Krachen. Flammen erschienen an der Hülle unseres armen Schwesterschiffes, leckten und sprangen über das Holz, strömten über die Reling und ergossen sich dann entweder ins Boot oder kippten ins Meer.

Die Seewölfe dort rissen sich die Kleider vom Leib und hieben damit auf das Feuer ein, womit sie allerdings nicht mehr erreichten, als daß die Flammen sich immer weiter ausbreiteten. Das ganze Schiff schien in Flammen zu stehen und warf dicken schwarzen Rauch in die Luft.

Harald, der am Achtersteven stand, rief dem Steuermann zu, das Schiff zu wenden, und ohne auf unsere Sicherheit großen Wert zu legen, ruderten wir unseren Gefährten zu Hilfe.

Zwei weitere Geschosse versanken im Wasser, ohne Schaden anzurichten, aber das nächste traf das Segel unseres Schwesterschiffes, breitete sich gleich wie eine sengende Sturzflut über dem Stoff aus und regnete in flammenden Tropfen auf diejenigen herab, welche darunter versuchten, das Feuer zu löschen.

Wir senkten die Köpfe und bogen die Rücken, um das Drachenboot schneller ans Ziel zu bringen. Aus dem Augenwinkel machte ich eine Gestalt aus, die sich auf die Reling stellte. Im selben Moment schnellte etwas wie eine Schlange über das Wasser auf das andere Boot zu. Jetzt hob ich den Kopf und erblickte den Jarl, wie er an dem gerade geworfenen Seil zog, an dessen Ende sich ein eiserner Haken befand, dessen Spitze sich in das Holz des brennenden Schiffes gebohrt hatte. Harald rief seinen Kriegern etwas zu, und drei von ihnen rannten herbei, um ihm dabei zu helfen, die beiden Boote nahe aneinanderzubringen.

Einige wenige Herzschläge später zogen die Männer an der Seite die Ruder ein, welche dem Schwesterschiff am nächsten war. Sie erhoben sich, um ihren Kameraden an Bord zu helfen. Einer nach dem anderen sprangen oder stiegen sie zu uns aufs Boot. Einige hatten sich Kleider oder Haare versengt, aber niemand wirkte ernsthaft verletzt. Kaum hatten wir alle geborgen, stießen die Männer unser Schiff mit den Rudern von dem brennenden Boot ab, bevor die Flammen auf uns übergreifen konnten.

Der König schickte alle auf die Bänke zurück und trieb uns mit rhythmischen Rufen an. Ich glaubte, wir würden uns nun zur Flucht wenden und dafür sorgen, daß das brennende Boot möglichst lange zwischen uns und den Verfolgern blieb. Doch Harald, der Herrscher von Skane, erwies sich auch als Beherrscher der Meere. Kühn und wagemutig beschloß er, seinerseits die Bedränger anzugreifen und, wenn möglich, den Sieg zu erringen. Damit bewies der Jarl eindrucksvoll, aus welchem Holz er geschnitzt war.

Statt also den Schwanz einzuziehen, befahl Harald seinem Steuermann, das Boot langsam, aber möglichst nah hinter die brennende Schwester zu bringen. Ein wahrhaft gefährliches Unterfangen, denn das andere Schiff war mittlerweile zur Gänze in Flammen gehüllt, und das Segel wirkte wie ein einziger riesiger Feuervorhang. Dick und schwer quoll der fette Rauch aus der Hülle.

Mählich wendete unser Boot und trieb an dem Feuerschiff vorbei. Unser Bug strebte seinem Heck entgegen, und wir kamen der Schwester so nahe, daß das Tosen des Brandes alle anderen Geräusche übertönte und ich die Hitze auf meinem Gesicht spürte.

Ein Windstoß hätte schon gereicht, um auch unser Boot ein Opfer der Flammen werden zu lassen. Ich duckte mich tief und ruderte so tapfer, wie mir das irgend möglich war.

Dabei warf ich immer wieder einen Blick auf unser Segel und hoffte inständig, der Wind möge sich nicht anders besinnen.

Ganz anders dagegen Harald. Er schleuderte das Wurfeisen wieder an das brennende Boot und befahl Thorkel, auf die roten Segler zuzuhalten.

Der Steuermann fluchte und beklagte sein Schicksal, während er über dem Ruderholz hing, es mal nach hier und dort verschob und sich auch sonst bemühte, die Ruderanstrengungen der Männer bis zum äußersten auszunutzen. Eine Aufgabe, die ihm schon unter normalen Umständen das Letzte abverlangt hätte, wobei wir jetzt auch noch das brennende Wrack hinter uns herziehen mußten.

»Schneller!« donnerte der Dänenkönig und strengte seine Stimme noch mehr an als die Krieger ihre Ruder. »Ho! Ho! Ho! Ho!« rief der Jarl unablässig, um uns weiter anzutreiben.

Dank der Hilfe der geretteten Kameraden, welche die Lücken auf den Ruderbänken füllten, kamen wir gut voran, und unser wackerer Steuermann wendete das Boot in einem engen Bogen, um gleich darauf den ersten Roten aufs Korn zu nehmen.

Der andere Verfolger drehte ab, wohl um sich die beiden übrigen Drachenboote vorzunehmen, und der erste schien sich zu freuen, uns unter Beschuß nehmen zu können.

Zweimal hörte ich das gräßliche Schwirren, als das griechische Feuer über uns hinwegflog. Es kam uns so nahe, daß ich seinen beißenden, öligen Gestank riechen konnte. Doch beim drittenmal schienen die Sarazenen sich auf uns eingeschossen zu haben.

Wir waren dem Verfolger schon ein gutes Stück näher gekommen und konnten jetzt sogar nicht nur die Feinde ausmachen, sondern auch ein großes Bronzerohr, welches am Bug angebracht war und auf eine mir vollkommen unverständliche Weise sein Feuer ausspie. Die Entfernung verringerte sich mit jedem Herzschlag, und dann sah ich den weißen Rauch, der aus dem Rohr flog. Etwas löste sich daraus und schwirrte auf uns zu – direkt auf den Rumpf unseres Schiffes zu.

Der brave Dugal erkannte das wohl auch, denn er sprang auf und riß die Arme hoch, als wolle er das Geschoß mit bloßen Händen einfangen.

»Dugal!« schrie ich, so laut ich konnte. »Nicht!«

Das griechische Feuer hatte seinen Aufstieg beendet und stürzte nun mit der Geschwindigkeit eines fallenden Steins auf uns herab. Der Mönch reckte die Arme und streckte sich.

Und gerade, als das Geschoß genau über seinem Kopf zu stehen schien, stieß er sich ab und sprang. Irgendwie mußte es ihm gelungen sein, es mit den Fingerspitzen zu erreichen, denn das todbringende Ding kam vom Kurs ab und prallte gegen das Segel, wo sein Flug endgültig aufgehalten wurde. Das Geschoß glitt am Tuch herab und plumpste auf den Schiffsboden.

Nun erkannte ich, daß es sich bei diesem geheimnisvollen Teufelswerk um nichts anderes als einen irdenen Krug handelte, der beim Aufprall zerschellen und seine teuflische Flüssigkeit verspritzen sollte. Doch eigenartigerweise zerplatzte dieser Behälter nicht. Vielleicht hatte Dugals Manöver, ihn gegen das Segel zu lenken, den Krug davor bewahrt, vielleicht war aber auch eine viel merkwürdigere Erklärung dafür verantwortlich. Wie dem auch sei, mein alter Freund rettete uns allen das Leben; denn kaum war er selbst mit einem dumpfen Knall wieder auf den Planken gelandet, da rappelte Dugal sich schon wieder auf, packte das Geschoß und rannte damit zum Vordersteven.

Während der Mönch lief, verschüttete er einige Tropfen der gefährlichen Flüssigkeit, die auf einem Rudergriff landeten. Augenblicklich züngelten dort blaurote Flammen hoch und versengten das Holz. Der erschrockene Wikinger, der dort saß, besaß die Geistesgegenwart, das Ruder herauszureißen und über Bord zu werfen, damit kein schlimmerer Schaden entstehen konnte.

Mittlerweile hatte der Mönch den Bug erreicht, holte mit dem griechischen Feuer aus und schleuderte es gegen den roten Segler.

Solche Tat war eines wahrhaftigen Helden würdig, und wenn wir nicht noch gut hundert Schritte von dem Sarazenen entfernt gewesen wären, hätte Dugal sich sogar unsterblichen Ruhm erworben. Doch so plumpste der Krug lediglich ins Meer und ging zischend und blubbernd unter.

Dennoch spornte dieses Heldenstück die Seewölfe zu neuen Leistungen an, und sie bejubelten Dugal, als hätte er mit einem mächtigen Keulenhieb das feindliche Schiff unter die Wogen getrieben.

Harald spornte uns jetzt erst recht zur Eile an, drängte uns, schneller und noch schneller zu rudern. Das Herz klopfte mir bereits bis zum Hals, der Atem ging mir rasselnd, und ich spürte ein Brennen in der Lunge. Mir erschien es so, als hätte ich keine Haut mehr auf den Handflächen, und tatsächlich klebte Blut an meinem Rudergriff. Außerdem fürchtete ich, die Muskeln in Rücken und Schultern seien so verknotet, daß ich sie nie mehr würde entwirren können. Doch riß ich mich zusammen, versuchte, den Schmerz nicht zu beachten, und ruderte mit der grimmigsten Entschlossenheit, während mir der Schweiß in Strömen herablief.

Das Drachenboot pflügte stolz durch die Wellen und flog direkt auf die Seeräuber zu. Wir konnten schon das Geschrei der Feinde hören, und als ich einen Blick nach vorn wagte, sah ich, wie sie sich an dem Bronzerohr zu schaffen machten, um es dazu zu bewegen, ein weiteres Mal sein Verderben auf uns zu spucken.

Der Abstand zwischen uns hatte sich deutlich verringert.

Die Seeräuber glaubten, sie sollten gerammt werden, und begaben sich wieder an ihre Plätze. Ihr Steuermann wendete den Bug, um seinerseits gegen unsere Seite zu prallen und uns einen Schlag zu versetzen, den wir nicht so bald vergessen würden.

Jetzt zeigte sich jedoch das ganze strategische Genie des Jarl. Im letzten Moment befahl er Thorkel, das Ruder herumzuwerfen. Dann ergriff der König seine Streitaxt, eilte zum Heck und durchtrennte mit zwei Schlägen das Seil, welches uns mit der brennenden Schwester verband.

Unvermittelt freigekommen und ohne jemanden an Bord, der sein Ruder bedienen konnte, drehte sich das in Flammen stehende Schiff, bis es parallel zu dem Segler stand. Dessen Steuermann versuchte verzweifelt, das Schiff zu wenden und davonzukommen.

Aber dafür war es schon zu spät. Sarazenenschiff und Drachenboot trieben längsseits aufeinander zu und krachten gegeneinander. Der Mast des Wikingers quietschte und ächzte, bis er wie von der Axt gefällt kippte, auf der Querstange des Seglers landete und die dortigen Segel augenblicklich in Brand steckte. Flammende Stoffetzen regneten auf die Planken herab.

Bei diesem Anblick hielt es keinen der Seewölfe mehr auf seinem Platz. Sie sprangen auf die Bänke oder auf die Reling und schrien ihre Begeisterung über den Untergang des Feindes hinaus. Auch ich brüllte mit. Bevor ich mich versah, stand ich ebenfalls auf der Reling, reckte die Fäuste in Richtung der Sarazenen und schrie mit den anderen um die Wette.

Ich spürte Hände an meinen Hüften. Als ich mich umdrehte, sah ich Dugal, der über das ganze Gesicht grinste und mich festhielt, damit ich in meiner Begeisterung nicht von Bord fallen konnte. Der Mitbruder rief etwas, was ich aber aufgrund der Freudenausbrüche um uns herum nicht verstehen konnte. »Ja!« schrie ich zurück. »Ein wundervoller Anblick!«

Harald gönnte seinen Männern nur einen kurzen Moment des Jubels und schickte sie dann an die Ruder zurück. Wir entfernten uns rasch von den brennenden Schiffen, die sich mittlerweile unentwirrbar ineinander verhakt hatten und wohl nicht mehr zu retten waren. Während wir davoneilten, warf ich einen Blick über die Schulter zurück. Das rote Segel stand nun in hellen Flammen, und immer größere Teile davon sanken auf die Besatzung herab. Die Sarazenen schrien in Todesangst, doch ihre Rufe wurden von dem schwarzen Qualm erstickt, der über den Booten aufstieg, um von der frischen Brise wieder nach unten gedrückt und über das Meer verteilt zu werden.

Wir überließen die kreischenden Feinde dem Untergang, den sie eigentlich uns hatten bereiten wollen; denn Harald richtete seine Aufmerksamkeit längst auf den zweiten roten Segler.

Wieder stand er am Heck und feuerte uns erneut mit seinen Rufen an, damit wir auch den anderen Gegner zum Kampf stellen konnten. »Ho! Ho! Ho! Ho!« brüllte er rhythmisch. Bald entdeckte ich, daß die beiden anderen Langschiffe nicht nur vermocht hatten, allem Beschuß durch das griechische Feuer zu entgehen, sondern sich auch hinter den zweiten Segler zu manövrieren und somit außer Reichweite des am Bug des Gegners angebrachten Rohrs zu bleiben. Nun setzten sie sich wieder in Bewegung und näherten sich den Sarazenen von zwei Seiten, um sie in die Zange zu nehmen.

Der Segler versuchte natürlich zu wenden, um die Angreifer mit dem Bronzerohr abwehren zu können, hatte damit aber keinen rechten Erfolg, weil die Drachenschiffe immer rechtzeitig ausweichen konnten und dennoch nicht versäumten, den Feind in der Mitte zwischen sich zu halten. Während man bei den Sarazenen noch nach einer Lösung für dieses Problem suchte, entging ihnen, daß Haralds Schiff längst die Wogen durchpflügte und direkten Kurs auf sie nahm.

Thorkel steuerte unser Boot so, daß wir uns dem Feind vom Heck her näherten, um dann längsseits gehen zu können – die von den Wikingern bevorzugte Taktik, die ihnen erlaubte, das Opfer mit Enterhaken an sich zu binden, um die Verteidiger zu überwinden und danach an Bord zu gehen und zu plündern. Diese Strategie war mir nicht fremd, hatte ich sie doch selbst an Bord der *Bán Gwydd* erleben müssen.

Ob die Seewölfe damit auch bei dem roten Segler Erfolg gehabt hätten, muß pure Spekulation bleiben; denn bevor wir nahe genug heran waren, bemerkten die Sarazenen, daß sie auch von einer dritten Seite angegriffen wurden. Die Feinde mußten nur einen Blick auf Haralds stolzes Schiff werfen, das da hereneilte, um sie zu verderben – und schon wendeten sie, so rasch sie konnten, und entflohen.

Wir hätten sie verfolgen und sicher nach einer Weile auch einholen können, aber der Dänenkönig war zu klug, um seine Männer erst durch ein kräfteverschlingendes Rudermanöver zu schicken und dann von ihnen zu erwarten, auch noch wie Löwen zu kämpfen. Deswegen ließ er jetzt abdrehen und gab den beiden anderen Drachenbooten das Zeichen, ihm zu folgen.

So setzten wir die Fahrt nach Byzanz fort und ließen die brennenden Schiffe zurück. Mittlerweile waren die ersten Araber ins Wasser gesprungen. Vor die Wahl gestellt, in den Flammen den Tod oder im Meer ihr nasses Grab zu finden, entschieden sich immer mehr für letzteres.

Drei sichtlich erschöpfte Sarazenen tauchten nur einen Speerwurf entfernt an meiner Schiffsseite auf und riefen uns im Namen Jesu an, doch was wir im Namen des Gottessohnes tun sollten, blieb mir verborgen, weil ich ihre Sprache nicht recht verstehen konnte.

Die Wikinger machten Miene, die Seeräuber zu erledigen. Etliche hatten bereits die Speere aus den Halterungen gezogen und holten damit aus. Doch da schritt Faisal ein. Er trat rasch an die Reling und fiel einem der Seewölfe in den Arm, um ihn am Wurf zu hindern. An mich gewandt rief er, ich solle die Dänen auffordern, die Feinde nicht zu töten.

»Nehmt sie an Bord«, verlangte er, »das sind keine Araber, sondern Armenier. Als Gefangene können sie uns in Konstantinopel von großem Nutzen sein!«

Ich gab das sofort an Harald weiter, der grimmig zustimmte und seinen Kriegern befahl, die Überlebenden an Bord zu ziehen.

Als ich die Seeräuber vor mir stehen sah, erkannte ich, daß sie sich überhaupt nicht von den Feinden unterschieden, die uns an der Straße nach Sebastea überfallen hatten. Auch sie waren äußerlich den Arabern überaus ähnlich und erst als Armenier zu erkennen, wenn sie den Mund aufmachten.

»Woher wußtest du, daß diese da nicht von deinem Volk sind?« fragte ich Faisal. »Hast du sie etwa sprechen gehört?«

»Bei Allah, das war mir schon vorher klar«, entgegnete er mit einem listigen Lächeln. »Wir Araber kennen nämlich noch nicht das Geheimnis des griechischen Feuers. Die Herstellung dieses teuflischen Öls wird von den Byzantinern streng geheimgehalten, und bislang konnten wir noch nicht dahinterkommen. Deswegen sagte ich mir, daß diese Seeräuber die Waffe nur von jemandem erhalten haben können, der in Byzanz in kaiserlichen Diensten steht.«

Wir konnten nur die drei aus dem Meer retten, und ich weiß nicht, was aus dem Rest der Besatzung geworden ist. Wir nahmen die drei tropfnassen Armenier also in Gewahrsam, banden sie an Händen und Füßen und schafften sie nach Konstantinopel, damit sie dort ebenfalls Zeugnis gegen Nikos' Verbrechen ablegen konnten.

Der Stierbrüller stand schon wieder am Achtersteven und befahl donnernd: »Segel hoch!« Thorkel setzte den alten Kurs, und als das stolze Drachenboot wendete, schwang der Jarl die Axt über dem Kopf und schrie seinen Schlachtruf:

»Auf nach Miklagård! Tod all unseren Feinden!«

*Du sollst nicht zurückgelassen werden
im Land der Verderbten,
Du sollst nicht gebeugt werden vor dem Gericht
der Falschheit;
Du sollst dich vielmehr siegreich über sie erheben,
So wie die Wogen am Gestade aufsteigen.
Denn Christus selbst wird sein dein Hirte
Und beschützen dich von allen Seiten;
Er wird dich niemals im Stich lassen
Und alles Böse abwehren, das kommt zu nah.*

## 33

Zehn Tage nach der siegreichen Seeschlacht kletterte ein Däne den Mast hinauf und rief uns von oben zu, daß Miklagård, die große goldene Stadt, in Sicht sei. Die Meldung riß sogar Fürst Sadik von seinem Lager. Gestützt von Kasimene und Ddewi trat er an die Reling, um mit eigenen Augen die goldenen Kuppeln und Türme von Konstantinopel zu schauen.

Seit dem Untergang der armenischen Seeräuber hatte der Emir sich bereits einige Male, wenn auch selten für lange, an Bord gezeigt und war ein wenig auf und ab gegangen, um frische Luft zu schnappen. Manchmal unterhielt er sich dabei mit mir, manchmal auch durch mich mit Harald. Ich freute mich zu verfolgen, welch große Fortschritte er machte. Obwohl Sadik noch sehr viel schlief, weil er beabsichtigte, durch Ruhen wieder zu Kräften zu kommen, durfte man doch den Eindruck gewinnen, daß der Fürst in absehbarer Zeit wieder ganz der alte sein würde.

Während wir zusammen an der Reling standen, verfolgten wir, wie die Stadt uns aus dem Morgendunst entgegenwuchs. Byzanz schimmerte auf seinen hohen Hügeln wie eine blendende weiße Perle in ihrer Fassung aus Grün und Braun.

»Dies ist also die vielgerühmte goldene Stadt?« fragte Kasimene. In der Gesellschaft so vieler Männer war sie natürlich gezwungen, unentwegt ihren Schleier zu tragen. Obwohl ich jetzt nur ihre Augen sehen konnte, spürte ich doch den Gedanken, der hinter ihrer Frage stand.

»Ja, das ist sie«, antwortete ich und mußte daran denken, wie sehr sich diese Ankunft doch von unserer ersten unterschied. Damals hatte ich mich der Stadt zitternd und voller Angst genähert. Die Furcht saß mir in Mark und Bein, und ich war der festen Überzeugung, der Tod käme in dem Moment über mich, in dem ich meinen Fuß auf die Kaimauer setzte. Aber das war ein ganz anderer Aidan gewesen als der, welcher jetzt an der Reling stand. Die Augen, die nun Konstantinopel betrachteten, gehörten einem Mann, der härter, stärker und auch weiser geworden war.

»Ich dachte«, entgegnete sie, »dies wäre ein größerer Ort.«

Mit einem Seitenblick auf Faisal, der ein Stück weiter mit dem Emir sprach, sagte ich: »Dein Onkel hat sich wirklich gut erholt. Wie schön, ihn auf dem Weg der Besserung zu sehen.« Damit wandte ich mich wieder der funkelnden Pracht der Stadt zu, und gemeinsam und schweigend ließen wir ihre Schönheit auf uns einwirken. Doch konnte ich mich nicht recht darauf konzentrieren, trieben meine Gedanken doch immer wieder dem zu, was uns hier erwartete.

Nach einer Weile meinte ich: »Wir sind jetzt dem Ziel ganz nahe, Liebste. Glaub mir, ich spüre schon, wie die Gerechtigkeit in meiner Reichweite liegt.«

»Du bist sehr überzeugt davon, Liebster.«

»Wir müssen nicht mehr tun, als vor den Kaiser zu treten und ihm die Verschwörung gegen sein Leben aufzudecken. Dann werden alle unsere Feinde zum Untergang verdammt sein.«

»Allah allein formt die Zukunft«, entgegnete sie mit leicht tadelndem Unterton und entfernte sich ein Stück von mir. »Allein Allah obliegt es, das zu bestimmen, was sein wird.«

*Wie falsch du damit liegst, mein Herz*, dachte ich bei mir, *die Zukunft gehört nämlich allein denen, welche den Mut haben, sie für sich zu ergreifen.*

Ich wußte nicht, wie viele Spione in Nikos' Diensten standen und ob sie auch in den Häfen Konstantinopels die Augen offenhielten, aber ich war wohl klug beraten, davon auszugehen. Wie dem auch sei, die Ankunft von drei Wikinger-Drachenbooten würde in jedem Fall für einiges Aufsehen sorgen; selbst unter den so abgeklärten Bewohnern dieser Weltmetropole.

Zwar widerstrebte es mir, unseren Feinden vorzeitig unser Erscheinen kundzutun, doch wollte mir keine Möglichkeit einfallen, das zu umgehen. Wenn man vom Meer in eine Stadt kommt, muß man den Hafen anlaufen und kann erst dort an Land gehen.

Wieder einmal schien mir Schnelligkeit unser bester Verbündeter zu sein. Wenn wir gleich nach dem Anlegen zum Kaiser eilten, würden die Spione Nikos vielleicht nicht rechtzeitig informieren können. Und selbst wenn der Komes dennoch Kenntnis erhielt, würde ihm kaum Zeit bleiben, mehr als nur ein paar hastige Manöver gegen uns zu unternehmen.

Dennoch blieben gewisse Unwägbarkeiten. Nach allem, was wir durchgemacht hatten, kam es mir wie ein trauriges Ende vor, daß wir uns auf das Glück und das Schicksal verlassen mußten, um alle Fährnisse zu bestehen.

Je näher wir kamen, desto mächtiger ragte die Stadt vor uns auf. Die festen, hohen Mauern waren gesäumt mit überfüllten Häfen, und darüber ragten die berühmten sieben Hügel auf ... und mir kam plötzlich der Einfall, nicht wie geplant einzulaufen.

»Jarl Harald!« rief ich von der Reling. »Steuer lieber den Hafen Hormisdas an!«

Der König sah mich verwundert an, gab aber den entsprechenden Befehl. Als das Schiff so unerwartet neuen Kurs nahm, näherte sich mir Sadik, um zu erfahren, was dieses Manöver zu bedeuten habe.

Ich antwortete ihm, daß meines Wissens König Haralds Schiffe die einzigen im Dienst des Kaisers seien. Wenn wir also im Flottenhafen auftauchten, würde Nikos sicher von unserer Rückkehr Kenntnis erhalten. »Wir ziehen aber weniger Aufmerksamkeit auf uns, wenn wir uns unter die ausländischen Schiffe im Hormisdas-Hafen mischen. Und unsere Ankunft wird erst recht kein besonderes Aufsehen erregen, wenn wir die Stadt durch das Barbarentor betreten.«

Der Fürst verzog das Gesicht, als er gewahr wurde, daß auch er mit Barbaren gemeint war, machte ansonsten aber gute Miene zu meinem Vorschlag. »Zweifelsohne ist ein Tor so gut wie das andere«, bemerkte Sadik. »Und Demut war immer schon ein Anzeichen für Gottgefälligkeit.«

Wir steuerten also Hormisdas an und bereiteten uns darauf vor, einen Verbrecher seiner Gerechtigkeit zuzuführen. Doch wie heißt es so treffend: Der Mensch denkt, und Gott lenkt. In Byzanzens schwarzem und verderbtem Herz hatten sich längst Dinge getan, die alle unsere Listen und Schliche zu bedeutungslosen Manövern herabsetzten.

Als wir näher kamen, entdeckten wir, daß die Bucht vollkommen überfüllt war. Schiffe aus allen Ecken der Erde hatten vor uns Anker geworfen und lagen dicht an dicht, so daß man das Wasser kaum noch zu sehen bekam.

»Irgend etwas stimmt nicht«, murmelte der Jarl, während er die Mastreihen betrachtete, die sich wie ein Wald aus dem Hafen erhoben. »So hat es damals hier nämlich nicht ausgesehen.«

Zuerst wußte ich nicht so recht, was Harald damit meinte. Die Kaimauern sahen noch genauso aus, wie ich sie in Erinnerung hatte. Doch Dugal, der neben mir an der Reling stand, bestätigte die Beobachtung des Königs: »Stimmt. Damals habe ich noch gedacht, dieser Ort kommt wohl nie zur Ruhe.«

»Du findest also auch, daß hier etwas nicht in Ordnung ist? Komisch, mir ist nichts aufgefallen ...«

Da endlich bemerkte auch ich es: Über dem Hafen lag eine sonderbare Ruhe. Kein großes Schiff aus der Fremde lief ein oder aus; ja, überhaupt keines der angelegten Gefährte rührte sich auch nur von der Stelle. Das war mir vorher entgangen, weil ich nur auf die kleinen Boote geachtet hatte, die nach wie vor hin- und herruderten, um Menschen an Land oder zurück zu ihrem Schiff zu befördern. Doch wenn man genauer hinsah, erkannte man im wahrsten Sinne des Wortes nichts. Die Handelsschiffe, die hier vor Anker lagen – und das mußten mehrere hundert sein – schwammen ganz ruhig in dem breiten Becken. Ich bemerkte Kauffahrer, die tief im Wasser lagen, weil ihr Bauch wohl noch voller Fracht steckte. Doch niemand rührte auch nur einen Finger, um diese Waren an Land zu bringen.

Befremdlicher noch, die Landeplätze und auch die Wege vor und zu den Umschlagplätzen wirkten so überfüllt, daß dort kaum noch der Blick auf ein freies Plätzchen zu erhaschen war. So weit man sehen konnte, drängten sich Menschen in dichten Trauben und verstopften den Zugang zu den Toren. Doch wie bei den Schiffen bewegte sich auch hier niemand. Alle standen nur da, und ich entdeckte niemanden, der wenigstens einen Sack Frachtgut getragen hätte.

Ich beugte mich über die Reling und rief den erstbesten Fährmann heran. Als er zu uns gerudert war, begehrte ich von ihm zu wissen, warum niemand auf den großen Schiffen arbeite und auch auf den Docks jegliche Tätigkeit zum Erliegen gekommen sei.

»Der Hafen ist geschlossen«, antwortete der Mann. »Und das Tor ebenso.«

Der Dänenkönig trat zu mir und wollte wissen, was der Bootslenker gesagt habe. Nachdem ich ihm die verblüffende Neuigkeit mitgeteilt hatte, meinte er: »Dann frag ihn, was zu dieser Maßnahme geführt hat.«

Ich wandte mich noch einmal an den Fährmann und erhielt von ihm eine Antwort, die mich von Grund auf erschütterte. Die Sonne schien in diesem Moment am Himmel zu verblassen, und ich fühlte dieselbe schreckliche Ohnmacht und Hilflosigkeit wie an jenem Tag, als der arme Bischof Cadoc auf so gräßliche Weise umgebracht worden war.

»Was hat er gesagt?« drängte Harald, als ich nur dastand und alle Farbe aus meinem Gesicht gewichen war. Brynach und Faisal benötigten keine Übersetzung. Der Mönch bestürmte den Bootslenker mit weiteren Fragen, während der Araber zum Emir eilte, um ihm die furchtbare Neuigkeit zu überbringen.

Ich umklammerte die Reling mit beiden Händen, weil meine Beine nachzugeben drohten, und drehte mich dann langsam zu dem Fürsten der Seewölfe um. »Der Mann sagt«, begann ich, und meine Stimme klang hohl und fremd in meinen Ohren, »daß der Kaiser tot ist ...«

Weil ich es immer noch nicht glauben wollte, wiederholte ich die Worte: »Basileios lebt nicht mehr. Deswegen sind der Hafen und das Tor für alle Fremden geschlossen worden.« Ich sah an Harald vorbei auf die vielen Gefährten, die ebenfalls an der Reling standen und mit denen zusammen ich so viel durchgemacht und manche Gefahr überstanden hatte. »Ich muß sofort den Emir verständigen.«

»Der Emir weiß es schon«, ertönte eine müde Stimme hinter mir. »Wir sind zu spät gekommen.«

Sadik trat zusammen mit seinem Vertrauten zu uns. Er nickte Faisal zu, und dieser wandte sich an den Fährmann. Die beiden unterhielten sich eine Weile, bis der Araber uns mitteilte: »Das goldene Tor ist noch offen.«

Nach Erhalt einer Silbermünze wurde der Bootslenker richtiggehend redselig und erklärte uns, daß in Zeiten eines besonderen Ereignisses – wie einer Geburt, einer Hochzeit oder eines Todesfalls im Kaiserhaus – die wichtigsten Eingänge der Stadt geschlossen würden, damit die Soldaten anderen Pflichten nachgehen konnten. Das goldene Tor aber bleibe jahraus, jahrein offen, außer in Kriegszeiten, doch angesichts des Menschenandrangs sei es wohl kaum möglich, dort Durchgang zu finden.

All dies übersetzte ich natürlich Harald, der daraufhin seine Männer an die Ruder zurückrief, und wenig später glitten die Drachenboote langsam am gewaltigen Südwall der goldenen Stadt entlang, bis wir vor den Bezirk gelangten, der Psamathia heißt und unmittelbar vor dem goldenen Tor an der Südwestecke Konstantinopels gelegen ist. Hier befand sich zwar kein Hafen, aber das Wasser war ausreichend tief, um vor Anker zu gehen. Tatsächlich waren wir nicht die einzigen, die darauf verfallen waren. Etliche Schiffe hatten hier bereits mit dem Bug zum Strand angelegt und warteten darauf, Ware oder Vorräte geliefert zu bekommen, oder führten vor dem Auslaufen notwendige Reparaturen durch.

Thorkels geübtes Auge fand rasch eine Stelle, an der wir den Anker auswerfen konnten, und als die drei Langboote aneinandergebunden waren, beratschlagten wir, wer von uns an Land gehen sollte.

Harald war natürlich der Ansicht, daß er als erster byzantinischen Boden betreten würde. Und dann wollte er gleich in den Palast marschieren und bei dem neuen Kaiser, wer immer das auch sein mochte, die fällige Bezahlung einfordern.

»Du bist ein großer und beeindruckender Mann, Jarl«, hielt ich seinen Vorstellungen entgegen. »Was nun, wenn irgendwer dich erkennt? Wir dürfen nicht zulassen, daß Nikos vorzeitig gewarnt wird. Wenn er jetzt entfliehen kann, waren alle unsere Mühen und Kämpfe vergebens. Es darf einfach nicht alles umsonst gewesen sein, oder?«

Das gefiel Harald überhaupt nicht, aber am Ende erklärte er sich knurrig einverstanden, an Bord seines Schiffes zu warten; zumindest bis wir herausgefunden hatten, wie die Dinge bei Hofe inzwischen standen. Schließlich wurden Brynach und ich für den Landgang bestimmt, und man gab uns noch Dugal mit, sozusagen als unseren Leibwächter.

Wir drei riefen eine Fähre heran. Der König gab mir eine Handvoll Silbermünzen und Dugal ein Schwert. Ich mußte an den Tag zurückdenken, an dem wir wackere Pilgerschar von Irland aus in See gestochen waren. Damals hatte Lord Aengus meinem besten Freund ebenfalls ein Schwert gereicht, doch Bischof Cadoc hatte gemeint, daß wir dessen nicht bedürften. Heute aber, nach all dem, was sich seitdem getan hatte, nahm Dugal die Klinge.

Während Faisal mit dem Bootslenker den Fahrpreis ausmachte, winkte mich der Emir zu sich. »Du mußt sehr vorsichtig sein, Aidan«, riet er mir und strich sich besorgt den Bart. »Unsere Feinde sind Männer ohne Seele.« Sadik sah mich mit seinen dunklen Augen direkt an. »Ich möchte nicht, daß auch du deine Seele verlierst.« Er blickte mir noch einmal eindringlich ins Gesicht und verabschiedete sich dann mit den Worten: »Gib mir nach deiner Rückkehr sofort Bescheid.«

»Selbstverständlich, Fürst«, versprach ich und sah ihm nach, als er gebückt wie ein Greis zu seinem Zelt schlurfte.

Dann rief Faisal auch schon, daß das Boot warte. Brynach und Dugal waren bereits eingestiegen. Bevor ich über die Reling stieg, um ebenfalls in den Kahn zu gelangen, warf ich einen letzten Blick zu dem Zelt und machte dort Kasimene aus. Sie stand seitlich da, und ich konnte unter ihren Schleier sehen. Natürlich lag es an der Sonne, daß sie die Stirn runzelte und die Augen zusammenkniff, doch schien ihre Miene in diesem Moment Sorge und strenge Mißbilligung auszudrücken. Aber dann bemerkte sie mich und setzte sofort ein Lächeln auf, bei dem alle finsteren Wolken von ihren Zügen wichen. Doch ich fragte mich noch eine ganze Weile, ob ich vorhin nicht vielleicht ihre wahren Gefühle zu sehen bekommen hatte.

Die griechischen Seeleute verlangten gerade ihren Lohn, und daß man sie aus dem Dienst entlasse. Harald und Faisal kümmerten sich um die Männer, als ich endlich von Bord ging. Während der Fährmann sein Ruder bewegte, teilte ich den beiden Mönchen mit, was ich mir überlegt hatte. Ich sprach Keltisch mit ihnen, weil ich nicht belauscht werden wollte. »Vermutlich wird es am besten sein, wenn wir uns als Händler ausgeben. Wenn jemand nachfragt, antworten wir, daß wir nach Byzanz gekommen seien, um Gewürze und Öl zu erstehen.«

»Wer uns ansieht«, meinte Dugal mit Blick auf seinen arabischen Umhang, »wird in uns niemals Mönche vermuten.«

»Damit täuschen wir die Menschen natürlich«, gab Brynach zu bedenken. »Doch wenn du das unserer Sicherheit zuliebe für unabdingbar hältst, will ich mich mit dieser Notlüge abfinden.«

»Ja, ich halte das sogar für absolut notwendig«, entgegnete ich dem Frömmler. »Indem wir so tun, als seien wir Kaufleute, die eine lange Reise hinter sich haben, wird auch niemand darüber mißtrauisch werden können, daß wir so wenig über die jüngsten Entwicklungen in Konstantinopel wissen.«

Brynach sah mich streng an. »Ist denn dieser Nikos in deinen Augen wirklich so gefährlich, daß wir zu solchen Betrugsmanövern greifen müssen?«

»Schiffe segeln unter seinem Befehl, und hohe Würdenträger werden auf sein Geheiß hin in ihrem Bett ermordet«, erwiderte ich hart, weil der Haß auf den Komes wieder in mir erwachte. »Du selbst hast durch seine Hand großes Leid ertragen und mitansehen müssen, wie unsere Brüder dank der Intrigen dieses Mannes einer nach dem anderen den Tod gefunden haben. Wie ist es möglich, daß du Zeuge all dessen geworden bist und in ihm immer noch keine Schlange siehst?«

»Oh, versteh mich bitte nicht falsch«, entgegnete er gedehnt, »ich halte ihn durchaus für gefährlich, aber Nikos ist genauso ein Sterblicher wie wir. Der Komes mag hassenswert, widerwärtig und ein Scheusal sein, aber er bleibt doch immer noch ein Mensch. Doch wenn man dich reden hört, Aidan, könnte man glauben, er sei ein Dämon, der über die Luft und das Licht gebietet.«

»Solange ich ihn nicht tot und in seinem Grab gesehen

habe«, entgegnete ich kalt, »halte ich ihn für den fleischgewordenen Leibhaftigen und werde ihn dementsprechend behandeln.«

»Dennoch ist es unser Herr Christus, der uns am Leben erhält und beschützt«, erklärte der Mönch, »und deswegen haben wir nichts zu fürchten.«

»Aber ja, Er hat sich als erbärmlicher Beschützer erwiesen«, fuhr ich ihn an. »Sieh dich doch um, Brynach, bei jedem Zug, den wir gemacht haben, erwarteten uns neue Tode und Katastrophen, und unser großartiger Gott hat keinen Finger gerührt, das zu verhindern.«

»Immerhin leben wir noch«, bemerkte Dugal, und sein kindlicher, einfältiger Glaube erzürnte mich noch mehr.

»Ja, aber wie viele hundert andere liegen dafür unter der Erde!« Ich hatte mich so in Rage geredet, daß der Fährmann mich mit hochgezogenen Brauen anstarrte. So zwang ich mich lieber zur Ruhe.

»Ich frage mich, was unsere toten Brüder, oder die zweihundert, die bei dem Hinterhalt ihr Leben lassen mußten, zu deiner selbstgefälligen Rede sagen würden!«

»Ich hatte ja keine Ahnung, daß du dich von unserem Herrn so schmählich behandelt fühlst«, sagte Brynach ganz sachlich und ohne den geringsten Vorwurf.

»Laß meine Gefühle aus dem Spiel«, knurrte ich kalt. »Sagt mir nur eines: Wie viele Menschen müssen noch sterben, ehe ihr einseht, wie gleichgültig sich Gott gegen uns verhält?«

Dugal war so entsetzt von meinem Zornesausbruch, daß er mich wie einen Fremden anstarrte.

Da es mir offensichtlich nicht gelingen wollte, ihnen die Nichtigkeit ihres Glaubens vor Augen zu führen, hielt ich von da an den Mund und wandte den Blick ab, bis der Kahn gegen die niedrige Landungsmauer rummste und wir aussteigen konnten. Ich bezahlte den Fährmann, und dann machten wir uns gleich auf den Weg zu dem goldenen Tor, das über den Hütten und kümmerlichen Bauten aufragte, welche sich wie eine unzusammenhängende Schlamm- und Dreckkruste über das Marschland entlang des stinkenden Klärgrabens dahinzogen, der am Grund des Westwalls der Stadt verlief.

Hier lebten die Tagelöhner, welche die Schiffe entluden und die Frachtkisten, -ballen und -körbe zu den einzelnen Märkten trugen. Da die Häfen aber geschlossen waren, saßen die Männer nur untätig herum und beobachteten die Menschen, welche zum Tor zogen.

Wir suchten uns unseren Weg durch Abfallhaufen und Fäkalien, bis wir den Egnatios erreichten, die Straße, die durch das goldene Tor führte und dahinter in die Mese einmündete. Und von dieser Hauptverkehrsader gelangte man mit Leichtigkeit zum Forum und schließlich zum Palast, auch wenn man dazu die ganze Stadt durchqueren mußte.

Kaum hatten wir den Fuß auf diese Straße gesetzt, da sahen wir schon, daß der breite, gepflasterte Weg sich in ein Menschenmeer verwandelt hatte; in ein träges Gewässer, das sich nur mit kaum wahrnehmbarer Geschwindigkeit auf das viel zu weit entfernte braungelbe Tor zu bewegte. Dafür waren das Gesumme, Gebrodel und Gelärme hier kaum zu ertragen.

Uns schien nichts anderes übrigzubleiben, als uns in diese Masse einzufügen und darauf zu hoffen, irgendwann das Tor zu erreichen. Das taten wir dann schließlich und fanden uns hinter einer Gruppe Männer wieder, die schwere Säcke aus grobem, aber festem Sackleinen trugen. Zusammen mit ihnen schoben wir uns ein kleines Stückchen weiter, wenn es wieder einmal voranging, und die fünf Männer nahmen immer mal wieder ihre Last ab, um sie neben sich auf den Boden zu stellen und etwas auszuruhen, bevor es irgendwann weiterging. Während einer solchen Pause sprach ich die Träger an und erbot mich, ihnen beim Transport ihrer Lasten behilflich zu sein.

»Dein Angebot freut uns sehr, Freund«, entgegnete der Anführer der Gruppe, »aber wir besitzen leider kein Geld, mit dem wir dich für deine Hilfsbereitschaft bezahlen könnten.«

»Wir wollen nämlich in die Stadt, um hier unser Glück zu machen«, meinte ein anderer, ein Jüngling mit mehr Flaum als Bartwuchs im Gesicht. Der Anführer bedachte ihn mit einem strengen Blick, den dieser jedoch in seinem jugendlichen Überschwang gar nicht mitbekam, drängte es ihn doch, uns mitzuteilen: »Wir sind die besten Töpfer in ganz Nicaea.«

»Dann seid ihr aber nicht allzu weit gereist«, gab ich mich ganz landeskundig, um ihr Vertrauen zu gewinnen. »Die Stadt liegt doch gegenüber von Konstantinopel in Kleinasien.«

»Ja, wir hatten es sicher kürzer als du«, entgegnete der Töpfermeister wenig begeistert.

»Wir sind auch schon im Osten gewesen«, sagte ich rasch. »Aber verrate mir doch, seit wann auf dieser Straße hier ein solcher Andrang herrscht.«

»Ihr müßt wohl die einzigen Männer in ganz Byzanz sein, die noch nicht wissen, was vorgefallen ist«, brummte der Anführer und beäugte uns mit erstem Mißtrauen.

»Der Basileus ist tot«, platzte es gleich aus dem jungen Mann heraus, der sich zu freuen schien, uns etwas so Wichtiges mitteilen zu können.

»Ehrlich?« fragte ich und gab mein Bestes, den Erstaunten zu spielen.

Dugal meldete sich nun zu Wort und fragte: »Wann ist das denn geschehen?« Sein Griechisch war nicht besonders, und die Handwerker starrten ihn eigenartig an, bevor sie antworteten.

»Vor sechs Tagen«, erklärte einer der Töpfer und schien seinen Stolz nicht länger bezähmen zu können. Er deutete auf den Sack, der vor ihm auf dem Boden stand, und sagte: »Wir haben Beerdigungsschüsseln angefertigt, die wir hier auf dem Markt verkaufen wollen.« Damit band er den Verschluß auf und griff in etwas, das für mich wie eine Schicht Stroh aussah.

Daraus zog er eine blau und weiß bemalte Schüssel hervor, die fein gearbeitet war, für meinen Geschmack aber etwas zu klein und zu flach wirkte.

Der Handwerker reichte mir das Stück, damit ich es betrachten könne, und ich entdeckte auf der Innenseite die Abbildung eines Mannes mit einer Krone, der in der einen Hand einen Speer und in der anderen ein Kreuz trug. Er stand auf einer goldenen Kuppel, und darunter war das Wort *Basileios* angebracht.

»Sehr hübsch«, bemerkte ich und gab sie an Brynach weiter, damit auch er Gelegenheit erhielte, sich lobend zu äußern.

»Die Menschen in dieser Stadt werden gern tief in die Tasche greifen, um eine so schöne Schüssel zu erwerben«, erklärte der Mann selbstbewußt. »Und wir haben dreihundert davon gemacht, die wir alle hier loswerden wollen.«

»Während der Beisetzung des Kaisers«, bestätigte ich und versuchte, das Gespräch auf den von mir gewünschten Kurs zurückzubringen. »Wann soll die denn stattfinden?«

»Na, morgen«, antwortete der Meister. Dann beugte er sich zu mir und weihte mich in das Geheimnis ein, von dem er sich einen größeren Geschäftserfolg erhoffte. »Wir wollen unseren Stand direkt vor der Hagia Sophia aufbauen.« Er nahm Dugal die Schüssel ab und zeigte auf die goldene Kuppel darin. Mir verschwörerisch zuzwinkernd fügte er hinzu: »Wir wissen nämlich, über welche Straßen sich der Beerdigungszug bewegen wird.«

»Dann wünsche ich euch alles Gute«, erklärte ich. »Anscheinend haben wir uns einen schlechten Zeitpunkt ausgesucht, um nach Konstantinopel zu kommen.«

»Na sicher«, meinte ein anderer aus der Gruppe, »wenn ihr vorhattet, mit dem Kaiser zu Abend zu speisen!« Alle lachten über die unmögliche Vorstellung. »Aber euch könnte hier das Glück winken, wenn ihr etwas kaufen oder verkaufen wollt.«

»Besonders in dem Fall«, fügte ein anderer hinzu, »wenn ihr lange genug bleibt, um den neuen Kaiser zu begrüßen.«

Nun öffnete er seinen Sack und beförderte eine neue Schüssel ans Tageslicht, die sich bis auf eine Kleinigkeit überhaupt nicht von der ersten unterschied. Wieder bekam ich den Mann mit Krone, Speer und Kreuz zu sehen, doch diesmal war unter der goldenen Kuppel *Leon* zu lesen. »Von denen haben wir ebenfalls dreihundert Stück angefertigt.«

»Mir scheint, ihr habt euren Samen mit bewundernswerter Voraussicht gesät«, bemerkte Brynach, »und ich wünsche euch eine erfolgreiche Ernte.« Er schwieg für einen Moment und fuhr dann nachdenklich fort: »Weiß man eigentlich, wie der Kaiser gestorben ist?«

»Man erzählt sich, er habe einen Jagdunfall erlitten«, antwortete der Meister mit dem Eifer eines geübten alten Klatschweibs. »Er hielt sich wie gewöhnlich in seinem Sommerlandsitz in Apamea auf, und …«

»Und ein Hirsch hat ihn mit seinem Geweih vom Pferd gestoßen und seine Seite durchbohrt!« unterbrach ihn der Jüngling, der sich nicht länger zurückhalten konnte. »Es heißt, das Tier habe Basileios meilenweit mitgeschleppt, ehe man ihn befreien konnte!«

»Das steht doch gar nicht fest, Issacius«, ermahnte ihn der Ältere. »Du weißt doch, daß es eine Sünde ist, Gerüchte weiterzugeben.«

»Die Farghanesen waren schließlich dabei und haben alles gesehen, was sich ereignet hat!« rief der junge Mann, weil er sich nicht herabsetzen lassen wollte.

»Niemand hat gesehen, wie sich alles zugetragen hat«, widersprach ihm einer der Töpfer. »Ich habe gehört, daß der Basileus der Jagdgesellschaft vorausgeritten war und von ihr getrennt wurde. Niemand ahnte, daß etwas geschehen sei, bis die anderen plötzlich sein reiterloses Pferd vorbeigaloppieren sahen. Deswegen waren die Leibwächter auch zu weit entfernt, um ihrem Herrn sofort helfen zu können.«

»Sie haben ihn aber gleich gesucht, auch gefunden und den Hirschen umzingelt«, fügte der Töpfer mit den Leon-Schüsseln hinzu, nicht ohne dem Jüngling einen finsteren Blick zuzuwerfen. »Einer der Farghanesen mußte den Gürtel des Kaisers aufschneiden, weil man ihn sonst nicht aus dem Geweih hätte befreien können.«

»Ja, aber das Tier konnte dann in den Wald entkommen!« übernahm der junge Mann wieder das Wort und legte eine Kunstpause ein, um seiner nächsten Enthüllung mehr Gewicht zu verleihen. »Der Kaiser hat danach sechs Monate mit dem Tode gerungen, ehe er ihm am Ende doch noch unterlegen ist.«

»Nichts Gutes kann daraus erwachsen, Gerüchte zu verbreiten«, tadelte ihn der Meister und wandte sich dann wieder an uns: »In Wahrheit haben wir die unterschiedlichsten Geschichten darüber zu hören bekommen.

Die einen schwören Stein und Bein, es habe sich so verhalten, während die anderen mit ebensoviel Überzeugung das genaue Gegenteil behaupten. Und es liegt ja wohl auf der Hand, daß nicht alle recht haben können. Deswegen halte ich es für besser, darüber den Mund zu halten, um nichts Falsches weiterzugeben.«

»Eine Einstellung, die von Weisheit kündet«, bestätigte ich ihm. Dann unterhielten wir uns noch über die Beisetzungsvorbereitungen und die Zeremonien, mit denen der neue Kaiser in sein Amt eingeführt werden würde. Und als ich irgendwann erkannte, daß wir von diesen braven Handwerkern alles erfahren hatten, was sie wußten, verabschiedeten wir uns von ihnen.

Wir lösten uns aus dem Menschenstrom und kehrten zu unseren Schiffen zurück. Dugal ging uns voraus, und ich ließ mich gern von ihm führen, erhielt ich so doch Gelegenheit, den Plan zu überdenken, der sich in meinem Kopf formte. So sehr beschäftigte er mich, daß ich von dem Dreck, dem Gestank und dem Unrat auf dem Weg nichts mehr wahrnahm.

## 34

»Dein Plan besitzt die Eleganz der Einfachheit«, bemerkte Fürst Sadik anerkennend, nachdem ich ihn davon in Kenntnis gesetzt hatte. »Aber ein wenig Pomp dürfte ihm zum endgültigen Erfolg verhelfen.«

Und so mietete der Emir sich in einer Villa am Goldenen Horn ein, besser gesagt, einem Palast, der noch den des Honorius in Trapezunt an Größe übertraf. Das Anwesen verfügte über Dutzende von Räumen auf zwei Stockwerken, und der große Innenhof besaß einen eigenen Springbrunnen.

Selbst für byzantinische Verhältnisse mußte man diesem Bau Pracht, wenn nicht sogar Protz bescheinigen. Der Emir vertraute mir an: »Nur der verlockendste Köder übertönt das Zuschnappen der Falle.«

»Aber, Fürst, du bist doch in dieser Falle der Köder!« erinnerte ich ihn.

So bezog eine kleine Gruppe von uns also die Villa, und im Schutz der Nacht schleusten wir dreißig Seewölfe und die drei gefangenen armenischen Seeräuber hinein. Am nächsten Morgen schickte Sadik Faisal mit allen acht Rafik, alle mit den schmuckesten Gewändern angetan, in den kaiserlichen Palast, auf daß sie sich dort zum Präfekten begaben und bei ihm für den Emir um eine Audienz beim Kaiser nachsuchten.

»Du hast eine hervorragende Wahl getroffen«, erklärte Faisal bei seiner Rückkehr. »Der Beamte kannte diese Villa hier genau und bemerkte, daß viele ausländische Gesandtschaften sie während ihres Aufenthaltes in der Stadt bewohnten.«

»Und er hat bestimmt gesagt, daß er jemanden herschicken würde, um mit dem Emir ein Vorabgespräch zu führen, oder?« fragte ich gleich.

Der Vertraute nickte.

»Und wann wird er erscheinen?«

»Schon morgen oder tags darauf«, antwortete Faisal. »Der Beamte war ziemlich aufgebracht darüber, daß wir uns nicht gleich nach der Ankunft gemeldet hätten. Aber ich habe dagegengehalten, daß wir wegen des unerwarteten Todes des Kaisers erst heute Gelegenheit erhielten, unsere Aufwartung zu machen.«

»Und das hat er dir abgenommen?«

Der Araber lächelte. »Ich habe sehr überzeugend geklungen. Da hatte er keinerlei Anlaß, das Gegenteil anzunehmen.«

»Und wie war es mit dem Soldaten?« wollte der Fürst wissen. »Hattest du große Mühe, ihn ausfindig zu machen?«

»Nicht im mindesten, Herr«, antwortete Faisal. »Alles ist so gekommen, wie Aidan es vorausgesagt hat. Ich habe mit dem Mann gesprochen, und ...«

»Hat euch jemand dabei beobachtet?« fragte ich besorgt.

»Das kann ich natürlich nicht ermessen, aber ich habe alle nur erdenklichen Vorsichtsmaßnahmen ergriffen.«

»Und wird der Mann uns helfen?«

»Er meinte, wir dürften uns darauf verlassen, daß er alle notwendigen Mittel anwenden werde, um der Gerechtigkeit zum Siege zu verhelfen.«

»Dann liegt jetzt alles in Allahs Hand«, bemerkte der Emir.

Damit war die Falle ausgelegt. Nikos hatte mittlerweile den Titel des toten Nicephorus erhalten, und als dessen Nachfolger oblag es höchstwahrscheinlich ihm, den Emir aufzusuchen. Daran hegte ich keinen Zweifel. Der neue Eparch hatte schon als Komes Vorabkontakte zu ausländischen Gesandten und Würdenträgern aufgenommen. Ja, gerade dieser Umstand hatte ihm ja erst ermöglicht, dem Thron sehr nahe zu sein. Außerdem wußte wohl niemand besser als dieser Schurke, was alles in die Wege geleitet worden war, um den Friedensvertrag zwischen dem Reich und dem Kalifat zu stören; immerhin liefen einige dieser Verschwörungen ja noch. Außerdem glaubte ich keinen Moment diese abenteuerliche Geschichte vom tragischen Jagdunfall des verstorbenen Kaisers. Nikos durfte also unter gar keinen Umständen riskieren, daß der Friedensvertrag durch Sadiks unerwartetes Auftauchen doch noch mit Leben erfüllt wurde.

Ohne Zweifel hatte der neue Eparch längst davon Kenntnis erhalten, daß der Gesandte des Kalifen nach Byzanz gekommen war und den Kaiser zu sprechen wünschte. Da blieb ihm gar nichts anderes übrig, als diese Angelegenheit persönlich in die Hand zu nehmen. Wir brauchten also nicht mehr zu tun, als hier in aller Ruhe auf sein Erscheinen zu warten. Und wenn er dann tatsächlich einträfe, würden wir vorbereitet sein, o ja, sehr gut vorbereitet sogar. Ich wappnete mich im Geiste für dieses Zusammentreffen und sagte mir, daß bald alles vorüber sein würde.

Der Appetit wollte sich nicht recht einstellen, und ich schlief auch schlecht. Zu sehr wirbelten in meinem Kopf die Gedanken um die Frage, wie dieses Wiedertreffen für mich wohl sein würde. Immer wieder glitt meine Rechte zum Griff des Dolches, um mir innere Sicherheit zu verleihen. Zugegeben, ich war kein Kriegsmann, und vielleicht käme es bei dieser Begegnung zu gewalttätigen Auseinandersetzungen, in deren Verlauf ich mein Leben verlöre. Doch sei's drum, ich fürchtete den Tod nicht länger. Nikos sollte diese Villa nicht lebend verlassen, das schwor ich mir, und wenn er mich vorher noch beseitigen könnte, würden Harald und seine Seewölfe ihm den Rest geben.

Wir hatten alle Möglichkeiten erwogen und uns darauf eingestellt. Nur eines hatten wir nicht bedacht: Daß Nikos so rasch bei uns auftauchen würde. Er erschien so bald nach Faisals Rückkehr, daß mich schon die Sorge beschlich, er habe unser Täuschungsmanöver durchschaut.

Zwei berittene Komes, deutlich erkennbar an ihrer gelben und blauen Tracht, tauchten schon am Vormittag bei uns auf, begehrten Einlaß und verkündeten, daß der Eparch jetzt jeden Moment eintreffen werde.

Mir blieb kaum genug Zeit, Sadik davon in Kenntnis zu setzen, die Wikinger dazu zu bewegen, ihre Plätze einzunehmen, und mich selbst in mein Versteck zu stellen – da zeigte sich Nikos auch schon. Er ritt in Begleitung von zehn kaiserlichen Leibwächtern heran. Fünf der Farghanesen betraten mit ihm das Haus, die anderen bezogen davor Wache. Jedem einzelnen von ihnen war anzusehen, daß es sich bei ihm um einen Elitesoldaten handelte.

Mein Herz, das nun, da der große Moment gekommen war, viel schneller schlug, verdoppelte seinen Takt noch, als ich den ersten Blick auf unseren alten Feind werfen konnte. Das schwarze Haar trug er jetzt länger und mehr den modischen Torheiten verpflichtet, die gerade bei Hofe zu herrschen schienen. Auch seine Kleidung wirkte eleganter als bei unserer letzten Begegnung. Angetan mit einer weiten schwarzen Hose und einer langen schwarzen Tunika mit übertrieben breiten Ärmeln, welche an den schmalen Hüften mit einem breiten schwarzen Gürtel nebst breiter silberner Schnalle zusammengehalten wurde, trat er überlegen und arrogant wie eh und je auf. Seine Augen blickten sich wachsam um, und das Lächeln auf den Lippen hatte kein bißchen von seiner Kälte verloren.

Faisal erwies sich auch bei dieser Gelegenheit als perfekter Haushofmeister seines Herrn. Er führte die Komes und den Eparchen auf den Innenhof, den man nach dem Geschmack des Orients mit einem niedrigen Tisch und etlichen Sitzkissen unter einem gestreiften Sonnendach ausgestattet hatte. Er bat die Gäste, dort Platz zu nehmen, und zog sich dann mit den Worten zurück: »Vergebung, wenn ich euch jetzt allein lasse, aber ich muß meinem Herrn, dem Emir, Bescheid geben, daß ihr eingetroffen seid.«

Nach einem angemessenen Zeitraum zeigte sich der Fürst und präsentierte sich dem hohen Besuch in einem vornehmen cremeweißen Gewand und einem türkisblauen Umhang. Die drei Hofbeamten erhoben sich, um ihm ihren Respekt zu erweisen, und der Emir nickte ihnen freundlich zu. Dann bat er die Gäste, mit ihm am Tisch zu sitzen, und bot ihnen Erfrischungen an: Obst, Süßwerk und kühle Säfte. Die drei griffen gern zu, wenn auch unter den wachsamen Blicken der Farghanesen, die sich am Eingang aufgebaut hatten.

»Wie erfreulich, dich wiederzusehen, Emir Sadik«, begann Nikos. »Ich hoffe, du hattest eine angenehme Reise.« Ohne eine Antwort abzuwarten, fuhr er gleich fort: »Ich muß allerdings gestehen, daß dein Besuch, so sehr er mein Herz auch erwärmt, etwas überraschend gekommen ist.«

»Wirklich?« fragte der Fürst und täuschte Besorgnis vor. »Der Eparch Nicephorus und ich waren doch übereingekommen, daß ich nach Konstantinopel kommen solle, um für den etwas später eintreffenden Kalifen und sein Gefolge eine geeignete Unterbringung zu finden. Und ehrlich gesagt, Kalif al-Mutamid ist schon ganz begierig darauf, im kommenden Frühjahr den Kaiser zu treffen.«

»Zu unser aller Bestürzung«, entgegnete Nikos, »haben die jüngsten Ereignisse einen dunklen Schatten auf die Hofangelegenheiten geworfen. Wie du dir sicher vorstellen kannst, ist der Palast in heller Aufregung.«

»Natürlich, die Beisetzung des Kaisers«, erklärte Sadik voller Taktgefühl. »Selbstverständlich werden wir bei erster sich bietender Gelegenheit dem neuen Kaiser Leon unser Mitgefühl aussprechen und ihm unsere Gastgeschenke überreichen. Und wenn unsere Ankunft vielleicht etwas zu unvermittelt erfolgt sein mag und den Ablauf der Krönungszeremonien gestört haben sollte, so werden wir nicht anstehen, ihm dafür unser tiefstes Bedauern auszusprechen.«

»Bitte, Emir, laß mich dir versichern, daß eine Entschuldigung oder dergleichen absolut unnötig sein wird«, entgegnete der Eparch mit einem kurzen Lächeln. Und damit wurde mir auch der Grund für sein rasches Erscheinen klar: Der Kaiser war noch nicht von unserem Auftauchen in Kenntnis gesetzt worden. Nikos hatte den Wunsch des Emirs nach einer Audienz sofort an sich gerissen; und wenn es nach ihm ginge, würde es nie zu dieser Begegnung kommen.

»Tatsächlich bin ich es, der sich entschuldigen muß«, fuhr der Verräter jetzt fort, »denn ich erkenne nun, welches Versäumnis zu dieser Verwirrung geführt hat.« Er legte die Fingerspitzen gegeneinander. »Zu meinem größten Bedauern muß ich dir nämlich mitteilen, daß Eparch Nicephorus nicht mehr unter uns weilt.«

Sadik spielte seine Rolle ausgezeichnet und starrte Nikos jetzt entsetzt an. »Das tut mir wirklich leid zu hören«, erklärte er nach einer Weile, und ich hörte ihm an, daß sein Schmerz diesmal echt war.

»Er war ein großer und gütiger Mann. Ich darf mit allem Stolz hinzufügen, daß ich mich seinen Freund nennen durfte.«

»Wie es in solchen Situationen leider häufig vorkommt«, fuhr der neue Eparch ohne innere Anteilnahme fort, »hat Nicephorus uns einige Dinge unerledigt zurückgelassen. Ich selbst habe mir die größte Mühe gegeben, einige der Lasten auf meine Schultern zu nehmen, die mein Vorgänger so mühelos getragen hat.«

»War er schwer erkrankt?« fragte der Fürst. »Hat er lange gelitten?«

»Nein, Gott sei Dank war es ziemlich rasch mit ihm vorbei«, antwortete der Verräter. »Aber in seinem hohen Alter mußte man eigentlich ständig damit rechnen.« Der Mann log so überzeugend, daß ich es für einen Moment beinahe selbst glaubte, Nicephorus sei nach kurzem Leiden sanft entschlafen.

Nikos legte eine kurze Pause des bedauernden Angedenkens ein und fuhr dann fort: »Armer alter Nicephorus. Du kannst dir gar nicht vorstellen, wie sehr ich ihn vermisse. Kurz nach unserer Rückkehr aus Trapezunt ging es mit ihm auch schon zu Ende. Und in vielerlei Hinsicht fällt es mir selbst heute noch schwer, mich daran zu gewöhnen, daß er nicht mehr bei uns ist. Sein Ableben hat eine tiefe Lücke in die Staatsgeschäfte gerissen – und nun, da der Kaiser, wenn ich so sagen darf, ihm auf seinem Weg gefolgt ist …« Der Eparch schwieg, als habe ihn der Kummer übermannt und als wisse er auch nicht, wie es nun weitergehen solle. Doch dann tat der Verräter so, als erinnere er sich wieder seines Amtes und gewänne seine Fassung zurück. Mit fester Stimme erklärte er: »Doch nicht nur das Leben geht weiter, wie es so schön heißt, sondern auch die Politik des Reiches. Aus diesem Grunde habe ich dich auch aufgesucht, Emir. Verrate mir bitte, in welcher Weise ich dir behilflich sein kann.«

»Bevor ich damit beginnen kann, muß ich dich, so fürchte ich, um Nachsicht bitten«, wandte Sadik wieder seinen alten Trick an, »aber meine äußerst bescheidenen Kenntnisse des Griechischen scheinen sich erschöpft zu haben. Dein freundliches Einverständnis vorausgesetzt, werde ich jetzt durch den Mund Faisals zu dir sprechen.«

Nikos nickte nur, und der Vertraute, der sich bislang ein Stück abseits gehalten hatte, baute sich jetzt zur Linken seines Herrn auf. Dieser Kunstgriff verschaffte dem Fürsten einen zweifachen Vorteil: Zum einen konnte er sich mehr Zeit damit lassen, eine Antwort zurechtzulegen, und zum anderen besaß er die Muße, die Reaktionen und verräterischen kleinen Gesten seines Gegenübers besser zu studieren.

»Wie dir sicher bekannt ist, bedeutet der Friedensvertrag dem Kalifat und auch dem arabischen Volk überaus viel«, erklärte Sadik wahrheitsgemäß durch Faisal, »und ich möchte mich nur ungern der Vorstellung hingeben, Nicephorus' unvermutetes Ende könnte unsere Friedenshoffnungen in irgendeiner Weise trüben.«

»Dann laß mich dir versichern, Emir«, entgegnete der Eparch, nachdem Faisal ihm alles übersetzt hatte, »daß die Aussichten auf Frieden noch genauso hell erstrahlen wie zuvor.«

»Wunderbar«, sagte Sadik. »Diejenigen, welche einen Anteil am Zustandekommen dieses Vertrages haben, werden nie vergessen werden. Ich bin mir auch sicher, damit dem Wunsch des Kalifen zu entsprechen, wenn ich diejenigen reich belohne, welche sich um den Frieden verdient gemacht haben. Sei also gewiß, daß meine Freigebigkeit auch in diesem Land gerühmt werden wird.«

All dies vernahm ich in meinem Versteck und bewunderte den Fürsten für sein Geschick, das Gespräch in die von ihm gewünschte Richtung zu lenken.

»Wie stets suchen deine Besonnenheit und Anteilnahme ihresgleichen, Fürst, und nichts würde mir mehr gefallen, als dir in allem zu dienen. Wenn du gestattest, werde ich in deinem Namen dem Kaiser dein Gastgeschenk überreichen. Das würde mich in die Gelegenheit versetzen, ihm deine Beweggründe persönlich vorzutragen. Ich bin mir auch sehr sicher, daß der Basileus deine noble Geste dann um so mehr zu würdigen weiß.«

»Ein ausgezeichneter Vorschlag«, lobte Sadik, der genau darauf hingearbeitet hatte, und ließ ihn dann durch Faisal fragen: »Möchtest du jetzt gern sehen, was wir für den Basileus vorbereitet haben?«

»Aber gern«, antwortete der Eparch sofort.

»Dann folge mir bitte in den nächsten Raum«, forderte der Fürst ihn auf und erhob sich. »Komm, ich will es dir zeigen.«

Ich spürte, wie sich das Herz in meiner Brust verkrampfte, und preßte mich gegen die Säule, hinter der ich mich verbarg. Meine Rechte berührte zuerst den Griff des Kadi in meinem Gürtel und dann den Brief des Statthalters, den ich unter meinem Gewand trug. Ich schloß die Augen und atmete tief ein.

*Nur Mut*, befahl ich mir, *gleich ist alles vorüber.*

Der Emir führte seine Gäste durch den Gang, der um den Innenhof herumführte, und von dort in eine Kammer, in der sich nichts bis auf ein zusammengewickeltes, geflochtenes Lederseil befand. Nikos trat hinter Sadik ein, sah sich rasch um und fragte: »Aber wo ist denn das Geschenk?«

»Hier«, versicherte der Fürst und machte ihm Platz.

»Wo?« wollte der Verräter wissen. Das Mißtrauen war in ihm erwacht, und er entfernte sich vorsichtshalber einen Schritt von Sadik.

»Aber *du* bist doch das Geschenk, Nikos«, erklärte der Fürst und klatschte zweimal in die Hände. Unmittelbar darauf ertönte von draußen Geklirr und Ächzen, als die ahnungslosen Farghanesen von der Schar der Seewölfe überwältigt und entwaffnet wurden.

Der Eparch und die beiden Komes wirbelten sofort herum, und in diesem Moment trat ich vor und zeigte mich ihnen. Nikos' Blick fiel auf mich, und sein Mißtrauen verwandelte sich augenblicklich in brennenden Haß. Bei mir kam es zur gegenteiligen Entwicklung, denn alles in mir erkaltete. Die Begegnung verlief doch deutlich einfacher für mich, als ich mir das vorgestellt hatte.

»Du!« knurrte der Verräter. »Wie kannst du es wagen?« Sein Blick flog von mir zum Emir. »Wißt ihr denn nicht, wen ihr vor euch habt?«

»Oh, ich glaube, das wissen wir sehr gut«, entgegnete ich und marschierte in die Kammer. »Du bist ein Lügner und ein Mörder, kurzum, die teuflische Schlange in der Larve eines Menschen. Doch heute soll dich die Belohnung ereilen, die du dir mit deinen Schandtaten so redlich verdient hast. Die Schlinge, der du dich bislang stets entziehen konntest, schließt sich in dieser Stunde um deinen Hals, du falscher Eparch!«

Harald und sechs Dänen tauchten jetzt hinter mir im Eingang auf – genau so, wie wir es geplant hatten. »Die Leibwächter schlafen friedlich«, meldete der Jarl, und ich teilte das den anderen mit, während die Seewölfe Nikos und die Komes ergriffen und festhielten.

Die Begleiter des Schurken erkannten nun, daß ihnen hier Übles drohte, und fingen sofort an zu schreien und zu zetern, man müsse sie auf der Stelle freilassen.

Ich gab Hnefi und Gunnar ein Zeichen, die beiden Krakeeler hinauszuführen. Die Wikinger schleppten die bleich gewordenen und am ganzen Leib zitternden Männer aus dem Raum.

Nikos stand kurz davor, in Raserei zu verfallen, und zischte mich wütend an: »Ich dachte, du wärst tot.«

»Dann denk dir doch einfach, daß die Rache dich aus dem Grab ereilt«, entgegnete ich eisig.

»Rache für wen? Etwa für diesen vertrottelten alten Hundsfott? Das ist doch absurd.«

»Ja, richtig, Rache für Nicephorus«, entgegnete ich immer noch ganz ruhig. »Aber auch für all die Dänen in seiner Leibwache und die Kaufleute mitsamt ihren Familien, welche du auf dem Gewissen hast.«

»Du mußt von Sinnen sein«, fuhr Nikos mich gereizt an. »Was für Kaufleute? Was für Familien? Ich habe keine Ahnung, was du dir da zusammenfaselst.«

»Ich spreche von dem Hinterhalt an der Straße nach Sebastea, den du uns hast legen lassen«, entgegnete ich.

»Du hast wohl vergessen, daß ich selbst nur mit knappster Not diesem Überfall entkommen konnte«, verbesserte er mich und gewann etwas von seiner Fassung wieder.

»Ohne Zweifel hast du es so dem Kaiser berichtet«, stellte ich fest.

»Der Kaiser glaubt es mir auch, und du kannst ihm nicht das Gegenteil beweisen«, erwiderte er, und der alte Spott kehrte in seine Stimme zurück. Sein wiedergefundenes

Selbstbewußtsein reizte mich bis aufs Blut, und ich wäre ihm am liebsten auf der Stelle an die Gurgel gesprungen.

»Mag sein«, sagte ich und zwang mich, meinen Zorn im Zaum zu halten, »aber da sind noch andere Verbrechen, derer wir dich anklagen.« Ich drehte den Kopf und rief über die Schulter: »Brynach, Dugal, Ddewi, zeigt euch.«

Einen Moment später erschienen die drei Mönche in dem Raum. Nikos erstarrte. Ohne Zweifel hätte er nie erwartet, diese drei jemals wiederzusehen, zuallerletzt in meiner Gesellschaft. Auch ich starrte hin, denn meine drei Mitbrüder hatten sich Kutten übergeworfen, ähnlich denen, die sie auf der Pilgerreise getragen hatten. Und mehr noch, sie hatten sich Haar und Bart geschoren und sich eine neue Tonsur verpaßt, so daß sie genau so aussahen wie an dem Tag, an dem der Verräter sie zum letztenmal zu Gesicht bekommen hatte.

Wahrscheinlich hatte ich mich an ihr heruntergekommenes Äußeres gewöhnt gehabt; denn als ich sie jetzt in der alten Mönchstracht erblickte, versetzte das meinem Herzen einen Stich, und ich erinnerte mich daran, früher selbst zu den Céle Dé gehört zu haben.

Nikos bekam sich verblüffend rasch wieder in den Griff. Oh, dieser Mann war wahrhaftig eine falsche und verschlagene Schlange. »Wer sind diese Männer?« verlangte er herrisch zu erfahren.

»Wie alle anderen in diesem Hause gehören auch sie zu denjenigen, welche darauf brennen, dich der Gerechtigkeit zuzuführen«, entgegnete ich kalt. »Und um dich nicht im unklaren zu lassen, wir alle haben diesen Tag seit sehr langer Zeit herbeigesehnt.«

»Ich habe mir nichts zuschulden kommen lassen«, erwiderte Nikos, »und ich werde mir eure lächerlichen Anschuldigungen nicht länger anhören.«

»Der Kaiser wird uns aber anhören«, erklärte Brynach, »und möge Gott dann deiner Seele gnädig sein.«

»Wessen klagt ihr mich eigentlich an? Schlechten Wetters

und Seeräuberüberfällen?« Nikos legte seine ganze Verachtung in diese Worte. »Der Kaiser wird euch für eure ersponnenen Beschuldigungen auslachen.«

»Das möchte ich aber bezweifeln«, entgegnete ich überlegen. »Wenn den Basileus die Nachricht von deinem Ende erreicht, wird er vielleicht eine flüchtige Träne aus dem Augenwinkel wischen, bevor er deinen Nachfolger bestimmt.«

»Erspar mir deine ermüdenden Drohungen!« wehrte der Eparch ab und klang tatsächlich überdrüssig. »Wenn ihr wirklich etwas gegen mich in der Hand haben solltet, dann nur zu, tretet damit vor den Kaiser, und wir werden sehen, wer zuletzt lacht – und wer einen Kopf kürzer gemacht wird.«

Brynach schien die Mordlust in meinen Augen und die Hand zu bemerken, die sich um den Dolchgriff schloß; denn er trat rasch zu mir und legte mir eine Hand auf den Arm. »Bruder, du kannst ihn nicht einfach umbringen. Wir müssen den Schurken vor den Kaiser zerren, damit der Statthalter Gottes auf Erden sein Urteil über ihn fällen kann.«

Auch Sadik griff ein und stellte sich zwischen mich und den Eparchen. »Beflecke dich nicht mit seinem Blut, Aidan. Allen ist mehr damit gedient, wenn der Kaiser erfährt, mit welchen Männern er sich umgeben hat.« Der Fürst sah mir streng ins Gesicht. »Und wenn nicht um meinetwillen, dann um der Liebe zum Frieden und für all diejenigen, welche furchtbar leiden müssen, wenn er nicht zustande kommen sollte.«

Ich zögerte, aber meine Hand löste sich vom Kadi. Nikos sah darin seine Gelegenheit, uns ein weiteres Mal zu verspotten. »Worauf warten wir noch?« rief er und schnippte mit den Fingern. »Auf, führt mich sofort vor Leon!«

Der Verräter schien die Begegnung mit dem Kaiser nicht im mindesten zu fürchten, und das hätte mir eigentlich zu denken geben müssen. Aber ach, ich hatte so lange auf diesen Tag gewartet und so viel durchlitten, um endlich meine Rache genießen zu können, daß ich nur noch von der Vorstellung beherrscht wurde, diese Angelegenheit ein für allemal hinter mich zu bringen, ehe der Elende am Ende doch noch eine Möglichkeit fand, den Kopf erneut aus der Schlinge zu winden. Und so trieb ich unbeherrscht den Gang der Ereignisse voran, ohne zu ahnen, was mich am Ende erwarten sollte.

## 35

»Hände vorstrecken«, befahl ich. Nikos, dem glühender Haß aus jeder Pore zu dringen schien, streckte langsam die Arme aus. Ich deutete auf den zusammengerollten Strick und rief den Dänen zu: »Fesselt ihn.«

Harald selbst beteiligte sich daran, Nikos ordentlich zu verschnüren, wobei er beim Festzurren der Schlingen und Knoten nicht eben behutsam vorging. Als die Arbeit getan war, zog er des Verräters Schwert mit dem goldenen Heft aus der Scheide und setzte ihm die Klinge an die Rippen. »Ich glaube, dieses Mal wird er uns nicht entwischen.«

So brachen wir zum großen Palast auf: achtzehn Barbaren, zehn Sarazenen und eine Handvoll Mönche, die einen finster dreinblickenden Eparchen und drei armenische Piraten durch die Straßen von Konstantinopel führten – eine eigentümliche Prozession, gewiß, aber nicht seltsamer als die Gruppe, die damals den diebischen Quästor vor den Basileus gezerrt hatte.

Die kaiserlichen Leibwächter und die beiden Komes blieben, von Kopf bis Fuß gefesselt, in der Villa zurück, bewacht von einem Dutzend verdrossener Seewölfe, die lieber mit ihren Kameraden zum Palast marschiert wären.

Mit gesenktem Kopf und den Blick auf den Boden geheftet, schritt Nikos einher. Weder sprach er ein Wort, noch leistete er Widerstand. Der Eparch wußte ganz genau, wann er den Mund zu halten hatte, und ich vermute, daß er auf seine Stunde wartete und sich den Atem für eine bessere Gelegenheit aufsparte. Einmal strauchelte er und wäre fast gestürzt, doch Harald streckte rasch den Arm aus und stützte ihn. Wäre Nikos' Blick eine Klinge gewesen, Jarl Harald hätte in diesem Moment seine Hand eingebüßt. So jedoch richtete der Schurke von neuem wortlos den Blick zu Boden.

Er sprach nur einmal, und zwar, um dem *Scholarae* am Tor, der unseren Trupp verständlicherweise nicht gern ohne eine Weisung von höherer Stelle einlassen mochte, seinen Namen zu nennen. Mit dieser Schwierigkeit hatte ich natürlich gerechnet, und so erklärte ich gleich: »Wir sind eine offizielle Delegation. Bitte ruf den Oberaufseher der Torwachen.«

Unsicher sah der Soldat mich an. »Aber ich ...«

»Das ist schon recht«, versicherte ich ihm. »Wir warten hier, bis er Zeit für uns hat.«

Der Mann warf noch einen letzten Blick zurück, ehe er davoneilte und uns bei seinen Kameraden von der Wache zurückließ. Er blieb länger fort, als ich erwartete, so daß ich Muße hatte, mich zu sorgen, ob unsere List wohl entdeckt worden sei. *Geduld*, ermahnte ich mich und lächelte den Scholarii, die uns mißtrauisch beäugten, zu, *halte durch, dann wird bald alles vorüber sein*.

Meine Standhaftigkeit wurde bald belohnt, denn kurz darauf schaute ich meinem alten Bekannten Justinian ins Gesicht.

»So«, begann er und blickte ebenso ernst, wie er klang, »du bist also endlich zurückgekehrt.« Er sah von mir zu meinen Begleitern und betrachtete die Araber und Barbaren. »Was wollt ihr?«

Mir wurde eigenartig zumute. Hatte ich meinen alten Freund falsch eingeschätzt?

»Ich freue mich, dich zu sehen, Justinian«, sagte ich. »Du hast mir schon einmal geholfen ...«

»Und nun erwartest du von neuem meine Hilfe«, entgegnete er. Seine Stimme klang hart.

Nikos, der sah, daß sich ihm eine Möglichkeit eröffnete, erklärte: »Diese Menschen halten mich gegen meinen Willen fest. Ich verlange, daß du sie sofort ergreifen läßt.«

Langsam wandte Justinian sich dem Vorlauten zu. »Wer bist du, daß du den Männern des Kaisers Befehle erteilst?«

»Ich bin Nikos, Eparch von Konstantinopel«, zischte dieser empört. »Sorg dafür, daß sie mich augenblicklich freigeben, und ich will dafür sorgen, daß du belohnt wirst.«

»Ach, tatsächlich?« An mich gerichtet fragte Justinian: »Was habt ihr mit ihm vor?«

»Wir wollen ihn der Gerechtigkeit zuführen«, antwortete ich.

»Wenn das so ist, mein Freund, so fürchte ich, daß du enttäuscht werden wirst«, entgegnete er. »Auf dieser Welt gibt es keine Gerechtigkeit, und hier am allerwenigsten.«

»Du hast mir einmal geholfen«, erinnerte ich ihn rasch. »Bitte ... um der Rechtschaffenheit willen, die dir einst am Herzen lag, hilf mir ein weiteres Mal.«

Justinian sah mich ausdruckslos an. Seine Miene war nicht zu deuten. Dann schüttelte er langsam den Kopf, und ich sah, wie sich ein Lächeln über sein Gesicht ausbreitete. »Diese Stadt hat viele Tore, weißt du. Warum nur mußt du immer zu meinem kommen?« Dann ergriff er mich bei den Armen und zog mich an sich wie einen Bruder. An die beunruhigten Scholarii gerichtet, erklärte er: »Diese Männer hier haben wichtige Geschäfte mit dem Kaiser zu erledigen. Wir werden sie eskortieren. Folgt mir.«

Darauf führte man uns durch die Tore und in den dahinter liegenden Palastbezirk. Jedesmal, wenn wir aufgehalten wurden, ließ Justinian seine persönliche Autorität spielen, damit das Hindernis beiseite geräumt wurde und wir weiterkamen. So standen wir schließlich in einem weitläufigen, *Onopodion* genannten Saal, der die Eingangshalle des Daphne-Palastes darstellte. Dort hatte der neue Basileus Wohnung genommen, solange seine Lieblingsresidenz, das Octagon, für ihn eingerichtet wurde. Man hatte uns in den marmorgetäfelten Saal mit der blaugestrichenen Decke geführt, und wir hatten die strenge Begutachtung des Magister officiorum – nicht desselben, welcher Basileios gedient hatte, sondern eines anderen – über uns ergehen lassen. Der Hofbeamte war entsetzt, den Eparchen in der Gesellschaft so vieler ungehobelter Fremder, von denen die meisten auch noch Barbaren waren, zu sehen.

Der Magister wollte schon die Farghanesen rufen, doch da trat Justinian vor. Er beschwichtigte den Höfling und übernahm die volle Verantwortung für alle Anwesenden. Nikos, den die versteckte Schwertspitze schmerzhaft in die Rippen stach, bewahrte ein trotziges Schweigen. »Teil dem Basileus mit, daß der Eparch um eine sofortige Audienz nachsucht«, befahl Justinian, »und ich hole die Leibwache herbei.«

Der Magister war wahrscheinlich erleichtert, die Last der Verantwortung von seinen Schultern genommen zu bekommen, und huschte durch eine kleine Pforte, die in eine massive, hohe Tür von der Größe eines Stadttores eingelassen war, davon. Nun blieb uns, wie jedem, der aus irgendeinem Grund den Palastbezirk betrat, nichts anderes übrig, als zu warten.

An diesem Punkt glaubte Nikos, wieder seiner alten Überheblichkeit freien Lauf lassen zu dürfen. »Was, glaubst du wohl, wird in diesen Räumlichkeiten geschehen?« fragte er verschlagen. Ich drehte mich um und sah, daß er mich mit unverhohlener Verachtung betrachtete.

Harald hob die Hand, um ihn zum Schweigen zu bringen, doch ich gebot ihm mit einem Wort und einem Kopfnicken Einhalt. »Ich erwarte, daß du für deine Verbrechen verurteilt wirst«, erwiderte ich. »Und dann, hoffe ich, wirst du sterben.«

Langsam und überlegen schüttelte Nikos den Kopf. »Dann hat dein Freund Justinian recht: Dich erwartet eine Enttäuschung.«

»Das wollen wir noch sehen.«

»Laß mich dir sagen, was geschehen wird.«

Seine Unverschämtheit verdroß mich, und ich wandte mich ab und gab keine Antwort.

»Ihr werdet mit euren lächerlichen Anschuldigungen, die ich sämtlich zurückzuweisen vermag, vor den Kaiser treten«, versetzte Nikos ruhig und selbstzufrieden. »In Ermangelung jeglichen überzeugenden Beweises wird der Kaiser euch die Zungen herausreißen lassen, weil ihr gelogen habt. Man wird euch geißeln und zum Tod in den kaiserlichen Minen verurteilen.«

Als ich dies hörte, fuhr ich von neuem herum. »Du weißt viel über die Minen, nicht wahr, Nikos?« stieß ich hervor und trat auf ihn zu. »Kennst du dich auch mit dem Tod aus?«

»Ich kenne die Strafe, die der Kaiser für seine schlimmsten Feinde bereithält.«

»War Bischof Cadoc ein Feind des Kaisers?« verlangte ich zu wissen. »Und die Mönche aus Éire – waren sie die Feinde des Kaisers?« Ich trat näher und spürte, wie Wut in mir aufwallte. »War Eparch Nicephorus ein Feind? Und die Kinder auf der Straße nach Sebastea – waren sie ebenfalls Feinde?« Mit wachsendem Zorn baute ich mich vor ihm auf. »War Exarch Honorius ein Feind, Nikos? Und was war mit den Söldnern des Kaisers, König Harald und seinen Dänen, die in des Basileus Diensten standen? Sind auch sie Feinde des Kaisers gewesen?«

Nikos erwiderte meinen Blick gleichgültig unbekümmert und ohne ein Anzeichen von Furcht oder Reue. Warum nur? Brauchte es noch mehr, um ihm den Ernst seiner Lage zu verdeutlichen?

Ich fuhr mit der Hand in meinen Siarc und zog das Pergament hervor. »Erkennst du das wieder?« fragte ich. »Dies ist Honorius' Siegel. Diesen Brief hat er verfaßt, bevor deine Mitverschwörer ihn ermordet haben.«

Nikos warf einen ausdruckslosen Blick auf das Schreiben und zuckte gleichmütig die Achseln.

»Ich habe den Statthalter gesehen, bevor er gemeuchelt wurde. Ich habe versucht, ihn zu befreien. Er hat mir dies hier hinterlassen.« Ich hielt dem Verräter den Brief vors Gesicht. »Wenn du glaubst, daß ich keine ausreichenden Beweise besitze«, sagte ich mit vor Haß gepreßter Stimme, »dann irrst du dich. Honorius wußte von deinem Komplott, Kaiser Basileios zu töten. Er hatte Kenntnis davon erhalten und alles in diesem Brief festgehalten.«

Ein seltsam hämisches Grinsen breitete sich auf Nikos' Antlitz aus. »Mein Komplott?« fragte er lachend. »Glaubst du das wirklich? Ist das der Grund, aus dem ich hier stehen muß, gefesselt wie ein Galeerensklave?«

Das Lachen des Erzschurken erregte die Aufmerksamkeit der anderen. Faisal und Brynach übersetzten für ihre Landsleute, aber Harald trat zu mir und verlangte zu wissen: »Was erzählt er dir?«

»Nikos scheint nicht im geringsten besorgt zu sein, daß der Kaiser von seinen Verbrechen erfahren könnte.«

Die Augen des Jarl verengten sich zu schmalen Schlitzen. Er packte Nikos am Haupthaar und stieß ihm die Schwertspitze fester in die Seite.

»Bei Odin, ich werde ihm schon zeigen, daß er Grund zur Sorge hat.«

An den Verbrecher gerichtet, fragte ich: »Streitest du ab, daß du an der Verschwörung gegen Kaiser Basileios beteiligt warst?«

»Wie unwissend du doch bist«, entgegnete Nikos. Seine Stimme war angespannt und zeigte, daß er sich den Schmerz in den Rippen verbiß. »So selbstgerecht, so rasch mit deinem Urteil. Du weißt weniger als nichts und maßt dir an, über mich zu Gericht zu sitzen! Laßt mich gehen und verschwindet, solange ihr noch in der Lage dazu seid.«

»Sag, was du willst, ich weiß doch, daß du dich mit anderen verschworen hast, um den Kaiser zu töten«, erklärte ich ihm. Mein Zorn wuchs langsam zu rasender Wut an. »Honorius hat deinen Verrat entdeckt, also hast du ihn gefangengenommen und ermordet. Du hast auch Bischof Cadoc und meine Mitbrüder umbringen lassen, und das aus keinem anderen Grund als dem, daß sie den Statthalter sprechen wollten. Du wolltest nicht Gefahr laufen, daß sie zum Kaiser zurückkehrten und ihm berichteten, was sie gesehen und gehört hatten.«

Harald gab den Kopf des Gefangenen frei, ließ das Schwert jedoch unverrückbar an seinem Platz. »Um dem *Basileus* zu berichten, was sie gesehen haben?« wunderte Nikos sich laut.

Er konnte der Versuchung, seine Überlegenheit auszukosten, nicht widerstehen. »Dein Griechisch ist noch genauso elend wie früher!« In dem weitläufigen Saal hallte sein spöttisches Gelächter wider. »Ich glaube, das Wort, das du suchst, heißt *Usurpator*.«

Ich sah ihn verblüfft an und versuchte, einen Sinn in seinen Worten zu erkennen. Harald wollte wissen, was Nikos sagte. »Er meint, Basileios sei nicht der rechtmäßige Kaiser gewesen«, antwortete ich.

»Hör nicht auf ihn«, riet mir Harald. »Er ist ein geborener Lügner, der dich mit seinen widerlichen Künsten einwickeln will.«

Ich achtete nicht weiter auf die Warnung des Jarl und starrte Nikos wütend an. »Was willst du damit sagen?«

»Immer noch tappst du im dunkeln?« staunte Nikos. »Nun, ich bin sicher, Leon kann die Sache so erklären, daß selbst du und deine dressierten Barbaren sie verstehen.«

»Usurpator ... du hast Basileios einen Usurpator genannt. Was sollte das heißen?«

Nikos lachte mich bloß aus.

Außer mir vor Wut zwang ich mich dazu, mich abzuwenden und ein paar Schritte fortzutreten. Harald rief mir nach: »Was sagt er?«

Faisal und Brynach kamen zu mir gehastet. »Was meint er

nur?« fragten sie ebenso verwirrt wie ich über das, was sie gehört hatten.

»Still!« rief ich. »Laßt mich nachdenken!«

Aus meinen chaotisch umherwirbelnden Gedanken stieg mit der Klarheit einer Vision eine Erinnerung auf: Ich sah mich mit Justinian beim Essen sitzen. Justinian beugte sich über den Tisch. Er sprach leise und mit einem Unterton, den ich damals für Häme gehalten hatte. *Selbst die Freunde des Kaisers sagen, Basileios der Makedonier sei eher mittels einer gut geführten Klinge denn durch göttliche Berufung auf den Thron gelangt.* Noch einmal sah ich vor meinem geistigen Auge, wie er den Zeigefinger, einem Messer gleich, über seine Kehle zog.

*Jegliche Trauer über Michaels Hinscheiden wurde zusammen mit seiner blutüberströmten Leiche zur Ruhe gebettet ... Allenthalben war bekannt, daß er Basileios' Frau verführt und ihr beigelegen hatte, nicht einmal, sondern oft, und daß Basileios dies wußte. Tatsächlich behaupten manche Leute, einer der Söhne unseres Kaisers stamme nicht von ihm.*

Damals hatte ich Justinian vorgeworfen, er verbreite gemeinen Klatsch und Verleumdungen. Und dabei hätte ich ihn preisen sollen, weil er mir die Wahrheit aufdeckte!

Ich hob den Blick und sah, daß Justinian mich ernst beobachtete. O ja, er wußte genau Bescheid.

»Aidan«, rief der Emir, der mit Kasimene ein paar Schritte weit entfernt stand. »Hör nicht auf ihn. Warte, bis wir zum Kaiser vorgelassen werden.«

Ich gab keine Antwort, sondern sprach statt dessen Nikos an. »Du hast in Leons Auftrag gehandelt.«

Nikos entgegnete nichts, doch Worte waren auch nicht mehr nötig. Sein verschlagenes, überlegenes Grinsen verriet alles. Ich sah, wie er kühl und desinteressiert die Lippen verzog, und wußte, daß wir alles aufs Spiel gesetzt und verloren hatten.

*Du Narr!* schrie ich lautlos in mich hinein, erschüttert über meine Dummheit und Unwissenheit.

Eine entsetzliche Furcht beschlich mich, und Düsternis verschlang meinen Zorn. Es gab wahrlich keine Gerechtigkeit: Der König der Könige, der Auserwählte Christi und Gottes Stellvertreter auf Erden hatte seine Hände mit genau dem Verbrechen besudelt, für das ich Nikos verurteilen lassen wollte.

In diesem Augenblick der Erkenntnis verlosch für mich der letzte Hoffnungsfunke. Das Böse regierte überall. Alles war Vergeblichkeit und trostlose, sinnlose Verzweiflung. Ohnmächtig stand ich angesichts von Kräften da, die zu groß waren, als daß ich sie hätte begreifen können, und zu mächtig, um mich ihnen zu widersetzen.

Neben mir bewegte sich etwas. Ich spürte, wie sich eine Hand auf meine Schulter legte. »Achte gar nicht auf ihn«, sagte Dugal.

Von neuem rief Harald nach mir, doch ich verstand ihn nicht. Zu laut war das rhythmische Auf- und Abschwellen der brüllenden Leere in meinen Ohren.

Ich trat auf Nikos zu, der mit einem breiten, hämischen Grinsen auf dem Gesicht dastand, und zog den Dolch aus meinem Gürtel.

»Schneid mich los«, befahl der Eparch von oben herab. Er hielt mir die Hände hin, damit ich seine Fesseln durchtrennen konnte, und ich begann, an den Lederschnüren herumzusäbeln.

Harald streckte die Hand aus, um mir Einhalt zu gebieten, und einige andere riefen, ich solle aufhören. Aber ich fuhr fort, die Fesseln zu durchschneiden.

»Vielleicht bist du ja klüger, als ich dachte, Priester.« Die durchtrennten Schnüre fielen ab, und Nikos breitete die Hände aus. »Oder sollte ich lieber sagen, gefallener Priester? Sieh sie dir doch an«, höhnte er und wies auf die Mönche mit ihren ordentlichen Tonsuren. »Gottes Diener, die das Evangelium verkünden und die reine Lehre verbreiten ... Ha! Hunde sind sie, die ihr eigenes Erbrochenes fressen. Schau doch hin! Ein Sack Unrat versteht mehr vom Glauben als sie.«

Ich sagte nichts, sondern starrte ihn nur an, ohne eine Regung zu zeigen.

»Früher war ich wie du«, meinte Nikos und rieb sich die Handgelenke. »Ein aufrechter Gläubiger. Und dann habe ich, genau wie du, die Wahrheit erkannt.« Er lächelte und sonnte sich in seinem Triumph. »Wir sind aus demselben Holz geschnitzt, du und ich.«

»Tatsächlich«, pflichtete ich ihm bei, »ähneln wir uns mehr, als du ahnst.«

Ich hob den juwelenbesetzten Kadi und stieß ihn tief in sein schwarzes Herz.

# 36

Nikos sah auf das Messer hinab, welches aus seiner Brust ragte, und hob dann wieder den Blick. »Barbar!« brachte er, zitternd vor Wut, hervor.

Der Schurke griff nach dem mit Edelsteinen geschmückten Griff und wollte den Daigear aus seinem Körper ziehen. Doch ich bekam ihn zuerst zu fassen, stieß die Klinge bis zum Heft hinein und drehte sie. Ich fühlte, wie das scharfe Metall hart über einen Knochen schabte.

In der grotesken Parodie einer freundschaftlichen Geste ergriff Nikos meine Hand. Noch einmal versuchte er, das Messer aus seiner Brust zu lösen, doch ich hielt den Griff umklammert.

Das Schreien der anderen gellte mir in den Ohren, doch ihre Stimmen waren nur ein bedeutungsloses Geraune irgendwo hinter mir. Sie riefen meinen Namen, aber der Klang barg keinen Sinn. Eine eiskalte Gelassenheit erfüllte meine Seele. Ich fühlte mich ruhig und leer, als seien der ganze Zorn und Haß, die ich so lange mit mir herumgetragen hatte, durch diese einzige Tat ausgelöscht worden und hätten nichts zurückgelassen.

»Was hast du getan?« flüsterte Nikos, dessen Zorn langsam dem Entsetzen wich. Er sah mich mit zutiefst verwirrter Miene an, und seine Augen glitzerten seltsam.

»Wer das Schwert ergreift, soll auch durch das Schwert

umkommen«, entgegnete ich. Die Worte drängten sich mir wie von selbst über die Lippen.

»Narr!« schrie er und riß endlich meine Hände von der Waffe. Er wich zurück und umklammerte den Dolch, als sei dieser eine Schlange, welche ihre Giftzähne in seinen Körper geschlagen hatte.

Möglicherweise versagten seine Kräfte bereits, oder vielleicht hatte sich die breite Metallklinge irgendwie zwischen den Knochen verkeilt, denn obwohl er das Messer fest gepackt hielt und versuchte, es herauszuziehen, bewegte sich der Dolch nicht. Der Eparch hob den Kopf, kreischte laut auf und zerrte mit zitternden Händen weiter. Ein wenig Blut tröpfelte aus der Wunde und sickerte um den Stahl herum aus, doch das Messer saß weiter fest.

Jetzt geriet Nikos in Panik. Er ergriff die Waffe mit beiden Händen und zog den Dolch endlich mit einem lauten Schrei, der wie ein Schluchzen klang, aus seiner Brust. Auf seinem schwarzen Siarc erschien ein dunkler, sich rasch ausbreitender Fleck. »Dafür wirst du sterben«, rief er mit heiserer Stimme in die angespannte Stille des Saales hinein. »Ihr werdet alle sterben.«

Während er wütete, quoll ein Blutrinnsal aus seinem Mundwinkel. Nikos hob die Hand an die Lippen, strich mit den Fingerspitzen durch das Blut und hielt sie sich vor die Augen. Er erbleichte.

Nikos hustete und spie Blut. Der Verräter hob den Dolch und tat einen Schritt auf mich zu. Ohne Widerstand zu leisten, stand ich vor ihm und war bereit, mir die Klinge in die Brust stoßen zu lassen.

Das Schicksal hatte mir bestimmt, in Byzanz zu sterben, und wenn der Tod mich auf diese Weise ereilen sollte, dann nur zu.

Der verwundete Eparch tat einen weiteren Schritt, wobei er das Messer weiterhin so hielt, als wolle er zustechen. Doch dann versagten ihm mit einemmal die Beine den Dienst, und er kam nur noch taumelnd vorwärts. Nikos stürzte auf die Knie, und die Klinge flog ihm aus der Hand und klirrte auf den Steinboden.

Der Elende umklammerte meine Beine, zog sich an mir hoch und bewegte die Lippen, als wolle er etwas sagen. In seinem Blick stand ein Flehen, doch das Wort wurde nicht mehr ausgesprochen; denn noch während er es formte, stieg in seiner Kehle ein dicker Blutschwall auf und brach aus seinem Mund hervor.

»Auge um Auge«, murmelte ich. »Ein Leben für ein Leben.«

Nikos stöhnte und versuchte aufzustehen. Er hielt sich an mir fest, um sich ein letztes Mal aufzurichten, schaffte es, einen Fuß aufzusetzen, und stemmte sich unter heftigem Zittern irgendwie in eine unsichere Hockstellung.

So zusammengekauert hob Nikos den Kopf und warf wilde Blicke um sich. Seine Augen waren glasig und sahen nichts mehr. Schweißtropfen glitzerten auf seiner bleichen Haut. Er preßte beide Hände auf die Brust, bäumte sich auf und kippte schwer nach hinten. Mit einem tiefen, rasselnden Stöhnen rollte er auf die Seite und wurde von einem Hustenanfall ergriffen. Eine leuchtendrote Blutkaskade schoß hervor, und Nikos' Kopf sank auf die steinernen Bodenplatten.

Daß er tot war, wurde mir erst klar, als Harald sich über ihn beugte, ihn wieder auf den Rücken drehte und die Luft in einem langgezogenen, gurgelnden Zischen aus des Eparchen Lunge wich.

Jemand sprach mich an, und ich blickte auf und sah Dugal neben mir stehen. Ich tat einen Schritt auf ihn zu, doch meine Beine gaben unter mir nach. Der Mönch faßte meinen Arm und hielt mich mit seinen starken Händen aufrecht. Ich sah, wie er den Mund bewegte, doch seine Worte ergaben keinen Sinn für mich.

Ein Brausen erfüllte meine Ohren, und ich spürte einen heftigen Druck in meinem Schädel. Ich kniff die Augen zusammen und rang nach Luft, kämpfte darum, atmen zu können. Das Geräusch und der Schmerz verschwanden, und ich bekam wieder Luft.

»Aidan ... Aidan?«

Als ich die Augen aufschlug, stellte ich fest, daß ich in Dugals Gesicht sah. Brynach war zu ihm getreten, und beide betrachteten mich mit besorgten Mienen. Dugal hielt meine Arme fest und schüttelte mich leicht. Die zwei redeten auf mich ein, doch ich reagierte nicht.

Ich wandte den Blick von meinen Freunden ab und betrachtete Nikos, der auf dem Rücken dalag und mit gebrochenen Augen zu der himmelblau getünchten Decke aufsah. Immer noch empfand ich nichts, weder Haß, Reue oder Jubel noch sonst ein Gefühl, nichts außer der vertrauten dumpfen Leere. Ich wußte, was ich getan hatte, und war mir vollständig bewußt, wie entsetzt und bestürzt alle waren. Die Scholarii senkten, erschrocken über die Tat, der sie gerade beigewohnt hatten, ihre Speere, als wollten sie den Toten schützen, doch sie kamen zu spät. Sie waren den Barbaren offenkundig zahlenmäßig unterlegen und bekamen Angst. Einer von ihnen begann zu schreien, an die Tür zu hämmern und um Hilfe zu rufen. Justinian stand einfach nur da und sah zu.

Kurz darauf öffnete sich die in die hohe Tür eingelassene Pforte, und der Magister erschien von neuem. Er warf einen schnellen Blick auf den am Boden liegenden Leichnam und zog sich, aufgeregt mit den Händen fuchtelnd, zurück. Wir hörten, wie er kreischend in den Raum dahinter lief, und dann schwang langsam das große Tor auf, und zwei kaiserliche Leibwachen erschienen. Sie bezogen Stellung zu beiden Seiten des Eingangs. Geduckt standen sie da und hielten die Speere kampfbereit. Noch mehr Wachen hasteten mit gezogenen Waffen auf uns zu, und ihre Lederschuhe klatschten auf den polierten Steinboden. Der Magister officiorum stand in der Tür und rang die Hände, und hinter ihm näherte sich rasch und mit furchteinflößender Würde der neue Basileus Leon.

Ruhig blickte ich ihm entgegen. Tatsächlich war ich erstaunt, wie klar und geistesgegenwärtig ich mich fühlte. Mir schien es, als hätte ich eine unsichtbare Grenze überschritten, stünde nun auf der anderen Seite und sei wieder ganz ich selbst.

Ich sah, daß der neue Kaiser ein hochgewachsener, schmalgesichtiger Mann war. Ein langer, dunkler Bart betonte die Form seiner Züge noch. Er trug ein schlichtes weißes Gewand aus einfachem Tuch und einen Umhang aus demselben Stoff. Das einzige Zeichen seines kaiserlichen Ranges stellte eine Krone aus flachen Goldplättchen dar, die zu einem schmalen Band zusammengefügt waren. In der Mitte jedes Plättchens saß ein andersfarbiger Edelstein, und zu beiden Seiten des Gesichts hing eine Perlenschnur von dem Reif herab. Als er jetzt in der Tür stehenblieb, um das Bild zu betrachten, das sich ihm bot, runzelte er die hohe, edle Stirn, und seine großen dunklen Augen richteten sich forschend auf alles und jeden.

Niemand regte sich oder sprach ein Wort.

Der Kaiser sah auf den Toten herab, der auf dem Boden lag, und hielt inne, als versuche er, einen unverständlichen Text zu entziffern, dessen Aussage sich ihm nicht erschloß. Schließlich hob Leon den Blick wieder zu den Lebenden und sagte: »Aha!«

»Basileus«, begann der Magister und trat neben den Kaiser, »Eparch Nikos ist tot. Er ...«

Mit einer geübten kurzen Handbewegung gebot Leon dem Höfling Schweigen.

Ohne auf den Magister zu achten, fragte der Kaiser: »Will mich jemand darüber aufklären, was geschehen ist?« Seine Stimme klang gedämpft, hallte jedoch laut durch das gedrückte Schweigen im Kuppelbau des Onopodions.

Mir erschien seine Frage überflüssig. Er konnte doch wohl eindeutig erkennen, was hier vorgefallen war, und außerdem hatte der Magister ihm eben schon kurz davon berichtet.

Dennoch gab er weder ein Urteil ab, noch zog er übereilte Schlußfolgerungen, sondern wartete eine Erklärung ab.

Zu meinem Erstaunen meldete sich Faisal als erster zu Wort. Er trat mehrere Schritte vor, legte die Hände an die Brust und verneigte sich tief. Dann richtete der Araber sich wieder auf und erklärte: »Weiser Basileus, erlaubt mir, Euch Seine Erhabenheit vorzustellen, Fürst Jamal Sadik, Emir der abbasidischen Sarazenen, Diener Allahs und Abgesandter von Kalif al-Mutamid, des Beherrschers der Gläubigen.«

Bei diesen Worten trat Sadik vor. »Möge der Friede Allahs mit Euch und Eurem Volke sein, erleuchteter Basileus.« Mit einer leichten Verbeugung erwies er dem Kaiser seinen Respekt und legte kurz die Fingerspitzen an die Stirn. »Vielleicht kann ich Eurer Hoheit, wenn Ihr dies gestattet, eine Deutung einiger Ereignisse nahebringen, denen ich selbst beigewohnt habe«, sagte der Emir. Sein Griechisch, über das er sich so oft mißfällig geäußert hatte, klang nicht nur korrekt, sondern überaus gewandt.

»Grüße, Emir Sadik, im Namen Christi, unseres Herrn«, antwortete Leon und neigte steif den Kopf. Er wies auf die Leiche des Eparchen und fuhr fort: »Deine Ankunft und die damit verbundenen Geschehnisse haben Uns ein wenig überrascht.« Er warf einen Blick zu der Stelle, wo Nikos lag. »Dennoch ist es Uns eine ausgesprochene Freude, dich willkommen zu heißen, Fürst Sadik, und Wir sind sehr gespannt darauf, deine Erklärung zu hören. Wir bitten dich, sprich und erhelle Uns diese dunklen Vorgänge.«

»Basileus, zu meiner tiefen Bestürzung habe ich heute entdeckt, daß übler Verrat gegen mein Volk – und gegen Eures – verübt worden ist«, begann der Fürst, »eine unfaßbar gemeine Tat mit dem Ziel, den Friedensvertrag, welcher im Namen des Kaisers Basileios von Konstantinopel und des Kalifen al-Mutamid von Samarra zwischen mir und dem Eparchen Nicephorus in Trapezunt ausgehandelt wurde, zu vereiteln.«

Ich beobachtete Leon, um zu erkennen, ob er davon wußte oder in die Verschwörung verwickelt war, doch ich sah nicht das kleinste Zusammenzucken oder Zwinkern, welches darauf hingewiesen hätte. Tatsächlich schien mir das Erstaunen, das sich auf seinem langen Antlitz malte, vollkommen echt.

»Erzähl Uns bitte mehr darüber, Fürst Sadik«, forderte Leon ihn auf und befahl seinen Leibwachen mit einer Handbewegung, bequem zu stehen. Die Krieger schulterten die Speere und steckten die Schwerter zurück.

»Erst kürzlich habe ich erfahren, daß der Vertrag, von dem ich eben sprach, Konstantinopel im Gefolge der Ermordung von Eparch Nicephorus niemals erreicht hat«, fuhr der Emir in vornehmer Haltung fort. »Ja, ich selbst wurde auf meinem Schiff angegriffen, um zu verhindern, daß diese unselige Nachricht Euer Ohr erreichte.« An dieser Stelle angelangt, wandte Sadik sich um und wies auf die Armenier. »Ich zweifle nicht daran, daß diese Gefangenen, die wir mitgebracht haben und nun in Eure Obhut überstellen, meinen Bericht in jeder Hinsicht bestätigen werden.«

Bedächtig nahm Leon zuerst die Piraten und dann die Horde der Barbaren, Sarazenen und Mönche in Augenschein. »Dies ist äußerst erschreckende Kunde, Emir Sadik«, bemerkte er endlich angemessen bekümmert.

»Nicht weniger betrüblich, glaube ich, als der Umstand, daß hinter diesen und anderen Verbrechen ein Mann steckte, der dem kaiserlichen Thron als Hofbeamter sehr nahestand.«

Das alles entsprach natürlich der Wahrheit, doch ich konnte nur über das Geschick staunen, mit dem Sadik die harten Tatsachen mittels seiner kühlen, unparteiischen Rhetorik darstellte. Auch Leon schien die Art und Weise, mit welcher der Emir seine Enthüllungen vorbrachte, zu beeindrucken. Der Basileus gab vor, nichts von den Ereignissen zu wissen, und bat den Emir eindringlich, er möge fortfahren.

»Ich freue mich ganz besonders, Eurer Majestät die gute Nachricht zu überbringen, daß der Verbrecher, der diese und weitere ungeheuerliche Missetaten zu verantworten hat, ergriffen wurde und sich durch seine eigenen Worte gerichtet hat.« Gleichmütig betrachtete er den Toten auf dem Fußboden. »Das Urteil liegt nun in den Händen des allmächtigen Gottes, vor den jeder Mensch eines Tages treten muß.«

Leon nickte bedächtig und sah noch einmal den blutüberströmten Leichnam an, der da vor ihm lag. »Vielleicht wäre es besser gewesen«, bemerkte er trocken, »den Verbrecher zuerst vor ein irdisches Gericht zu stellen.«

»Ich bitte tausendmal um Vergebung, Basileus«, entgegnete Fürst Sadik, »darüber kann ich Euch nur mein tiefstes Bedauern ausdrücken. Die menschliche Schwäche ist eine Last, die wir alle nach bestem Vermögen tragen, Majestät, und die Ereignisse haben sich so schnell entwickelt, daß es unsere geringen Kräfte überstieg, sie zu einem befriedigenderen Abschluß zu bringen. Dennoch bin ich ganz und gar überzeugt, daß die Angelegenheit zufriedenstellend gelöst und der Gerechtigkeit, die der eine wahre Gott sich vorbehält, Genüge getan wurde.«

Auf den Toten weisend, schloß Sadik: »Allahs Urteil ist stets rasch. Man könnte sagen, daß es in diesem Falle vielleicht noch etwas schneller gefallen ist, als man für gewöhnlich erwartet.«

Kaiser Leon wandte sich um und rief seinen Wachen einen Befehl zu, worauf zwei von ihnen davonrannten. Wieder an uns gewandt, meinte der Kaiser: »Mit dem Leichnam des Übeltäters wird in einer Weise verfahren werden, die seinen Taten angemessen ist.« Er ging zur Tür. »Doch falls Wir euch überreden können, noch etwas zu bleiben, möchten Wir gern noch weitere Einzelheiten über die Vorgänge erfahren, von denen ihr eben gesprochen habt.«

»Tatsächlich, Basileus«, warf der Emir kühn ein, »glaube ich außerdem, daß hier noch jemand einen Anspruch geltend zu machen hat und Schulden beglichen werden müssen.«

Darauf wandte Leon sich um und ging in den Thronsaal

voraus. Emir Sadik folgte ihm, begleitet von Kasimene. Als nächster schritt Jarl Harald, umgeben von seinen Dänen, und Justinian und die Wachen bildeten den Schluß. Brynach, Ddewi und Dugal blieben zurück. Sie wirkten verlassen und bestürzt und traten mit verwirrten Mienen auf mich zu. »Aidan, warum?« war alles, was sie herausbrachten.

Wie konnte ich ihnen etwas erklären, das ich selbst nicht begriff? Ich drehte mich weg und ging dem Gefolge nach, vorbei an dem Toten, der mit dem Gesicht in einer langsam gerinnenden Blutlache lag. Aus dem Augenwinkel sah ich, wie Faisal sich bückte und etwas vom Boden aufhob. Er brachte es mir.

»Der Kadi hat gesprochen«, sagte er, und ich bemerkte, daß er die Klinge abgewischt hatte. Faisal steckte mir die Waffe in den Gürtel zurück und meinte: »Alles kommt so, wie Allah es will. Allah sei gepriesen.«

## 37

»Möge der Frieden Allahs über all Euren Tagen liegen, weiser Basileus«, sprach der Emir. »Die Wahrheit ist häufiger bitter denn süß, und doch stärkt sie alle, die davon kosten. So trinkt davon, wenn dies Euer Wille ist, auf daß Euer Urteil durch Erkenntnis gewürzt werde.«

So begann der Emir und berichtete danach alles, was geschehen war: Er erzählte von der Gesandtschaft nach Trapezunt und den langwierigen Verhandlungen, die zu dem ursprünglichen Friedensabkommen geführt hatten. Dann schilderte er die häßlichen Auseinandersetzungen, die darauf gefolgt waren, einschließlich des brutalen Massakers auf der Straße nach Sebastea und der Ermordung des Eparchen, und wie man die Überlebenden als Sklaven in die Minen des Kalifen verkauft hatte.

Leon hörte sich alles in Ruhe an. Er saß nicht auf seinem goldenen Thron, sondern auf einem einfachen Feldstuhl, wie er in der Regel von hohen Offizieren des Heeres benutzt wurde. Der Eindruck eines Generals, der eine Schlacht befehligte, wurde noch durch die Leibwache verstärkt, die in doppelter Reihe hinter ihm Stellung bezogen hatte. Während Leon die Geschichte, die Sadik vor ihm ausbreitete, überdachte, hatte er die kaiserliche Stirn von neuem in Falten gelegt.

Der Emir schloß mit den Worten: »Das Abkommen, das

wir Euch anbieten, ist unter einem hohen Preis zustande gekommen. Wenige Männer haben sich tapfer gezeigt, noch weniger kannten den Grund für ihre Qualen, doch die, welche Macht und Befehlskraft besitzen, sollten ihr Opfer nicht gering schätzen. Die Araber sind bereit, den Vertrag, der so teuer erkauft worden ist, zu erneuern.«

Mit nachdenklicher Miene nickte Leon. »Frieden zwischen unseren Völkern zu schaffen, ist ein edles – und kostspieliges – Unterfangen, Fürst Sadik. Wenn du einverstanden bist, werden Wir den Vertrag neu aufsetzen lassen. Dies wird natürlich deine aufmerksame Mitwirkung erfordern.«

»Der erfolgreiche Abschluß des Friedensvertrages ist von allerhöchster Wichtigkeit«, meinte Sadik. »Zu diesem Zweck bin ich nach Konstantinopel gekommen, und dazu halte ich mich zu Eurer Verfügung.«

Als nächstes wandte Leon seine Aufmerksamkeit den Dänen zu. Jarl Harald wurde herangewinkt und nahm Sadiks Platz vor dem Kaiser ein. Er bedeutete mir, zu ihm zu treten, was ich gern tat.

»Erhabener Herrscher«, begann ich, »mit Eurer Erlaubnis werde ich Eurer Majestät die Worte des Königs übersetzen.«

Der Kaiser neigte zustimmend das Haupt und erklärte: »Wir gestatten dir zu sprechen.«

Ich nickte Harald fast unmerklich zu, worauf dieser sogleich begann, dem Kaiser seine Forderungen vorzulegen. »Edelster Kaiser«, hob er an, und seine Stimme klang in dem großen Saal wie leiser Donner, »ich bin Harald Stierbrüller, Jarl der Dänen von Skane und Söldner unter Kaiser Basileios, der mich in seinen Dienst nahm, damit ich seine Schiffe schützte. Dies habe ich mit unübertroffenem Geschick und Mut getan und dabei ein Schiff und bis auf sechzig tapfere Männer all meine Krieger eingebüßt.«

»Du wirst Uns vergeben, König Harald«, entgegnete Leon, als ich ihm die Worte des Jarls übermittelt hatte, »wenn Wir erklären, daß Wir nichts von dieser Übereinkunft wissen.

Wir sind Uns allerdings bewußt, daß Unser Vorgänger häufig derartige Aufträge erteilt hat. Welchen Lohn solltet ihr für diese Dienste erhalten?«

»Großer Herrscher«, antwortete Harald durch mich, »die vereinbarte Bezahlung betrug eintausend Nomismi für den König und seine Schiffe und acht Denarii für jeden Mann, und zwar pro Monat, und sollte nach der Erfüllung ihrer Pflichten in Trapezunt und der sicheren Rückkehr nach Konstantinopel entrichtet werden.«

Harald war etwas eingefallen. Er stieß mich an und sprach weiter. Ich übersetzte: »Basileus, Jarl Harald bittet mit allem Respekt darum, den Preis für ein gutes Schiff und den Verlust von einhundertzwölf getreuen Männern zu berücksichtigen.« Noch einen Umstand machte Harald geltend. »Nicht zu vergessen die Mühsal der Sklaverei, welche der König und seine Männer im Dienste des Kaisers ausgestanden haben.«

Leon hatte das schmale Gesicht in noch tiefere Falten gelegt. Das Kinn in die Hand gestützt, betrachtete er die bulligen Dänen, während er sich seine Antwort zurechtlegte. Dies verschaffte mir eine gute Gelegenheit, den Kaiser zu beobachten. Ich war mir immer noch unsicher, wie tief er in Nikos' Intrigen verwickelt gewesen war. Heute meine ich, daß ein kleiner Teil von mir immer noch das Beste glauben wollte, und daher suchte ich an ihm nach Zeichen, die mir Hoffnung machen konnten.

»König Harald«, begann Leon mit seiner tiefen Stimme, »Wir wissen das hohe Opfer, welches du und deine Männer dem Imperium gebracht haben, zu schätzen. Wir sind Uns bewußt, daß die Witwen von Soldaten, die im Dienste des Reiches gefallen sind, häufig eine Abfindung erhalten. Daher schlagen Wir vor, euch diese ebenfalls zu gewähren, zusätzlich zu einer Entschädigung für dein Schiff. Der Logothete wird euch morgen aufsuchen, um die Höhe der Summe festzusetzen und die Bezahlung in die Wege zu leiten. Wir hoffen, daß du dies annehmbar findest.«

»Großer Herrscher«, erklärte Harald, sobald ich ihm das Angebot des Kaisers übersetzt hatte, »zwar sind tapfere Männer im Dienst ihres Herrn und in den Herzen ihrer Familien niemals durch bloße Schätze zu ersetzen, doch ich halte den Vorschlag Eurer Majestät für angemessen und werde Euren Diener mit allen Ehren empfangen.«

Pflichtgemäß hielt der Magister officiorum, welcher zur Rechten des Kaisers stand, die Übereinkunft auf seinem Wachstäfelchen fest. Als er damit fertig war, erhob sich Kaiser Leon und erklärte die Untersuchung für abgeschlossen. Mir war nicht entgangen, daß von Nikos nicht weiter die Rede gewesen war. Sadik und Harald mochten damit zufrieden sein, die Sache für beendet zu geben, ich jedoch war es nicht. Die Mönche aus Kells und Hy hatten, wie ich meinte, auch noch ein Anliegen an den Kaiser.

Obwohl Leon bereits aufgestanden war, um die Versammlung aufzulösen, erdreistete ich mich, ihn anzusprechen. »Herr und Kaiser«, sagte ich und trat vor ihn hin, »da ist eine weitere Schuld zu begleichen.«

Der Basileus hielt inne und warf einen Blick über die Schulter, um zu sehen, wer ihn gerufen hatte. »Ach? Und die wäre?«

Ich wies auf Brynach, Dugal und Ddewi, die ein wenig abgesetzt von den Dänen standen, und erklärte: »Meine Mitbrüder haben ebenfalls durch die Hand der Mächtigen gelitten. Sie sind als Pilger gekommen, um dem Kaiser ein Ersuchen vorzutragen. Dreizehn haben Éire verlassen, doch nur die Männer, die jetzt vor Euch stehen, haben die Reise überlebt.«

Der Kaiser wirkte wenig begeistert. Er sah die Mönche an, wollte sich anscheinend wieder setzen, besann sich dann aber anders und blieb stehen. »Wir fühlen mit euch«, erklärte er, »und eure Leiden lassen Uns nicht ungerührt. Wie dem auch sei, Wir sind der Meinung, daß eine Pilgerfahrt zwangsläufig ein gefährliches Unterfangen darstellt und jeder zukünftige

Pilger damit rechnen muß, einen hohen Preis dafür zu entrichten.

Daher können Wir nur euren Kummer über den Verlust eurer Brüder teilen und euch Unser tief empfundenes Beileid aussprechen.«

Mit diesen Worten wandte Leon sich von neuem ab. Brynach und die anderen waren erschrocken und verwirrt über die brüske Zurückweisung des Kaisers. Da ich sah, daß der Kaiser ohnehin vorhatte, die Audienz zu beenden, beschloß ich, daß ich nichts mehr zu verlieren hatte, wenn ich weiter auf meinem Standpunkt beharrte.

»Bei allem Respekt, Herr und Basileus«, meldete ich mich von neuem zu Wort, »der Tod dieser heiligen Männer wurde nicht durch die Naturgewalten der Meereswogen oder die Gefahren des Weges verursacht, sondern durch die gemeinen Taten eines verderbten, ehrgeizigen Menschen, welcher die ihm von dem Thron, den Ihr jetzt innehabt, verliehene Autorität ausgenutzt hat.«

»Dieser Mann«, erwiderte Leon schnell, »ist, wie man Uns so überdeutlich vor Augen geführt hat, vor das ewige Gericht gerufen worden, um sich für seine Verbrechen – daran zweifeln Wir nicht – zu verantworten. Wir sind überzeugt, daß die Art, wie er zu Tode kam, zwar ungesetzlich war, doch immerhin einigermaßen recht und billig. Daher sind Wir es zufrieden, die Dinge so zu belassen, wie sie stehen.« Er betrachtete mich streng. »Wenn du klug bist, wirst du Unserem Beispiel Folge leisten.«

Ich erwiderte seinen strengen Blick und antwortete: »Weisester Herrscher, ich bitte Euch, mich nicht mißzuverstehen. Diese Männer verlangen keine Entschädigung für ihren Verlust, sondern werden ihn geduldig tragen um des Gesuches willen, das sie bewegt hat, um eine Audienz beim Herrn und Kaiser, dem Auserwählten Christi und Gottes Stellvertreter auf Erden nachzusuchen. Dieses Begehr muß noch gehört werden.«

»Wenn dem so ist«, entgegnete Leon knapp, »so muß es über die Staatsorgane, die dazu da sind, eingereicht werden. Selbstverständlich werden Wir Uns zu gegebener Zeit damit befassen.«

Das Verhalten des Kaisers verblüffte und erzürnte mich. Es schien mir außergewöhnlich, besonders angesichts des Umstands, wie bereitwillig er auf die anderen Forderungen eingegangen war. Haralds Abfindung würde die kaiserliche Schatzkammer teuer zu stehen kommen, doch die Mönche baten um keinen einzigen Denarius. Warum widersetzte Leon sich dann jetzt so entschieden?

Dann kam mir in den Sinn, daß dies die einzige der drei ihm vorgetragenen Forderungen war, die der Kaiser nicht erfüllen konnte. Die Araber würden glücklich sein, wenn der Vertrag wiederhergestellt wurde, und die Dänen konnte man mit Silber abfinden – aber die Mönche würden sich nur mit Gerechtigkeit zufriedengeben, und Leon wußte, daß er diese nicht zu bieten hatte.

Gewiß, da hatte ich meine Antwort. Dennoch beschloß ich, daß ich die Wahrheit aus des Kaisers eigenem Mund hören wollte.

»Erhabener Herr«, versetzte ich ohne jede Furcht, denn ich hatte weder Selbstachtung noch Ehre zu verlieren, »bevor wir nach Trapezunt aufbrachen, hat Basileios auch mich in seinen Dienst genommen. Ich sollte, wie er befahl, sein Auge und sein Ohr an diesem fremden Ort sein und ihm Bericht über alles erstatten, was dort vorgehen würde. Kurz gesagt, ich war sein Spion.«

Leon, der offensichtlich gern gehen wollte, betrachtete mich zerstreut. »Da Basileios tot ist und der Friedensvertrag neu aufgesetzt werden soll, sehen Wir keinen Sinn darin, eine Tätigkeit weiterzuführen, die keinen Zweck mehr verfolgt.«

»Bei allem Respekt«, gab ich rasch zurück, »ich besitze Informationen über gewisse Angelegenheiten, die einer eingehenden Begutachtung wert sein dürften.«

Dies erweckte, wie ich sah, Leons Neugierde. Er war begierig zu erfahren, was ich wußte, durfte jedoch nicht zulassen, daß noch jemand Zeuge wurde. Sogleich traf der Basileus seinen Entschluß: Er erklärte die Audienz für beendet, befahl den Besuchern, in der Vorhalle zu warten, und seiner Leibwache, sich auf einen diskreten Abstand zurückzuziehen, auf daß wir miteinander sprechen konnten, ohne daß jemand mithörte.

»Für einen Abgesandten finden Wir dich ziemlich hartnäckig«, meinte Leon und nahm wieder Platz. »Was bewegt dich, so auf dieser Angelegenheit zu beharren?«

»Herr und Kaiser«, antwortete ich, »im Licht der Tragödie, die das Imperium vor kurzem ereilt hat, konnte ich unmöglich ruhigen Gewissens unterlassen, Euch mitzuteilen, daß die Befürchtungen des Basileios bezüglich eines Verrats nicht unbegründet waren.«

»Der frühere Kaiser war ein höchst argwöhnischer und furchtsamer Mann«, räumte Leon ein, und mir fiel auf, daß er von Basileios nie als seinem Vater sprach. »Welche seiner vielen Ängste hat er dir anvertraut?«

»Daß sich Männer verschworen hätten, ihn zu töten«, antwortete ich. Das stimmte zwar nicht, hätte aber angesichts des Mordes an Basileios die Wahrheit sein können.

»Und traf dies zu?« wollte Leon wissen. Die Frage klang beiläufig, doch der scharfe Blick, den er mir dabei zuwarf, verriet mir, daß ich sein Interesse geweckt hatte.

»Ja, Herr«, antwortete ich unumwunden. »Exarch Honorius hat die Verschwörung aufgedeckt, und dieses Wissen war auch der Grund für seine Ermordung. Ich führe einen versiegelten Brief von ihm bei mir«, sagte ich und legte die Hand auf das Pergament, welches ich unter meinem Siarc trug. »Er bezeugt diese Tatsache und sollte den Kaiser warnen. Leider sind wir zu spät nach Konstantinopel zurückgekehrt, um die Ausführung der abscheulichen Tat zu verhindern.«

»Der Kaiser ist durch einen Unfall gestorben«, erwiderte

Leon kühl. »Wie man Uns berichtet, ist er zu weit vor der Jagdgesellschaft geritten – was unter allen Umständen unklug ist –, und dies hat zu dem Unglück geführt, dank dessen das Imperium immer noch Trauer trägt.«

Ich hatte gehofft, er werde begierig sein, den Inhalt des Briefes zu erfahren, doch Kaiser Leon war zu schlau, um sich auf diese Weise ertappen zu lassen. Wie auch immer, ich hatte nur noch diese eine Gelegenheit und nichts zu verlieren, daher ergriff ich sie: »Eparch Nikos hat keinen Zweifel an der Richtigkeit dieser Berichte über einen wilden Hirsch und durchgegangene Pferde gelassen.«

Der Basileus legte die Hände ineinander und blickte mich über seine Faust hinweg an. »Der Eparch«, entgegnete er bedächtig, »mag den Wunsch gehegt haben, zu seinen eigenen Zwecken bestimmte Gerüchte in Umlauf zu setzen. Für seine Verbrechen hätte er, wie du andeutest, vielleicht zur Verantwortung gezogen werden müssen, doch nun ist er jeder Befragung entzogen. Wir müssen Uns mit der Lösung zufriedengeben, die der Himmel in seiner unendlichen Weisheit verfügt hat.«

Mehr sagte er nicht, und mir wurde klar, daß dies das Ende war. Mir war nicht gelungen, auch nur den kleinsten Hinweis auf ein Verschulden des Kaisers zu finden, und erst recht kein Eingeständnis. Mehr noch, Leon würde ganz einfach jede Verfehlung auf Nikos schieben. Ich hatte ihm den vollkommenen Sündenbock geliefert – Nikos' Tod entlastete Leon und sprach ihn von allem frei. Von Kummer und Verzweiflung verzehrt, stand ich da.

Leon schien sich nun endgültig zurückziehen zu wollen, doch etwas hielt ihn zurück. Er betrachtete mich mit säuerlicher Miene und meinte: »Da du Uns keine Antwort gegeben hast, fragen Wir dich noch einmal: Was willst du?«

»Erhabener Herr«, gab ich beinahe verzweifelt zurück, »als ich nach Byzanz kam, war ich ein Mönch, der nichts besaß außer dem Glauben, der ihn aufrechterhielt. Nun ist mir selbst diese karge Habe genommen worden. Ich habe gesehen, wie Unschuldige zu Hunderten dahingeschlachtet wurden – Männer, Frauen und Kinder, deren einziges Vergehen darin bestand, Nikos' Weg zu kreuzen. Vor meinen Augen hat man den frommen Bischof Cadoc mit Pferden in zwei Teile gerissen und seinen Körper in Stücke gehackt. Ich selbst habe Sklaverei und Folter ertragen, doch das alles war nichts verglichen mit dem Verlust meines Glaubens.«

Ich hielt inne und schluckte heftig in dem Bewußtsein, daß meine nächsten Worte sehr wohl die Erfüllung meines dunklen Traumes nach sich ziehen mochten, nämlich meinen Tod in Byzanz. Ohne Rücksicht auf die Folgen stammelte ich weiter. »Ich bin heute hierhergekommen, um Gerechtigkeit für die Toten zu suchen, ja, und auch Rache für mich selbst, das will ich nicht abstreiten. Als ich erfuhr, daß es keine Gerechtigkeit geben könnte, habe ich Rache geübt, damit mir diese nicht ebenfalls verwehrt würde.«

Leon nahm mein Geständnis wortlos und ohne die leiseste Andeutung von Sorge, Zorn oder auch nur Erstaunen auf. Daher fuhr ich fort.

»Bevor er starb, gab Nikos mir zu verstehen, er habe Basileios getötet, und der Mann, der jetzt die Krone trägt, habe seine Verbrechen gebilligt und sich mit ihm verschworen. Ihr habt mich gefragt, was ich wolle. Nun, ich will nur eines wissen: Hat er die Wahrheit gesagt?«

Leon saß eine Weile da und betrachtete mich aus seinen dunklen, tiefliegenden Augen, als sei ich ein Problem, das sich jeder Lösung widersetzte. Schließlich richtete er sich auf und sprach. »Wir sehen, daß du versucht hast, im Namen des kaiserlichen Thrones Gutes zu vollbringen«, erklärte der Herrscher, »und du hast einen furchtbaren Preis dafür bezahlt. Hättest du Uns gebeten, dich in Silber zu entschädigen, hätten Wir dir deine Dienste tausendfach vergolten. Aber du wünschst etwas, das nicht einmal der Basileus gewähren kann: die Erneuerung deines Glaubens.« Ein Ausdruck der

Trauer ließ seine Züge weicher erscheinen. »Es tut mir leid«, sagte er – und in diesem Moment war er einfach ein Mensch, der zu einem anderen sprach.

Leon erhob sich von seinem Stuhl und richtete langsam seine hochgewachsene Gestalt auf, bis er groß und schlank vor mir stand. Wie sehr er sich in jeder Hinsicht von Basileios unterschied! »Wirklich, es tut mir leid«, wiederholte er.

Reglos stand ich da und sprach kein Wort. Es gab nichts mehr zu sagen. Meiner letzten Hoffnung entkleidet, jeden Glaubens beraubt, erwiderte ich einfach seinen Blick. Ich war nichts mehr als eine gefühllose Hülle aus Knochen und Stein.

Groß und hoheitsvoll entfernte sich Leon, wandte sich jedoch nach wenigen Schritten noch einmal zu mir um. »Wenn Eparch Nikos sich in seinem Ehrgeiz übernommen hat«, erklärte er und sprach damit das aus, was bereits die offizielle Erklärung für alle Verbrechen war, »dann sehen Wir, daß seine Sünden bittere Früchte getragen haben. Dir mag das nicht gefallen, aber Wir sind der Ansicht, daß der Gerechtigkeit Genüge getan worden ist.«

Der Kaiser zögerte. Die Lippen zu einem schmalen Strich zusammengepreßt, betrachtete er mich fast zornig. Ich hatte eine solche Miene schon früher gesehen, für gewöhnlich, wenn ein Mensch mit sich selbst im Widerstreit lag. Bei Leon dauerte der Kampf nicht lange.

»Du fragst nach der Wahrheit«, sagte er beinahe flüsternd. »Nun, vielleicht wirst du sie erkennen, wenn ich dir folgendes sage: Nikos hat meinen Vater nicht getötet.«

Basileus Leon winkte einen der Wachposten heran. Der Soldat nahm meinen Arm und führte mich unter dem Blick des Kaisers aus dem Raum. Als ich die hohe Tür erreichte, drehte ich mich um, doch er war fort.

*Ja*, dachte ich verbittert, *ich konnte immer noch die Wahrheit erkennen, wenn ich sie hörte.*

Brynach wartete auf mich, als ich aus dem Thronsaal trat. Die Dänen drängten sich, wie ich sah, auf der anderen Seite der Halle zusammen, tief in eine ihrer Debatten versunken – wahrscheinlich darüber, was sie mit ihrem neuen Reichtum anfangen sollten. Sadik und Faisal steckten die Köpfe zusammen und unterhielten sich leise. Bei ihnen stand Kasimene, die einsam und verlassen wirkte.

»Der Kaiser wollte mit dir sprechen«, half Brynach mir hoffnungsvoll auf die Sprünge.

»Das hat er getan«, räumte ich ein und warf einen Blick auf die Stelle, wo Nikos zusammengebrochen war. Man hatte den Leichnam entfernt, und drei junge Diener streuten Sägemehl auf den Boden, um damit das Blut aufzusaugen. Auch dies würde bald verschwunden sein, und auf dem glatten Stein würde vielleicht nur noch ein rötlicher Fleck daran erinnern, was in diesem Raum geschehen war. Dugal und Ddewi standen in der Nähe und beobachteten die Männer, welche die Stelle säuberten. Ich winkte sie zu uns.

»Erzähl doch, Bruder, was hat er zu dir gesagt?« drängte der ältere Mönch, begierig auf eine Nachricht, die unserer Pilgerfahrt einen Sinn verleihen würde.

»Er meinte, der Gerechtigkeit sei Genüge getan«, antwortete ich ihm verächtlich. »Aber an diesem Ort gibt es keine Gerechtigkeit, sondern nur Schulden, die irgendwann eingetrieben werden.«

»Und du hast ihm nichts von dem Buch erzählt?« wunderte sich Ddewi. »Hast du ihm nicht gesagt, daß wir ein Geschenk für die kaiserliche Bibliothek mitgebracht haben?« Er legte die Hand auf die Ledertasche, die er unter seinem Siarc trug. Diese einfache Geste traf mich bis ins Herz. Er hatte diese Last der Liebe ohne Klage getragen, und nun würde er sie weiterschleppen müssen.

»Ddewi«, sagte ich, »der Kaiser ist unserer Gabe nicht wert. Männer des Glaubens haben ihr Leben hergegeben, um sie zu bewahren, und ich möchte ihr Opfer nicht herabwürdigen.«

Der Jüngling wirkte enttäuscht. »Was sollen wir jetzt damit anfangen?«

»Nimm das Buch mit zurück«, erklärte ich ihm. »Bring es nach Hause, Ddewi, wo es für alle, die es sehen, eine unschätzbare Quelle der Inspiration sein wird.«

»Was ist mit unserer Petition?« konnte Brynach, der nie die Hoffnung aufgab, sich nicht enthalten zu fragen. »Hast du ihm gesagt, warum wir gekommen sind?«

»Nein, Brynach, das habe ich nicht«, erwiderte ich ohne Umschweife.

Der Brite zog ein langes Gesicht. »Warum?« fragte er, und seine Augen flehten um eine Antwort. »Das war unsere letzte Gelegenheit.«

»Wir hatten niemals eine Chance«, entgegnete ich. »Schüttelt den Staub dieser Stadt von euren Füßen, geht und blickt nicht zurück. Ich sage euch die Wahrheit: Macht euren Frieden mit Rom, denn hier findet ihr keinen Schutz.«

Darauf verließen wir den Palast. Wir durchschritten die Empfangshalle, um zu den Außentüren zu gelangen. Dugal, der bis jetzt geschwiegen hatte, trat hinter mich. »Hat Leon die Tat gestanden?« fragte er.

»Er hat mir gesagt, Nikos habe seinen Vater nicht getötet.«

»Das war doch gewiß eine Lüge, Aidan.«

»Nein, Dugal«, erwiderte ich aus meinem versteinerten Herzen heraus, »das zumindest war die Wahrheit.«

Die Türen schwangen auf, und wir traten hinaus in das Licht eines unvorstellbar hellen Tages.

## 38

Hochgestimmt und triumphierend befahl Harald Stierbrüller, ein Festmahl abzuhalten, um sein großes Glück zu feiern. Als der unerschrockene Kriegshäuptling, der er war, rüstete er sich zum Kampf und führte seine tapferen Seewölfe auf die furchteinflößenden Märkte, um den gerissenen Händlern von Konstantinopel die Stirn zu bieten und den notwendigen Proviant zu erobern. Einige Zeit später kehrten sie, verwundet an Stolz und Geldbeuteln, aber siegreich zurück. Mit sich führten sie sechs Fässer zypriotischen Weins, ein Dutzend Säcke mit Brot, Bündel von Holzkohle und die Kadaver etlicher Schweine und dreier Ochsen, die bereits am Spieß steckten und für die Bratgrube zurechtgemacht waren.

Die Krieger vergeudeten keinen Augenblick, sondern zündeten die Holzkohle an und setzten das Fleisch über die Flammen. Dann öffneten sie das erste Faß, stillten ihren Durst mit dunkelrotem Wein und dämpften ihren Hunger mit Laiben guten Fladenbrotes, während sie darauf warteten, daß die Schweine gar wurden. Es war nicht Haralds Art, das Eintreiben seiner Brotration zu vergessen. Der Jarl hatte das Brot abgeholt, das noch ofenwarm war, obwohl nicht ein Mann unter den Seewölfen Griechisch sprach. Ich wollte mir lieber nicht vorstellen, wie sie dem unglücklichen Bäcker ihre Wünsche klargemacht hatten.

Die Araber ließen sich von der unwiderstehlich guten Laune der Dänen anstecken und waren schnell überredet, an der Feier teilzunehmen. Einige der Rafik halfen bei der Zubereitung des Essens und zeigten ihren Gastgebern, wie man Wein mit Wasser mischte, um seinen Geschmack zu verbessern und seine verheerenden Auswirkungen zu mindern. Sadik selbst trank zwar keinen Alkohol, erlaubte aber den anderen, nach eigenem Gutdünken zu verfahren. Zu Ehren dieses besonderen Tages schickte er Faisal, noch mehr Delikatessen zu besorgen, unter deren Vielfalt und Menge sich die langen Tische schließlich bogen: Datteln, Süßwerk, schwarze und grüne Oliven, in Honigsirup eingelegte Kuchen, Schüsseln voll dicker, gesüßter und mit Mandeln gewürzter Milch und etliche Sorten Obst, die mir unbekannt waren.

Als die abendlichen Schatten sich über den Hof stahlen und die Hitze des Tages den leuchtenden Rosa- und Purpurtönen einer warmen Mittelmeernacht wich, gerieten die Lustbarkeiten außer Rand und Band, man sang und tanzte und war guter Dinge – jedenfalls alle außer mir und meinen Mitbrüdern.

Die Mönche beklagten das Scheitern ihrer Pilgerfahrt, doch ich trauerte über den Verlust von etwas weit Größerem.

Durch die rauhen, heiseren Gesänge und das rhythmische Schlagen der improvisierten Trommeln, das aus den Festsälen der Villa drang, hörte ich nicht, wie die anderen sich mir näherten. »Bruder Aidan«, erklärte Brynach bestimmt, »wir möchten mit dir sprechen.«

Ich wandte mich um und sah die drei unsicher in der Nähe stehen. »Dann kommt und setzt euch«, sagte ich. »Meine Einsamkeit ist so groß, daß ich ruhig etwas davon abgeben kann.«

Sie traten näher, doch sie ragten über mir auf, statt sich zu setzen, als könnte die Wirkung dessen, was sie zu sagen hatten, durch zu große Vertraulichkeit geschmälert werden. Brynach faßte ihre Sorge sogleich in Worte: »Wir haben über die

Ereignisse des Tages nachgedacht und gebetet«, begann er, »und wir sind der Meinung, daß du übereilt gehandelt hast. Wir finden, wir sollten zum Kaiser gehen und unsere Klageschrift vorlegen. Wenn wir ihm sagen, warum wir gekommen sind und welche Hoffnung die Brüder im Westen in uns gesetzt haben, wird er Mitleid mit uns haben und uns die Hilfe, deren wir so dringend bedürfen, gewähren.«

Ich hob den Blick und sah ihm ins Gesicht, das sich ernst und entschlossen im Zwielicht über mir ausmachte. Am Himmel erschienen Sterne, und die sanfte Brise, die über den Hof wehte, trug den köstlichen Duft garenden Fleisches heran. Als ich Luft holte, um zu atmen, sog ich das Aroma tief in die Lungen. »Ihr habt gesehen, und doch versteht ihr noch nicht«, erklärte ich. »Was braucht ihr noch mehr, um euch zu überzeugen? Soll ich das Ganze noch einmal erklären?«

Die drei sahen einander an. Dugal entgegnete: »Ja, Bruder. Wenn du es uns nicht erklärst, können wir es nicht verstehen.«

»Dann hört mich an«, sagte ich, indem ich aufstand, um zu ihnen zu sprechen. »Die Sache verhält sich so: Es gibt nichts Gefährlicheres als die Verschwörung von Gier und Macht. Ihr habt dies sagen hören, und nun wißt ihr aus bitterer Erfahrung, daß es stimmt. Außerdem existiert weder Hoffnung noch Erlösung, wenn diejenigen, die das Recht vertreten, weit schuldiger sind als die Menschen, über die sie urteilen. Wie kommt ihr darauf, daß ein sündiger Richter der Wahrheit die Ehre geben oder sich über seine eigenen Interessen hinwegsetzen sollte, um die euren zu schützen?«

»Wäre dem so«, bemerkte Brynach, »dann wäre nichts auf dieser Welt sicher noch gewiß.«

»Richtig, es gibt keine Gewißheit«, versetzte ich knapp. »Doch eines, und nur dies, ist sicher: Die Unschuldigen werden leiden.«

»Ich muß über deine Worte staunen«, bekannte Brynach nicht ohne Mitgefühl. »Dies klingt nicht nach dir – jedenfalls nicht nach dem Mann, den ich einst kannte.«

»Ich bin eben nicht mehr der Mann, der ich einmal war! Dieser Mensch ist schon lange tot. Aber was soll's! Er hat kein besseres Los verdient als all die anderen, die unterwegs umgekommen sind.«

»Wie kannst du nur so reden, Bruder?« schalt der ältere Mönch sanft. »Gott hat dich bis heute durch alle Fährnisse geleitet und behütet. Er hat dich mit Wohlwollen überschüttet. In diesem Augenblick birgt Er dich in Seiner schützenden Hand.«

Ich wandte das Gesicht zur Seite. »Erzählt Cadoc und den anderen, daß Gott sie behütet hat«, murmelte ich. »Aber redet zu mir nicht davon. Seid versichert, ich weiß ganz genau, wie Gott für die sorgt, die ihr Vertrauen in Ihn setzen.«

Meine Verbitterung schmerzte die drei, und sie sahen einander bestürzt an. Nach kurzem Schweigen nahm Ddewi seinen Mut zusammen. »Sagst du diese Dinge, weil du Nikos getötet hast und nun fürchtest, noch einmal vor den Kaiser zu treten?«

Aha, das glaubten sie also. Und warum auch nicht? Sie ahnten ja nicht, was ich wußte. »Hört mir zu«, entgegnete ich scharf, »und achtet auf meine Worte. Vergeßt jeden Gedanken daran, der Kaiser könnte euch seine Gunst gewähren. Laßt euch nicht täuschen: Er ist kein gottesfürchtiger Mann. Nikos hat von Anfang an in Leons Auftrag gehandelt. Was der Verräter getan hat, hat er ebenso für Leon getan, wie um seinen unstillbaren Ehrgeiz zu befriedigen.«

»Aber, Aidan«, warf Dugal ein, »du meintest, Leon habe die Wahrheit gesagt, als er erklärte, Nikos habe den Kaiser nicht getötet.«

Eine tiefe Mattigkeit ergriff Besitz von mir. Sie erkannten immer noch nicht, zu welch ungeheurem Ausmaß das Böse in den heiligen Palästen von Byzanz hatte anwachsen können. Verzweifelt schüttelte ich den Kopf. »Denk nach, Dugal. Überlegt doch, alle! Macht euch klar, was seine Worte bedeuten. Leon sagte, Nikos habe nicht *seinen* Vater getötet – und das war die Wahrheit.« Verblüfft und verletzt sahen Dugal und die anderen mich mit offenem Mund an.

»Begreift ihr immer noch nicht?« Der Zorn über ihre Einfältigkeit ließ meine Stimme scharf klingen. »Kaiser Basileios war *nicht* Leons Vater.« Ich ließ ihnen einen Moment Zeit, dies aufzunehmen, und fuhr dann fort. »Die Sache verhält sich so: Michael hat viele adlige Damen seines Hofes verführt und in sein Bett geholt. Eine davon war Basileios' Frau. Basileios wußte dies und hat es sogar noch befördert, weil er dadurch eine Handhabe gegen den Kaiser bekam. Als aus diesem ehebrecherischen Verhältnis ein Sohn entsprang, nutzte er die Gelegenheit, um Gewinn daraus zu schlagen.«

»Leon ist *Michaels* Sohn?« staunte Brynach.

»Ja, und zum Lohn dafür, daß er den Jungen als den seinen anerkannte, verlieh Michael Basileios den Purpur und erhob ihn zum Mitregenten. Als Michaels Ausschweifungen ihm nicht länger von Nutzen waren, ließ Basileios den alten Kaiser ermorden – manche behaupten, er hätte die Tat selbst begangen, – und erhob dann den alleinigen Anspruch auf den Thron. Jahre vergehen, und der ungeliebte Knabe wächst heran, entschlossen, den Tod seines wahren Vaters zu rächen. Dazu hat Leon Nikos eingesetzt, und mit diesem Ziel wurde die boshafte Intrige gesponnen – lange bevor wir auch nur ahnten, daß wir einmal nach Byzanz reisen würden.«

Ich sah, wie sie mit der harten Wahrheit rangen.

»Wir sollten es jemandem erzählen«, meinte Dugal geschlagen. »Der Kaiser sollte für seine Verbrechen zur Verantwortung gezogen werden.«

Ich erlaubte ihnen nicht, sich dem Luxus einer falschen Hoffnung hinzugeben. »Der Kaiser ist der Beherrscher der Kirche, der Richter über alles und nur Gott selbst verantwortlich. Wem willst du es sagen? Gott vielleicht? Ich kann dir verraten, daß *Er* es bereits weiß und nichts dagegen tut.«

»Wir könnten den Patriarchen von Konstantinopel ins

Vertrauen ziehen«, schlug Brynach eher verzweifelt denn hoffnungsvoll vor.

»Den Patriarchen?« versetzte ich heftig. »Denselben, der seine Ernennung und sein Überleben dem Kaiser verdankt – glaubst du, er würde uns anhören? Und selbst wenn, der einzige, der die Wahrheit unserer Vorwürfe beweisen könnte, war Nikos, und den habe ich für immer zum Schweigen gebracht.« Meine Stimme nahm jetzt einen spöttischen Klang an.

»Ich habe Nikos getötet, doch sein Herr und Beschützer – derselbe, dessen Befehle Nikos befolgte und für den er gestorben ist, – hat ihm keine Träne nachgeweint. Mir scheint, unser heiliger Kaiser war nur zu froh, alle Schuld an dem Unglück und Elend, das seine Intrigen verursacht haben, auf Nikos' blutüberströmte Schultern zu laden.

Der Tod von Mönchen, Dänen und Arabern, der Mord an dem Eparchen, dem Statthalter und an wer weiß wie vielen seiner Untertanen – all dies wird nun mit Nikos und seinem Namen begraben werden.

Oh, ich habe dem Kaiser wahrlich einen hervorragenden Dienst erwiesen. Und aus seiner übergroßen Dankbarkeit heraus hat der weise Basileus mir gestattet weiterzuleben.«

Die anderen starrten mich wie vom Donner gerührt an.

»Hier finden wir keine Gerechtigkeit«, schloß ich, und die Hoffnungslosigkeit ließ mich grimmig klingen. »Basileios ist niemals der rechtmäßige Kaiser gewesen. Als Michaels Bastard ist Leons Anspruch auf den Thron berechtigt. Doch er ist ein Verschwörer und Mörder, genau wie der Mann, der ihn als seinen Sohn aufgezogen hat.«

In der Stille, die auf meine Worte folgte, wirkte das Plätschern des Wassers im Brunnen überlaut. Ich sah, daß der Mond aufgegangen war und sein sanftes Licht über den Hof mit seinen vielen schattigen Winkeln ergoß.

»Jetzt weiß ich, was Nikos meinte«, sagte Brynach, »als er Basileios einen Usurpator nannte.« Er sah mich an und fragte:

»Und was wollte er sagen, als er dich einen gefallenen Priester nannte?«

Ich gab keine Antwort.

»Aidan«, drängte er mich sanft, »gehörst du noch zu uns?«

Ich konnte den Schmerz und die Trauer in ihren Augen nicht länger ertragen, daher blickte ich zur Seite, als ich antwortete. »Nein«, sagte ich leise. »Ich bin schon lange kein Priester mehr.«

Nach kurzem Schweigen sagte Brynach: »Gottes schnelle, sichere Hand mag jeden von uns rasch ereilen. Ich werde für dich beten, Bruder.«

»Wenn du magst«, entgegnete ich. Der Ältere gab sich damit zufrieden und drang nicht weiter in mich. In diesem Moment schwappte das Gelächter aus dem Bankettsaal wie eine Woge über den Hof. »Ihr solltet gehen und das Fest genießen«, sagte ich zu ihnen. »Freut euch mit denen, die Grund zum Frohlocken haben.«

»Kommst du nicht mit uns, Dána?« fragte Dugal.

»Vielleicht«, gab ich nach. »Vielleicht geselle ich mich später zu euch.«

Sie gingen davon und überließen mich wieder mir selbst. Erst nachdem sie fort waren, bemerkte ich Kasimene, die auf der anderen Seite des Hofes im Schatten einer Säule stand. Sie beobachtete mich und wartete. Sofort sprang ich auf, doch bevor ich zu ihr gehen konnte, kam sie entschlossen auf mich zu, das Kinn vorgereckt und die Lippen zusammengepreßt. Diese Miene hatte ich schon einmal gesehen.

»Du hast mit deinen Landsleuten gesprochen«, sagte sie und schlug den Schleier zurück. »Ich wollte nicht stören.« Die junge Frau schlug die Augen nieder und faltete die Hände vor der Brust, als ordne sie die Worte, die sie für diese Begegnung vorbereitet hatte.

»Du störst doch niemals, meine Liebste«, versetzte ich leichthin.

»Aidan, bitte. Mir fällt es schwer, dies zu sagen.« Kasimene hielt inne, und als sie weitersprach, schwang ein fester Entschluß in ihrer Stimme. »Ich werde dich nicht heiraten.«

»Was?«

»Wir werden nicht heiraten, Aidan.«

»Warum nicht?« rief ich, verblüfft über ihre unvermittelte Ankündigung. Sie senkte den Blick auf ihre verschlungenen Hände. »Warum sagst du das, Kasimene? Zwischen uns hat sich nichts geändert.«

Langsam schüttelte sie den Kopf. »Nein, mein Liebster, du bist derjenige, der sich verändert hat.«

Unfähig, etwas zu sagen, starrte ich sie an, und von meinem Herzen ausgehend breitete sich eine kalte, vertraute Gefühllosigkeit in mir aus.

Sie hob den Kopf und sah mich an. Ihre dunklen Augen blickten traurig und ernst. »Es tut mir leid, Aidan.«

»Kasimene, sag mir, wieso habe ich mich verändert?«

»Mußt du da noch fragen?«

»Allerdings, ich frage dich«, beharrte ich, obwohl ich tief in meinem Innersten ahnte, daß sie recht hatte. Ohne genau zu wissen warum, fühlte ich mich wie ein Dieb, der beim Stehlen erwischt worden war, oder wie ein Lügner, dessen Falschheit man entlarvt hatte.

»Seit vielen Tagen beobachte ich dich, und mir ist klar, daß du kein gläubiger Mensch mehr bist.«

»Ich bin kein Christ mehr, das stimmt«, erklärte ich. »Daher stellt unser unterschiedlicher Glaube kein Hindernis mehr für unsere Heirat dar. Ich liebe dich, Kasimene.«

»Aber wir sprechen hier nicht von Liebe«, meinte sie sanft, »sondern über den Glauben. Ich sehe, daß du kein Christ mehr bist, aber nicht, weil du deinem Glauben an Christus abgeschworen hättest, sondern weil du dich von Gott selbst abgewandt hast. Du hast Gott aufgegeben und glaubst an nichts mehr. Aidan, eine islamische Frau darf keinen Ungläubigen zum Mann nehmen. Dies bedeutet ihren Tod.«

Nichts als Mitleid stand in ihrem Blick, als sie dies sagte, aber dennoch spürte ich, wie mir das letzte Stück festen Bodens unter meinen Füßen weggezogen wurde. »Aber in Samarra ...«

»In Samarra war alles anders«, entgegnete sie hart. »Du warst damals ein anderer. Ich wußte, daß du enttäuscht warst, aber als ich dich in der Moschee sah, hielt ich dich für einen Mann, der Gott vertraut. Jetzt weiß ich, daß du an nichts Höheres als dich selbst glaubst.« Mit gesenktem Kopf setzte sie hinzu: »Ich habe mir etwas erhofft, das nicht sein kann.«

»Kasimene, bitte«, sagte ich und klammerte mich verzweifelt an die letzte mir verbliebene Gewißheit. Was sie gesagt hatte, verletzte mich zutiefst, war jedoch nicht zu bestreiten. In meinem Herzen wohnte noch genug Aufrichtigkeit, um die Wahrheit zu erkennen, wenn ich sie hörte.

»Wir sind nicht länger verlobt.«

Ich kann nicht behaupten, daß die Unbeugsamkeit ihres Entschlusses mich erstaunt hätte. Schließlich war sie immer noch dieselbe Sarazenenprinzessin, die ihrem Onkel getrotzt und alles aufs Spiel gesetzt hatte, um uns allein in die Wüste zu folgen. Kasimene hatte sich in jeder Hinsicht als standhaft erwiesen und verlangte von dem Mann, mit dem sie ihr Leben teilen würde, nichts weniger. Wahrhaftig, ein Blinder hätte erkennen können, daß ich ihrer nicht wert war. Früher vielleicht einmal, aber jetzt nicht mehr.

»Hätten wir doch nur in Samarra bleiben können«, sagte ich und fand mich endlich mit der Endgültigkeit ihrer Entscheidung ab. »Ich hätte dich geheiratet, Kasimene. Dort wären wir glücklich geworden.«

Ich glaube, dies rührte sie, denn ihre Züge wurden weicher, und sie streckte die Hand aus und berührte mein Gesicht. »Ich wäre dir bis ans Ende der Welt gefolgt«, flüsterte die junge Frau. Dann wich sie zurück, als drohe dieses Geständnis, ihr einen Schlag zu versetzen, richtete sich auf und setzte hinzu: »Wie dem auch sei, zwischen uns ist alles vorbei.«

Sie raffte ihre Gewänder und ließ ihren Schleier wieder

herab. »Ich werde zu Gott beten, er möge dir Frieden schenken, Aidan.«

Ich sah ihr nach, wie sie schlank, hoheitsvoll und mit hoch erhobenem Haupt fortging. Als sie die Kolonnade erreichte, drehte sie sich um, blickte zurück und rief: »Lebe wohl, mein Liebster.« Kasimene trat in die Schatten und verschwand. Nur ein schwacher Duft nach Orangen und Sandelholz blieb zurück und schwebte in der Luft.

*Lebe wohl, Kasimene. Ich habe dich geliebt und liebe dich noch immer. Keine andere Frau soll jemals mein Herz besitzen. Es ist für immer dein.*

Noch lange blieb ich allein im Hof sitzen, lauschte dem Festlärm und sah zu, wie die Sterne langsam über den Himmel zogen. Schließlich ging ich überhaupt nicht mehr zu dem Gelage zurück, sondern verbrachte die Nacht unglücklich und einsam im Hof.

Noch nie hatte ich mich so zurückgestoßen und verlassen gefühlt. In dieser Nacht weinte ich nicht nur um den Verlust meines Glaubens, sondern auch um meine verlorene Liebe. Der letzte dünne Faden, der mich noch mit der Welt und mir selbst verbunden hatte, war durchtrennt worden, und ich war nur noch eine Seele, die ohne jede Orientierung im leeren Raum schwebte.

# 39

Als am nächsten Tag gegen Mittag der Logothete der Schatzkammer eintraf, fand er einen leicht angeschlagenen König Harald vor, umgeben von einem Haufen zerlumpter Barbaren mit rotgeränderten Augen, den zersplitterten Überresten von sechs Weinfässern und diversen verstreuten Knochen und zerbrochenen Tellern. Nachdem der kaiserliche Beamte sich vorgestellt hatte, erwachte der Jarl auf wunderbare Weise von den Toten, und nachdem er dem Beamten liebenswürdig eine kalt gewordene Schweinekeule angeboten hatte – die dieser ebenso höflich ablehnte –, ließen der Höfling und der Barbarenkönig sich nieder, um ihre Berechnungen anzustellen.

Natürlich wurde mir befohlen, mich zu ihnen zu gesellen, um für Harald zu übersetzen. Wie schon bei anderen derartigen Gelegenheiten erweckte die Fähigkeit des listenreichen Dänen, jede Situation bis zum letzten auszunutzen, eine gewisse Ehrfurcht in mir. Das Waffenarsenal, welches ihm zur Verfügung stand, war äußerst begrenzt, doch er bediente sich seiner mit beeindruckendem Geschick: Er schmeichelte dem anderen und redete ihm gut zu, dann wieder schmollte oder forderte er. Harald brüllte so laut, daß sein Zorn die Dachbalken erbeben ließ, und verlor dennoch nie die Fassung. Er konnte den Gegner mit einer überzeugenden Darstellung gutmütiger Dummheit in Sicherheit wiegen und im nächsten Augenblick verblüffend schnell und genau die kompliziertesten Rechnungen durchführen.

Als der Logothete sich schließlich verabschiedete, verließ er die Walstatt als verwirrter und gebrochener Mann. Und das nicht ohne Grund: Harald hatte auf der ganzen Linie triumphiert. Der Jarl hatte zwar unterwegs ein paar kleinere Gefechte verloren geben müssen, insgesamt aber das Schlachtfeld überrannt und den Sieg davongetragen. Die kaiserlichen Schatztruhen wurden um mehr als sechzigtausend Silberdenarii erleichtert, und Harald und die wenigen überlebenden Seewölfe waren für alle Zeiten reiche Männer.

Als später an diesem Tag die Bezahlung eintraf – wie vereinbart zur einen Hälfte in silbernen Denarii und zur anderen in Solidi aus Gold, das Ganze verstaut in fünf massiven, eisenbeschlagenen Seekisten –, half ich Harald, sein Zeichen unter die Pergamentrolle zu setzen, welche der Hofbeamte vorlegte, damit die Dänen den Erhalt ihres Soldes quittierten.

Nachdem der Beamte und seine Männer abgezogen waren, bot der König mir einen Anteil an den Schätzen an. »Nimm das Gold, Aedan«, bedrängte er mich. »Ohne dich wäre keiner von uns am Leben geblieben, um sich an unserem Glück zu erfreuen. Unsere Dankesschuld dir gegenüber ist so groß, daß wir sie kaum abtragen können, aber ich würde mich außerordentlich freuen, wenn du dies annehmen würdest.«

»Nein, Jarl Harald«, erklärte ich. »Die Verluste, für welche euch dieser Schatz entschädigen soll, habt ihr allein getragen. Gebt alles den Witwen und Waisen der Männer, die jetzt nie mehr nach Hause zurückkehren werden.«

»Für sie werde ich sorgen, keine Angst«, meinte der König. »Aber wir haben mehr als genug. Bitte, laß dir einen Teil davon schenken.«

Wieder lehnte ich ab, doch Harald setzte mir zu, wenigstens eine großzügig bemessene Menge in goldenen Solidi zu nehmen, um mir und den anderen Mönchen die Heimreise zu erleichtern. Dieser Vorschlag ergab für mich Sinn, und ich nahm die Münzen an, worauf der Seekönig sich mit den Worten verabschiedete, er werde eine andere Möglichkeit finden, mir meine Taten zu vergelten. Darauf befahl er ein weiteres Fest – dieses Mal, um den frisch erworbenen Reichtum der Seewölfe zu würdigen. Die Feierlichkeiten beschäftigten sie für den Rest des Tages und bis weit in die Nacht hinein. Als die Stimmung überschäumte, gaben sich die Dänen rücksichtsloser Prahlerei darüber hin, was sie mit den Reichtümern, die sie heimführten, anfangen würden. Gunnar und Hnefi drängten danach, einander zu übertreffen.

»Wenn ich nach Hause komme«, erklärte Hnefi laut, »werde ich mir ein Schiff bauen lassen, das mit Gold beschlagen ist.«

»Nur ein einziges Schiff?« wunderte sich Gunnar. »Ich für meinen Teil werde mir eine ganze Flotte anschaffen, in der jedes Schiff größer ist als das andere, und alle sollen Masten und Ruder aus Gold haben.«

»Schön und gut«, fuhr Hnefi überheblich fort, »aber ich werde auch eine Festhalle besitzen, die größer ist als die von Odin, mit hundert Fässern voller Bier, um den Durst all meiner Kerle zu stillen, von denen ich tausend haben werde.«

»Nun, dir mag das vielleicht genug sein«, meinte Gunnar von oben herab, »aber mir wäre eine so jämmerliche Hütte nicht genug, denn ich werde zehntausend Kerle haben, und neben jedem soll sein eigenes Faß mit Bier stehen.«

Hnefi lachte verächtlich. »Um die alle unterzubringen, bräuchtest du eine Halle, die größer ist als Walhalla!«

»Also gut«, meinte Gunnar und lachte, weil er Hnefi so leicht in die Falle gelockt hatte, »dann werde ich eine solche Halle haben – größer als Walhalla, damit jeder meiner Edlen einen Platz am Tisch findet, um mit mir zu feiern. Und hundert Skalden, um bei Tag und Nacht Lobgesänge auf mich auszubringen.«

Und so ging es weiter. Jeder versuchte, den anderen durch

immer ausgefallenere Prahlereien und Bezeugungen maßloser Gier zu übertreffen. Die Zuschauer feuerten die beiden Kontrahenten an, lachten laut und bedachten jeden neuen Höhenflug ihrer ausschweifenden Phantasie mit Beifall.

Ich saß da und hörte zu, und als ich von einem strahlenden Seewolf zum anderen blickte, beschlich mich eine Erschöpfung, die bis in die Knochen weh tat. Wie sehr ähnelten sie Kindern, wie einfach und unkompliziert waren ihre Freuden und Sehnsüchte. Sie sahen nichts außer dem gegenwärtigen Augenblick, dem sie ihre uneingeschränkte Aufmerksamkeit widmeten. Ich beobachtete sie und wünschte, ich könnte in diesen Zustand der Unschuld zurückkehren. Dann schlich ich mich, ermüdet durch die Last all dessen, was in den letzten beiden Tagen geschehen war, in mein Bett.

Obwohl sie bis tief in die Nacht gefeiert hatten, standen die Dänen am nächsten Morgen früh auf und eilten zu dem Kai in Psamathia, wo die Schiffe vor Anker lagen. Konstantinopel kehrte zu seiner üblichen Geschäftigkeit zurück, die anderen Tore wurden wieder geöffnet, und Harald brachte die drei Langschiffe in den kleinen Hafen, der zu den großen Häusern am Goldenen Horn gehörte. Dies sei besser, meinte er, um die Verladung des Proviants für die Heimreise zu überwachen.

»Wann brecht ihr auf?« fragte ich ihn. Wir standen an der Stelle, die »venezianisches Viertel« genannt wurde, am Kai und sahen zu, wie einige der Dänen Kornsäcke in die Langschiffe luden.

Der Jarl blinzelte in den Himmel, blickte auf das Meer hinaus und rief dann Thorkel, der die Verstauung der Vorräte befehligte, etwas zu. Zur Antwort erhielt Harald ein Grunzen, dann wandte er sich wieder mir zu und antwortete: »Morgen. Wir sind schon lange aus Skane fort – sehr lange, und die Männer haben es eilig, zu ihren Frauen und Verwandten zurückzukehren. Wir laufen morgen aus.«

»Verstehe«, meinte ich und war verblüfft über ihren plötzlichen Aufbruch. »Ich werde auf jeden Fall kommen und euch verabschieden.«

»Ja«, sagte Harald und schlug mir mit seiner Pranke auf die Schulter, »tu das nur, Aedan.«

Darauf ging er davon, und ich sah ihm hinterher, wie er den Kai entlangschritt und die Schiffe in Augenschein nahm. Manchmal rief der Jarl jemanden an Bord an, dann wieder blieb er stehen, um die Hände auf einen Kiel zu legen oder mit der Faust gegen eine Bootsseite zu schlagen. Nach einiger Zeit verließ ich die Anlegestelle. Ich sah noch, daß Harald und Thorkel die Arme schwenkten und einem kleinen Mann an Bord eines schmalen, kurzen Handelsschiffs mit gelben Segeln zuwinkten.

Später, als einige der Seewölfe von ihren verschiedenen Besorgungen in der Stadt zurückkehrten, suchten Gunnar und Tolar, die zu zweit einen großen Sack trugen, mich auf. »Jarl Harald sagt, daß wir morgen aufbrechen«, meinte Gunnar nur. »Du wirst uns fehlen, Aedan.«

»Ich werde euch auch vermissen«, entgegnete ich. »Aber du mußt an Karin und Ulf denken. Und Tolar hat ebenfalls Verwandte. Sie alle werden froh sein, euch beide wiederzusehen.«

»Heja«, gab Gunnar zu, »und ich werde mich freuen, sie zu sehen. Ich sage dir die Wahrheit, Aedan, wenn ich jetzt nach Hause komme, werde ich nie wieder auf Beutezug ausfahren. Tolar und ich haben darüber gesprochen, und wir sind uns einig, daß wir für solche Abenteuer zu alt werden.« Tolar nickte nachdrücklich.

»Eine weise Entscheidung«, bestätigte ich ihnen.

»Wir haben dir ein Geschenk mitgebracht, damit du dich an unsere Freundschaft erinnerst«, sagte Gunnar. Er griff in den Sack, zog eine kleine Tonschale heraus und legte sie in meine Hände. Die Schale war flach, aber kunstvoll gearbeitet. Auf der Innenseite war sie in Blau und Weiß gehalten und zeigte das Bild eines Mannes mit einer Krone, der einen Speer in der einen und ein Kreuz in der anderen Hand trug. Unter dem Mann, der auf der Kuppel der Hagia Sophia zu stehen schien, befand sich das Wort *Leon*.

»Die Schale ist herrlich, Gunnar. Aber ich kann sie nicht annehmen. Karin würde sich über eine solche Schale freuen. Du mußt sie ihr schenken, nicht mir.«

»Nein, nein«, meinte Gunnar. »Sie ist für dich, Aedan. Wir haben noch sechs weitere erstanden.«

Darauf gingen wir auseinander, und ich versprach, zum Schiff zu kommen, um sie zu verabschieden. »Setz dich heute abend mit uns zu Tisch«, lud Gunnar mich ein. »Wir wollen ein letztes Mal zusammen trinken.«

»Gut, dann auf heute abend«, willigte ich ein.

Doch ich suchte sie an diesem Abend nicht auf. Überall um mich herum fand das Leben, das ich gekannt hatte, sein Ende. Alle gingen jetzt ihrer eigenen Wege, und ich konnte nichts dagegen tun – nicht, daß ich dies gewünscht hätte, im Gegenteil! Ich war erleichtert, daß diese Leidenszeit vorüber war. Aber trotzdem konnte ich mich nicht überwinden, mit den Seewölfen zusammenzusitzen und die Becher zu Ehren einer Freundschaft zu erheben, die wie alles andere, das mich umgab, in den letzten Zügen lag.

Am nächsten Morgen nahm Jarl Harald Abschied von Fürst Sadik und Faisal. »Wenn du jemals in den Norden, nach Skane, kommst«, sagte Harald durch mich, »bist du in meiner Halle willkommen. Wir werden zusammensitzen und ein Festmahl halten wie die Könige.«

»Und falls du wieder einmal gen Süden ziehst«, antwortete der Emir, »brauchst du nur irgend jemandem meinen Namen zu nennen, und man wird dich in meinen Palast führen, wo man dich als hochgeehrten Freund empfangen wird.«

Darauf umarmten sie sich, und Harald verabschiedete sich. Ich ging mit den Dänen durch die steilen, schmalen Gassen zum Kai hinunter. Dugal war ebenfalls gekommen, doch er hielt sich beiseite und sprach mich unterwegs nicht an. Seit unserem Gespräch im Innenhof hatten er und die anderen Mönche mir nicht mehr viel zu sagen gehabt. Mir war nicht ganz klar, ob sie mich schnitten oder ob sie nur unsicher über den Stand der Dinge waren und nicht wollten, daß unser Verhältnis sich weiter verschlechterte.

So eilig hatten es die Dänen, nach Hause zu kommen, daß sie in dem Augenblick, als wir den Hafen erreichten, zu den Schiffen liefen und an Bord kletterten. Einige hielten sich wenigstens lange genug auf, um ein Wort des Abschieds zurückzurufen. Sogar Hnefi bot mir ein flüchtiges Lebewohl.

Etliche Seewölfe schwankten unter der Last neuerworbener Schätze und benötigten die Hilfe ihrer Kameraden, um an Bord zu gelangen, aber dennoch waren alle drei Schiffe in erstaunlich kurzer Zeit bereit, die Segel zu setzen.

Thorkel verabschiedete sich als erster. Von seinem Platz am Ruder aus rief er mir zu: »Vielleicht treffen wir uns ja eines Tages wieder, Aedan. Heja?«

»Leb wohl, Thorkel! Sieht zu, daß du jetzt den Kurs hältst.«

»Keine Sorge! Ich habe ja meine Karte!« antwortete er, winkte und wandte seine Aufmerksamkeit dann dem Segel zu.

Gunnar kam mit Tolar zu der Stelle, wo Dugal und ich standen und zusahen. »Du bist ein guter Kerl«, erklärte Gunnar mir. Tolar schloß sich ihm mit einem »Heja« an.

»Ich verdanke dir sehr viel, Aedan«, fuhr Gunnar fort und sah mich traurigen Blickes an. »Ich wäre betrübt, wenn ich keine Möglichkeit fände, meine Schuld abzutragen.« Und Tolar setzte hinzu: »Wahrhaftig.«

»Du schuldest mir nichts«, antwortete ich mit einem freundlichen Lächeln. »Fahr nach Hause zu deiner Frau und deinem Sohn. Und wenn du wirklich einmal an mich denkst, dann erinnere dich auch an dein Versprechen, nicht mehr auf Beute auszuziehen. Mir wäre der Gedanke lieber, daß du dich deines Reichtums erfreust, statt arme Pilger auszurauben.«

Gunnar wirkte zerknirscht. »Damit sind wir fertig, bei Odin.« Tolar nickte und spuckte aus.

»Dann bin ich froh.«

Gunnar zog mich in eine so herzliche Umarmung, daß meine Knochen knirschten. »Leb wohl, Aedan«, flüsterte er und wandte sich rasch ab.

Ganz gegen seine Natur umarmte Tolar mich ebenfalls und trat dann lächelnd fort. »Du bist gar nicht so übel, glaube ich«, meinte er tiefsinnig.

»Du bist ebenfalls kein schlechter Bursche«, entgegnete ich und sah, wie er verlegen errötete. »Geh in Frieden, Tolar – und paß gut auf Gunnar auf.«

»Das wird mir nicht schwerfallen, denn ich werde mir einen Grundbesitz neben seinem kaufen, damit wir gemeinsam als reiche Bauern leben können«, sagte er, womit er mehr Worte auf einmal sprach, als ich je von ihm vernommen hatte.

König Harald war der letzte, der sich verabschiedete. Er kam zu mir und stellte mir das Männlein vor, mit dem ich ihn tags zuvor im Gespräch gesehen hatte. »Dieser Mann ist der Besitzer dieses venezianischen Schiffes«, erklärte er und wies auf das Boot mit dem gelben Segel. »Er hat sich bereit erklärt, dich und die anderen Priester nach Hause, nach Irlandia, zu bringen. Dafür habe ich ihn schon bezahlt, und er hat versprochen, euch eine angenehme Reise zu bereiten und euch gut zu essen zu geben.«

Harald deutete auf den Kapitän und stellte ihn mit einer Handbewegung vor. Der Bursche warf dem riesenhaften Nordmann einen unsicheren Blick zu, wandte sich dann an mich und sagte: »Ich grüße euch herzlich, meine Freunde. Ich bin Pietro. Ihr sollt mich, glaube ich, auf meiner Rückreise begleiten. So jedenfalls habe ich diesen Dänen verstanden.« Sein Latein war gut, ein wenig geziert, aber flüssig.

»Das ist wohl so«, bekräftigte ich. »Vergib mir, wenn ich Zweifel zu hegen scheine, doch ich habe bis zu diesem Augenblick nichts von dieser Vereinbarung gewußt.«

»Macht euch keine Sorgen«, entgegnete Pietro. »Mein Schiff steht euch zur Verfügung.« Mit einem neuerlichen Blick auf Harald, der dastand und uns beide strahlend ansah, sagte er: »Ich lasse euch allein, damit ihr Abschied nehmen könnt, aber wenn ihr fertig seid, kommt zu mir, und dann wollen wir unsere Reisepläne besprechen.«

Mit diesen Worten entfernte der elegante kleine Bursche sich unter mehreren Verbeugungen. Der Dänenkönig lächelte zufrieden. »Ich habe euch hergebracht, daher ist es nur recht und billig, wenn ich dafür sorge, daß ihr wieder nach Hause kommt«, setzte er mir auseinander. »So habe ich nach dem besten Schiff gesucht, und seines ist fast so gut wie mein eigenes. Er hat die Reise viele Male unternommen, und ich glaube, er ist ein guter Steuermann. Aber ich habe ihm gesagt, falls mir jemals zu Ohren kommen sollte, er habe euch schlecht behandelt, würde ich ihn aufsuchen und vom Hals bis zum Bauch aufschlitzen wie einen Fisch.«

»Glaubst du, daß er dich verstanden hat?« fragte ich.

Harald lächelte noch breiter. »Wer will das wissen?« Dann schlug er mir auf die Schulter und sagte: »Ich verlasse dich jetzt, Aedan Wahrsprecher. Du bist ein guter Sklave gewesen, und ich bin betrübt, dich nicht mehr zu sehen.«

»Du warst ein wunderbarer Herr, Jarl Harald«, erklärte ich. Wir umarmten uns wie Brüder, dann drehte er sich um und eilte zum Schiff.

Kaum war Harald an Bord gestiegen, nahmen die Seewölfe die Ruder und stießen das Schiff vom Kai ab. Als das Boot in den Kanal hinausglitt, sah ich Gunnar an dem drachenköpfigen Bug stehen. Er hob die Hand, um mich zu grüßen. Ich winkte zurück, und dann befahl Haralds laute Stimme, die Ruder zu besetzen, und Gunnar verschwand.

Ich spürte die Gegenwart eines anderen und bemerkte, daß Dugal, der beiseite gestanden hatte, wieder zu mir getreten war. »Das war's«, sagte er, und ich hörte Erleichterung in seiner Stimme.

»Ja«, gab ich zurück. »Das war es wohl.«

Ich sah den Langschiffen nach, bis sie am Goldenen Horn außer Sicht gerieten. Dann führte ich den Mitbruder dorthin, wo das venezianische Schiff vor Anker lag, und erklärte ihm, wie Harald für unsere Heimreise gesorgt hatte.

»Die Seewölfe haben das für uns getan?« staunte Dugal tief beeindruckt.

Als wir uns näherten, kam der Schiffskapitän uns entgegen. Er bat uns an Bord, und wir überzeugten uns, daß sein Boot tatsächlich in jeder Weise ausgezeichnet war. »Lange haben wir auf das Eintreffen unserer letzten Handelsgüter gewartet – Seidenstoffe, Pfeffer und Schalen aus Glas und Silber«, sagte er. »Wir hätten schon vor sechs Tagen auslaufen sollen, doch die Beisetzung des Kaisers hat uns ein wenig aufgehalten. Wenn Gott will, wird das Schiff bis heute abend beladen sein, und morgen um diese Zeit werden wir bereit zum Auslaufen sein.«

»So bald schon?« fragte ich und dachte dann: *Warum eigentlich nicht? Hier hält uns nichts mehr.*

Pietro zögerte. »Die Jahreszeit ist weit fortgeschritten, wir haben schon Spätsommer, und wir sollten das gute Wetter nicht als ein Geschenk betrachten, das ewig währt. Einen oder zwei Tage könnten wir allerdings noch warten, wenn euch das lieber wäre.«

Ich dankte ihm für sein Angebot. »Das wird nicht nötig sein«, antwortete ich und fragte mich, wieviel Harald ihm wohl bezahlt hatte, daß er uns so entgegenkommend behandelte. »Wir werden uns morgen bereithalten.«

»Sehr gut«, meinte Pietro und senkte den Kopf, um zu bekunden, daß er sich meinen Wünschen beuge. »Morgen früh schicke ich euch einen Mann, der euer Gepäck abholt.«

Wir kehrten in die Villa zurück, und ich berichtete Brynach und Ddewi, welche Vorkehrungen Harald für uns getroffen hatte und daß unsere Abreise unmittelbar bevorstand. »So bald?« fragte Brynach erstaunt.

»Pietro meinte, er würde warten, bis wir soweit seien«, antwortete ich. »Aber ich konnte mir nicht vorstellen, was uns hier noch halten sollte. Ich weiß, die Zeit ist kurz«, räumte ich ein. »Hätte ich gewußt, daß ihr noch bleiben wollt ...«

»Nein«, versetzte Brynach schnell, »nein ... du hast recht. Hier haben wir nichts mehr zu tun.« Er unterbrach sich und sah nachdenklich aus. »Und du hast immer noch vor, mit uns zurückzukehren? Ich dachte ...«

»Wo sollte ich sonst hin?« fragte ich und setzte rasch hinzu: »Euch bleibt also noch ein letzter Tag in Byzanz. Gewiß möchtet ihr noch etwas in der Stadt unternehmen, ehe ihr aufbrecht.«

»Ich habe immer gehofft, einmal in der Kirche der heiligen Weisheit zu beten«, gab Brynach zurück. Ddewi und Dugal nickten zustimmend. »Dies würde ich wirklich gern tun. Die Brüder in Christos Pantocrator wollten uns hinführen, aber dann ... nun, ist ja auch gleich.«

»Dann geht doch«, drängte ich sie. »Jetzt gleich, alle drei. Es gibt Fremdenführer zuhauf, die euch für den Preis eines Laibs Brot nur zu gern die Wunder Konstantinopels zeigen.« Ich gab ihnen einen von Haralds goldenen Solidi. Sie erhoben Einwände gegen diese Verschwendung, doch ich besaß keine kleinere Münze, die ich ihnen hätte geben können. Ich entgegnete, dies sei ohnehin ein geringer Lohn für all ihre Mühen, und wünschte ihnen einen schönen Tag.

Sie berieten sich kurz und beschlossen, unverzüglich aufzubrechen. »Willst du nicht mitkommen in die Hagia Sophia, Aidan?« fragte Dugal und sah mich besorgt an.

»In dieser Stadt gibt es nichts mehr, das ich sehen oder tun möchte«, antwortete ich. »Außerdem würde ich euch nur die Freude verderben. Geht und sprecht eure Gebete, Dugal. Und keine Sorge, ich werde hier sein, wenn ihr zurückkehrt.«

Kaum waren sie fort, erschien Faisal, um mir auszurichten, Fürst Sadik wünsche mich zu sprechen. Ich hatte mit einer solchen Aufforderung gerechnet, und nun, da sie gekommen war, wurde mir klar, daß ich mich nicht bereit fühlte, ihm gegenüberzutreten. Ich glaube, die Schuldgefühle wegen meiner Trennung von Kasimene ließen mich einen Streit fürchten.

Wie ich erwartet hatte, war der Emir nicht eben glücklich darüber. Nach einer einfachen, etwas knappen Begrüßung bat er mich, Platz zu nehmen, und sagte: »Kasimene hat mir erzählt, ihr beiden würdet nicht heiraten. Ich hege zwar weder Zweifel an ihrem Wort noch an ihrer Ehre, doch ich wollte es auch von deinen Lippen hören.«

»Sie hat die Wahrheit gesprochen«, sagte ich. »Ich habe meinen Schwur gebrochen, und wir haben uns getrennt.«

Der Emir verzog den Mund zu einem Ausdruck scharfen Mißfallens. »Meine Nichte hat es in andere Worte gefaßt«, erklärte er mir, »aber da dies eine Sache zwischen einem Mann und einer Frau ist, werde ich mich nicht einmischen, wenn euer Entschluß feststeht. Was das angeht, so habe ich ihr angeboten, ich würde versuchen, dich umzustimmen, doch Kasimene war dagegen.« Er unterbrach sich und versuchte, meine Gedanken aus meiner Miene abzulesen.

Dann fuhr Sadik fort und meinte: »An meinem Hof ist immer Platz für dich. Einen Mann von deinen außerordentlichen Fähigkeiten kann ich gut gebrauchen. Bleib bei mir, Aidan, und ich werde dafür sorgen, daß du zu der Stellung aufsteigst, die du verdienst.« Er hielt inne. »Du brauchst nicht meine Verwandte zu heiraten, um meine Gunst zu erlangen, denn mit deinen beispielhaften Taten und deinem lauteren Wesen hast du dir schon vielfach meine höchste Wertschätzung erworben.«

»Ich fürchte, du schmeichelst mir über Gebühr, Fürst Sadik«, entgegnete ich. »Dein Angebot ist verlockend, doch ich kann es nicht annehmen.«

Schweigend nickte der Emir und nahm meine Ablehnung höflich hin. »Was hast du jetzt vor?«

»Ich kehre nach Éire zurück«, antwortete ich. Ich würde

die Pilgerreise abschließen, sie zu Ende bringen. Das war das mindeste, das ich tun konnte.

»Vergib mir meine Worte, aber du könntest tausendmal heimkehren, und doch wirst du dort nicht mehr glücklich sein«, warnte mich der Emir. »Du hast zuviel von der Welt und ihrem Lauf gesehen, um dich in deinem Kloster zu vergraben.«

»Du magst recht haben«, räumte ich ein. »Aber trotzdem ist es mein Zuhause.«

Der Fürst sah mich an und schien milder gestimmt. »Ich wünsche dir alles Gute, mein Freund.« Er stand auf und bedeutete mir damit, daß unser Gespräch beendet sei. »Dennoch, solltest du je wieder nach Samarra kommen, würde ich mich freuen, dich zu empfangen und unsere Freundschaft fortzusetzen.«

»Ich bin dir dankbar, Fürst Sadik. Aber mein Herz ist hungrig und wird nicht zufrieden sein, ehe ich Éire wiedergesehen habe.«

»Geh in Frieden, Aidan«, sagte der Emir und hob die Hände, um mich zu segnen. »Möge Allah, der Weise und Barmherzige, deinen Weg ebnen und dich vor Satans Tücke beschützen, und möge der Herr der Heerscharen dir in seinem himmlischen Palast ewigen Frieden schenken.« Er legte die Fingerspitzen an die Stirn, berührte dann sein Herz und sagte: »Sala'am, Aidan, und lebe wohl.«

An diesem Abend speisten wir zum letztenmal zusammen. Der Fürst bestand darauf, uns mit einem Festmahl zu verabschieden. Die Rafik und die Mönche kamen, und die Unterhaltung plätscherte leicht und fröhlich dahin – Faisal und ich übersetzten fleißig für alle. Während des ganzen Essens hielt ich Ausschau nach Kasimene und hoffte, sie werde sich zu uns setzen. Doch der Abend ging zu Ende, ohne daß die junge Frau erschien.

Auch am nächsten Morgen, als Pietros Diener die wenigen Bündel, die unsere Besitztümer enthielten, abholte und wir die Villa verließen, um zu dem wartenden Schiff zu gehen, sah ich sie nicht. Obwohl wir uns am Abend schon verabschiedet hatten, bestand Faisal darauf, uns zum Kai zu begleiten. Der Fürst meinte, er wolle sichergehen, daß wir uns nicht verliefen und ins Unglück gerieten. Kurz bevor ich an Bord stieg, bot ich Faisal den Kadi als Abschiedsgeschenk an, doch er lehnte mit den Worten ab, wenn ich je nach Byzanz zurückkehrte, würde ich ganz gewiß ein gutes Messer brauchen. Mit über der Brust gekreuzten Händen verneigte er sich und erbat Allahs Frieden für unsere Reise. Dann blieb er am Kai stehen und sah uns nach, bis wir aus seinem Gesichtskreis entschwunden waren.

Ich sollte keinen der Sarazenen je wiedersehen.

## 40

Von unserer Heimfahrt kann ich nichts berichten, außer daß sie in jeder Hinsicht das Gegenteil unserer Hinreise war. Das Schiff war ebenso stabil wie schnell, das Wetter warm und milde und die Gesellschaft Pietros und seiner Mannschaft angenehm. Ja selbst das Essen, das die Venezianer mit Geschick und Begeisterung zubereiteten, erwies sich mehr als annehmbar. So erfreuten wir uns einer Bequemlichkeit, von der ich nicht geglaubt hätte, daß sie unter Seefahrern zu finden sei.

Obwohl wir den kräftigen kleinen Schiffsmeister drängten, wegen seiner Ladung zuerst seinen Heimathafen anzulaufen, bestand er darauf, uns zuerst wie vereinbart sicher zu unserem Ziel zu bringen. Je mehr wir versuchten, ihn zu überreden, desto unnachgiebiger wurde er. »Ihr«, erklärte er, »seid meine wichtigste Sorge. Ich werde nicht ruhen, ehe ihr wieder unter euren Mitbrüdern weilt.«

Erneut fragte ich mich, wieviel Harald wohl bezahlt hatte, damit uns diese Behandlung zuteil wurde – und welche Drohungen er als zusätzlichen Ansporn ausgestoßen haben mochte. Da die Sache aber nicht zu ändern war, lehnten wir uns einfach zurück und ließen die Tage gemächlich an uns vorüberziehen ... bis eines Morgens Pietro zu uns kam und sagte: »Wenn ihr euer Heimatland wiedersehen wollt, dann folgt mir.«

Wir begaben uns zum Bug, wo Pietro auf eine niedrige blaue Erhebung wies, die am Horizont zu schweben schien. »Dort liegt Éire«, sagte er. »Nun müßt ihr mir mitteilen, wo ihr an Land gehen wollt.«

Wir berieten uns und entschieden, daß Brynach die irische Küste am besten kannte und daher das Schiff zu seinem Ziel führen sollte. Dies tat er, und bei Einbruch der Nacht hatten wir die Bucht an der Mündung des Flusses Boann erreicht.

Pietro mochte sich in der Dämmerung nicht mit der felsigen Küste anlegen. Er ging in der Bucht vor Anker und wartete bis zum Morgen. Wir Iren verbrachten eine scheußliche Nacht – wir befanden uns in Rufweite unseres geliebten Heimatlandes und konnten doch vor dem Tagwerden nicht an Land gehen.

Als endlich der Morgen graute, fuhren wir langsam flußaufwärts bis nach Inbhir Pátraic und landeten an dem hölzernen Kai. »Meiner Treu!« rief Dugal aus, sobald er auf den Brettern stand. »Da haben wir drei Meere durchquert, ohne auch nur nasse Füße zu bekommen!«

Wahrhaftig, verglichen mit unserer ersten Reise schien dies eine bemerkenswerte Leistung. Wir waren uns alle einig, daß unsere venezianischen Schiffskameraden ausgezeichnete Seeleute waren, und lobten sie zu ihrer großen Freude über alle Maßen.

Pietro gefiel der Anblick der Siedlung, und er beschloß, sich noch einen oder zwei Tage hier aufzuhalten, um Handel zu treiben. Er fragte, ob wir für ihn übersetzen würden. »Ich werde euch gut bezahlen«, sagte er. »Ihr seid angenehme Reisegefährten gewesen, und ich möchte dies gern für euch tun.«

Brynach dankte ihm und meinte, sein Angebot sei zwar verlockend, aber wir seien lange fort gewesen und hätten es eilig, zum Kloster, das noch zwei Tagesmärsche landeinwärts lag, zurückzukehren. »Doch wenn dir an Geschäften gelegen ist«, setzte er hinzu, »so wirst du, glaube ich, feststellen, daß bei den Menschen in dieser Gegend das Silber für sich selbst spricht.«

Wir nahmen Abschied von Pietro und jedem einzelnen seiner Männer und stiegen dann den gewundenen, schmalen Pfad zum Grat der Klippen hinauf, wo uns ein kleiner Haufen von Menschen begrüßte, die das Schiff gesehen und sich voller Vorfreude auf Neuigkeiten und Handel versammelt hatten.

Der Anführer drängte sich nach vorn, um uns willkommen zu heißen. Aufrichtige Verblüffung malte sich auf seiner Miene, als er erkannte, wer da vor ihm stand. »Ho!« rief er. »Seht sie euch an! Schaut nur! Sie sind aus den fernen Landen zurückgekehrt, heil und gesund wie an dem Tag, an dem sie aufgebrochen sind!« Schnell blickte er sich um, sah uns forschend an und nahm dann den Klippenpfad und die Landungsbrücke darunter in Augenschein. »Beim heiligen Michael, wo sind die anderen? Wo sind all die übrigen geblieben? Kommen sie nach?«

»Grüße, Ladra«, antwortete Brynach. »Ja, wir sind zurück – aber nur wir vier. Gott sei's geklagt, niemand wird mehr kommen.«

Dies rief aufgeregtes Getuschel in der Menge hervor. Ladra blickte zwischen uns hin und her und sagte: »Nun gut, wie immer dem auch sei, willkommen zu Hause. Ihr habt gewiß viel zu erzählen, und wir würden gern eure Geschichte hören.«

»Ich fürchte, das wird ein wenig warten müssen«, entgegnete Brynach. »Unsere erste Pflicht lautet, unsere Brüder im Kloster von unserer Rückkehr zu unterrichten. Der Tag ist schön, und wir sind ausgeruht. Ich glaube, wir müssen gleich nach Kells weiterziehen.«

Ladra zog ein langes Gesicht, und die Menschen brummten unzufrieden. Ich wies auf den Kai und sagte: »Dort steht ein Mann, dem das Silber locker in der Tasche sitzt. Wollt ihr ihn auf dem Steg warten lassen, bis er der Sache überdrüssig wird und davonsegelt, um andernorts eifrigere Händler zu finden?«

Meine Worte verursachten einen leichten Tumult. Die Dorfbewohner eilten nach unten zu Pietro, um ihm ein angemessenes Willkommen zu bereiten. Der nun folgende Aufruhr erlaubte uns, durch die Menge zu schlüpfen und unseren Weg ungehindert von der Gastfreundschaft der Dörfler fortzusetzen, so gut gemeint diese auch sein mochte. Wir schulterten unsere verschiedenen Bündel und brachen auf.

Ach, herrlich war das, weiches Gras unter meinen Füßen zu spüren und die kühle und feuchte, nebelschwangere Luft zu riechen. Auf Schritt und Tritt fiel der Blick auf herrliches Grün in allen Schattierungen – ein lindernder Balsam für Augen, die sich an die trockene, farblose und felsige Ödnis des Ostens gewöhnt hatten. Diesen ganzen Tag hindurch ging ich staunend einher und erkannte alles wieder: Jeder Hügel, jeder Baum schien ein Wunder zu sein, frisch geschaffen, um die Seele zu erquicken und die Sinne zu erfreuen.

Wieder in Éire zu sein und dieses Land wie zum erstenmal zu sehen, etwas Schöneres kann es nicht geben.

Wir wanderten bis Mittag und rasteten am Fluß. Dann gingen wir weiter, bis es so dunkel war, daß wir den Weg nicht mehr sehen konnten. Obwohl wir kein Essen mit uns führten, schien uns dies keine Entbehrung, denn wieder unter den Sternen des Sommerhimmels zu schlafen und die stille, weiche und duftende Luft dieses friedlichen Landes zu atmen, war uns Nahrung genug.

Bei Sonnenaufgang erhoben wir uns und strebten eilig weiter. So kräftig und schnell schritten wir aus, daß wir gegen Abend in Sichtweite von Cenannus na Ríg kamen. Auf dem letzten Hügel blieben wir stehen, um über das Tal auf die steinummauerte Ansiedlung zu blicken. Wir waren so überwältigt von einer Woge widerstreitender Gefühle – dem Glück über unsere sichere Rückkehr, vermischt mit der

Trauer um unsere teuren Brüder, die jetzt nicht neben uns stehen konnten –, daß wir keine Worte fanden.

Dann, noch während wir standen und schauten, erklang das klare, helle Läuten der Klosterglocke, die zum Vespergebet rief. Beim dritten Schlag drängte Dugal mit großen Schritten den Hügel hinunter, und beim fünften fiel er in Laufschritt. Hinunter stürzten wir und liefen, so schnell wir konnten. Ich rannte hinter Dugal her, und Brynach und Ddewi folgten dicht hinter mir. Außer Atem und erschöpft, aber glücklich erreichten wir das Klostertor.

»Zu Hause!« rief Dugal, dessen Wangen vor Anstrengung und Freude glühten. »Aidan, Mann, wir sind daheim!«

Sein Schrei holte den Pförtner aus seiner Hütte. Er warf einen Blick auf uns, rannte dann zu seiner Glocke und begann sie zu läuten, um unser Eintreffen kundzutun. »Gott segne euch, Brüder! Willkommen!« brüllte er und versuchte, sich durch das Glockengeläut verständlich zu machen.

»Paulinus!« polterte Dugal gutgelaunt. »Hör auf zu bimmeln, man kann ja sein eigenes Wort nicht verstehen!«

Bruder Paulinus kam herbei und stand im Dämmerlicht vor uns. Er barst förmlich vor Fragen und Wiedersehensfreude. Von der Kapelle her strömten bereits die Mönche auf uns zu, und weniger als drei Herzschläge später umringten uns unsere guten Brüder. Alle hießen uns fröhlich schreiend willkommen, klopften uns auf die Schultern und priesen Gott und sämtliche anderen Himmelsbewohner für unsere sichere Heimkehr.

Doch sogar in diesem Augenblick, inmitten all der Heiterkeit, spürte ich, wie die böse Schlange in meiner Seele von neuem ihr Haupt erhob. Wehe, sie war nicht mit Nikos gestorben, sondern hatte nur geschlafen. All diese lieben Brüder zu sehen, deren Gesichter so voller Freude waren, zu hören, wie sie denselben Gott, der so viele andere dem Tod überantwortet hatte, lobten, weil er uns behütet hatte, machte, daß ich mich innerlich vor Schmerz krümmte. Ich stand da, hörte das fröhliche Geschrei in meinen Ohren widerhallen und fühlte, wie das Gift aus meiner verwundeten Seele sickerte.

Die Pein war fast unerträglich. Ich brauchte meine ganze Kraft, um nicht vor meinen Mitbrüdern davonzulaufen, um zu lächeln, laut zu lachen, mir ihre guten Wünsche gefallen zu lassen – wo ich mich doch nur danach sehnte zu entkommen. Ich sah, wie Dugal auf die Knie fiel, um Libir um Vergebung zu bitten, weil er ihn damals die Felsen hinuntergestoßen hatte, und wandte mich ab, als mir bittere Galle in die Kehle stieg.

Und dann stand Abt Fraoch vor uns, hielt die Arme zur Begrüßung ausgebreitet und frohlockte über unser Eintreffen. Hinter ihm stand, vor Freude über unseren Anblick strahlend, Ruadh, der Secnab des Klosters und mein teurer Beichtvater. »Seht!« rief Fraoch und erhob die zerstörte Stimme zu einem glücklichen Begrüßungskrächzen. »Die Reisenden sind zurückgekehrt! Die Pilgerfahrt ist abgeschlossen. Laßt uns den Herrn Christus für seinen treuen und standhaften Schutz preisen!«

Erneut brandete Jubel auf, dem der gute Abt eine Zeitlang freien Lauf ließ, ehe er die Hände hob, um wieder Ruhe herzustellen. »Brüder, ihr tut recht, unsere Kameraden mit Preis und Dank zu empfangen«, sagte er. »Ich sehe aber, daß nur vier zurückgekehrt sind. Doch dreizehn sind aufgebrochen, und es wäre eine Schande, nicht nach denen zu fragen, deren Abwesenheit einer Erklärung bedarf.«

Brynach trat vor und überbrachte die traurige Kunde, daß wir tatsächlich die einzigen Überlebenden der Pilgerfahrt und alle anderen tot seien. Sie hätten das weiße Martyrium gegen das rote eingetauscht. Daraufhin stieg ein leises Murmeln der Trauer und der Klage aus der Menge auf, besonders um die Mönche aus unserer eigenen Gemeinschaft, die aufgebrochen und umgekommen waren.

Brynach winkte Dugal, er möge vortreten. Der hünenhafte

Mönch bahnte sich mit den Ellbogen einen Weg in die vorderste Reihe, nahm das sorgfältig verschnürte Bündel von seinem Rücken und legte es zu Abt Fraochs Füßen auf den Boden.

»Aidan hier«, sagte Dugal und wies mit einem Kopfnicken in meine Richtung, »mochte nicht zulassen, daß die sterblichen Überreste unseres gesegneten Bischofs Cadoc bei den Gottlosen in den heidnischen Landen zurückblieben. Wir haben die Gebeine des Bischofs heimgeführt, um sie in allen Ehren und mit allem Respekt zu bestatten.«

Von Trauer erfüllt, betrachtete der Abt das Knochenbündel. »Ah, gut«, sagte er. »Mo croi, dies grämt mich und uns alle. Christus, erbarme dich.« Von neuem hob er den Blick und sagte: »Danke, Bruder Dugal. Danke, Bruder Aidan. Wie gut, wie bedachtsam von euch, an die Gefühle der anderen zu denken. Wir alle, jeder einzelne von uns, sind euch für eure aufmerksame Sorge zu Dank verpflichtet.«

Ha! dachte ich, und Zorn wallte in mir auf. Soll ich euch sagen, wie er gestorben ist? Soll ich euch erzählen, wie man diesen frommen Mann grausam zu Tode gebracht und seine Leiche ebenso lieblos wie die Lammkeule vom Tag zuvor in die Müllgrube geworfen hat? Soll ich euch verraten, daß seine Knochen überhaupt nur herausgefischt wurden, damit eine Horde gottloser Barbaren ihre gestohlenen Schätze retten konnte? Soll ich euch die Wahrheit über Gottes unverwandten Schutz sagen?

Natürlich sprach ich nichts von all dem aus, sondern nahm das Lob des Abtes nur mit einem ehrerbietigen Nicken entgegen.

Darauf sagte Fraoch: »Die Vesperglocke hat geläutet, und die Gebete haben begonnen. Laßt uns in die Kapelle gehen und Gott für die wohlbehaltene Rückkehr der Pilger danken.«

Jedermann begann zugleich zu reden, man überhäufte uns mit Fragen und überschrie einander, um sich Gehör zu verschaffen. Die wohlmeinende Menge spülte uns davon und trug uns zu den Türen der Kapelle. Dort hatte ich lange Gebete durchzustehen, die mir beschwerlicher schienen als hundert Tage in den Minen des Kalifen. Als der Gottesdienst endlich vorüber war, erlaubte der Abt, daß wir uns in die Zellen zurückzogen, die man unterdessen für uns vorbereitet hatte.

Er untersagte allen, uns an diesem Abend weitere Fragen zu stellen, und schickte uns schlafen. »Ich sehe, daß ihr müde von der Reise seid«, sagte Fraoch. »Geht jetzt zur Ruhe, und wir werden uns bis zum Morgen gedulden und dann eure Geschichte hören.«

So blieb mir erspart, noch weiter über die Leiden zu reden, die wir überstanden hatten. In tiefer Verzweiflung verließ ich die Kirche und begab mich zu den Zellen. Dugal ging neben mir und war glücklich, sich wieder unter seinen Freunden und in vertrauter Umgebung zu finden. »Ah, mo croi«, seufzte er zufrieden. »Das tut gut. Meinst du nicht, Aidan?«

»Ja«, gab ich zurück.

»Ich verrate dir die Wahrheit«, erklärte er, »manchmal habe ich gedacht, wir würden diesen Ort nie wiedersehen.«

»Das ging mir nicht anders«, sagte ich und dachte dabei: Und nun, da wir wieder hier sind, frage ich mich, was so wichtig an unserer Reise war. Was hatten wir zu tun versucht? Was bedeutete das Ganze?

»Bist du traurig, Aidan?« fragte Dugal.

»Nein, nur ein wenig müde«, sagte ich, um einer weiteren Unterhaltung über das Thema aus dem Wege zu gehen. »Ich hätte nicht gedacht, daß ich so viele Fragen beantworten müßte.«

»Du bist in Byzanz gewesen«, bemerkte Dugal einfach, »und sie nicht. Natürlich sind sie neugierig. Daraus kannst du ihnen keinen Vorwurf machen.«

In der Zelle stand Essen – ein brauner Brotlaib und ein wenig Honigmet – zur Begrüßung. Ich aß allein, im Licht einer einzigen Kerze aus Bienenwachs, und ging mit dem Gedanken schlafen, welche Ruhe hier doch herrschte ... nur um im Morgengrauen durch das Matutinläuten geweckt zu werden, welches den Beginn der täglichen Pflichten anzeigte.

Sehr lange hatte ich diesen Klang nicht mehr vernommen, doch in dem Moment, als ich ihn hörte, zog sich mir das Herz zusammen bei dem Gedanken, daß in all der Zeit, die ich fort gewesen war, dieselbe Glocke Tag für Tag zu den Morgengebeten gerufen hatte und nichts, absolut nichts, sich geändert hatte. Das Kloster war noch dasselbe wie an dem Tag, an dem ich es verlassen hatte. Die Arbeit ging auf die gleiche, unwandelbare Weise weiter, so wie es vor meiner Geburt gewesen war und auch weitergehen würde, wenn ich schon in einem unbekannten Grab zu Staub zerfallen war.

In dunklen Wogen, die mit dem Morgen frische Kraft gewonnen hatten, überspülte mich die Verzweiflung. Ich war nach Byzanz gefahren und noch weiter. Staunend hatte ich Reichtum und Macht ohnegleichen erblickt. Ich hatte arabischen Potentaten gedient und das Leben eines Sklaven gefristet. Ich hatte eine sarazenische Prinzessin geliebt – Christus sei mir gnädig, wäre ich ein besserer Mensch gewesen, wäre ich jetzt mit ihr verheiratet! O Kasimene, vergib diesem elenden Tor ...

Wahrhaftig, ich hatte von einem Leben gekostet, das für die einfache Bruderschaft im Kloster unvorstellbar war. Und nun war ich hier, zurück unter den Mönchen von Kells, und nichts hatte sich verändert. Nichts außer mir selbst, und dies nicht zum Besseren.

Im perlgrauen Licht der Morgendämmerung lag ich auf meinem Strohsack, blickte zu der kahlen Steindecke meiner Zelle hinauf und ertrank in der Leere, die mich überwältigte und in die Tiefen der Hoffnungslosigkeit hinabzog. Ich preßte die Augen zusammen, um die Tränen zu unterdrücken, doch sie drangen unter meinen Lidern hervor und rollten mir die Wangen hinunter.

Wie sollte ich diesen Tag überstehen? Wie mit der unschuldigen Neugier fertig werden, mit der die Zurückgebliebenen jedem meiner Worte lauschten? Wie konnte ich den endlosen, ahnungslosen Fragen standhalten und die leichtgläubige, naive Neugierde meiner Mitbrüder befriedigen? Was sollte ich tun?

Ich blieb bis nach dem Primläuten in meiner Zelle und ging dann in Ruadhs Hütte. Er war nicht da, doch ich trat trotzdem ein und hockte mich auf den Boden, um auf seine Rückkehr zu warten. Im Sitzen blickte ich mich in dem kahlen Steinraum mit dem schmalen Fenster in der Wand um und betrachtete den dünnen Strohsack auf dem Boden, die lederne Bulga, die an ihrem Riemen an dem hölzernen Haken über der Schlafstelle hing, die flache Waschschüssel am Fuß des Bettes, den eisernen Kerzenhalter und das Steinbord mit dem kleinen Holzkreuz. Alles war genau wie in meiner Erinnerung, so, wie es am Tag meiner Abreise gewesen war.

Die Zelle war mir wie ein einsamer Psalm, eine Hymne der Verlassenheit und leeren Sinnlosigkeit. Am liebsten wäre ich wieder hinausgelaufen, doch da hörte ich, wie sich Schritte näherten. Kurz darauf betrat Ruadh den Raum.

»Da bist du ja, Aidan«, sagte der Bruder und ging zu seinem Stuhl, als setze er eine Diskussion fort, die durch eine vorübergehende Störung unterbrochen worden war. »Als ich dich weder in der Halle noch beim Gebet gesehen habe, dachte ich mir schon, daß ich dich hier finden würde.«

»Wie üblich durchschaust du mich besser als ich mich selbst«, meinte ich zu ihm.

»Das war schon immer so«, entgegnete Ruadh lächelnd. Der Mönch faltete die Hände im Schoß und sah mich eine Zeitlang an, wobei er in sich hineinschmunzelte. »Willkommen zu Hause, Aidan«, sagte er schließlich leise. »Schön, dich wiederzusehen.«

»Ich freue mich ebenfalls, dich zu sehen, Secnab.«

»Tatsächlich?« Fragend hob er eine Augenbraue. »Deine

Miene verrät allerdings etwas anderes.« Er unterbrach sich, fuhr jedoch, als ich keinen Einspruch erhob, fort. »Ich habe mit Brynach gesprochen. Er sagte, du habest entschieden, das Buch wieder mit zurückzunehmen.«

»Hat er dir auch erzählt, was mich zu diesem Entschluß bewogen hat?«

»Ja«, antwortete Ruadh, »aber ich wollte es von dir selbst hören.«

»Die Pilgerfahrt ist gescheitert«, erklärte ich, und alle Verbitterung, die ich empfand, wallte von neuem auf. »Da war nichts zu machen.«

»Brynach berichtet, du hättest allein mit dem Kaiser gesprochen?«

»Ja, das habe ich. Was hat Brynach dir sonst noch erzählt?«

»Er sagte, du hättest ihnen das Leben gerettet.«

Jener Tag, der mir einst so lebhaft vor Augen gestanden hatte, schien nun in weite Entfernung gerückt. Hier, in der eintönigen Schlichtheit der Abtei, versank mein früheres Leben bereits im Nichts.

Ich sah Ruadh an, meinen Anamcara, den guten Freund meiner Seele. Viele Jahre hindurch hatte er sich geduldig meine Träume und Geständnisse angehört, mich geleitet, mich gedrängt, mir auf tausend Arten mit seinem weisen Rat geholfen. Er kannte mich besser als jeder andere Mensch, doch selbst Ruadh würde niemals auch nur das winzigste Bruchstück dessen, was alles geschehen war, begreifen. Wie konnte ich es ihm erzählen ... wo sollte ich anfangen?

»Das war doch nichts«, sagte ich. »Jeder andere hätte dasselbe getan.«

Wir redeten noch ein wenig, vor allem über das Kloster und die Wiederaufnahme meiner Pflichten im Scriptorium, und als ich mich erhob, um zu gehen, begleitete Ruadh mich nach draußen. »Deine Rückkehr wird einige Zeit in Anspruch nehmen, Aidan. Du darfst nicht erwarten, einfach zurückzukommen, als sei nichts geschehen.«

Während der nächsten Tage ging ich jedem Gespräch über die Pilgerfahrt aus dem Weg. Wenn jemand mir eine Frage stellte, gab ich vage, ausweichende Antworten, und endlich hörten die Brüder auf, in mich zu dringen. Schließlich ging das Leben im Kloster weiter, und was geschehen war, war vorbei. Ich kehrte zu meiner Arbeit und den täglichen Pflichten zurück. Die Beschäftigung, die mir einst soviel Stolz und Freude bereitet hatte, schien mir nun trocken und langweilig. Das bloße Kratzen der Feder ließ mich die Zähne zusammenbeißen, und die Worte, die ich schrieb, enthielten keine Bedeutung. Das Gebet sank zu einer Möglichkeit herab, dem Scriptorium zu entrinnen. Ich kniete zwar mit all den anderen in der Kapelle, doch ich öffnete Gott nicht mein Herz.

Wie hätte ich auch beten sollen? Ich hatte Gott als das kennengelernt, was er wirklich war: ein ungeheuerlicher Seelenverräter, der Verehrung, Dienst und Gehorsam verlangte, Leben und Liebe forderte und dafür Schutz, Heilung und Zuflucht verhieß. Und dann, wenn die Not am größten war und der Mensch nach dem ersehnten Schutz verlangte ... Leere. Zum Dank für Jahre sklavischer Anbetung gab Er nichts zurück, ja weniger als nichts.

Jeden Tag, wenn ich in der Kapelle kniete und zuhörte, wie die einfachen Brüder ihre Gebete sprachen, dachte ich, *Lügen! Alles Lügen! Wie kann jemand auch nur ein einziges Wort davon glauben?*

So erkrankte mein Herz, jenes verwundete Tier, und begann sich in seinem Elend selbst zu verschlingen. Tiefer und tiefer sank ich unter der Last meines nagenden Kummers. Als Brynach und Ddewi aufbrachen, um zu ihrem Kloster in Britannien zurückzukehren, kam ich nicht zu ihrem Abschied und sagte ihnen nicht Lebewohl. Dugal tadelte mich später dafür, doch mir war alles gleich. Ich war eine in sich geschlossene Welt des Jammers, und die Tage vergingen mir unbemerkt und unbeachtet.

Eines Tages stand ich auf und sah, daß der Winter Einzug

in Kells gehalten hatte, und mir wurde klar, daß ich den Wandel der Jahreszeiten nicht wahrgenommen hatte. Das Grau des Landes und des Himmels entsprach der Farbe meiner gottverlassenen Seele. Ich stand vor meiner Zelle, blickte über den schlammigen Hof auf unsere kleine Kirche und fuhr angewidert zurück. Nach der glitzernden Pracht der Hagia Sophia und der Türme der großen Moschee erschien mir unser grober Steinbau armselig und schäbig. Ich sah mir all die Orte an, die mir einst in ihrer bescheidenen Schlichtheit erhaben erschienen waren, und fand sie grob, häßlich und vulgär, verglichen mit der leuchtenden Wirklichkeit all dessen, das ich in Byzanz erfahren hatte.

Doch zu meinem Entsetzen mußte ich bemerken, daß die strahlende Lebhaftigkeit meiner Erinnerung rasch verblaßte und einer Leere Platz machte, einer wachsenden Düsternis, in der in einem sich immer weiter ausbreitenden Nichts nur Schatten umherhuschten. Bald würde nichts mehr übrig sein. Nicht einmal die Schatten würden bleiben, und ich würde in vollständiger Dunkelheit wandeln.

Ach, einmal hatten meine Erinnerungen vor heißem Lebensblut gepocht. Verzweifelt zwang ich mich, daran zurückzudenken, daß ich einmal mit Königen gewandelt war und mich in Sprachen, die man in diesem Land nie gehört hatte, unterhalten hatte. Einst hatte ich am Bug eines Wikingerschiffs gestanden und war über Ozeane gesegelt, die den Seeleuten hierzulande unbekannt waren. Ich war durch Wüsten geritten und hatte in arabischen Zelten exotische Mahlzeiten genossen. Ich war durch die legendären Straßen von Konstantinopel gestreift und hatte mich vor dem Thron des Kaisers verneigt. Ich war Sklave, Spion und Seefahrer gewesen. Als Ratgeber und Vertrauter von Fürsten hatte ich Arabern, Byzantinern und Barbaren gedient. Ich hatte die Lumpen eines Gefangenen und die seidenen Gewänder eines sarazenischen Prinzen getragen. Einmal hatte ich ein juwelenbesetztes Messer geführt und mit eigener Hand ein Leben genommen. Ja, und einst hatte ich eine liebende Frau in den Armen gehalten und ihre warmen, willigen Lippen geküßt.

Wäre ich doch in Byzanz gestorben!

Der Tod wäre weit, weit besser gewesen als diese quälende, schmerzliche Leere, die jetzt mein Leben erfüllte. Ich beugte das Haupt und beklagte mein trostloses Geschick. An diesem Abend ging ich zum letztenmal in die Hütte meines Beichtvaters.

## 41

»Ich kann nicht länger hierbleiben«, sagte ich. Die Hoffnungslosigkeit ließ mich unverblümt sprechen.

»Fürwahr, du erstaunst mich, Aidan. Ich dachte, du hättest uns schon vor langer Zeit verlassen«, erwiderte Ruadh. Dann winkte er mich in seine Zelle und bat mich, Platz zu nehmen. Er selbst ließ sich auf seinem Stuhl nieder, preßte die Hände zusammen und fragte: »Was hast du zu finden erwartet?«

Seine Frage überrumpelte mich ebenso wie sein heiteres Gebaren. Ich mußte ihn bitten, seine Worte zu wiederholen, da ich mir nicht sicher war, ihn richtig verstanden zu haben.

»Deine Pilgerfahrt, Aidan ... was hast du geglaubt, in Byzanz zu finden?«

»Das willst du wirklich wissen?« fragte ich, verletzt durch seine Andeutung, ich könne auf irgendeine Weise selbst an meinem Unglück schuld sein. »Ich hatte erwartet, meinem Tod zu begegnen«, antwortete ich und berichtete ihm von der Vision, die mich in der Nacht vor meiner Abreise im Traum heimgesucht hatte.

»Ein seltsamer Traum, gewiß«, räumte Ruadh milde ein. Den Blick auf das hölzerne Kreuz auf dem Steinbord gerichtet, dachte er einen Augenblick nach. »Man nennt die Pilgerschaft auch das weiße Martyrium«, überlegte er. »Doch wir sagen ebenfalls, daß der Pilger nicht den Ort seines Todes, sondern seiner Auferstehung sucht. Schon eigenartig«, bemerkte er, »denn das würde ja heißen, daß der Pilger zuvor tot war.«

Der Mönch wartete, bis seine Worte ihre Wirkung getan hatten. Dann sah er mich an und sagte: »Von Bryn und Dugal habe ich den Großteil dessen gehört, was geschehen ist. Natürlich wissen sie nur sehr wenig über deinen Aufenthalt bei den Seewölfen und Sarazenen, aber ich glaube, aus dem, was sie mir berichtet haben, kann ich mir ein Bild davon machen, wie es dir ergangen ist.« Unerwartet lächelte er. »Aidan, du hast etwas erlebt, das deine Brüder sich kaum vorstellen können. Du hast mehr gesehen als die meisten Menschen in zehn Leben. Gott hat dich reich gesegnet.«

»Gesegnet!« Ich erstickte fast an dem Wort. »Du meinst wohl verflucht.«

Ohne auf meinen Ausbruch einzugehen, fuhr er fort. »Ich frage dich also noch einmal, was hast du eigentlich erwartet?«

»Ich habe geglaubt, Gott werde zu seinem Wort stehen«, antwortete ich. »Wenn nichts anderes, dann wenigstens dies. Ich dachte, ich könnte auf die Wahrheit bauen. Doch ich habe gelernt, daß die Wahrheit nicht existiert. Überall werden die Unschuldigen niedergemetzelt. Sie sterben mit einem Gebet zu Gott, er möge sie retten, und der Tod ereilt sie dennoch. Die Wächter des Glaubens selbst sind wankelmütige Lügner, und die heilige Kirche Christi eine Schlangengrube. Der Kaiser, Gottes Mitregent auf Erden, ist ein gemeiner, unchristlicher Mörder.«

»Das Leben ist eine Schule des Geistes, Aidan«, meinte Ruadh sanft, aber beharrlich. »Unsere Seele verlangt nach Erfahrung, und das Leiden ist unser überzeugendster Lehrer.«

»O ja, es ist eine Schule«, pflichtete ich ihm bei, und das Gefühl der Sinnlosigkeit bereitete mir fast körperlichen Schmerz. »Das Leben ist eine fürchterliche Schule, die uns harte und bittere Lehren erteilt. Zu Anfang vertrauen wir und lernen dann, daß niemand unseres Vertrauens würdig ist. Wir erfahren, daß wir allein auf der Welt stehen und unsere Schreie ungehört verhallen. Wir begreifen, daß der Tod unsere einzige Gewißheit ist. Ja, wir alle sterben, die meisten unter Angst und Qualen, manche im Unglück und die wenigen Glücklichen in Frieden. Doch wir sterben alle. Der Tod ist Gottes Antwort auf all unsere Gebete.«

»Lästere nicht, Aidan«, ermahnte der Secnab mich streng.

»Was heißt schon Blasphemie!« rief ich zornig und herausfordernd. »Wie denn, ich spreche den Kern von Gottes Wahrheit aus, Bruder. Wie sollte das Gotteslästerung sein? Wir setzen unser Vertrauen auf Gott, den Herrn, und machen uns mit unserem Glauben zum Narren. Wir haben Versklavung, Folter und Tod erduldet, und Gott hat nichts getan, um uns zu retten. Ich habe gesehen, wie unser frommer Bischof Cadoc vor meinen Augen in Stücke zerrissen wurde, und Gott, der Gott, den er liebte und dem er sein ganzes Leben gedient hat, hat keinen Finger gerührt, um sein Leiden zu lindern.«

Ruadh betrachtete mich ernst und mit einem mißbilligenden Stirnrunzeln. »So, wie er nichts unternommen hat, als Sein geliebter Sohn am Kreuz starb«, wies mein Anamcara mich zurecht. »Wenn wir das Elend der Welt teilen, sind wir Christus am nächsten. Meinst du, Jesus sei gekommen, um uns von unseren Qualen zu befreien? Wie bist du nur auf diese Vorstellung verfallen? Der Herr ist nicht erschienen, um unser Leiden zu beenden, sondern um uns durch den Schmerz hindurch den Weg zur jenseitigen Herrlichkeit zu weisen. Wir können unsere Leiden überwinden. Dies ist die Verheißung des Kreuzes.«

»Ein Versprechen, das so viel wert ist wie die leere Luft«, versetzte ich. »Dreizehn Mönche haben dieses Kloster verlassen, und nur vier sind zurückgekehrt. Wir haben einen entsetzlichen Preis bezahlt – und alles für nichts und wieder nichts! All unsere Qualen waren umsonst und haben zu nichts geführt.

Gutes ist dabei nicht herausgekommen. Soweit ich sehen

kann, sind die einzig Glücklichen die Barbaren: Sie sind auf Beute ausgezogen und reicher zurückgekehrt, als sie sich je vorstellen konnten. Wenigstens sie haben bekommen, was sie wollten.«

Ruadh schwieg eine Weile still. »Aidan, hast du deinen Glauben verloren?« fragte er endlich.

»Ich habe meinen Glauben nicht verloren – er wurde mir gestohlen«, knurrte ich. »Gott hat *mich* verlassen, nicht ich ihn!«

»Deshalb also willst du fort«, meinte der Secnab. Er versuchte nicht, mich von meinem Vorhaben abzubringen, und dafür war ich ihm dankbar. »Hast du eine Ahnung, wohin du gehen wirst?«

»Nein«, sagte ich. »Ich weiß nur, daß hier kein Platz mehr für mich ist.«

»Ich glaube, da hast du recht«, pflichtete mein weiser Anamcara mir milde bei. »Ich denke, du solltest von dannen ziehen.«

Von neuem überraschte mich seine Haltung. »Wirklich?«

»O ja, aufrichtig. Niemand, der gelitten hat und so empfindet wie du, sollte hierbleiben.« Er betrachtete mich mit väterlichem Mitgefühl. »Doch der Winter ist eine harte Zeit. Bleib wenigstens bis zum Frühling ... laß uns sagen, bis zum Osterfest.«

»Und was soll ich in der Zwischenzeit tun?« wollte ich wissen.

»Bis dahin«, antwortete Ruadh, »kannst du die Zeit nutzen, um darüber nachzudenken, was du vielleicht tun willst, wenn du gehst.«

»Nun gut«, meinte ich zustimmend. Der Plan schien einleuchtend, und einen anderen besaß ich ohnehin nicht. »Ich werde bis Ostern bleiben.«

Nachdem meine Entscheidung gefallen war, gestaltete mein Leben sich in mancher Hinsicht einfacher. Auf jeden Fall fühlte ich mich nicht mehr derart wie ein Judas. Ich begann, an den kommenden Frühling zu denken und zu überlegen, wohin ich mich wenden und was ich tun könnte. Schließlich entschloß ich mich, zu meinem eigenen Stamm zurückzukehren. Selbst wenn ich mich dort nicht niederließ, konnte ich wenigstens bleiben, bis ich etwas Besseres fand. Schließlich war ich immer noch ein Edler meines Clans. Ich hatte das Dorf seit vielen Jahren nicht mehr besucht, doch man würde mich dort nicht abweisen.

Gemächlich verstrichen die Tage, und der lange Winter wich wie eine langsame, weiße Woge. Der Frühling brach an, und als die Osterzeit näher rückte, begann ich zu überlegen, was ich Dugal sagen sollte, der noch nichts von meinem Entschluß wußte, das Kloster zu verlassen. Doch so oft ich mich auch anschickte, das Thema anzuschneiden, wenn der Moment gekommen schien, fand ich immer einen Grund, es für mich zu behalten.

Doch als das Wetter wärmer wurde und ein milder, angenehmer Frühling das Land überzog, beschloß ich, Dugal, komme, was da wolle, bei der nächstbesten Gelegenheit die Wahrheit zu sagen. Drei Tage vor Ostern machte ich mich auf die Suche nach ihm, konnte ihn jedoch nirgends finden. Einer der Brüder sagte mir, er glaube, Dugal gehe wohl seiner gewohnten Beschäftigung zu dieser Jahreszeit nach und helfe den Schäfern im Nachbartal, wo jetzt die Lämmer geboren wurden.

Dort fand ich meinen Freund, der auf dem Hügel saß und die Herde beobachtete. Er begrüßte mich herzlich, und ich setzte mich neben ihn. »Bruder«, begann ich, »ich habe eine Last auf der Seele.«

»Dann sprich«, sagte er, »teil sie mit mir, wenn dir dadurch das Herz leichter wird.« Mir fiel auf, daß er mich nicht ansah, sondern den Blick auf die grasenden Schafe gerichtet hielt. Vielleicht spürte er, so wie ich mich den ganzen Winter hindurch ihm gegenüber verhalten hatte, bereits, daß ich im Geist Abschied nahm.

»Dugal, ich ...« Die Worte blieben mir in der Kehle stecken. Ich schluckte heftig und fuhr mühsam fort. »Dugal, ich gehe fort von hier. Ich kann nicht ...«

Da sprang Dugal auf, und ich unterbrach mich. »Hör doch!« rief er und wies über das Tal.

Ich blickte in die Richtung, in die er zeigte, und sah einen Mann – einen Mönch und Schäfer – den Hügel hinunterstürzen, so schnell die Füße ihn tragen wollten. Im Laufen rief er etwas, doch ich konnte die Worte nicht ausmachen. »Was sagt er?«

»Psst!« zischte Dugal nachdrücklich und legte die Hand hinter das Ohr. »So hör doch!«

Von neuem erscholl der Schrei, und dieses Mal verstand ich ihn. »Wölfe!« sagte ich. »Er hat einen Wolf gesehen.«

»Keinen Wolf«, erwiderte Dugal und wandte sich bereits ab. »*Seewölfe!*«

Gemeinsam rannten wir zur Abtei zurück und stolperten über die winterlichen Stoppeln auf den ungepflügten Feldern. Atemlos kamen wir an und gaben Alarm, und drei Herzschläge später befand sich das ganze Kloster in einem wohlgeordneten Aufruhr. Fest entschlossen, die Schätze der Abtei zu verbergen – die Schalen und Teller, die für die Erteilung der heiligen Sakramente gebraucht wurden, Kerzenhalter, das Altartuch, die Manuskripte und die Bücher, die uns kostbar waren, ganz gleich, ob ihre Einbände einen Wert darstellten –, eilten die Mönche hin und her.

Glücklicherweise waren wir so früh gewarnt worden, daß wir bereit waren, als die gefürchteten Räuber in Sicht kamen. Abt Fraoch würde sie am Tor erwarten und ihnen das Vieh und das Korn anbieten, wenn sie nur die Gebäude nicht beschädigten.

Daher rief er mich zu sich. »Soviel ich gehört habe, kannst du in ihrer Sprache zu ihnen reden«, sagte er.

»Ja, er spricht selbst wie ein Seewolf«, warf Dugal hilfreich ein.

»Gut«, meinte der Abt und setzte mir die Botschaft auseinander, die ich übermitteln sollte.

»Ich will den Versuch unternehmen«, antwortete ich, »obwohl er vielleicht nichts nützt. Die Dänen sind, gelinde ausgedrückt, schwer zu überzeugen, und wenn die Gier nach Silber sie überkommt, hören sie auf niemanden.«

»Tu, was du kannst«, meinte der Abt. »Wir alle werden dich durch unsere Gebete unterstützen.«

Ruadh trat neben den Abt und sagte: »Wir werden für dich beten, Aidan.«

Ich überlegte, wie ich den Räubern begegnen sollte, und beschloß, ich hätte vielleicht die beste Möglichkeit, den Angriff abzuwenden, wenn ich mich allein ein Stück vom Tor entfernte. Sobald die Seewölfe das Kloster einmal erreicht hatten, würden sie wahrscheinlich auf nichts und niemanden mehr hören. Daher ging ich, während die anderen Mönche sich am Portal versammelten, um zuzusehen, den Weg entlang, um den Räubern von Angesicht zu Angesicht gegenüberzutreten.

Jetzt konnte ich sie sehen. Sie hatten den Bach überquert und strebten bereits den sanft ansteigenden Hügel herauf. Da kam ein Trupp von mindestens dreißig zum Plündern aufgelegten Wikingern. Die blattförmigen Spitzen ihrer Speere glitzerten im Sonnenlicht.

Hinter mir vernahm ich ein leises Rascheln. Über die Schulter warf ich einen Blick zurück und sah, daß die Mönche des Klosters sich niedergekniet hatten. Mit gefalteten Händen, inbrünstige Gebete murmelnd, flehten sie zu Gott, Er möge mich beschützen.

Als ich mich wieder umwandte, waren die Seewölfe näher gekommen. Nun konnte ich in den vorderen Reihen einzelne Männer ausmachen und versuchte mir schlüssig zu werden, wer wohl ihr Kriegshäuptling war. Der hünenhafte, bullige Däne, der über seinen Kampfgefährten aufragte, schien mir dafür in Frage zu kommen. Dann bemerkte ich, daß neben diesem Riesen eine Gestalt einherschritt, die ich bei Tag oder Nacht überall auf der Welt an ihrem Gang erkannt hätte.

Einen Augenblick später trugen meine Füße mich eilig auf sie zu, und ich schrie: »Harald! Gunnar! Ich bin's, Aidan!«

Das nächste, dessen ich mir innewurde, war Jarl Stierbrüllers Stimme, die zurückdonnerte, und dann wurde ich der vertrauten Begrüßung unterzogen, bei der einem die Knochen krachten und die bei den Nordmännern, diesen Bezwingern des Meeres, als Willkommen galt. »Ich wußte, wir würden dich finden, wenn wir nur lange genug suchten«, sagte Gunnar stolz. »Ich habe es den anderen gesagt, und hier bist du.«

»Wahrhaftig, er hat es uns so oft gesagt, daß wir keinen Tag Ruhe hatten, bis wir dich gefunden haben«, erklärte der Dänenkönig. »Wir haben dich gesucht, seit das Eis zu schmelzen begann.«

Die Mönche, die mich von Wikingern belagert sahen, kamen jetzt gelaufen, um mir beizuspringen, obwohl mir nicht klar war, wie sie das hätten zuwege bringen wollen. Dugal war der erste, und ich rief ihm zu: »Alles ist gut! Sag den anderen, daß sie nichts zu fürchten haben. Jarl Harald stattet uns einen Besuch ab!«

Dugal gelang es, die heranstürmenden Mönche zu mäßigen. Unsicher näherten sie sich, starrten die fremdartig aussehenden Barbaren mit offenem Mund an und flüsterten leise und staunend untereinander. Ich nahm Harald und Gunnar am Arm, geleitete sie zu Fraoch und Ruadh und sagte: »Ich bringe euch Jarl Harald Stierbrüller, König der Dänen von Skane, und seinen Kerl, Gunnar Streithammer.«

»Übermittle dem König unsere herzlichsten Grüße und heiße ihn im Namen unseres Herrn Jesus Christus willkommen«, sagte der Abt. »Teile ihm mit, daß er und seine Männer unsere Ehrengäste sein werden.«

Dies gab ich an Harald weiter, der prächtig in einen blauen Mantel und gutgeschnittene Hosen von tiefstem Rot gekleidet war. Gold und Silber leuchteten an seinem Hals und seinen Handgelenken, als er vor die versammelten Mönche trat. Sein langer, roter Bart war gekämmt und an den Enden eingeflochten. Er trug sieben Silberreife an jedem Arm, und sieben silberne Fibeln hielten seinen Umhang.

Der Jarl nahm die Begrüßungsrede unseres guten Abts entgegen, neigte königlich das Haupt und bedeutete einem seiner Kerle, näher zu treten. Der Mann reichte ihm ein sperriges Lederbündel, das Harald nahm und auseinanderzuschlagen begann. Kurz darauf wurden unsere Augen durch etwas silbrig Blitzendes geblendet.

Die Mönche keuchten auf und murmelten erregt angesichts dieses Anblicks, und ich selbst brauchte einen Augenblick, um das zu begreifen, was sich meinen Augen darbot. »Ein Cumtach?« Gewiß, aber was für ein Bucheinband! Er bestand aus massivem Silber, aus dem der Umriß eines Kreuzes herausgearbeitet war. Jeden der Balken schmückte ein quadratisch geschnittener Rubin, und in der Mitte befand sich ein Berg Smaragde. »Jarl Harald, fürwahr! Noch nie habe ich dergleichen gesehen.«

»Das ist für euer heiliges Buch«, meinte der König, indem er dem Abt das unschätzbar wertvolle Cumtach in die Hände legte. Er verbeugte sich und erklärte: »Den ursprünglichen Einband hat der Jarl von Miklagård eingesteckt, ein Umstand, der mich zutiefst erzürnt. Dieser wird ihn, glaube ich, ersetzen können. Er ist aus einem Teil des Silbers verfertigt, das wir in den sarazenischen Minen beiseite gebracht haben. Ohne Aedan wäre keiner von uns am Leben geblieben, um sich an unseren Schätzen zu erfreuen.«

Als ich dem Abt die Worte des Dänen übersetzte, traute dieser kaum seinen Ohren. »Dies ist eine seltene und herrliche Gabe, König Harald«, antwortete Fraoch über alle Maßen beeindruckt. »Und so vollkommen unerwartet. Wir wissen nicht, wie wir euch angemessen danken können.«

Darauf entgegnete der Wikingerkönig: »Dankt mir nicht.

Der Schatz stellt kein Geschenk dar. Wir sind gekommen, um einen Handel abzuschließen und dies als Bezahlung anzubieten.«

»Einen Handel?« staunte der Abt, als ich ihm übersetzte, was Harald gesagt hatte. Ich blickte zu Gunnar, der unmittelbar neben dem König stand und vor unterdrückter Erregung beinahe zitterte.

An mich gewandt erklärte Harald Stierbrüller: »Seit Aedan zurückgekehrt ist, um uns aus der Sklavengrube zu befreien, hat Gunnar nicht aufgehört, von diesem eurem Gott zu sprechen. Er kann von nichts anderem mehr reden und besteht darauf, daß wir eurem Christus eine Kirche bauen und beginnen, ihn in Skane zu verehren.

Ich habe gelobt, die Kirche zu bauen, aber wir haben niemanden, der uns lehren könnte, was wir tun sollen. Ich glaube, wenn Gunnar irgendwann Ruhe geben soll, dann mußt du mit uns kommen, Aedan.«

Ehe mir eine Antwort einfiel, drang Gunnar schon in mich. »Komm mit uns, Bruder. Ich möchte, daß Ulf Priester wird, und ich kenne niemand Besseren, ihn zu unterrichten.«

Ich sah Gunnar an, und bei seinen Worten verblaßte meine Wiedersehensfreude. »Hättest du nur alles andere als dies gesagt«, entgegnete ich ihm. »Ich kann nicht mit euch gehen. Ich bin kein Priester mehr.«

»Kein Priester?« staunte Gunnar und lächelte immer noch. »Wie sollte das möglich sein?«

Ehe ich mich weiter äußern konnte, schritt Abt Fraoch ein und bat mich, ich möge die Dänen einladen, bei uns zu bleiben und das Osterfest mit uns zu begehen. Harald, der immer für ein Fest zu haben war, willigte gern ein, und wir gingen in die Halle, wo man die Seewölfe mit Metbechern willkommen hieß.

Der Abt beschloß, die Dänen in der Abtei umherzuführen und ihnen das klösterliche Leben in allen Einzelheiten zu erläutern, auch die heilige Messe, die am Beginn unserer österlichen Riten stehen würde. So oblag mir die Aufgabe, die Erklärungen des Abts zu übersetzen. Harald bekundete Interesse an allem und jedem, und zwischen den beiden zu übersetzen, erschöpfte mich ziemlich. Wir besichtigten die Kapelle und das Oratorium, den Glockenturm, die Zellen der Mönche, die Gästequartiere und sogar das Innere der Vorratshäuser. Doch von allem, was die Dänen sahen, gefiel ihnen das Scriptorium am besten.

»Schaut her!« rief Harald und ergriff eine eben kopierte Pergamentseite. »Dies ist genau wie das Buch, das Aedan hatte.«

Die Seewölfe fuhren fort, alle Werke der Mönche zu untersuchen, und machten viel Aufhebens um den kunstfertigen Entwurf und die herrlichen Farben der Blätter, an denen die Mönche sich mühten. Fraoch bestand darauf, ihnen zu zeigen, wie die Farbstoffe gemahlen und zu Tinte verarbeitet wurden, wie man gewissenhaft das Blattgold anbrachte und dann die verschiedenen Pergamentseiten zu einem Buch verband. Die Dänen stießen staunende Rufe aus wie Kinder, die zum erstenmal einen Schimmer des Begreifens erhaschen.

Infolge dieses langen Zwischenspiels hatte ich erst nach der Abendmahlzeit wieder Gelegenheit, allein mit Gunnar zu sprechen. »Euer Kloster ist sehr schön«, meinte er anerkennend. »Ich finde, wir sollten in Skane genau so eines bauen.«

»Auf jeden Fall«, sagte ich. »Aber ich ...«

»Karin hätte die Vorstellung gefallen«, meinte Gunnar, »und Helmuth ebenfalls.«

»Zu schade, daß sie dich nicht begleiten konnten«, gab ich zurück. »Aber Gunnar, ich kann nicht ...« Die Trauer, die sich auf Gunnars breitem Antlitz malte, ließ mich innehalten.

»Sie sind gestorben, während ich auf Beutezug war«, seufzte er. »Ylva sagt, der Winter war hart. Sie haben das Fieber bekommen und sind gestorben, zuerst Helmuth und dann Karin. Auch viele andere sind umgekommen – ich glaube, die Krankheit hat schlimm gewütet.«

»Gunnar, ich bin betrübt, das zu hören«, versicherte ich ihm.

»Heja«, meinte er seufzend und schüttelte traurig den Kopf. Einen Augenblick lang saßen wir schweigend beisammen, doch nur kurz, denn mit einemmal lächelte Gunnar und sagte: »Aber ich habe jetzt eine Tochter, die im Frühling nach meiner Abreise geboren wurde. Sie sieht ihrer Mutter sehr ähnlich, und ich habe sie Karin genannt.«

Der Däne lächelte wehmütig. »Ylva ist jetzt meine Frau, also ist es nicht ganz so schlimm. Aber ach, Karin fehlt mir, Aedan. Sie war gut zu mir, und ich vermisse sie.« Er hielt inne, um an seine liebe Frau zu denken, und setzte dann hinzu: »Aber jeder muß einmal sterben, und im Himmel werde ich sie wiedersehen, heja?«

Verzweiflung umwallte mich wie ein dunkler Mantel, und ich sagte: »Du siehst, wie wenig man sich auf diesen Gott verlassen kann, und dennoch willst du ihm eine Kirche bauen? Wahrhaftig, Gunnar, du tätest besser, darauf zu verzichten.«

Der Wikinger starrte mich ungläubig an. »Wie kannst du so sprechen, Aedan – gerade du, nach allem, was wir gesehen haben?«

»Gerade *weil* wir all das erlebt haben, rede ich so«, erwiderte ich. »Gott sind wir gleichgültig. Bete, wenn du dich dann besser fühlst, tue Gutes, wenn du Freude daran hast. Aber Gott rührt oder kümmert nichts, was immer du auch anstellst.«

Gunnar schwieg einen Moment und betrachtete die kleine Steinkapelle. »Die Menschen in Skane beten zu vielen Göttern, die sie weder anhören noch etwas um sie geben«, sagte mein Freund. »Aber ich vergesse nie den Tag, an dem du mir von Jesus erzählt hast, der unter den Fischern gelebt hat und von den Skalden und Römern an einen Baum genagelt und zum Sterben hängen gelassen wurde. Und ich weiß noch, daß ich dachte: Dieser gehängte Gott ist anders als all die anderen. Dieser Gott leidet auch, genau wie sein Volk.

Ich erinnere mich auch, daß du mir erklärt hast, Er sei ein Gott der Liebe und nicht der Rache, so daß jeder, der Seinen Namen anruft, sich in Seiner himmlischen Festhalle zu ihm setzen könne. Ich frage dich jetzt: Tut Odin dies für die Menschen, die ihn verehren? Leidet Thor etwa mit uns?«

»Dies ist ja eben das Wunderbare an unserem Glauben«, murmelte ich. Mir fiel wieder ein, was Ruadh zu mir gesagt hatte, und ich änderte die Worte ein wenig, damit sie Gunnars Gefühl wiedergaben. »Christus leidet mit uns, und gerade durch sein Leiden fühlen wir uns zu ihm hingezogen.«

»Ganz genau!« pflichtete Gunnar mir eifrig bei. »Du bist ein weiser Mann, Aedan. Ich wußte, du würdest das verstehen. Dies ist das Wichtigste, glaube ich.«

»Du findest den Gedanken tröstlich?«

»Heja«, sagte er. »Erinnerst du dich noch, wie der Minenaufseher uns umbringen wollte? Mit zerschundenen Körpern standen wir da, und unsere Haut war von der Sonne schwarz gebrannt – wie heiß das war! Weißt du noch?«

»Gewiß. So etwas vergißt man nicht leicht.«

»Nun, damals kam mir genau dies in den Sinn. An diesem Tag dachte ich: Ich werde heute sterben, aber Jesus ist ebenfalls gestorben, daher weiß Er, wie mir zumute ist. Und ich überlegte, ob Er mich wohl erkennen würde, wenn ich zu ihm käme. O ja! Er wird in seiner Halle sitzen und sehen, wie ich in die Bucht segle, und Er wird zum Ufer laufen und mich erwarten. Jesus wird ins Meer hinauswaten, mein Boot auf den Sand ziehen und mich als seinen verlorenen Bruder empfangen. Und warum tut Er dies? Weil Er auch gelitten hat, und Er weiß es, Aedan, Er *weiß* es.« Strahlend schloß Gunnar: »Ist das denn keine frohe Botschaft?«

Ich pflichtete ihm bei, und seine Vorstellung erfüllte Gunnar mit so großer Freude, daß ich nicht das Herz hatte, ihm zu sagen, daß ich nicht mit ihm gehen und sein Priester sein könnte. Später am Abend, nachdem wir unsere Besucher im Gästequartier so bequem wie möglich untergebracht hatten, legte ich mich ebenfalls nieder. Doch statt zu schlafen, dachte ich darüber nach, wie seltsam es doch war, daß Gunnar auf diese Weise zum Glauben gefunden hatte.

Gewiß, den Großteil dessen, was er wußte, hatte ich ihm selbst erzählt. Doch er hatte dieselben Entbehrungen ausgestanden wie ich und ebenso viel, ja noch mehr gelitten – ich hatte zumindest nicht Frau und Freunde durch das Fieber verloren, während ich in fernen Landen ein Leben als Sklave fristete. Trotzdem hatte Gunnars Unglück bei ihm ein Gefühl der Nähe zu Christus erzeugt, während ich mich nur noch weiter von Ihm entfernt hatte. Und was noch eigenartiger war, während ich einschlief, überlegte ich nicht, warum Gunnar unrecht hatte, sondern ob vielleicht ich mich irrte.

Der Gedanke verfolgte mich noch am nächsten Tag. Es war Karfreitag, an dem wir Christi Tod gedenken, und zugleich der Beginn der österlichen Feiern. An diesem Tag ruht für die Mönche die Arbeit, und so hatten wir genug Zeit, unsere Gäste zu unterhalten. Fraoch, der niemals eine Gelegenheit ausließ, den Glauben zu verbreiten, rief mich zu sich und bat mich, die Dänen zu versammeln, auf daß er zu ihnen sprechen könne. Ich tat, wie mir geheißen, und der Abt lud die Seewölfe ein, sich taufen zu lassen.

»Hältst du das für klug?« fragte ich ihn, während Harald und die anderen über sein Angebot berieten. »Sie wissen nichts vom Christentum. Sie haben keine Unterweisung erhalten.«

»Ich öffne doch nur die Tür«, erklärte mir der Abt. »Möge der Herr hindurchführen, wen Er möchte.« Fraoch hob die Hand und wies auf die beratschlagenden Dänen. »Sieh sie dir an, Aidan. Sie sind hergekommen, um einen Priester zu holen und eine Kirche zu bauen. Dies ist der Tag des Herrn. Laß sie ihren Glauben heute besiegeln, jetzt, solange der Heilige Geist unter uns weilt. Später haben wir noch genug Zeit, sie zu unterrichten.«

Der Jarl ergriff das Wort und sagte: »Wir haben über diese Sache beraten und beschlossen, daß Gunnar bereit ist. Also sollt ihr ihn jetzt taufen.«

Diese Antwort überbrachte ich dem Abt, der sich hoch erfreut zeigte und sogleich die ganze Gemeinschaft der Mönche und die Dänen aus dem Kloster, den Pfad entlang und zu dem Fluß, wo wir häufig badeten, führte. Dort legte Fraoch sein Gewand ab und schritt, nur mit seinem Hemd bekleidet, ins Wasser, und ich hatte ihm zu folgen, damit ich das Ganze übersetzen konnte. Der Abt rief Gunnar zu sich ins Wasser und sagte: »Der, der mit Christus auferstehen will, muß auch mit ihm sterben.«

Gunnar zog seine Kleider aus, trat ins Wasser und watete auf uns zu. Der Abt stellte ihm die drei unabdingbaren Fragen: Entsagst du dem Bösen? Glaubst du an Christus? Wirst du bis zum Ende deines Lebens Sein treuer Diener sein?

Jede Frage beantwortete Gunnar mit einem donnernden Heja! Darauf faßten wir ihn bei den Armen, tauchten ihn der Länge nach ins Wasser und hoben ihn wieder auf in das neue Leben im Glauben. Der Abt nahm seine Phiole mit heiligem Öl, schrieb damit das Kreuzzeichen auf Gunnars Stirn und sagte: »Ich zeichne dich mit dem Kreuz Christi, der jetzt und fortan dein Herr, Erlöser und Freund sein soll. Gehe hin, Gunnar Streithammer, und strebe in dem Lichte, das in dir wohnt, nach Gottes Herrlichkeit.«

Gunnar umarmte mich und den Abt, dankte uns und trat frohlockend aus dem Fluß. Die Mönche des Klosters schenkten ihm ein neues weißes Gewand und hießen ihn als Bruder in Christo willkommen. Dann begannen die Brüder, überwältigt durch diesen wunderbaren Augenblick, den Taufsegen für ihn zu singen:

»Überschütte ihn mit Deiner Gnade, ewiger Gott.
Schenk ihm Tugend und Wachstum,
Gib ihm Kraft und Rat,

Und Glaube, Liebe und Freundlichkeit,
Auf daß er in Deiner Gegenwart wandle,
Glücklich auf ewig und dreimal immerdar.
Amen!«

Das ganze Ritual beeindruckte die zuschauenden Seewölfe so sehr, daß sie sich alle die Kleider heruntertrissen und ins Wasser kletterten, um sich ebenfalls taufen zu lassen. Harald verlangte, als nächster an die Reihe zu kommen, und der Abt gewährte ihm diese Ehre. Fraoch rief Ruadh und Cellach und noch einige andere zur Hilfe. Die Zeremonie beschäftigte uns den größten Teil des Tages hindurch, und als wir uns in der Dämmerung zum Karfreitagsgebet versammelten, hatten wir dreißig Konvertiten gewonnen. Ich übersetzte ihnen die Gebete und Psalmen, und sie bekundeten, alles sehr angenehm, sogar unterhaltsam zu finden.

Das ganze Abendessen und den gesamten folgenden Tag hindurch hatte ich die Fragen der frischbekehrten Christen zu beantworten, die wissen wollten, ob sie jetzt im Kampf unbesiegbar wären und für immer Glück bei all ihren Geschäften haben würden.

»Nein«, erklärte ich ihnen. »Tatsächlich ist das genaue Gegenteil der Fall. Wenn mein Leben ein Beispiel ist, dann werdet ihr außerordentlich unglücklich und für immer jedem Ungemach unter der Sonne hilflos ausgeliefert sein.«

Ich glaube, dieser Gedanke lastete mir auf der Seele; denn ich vermochte nicht einzuschlafen. Ich warf mich in meinem Bett umher und konnte keine Ruhe finden. Kurz vor dem Morgengrauen wachte ich auf und erhob mich. Als ich aus meiner Zelle trat, stellte ich fest, daß das Kloster über Nacht verschwunden war. Um mich herum sah ich nur eine verschwommene, formlose Weite, die sich in alle Richtungen bis zum Horizont erstreckte, ohne Gestalt, ohne Farbe, bar jeden Hügels, Felsens oder Baums – eine Wüstenei, in der nur heulender Wind und bedrückende Leere existierten.

*Was ist mit dem Kloster geschehen?* fragte ich mich. *Wo sind all die Menschen hin?*

Noch während ich versuchte, dieses unbegreifliche Unglück zu fassen, vernahm ich über mir den Schrei eines Adlers im Fluge. Ich hob den Blick und erkannte den großen Vogel, der allein am leeren Himmel schwebte. Seine Schwingen waren weit ausgebreitet, und die scharfen Augen suchten nach einem Rastplatz.

Mit einemmal befand ich mich bei diesem Adler und hielt voller Sehnsucht nach einem Ort Ausschau, an dem wir ausruhen könnten. Weiter und weiter flog der Aar; er suchte und suchte, doch er fand nichts. Über Wildnis und Ödland schwang sich der Vogel. Ich hörte, wie der Wind dumpf durch die weit gespreizten Federspitzen heulte, die durch den leeren Himmel fegten, und spürte die bis in die Knochen schmerzende Müdigkeit, die an jenen breiten Schwingen zerrte. Immer noch flog der herrliche Vogel weiter, während sich auf allen Seiten ein Panorama der Leere erstreckte und nirgends ein Rastplatz zu finden war.

Dann erhaschte ich, als jene breiten, tapferen Flügel bereits zu erlahmen begannen, weit, weit im Osten einen Blick auf das blaßrosige Glühen der Sonne, die über dem Nebel aufging, der die Welt einhüllte. Höher und höher stieg das Tagesgestirn, wurde immer heller und leuchtete wie die rotgoldene Glut des himmlischen Schmiedefeuers.

Geblendet von diesem grellen Schein, konnte ich dem Anblick nicht standhalten und mußte die Augen abwenden. Und als ich wieder sehen konnte ... Wunder über Wunder! Ich sah nicht länger die Sonne, sondern eine riesige, leuchtende Stadt, die sich über sieben Hügel erstreckte. Da lag Konstantinopel, doch so, wie ich es nie gesehen hatte, strahlend in einem Feuerwerk von Wundern: Türme, Kuppeln, Basiliken, Brücken, Triumphbogen, Kirchen und Paläste, und alles glitzerte und funkelte. Jeder Hügelkamm erstrahlte in vollkommener Pracht und leuchtete im Glanze seiner Schönheit, erhellt durch das zwiefache Feuer des Glaubens und der Heiligkeit. Dies war Byzanz, die goldene Stadt, glitzernd wie ein Edelstein von nie gesehener Pracht.

Als der ermattete Adler dieses neue Rom vor sich aufsteigen sah, faßte er frischen Mut und hob mit neuer Kraft die Flügel. Endlich, dachte ich, ist der tapfere Vogel gerettet. Gewiß wird doch der Adler in solch einer Stadt einen Platz zum Rasten finden.

Näher und näher flog der Adler heran, und jeder Flügelschlag führte ihn weiter zu der goldenen Stadt, wo er einen sicheren Hafen finden würde. Der Anblick eines derart köstlichen Lohns für seine lange Standhaftigkeit ließ das Herz des stolzen Vogels schneller schlagen. Rasch sank er tiefer und breitete weit die Schwingen, um auf dem höchsten Turm zu landen. Doch als der Adler hinabstieß, verwandelte sich die Stadt. Mit einemmal war sie keine Stadt mehr, sondern ein riesenhaftes, geiferndes Untier mit dem Hinterviertel eines Löwen und dem Oberkörper eines Lindwurms, einer Haut aus goldenen Schuppen, gläsernen Klauen und einem ungeheuren, gähnenden Rachen, der mit Schwertern statt Zähnen besetzt war.

Der Adler drehte sich in der Luft, kreischte entsetzt und schlug mit den Schwingen, um zu fliehen. Doch es war bereits zu spät, denn das goldene Monstrum reckte seinen langen, schlangenhaften Hals und riß den erschöpften Vogel vom Himmel. Die Kiefer schlossen sich, und der Aar war verschwunden.

Mit einem scharfen Knall schnappten die Kiefer des großen goldenen Untiers zusammen, und ich wurde aus meinem Traum gerissen. Sofort erwachte ich. Ich blickte mich in der vertrauten Umgebung des Klosters um, immer noch an allen Gliedern zitternd über den jetzt schnell verhallenden Ton. Doch nicht das Schnappen der monströsen Kiefer ließ mich inwärtig erbeben. Statt dessen vernahm ich von neuem Bischof Cadocs Ermahnung: *Alles Fleisch ist wie Gras.*

*Jeder muß sterben*, hatte Gunnar gesagt. *Alles Fleisch ist wie Gras*, waren Cadocs Worte gewesen. *Was hast du erwartetet, Aidan?*

Hast du wirklich geglaubt, Christus würde die Speerspitzen stumpf machen, die Peitsche ablenken oder die Ketten fortschmelzen lassen, sobald sie deine Haut berührten? Hast du darauf gebaut, in der Sonne zu wandeln und die Hitze nicht zu spüren oder ohne Wasser auszukommen und nicht zu dürsten? Hast du gedacht, all der Haß würde sich in dem Augenblick, in dem du auf den Plan tratest, in brüderliche Liebe verwandeln? Hast du gemeint, Stürme und Gemüter würden sich bloß wegen der Tonsur auf deinem Schädel beruhigen?

Glaubtest du, Gott werde dich für immer vor dem Schmerz und der Qual dieser sündengeplagten Welt beschützen? Daß dir das Unrecht und die Zwietracht, die andere erdulden müssen, erspart blieben? Daß keine Krankheit dich mehr heimsuchen würde und du auf ewig unberührt von den Mühen der gemeinen Menschen leben könntest?

Du Tor! All dies und noch mehr hat Christus erlitten. Aidan, du bist blind gewesen. Du hast die Wahrheit gesehen und sie lange betrachtet, und dennoch ist dir nicht gelungen, auch nur den kleinsten Blick auf alles, das vor deinen Augen lag, zu erhaschen. Fürwahr, dies ist der Kern des großen Mysteriums: Gott ist Mensch geworden und hat die schwere Last des Leidens auf sich genommen, auf daß am letzten Tag niemand sagen kann: »Wer bist du, daß du dein Urteil über die Welt sprichst? Hast du Unrecht erfahren? Weißt du überhaupt, was Folter, Krankheit oder Armut sind? Wie kannst du wagen, dich einen gerechten Gott zu nennen? Was weißt du schon vom Tod?«

Er weiß es, Aidan, Er *weiß* es!

Gunnar, der ungebildete Barbar, hatte diese bedeutsame Wahrheit erkannt, während ich trotz all meines geistlichen Studiums bei meinem Versuch, dies zu begreifen, auf ewig gescheitert war. Bei Gunnar hatte dieses Verstehen Glaube und Hoffnung entfacht, doch mein Mangel an Erkenntnis hatte mich nur in die Hoffnungslosigkeit geführt.

Und Wunder über Wunder, mit dem Anbrechen der Morgendämmerung am Auferstehungstag, dem gesegneten Osterfest, war meine Vision zurückgekehrt. Und mit der Wiederkehr des Traumes fühlte ich mich selbst wiederhergestellt. Noch einmal hatte ich Byzanz gesehen, und ich wußte, dort würde ich sterben. Dieses Mal jedoch barg der Gedanke keine Furcht. Ich wußte, das, was Fürst Sadik gesagt hatte, stimmte – vollkommene Gewißheit schließt die Angst aus, und ein Mensch, der mit einem solchen Glauben gerüstet ist, ist wahrhaftig frei.

Als die Sonne über den Feiern zum Auferstehungstag aufging, erfuhr ich die Beschwingtheit einer befreiten Seele. Während des Hochamts übersetzte ich den Dänen Abt Fraochs Worte, und als sie zum erstenmal das Bußgebet sprachen, bereute auch ich meine Blindheit, meine Zweifel und meine Ängste. Gott hatte mich nicht verlassen, sondern mich selbst in meiner Verzweiflung behütet. Die Vorstellung erfüllte mich mit tiefster Demut, und als der Abt den Kelch vom Altar hochnahm, stand ich zerknirschten Herzens da und dachte: *Kyrie eleison! Herr, erbarme dich ... Christus, erbarme dich meiner!*

Und dann, während unser guter Abt den Kelch in die Höhe hielt, auf daß Christus von neuem seinen ewigen Segen spende, erneuerte ich meine Priestergelübde.

# Epilog

Aidan mac Cainnech kehrte nach Skane zurück, in das Land seiner einstigen Knechtschaft, und erwählte es sich zur neuen Heimat. Fast fünfzig Jahre predigte er den dänischen Stämmen die frohe Kunde und gründete während seiner tätigen und ereignisreichen Amtszeit vier Kirchen. Die liebste davon blieb ihm jedoch immer das Gotteshaus mit Blick auf das Meer, das Jarl Harald und Gunnar ihm in Bjorwika errichtet hatten.

Im dritten Jahr von Aidans Aufenthalt bei den Nordmännern folgte ihm sein guter Freund und Bruder Dugal, um dreiundzwanzig Jahre lang treu an seiner Seite zu dienen. Viele Abende, die im Norden lang sind, verbrachten die beiden Mönche miteinander und erinnerten sich an die Abenteuer, die sie als junge Männer erlebt hatten. Dugal war auch derjenige, der Aidan überredete, seine Erlebnisse aufzuzeichnen, zur Unterhaltung und Erbauung ihrer Verwandten und Freunde in Éire und Britannien.

Gunnar Silberbeutel und Ylva hatten viele gesunde Kinder und vergrößerten freigebig sowohl die Schatztruhe als auch die Schülerzahl an Aidans Schule in Bjorwika. Harald Stierbrüller, der mit mehr Reichtum, als er jemals auszugeben vermochte, aus Byzanz zurückgekehrt war, fand auf einem Thing den Tod. Er starb an den Verletzungen, die er bei einem besonders anstrengenden Ringkampf davongetragen hatte.

Im Jahr unseres Herrn 943 unternahm Bischof Aidan mac Cainnech seine dritte und letzte Pilgerreise nach Byzanz, begleitet von Abt Ulf und dessen drei Söhnen sowie Olaf Offenhand, Harald Stierbrüllers Enkelsohn, der den Befehl über die rüstige Flotte seines Großvaters übernommen hatte. Sie alle wurden bei ihrer Ankunft herzlich vom oströmischen Kaiser Konstantin Porphyrogennetos empfangen, einem frommen und gottesfürchtigen Mann, der Bischof Aidan in Anerkennung der langen treuen Dienste dieses ehrwürdigen Priesters viele Ehren zukommen ließ.

Trotz seines hohen Alters begründete Bischof Aidan noch den *Caithair Culdich* – den Sitz der *Culdees* oder *Céle Dé* – an der Schule des Patriarchen in Konstantinopel. Dort verbrachte er seine letzten Lebensjahre als Lehrer und Berater am kaiserlichen Hof, und dort starb der hochgeschätzte Mönch auch im Winter des Jahres 949, voller Gnade und Weisheit.

Das Grab des heiligen Aidan liegt in der Kapelle der heiligen Väter, im Schatten der Hagia Sophia. Dazu hat man ihm noch Grabsteine auf dem Grund der vier Kirchen errichtet, die er in den Ländern, die heute Schweden, Dänemark und Norwegen heißen, begründet hat. Auch in Kells ist ein kleiner Gedenkstein zu finden, und ein weiterer auf der Insel Iona, dem alten Hy, wo man einen Teil seiner Gebeine beigesetzt hat, auf daß sich die keltische Kirche für alle Zeit erbaue in dem Angedenken an Aidan mac Cainnech.

# Aidans Welt

Das kleine Kloster der Céle Dé liegt im Osten Irlands und damit weitab vom Schuß. Die weltpolitischen Ereignisse dringen nur in beschränktem Maß hinter die zusätzliche Barriere der Klostermauern – und der einfache Mönch, wie etwa Aidan oder Dugal, interessiert sich normalerweise nicht für das weltliche Geschehen.

Die Welt der Jahre 885–886 n. Chr., in der diese Geschichte spielt, beschränkt sich auf Europa und den Vorderen Orient. Von Afrika ist nur der Norden bekannt, von Asien hinter dem arabischen Reich existieren lediglich vage Vorstellungen, und Amerika oder gar Australien sind noch längst nicht entdeckt.

Dieser erweiterte Mittelmeerraum wird von drei Mächten bestimmt – dem Fränkischen Reich, dem Byzantinischen Reich und den Territorien der Araber. Vor mehreren Jahrhunderten war dies alles noch das Römische Imperium. Im Zuge der Völkerwanderung brach die westliche Hälfte davon unter dem Ansturm der Germanen zusammen, die auf diesem Territorium etwa ein Dutzend kleinere Staaten errichteten. Die Osthälfte des Römerreiches blieb unter dem Namen Byzanz bestehen.

Im Westen gelang es den Franken, mehrere Völker zu unterwerfen und ein starkes Reich zu gründen. In den folgenden Jahrhunderten räumten das Frankenreich und Byzanz unter den Germanenstaaten auf, und zum Zeitpunkt von

Aidans Geschichte ist dieser Prozeß im Grunde abgeschlossen, beide Großmächte sind gestärkt daraus hervorgegangen.

Gegen Mitte des 7. Jahrhunderts liegt das Frankenreich allerdings in internen Streitigkeiten danieder, und auch das Byzantinische Reich durchlebt eine seiner Schwächeperioden. In dieser Phase treten die Araber unter der Fahne des Propheten Mohammed auf den Plan. Vor allem der Nachfolger Ostroms hat das Nachsehen und verliert das gesamte Gebiet von Nordafrika über Vorderasien bis nach Anatolien hinein an die neue Macht. Das Frankenreich wird an seiner gesamten Südflanke von den Arabern bedroht, von den Pyrenäen über Südfrankreich bis zur italienischen Westküste.

Zurück zu Aidan: Da die Araber mit ihren Schiffen den westlichen Teil des Mittelmeers beherrschen, verbietet sich für den Pilgerzug die Südroute, und folglich ziehen die Mönche unter Bischof Cadoc ja auch quer durch Europa nach Byzanz – eine zwar nicht gefahrenfreie Reise (und damit sind nicht nur die Wikinger gemeint), aber bei weitem sicherer als durch das arabische Gebiet.

Bis nach Rom haben sie vermutlich fränkisches Gebiet durchquert und dort von der Ostküste aus das Schiff genommen, statt weiter über Land zu ziehen, da große Teile des Balkans zwar auf dem Papier zu Ostrom gehörten, in Wahrheit aber die dortigen Verhältnisse recht wild gewesen sein müssen. Entlang der Küste Dalmatiens befindet man sich auf byzantinischem Hoheitsgebiet, in Griechenland sowieso, und von dort ist es ja dann nicht mehr weit bis Konstantinopel.

Warum aber nun gerade Byzanz? Wie Aidan erfährt, fürchten die Mönche, und nicht nur die seines Ordens, vom Papst wieder einmal vereinnahmt zu werden – alle Träger des Glaubens sollen auf Linie gebracht werden, wie wir heute sagen würden; ein Prozeß, der sich auch später wiederholt hat und selbst in unseren Zeiten nicht völlig fremd ist. Deswegen wenden sich die Pilger an die einzige Institution, die dem Papst Einhalt gebieten könnte – den Kaiser nämlich; denn dieser gilt im Christentum als Stellvertreter Gottes auf Erden, als Statthalter Christi. Der Papst hingegen ist der Nachfolger des Apostels Petrus und steht somit im Rang unter dem Kaiser.

Überhaupt ist es bis zur Machtfülle des Papstes noch ein weiter Weg (die Unfehlbarkeit erhält er erst im 19. Jahrhundert!), und zu Zeiten Aidans gilt er lediglich als erster unter den Bischöfen. Offiziell redet man ihn daher auch als Bischof von Rom an.

Darüber hinaus ist auch sein Wort nicht Gebot. Die einzelnen Bischöfe eines Staates beraten unter sich seine Entscheidungen und lehnen sie notfalls ab. Vor allem der oberste Bischof des Byzantinischen Reiches, der Patriarch von Konstantinopel, kümmert sich wenig um die Weisungen aus Rom – 1054 n. Chr. kommt es sogar zum großen Bruch, dem Schisma, und seitdem ist die Christenheit in die katholische und die orthodoxe Kirche geteilt; ein Abnabelungsprozeß, der zu Aidans Zeiten bereits im vollen Gange ist.

Dem Kaiser obliegt es, die Kirche und die Christenheit zu beschützen. Der Papst, der ständigen Querschüsse aus Ostrom überdrüssig, hatte schon lange nach Möglichkeiten gesucht, sich einen anderen, willfährigeren Beschützer zu verschaffen. Als das Frankenreich unter den Nachfolgern der heillos zerstrittenen Merowinger, den Karolingern, eine neue Blüte erlebt, scheint seine Stunde gekommen zu sein. Karl der Große ist sein Mann, und nach einigen Verhandlungen kann er diesen dazu bewegen, Kaiser des (West-)Römischen Reiches zu werden. Westrom war zwar längst untergegangen, aber das Frankenreich, das unter Karl seine größte Ausdehnung erreicht, besitzt vage die Ausmaße der alten Imperiumshälfte, und wenn Macht im Spiel ist, kann man auch mehr als ein Auge zudrücken.

Nun könnte man natürlich anmerken, warum die irischen Mönche nicht lieber zum weströmischen Kaiser gezogen sind, was ihnen eine lange Reise und etliches andere erspart hätte. Doch die Verhältnisse waren nicht mehr so wie zu

Karls Zeiten. Dessen Nachfolger wurden ebenfalls in Auseinandersetzungen verwickelt, es kam zu Bürgerkriegen, die Ränder des Reiches bröckelten immer weiter ab. Zu Zeiten Aidans herrscht nur noch in der Osthälfte des Frankenreichs (dem späteren Deutschland) Karl III., der Dicke, und der hat vornehmlich damit zu tun, sich gegen den Rest der Fürsten im Land zu wehren. Und dieser Kaiser ist so schwach, daß er schon nach wenigen Jahren von eben diesen Fürsten zur Abdankung gezwungen wird. Nicht gerade die erste Adresse, um Hilfe gegen den Papst zu erlangen.

Byzanz hingegen erlebt gerade unter Kaiser Basileios I., der in dieser Geschichte vielleicht ein wenig zu schlecht wegkommt, einen deutlichen Aufschwung und darf sich als die führende der drei Mächte ansehen.

Eine letzte Bemerkung noch zu den Dänen. Diese wackeren Krieger würden wir heute Wikinger nennen, auch wenn ihnen selbst im Traum nicht eingefallen wäre, sich als solche zu bezeichnen. Ähnlich wie die Sinti und Roma den Begriff »Zigeuner« ablehnen (soviel wie »ziehende Gauner«), empörte es auch die Dänen, als »Wikinger« angesprochen zu werden, leitet sich dieses Wort doch vom altnordischen Wort für Seeräuber ab. Überhaupt ist Wikinger eine Bezeichnung, mit der die Seefahrer aus Dänemark, Schweden und Norwegen erst später belegt wurden – zu Zeiten Aidans sprach man eher von Nordmännern (von denen sich ja auch die bekannten Normannen ableiten).

Und seit einigen Jahren beginnt man in England, die kulturellen Leistungen dieser Menschen stärker zu erforschen und ihren angeschlagenen Ruf richtigzustellen. So ist es sicher auch in diesem Zusammenhang zu verstehen, daß die Dänen in Aidans Geschichte durchaus nicht als Unholde dargestellt werden.

Marcel Bieger

# Glossar

| | |
|---|---|
| *Anamcara* | (keltisch) Seelenfreund |
| *Apographeus* | Schreiber |
| *Arboretum* | Baumgarten eines Palastes |
| *Armorica* | keltischer Name für die Bretagne |
| *Astrolabium* | astronomisches Instrument |
| *Bán Gwydd* | (keltisch) Wildgans; Schiff der Pilgermönche |
| *Basileus* | (griechisch) offizielle Anrede des Kaisers |
| *Bismillah* | (arabisch) im Namen Allahs |
| *Bulga* | (keltisch) lederne Büchertasche |
| *Céle Dé* | vulgärlatinisierte Form von Culdees (keltisch), soviel wie Diener Gottes; Name von Aidans Mönchsorden |
| *Cenannus na Ríg* | Aidans Heimatkloster (Irland) |
| *Chirurgia* | Operation |
| *Colum Cille* | (keltisch) mit Silber und Edelsteinen geschmückte kostbare Handschrift; steht im Roman für das berühmte Book of Kells |
| *Cumtach* | (keltisch) Bucheinband des Colum Cille, s. o. |
| *Daigear* | (irisch) Dolch |
| *Dána* | (keltisch) der Kühne |

| | |
|---|---|
| *Denarius* | römisch/byzantinische Silbermünze |
| *Éire* | Irland |
| *Eparch/Exarch* | Statthalter einer Provinz im Byzantinischen Reich |
| *Farghanesen* | Leibwache des Kaisers |
| *Hadsch* | Pilgerfahrt |
| *Hauskerle* | das waffentragende Gefolge eines Jarls, seine Getreuen oder Elitetruppe; bestehen aus kleineren Fürsten, immer aber freien Bauern; wohnen bei ihm oder halten sich zu seiner Verfügung; auch Huskarls, Huskarlar oder Huskeorle genannt; Ursprung für unseren Vornamen Karl |
| *Hel* | die Hölle der germanischen Mythologie |
| *Horen* | christliche Stundengebete, die den Tagesablauf regeln – Matutin, Laudes, Prim, Terz, Sext, Non, Vesper, Komplet –; diese Zeiteinteilung ist nicht exakt auf unsere Uhr übertragbar, da sie sich nach dem Tagesbeginn bzw. Sonnenaufgang richtet; danach ist die Non die neunte Stunde des Tages, also je nach Jahreszeit zwischen 14.00 und 16.30 Uhr |
| *Jarl* | (germanisch) Fürsten aller Art, aber auch König; aus Jarl entstand der englische Earl |
| *Julfest* | Tag der Wintersonnenwende (21. Dezember), die längste Nacht, die von nichtchristlichen Germanenvölkern gefeiert wurde; die Missionare haben diesen Brauch ins Weihnachtsfest übernommen |

| | |
|---|---|
| *Kadi* | (arabisch) Richter; Dolch |
| *Komes* | byzantinischer Beamter, unterhalb Ministerebene, einem Abteilungsleiter vergleichbar |
| *Konstantinopel* | anderer Name für Byzanz; nach Konstantin dem Großen, der das Fischerdorf Byzanz zur Residenz ausbaute |
| *Logothete* | byzantinischer Finanzbeamter |
| *Magister* | byzantinischer Beamter; in mehreren Funktionen gebräuchlich, als Stadtpräfekt oder als Magister officiorum Kanzler des Kaisers |
| *Magus* | Gelehrter, Magier |
| *Mese* | längste Straße der Welt; führt von Konstantinopel bis nach Rom |
| *Miklagård* | dänischer Name für Byzanz; soviel wie große oder prächtige Stadt |
| *Mo croi/Mo anam* | keltischer Ausruf: Bei meiner Seele! Meiner Seel' |
| *Namnetum* | (lateinisch) Nantes (s. Karte) |
| *Narra* | (arabisch) Granatapfel |
| *Nomisma* | eigentlich byzantinische Silbermünze (Plural: Nomismi), aber auch als Oberbegriff für alle Geldstücke verwendet |
| *Onopodion* | Saal, Eingangshalle |
| *Pagani* | (lateinisch) Heiden |
| *Paulikianer* | Sekte von Häretikern |
| *Peregrini* | (lateinisch) Pilger |
| *Protospatharius* | byzantinischer Flottenaufseher |
| *Quaestor* | byzantinischer Hafenmeister |
| *Rafik* | Gefährten, Elitekrieger des Emirs |
| *Scholarae* | kaiserliche Wache |
| *Secnab* | (keltisch) Stellvertreter des Abtes |
| *Siarc* | Kittel aus dickem Webstoff; langes Hemd, das über der Hose getragen wird |

| | |
|---|---|
| *Skalde* | (germanisch) Wahrsager, Sänger |
| *Skane* | Landstrich in Schweden, eines der Stammländer der Wikinger |
| *Solidus* | byzantinische Goldmünze |
| *Spatharius* | byzantinischer Beamter |
| *Stylus* | Schreibgerät; Griffel oder Federkiel |
| *Thing* | germanische Ratsversammlung, an der alle teilnehmen durften, bei der aber nur die freien Männer stimmberechtigt waren |

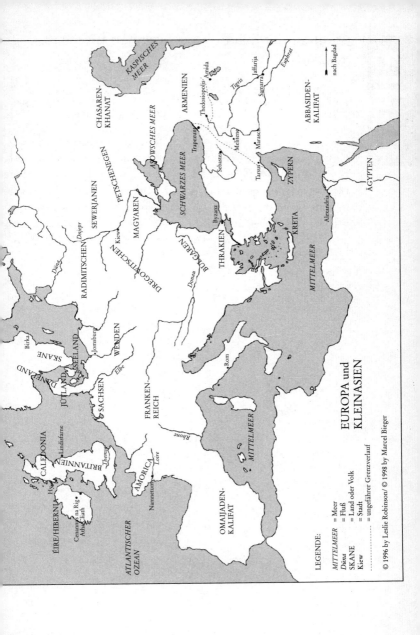

## Stephen Lawhead
### Taliesin
*Sänger und Seher.*
*Die Pendragon-Saga. Aus dem*
*Englischen von Frieder Peterssen.*
*576 Seiten. Serie Piper*

Charis, die schöne, weise Königstochter aus dem versunkenen Atlantis und Taliesin, der berühmte junge Barde, Heerführer und Seher aus Walis, lieben sich. Doch Neid und Intrigen verhindern eine Heirat. Da nehmen Charis und Taliesin ihr Schicksal selbst in die Hand – mit allen furchtbaren Folgen.

## Stephen Lawhead
### Artus
*Der legendäre König.*
*Die Pendragon-Saga. Aus dem*
*Englischen von Frieder Peterssen.*
*544 Seiten. Serie Piper*

Der weise Zauberer Merlin begleitet den jungen Artus auf seinem schwierigen Weg zum Hochkönig. Als der legendäre Herrscher der Tafelrunde sein Reich in ein friedliches, blühendes Land verwandelt hat, droht Artus tödliche Gefahr vom bösen Zauberer Medrant.

»Ein fesselndes Epos über den sagenumwobenen Herrscher der Tafelrunde.«
Buchreport